Jürgen Petschull

Der Herbst der Amateure

Roman

W0047287

Piper
München Zürich

Für Anne, Eva und Peter

ISBN 3-492-11785-6
Neuausgabe 1993
3. Auflage, 14.–23. Tausend Juni 1993
(1. Auflage, 1.–10. Tausend dieser Ausgabe)
© R. Piper GmbH & Co. KG, München 1993
Umschlag: Federico Luci,
unter Verwendung einer Fotomontage von Hubertus Mall
Satz: Hieronymus Mühlberger, Gersthofen
Druck und Bindung: Clausen & Bosse, Leck
Printed in Germany

»Ich möchte etwas darum geben, genau zu wissen, für wen eigentlich die Taten getan wurden, von denen man öffentlich sagt, sie wären für das Vaterland getan worden.«

Georg Christoph Lichtenberg

Die Handlung dieses Romans ist nicht frei erfunden. Sie ist der Wirklichkeit nachempfunden. Die Hauptpersonen existieren tatsächlich. Sie heißen anders. Ihre Schicksale habe ich zum Teil verändert und aus dramaturgischen Gründen Lebenswege miteinander verbunden, die sich nicht gekreuzt haben.

Mit den Männern, die mir als Vorbild für Tasarow, Dillon und Lohmer dienten, habe ich gesprochen, und die Geschichte von Rosenblatt ist in den USA recherchiert – denn der Mann, der Rosenblatt ist, darf wegen Gefährdung nationaler Sicherheitsinteressen noch immer nicht reden.

Die historischen Hintergründe und die politischen Ereignisse im Herbst 1989 in Deutschland entsprechen der Realität.

JP

I.

Was geschah mit Rosenblatt?

I

Donnerstag, 28. September 1989
Es war die Zeit zwischen Ebbe und Flut. Der Strom stand still zwischen den Deichen, hielt den Atem an und konnte sich eine Weile nicht entscheiden, ob er weiter zum Meer oder wieder zurück ins Land fließen sollte.

Lohmer saß auf seinem Lieblingsplatz, auf dem Stamm einer vom Sturm gefällten Stockweide, die mitten ins mannshohe Reet gestürzt war. Er saß vornübergebeugt, das unrasierte Kinn in die Hände, die Ellenbogen auf die Knie gestützt. Seine Stiefel standen auf der Abbruchkante über dem Schlick, der silbrigblaurot schimmerte. Die Gläser seiner Brille blinkten in der tiefstehenden Sonne. Im glatten Wasser sah er das Spiegelbild des anderen Ufers: den Schattenriß von Kühen und Schafen auf der Deichkrone, den Turm der Dorfkirche, die Masten eines alten Schoners, der auf der kleinen Werft instandgesetzt wurde. Seine Augen folgten einer Düsenmaschine, die zur Landung auf dem 80 Kilometer entfernten Hamburger Flughafen ansetzte; der orangeleuchtende Kondensstreifen durchschnitt gleichzeitig Himmel und Wasser, bis ein paar Fische nach Mücken sprangen und der untere Strich in kreisenden kleinen Wellen zu einer zittrigen Zickzacklinie verschwamm.

Von seinem Platz aus konnte Lohmer, wenn er den Kopf nach rechts wandte, gleich hinter dem Deich und vor einer Kastanie, das Strohdach seines Hauses sehen. Aus dem Schornstein stieg dünner Rauch. Seine Frau hatte Feuer im Kamin gemacht. Bald würde seine kleine Tochter nach ihm rufen, damit er ihr vor dem Einschlafen noch eine Geschichte erzählte.

Es war die Stunde des Tages, in der er ein glücklicher Mann war. Es war ihm gelungen, den Anblick des toten Jungen zu verdrängen, der sich ausgerechnet in der Friedhofskapelle den »Goldenen Schuß« gesetzt hatte; und die Auseinandersetzung mit seinem Chef, der eine Dienstreise nach Berlin nicht genehmigen wollte; und auch seinen Ärger über die Tennisniederlage gegen den arroganten, jungen Zahnarzt, die ihn auf der Rangliste des Clubs zurückgeworfen hatte.

»Papa! Du sollst kommen, mir eine Geschichte erzählen...«

Die sechs Jahre alte Eva stand, bereits im Schlafanzug und Hausschuhen, auf dem Deich, winkte und versuchte ein Schaf zu streicheln, das erst neugierig näher kam, dann aber davonlief, weil Bonnie, der Zwergdackel, wütend dazwischenkläffte.

Als Lohmer aufstand, sah er das Boot.

»Geh schon vor, Spatz«, rief er. »Ich komme gleich!«

Die kleine Motorjacht tauchte in der Biegung des Flusses vor einer Pappelreihe auf. Sie kam mit dem nun gurgelnd und strudelnd ablaufenden Wasser näher, langsam und leise.

Lohmer interessierte sich für Boote. Er wollte im nächsten Frühjahr einen Anleger bauen und, wenn die Ersparnisse reichten, eine kleine, gebrauchte Motorjacht kaufen. Die da wäre genau die richtige: sechs bis sieben Meter lang, der Rumpf aus beigefarbenem Kunststoff, eine kleine Kajüte für etwa vier Leute, ein blaues Faltverdeck über dem Ruderplatz. Das Boot legte sich quer zur Strömung, als ob es wenden wollte, schwenkte jedoch wieder mit nickendem Bug in die Stromrichtung zurück. Es hatte vermutlich einen Dieselmotor, vierzig oder sechzig PS stark, genug für Törns den Fluß hinunter, über die Elbe und an der Küste entlang zu den nordfriesischen Inseln oder nach Dänemark. Lohmer fiel auf, daß kein Motorengeräusch zu hören war.

Eine handtuchgroße schwarzrotgoldene Fahne hing schlaff am Heck. Darunter stand *Dörte III, Otterndorf, Kreis Cuxhaven.* Trotz der einsetzenden Dämmerung waren keine Positionslampen gesetzt. Als das Boot auf seiner Höhe war, hörte Lohmer eine Stimme. »... sind in Leipzig etwa sechstausend Menschen auf die Straße gegangen, um erneut gegen die Manipulationen bei den Kommunalwahlen und gegen die Feierlichkeiten zum bevorstehenden 40. Jahrestag der DDR zu protestieren... in die Botschaft der Bundesrepublik in Prag und Warschau haben sich in den vergangenen 24 Stunden insgesamt mehr als eintausend DDR-Bürger geflüchtet ... Das waren die Nachrichten von Radio FFN aktuell.«

An Deck war niemand zu sehen. Nachdem die kleine Jacht schon mehr als fünfzig Meter vorbei war, drehte sie sich plötzlich in einem großen Strudel um die eigene Achse, trieb schlingernd auf das Ufer zu, rammte ein an einem Baumstumpf vertäutes Ruderboot und verfing sich schließlich im Schilf und Schlick der flach ausgespülten kleinen Bucht vor der Wettern-Schleuse. Aus dem Radio wehte eine Swingmelodie herüber.

Lohmer bahnte sich mit vorgestreckten Armen einen Weg durch das dichte Schilf, scheuchte dabei ein paar Enten auf und lief am Fuß des Deiches über trockenes, knackendes Treibholz zur Schleusenbucht.

»Hallo!« rief er zu dem Boot hinüber. »Ist da jemand?!«

Niemand antwortete. Aus dem Bootsradio kam ein Verkehrshinweis.

»Der Stau auf der Autobahn A7, Richtung Flensburg, vor dem Hamburger Elbtunnel, hat sich aufgelöst ...«

Lohmer angelte mit einem langen Stock nach dem Tau, das über die Bugreling hing, packte es und zog daran. Er stand breitbeinig, den Oberkörper weit über das Geländer vorgebeugt. Seine alte Lederjacke rutschte ihm fast unter die Achseln.

»Schönes Boot. Ich dachte, du wolltest dir erst im nächsten Jahr eines kaufen.«

Lohmer drehte den Kopf. Im Zwielicht erkannte er Alfred Broders, der ein paar Häuser weiter hinter dem Deich wohnte.

Der beinahe zwei Meter große Mann sah mit Anfang Fünfzig aus, wie man es bei seinem Beruf und seinem Hobby erwarten konnte – wie ein malender Seemann oder ein seefahrender Maler: mit dunklem Vollbart und aquarellblauen Augen im abgewetterten Gesicht. Professor Alfred Broders, von der Hamburger Hochschule für Bildende Künste, war mit seinem großen schwarzen Hund vom Abendspaziergang zurückgekommen und blickte vom Deich zu ihm herunter. Broders hatte sich vor vielen Jahren eine Kate am Fluß als Wochenendsitz umgebaut, in einer

Scheune ein Atelier eingerichtet und eine seetüchtige Segeljacht gekauft. Nun lebte und arbeitete er fast das ganze Jahr über hier draußen und fuhr nur noch zweimal in der Woche in die Stadt, um Vorlesungen über Kunst und Architektur zu halten.

»Faß mal mit an, Professor!« rief Lohmer.

Gemeinsam zogen sie das Boot ein Stück den Schlick herauf. Dann vertäute es Broders fachmännisch mit dem Bugtau am Schleusengeländer und mit dem Hecktau an einem Baumstumpf. Er ließ genug Leine, damit es bei Ebbe nicht auf Grund fiel.

»Wo hast du das denn her?« fragte er.

Lohmer erzählte, wie er das Boot gefunden hatte, und sagte, offenbar sei niemand an Bord.

»Wird sich irgendwo losgerissen haben«, sagte Broders.

Sein Hund rannte in den Schlick, machte den Hals ganz lang und schnupperte am Bug, bellte, sprang im Matsch und Wasser aufgeregt hin und her, sprang sogar mit den Vorderpfoten die Bordwand hoch.

»Was hat der bloß?« wunderte sich Broders.

Die beiden Männer zogen ihre Schuhe aus, krempelten die Hosenbeine hoch und glitschten barfuß ein paar Schritte durch den Schlick. Sie kletterten über die seitlich eingehängte Badeleiter an Bord. Broders leuchtete mit der Taschenlampe, die er um diese Jahreszeit auf seinen Abendspaziergängen mitnahm.

Es war fast dunkel geworden. Ein halber Mond schien auf eine Nebelschicht, die über das Wasser waberte. Ein Fischreiher kehrte von einem späten Beuteflug heim. Laut schnatternd folgte ein Entenpaar dem großen Bogen des Flusses nach Norden. Noch immer kam Musik aus einem Radio. In einer Halterung vor der überdachten Außenwand der Kajüte entdeckte Lohmer einen Weltempfänger und schaltete ihn aus.

»Ist hier jemand?« rief er noch einmal.

Es blieb still. Broders richtete seine Taschenlampe auf den kleinen Steuerstand mit Ruder, Echolot und Kompaß und entdeckte daneben ein gehämmertes Messingschild. »Boots- und Jachtvermietung Heinz-Hennig Paulsen, Otterndorf, Jachthafenstraße 88.«

»Da haben wir ja den Besitzer. Das Boot hat wohl jemand gechartert«, sagte er.

Lohmer fand den Hauptschalter für die batteriegespeiste Bordbeleuchtung. Er legte den kleinen Hebel um. Die messingverkleideten Schiffslampen über dem Steuerplatz, in der Kajüte und am kurzen Mast gingen an. Backbord- und Steuerbordlampe warfen rote und grüne Reflexe auf das Wasser. Die halbhohe Tür zum Kajütenabgang stand offen. Lohmer kletterte mit eingezogenem Kopf fünf Stufen hinunter. In dem kleinen Spülbecken neben dem einflammigen Gaskocher stand benutztes Plastikgeschirr. Ein paar Bücher lagen am Boden, zwei angebrochene Zigarettenschachteln und ein aufgeplatztes Salzpaket. Auf einer der beiden herausklappbaren Sitzbänke neben dem maßgeschnittenen Tisch standen zwei Einkaufstüten und ein grauer Samsonite-Koffer mit allerlei abgeschabten Aufklebern von Fluggesellschaften und Hotels. »Four Seasons-Hotel, Washington, Georgetown«, entzifferte Lohmer. Dann entdeckte er die dunklen Flecken. Auf der Tischplatte, auf den hellen Sitzkissen, auf dem Holzfußboden. Einige waren verwischt und trocken, andere tropfenförmig klein und noch feucht. Lohmer bückte sich, leckte seinen Zeigefinger an und tupfte vorsichtig darüber. Seine Fingerkuppe färbte sich braunrot. Er schnupperte wie ein Spürhund. Er fand weitere Flecken: auf der Treppe, auf dem verwitterten Teakholzboden an Deck, vor der Badeleiter.

»Verdammter Mist«, sagte er, schüttelte den Kopf und betrachtete wieder seinen Zeigefinger.

»Was ist denn los?« fragte Broders, der sich inzwischen interessiert den Dieselmotor angesehen hatte.

»Faß nichts an!« sagte Lohmer. »Ich fürchte, es gibt Arbeit.«

Er nahm Broders die Taschenlampe aus der Hand und beleuchtete die Flecken. Dann richtete er den Lichtstrahl auf die Sohlen seiner nackten Füße. Sie waren braunrot beschmiert.

»Was ist denn das?« fragte Broders, der ihn erstaunt beobachtete.

»Was hast du denn?«

»Einen Scheißberuf habe ich«, sagte Hauptkommissar Manfred Lohmer, griff nach einem Lappen und wischte sich das Blut von den Füßen.

»Es reicht nicht, daß ich tagsüber von einem Tatort zum anderen renne – jetzt kommen die Tatorte schon zu mir! Und das auch noch nach Feierabend...!«

2

Donnerstag, 28. September 1989
Die beiden Männer gingen von Bord, wie sie gekommen waren. Broders tätschelte seinen Hund, der noch immer jaulte und an der Leine zerrte und sich erst allmählich unter der Hand seines Herrn beruhigte.

»Kannst du eine Weile hierbleiben und auf das Boot aufpassen?« fragte Lohmer.

»Selbstverständlich, Herr Kommissar! Stehe stets zu Ihrer Verfügung!«

Broders bemühte sich angestrengt um einen lockeren Ton.

»Vielleicht hat sich jemand beim Rasieren geschnitten?«

»Kann sein«, sagte Lohmer. »Kann auch sein, daß sich jemand sonst irgendwie verletzt hat und von Bord gegangen ist, um einen Arzt zu suchen und in der Aufregung das Boot nicht richtig festgemacht hat... Vielleicht hat's an Bord einen Streit mit Schlägerei gegeben. Oder einer hat sich selbst umgebracht. Kann aber auch sein, daß jemand überfallen, ausgeraubt und über Bord geworfen worden ist – dann sind dies hier die Spuren eines Mordes! Alles möglich, Professor. Jedenfalls sind seltsame Blutspuren an Bord einer herrenlosen Jacht das, was wir in meinem Job einen ›Anfangsverdacht‹ nennen. Und da muß ich leider dienstlich werden. Erstmal telefonieren jedenfalls.«

Lohmer ließ Broders und seinen Hund am Ufer zurück und ging über den Deich und über den schmalen Weg zu seinem Haus, an dem seine Frau längst die Außenbeleuchtung eingeschaltet hatte.

»Wo bleibst du denn bloß? Ich hab ein paarmal gerufen. Deine Tochter ist schon ohne dich eingeschlafen! Du hättest mir auch ausnahmsweise ein bißchen helfen können. Oder hast du vergessen, daß meine Eltern gleich zum Essen kommen?«

Natürlich hatte er das vergessen. Seine Frau war wütend. Sie stand in der Küchentür, aus der es nach Braten roch. Der Tisch in der Diele war mit dem guten Service und mit den neuen Weingläsern gedeckt. Im Kamin knackten brennende Holzscheite. Ingrid Lohmer hatte sich feingemacht, den neuen Hosenanzug angezogen, die Haare hochgesteckt und Schmuck angelegt.

Sie waren jetzt bald acht Jahre verheiratet, und Lohmer fand, daß sie sich unnötig Sorgen wegen einiger Fältchen machte. Er liebte seine Frau noch immer, ihr Äußeres ebenso wie die meisten ihrer Eigenschaften. Aber es gab auch Dinge, die trafen seine Nerven wie ein Zahnarztbohrer: zum Beispiel ihr schriller, fast schon hysterischer Tonfall, wenn sie sich stritten.

»Und wie du aussiehst! Deine Hose ist ja von oben bis unten mit Dreck bekleckert...! Wo hast du dich bloß herumgetrieben? So kannst du doch nicht bleiben!«

»Ich kann überhaupt nicht bleiben!« sagte Lohmer kurz angebunden. »Ich muß gleich weg. Dienstlich.«

»Jetzt noch...? Das hab ich mir doch gedacht! Immer, wenn meine Eltern kommen, kommt dir ganz plötzlich was dazwischen... aber wenn mein Vater bei der Bank was für uns tun soll – dann spielst du den lieben Schwiegersohn...«

Lohmer hatte keine Lust mehr, seiner Frau zu erklären, was draußen am Deich geschehen war. Er warf die Tür seines Arbeitszimmers zu und nahm sich vor, bei der nächsten Zinsfestlegung für die Haushypothek nicht mehr die Dienste seines Schwiegervaters in Anspruch zu nehmen, auch wenn die Kreissparkasse ein halbes Prozent teurer sein würde.

Er drückte die Selbstwähltaste mit der Nummer seiner Dienststelle. Es war halb acht Uhr abends. Im Kriminalkommissariat Cuxhaven war nur noch die K-Wache im Erdgeschoß des vierstöckigen Polizeigebäudes an der Kammannstraße besetzt. Hilbert hatte Dienst, ein neuer, junger Kollege, frisch von der Polizeischule. Als Lohmer den Fundort des Bootes am Ostedeich genau erklärte und sagte, er solle sofort einen Wagen der Schutzpolizei mit zwei Mann zur Bewachung des Bootes schicken und Jens Feldhusen von der Spurensicherung auftreiben, da knallte der Neue beinahe hörbar die Hacken zusammen, sagte »Jawohl, Herr Hauptkommissar!« und »Wird gemacht, Herr

Hauptkommissar!« und »Einen schönen Abend noch, Herr Hauptkommissar!«

Den müssen wir noch ein bißchen lockerer machen, dachte Lohmer.

Erst als er den Hörer auflegte, merkte er, daß Bonnie, der Dackel, den Zeigefinger seiner linken Hand ableckte, mit dem er auf dem Boot über das Blut gestrichen war. Lohmer wusch sich sorgfältig die Hände. Dann ging er über den schmalen Flur in den ausgebauten Tennenteil des Bauernhauses, ins Zimmer seiner Tochter. Wie immer brannte nachts eine kleine Lampe, weil Eva Angst vor völliger Dunkelheit hatte. Sie seufzte tief und hielt ihr Lieblingstier, einen Plüsch-Pinguin, fest in der Hand. Lohmer strich ihr das Haar aus dem Gesicht.

»Ich muß nach Otterndorf zu einer dringenden Vernehmung«, sagte er eine Spur zu eilig zu seiner Frau. Sie wandte den Kopf ab und sagte nichts.

Im Garten roch es nach feuchtem Herbstlaub und nach späten Heckenrosen. Lohmer ging noch einmal zu Broders, der sich auf einen Baumstumpf gesetzt hatte und rauchte.

»Hast du noch ein bißchen Zeit? Du wirst gleich von zwei richtigen Polizisten abgelöst«, sagte er. »Ich fahre noch mal schnell nach Otterndorf, zu diesem Bootsverleiher.«

Broders sagte, er könne warten, er habe sowieso nichts vor, und seine Frau sei bei einer Freundin in Hamburg.

Lohmer fuhr mit seinem alten BMW den schmalen Weg am Deich entlang. Auf der asphaltierten Kreisstraße kamen ihm kurz nacheinander zwei Fahrzeuge entgegen, ein grünweißer VW-Passat mit eingeschaltetem Blaulicht, aber ohne Sirene und ein älterer beigefarbener Mercedes. Er hoffte, daß ihn seine Schwiegereltern nicht gesehen hatten.

Nach einer Viertelstunde erreichte er Otterndorf, eine kleine idyllische Stadt mit einer Hauptstraße, übergroßer Backsteinkirche und liebevoll restaurierten Fachwerkhäusern. Lohmer mußte halten, als ein paar Kinder mit bunten Laternen die Straße überquerten und »Laterne, Laterne... Sonne, Mond und Sterne«

sangen. Er fuhr aus der Stadt hinaus zum Jachthafen. Im Elbter-rassenrestaurant, einem flachen, bungalowartigen Bau mit gro-ßen Fenstern zur Elbe hin, roch es wie immer nach Scholle mit Speck. Lohmer fragte nach dem Bootsverleiher Paulsen. »Viel-leicht ist der noch unten am Anleger«, sagte jemand.

Der flaschenförmige Jachthafen, dessen schmaler Hals zur Elbe führt, war um diese Jahreszeit nur noch zur Hälfte belegt. Große Motor- und Segeljachten für eine halbe Million und kleine Boote mit Außenbordmotor lagen nebeneinander. Aus einigen Kajüten fiel mattes Licht. Lohmer ging über die auf dem dunklen Wasser schwankenden Holzplanken. Er mußte nicht lange suchen, dann entdeckte er eine kleine Motorjacht mit bei-gefarbenem Kunststoffrumpf und blauer Persenning. Derselbe Typ wie das Boot auf der Oste. *Dörte I, Otterndorf Kreis Cux-haven*, stand am Heck. An Bord brannte Licht.

Durch das Kajütenfenster sah Lohmer einen schweren Mann mit grauem Haarkranz auf einem sonnenroten Schädel. Der Mann saß am Tisch, über allerlei Papiere gebeugt, griff zu einer Flasche Korn, schraubte umständlich den Verschluß ab, schenkte ein Wasserglas viertelvoll und kippte es sich in den Hals. Er trug einen blauen Seemannspullover mit geöffnetem Reißverschluß am Rollkragen. Trotz seines massigen Kopfes hatte er einen spit-zen Adamsapfel, der beim Schlucken auf- und abtanzte.

Lohmer klopfte an die Bordwand. Der Mann hustete, setzte das Glas ab und zwängte sich umständlich hinter dem Tisch vor, machte die Kajütentür auf und blickte mißtrauisch zu Lohmer auf.

»Was is'n los?«

Lohmer fragte, ob er der Bootsverleiher Heinz-Hennig Paul-sen sei, und als der Mann nickte, nannte er seinen Namen und Dienstrang.

»Was is'n los?«

Er brauche nur ein paar Auskünfte, sagte Lohmer.

»Wofür? Was is'n los, um diese Zeit noch?«

Paulsen hatte plötzlich eine Taschenlampe in der Hand. »Sind Se irgendwo reingefallen?«

Der Lichtkegel fiel auf Lohmers mit getrocknetem Schlickwasser bekleckerte Hose. Zu blöd. Er hatte vergessen, sich umzuziehen. Als er fragte, ob er reinkommen könne, weil man sich drinnen wohl besser unterhalten könne, schüttelte Paulsen den Kopf, sagte »mit der Dreckshose sowieso nicht«, er habe nämlich gerade erst die Sitzpolster gereinigt.

Lohmer klopfte an seiner Hose herum und unterdrückte seinen Ärger. Dann fragte er Paulsen, ob er der Eigner der Motorjacht *Dörte III* sei und an wen er die zur Zeit vermietet habe. Der Bootsverleiher streckte den Kopf vor und sah ihn noch mißtrauischer an.

»Ham Se mal nen Ausweis, ne Marke oder sowas?«

Umständlich erklärte er, vor einem Jahr sei schon mal »so'n Schnüffler« bei ihm gewesen, er habe sich auch als Kripomann ausgegeben und nach einem Pärchen gefragt, das ein Boot gemietet hatte – und ein paar Monate später sei er als Zeuge zu einem Scheidungsprozeß geladen worden. »Der Kerl war nämlich Privatdetektiv, wissen Se, und hinter nem Liebespaar her, und mit sowas will ich nix mehr zu tun haben.«

Lohmer kam sich immer alberner vor. Natürlich hatte er weder Dienstmarke noch Dienstausweis in seiner Freizeitkleidung. Er versuchte, das zu erklären, gab's aber auf.

»Also gut, Herr Paulsen, wenn Sie wissen wollen, was mit der *Dörte III* passiert ist, dann kommen Sie morgen früh um acht zur Polizeidienststelle Cuxhafen, Kriminalkommissariat, zweiter Stock, Zimmer 220. Lohmer ist mein Name, Hauptkommissar Manfred Lohmer.« Er drehte sich um und rief noch im Gehen: »Wenn Sie nicht pünktlich da sind, laß ich Sie mit einem Streifenwagen zur Vernehmung abholen!«

Paulsen kam an Deck.

»Also, was ist mit meinem Schiff los?«

Lohmer kam zurück.

»Können wir uns jetzt unterhalten oder nicht?«

»Kommen Se rein, aber Vorsicht mit der Hose...«

Lohmer quetschte sich auf eine der beiden Sitzbänke. Paulsen schenkte sich einen Korn ein, bot Lohmer auch einen an und deutete, als der ablehnte, mit seinem Glas in der Hand auf die Papiere. »Alles für die Steuer, alles korrekt hier.«

»Seit wann haben Sie die *Dörte III* vermietet, Herr Paulsen, und an wen?«

»Vor drei Tagen, an nen Ami. Warten Se. Den Vertrag hatt ich eben noch inne Finger...« Paulsen wühlte beidhändig in seinen Papieren und hielt nach einer Weile triumphierend einen ausgefüllten Vordruck hoch. »Sehn Se, Herr Kommissar, bei mir herrscht Ordnung.«

Lohmer streckte seine Hand aus. »Kann ich mal sehen?«

»Erst sagen Se mal, wat nu eigentlich los ist.«

Lohmer erzählte, wie er die Motorjacht gefunden hatte, daß niemand an Bord sei und sie nun sicher festgemacht war. Die Blutflecken erwähnte er nicht.

»Da bin ich Sie aber sehr dankbar, Herr Kommissar«, sagte Paulsen und klemmte sich einen kalten Zigarrenstummel zwischen die Lippen.

Lohmer griff nach dem Vertragsformular, las es durch und machte sich Notizen. Die Motorjacht war laut Vertrag vor drei Tagen für eine Woche an einen gewissen »William J. Berrigan, geboren 3. 5. 1954 in Boston, wohnhaft ebenfalls in Boston, amerikanischer Staatsbürger«, verchartert worden.

»Der Mann hat als Sicherheit 3000 Mark in bar hinterlegt«, sagte Paulsen.

»Haben Sie irgendwelche Papiere mit einem Foto von ihm?«

»Klar. Seinen Paß. Laß ich mir von Ausländern immer geben.«

Der Bootsverleiher schichtete wieder seine Papiere um, fischte schließlich einen US-Paß hervor. Lohmer klappte den Ausweis auf und starrte auf die Stelle, wo das Foto gewesen sein mußte – es war herausgerissen, offenbar so heftig, daß auch die obere Seitenecke des Dokumentenpapiers fehlte.

»Hier ist kein Foto mehr, Herr Paulsen!«

Lohmer knallte den Paß auf die Tischplatte. Der Bootsverleiher zuckte zusammen, nahm das Dokument und betrachtete es ungläubig von allen Seiten.

»Ich schwöre, Herr Kommissar! Als mir der Ami den Paß gegeben hat, war da ein Bild drin...« Paulsen beschrieb seinen Kunden. »Der hat nich wie ein Ami ausgesehen, mehr wien Student, älteres Semester. Mitte Dreißig. Mittelgroß. Mit Brille. Eine mit Goldrand, nee, ohne Rand. Der hat perfekt Deutsch gesprochen, Herr Kommissar. Der wollte mit der *Dörte III* ne Woche Urlaub machen, hat er gesagt, auf der Elbe und auf den Nebenflüssen rumpütschern. Nach der Ostemündung hat er noch gefragt, da wollt er wohl rein. Vorher hat er sich nach nem Lebensmittelladen erkundigt.«

Paulsen schüttete wieder Schnaps nach.

»Ach ja, Herr Kommissar, fast hätt ich dat vergessen: ich hab dann nachher zufällig gesehen, wie die *Dörte III* bei Hochwasser aus dem Hafen ausgelaufen ist – da war plötzlich ne Frau an Deck. Lange rote Haare hatte die und ne weiße Windjacke, sah toll aus von weitem, kam mir irgendwie bekannt vor, wien Film-star oder so, aber ich komm nich drauf.«

Lohmer schrieb ein kleines Kalenderblatt voll, das der Boots-verleiher ihm gegeben hatte, dann verabschiedete er sich und sagte, die *Dörte III* werde erst einmal sichergestellt. Paulsen pro-testierte. Lohmer meinte, es werde nur ein paar Tage dauern.

Im Elbterrassenrestaurant ging gerade das Licht aus, als er vorüberging. Die Herbstnacht war kühl und klar geworden. Vom Außendeich aus konnte er kilometerweit über die Elbmün-dung blicken. Der große Schatten eines hochbeladenen Contai-nerschiffs zog vorüber. Am anderen Ufer waren die Lichter des Industriegebietes Brunsbüttel zu sehen, weiter südlich der Atom-reaktor Brokdorf. Hauptkommissar Lohmer stieg in seinen Wa-gen, an dessen Heckscheibe der Aufkleber *Atomkraft – Nein danke!* klebte. Im Autoradio sagte der Nachrichtensprecher, in Leipzig und Ostberlin seien nach Protest-Versammlungen in mehreren Kirchen und nach gewaltfreien Demonstrationen meh-rere Dutzend DDR-Bürger vom Staatssicherheitsdienst und von der Volkspolizei festgenommen worden.

Schon von weitem konnte Lohmer einen hellen Widerschein hin-ter dem Ostedeich sehen. Kurz vor seinem Haus parkte ein Strei-fenwagen halb in einem Gebüsch. Ein paar Leute standen auf der Deichkrone. Er erkannte einige Nachbarn. Auch seine Frau und seine Schwiegereltern waren dabei. Sie gaben ihm frostig die Hand. »Tut mir leid, daß ich weg mußte. Ich war deswegen unterwegs«, sagte er und zeigte zum Boot hinüber.

Im weißblauen Licht von zwei Halogenscheinwerfern war an Deck der Motorjacht ein einzelner Mann bei der Arbeit zu beobachten: Jan Feldhusen von der Spurensicherung. Er schabte sorgfältig mehrere der braunroten Flecken ab und strich das getrocknete Blut in verschiedene Reagenzgläser. Er bestäubte das Ruder und andere Stellen mit grauem Graphitpuder, entdeckte einige Fingerabdrücke und machte von ihnen Abzüge auf einem Spezial-Plastikklebestreifen. Er kennzeichnete einige Kratzer mit Zahlenschildchen, machte eine Übersichtsaufnahme und fotografierte sie dann ganz aus der Nähe mit einer Pentax mit Makroobjektiv. Er fuhrwerkte mit einer Art Autostaubsauger auf dem Boden, auf Sitzen und Tischen, sogar in den Kojen herum und sammelte auf diese Weise Textilfussel, Haare, Kippen, Knöpfe und allerlei Partikelchen vor dem Spezialfilter des Staubbeutels. Schließlich trug er die Beute in seinen Dienstwagen. Es war kurz vor Mitternacht, als die Scheinwerfer erloschen.

Lohmer konnte in dieser Nacht schlecht schlafen. Sein Instinkt sagte ihm, daß die Sache mit dem Boot ein ungewöhnlicher Fall werden könnte: Wenn der Bootsverleiher nicht das Bild aus dem Paß des Amerikaners gerissen hatte, dann blieb nur eine Erklärung: dieser Mister Berrigan aus Boston hatte seinen Ausweis abgegeben und das Foto nachher bei günstiger Gelegenheit selber herausgerissen.

Warum?

Lohmer beschloß, gleich morgen früh den Polizeizeichner zu dem Bootsverleiher zu schicken. Der sollte nach dessen Personenbeschreibung ein genaues Portrait des Amerikaners malen. Vielleicht würde man es bald für ein Fahndungsplakat brauchen...

Am nächsten Morgen, kurz vor acht, schloß Lohmer sein Büro in der zweiten Etage des vierstöckigen Polizeigebäudes in der Cuxhavener Kammannstraße auf. »Hauptkommissar Manfred Lohmer, Tötung und Brand« stand an der Tür, hinter der sich deutsches Behördenzimmer-Design verbarg: Schreibtisch, Schreibmaschinentisch, Aktenregale, abschließbarer Schrank, alles aus Kiefernholznachbildung. Ein Drehstuhl, zwei Besucherstühle aus Vierkantstahlrohr mit grünen Sitzpolstern. Blaugrauer Linoleumboden, nach Reinigungsmittel riechend. Der gerahmte Druck an der Wand »Abend im Teufelsmoor« von Otto Modersohn war Privateigentum, und natürlich auch das gerahmte Farbfoto auf der Fensterbank: Lohmer mit Frau und Tochter an einem Sommertag vorm Reetdachhaus am Ostedeich.

»Moiijn Kollege Lohmer!«

Kriminalrat Kohlschmidt, sein Chef, grüßte durch die halboffene Tür und schlurfte mit pensionsreifen Schritten in das Zimmer nebenan.

Kohlschmidt machte die Verwaltungsarbeit im Kriminalkommissariat Cuxhaven, in dem 26 unterbezahlte Kriminalbeamte in der Stadt und im nördlichen Landkreis etwa »120 000 Leute in Schach halten« mußten, wie Kohlschmidt zu sagen pflegte. Manfred Lohmer, stellvertretender Leiter des KK und Chef der Abteilung »Tötung und Brand«, war der eigentliche Kriminalist in diesem Außenposten der deutschen Gesetzeshüter an der Nordseeküste. Er leitete von Fall zu Fall die MoKo und die SoKo – die »Mordkommission« und die »Sonderkommission« –, wenn kapitale Verbrechen aufzuklären waren. »Der Kojak von der Küste« hatte ihn die Lokalzeitung genannt, als er sich vor ein paar Monaten seinen hufeisenförmigen Haarkranz abrasiert hatte. Lohmer hatte den Bildreporter des Blattes zum Teufel gejagt, der ihm für ein Foto auch noch einen Lolli in die Hand drücken wollte. Seither ließ er sich auf dem Kopf und im Gesicht durchschnittlich drei Tage altes Stoppelhaar stehen und einen gepflegten Schnauzbart wachsen. Das gab ihm, zusammen mit seiner legeren Kleidung, Jeans, Sporthemd, Sakko oder Wildlederjacke, ein asphalt-cowboyartiges Aussehen. Jedenfalls wirkte Lohmer einige Jahre jünger, als er war. Er war 43.

Lohmer hatte sich mit dem Gedanken vertraut gemacht, daß Cuxhaven die letzte Sprosse seiner Karriereleiter sein würde. Anders als noch vor ein paar Jahren beunruhigte ihn dieser Gedanke keineswegs. Seiner Karriere in der Landeshauptstadt Hannover trauerte er nicht mehr nach. Da war er beim 14. K gewesen, beim Staatsschutz. Der größte Fall, den er aufgedeckt hatte, war eine versuchte Gefangenenbefreiung aus der Strafanstalt Celle: Bombenleger hatten ein Loch in die meterdicke Außenmauer gesprengt – ein verurteilter Terrorist, Mitglied der RAF, sollte durch das später sogenannte »Celler Loch« nach draußen klettern. Die Ladung ging hoch, aber der Häftling kam nicht rechtzeitig raus. Statt dessen schlugen die Ermittlungsergebnisse von Lohmer und seinen Kollegen wie eine Bombe ein: der Sprengsatz an der Knastmauer war nämlich vom Verfassungsschutz gelegt worden. Der wollte den Gefangenen, der dem Terrorismus längst abgeschworen hatte, auf diese Weise aus dem Knast bringen und als Informanten in die RAF einschleusen. Der Fall wurde zum politischen Skandal, und Lohmer wurde verdächtigt, einem befreundeten Journalisten ein paar Tips für eine Enthüllungsstory darüber gegeben zu haben. Das konnte ihm zwar nicht nachgewiesen werden, dennoch wurde er ein paar Monate später zum Hauptkommissar und so weit von Hannover weg befördert, wie es im Lande Niedersachsen nur geht: an die Nordseeküste nach Cuxhaven.

Inzwischen fühlte sich Lohmer längst wohl in dieser vom Wind saubergefegten Stadt, zu der auch ein paar vorgelagerte Seebäder gehören. Und beruflich hatte er wieder Erfolg. Seit Beginn seiner Dienstzeit waren alle Morde und Brandstiftungen aufgeklärt worden. Bis auf einen. Ein Urlauber hatte eines Morgens erstochen vor einem der großen Fischkühlhäuser am Hafen gelegen. Ein dubioses Verbrechen ohne erkennbares Motiv. Und eine peinliche, um nicht zu sagen geschäftsschädigende Angelegenheit, wie damals der Vorsitzende der »Vereinigung fischverarbeitender Betriebe« und der Leiter des Fremdenverkehrsvereins übereinstimmend bemerkten. Wobei letzterer noch hinzufügte, das Robbensterben an der Küste mache ihm schon genug Sorgen.

Kurz vor zehn kam Feldhusen.

»Hast du auf dem Boot was Besonderes entdeckt?« fragte Lohmer.

Der Mann von der Spurensicherung schob ein DIN-A4-Blatt über den Tisch. Darauf waren drei handbeschriebene Zettel zu einem Satzteil aneinandergeklebt. »... anderen Ausweg... sehe ich... nicht...«

»Sieht nach einem Abschiedsbrief und nach Selbstmord aus Liebeskummer aus«, sagte Feldhusen.

»Wie kommst du denn darauf, Sherlock Holmes?« fragte Lohmer.

Feldhusen hielt einen durchsichtigen Plastikbeutel gegen das Fenster. »Da sind drei kupferrot gefärbte Frauenhaare drin, bis zu 58 Zentimeter lang, die reichen fast bis auf den Hintern.« Feldhusen verdrehte die Augen, als sehe er eine nur mit langen roten Haaren bekleidete Frau vor sich.

»Hier ist die vollständige Spurenliste.«

Lohmer las: »Herrenlose Jacht; Verzeichnisnummer 434/89.« Unter dieser Überschrift waren 53 einzelne Positionen aufgeführt, von »Zigarettenkippe, *Lord extra* mit Lippenstiftspuren« bis zu »Mittelgroßer Reisekoffer, grau, Hartschale, Marke *Samsonite*, zahlreiche Aufkleber«. Auch »Eine Packung Kondome, Marke *Libido*, nicht angebrochen«.

Feldhusen grinste, als er mit dem Finger auf diese Position deutete: »Hab ich doch gesagt: Liebeskummer...«

Er werde diese und die anderen Fundsachen und natürlich die Fingerabdrücke und die Reagenzgläser mit den Blutproben per Kurier zum Labor des Landeskriminalamtes Hannover schicken. Bevor er ging, stellte Feldhusen die Einkaufstüte auf den Schreibtisch, die Lohmer am Abend auf der kleinen Jacht gesehen hatte. »Da sind ein paar Bücher, Schriftstücke und Tonbandkassetten drin, die solltest du dir näher angucken.«

Lohmer holte ein deutsches und zwei englische Bücher und eine Broschüre aus der Tüte. Eines hieß *S.I.O.P – The Secret U.S.Plan for nuclear war*. Ein anderes *Nuclear Battlefields*. »Das eine bedeutet *Die geheimen Atomkriegs-Pläne der USA* und das andere *Atomare Schlachtfelder*«, sagte Feldhusen wichtig, »hab ich mit einem Wörterbuch selbst übersetzt...«

Lohmer las langsam den Aufdruck einer grünen Broschüre:

Institutional Plan 1988–1993, Lawrence Livermore National Laboratory.«

Lohmer atmete hörbar aus. »Das ist allerdings eine etwas ausgefallene Lektüre für eine friedliche Bootstour auf der Oste.«

»Kommt irgendwas von Atomsprengköpfen und Laserstrahlen drin vor«, sagte Feldhusen. »Wir haben hier doch die US-Army in Bremerhaven und Radarstationen in Basdahl und Wanna...«

»... und vermutlich ein paar Atomsprengkopflager, die es offiziell natürlich nicht gibt...«

»Auf dem Gebiet sollst du ja Experte sein«, sagte Feldhusen.

Lohmer ging auf die Anspielung nicht ein: er hatte vor ein paar Monaten Ärger mit Kohlschmidt bekommen, weil er sich den Aufkleber *Atomkraft – Nein Danke!* ans Auto geklebt hatte. Ob das denn sein müsse? Das mache bei einem leitenden Kriminalbeamten keinen guten Eindruck auf die Bevölkerung, hatte der Kriminalrat gesagt. Er sei nicht nur Beamter, sondern auch freier Bürger und dürfe seine Meinung wohl noch äußern, hatte er geantwortet. Man lebe schließlich in einer Demokratie. Und er hatte auch noch erwähnt, daß er neuerdings Mitglied der Bürgerinitiative »Notaktion Fluglärm« geworden sei, weil seine kleine Tochter von den Tieffliegern der Bundeswehr und der NATO-Verbündeten zu Tode erschreckt werde. Ob Polizeibeamte etwa keine Pazifisten sein dürften? Lohmer hatte die Tür so laut hinter sich zugeknallt, daß die Kollegen ihre Köpfe auf den Flur hinausstreckten.

Er blätterte interessiert in dem dritten Buch aus der Plastiktüte, einem Bildband mit dem Titel *Worpswede-Moskau / Das Werk von Heinrich Vogeler. Katalog zur Ausstellung 1989.* Dann las er, was mit grünem Filzstift auf den drei Tonbandkassetten stand: *Brandenburgische Konzerte* von Johann Sebastian Bach, *Leningrad* vom US-Rocksänger Billy Idol, *Regina Regenbogen*, eine bei Kindern sehr beliebte Märchenkassette, wie er als Vater wußte. Da waren Leute mit vielseitigen Interessen an Bord der *Dörte III,* dachte Lohmer und nahm sich vor, Bücher und Kassetten mit nach Hause zu nehmen, da er tagsüber nicht dazu kommen würde, sich näher damit zu befassen.

26

Lohmer schrieb mit der Hand eine »Kriminaltaktische Anfrage«. Dann setzte er sich im Geschäftszimmer an den Computer, auf dessen Bildschirm die Großbuchstaben POLAS für *Polizeiliches Auskunftssystem* standen und tippte mit beiden Zeigefingern seinen kurzen Text ein:

»Kriminalkommissariat Cuxhaven bittet dringend um Auskunft über den amerikanischen Staatsbürger William J. Berrigan, geboren 3. 5. 1954 in Boston, US-Paß Nr. Z6175235, angeblich zuletzt wohnhaft in Boston, Kennedy Ave 1012. Berrigan wird vermißt. Ein Verbrechen ist nicht ausgeschlossen.«

Lohmer adressierte die Anfrage an das LKA, das Landeskriminalamt Hannover, an das BKA, das Bundeskriminalamt Wiesbaden und an das AZR, das Ausländer-Zentralregister in Köln.

Am frühen Nachmittag kam der Polizeizeichner aus Otterndorf zurück. Eine Stunde später hatte er aus einer ersten Skizze mit Pinsel und Spritzpistole ein Portrait des verschwundenen Amerikaners angefertigt – er arbeitete immer noch nach der alten Technik, nicht mit dem Fahndungsbild-Fotopuzzle, bei dem viele Dutzend verschiedener Gesichtsteile so lange miteinander kombiniert werden, bis das Bild den Zeugenangaben entspricht. Auf der Rückseite des Bildes stand: »Der verschwundene Amerikaner William J. Berrigan, gezeichnet nach Angaben des Bootsverleihers Heinz-Henning Paulsen, Otterndorf. Die Haare sind mittelblond, Augenfarbe grau oder blau, Alter Mitte Dreißig, besondere Kennzeichen: ein etwa fingernagelgroßes Muttermal am Hals, nach Angaben des Zeugen vermutlich links unterhalb des Kinns.«

Lohmer hielt das postkartengroße Schwarz-Weiß-Bild unter seine Schreibtischlampe. Es zeigte einen Mann mit vollem, in der Mitte gescheiteltem Haar, beide Ohren frei, hohe, glatte Stirn, schmale, ausgeprägte Nase, ovale Gesichtsform mit ein wenig hervorgehobenen Backenknochen, ausgeformte, aber schmale Lippen, markantes Kinn mit Grübchen. Brille mit dünnem Rand. Die Augenbrauen hatte der Zeichner stark betont, die Pupillen schienen ein wenig unnatürlich groß. Ein intelligentes, irgendwie ängstliches Gesicht, das dem Zeichner wie meist ein wenig puppenhaft steif geraten war.

»Der malt keine Menschen, sondern Wachsfiguren«, hatte Lohmer schon ein paarmal kritisiert. Am Hals, links, war ein dunkler Fleck eingezeichnet. Wenn der ein so großes Muttermal hatte, müßte der Mann Schwierigkeiten beim Rasieren haben, dachte Lohmer – er sah die danebenliegende Asservatenliste durch: es war an Bord kein Rasierapparat gefunden worden, auch kein Rasiermesser.

Er ließ im Fotolabor Reproduktionen des Portraits machen und schickte die Kopien mit der dazugehörigen Personenbeschreibung und einem Foto der Motorjacht *Dörte III* an die Lokalzeitungen in Cuxhaven, Bremerhaven und Bremen. Der letzte Satz der beiliegenden Polizeimeldung lautete: »Wer hat diese Person und dieses Boot in den vergangenen Tagen gesehen? Vermutlich wurde dieser Mann von einer Frau mit auffallend langem, rotem Haar begleitet. Hinweise nimmt jede Polizeidienststelle entgegen.«

Kurz nacheinander legte ihm die einzige Sekretärin des Kommissariats die Antworten auf seine Anfragen auf den Tisch. Alle drei Dienststellen meldeten: Keine Erkenntnisse über einen William J. Berrigan! Lohmer holte sich die dritte Dose Cola aus dem Automaten. Er bat das BKA, seine Anfrage über die Datenbank *Inpol* an Interpol Paris weiterzugeben.

Es war schon kurz vor fünf, als ihm eine Idee kam. Er rief seinen Freund Bernhard Greenberg in Bremerhaven an. Lohmer hatte Glück – Greenberg hatte Spätdienst. »Little Bernie«, ein Zweieinhalb-Zentner-Kerl mit Stiernacken und einem gewöhnlich zutraulich grinsenden Bulldoggengesicht, blickte an diesem Nachmittag traurig wie ein eingesperrter Hund aus dem Fenster der zweistöckigen Backsteinkaserne, gegen das ein steifer Nordwestwind dicke Tropfen trommelte. Die herbstlich trostlose Tiefebene dahinter sah wie eine spärlich bewachsene Unterwasserlandschaft aus. Bernie Greenberg mußte für einen erkrankten Kollegen Dienst machen, und sein geplanter Weekendausflug mit Freunden zum Bowling nach Hamburg mit anschließendem

St.-Pauli-Bummel fiel deshalb aus. Der Detektiv des CID, des *Criminal Investigation Department*, der militärischen Kriminalpolizei der US-Army, war privat erfreut und dienstlich ungehalten über Lohmers Anruf. »Ich hoffe, ihr habt nicht schon wieder einen von unseren Jungs als Kokaindealer erwischt, wir haben hier schon genug Probleme, ausgerechnet zum Wochenende.«

Mit Greenberg hatte Lohmer oft zusammengearbeitet, wenn GI's in irgendwelche Fälle verwickelt waren, meist in Drogendelikte. Lohmer sagte Greenberg, er brauche zwar dringend seine Hilfe, aber es werde nicht viel Umstände machen. Er solle nur mal schnell über die Spezial-Verbindung der US-Army Bremerhaven beim FBI in Washington und im Pentagon nach einem gewissen William J. Berrigan fragen. Lohmer berichtete von dem Boot und dem verschwundenen Amerikaner, der seltsamerweise sein Foto aus seinem Paß gerissen habe. Und daß ein Verbrechen nicht auszuschließen sei.

»Mehr hat der nicht ausgefressen?« fragte Greenberg gelangweilt.

»Dieser Berrigan hat ein paar Unterlagen über die geheimen Atomkriegspläne der Vereinigten Staaten von Amerika auf diesem Boot zurückgelassen, falls dich das interessiert?«

»Material über waaas...?«

»Über eure Atomkriegspläne!«

»Aha.« Es war eine Weile still.

»Sag mal Fred, willst du mich verarschen?«

»Nicht während der Dienstzeit, das weißt du doch.«

»Und noch was, Bernie...« Lohmer griff schnell in die Einkaufstüte, die noch immer auf seinem Tisch lag und zog die grüne Broschüre heraus. »Hast du schon mal was von einem *Lawrence Livermore National Laboratory* gehört?«

»Kommt mir irgendwie bekannt vor. Aber im Moment fällt mir dazu nichts ein. Warum? Was ist damit?«

»Darüber waren auch Unterlagen an Bord.«

»Okay, ich hör mich um, was das für ein Laden ist.«

Greenberg ließ sich den Namen durchbuchstabieren und versprach Lohmer, er werde ihn auch spätabends oder nachts und am Wochenende anrufen, wenn er etwas über diesen Berrigan erfahren habe.

CID-Detektiv Greenberg schickte gegen 19.30 Uhr zwei chiffrierte Fernschreiben über Satelliten nach Washington. Eines an das FBI-Hauptquartier, eines an das Pentagon, an das *Zentrale Personaldatenregister*, in dem alle derzeit diensttuenden GI's, sämtliche Reservisten, alle Veteranen, also zig Millionen von lebenden und toten US-Soldaten aller Waffengattungen bis zurück zum Zweiten Weltkrieg registriert sind. Greenberg bat um Auskunft über »William J. Berrigan aus Boston«. Berrigan werde in der Bundesrepublik Deutschland dringend von der Polizei gesucht.

In Washington war es erst 14.30 Uhr, früher Nachmittag, als die Anfrage des *CID Bremerhaven/West Germany* eintraf. In den Parks der Hauptstadt und in den Vororten, die schon zum US-Bundesstaat Virginia gehören, hatten sich Bäume unter einem wolkenlosen Himmel prächtig gelb und braunrot gefärbt. Und die Wettermänner des beliebten Frühstücksfernsehens hatten für das bevorstehende Wochenende einen anhaltend warmen und sonnigen *Indian summer* vorausgesagt. Die mehr als hunderttausend Mitarbeiter der amerikanischen Regierung in den Verwaltungspalästen der Ministerien und Behörden an der Pennsylvania, der Constitution und der Independence Avenue freuten sich auf Weekend-Picknicks und Barbecues, aufs Golf- und Tennisspielen oder aufs Segeln an der nur zwei Autostunden entfernten Bay bei Baltimore. Für ein Dutzend Männer und Frauen jedoch fielen ihre Wochenendpläne ebenso ins Wasser wie für Bernie Greenberg in Bremerhaven oder wurden zumindest erheblich beeinträchtigt – weil ein deutscher Provinz-Kriminalbeamter eine Frage hatte.

Betroffen waren Mitarbeiter einer Reihe von Regierungsinstitutionen in der amerikanischen Hauptstadt und in der näheren Umgebung: in dem gewaltigen Komplex des achtstöckigen J. Edgar Hoover Building der amerikanischen Bundespolizei FBI; im

Pentagon, dem fünfeckigen dunkelverglasten Gebäude des US-Verteidigungsministeriums in Arlington, auf der anderen Seite des Potomac River; im militärischen Geheimdienst DIA *(Defence Intelligence Agency)*, der abseits, in dèr hermetisch abgeschlossenen *Bolling Air Force Base* untergebracht ist; in der Zentrale des größten und geheimnisvollsten Geheimdienstes der USA, der NSA *(National Security Agency)* auf halbem Wege zwischen Washington und Baltimore; im Sitz der berühmt-berüchtigten CIA *(Central Intelligence Agency)* in Langley, zwölf Meilen außerhalb Washingtons, auf halbem Weg zum Dulles International Airport; im Außenministerium an der 23. Straße in Washington; im Energieministerium an der Independence Avenue; im Old Executive Office Building, dem Gebäude der Regierungsadministration, einem gewaltigen, verschachtelten grauen Komplex aus der Jahrhundertwende an der 17. Straße; und schließlich im Weißen Haus selbst. George Bush, der amerikanische Präsident, wurde von den Nachrichten aus Niedersachsen/Bundesrepublik Deutschland allerdings bis zum Montag morgen verschont, bis er von einer Angeltour vor der Küste seines Anwesens in Kennebunkport/Maine nach Washington zurückgekommen war.

Die erste, die an diesem frühen Freitagnachmittag in der US-Hauptstadt mit der Sache zu tun hatte, war Matilda Ronstet, eine dunkelhäutige Sachbearbeiterin an einem der vielen hundert Computer des FBI. Ihr neuer Freund Allan aus Alexandria hatte für den Abend einen Zweier-Tisch im feinen *Portners Restaurant* in der Altstadt von Alexandria, einem Washingtoner Vorort, reserviert. Matilda bekam die Anfrage »Berrigan« deshalb zu einem unpassenden Zeitpunkt auf den Tisch – und eine merkwürdige Antwort auf ihrem Bildschirm, als sie Namen und Daten so eingegeben hatte, wie sie ihr vom CID übermittelt worden waren. Der Computer gab den verwirrenden Befehl aus: »Bei Anfragen nach William J. Berrigan aus Boston antworten: Eine Person dieses Namens und mit diesen Daten ist nicht existent.« Und »Anfrage und Grund der Anfrage sofort an Außenministerium, Paßabteilung und an Energie-

ministerium, Abteilung besondere Forschungsvorhaben weitergeben.«

An einem der Terminals des Zentralen Personaldatencompu-
ters des Pentagon bekam etwa gleichzeitig Charles Wittlock den
Vorgang »Berrigan« auf den Tisch. Auch sein Computer antwortete auf die Frage nach *Berrigan* mit *negativ* – und wies ihn
ebenfalls an, sofort das Außen- und das Energieministerium zu
informieren und den militärischen Geheimdienst DIA. *Urgent –
dringend* stand auf dem Bildschirm seines Computers.

Die Nachricht »Es gibt keinen William J. Berrigan« landete
am späten Abend, kurz vor zehn Uhr, auf dem Schreibtisch von
Detektiv Greenberg in Bremerhaven.

Kaum zehn Minuten später klingelte sein Telefon. Am Apparat war Samuel Persh vom militärischen Geheimdienst DIA in
Fort Bolling/Virginia, von der Abteilung für die in der Bundesrepublik Deutschland stationierten amerikanischen Streitkräfte.
Persh wollte zu Greenbergs Erstaunen sehr dringend wissen,
was es mit diesem nicht existierenden Mister Berrigan auf sich
habe?

Greenberg erklärte, daß bei ihm eine Nachfrage der deutschen
Kriminalpolizei vorliege. Danach sei der Mann spurlos verschwunden und habe irgendwelche militärische Unterlagen zurückgelassen und Material über das – Greenberg blickte auf
seine Notizen und sprach langsam und deutlich – über das *Lawrence Livermore National Laboratory*.

»Können Sie mir sagen, was das für ein Betrieb ist, Sir?«

Nach einer kurzen Pause, und nachdem auf der anderen Seite
des Atlantiks einige Stimmen zu hören, aber nicht zu verstehen
waren, antwortete der Mann vom militärischen Geheimdienst:
»Das kann ich, Sergeant Greenberg – das ist das Atomwaffenfor-
schungslabor der USA in Kalifornien.«

Und er befahl Greenberg in einem Ton, der durch die klare
Satellitenverbindung noch dringlicher klang, er solle sich unverzüglich um weitere Details dieser Sache bemühen und sobald wie
möglich zurückrufen.

»Auf der abhörsicheren Leitung, natürlich!«

»Selbstverständlich, Sir«, sagte Bernhard Greenberg.

Er verkniff sich die Frage, warum dieser Aufwand und diese Eile — bei der Suche nach einem Mann, den es angeblich nicht gab.

3

Freitag, 29. September 1989
Hauptkommissar Manfred Lohmer packte kurz nach 19 Uhr in der Polizeidienststelle Cuxhaven seine Aktenmappe und klemmte sich die Tüte mit den Büchern und Kassetten von der *Dörte III* unter den Arm, als Kriminalrat Kohlschmidt in sein Zimmer kam und fragte, was mit der »Leichensache Wachsmuth« sei, mit dem Sohn des bekannten Arztes, der sich erhängt hatte? Die habe er an einen Kollegen abgegeben, sagte Lohmer. Er habe seit gestern abend einen anderen Fall übernommen.

»Deswegen frage ich auch, wenn Sie gestatten, Herr Kollege. Ich habe gerade Ihre Fernschreiben in alle Welt gelesen. Da Sie mir ja sonst nichts mitteilen – darf ich erfahren, ob das nicht ein etwas übertriebener Aufwand ist? Wie ich höre, gibt es bisher nichts außer ein paar Blutflecken auf einem Boot?«

Lohmer murmelte etwas von »äußerst merkwürdigen Umständen, die auf ein Verbrechen mit internationalem Hintergrund hindeuten«. Selbstverständlich werde er morgen ausführlich berichten, wenn er mehr wisse. Er verabschiedete sich eilig.

Auf der Heimfahrt fragte er sich, ob ihn dieser Fall auch so beschäftigen würde, wenn das menschenleere Boot nicht durch irgendeinen Zufall praktisch vor seiner Haustür gestrandet wäre? Oder durch eine Fügung? Es gab Fälle, da wollte Hauptkommissar Manfred Lohmer nicht an Zufälle glauben. Er hatte seinen BMW gerade in dem von Efeu überwachsenen Carport vor seinem Haus abgestellt, als seine Frau durch das Fenster seines Arbeitszimmers rief: »Komm schnell, da ist ein Amerikaner am Telefon, ich hab den Namen nicht verstanden!«

Am Apparat war Greenberg.

»Ich hab deine Anfrage nach Washington weitergegeben, Fred. Und ich habe auch schon Antwort bekommen, genauer gesagt: drei Antworten. Die vom Pentagon und vom FBI lauten: es gibt keinen William J. Berrigan. Und unser militärischer Geheimdienst rief eben extra aus Washington an, was schon mal verdammt ungewöhnlich ist und will alles über diesen nicht existierenden Mister Berrigan wissen. Ist doch irgendwie ganz logisch, nicht...?«

Lohmer wehrte seinen kleinen Hund ab, der auf seinen Schoß springen wollte.

»Es scheint so, als ob Berrigan nicht der richtige Name von dem Mann auf dem Boot ist.«

»... aber da sich die Jungs von der DIA kurz vorm Wochenende so brennend für den Fall interessieren, muß mehr dahinterstecken als eine verdammte Vermißtensache«, sagte Bernie Greenberg. »Ich glaube, Manfred, du bist da an ein ziemlich heißes Ding geraten.«

»Du wolltest dich erkundigen, was es mit diesem Laboratorium auf sich hat, von dem diese Unterlagen auf dem Boot stammen?«

»Allright, das kommt noch dazu: soweit ich bis jetzt gehört habe, liegt das irgendwo in Kalifornien, da werden neue Atomwaffen erfunden – das ist ein modernes Los Alamos, falls dir das was sagt. Alles, was da passiert, ist natürlich strengstens geheim. Jedenfalls werden da von Wissenschaftlern an Computern irgendwelche Höllenmaschinen für den nächsten oder schon für den übernächsten Krieg ausgebrütet. Sogar für den Krieg im Weltraum.«

»Du meinst, die Sache könnte mit Spionage zu tun haben?«

»Ich sehe, du kannst mir folgen. Die Frage ist, ob der Mann aus dem Boot ein Spion oder ein Agent war oder ist? Falls du den Unterschied nicht kennst: ein Spion ist ein Böser, einer von der anderen Seite, ein Agent ist ein Guter, also einer von uns.«

»Danke für den Nachhilfeunterricht, darauf wäre ich nie gekommen.«

»Wenn der Mann auf deinem Boot aber einer von uns ist oder war – dann muß irgend etwas ziemlich schiefgelaufen sein, sonst wären die in Washington nicht so nervös.«

Greenberg fragte Lohmer nach allen Einzelheiten seiner bisherigen Ermittlungen, weil er so schnell wie möglich Washington informieren müsse. Erst nach zwanzig Minuten legte Lohmer den Hörer wieder auf.

Ingrid Lohmer hatte »Gegrilltes Kräuterhähnchen provenzalischer Art« gemacht, sein Lieblingsessen, eine Geste der Versöhnung nach dem Streit gestern. Nun waren die Kräuter auf der Hähnchenhaut schon fast schwarz gebrannt. Trotzdem duftete und schmeckte es köstlich. Lohmer machte eine Flasche Chardonay auf und erzählte, was er sonst selten tat, seiner Frau von seiner Arbeit, von dem Boot und von dem verschwundenen Mann.

»Ist Eva schon im Bett?« fragte er.

»Die hat schon vorher gegessen, weil du so spät gekommen bist. Jetzt hört sie vor dem Einschlafen noch die Kassette, die du ihr mitgebracht hast.«

»Ich habe ihr keine Kassette mitgebracht.«

»Aber sie hat eine Kinderkassette aus dieser Einkaufstüte da genommen...«

Lohmer stand hastig auf und sagte, daß dies kein Geschenk, sondern ein sichergestelltes Beweisstück sei. Er ging zum Kinderzimmer und drückte vorsichtig die Türklinke herunter. Die Nachtlampe brannte. Eva hatte die Bettdecke bis über die Nasenspitze gezogen und die Augen fest zusammengekniffen. Sie stellte sich schlafend. Als er ihr einen Kuß auf die Stirn gab, schlang sie ihre kleinen Arme um seinen Hals und drückte ihn.

»Ich hab dich reingelegt, ich bin noch wach, Papi!«

»Du hast mir eine Kassette gemopst.«

»Wieso? War *Regina Regenbogen* nicht für mich?«

»Nein, diesmal nicht. Wo hast du sie denn?«

»Im Kassettenrecorder. Du kannst sie wiederhaben, die ist sowieso nicht ganz richtig. Da reden ein Mann und eine Frau immer dazwischen.«

»Was?«

Lohmer ging schnell zum Regal, in dem der Kassettenrecorder zwischen Dutzenden von Stofftieren stand, spulte die eingelegte Kassette zurück und drückte auf »Play«.

Musik ertönte. Klarinetten- und Gitarrenklänge. Ein Kinderchor sang. Eine Frauenstimme sagte im Märchentantenton: »Das

Regenbogenland war grau und düster, bevor Regina Regenbogen kam...« Und erzählte vor den Hintergrundgeräuschen eines Gewitters von den »bösen Monstern« und »guten Sternwichten« im bunten »Regenbogenland«, dann wurde das Band mit lautem Knacken gestoppt und wieder in Gang gesetzt. Ein Junge sagte: »Deine Geschichte vom Sternenkrieg ist viel spannender, erzähl mir noch eine!«

Dann war eine Männerstimme zu hören. Der Mann war offenbar etwas angetrunken. Seine Stimme war schleppend. Er hatte einen leichten, aber deutlich hörbaren amerikanischen Akzent. Er bemühte sich angestrengt um einen tiefen Tonfall. »Okay. Dann erzähle ich dir die Story, wie die guten Sternenkrieger mit ihren Atomraketen und mit tödlichen Strahlen, die viele tausend Mal heißer sind als die Strahlen der Sonne, die gute alte Erde verteidigen...«

»Oh, prima«, sagte die Jungenstimme.

»Es war einmal ein Präsident«, fuhr die Männerstimme fort, »der herrschte über das reichste und mächtigste Land der Welt, und der hatte trotzdem so viel Angst, daß er immer neue, immer gewaltigere, immer schrecklichere Waffen zum Schutz seines Landes erfinden ließ, obwohl seine Feinde schon lange keine Lust mehr hatten, einen Krieg zu führen...«

Die seltsame Geschichte handelte von Raketen und von Todesstrahlen und von Killersatelliten zwischen Sonne, Mond und Sternen. Der Junge verstand nicht, fragte dazwischen, wurde müde und schlief offenbar ein. Der Mann sprach weiter, oft Englisch oder Amerikanisch. Kommissar Lohmer hörte unverständliche Kürzel und Bezeichnungen, ein Ortsname fiel, der wie *Livermoor* klang. Dann rief im Hintergrund eine Frauenstimme: »Was erzählst du dem Kind denn so lange? Komm endlich!«

Der Junge protestierte noch mit müder Stimme. Der Mann sagte etwas Unverständliches. Ein Stuhl wurde geräuschvoll weggeschoben. Schritte entfernten sich. Es knackte auf dem Band. Danach waren wieder die Musik und der Kinderchor und die Stimmen von *Regina Regenbogen und ihren Freunden* zu hören.

Lohmer nahm das Band aus dem Kassettenrecorder, gab seiner

Tochter einen Gute-Nacht-Kuß und spulte es in der Stereoanlage im Wohnzimmer ein halbes dutzendmal ab.

Seltsame Geschichte, dachte er. Die Gesprächsfetzen sind in derselben Situation aufgenommen worden, in der er sie gerade gehört hatte – vor dem Einschlafen eines Kindes. Ob das der Amerikaner vom Boot war? Vor allem: Die Frauenstimme kam ihm immer bekannter vor, je öfter er den einen Satz hörte, den sie gesprochen hatte. Obwohl sie wie erkältet klang – oder gerade deswegen? Auch seine Frau Ingrid meinte, sie habe die Stimme schon irgendwo gehört.

Kurz nach zehn ging das Telefon. Am Apparat war der Bootsverleiher Paulsen aus Otterndorf.

»Herr Kommissar«, sagt er, »ich seh gerade die Frau von dem Amerikaner, die mit den roten Haaren von der *Dörte III*.«

»Wo sind Sie?« fragte Lohmer.

»Zu Hause. Bei mir zu Hause.«

»Und die Frau ist bei Ihnen?«

»Nee, Herr Kommissar«, sagte Paulsen und lachte asthmatisch. »Ich seh fern, und die Frau is gerade im Fernsehen...«

Lohmer schaltete sofort das Fernsehgerät ein. Wie an jedem Freitag abend lief in dem Privatsender RTA, *Radio Tele Aktuell*, die Sendung »Thema Nr. 1 – Die Talkshow zum brisantesten Thema der Woche«. Die Sendung war in letzter Zeit selber in die Schlagzeilen der Programmzeitschriften und Boulevardblätter gekommen, weil die ebenso attraktive wie politisch engagierte und umstrittene Moderatorin Ines van Holten nach einem Krach mit ihrem konservativen Programmdirektor vom öffentlich-rechtlichen Programm zu RTA gewechselt war. »Die rote Ines«, wie sie wegen ihrer Haarfarbe und ihrer politischen Haltung genannt wurde, sei dem Lockruf des großen Geldes gefolgt. Sie habe die Moderation der »Thema-Nr.-1«-Sendung für eine halbe Million im Jahr übernommen. Sie ließ sich nicht von Politikern und anderen Prominenten mit Allgemeinplätzen abwimmeln, stellte aggressive Fragen bis in die Privatsphäre, war schlagfertig-bissig und witzig-charmant. Die bis dahin eher lang-

atmige Sendung hatte innerhalb weniger Wochen ihre Einschalt-
quote fast verdoppelt. Das Thema diesmal: »Explodiert die
DDR? Flüchtlingswelle und Proteste vor dem 40. Jahrestag des
zweiten deutschen Staates?«

Ines van Holten stellte gerade ihre Gäste nacheinander vor.
Die Moderatorin hatte ihr Haar zu einem langen, wippenden
Zopf flechten lassen. Die Maskenbildnerin hatte ihre Wangenknochen mit Rouge betont. Die roten Lippen glänzten feucht im
Scheinwerferlicht. Straßsteinchen blitzten auf ihrer pastellgrünen
Bluse. Ihr hautenger Rock rutschte bis über die Knie, als sie ihre
langen Beine übereinanderschlug. Zur Einleitung der Gespräche
verlas sie ein paar aktuelle Nachrichten über die Unruhen in
Ostberlin und Leipzig, über den Knüppeleinsatz von Stasileuten
und Volkspolizisten vor Kirchentüren. Ihre Stimme klang selbstsicher, metallisch, ein wenig erkältet.

Manfred Lohmer hatte keinen Zweifel: es war die Stimme vom
Tonband. Seine Frau erzählte ihm, was sie vor ein paar Tagen in
einem Boulevardblatt gelesen hatte: Ines van Holten habe sich
von ihrem Mann, einem Fernsehproduzenten, getrennt. Sie er-
ziehe ihren kleinen Sohn nun alleine und habe sich nach dem Ver-
tragsabschluß bei RTA eine Luxuswohnung in Hamburg gekauft.

Lohmer rief den Sender RTA an und bekam einen Redakteur
der Nachrichtenredaktion an den Hörer. Der sagte ihm, die gerade laufende Talkshow sei eine Live-Sendung und werde voraussichtlich bis weit nach Mitternacht dauern.

Lohmer gab seiner Frau einen flüchtigen Kuß und fuhr nach
Hamburg. Er nahm den Weg durch das Moor und durch das
Obstanbaugebiet im Alten Land. Die Straßen waren leer, der
Asphalt glänzte feucht und war stellenweise von Laub bedeckt,
so daß die Hinterräder des BMW in manchen Kurven gefährlich
durchdrehten. Lohmer schaffte die neunzig Kilometer in gut einer
Stunde.

Im Intercontinental-Hotel sagte der Portier, er könne ihn nicht in
den abgetrennten Teil der Lobby lassen, in der die Talkshow statt-
fand. Ein paar Männer mit ausgebeulten Jacketts standen unauf-

fällig herum, die Leibwächter des Außenministers, der für seinen Diskussionsbeitrag gerade Beifall bekam. Diesmal hatte Lohmer seinen grünen Dienstausweis nicht vergessen. Der Portier ließ ihn zögernd durch, als er sagte, er sei nach der Sendung dienstlich mit Frau van Holten verabredet.

Er stellte sich hinter eine raumhohe Palme, die zur Dekoration gehörte, und beobachtete die Kabelschlepper und die Kameraleute, die ihre Kameras auf Stativen mit breiten Gummirändern über Bretterböden leise hin- und herfuhren und die Teilnehmer der Talkshow und die Zuhörer aus wechselnden Perspektiven aufnahmen. Eine Maskenbildnerin tupfte der Moderatorin Schweiß von der Stirn und puderte ihr Make up über, als sie gerade nicht im Bild war. Dann fuhr eine Kamera nah an sie heran. Ihr Gesicht erschien in Großaufnahme auf einem der am Boden stehenden Monitore. »Die Frage ›Explodiert die DDR?‹ liebe Zuschauer, wird noch lange das Thema Nr. 1 bleiben. Wir werden weiterhin darüber berichten. Ich danke meinen Gästen für ihre engagierten Diskussionsbeiträge und Ihnen für Ihr Interesse. Herzlich – ihre Ines van Holten.« Das Publikum applaudierte auf das Zeichen eines Mannes, der seine Hände hochhob und vorklatschte.

Es war schwülwarm und stickig. Obwohl er im Halbdunkel hinter den Scheinwerfern stand, lief Lohmer der Schweiß in den Kragen seines blaugestreiften Sporthemdes. Er lockerte seine Lederkrawatte und beobachtete, wie Ines van Holten Autogramme schrieb und die Glückwünsche eines offenbar wichtigen Mannes zu der »aufregenden Sendung« entgegennahm. Dann wandte sie sich um und ging schnell in Richtung der Fahrstühle. Sie kam direkt an ihm vorüber. Sie war kleiner, als er gedacht hatte. Im Gehen löste sie das Band ihres Pferdeschwanzes. Kupferrotes Haar fiel bis auf ihre Hüften. Lohmer roch ein herbes, erotisierendes Parfüm. Er folgte ihr in den Fahrstuhl. Sie schien ein wenig irritiert. Als sich die Tür geschlossen hatte, holte sie eine Zigarettenschachtel aus ihrem Täschchen. *Lord extra.* Die Marke vom Boot. Sie zuckte leicht, als Lohmer ihr hastig Feuer gab und fragte, ob er sie sprechen könne.

Offenbar glaubte sie, er sei ein aufdringlicher Verehrer oder

– schlimmer noch – ein prominentensüchtiger Psychopath. Sie habe jetzt leider keine Zeit, sagte sie professionell kühl. Der Fahrstuhl hielt im fünften Stock. Lohmer fingerte seinen grünen Dienstausweis aus der Tasche seiner Wildlederjacke.

»Tut mir leid, aber es läßt sich leider nicht vermeiden.«

Sie erschrak sichtbar, ging aus dem Fahrstuhl bis zu einer Hotelzimmertür, überlegte kurz, schloß auf und bat ihn herein. Das Zimmer diente als Garderobe, ein mit nackten Glühbirnen beleuchteter Schminktisch war aufgebaut, auf dem Doppelbett lagen ein Köfferchen, ein tiefausgeschnittenes Kleid und Kopien von Zeitungsausschnitten über die Gäste ihrer Talkshow. Ines van Holten öffnete die Minibar und holte ein Fläschchen »Fernet Branca« heraus, kippte den Inhalt herunter und schüttelte sich.

»Setzen Sie sich irgendwohin«, sagte sie kurz angebunden, ging ins Badezimmer und ließ die Tür offen. Offenbar wusch sie sich Hände und Gesicht. »Also, schießen Sie los«, sagte sie durch die Tür. »Was kann ich für Sie tun?«

Lohmer ging im Zimmer hin und her. Er hätte ihr bei der Befragung gern ins Gesicht gesehen.

»Sie haben doch einen kleinen Sohn…«, begann er und bereute im selben Moment diesen Anfang.

Ines van Holten kam mit verwischtem Make up und halb ausgezogener Bluse aus dem Bad und sah ihn ängstlich an.

»Um Gottes Willen! Ist etwas mit Sebastian passiert?!«

»Nein, nein, wirklich nicht, es ist alles in Ordnung mit Ihrem Kind.«

Lohmer stammelte. »Ich wollte nur fragen, ob es möglich ist, daß ich die Stimme Ihres Sohnes und Ihre Stimme auf einer Tonbandkassette gehört habe.«

Lohmer kam sich idiotisch vor, wie ein Schauspieler, der seinen Auftritt total verpatzt. Die Moderatorin verschwand wieder im Bad, sagte eine Zeitlang nichts und kam dann mit ungeschminktem Gesicht ins Zimmer zurück. Lohmer fand, daß sie so viel aparter aussah.

»Ich wäre Ihnen dankbar, wenn Sie sich deutlich ausdrücken würden. Was für ein Tonband? Was für Stimmen? Herr … wie war doch Ihr Name?« sagte sie in der metallisch-schneidenden Tonlage, mit der sie vor laufenden Kameras schwadronierende Politiker zum Thema zurückbrachte.

Lohmer fühlte, wie er rot wurde und hoffte, daß sie es nicht bemerken würde. »Kennen Sie einen Amerikaner namens William J. Berrigan?« fragte er unvermittelt.

»Nein«, sagte sie ebenso scharf wie zuvor und forderte ihn auf, sich umzudrehen, sie sei noch verabredet und wolle sich, wie er vielleicht bemerkt habe, noch umziehen. Lohmer blickte durch die Gardine auf die Alster hinunter. Auf der anderen Seite hob sich das hell angestrahlte »Hotel Atlantic« von der dunklen Umgebung ab.

»Sie haben auch nicht mit Mister Berrigan vor einigen Tagen in Otterndorf eine Motorjacht gechartert und sind in die Oste gefahren?«

Lohmer hörte hinter sich das Rascheln von Textilien. Sie schleuderte ihre hochhackigen Schuhe von den Füßen.

»Also wir wollen hier doch nicht länger in Rätseln reden, ich bin eine einigermaßen erwachsene Frau und habe nichts zu verbergen – jedenfalls nicht vor der Kriminalpolizei«, sagte sie. »Erstens: Ich kenne, wie gesagt, keinen Mister Berrigan. Zweitens: Ich habe zusammen mit einem amerikanischen Freund eine Bootstour auf der Oste gemacht... und ich werde diese Bootstour morgen fortsetzen. Ich habe sie wegen der Sendung heute für einen Tag unterbrochen.«

»Darf ich nach dem richtigen Namen Ihres amerikanischen Freundes fragen?«

»Warum? Was heißt ›richtiger‹ Name? Was ist passiert?«

Zum erstenmal hörte Lohmer Unsicherheit in ihrer Stimme. Er hätte gern ihr Gesicht gesehen. »Ihr Freund – wie immer er heißt – ist ziemlich spurlos verschwunden«, sagte Lohmer. »Wenn man von ein paar Blutspuren absieht, die er hinterlassen hat.«

Er drehte sich abrupt um. Er sah gerade noch, wie ihre Brüste in eine Bluse aus lachsfarbener Seide hüpften. Sie knöpfte sie hastig zu.

»Was heißt das: er ist verschwunden?«

Lohmer erzählte ihr kurz und schonungslos von dem herrenlosen Boot, von den Blutspuren an Bord, von der Tonbandkassette und daß der Bootsvermieter sie gesehen und erkannt hätte. Er sagte auch, daß es noch keinerlei konkrete Anhaltspunkte gebe, was geschehen sei. Es könne alles ganz harmlos sein, es könne aber auch ein Verbrechen stattgefunden haben.

»Können Sie sich vorstellen, daß er ... daß er sich etwas angetan hat? Hat er unter Depressionen gelitten ... hat er möglicherweise Liebeskummer gehabt?« Das Lächeln blieb in seinen Mundwinkeln hängen.

»Ich nehme an, daß indiskrete Fragen zu Ihrem Beruf gehören.«

»Zu Ihrem wohl auch, ich nehme deshalb an, Sie haben Verständnis dafür.«

»Also Peter war ... er ist in mich verliebt, aber er mußte deswegen keinen Kummer haben. Ja, daß er ein paar berufliche Probleme hatte, das ist schon möglich. Er war in der vorigen Woche für seine Firma in Bonn zu irgendeiner Tagung. Als er zurückkam, hat er mal was angedeutet. Es sei Wahnsinn, was die da machen oder so ... Aber Depressionen? Oder gar Selbstmordgedanken? Nein.«

»Peter heißt er also, nicht William, und vermutlich auch nicht Berrigan, wie in dem Paß stand, den er beim Bootsverleiher hinterlegt hat.«

»Er hat einen falschen Paß hinterlegt?« Einen Moment schien sie verwirrt. Lohmer nutzte die Gelegenheit.

»Darf ich jetzt vielleicht erfahren, wie er sich Ihnen gegenüber genannt hat?«

»Ich verbitte mir diesen süffisanten Ton, Herr Hauptkommissar!« Ihre Augen wurden eng. Eine helle Röte stieg in ihr Gesicht, an die Partien über den Wangenknochen, die vorher von der Maskenbildnerin geschminkt worden waren. Lohmer fand, daß ihr die Zornesröte noch besser stand.

»Ich kenne ihn seit fast zwanzig Jahren. Sein Name war und ist Peter Rosenblatt. Er kommt aus Kalifornien. Er ist Physiker, wissenschaftlicher Computerspezialist oder so.«

»Genaueres wissen Sie nicht über seine Tätigkeit?«

»Soweit ich das verstanden habe, befaßt er sich mit der Entwicklung von neuartigen medizinischen Operationsgeräten. Ich glaube, es hat etwas mit winzigen Laserstrahlen für die Gehirnchirurgie zu tun. Ich habe natürlich keine Ahnung von diesen Dingen.«

Sie zog sich vor dem hohen Schrankspiegel weiter an, wechselte sogar den Rock, als wäre er gar nicht im Raum. Lohmer glaubte erst, sie sei völlig nackt, bis er sah, daß sie einen fleischfarbenen, bestickten Slip trug.

»Vielleicht ist er von Bord gegangen, um irgend etwas zu erledigen, und das Boot ist ganz einfach abgetrieben.«

»Schon möglich«, sagte Lohmer, »aber er ist seit mehr als 24 Stunden verschwunden.«

»Was sind das für Blutspuren, von denen Sie gesprochen haben?«

»Das wissen wir eben noch nicht genau...«

Mehr zu sich selbst als zu ihm erzählte sie von ihrem amerikanischen Freund.

Sie habe ihn tatsächlich vor 18, 19 Jahren kennengelernt. Er sei damals als amerikanischer Austauschschüler ein Jahr lang in Hamburg gewesen. Sie hätten sich ineinander verliebt, dann sei er zurück in die USA gegangen, sie hätten ein paar Briefe gewechselt, und dann lange nichts mehr voneinander gehört. Bis vor zwei Wochen. Ein alter Freund, der Mann einer Freundin genauer gesagt, habe sie zu einer Party eingeladen und ihr vorher einen Überraschungsgast angekündigt. Sie habe wirklich keinerlei Ahnung gehabt, wer das sein könnte. Es war Peter Rosenblatt. Er hatte dienstlich in Bonn zu tun und sich bei diesem Freund, einem Architekten aus der Nähe von Bremen, gemeldet. Auch Rosenblatt habe nichts von ihrem Kommen gewußt. Die Überraschung sei natürlich gelungen! Sie hätten viel miteinander geredet, geflirtet und sich wieder ineinander verliebt. Sie könne doch mit seiner Diskretion rechnen? Sie lebe nämlich in einer ziemlich unangenehmen Scheidung, und es wäre nicht gut, wenn ihr Mann von ihrem Verhältnis mit Rosenblatt erfahren würde.

Lohmer versprach es.

»Die Bootstour ist übrigens meine Idee gewesen«, sagte sie. »Wir wollten uns eine schöne ruhige Woche machen, bevor er wieder zurück nach Kalifornien mußte. Ich kenne die Oste, es ist ein schöner, sauberer Fluß.«

»Ich weiß«, sagte Lohmer, »ich wohne da hinterm Deich.«

»Es war von vornherein eingeplant, daß ich für einen Tag Peter allein lasse. Erst wollte er mitkommen, aber dann hat er es sich anders überlegt und ist an Bord geblieben. Wir haben verabredet, daß ich morgen im Hafen von Neuhaus wieder zusteige.«

Ob sich in den letzten Tagen einer von ihnen an Bord verletzt habe, oder ob sich Rosenblatt beim Rasieren geschnitten und stark geblutet habe? Lohmer mußte an die Bemerkung von Broders denken.

Nein, so ein Unsinn. Er habe sich mit einem Batteriegerät rasiert. Jetzt erst schien ihr zum erstenmal die Bedeutung des Gespräches klar zu werden. Sie blickte ihn starr an, und es schien so, als nehme sie ihn erst jetzt richtig wahr.

»Sie glauben doch nicht, daß... daß ihm was passiert ist... daß er ermordet worden ist...«

Er antwortete nicht.

Er wollte ihr gerade von dem gekritzelten Abschiedssatz erzählen, den Feldhusen zusammengebastelt hatte, als es heftig an die Zimmertür klopfte. Sie öffnete und strich sich dabei über den Rock. Der Mann von vorhin stand in der Tür, der Regisseur oder Aufnahmeleiter.

»Die Leute unten warten alle auf dich, Schätzchen«, sagte er, »da sind auch noch ein paar Fotografen und Reporter...« Dann sah er Lohmer, musterte ihn sekundenlang verblüfft und sagte ein wenig zu vertraulich: »Hoffentlich störe ich nicht.«

»Du bist ein Quatschkopf«, sagte Ines van Holten, stellte Lohmer mit seinem Dienstrang vor und sagte, der Herr Kriminalhauptkommissar habe ihr ein paar Fragen stellen müssen, weil möglicherweise etwas mit einem Bekannten passiert sei. Lohmer fragte nur noch, ob sie morgen oder übermorgen zu einer ausführlichen Anhörung zur Verfügung stehen könne. Sie nickte.

»Wie gesagt, ich wollte morgen sowieso wieder zum Boot fahren. Ich habe ein paar Tage Urlaub, ich möchte natürlich sofort
Bescheid wissen, wenn Sie etwas herausfinden.«

Sie schrieb ihm ihre Privatnummer auf den Notizzettel des
Hotels neben dem Telefon. Es war ein Uhr nachts.

Von einem Apparat in der Hotelhalle aus ließ sich Lohmer über
die Zentrale mit Bernhard Greenberg, dem US-Army-Detektiv in
Bremerhaven, verbinden. Greenberg gähnte zur Begrüßung.
Lohmer sagte ihm, daß der verschwundene William J. Berrigan
in Wirklichkeit Peter Rosenblatt heiße. Greenberg gähnte noch
einmal.

Er sei gerade eingeschlafen, sagte er, denn »vor einer halben
Stunde erst hat mich jemand von der US-Botschaft in Bonn angerufen. Der hat mir dasselbe gesagt. Und daß das eine Art Staats-
geheimnis ist, hat er auch gesagt – und nun weiß sogar schon die
Kripo von Cuxhaven, wie der Kerl heißt.«

Lohmer schlief unruhig in dieser Nacht. Und als er am Samstag morgen von einem klappernden, auf- und abschwellenden
Lärm geweckt wurde, dauerte es eine Weile, bis ihm bewußt
wurde, daß das Geräusch, das näher kam und sich entfernte und
wieder näher kam, nicht mehr von der Windmühle aus seinem
Traum verursacht wurde, sondern daß in der Nähe ein Hubschrauber herumflog. Er stand mit unsicheren Bewegungen auf,
deutete ein paar Kniebeugen an und ging nach vorne ins Wohnzimmer. Durch die fast kahl gewordenen Äste der Kastanie vor
dem Haus sah er einen Helikopter mit grau-grünem Tarnan-
strich. Als er endlich seine Brille auf dem Eßtisch fand und auf-
setzte, erkannte er die *Stars-and-Stripes* und die Aufschrift *US-
Army*. Die Maschine flog tief über den Fluß, schwenkte den
Schwanz mit dem kleinen Steuerpropeller am Ende unruhig hin
und her wie eine nervöse Libelle.

Der Regen hatte sich über Nacht verzogen. Eine fahle Frühsonne drang durch dünne, herbstliche Wolken und blendete ihn.
Der Hubschrauber entfernte sich mit nach unten geneigter Nase
und verschwand hinter dem Deich. Lohmers Blick fiel auf die

antike Standuhr, ein im voraus geliefertes Erbstück seiner Schwiegereltern. Es war nach acht. Er wollte sich gerade noch einmal hinlegen, als das Telefon klingelte. Kohlschmidt war am Apparat. »Kommen Sie sofort in die Dienststelle. Es eilt«, sagte er aufgeregt. Lohmer zog sich hastig an.

Auf der eingezeichneten Hubschrauberlandefläche hinter dem Parkplatz des Polizeidienstgebäudes in Cuxhaven stand ein grau-grün-geschecktes Militärhelikopter, als Lohmer rückwärts auf seinen reservierten Platz fuhr. Er hatte keinen Zweifel, daß es dieselbe Maschine war, die ihn aus dem Schlaf gerissen hatte.

Kohlschmidt hatte auf ihn gewartet. Er stand auf dem Flur, als Lohmer die Treppe heraufeilte und dabei zwei Stufen auf einmal nahm. »Kommen Sie in mein Büro, Kollege Lohmer!« rief er und hängte mit Verzögerung ein scharfes »Bitte!« an.

Lohmer murmelte mürrisch, er sei erst nachts gegen drei Uhr von einem dienstlichen Einsatz aus Hamburg zurückgekommen. Er warf seine Aktenmappe auf den Schreibtisch und seine Wildlederjacke an den Kleiderhaken, krempelte im Gehen die Hemdsärmel hoch und ging zum Kaffeeautomaten.

»Kollege Lohmer...« Kohlschmidts Stimme klang nun schrill, »Sie sollen doch sofort...«

»Ich komm ja schon«, sagte Lohmer, wandte nicht einmal den Kopf und wartete, bis der dünne Kaffee in den Pappbecher gelaufen war. Er trank hastig einen Schluck. Er hatte nicht gefrühstückt. Mit dem schwappenden heißen Getränk in der Hand betrat er Kohlschmidts Zimmer. Zu seinem Erstaunen saßen drei Männer darin, zwei in dunkelblauen Anzügen und einer in graugrüner US-Uniform, die über den breiten Schultern zum Zerreißen gespannt war. Kohlschmidt tänzelte unruhig im Zimmer herum und zog dabei mit seiner linken Hand nacheinander an den Fingern seiner rechten, bis es vernehmlich knackte. Eine Angewohnheit, die bei Lohmer eine Gänsehaut erzeugte und die er ebenso haßte wie das Geräusch, wenn ein Löffel über einen Aluminiumkochtopf schrammt. Auch die drei Besucher zuckten jedesmal ein wenig zusammen, was Kohlschmidt nicht zu bemerken schien.

»Meine Herren, darf ich Ihnen meinen Mitarbeiter, Haupt-kommissar Lohmer, vorstellen, der diesen Vorgang bisher be-arbeitet hat.«

»Wir kennen uns bereits seit einiger Zeit«, sagte der Besucher in Uniform und drehte sich um. Lohmer hatte Bernhard Green-berg auf den ersten Blick nicht erkannt, denn der US-Army-Detektiv hatte sein sonst normal langes, gescheiteltes Haar nach GI-Art streichholzkurz schneiden lassen. Greenberg erhob sich steif. Sein Grinsen war nicht, wie sonst, breit und herzlich, son-dern ungewohnt verlegen, und er bemühte sich um ein formelles Amtsdeutsch.

»Darf ich dir zwei Herren vorstellen, die mich heute morgen auch für mich überraschend in einer Angelegenheit von großer Wichtigkeit aufgesucht haben...«

Greenberg deutete auf einen Mann mittleren Alters mit feucht nach hinten gekämmtem Haar und rundlichem, pockennarbi-gem Gesicht, der ihn mit halb zusammengekniffenem linken Auge kritisch betrachtete. Er sah mexikanisch aus, fand Lohmer. »Das ist Dr. Ricardo Evans von unserem Generalkonsulat in Hamburg«, sagte Greenberg. »Und das ist Mister Patrick O'Hara vom... von der Central Intelligence Agency.« Der grau-gesichtige CIA-Mann lächelte müde, schlug die Beine übereinan-der und steckte beide Hände tief in seine Hosentaschen, was beim Sitzen einige Schwierigkeiten machte. »Die Herren interes-sieren sich für den Fall ihres vermißten Landsmannes, Sie wissen schon – der von dem Boot mit den Blutspuren«, sagte Kohl-schmidt überflüssigerweise, während Lohmer sich halb auf eine Fensterbank setzte und seinen Kaffee schlürfte.

»Sie sind mit dem Hubschrauber da unten angereist?«

»Wir sind auf dem Herflug auch über den Fluß und über dein Haus gekommen«, sagte Greenberg, »die Herren wollten schon einmal aus der Luft die Gegend sehen, in der dieser Mister Ro-sen..., dieser angebliche Mister Berrigan aus Kalifornien ver-schwunden ist.«

»Unsere amerikanischen Verbündeten wollen in dieser Ange-legenheit mit uns zusammenarbeiten«, sagte Kohlschmidt bedeutungsvoll. »Würden Sie freundlicherweise in geraffter Form Ihre bisherigen Ermittlungsergebnisse referieren.«

Lohmer zögerte.

»Die rechtlichen Voraussetzungen und die Rahmenbedingungen sind von mir vorbesprochen und geklärt«, sagte Kohlschmidt. »Vizepräsident Herfeld vom BKA hat uns vorhin telefonisch nachdrücklich um jedwede Kooperation ersucht.«

Lohmer begann zögernd zu reden. Sein Bericht und seine Antworten auf die präzisen Fragen der Amerikaner dauerten schließlich fast eine Stunde. Er verlas die Asservatenliste, holte Bücher, Broschüren und die Tonbandkassette aus seinem Zimmer und legte sie auf den Tisch. Als er von seinem Gespräch mit der Fernsehjournalistin Ines van Holten erzählte, richtete sich der CIA-Mann kerzengerade auf und sagte: »Auf gar keinen Fall darf über diese Sache irgend etwas im Fernsehen oder in der Presse erscheinen.« Lohmer erklärte, warum Frau van Holten nicht das geringste Interesse an einer Veröffentlichung ihrer Beziehung zu Rosen ... zu diesem angeblichen Mister Berrigan habe.

»Spielen Sie uns doch bitte mal dieses ominöse Tonband vor«, sagte der CIA-Mann. Lohmer telefonierte nach Feldhusen. Der brachte einen Recorder. Die drei Amerikaner hörten erst verblüfft, dann immer angespannter zu. Als sich das Band abschaltete, waren eine Zeitlang nur die Verkehrsgeräusche durch das Fenster zu hören, das Lohmer geöffnet hatte.

»Ist der Mann auf dem Band verrückt oder betrunken?« fragte Kohlschmidt mit ungewohnter Direktheit.

»Soviel ich weiß, Sir«, sagte Mister Evans vom US-Generalkonsulat gespreizt, »soviel ich weiß, ist dieser Mann ein Genie.«

O'Hara von der CIA schob seinen Stuhl geräuschvoll mit den Kniekehlen über den Linoleumboden, erhob sich, ging zwei, drei Schritte auf Kohlschmidts Schreibtisch zu und nahm – wie sich Lohmer einprägte – mit provozierender Selbstverständlichkeit das kleine Tonband aus dem Kassettenrecorder und sagte zu ihm und zu Kohlschmidt gewandt: »Meine Herren, dieses Tonband und die anderen von Ihnen sichergestellten Gegen-

stände unseres vermißten Staatsbürgers sind hiermit beschlag-
nahmt! Der Fall wird ab sofort von uns und unseren Diensten
übernommen ...« Und als er Lohmers erst verblüfften, dann wü-
tenden Gesichtsausdruck sah, fügte er noch hinzu: »In diesem
Fall sind die Sicherheitsinteressen der Vereinigten Staaten berührt ...!«

Der Mann vom US-Generalkonsulat, offenbar ein Jurist, erhob sich ebenfalls, blieb aber stehen und unterstrich seine Worte
mit übertrieben großen Gesten. Er nannte ein halbes Dutzend
Vereinbarungen, Bestimmungen, Paragraphen zwischen den Vereinigten Staaten von Amerika und der Bundesrepublik Deutschland, erwähnte auch das Besatzungsrecht der US-Truppen. Er
sagte, amerikanische Institutionen würden diesen Fall übernehmen und damit die deutsche Polizei entlasten, und zu Lohmer
gewandt, es sei eben genauso, als ob US-Soldaten in Straftaten
verwickelt seien, diese Fälle würden ja auch von der Military
Police der US Army in der Bundesrepublik übernommen, in Süd-
deutschland sei das ganz alltäglich.

»Wir möchten Sie also dringend auffordern, ab sofort keinerlei eigene Ermittlungen mehr in dieser Sache anzustellen, uns
jedoch in jeder Hinsicht zu unterstützen, wenn wir Sie darum
bitten.« Der Mann vom Generalkonsulat setzte sich wieder, als
habe er ein Plädoyer beendet.

»Selbstverständlich, Herr Doktor ... Herr Doktor Evans.«

Kohlschmidt blickte auf die Visitenkarte in seinen Händen
und nickte beflissen. Lohmer merkte, wie Zorn in ihm aufstieg.
Es war einer der Momente, in denen er seinen Vorgesetzten ver-
achtete – wegen dessen kriecherischer Haltung gegenüber jeder
Art von echter oder vermeintlicher Autorität. Wütend wollte er
etwas Abfälliges, möglichst etwas Ehrenrühriges sagen, warf
dann statt dessen den noch halbvollen Kaffeebecher zwei Meter
weit in einen neben Kohlschmidts Schreibtisch stehenden Papierkorb. Ein paar braune Spritzer trafen noch Kohlschmidts Hosenbeine. Der zuckte zusammen und wurde rot, als habe er eine
Ohrfeige erhalten. Lohmer verließ grußlos das Zimmer. Als er
über den Flur ging, hörte er hinter sich die Stimme seines Vorge-

setzten: »... unmögliche Benehmen meines Mitarbeiters... entschuldige ich mich.«

Jemand hatte die *Cuxhavener Nachrichten* auf Lohmers Schreibtisch gelegt. »Oppositionsgruppen in der DDR fordern freie Wahlen«, lautete die Schlagzeile. Auf der ersten Lokalseite unten rechts stand ein Bericht mit einem Foto der *Dörte III* und der Zeichnung des angeblichen William J. Berrigan. Die Überschrift lautete: »Geheimnisvoller Amerikaner verschwunden – Herrenlose Jacht trieb auf der Oste«. Lohmer begann unkonzentriert zu lesen. Es klopfte. Bernhard Greenberg steckte seinen massigen Kopf und die breiten Schultern mit der Uniformjacke durch die Tür. »Kann ich trotzdem reinkommen...?«

Lohmer reagierte nicht. Greenberg warf seine Mütze auf einen Garderobenhaken, zog einen Stuhl heran und setzte sich. Er bot Lohmer eine Chesterfield an. Der lehnte mürrisch ab. Greenberg erzählte, als wolle er sich entschuldigen: Zu seiner Überraschung seien heute morgen »die beiden Leute da drüben« mit dem Hubschrauber in Bremerhaven eingeschwebt. »Im Auftrag von Washington, haben sie gesagt. Der militärische Geheimdienst und die CIA sind äußerst beunruhigt.« Während sie hier säßen, seien bereits Hubschrauber und ein paar Dutzend Taucher von der Army in Bremerhaven in Anmarsch. Sie sollten den Fluß absuchen, nach diesem verdammten Rosenblatt...

»Falls die jetzt schon eine Leiche suchen, ist das totaler Blödsinn«, sagte Lohmer.

»Warum?«

»Weil die jetzt unten auf dem Grund liegen würde. Eine Leiche schwemmt erst am dritten Tag wieder auf, wenn sich bestimmte Fäulnisgase gebildet haben. So lange muß man eben warten können.«

»Aha«, sagte Greenberg und rieb sich die Hände, als sei ihm kalt. »Ich wäre dir doch sehr dankbar, wenn du in dieser Sache mit mir, mit uns, zusammenarbeiten würdest. Wir brauchen natürlich einen Mann mit deiner Erfahrung und deinen Ortskenntnissen.« Lohmer schwieg.

»Mir haben die auch nicht gesagt, was es mit dem Rosenblatt eigentlich auf sich hat, fuhr Greenberg fort. Bisher jedenfalls nicht. So ist das nun mal, wenn es um Staatsgeheimnisse geht, halten sie kleine Leute wie uns so lange wie möglich raus...«

Lohmer sagte noch immer nichts.

»Bist du sauer?«

»Stinksauer.«

»Warum?«

»Warum? Ich bin sauer auf mich und auf diesen Arschkriecher, der mein Chef ist. Ich komme mir wie ein dummer Schuljunge vor! Wie ein Idiot.«

Und als Greenberg nicht verstand, was er meinte, erklärte Lohmer, daß er soeben eine Lektion erhalten habe: er sei zwar erst nach Kriegsende geboren, aber in seinem eigenen Lande herrsche noch immer Besatzungsrecht, man solle sich da nichts vormachen, das sei in der Bundesrepublik keinen Deut besser als in der von Sowjettruppen besetzten DDR.

»Wir sind kein souveräner Rechtsstaat, sondern eine amerikanische Kolonie! Da habe ich einen Fall direkt vor meiner eigenen Haustür, und da kommt ein gewisser Bernie Greenberg, aus Michigan oder Iowa oder wo du herstammst, mit zwei merkwürdigen Landsleuten und nimmt mir den Fall weg! Einfach so... als sei das die selbstverständlichste Sache der westlichen Welt...!« Lohmer redete sich in Rage. »Eure Politiker und eure Propagandaleute wollen uns seit Kriegsende einreden, wir seien eure demokratischen Partner, eure Freunde — in Wahrheit sind wir eure nützlichen Idioten in der NATO, euer Abladeplatz für Raketen und Atomsprengköpfe und diesen ganzen Scheiß und der Absatzmarkt für Coca Cola und Hamburger...«

Greenberg sah seinen deutschen Kollegen mit halboffenem Mund an. Eine Chesterfield glimmte zwischen seinen Lippen. Schließlich nahm er die Zigarette heraus und schnippte die Asche auf den Linoleumboden.

»Wenn ich nicht wüßte, daß du sonst ein prima Kerl bist, würde ich sagen: Du redest wie ein verdammter Kommunist!«

»Na und...? Vielleicht haben die ja recht! Wenigstens in dieser Hinsicht!«

Lohmer schlug mit der flachen Hand auf die Zeitung. Genau auf das Bild des verschwundenen Amerikaners.

4

Montag, 2. Oktober 1989
Der auffallend blasse junge Mann nahm sich drei Bananen aus einer der Kisten, die der Gemüsehändler schon am Morgen vor seinen kleinen Laden neben dem feinen Willard-Hotel in Washington gestellt hatte. Donald Ingham ließ sich auf einen Dollar zehn Cent herausgeben. Er hatte noch nichts gegessen, aber zuviel geraucht und zuviel Kaffee getrunken. Seine Augen waren gerötet. Sein Magen knurrte immer häufiger. Ingham hoffte, das peinliche Geräusch durch den Verzehr der Südfrüchte so lange unterdrücken zu können, bis er das Oval Office wieder verlassen würde.

Natürlich hätte er auch eines der Büromädchen zum Einkaufen schicken können, aber er hatte die Nacht durchgearbeitet und wollte noch frische Luft schnappen an diesem milden Indian-Summer-Tag, an dem sich ein blaßblauer Himmel wolkenlos über der amerikanischen Hauptstadt wölbte. Ingham ging am Schatzministerium vorüber, das er früher wegen der gewaltigen Eingangssäulen für ein neoklassizistisches Theater gehalten hatte und spazierte mit den Bananen in der Hand an dem drei Meter hohen schmiedeeisernen Zaun an der Ostseite des Weißen Hauses entlang. Eine endlose Schlange von Menschen wartete hier bereits auf Einlaß in jenen Teil des vierstöckigen Präsidentensitzes, dessen Ostflügel wochentags zur Besichtigung für das Volk freigegeben wird. Keiner der Touristen, die an diesem prächtigen Herbstmorgen durch Washington spazierten, wäre auf die Idee gekommen, daß der junge Mann, der noch mitten auf dem Hamilton Plaza in die erste Banane biß, in gut einer halben Stunde eine Verabredung mit dem amerikanischen Präsidenten haben würde.

Aus den Lautsprechern, die hinter dem Zaun unter Büschen versteckt sind, klang Marschmusik, gespielt von der Bigband der US-Navy. Im Lafayette Park sonnten sich ein paar Dutzend

Jugendliche, meist politisch links engagierte Demonstranten, hinter ihren Schildern und Spruchbändern: »Hände weg von Panama« – »CIA raus aus Nicaragua!« – »Freiheit für das palästinensische Volk!«

An der Ecke Pennsylvania Avenue und Jackson Place rempelte Ingham aus Versehen eine farbige Bettlerin an, die ihre Habseligkeiten in einem blauen Müllsack hinter sich herschleifte. Die Frau schlug nach ihm und fluchte laut. Ingham murmelte eine Entschuldigung und flüchtete schnell durch das schmiedeeiserne, hohe Gittertor zum Old Executive Office Building. Er eilte die Treppen zum Eingang hinauf und warf dabei die Schale der dritten Banane in einen Papierkorb. Einer der Sicherheitsbeamten beobachtete ihn mißtrauisch, trat hinter einer der Doppelsäulen hervor und kam auf ihn zu. Die Kontrolleure wechselten aus Sicherheitsgründen häufig, so daß sich sogar die Altgedienten unter den 1600 Mitarbeitern des Hauses jedesmal ausweisen mußten. Ingham klappte sein rostfarbenes Jackett zurück. Er hatte seinen *Office Pass* an der Brusttasche seines Hemdes befestigt.

Der uniformierte Türwächter trat nah an ihn heran, um das Paßbild zu betrachten. Auf dem eingeschweißten Farbfoto hatte Ingham eine verblüffende Ähnlichkeit mit seinem irischen Großvater Murray Ingham aus Ballyshannon: kleingelockte, rötliche Haare, vorn schon ein wenig ausgedünnt, kantige Wangenknochen, schmaler Mund, massive Kinnpartie. Sogar die dick verglaste, rundliche Brille des gelernten Juristen (mit erstklassigem Examen von der Yale University) glich der seines Vorfahren, der sich in einem Stahlwerk in Pittsburgh zu Tode geschuftet hatte.

Nach einer Sekretärin mit dünnen Stöckelschuhen und dicken Hüften wurde Ingham in der Röntgenschranke durchleuchtet, legte Hartgeld und Schlüssel ab und ließ sich mit dem Metalldetektor abtasten. Schließlich durfte der *Special Assistent* des Sicherheitsberaters des amerikanischen Präsidenten über den roten Marmorflur, in dem es nach einem scharfen Fußboden-Reinigungsmittel roch, in sein winziges, altmodisch möbliertes Büro in den ersten Stock gehen. Er öffnete die durch ein Schloß mit Zahlencode gesicherte Tür. Auf seinem Schreibtisch lagen die liberale *Washington Post* und die konservative *Washington Times*. Ingham überflog die Schlagzeilen. Beide Blätter berichteten auf der ersten Seite über die dramatische Entwicklung in Deutschland: 7000 Bürger aus der Deutschen Demokratischen Republik, die in die Prager Botschaft der Bundesrepublik geflüchtet waren, durften gestern nach zähen Verhandlungen des westdeutschen Außenministers Genscher mit Sonderzügen in den Westen ausreisen. Über einem Foto von jubelnden, sich umarmenden Deutschen aus Ost und West auf einem Grenzbahnhof in der Bundesrepublik stand: »Der Zug in die Freiheit ist nicht aufzuhalten.« Ingham schob die Zeitungen zur Seite und nahm die Unterlagen, die er in einer Klarsichthülle auf seinem Schreibtisch bereitgelegt hatte. Oben links prangte ein roter Stempel: *Top Secret.* Darunter stand: »Peter Rosenblatt, SDI-Wissenschaftler, Lawrence Livermore National Laboratory.«

Donald Ingham hatte sich auf das Gespräch beim Präsidenten sorgfältig vorbereitet, jedenfalls so gut, wie das innerhalb eines halben Tages und einer Nacht möglich gewesen war. Sein Chef Brent Scowcroft, der Berater des Präsidenten für Fragen der nationalen Sicherheit, hatte ihn sehr kurzfristig mit diesem Fall beauftragt und ihn gebeten, die Fakten im Oval Office selbst vorzutragen. Er blickte in den Spiegel über dem kleinen Handwaschbecken in der Ecke seines Zimmers, fand, daß er schlecht aussah, kämmte sich, zog seine Krawatte hoch und tröpfelte ein paar Tropfen in die durch Übermüdung und Zigarettenqualm schon stark geröteten Augen. Die Bananen wirkten. Sein Magenknurren hatte tatsächlich aufgehört. Der Assistent des Sicherheitsberaters spürte nur noch ein leichtes Drücken, aber das konnte auch die Nervosität sein.

Es war 9.45 Uhr.

Es ging über die verwinkelten Treppen und Flure des Verwaltungsgebäudes und über den Asphaltparkplatz, der früher eine Straße zwischen den beiden Gebäuden gewesen war, zum Westflügel des Weißen Hauses. Noch immer ergriff ihn ein heimliches

Staunen: er, Donald Ingham, Enkel des Stahlarbeiters Murray Ingham aus Pittsburgh, Sohn des Automechanikers Lou Ingham aus Detroit, betrat wie selbstverständlich das Machtzentrum der westlichen Welt. Wie immer führte ihn einer der Sicherheitsleute über den weichen, weinroten Velourteppich zum Büro des Sicherheitsberaters. Scowcroft, so sagte die Sekretärin, sei bereits im Oval Office. Er werde dort schon erwartet. Sie gingen eilig weiter, am Büro des Vizepräsidenten und am nebenan liegenden Eckzimmer des Stabschefs des Weißen Hauses vorüber, folgten dem Flur links herum, passierten den »Roosevelt-Konferenzraum« und die Bibliothek des Präsidenten und bogen wieder links ab. Nach vierzig Schritten blieb der Sicherheitsbeamte am Eingang zum Vorzimmer des Oval Office stehen. In der Brusttasche seines dunkelblauen Jacketts piepte ein bleistiftdünnes Funkgerät. Darunter trug der Mann seine automatische Dienstwaffe in einem Holster. Als sich die Tür öffnete, nahm er Haltung an, nickte knapp, wünschte Ingham einen guten Tag und ging zurück zum Empfang.

Zwei Minuten vor zehn stand Donald Ingham im Vorzimmer des Präsidenten. Es war ihm unangenehm, daß sein Chef vor ihm da war. Brent Scowcroft unterhielt sich bereits mit John Sununu, dem Stabschef des Weißen Hauses. Es ging offenbar um den bevorstehenden Besuch des saudischen Königs Fahd.

»Hello Don, pünktlich wie immer!« sagte Scowcroft wohlwollend und stellte ihn vor. »John, das ist Donald Ingham, mein Mann für *German Affairs*.«

»Da haben Sie ja im Moment wohl viel Arbeit«, sagte der Stabschef und klopfte ihm im Vorübergehen jovial auf die Schulter. Die Sekretärin des Präsidenten reichte ihm drucklos ihre Hand und sagte, schon wieder zu Scowcroft gewandt: »Ihr könnt gleich reingehen, Brent.«

Der 64 Jahre alte Brent Scowcroft, früher Generalleutnant der Air Force, war neben dem Stabschef der einzige Mann im Weißen Haus, der jederzeit und ohne Voranmeldung den Präsidenten sprechen konnte. Er galt als der engste Vertraute und Freund des Präsidenten. Scowcroft war einer der erfahrensten Männer in

Washington: Bereits Mitte der siebziger Jahre hatte er Präsident Gerald Ford als Sicherheitsberater gedient – zur selben Zeit, als George Bush Chef der CIA war. Seither kannten und schätzten sich die beiden Männer. Unter der Regierung Nixon amtierte Scowcroft als Stellvertreter von Henry Kissinger, des prominentesten Sicherheitsberaters der jüngeren US-Geschichte. Beide gehörten zu den gemäßigteren Konservativen in der Republikanischen Partei, beide galten als konsequente Manager der Macht, nicht als Visionäre. »Er ist ein Freund. Er kennt sich im Weißen Haus aus, und er weiß, wie der Kongreß und wie die Geheimdienste arbeiten«, hatte Bush über Scowcroft gesagt, als er ihn zum Nationalen Sicherheitsberater ernannte.

Für Donald Ingham war der rundliche, stets jovial scheinende, aber im Ernstfall knallharte Scowcroft nicht nur Chef, sondern auch väterlicher Freund. Scowcroft und Ingham kannten sich seit drei Jahren, seit der ehemalige General als führendes Mitglied der sogenannten Tower-Kommission die für die Reagan-Regierung folgenschwere Iran-Contra-Affäre untersucht hatte. Ingham war damals bei der CIA und versorgte Scowcroft in monatelanger, intensiver Zusammenarbeit mit wertvollen internen Informationen und Enthüllungen über Oliver North und dessen dubiose Aktionen am Rande und außerhalb der Gesetze. Und als Scowcroft von George Bush zum Nationalen Sicherheitsberater berufen wurde, erinnerte er sich an den arbeitsamen und loyalen Ingham und machte den Yale-Absolventen zu einem seiner Assistenten. Sein Gehalt bezog Ingham nach wie vor von der CIA. Er war vom Geheimdienst an das Weiße Haus ausgeliehen, so wie zahlreiche Experten des Pentagon und anderer Behörden zum Dienst beim Präsidenten vorübergehend abgestellt werden – sogar die meisten Gemälde im Weißen Haus sind nur Leihgaben und stammen aus der »National Gallery of Art«.

»Wie ist die Stimmung da drinnen?« fragte Brent Scowcroft und deutete auf die Tür zum Oval Office.

»Nicht so besonders, er hat ausnahmsweise heute früh schon Tennis gespielt und verloren...«, sagte die Sekretärin, ohne zu lächeln. George Bush war ein emsiger Freizeitsportler. An den Wochenenden fuhr er von seinem Sommerhaus in Kennebunkport in Maine zum Hochseefischen. Er spielte Golf und besonders ehrgeizig Tennis. Auf dem Platz des Weißen Hauses hatte er schon als Vizepräsident mit Cracks wie Pam Shriver, Chris Evert und Ivan Lendl gespielt. Seine Vorhand war gefürchtet, seine Rückhand verbesserte sich jedoch trotz gelegentlichen Trainings nicht mehr. Die Sekretärin sprach schon wieder in einen der Telefonhörer und antwortete deshalb nicht auf Scowcrofts Frage, wer es denn gewagt habe, den Präsidenten der Vereinigten Staaten zu schlagen?

Ein Sicherheitsbeamter öffnete die Tür zwischen dem Sekretariat und dem Oval Office. Donald Ingham betrat das Büro des Präsidenten nach seinem Chef. Rechts neben dem Eingang brannte schon am Vormittag ein Feuer in dem klassischen Marmorkamin. Die beiden Männer gingen nach links an der großen Eingangstür vorbei, durch die offizielle Staatsbesucher hereingebeten wurden, auf die gegenüberliegende Fensterfront des zwölf Meter langen und zehn Meter breiten, ovalen Raumes zu. Der Präsident saß an seinem Schreibtisch. Sein Oberkörper hob sich scharf gegen die Sprossenfenster ab, hinter denen der von Jackie Kennedy gestaltete Rosengarten liegt. Dahinter fällt ein von hohen Bäumen begrenzter Rasen, auf dem der Präsidenten-Hubschrauber landen kann, nach Süden hin ab. Im hinteren Teil des Gartens sprudelt die berühmte, haushohe Fontäne.

Sie sprudelte aus dem Kopf des Präsidenten – es sah aus, dachte Ingham, als wenn ein Heiligenschein über seinem Haupt schwebte. George Bush blickte auf, als die beiden Männer auf ihn zukamen. Er legte einige Papiere aus der Hand, setzte seine Lesebrille ab, erhob sich und kam zwei Schritte um seinen Schreibtisch herum. Er schüttelte erst Scowcroft und dann Ingham die Hand, sagte »Hello Brent« und »Good to see you Don«, noch bevor ihn der Sicherheitsberater vorstellen konnte, so, als sei Donald Ingham nicht einer der jungen Assistenten des Sicherheitsberaters, den er zum erstenmal traf, sondern ein alter Bekannter. Der Präsident hatte Inghams Namen und seine Funktion und ein paar Anmerkungen dazu auf dem Zettel gelesen, den ihm seine Sekretärin vor ein paar Minuten gegeben hatte. George Bush deutete auf eine Gruppe von Empirestühlen, die im Halbkreis vor ihm standen. Dann setzte er sich wieder hinter seinen Schreibtisch.

»Also schieß los, Brent, was gibt's heute Neues in der Welt?«

Der Sicherheitsberater öffnete eine schmale, schwarze Ledermappe mit Zahlenschloß und holte ein Dossier hervor, das wie an jedem Tag von der CIA und der NSA, der *National Security Agency*, zusammengestellt und von seinem Stab überarbeitet worden war. Die Welt war im großen und ganzen in den vergangenen 24 Stunden friedlich gewesen – von den üblichen Krisenherden abgesehen. Brent Scowcroft las die Kurzberichte der Geheimdienste mit ein wenig näselnder Stimme vor, ergänzte sie durch Anmerkungen und Hinweise. Der Präsident stellte nur selten Zwischenfragen.

Der Lagebericht des Sicherheitsberaters umfaßte an diesem Vormittag 17 Punkte: Satellitenfotos belegten, daß die Sowjets entgegen ihrer Zusage eine Radarstation an der Alaska-Grenze einrichten – Erneut Regierungskrise in Israel wegen des Palästinenseraufstandes in den besetzten Gebieten – CIA-Agent in »Privatflugzeug« über Nicaragua von Truppen der Sandinisten abgeschossen – Druck der Vereinigten Staaten auf Südafrika, Nelson Mandela freizulassen, scheint bald Erfolg zu haben – Präsident Michael Gorbatschow wird anläßlich des 40. Jahrestages die Deutsche Demokratische Republik besuchen, trotz der anhaltenden Proteste gegen die Honecker-Regierung und trotz der zunehmenden Flüchtlingswelle ...

An dieser Stelle unterbrach der Präsident den Vortrag des Sicherheitsberaters zum erstenmal. »Brent, ich habe gestern und heute morgen im Fernsehen diese unglaublichen Bilder gesehen – mehr als 7000 Ostdeutsche sind allein gestern mit Sonderzügen über Prag nach Westdeutschland gekommen, mehr als 50 000 sind schon geflüchtet, seit die Ungarn die Grenze geöffnet haben – wie lange kann das so weitergehen? Was ist los in der DDR? Wie lange können die Kommunisten das noch aushalten?«

Brent Scowcroft deutete mit dem Dossier auf seinen Assistenten. »Ich habe Donald Ingham zwar hauptsächlich wegen einer anderen Sache mitgebracht, aber er ist mein Deutschland-Experte. Er weiß da sicher Genaueres...«

Ingham zuckte ein wenig zusammen. Er hatte zwar zugehört, sich aber gleichzeitig im Oval Office umgesehen, weil er glaubte, erst am Ende von Scowcrofts Lagebericht gefragt zu werden.

Ingham war erst einmal, zur Amtszeit von Ronald Reagan, im Oval Office gewesen, aber noch nicht, seit George Bush an der Regierung war. Es war offenbar renoviert worden, die Wände und die Stuckdecke waren beigefarben gestrichen, die antiken Porzellanvasen auf dem Kaminsims waren noch da, die Sitzgarnitur vor dem Feuerplatz war neu, in dem Bücherbord, so schien es ihm zumindest, standen noch immer dieselben Prachtlederbände. Die Gemälde an den Wänden waren ausgetauscht worden. Der Schreibtisch war, so wußte Ingham, aus dem Holz des 1850 vor der amerikanischen Ostküste gesunkenen Schiffes *HMS Resolute* angefertigt worden – ein Geschenk der damaligen britischen Königin, weil die Amerikaner das Schiff gehoben und an die Engländer zurückgegeben hatten. Neben dem Arbeitsplatz stand die US-Flagge mit dem Adler, auf einem Bord hinter dem Schreibtisch, unter den Sprossenfenstern, hatte der Präsident eine Reihe von Privatfotos aufgestellt, eines zeigte ihn an Bord einer Hochseejacht mit einem frisch gefangenen Marlin oder einem Thunfisch, auf einem anderen Foto stand er mit seiner Frau Barbara inmitten einer Schar von lachenden Kindern und Enkelkindern. Das berühmte »Rote Telefon«, mit dem der Präsident im Ernstfall einen Atomkrieg auslösen konnte, war nicht zu sehen. Wahrscheinlich, so vermutete Ingham, war es im Schreibtisch verborgen.

Ingham kannte George Bush von einigen früheren Konferenzen in Langley, dem Hauptquartier der CIA, auf der anderen Seite des Potomac, aber er war sicher, daß der Präsident sich nicht an ihn erinnerte: Als Bush CIA-Direktor gewesen war, hatte Ingham beim größten US-Geheimdienst eine Unterabteilung der Hauptabteilung »Wissenschaft und Technik« geleitet. Später wechselte er in das sogenannte »Büro für europäische Analysen«. Und da er seit einem zweijährigen Studienaufenthalt in Frankfurt und Heidelberg gut Deutsch sprach und sich für deutsche Politik interessierte, spezialisierte er sich auf *German Affairs*.

Als Assistent des Sicherheitsberaters bekam er nun täglich die Informationen seiner früheren CIA-Kollegen und der anderen US-Geheimdienste aus beiden Teilen Deutschlands auf den Tisch, ebenso die wichtigsten Presseausschnitte, die Berichte der Diplomaten und Analysen von staatlichen und privaten Kommissionen und Instituten. Sein Job war es, Wichtiges und Unwichtiges zu unterscheiden, den Sicherheitsberater des Präsidenten auf dem laufenden zu halten und zu beraten. Der wiederum filterte Inghams Informationen und gab bei den täglichen Lagebesprechungen das an den Präsidenten weiter, was er für wichtig hielt.

Heute morgen hatte Brent Scowcroft wegen einer routinemäßigen Sitzung des Nationalen Sicherheitsrates keine Zeit gehabt, sich von Ingham Hintergrundinformationen zu den neuesten Entwicklungen in Deutschland geben zu lassen.

Ingham räusperte sich und beugte seinen Oberkörper ein wenig vor, bevor er zu sprechen begann. Dabei spürte er zu seinem Entsetzen wieder ein leises Magenknurren.

»Seit einigen Wochen, Mister President, erhalten wir von einer neuen, erstrangigen Quelle Informationen direkt aus dem Regierungsapparat der DDR...«, begann er und schlug seine Beine übereinander. Er blickte den Präsidenten an, dessen Gesicht im Gegenlicht kaum zu sehen war. Vor den Fenstern schien die Sonne auf den Rosengarten.

»... nach ersten Berichten dieser Quelle gibt es in dem bisher von Erich Honecker diktatorisch geführten Politbüro neuerdings Widerstände gegen den bisherigen stalinistischen Kurs des Regimes in Ostberlin. Honecker selbst sagt intern und auch öffentlich, daß die Flüchtlinge Verräter des Sozialismus seien, die man laufenlassen und denen man nicht nachtrauern müsse – dagegen meinen die Exponenten eines eher fortschrittlichen Kurses, wie das Politbüromitglied Egon Krenz, der Flüchtlingsstrom und die andauernden Proteste und Demonstrationen im Lande gegen die Regierungspolitik könnten nur durch eine liberale Politik im Sinne der Perestroika von Gorbatschow eingedämmt werden. Unseren Informationen nach werden diese grundsätzlichen Differenzen bis nach der großen 40-Jahres-Feier der DDR unter der Decke gehalten. Danach könnte es durchaus zu einem Sturz Honeckers kommen. Wie schnell das geht, hängt unter anderem auch davon ab, wie sich Gorbatschow bei seinem bevorstehenden Besuch in der DDR verhält, ob er der Opposition innerhalb des Machtapparates und den neuen Oppositionsbewegungen im Volke ein Zeichen seiner Unterstützung gibt...«

»Worauf stützen sich diese Informationen?« fragte der Präsident. »Sie brauchen mir natürlich keine Geheimnisse zu verraten – obwohl ich selber mal bei der CIA war«, fügte er mit einem Lächeln hinzu, das nur kurz aufflackerte. Seine rechte Hand fuhr mit schnellen Bewegungen über ein großes Blatt Papier. Ronald Reagan, so hatte Ingham bei seinem ersten Besuch im Oval Office beobachten können, hatte während eines Vortrages Strichmännchen gemalt. George Bush machte sich offenbar Notizen.

»Die CIA hat neuerdings einen Informanten mit direktem Zugang zum Politbüro der DDR«, sagte Ingham und ärgerte sich, weil das eine Spur zu geschwollen klang.

»Fein«, sagte der Präsident, »ihr werdet mich also künftig besser und vor allem rechtzeitiger als bisher über die Vorgänge in Ostdeutschland auf dem laufenden halten.« Dabei blickte er Scowcroft ein wenig vorwurfsvoll an, wie es Ingham schien.

»Wie immer haben wir natürlich nicht nur gute Nachrichten«, sagte Brent Scowcroft, »ich habe Don Ingham vor allem mitgebracht, damit er dich über die bisher bekannten Hintergründe einer noch etwas seltsamen Geschichte informiert, aus der sich allerdings weitreichende politische Konsequenzen ergeben könnten, vor allem im Hinblick auf dein im Dezember geplantes Treffen mit Gorbatschow...«

»Okay, worum geht es?«

»Es geht um das Verschwinden eines jungen Amerikaners in Deutschland, in der Bundesrepublik Deutschland, Gott sei Dank«, sagte der Sicherheitsberater. Ingham nahm das Dossier von seinen Knien und reichte es seinem Chef. Scowcroft setzte seine Lesebrille auf. »Der Mann heißt Rosenblatt..., sagte er. »Peter Rosenblatt.«

»Macht es nicht so spannend«, sagte der Präsident und blickte demonstrativ auf seine Armbanduhr, die er vor sich auf den Schreibtisch gelegt hatte. »Wer zum Teufel ist dieser Rosen-blatt?«

Der Sicherheitsberater blätterte in dem Dossier, gab es dann jedoch wieder an Ingham zurück. »Donald Ingham wird dich genauestens informieren.«

»Leider muß ich doch ein wenig ausholen, Mister Presi-dent...«, sagte Ingham und schlug die erste Seite seiner Unterla-gen auf. Er begann, frei zu sprechen, blickte zwischendurch je-doch immer wieder in seine Papiere.

»Sie erinnern sich vielleicht, Mister President, was Professor Bernhard Tabor Ihrem Vorgänger Präsident Reagan und Ihnen hier im Oval Office fast auf den Tag genau vor fünf Jahren berichtet hat: es sei ihm und seinen Leuten im *Lawrence Liver-more National Laboratory* gelungen, ein Computerprogramm für eine atomare Laserstrahlkanone zu errechnen, und die ersten unterirdischen Tests in Nevada seien bereits positiv verlaufen. Was Tabor damals nicht mitgeteilt hat...«

»... offenbar um seinen eigenen Ruhm nicht zu schmä-lern...« warf der Sicherheitsberater ein.

»... ist die Tatsache, daß der damals erst 26 Jahre alte Peter Rosenblatt beinahe allein die neuen Laserstrahl-Formeln und das gesamte Programm entwickelt hat.«

Ingham zitierte ein paar Wissenschaftler, Physiker und Nu-klearexperten, nach denen auf den Forschungen Rosenblatts die grundsätzlichen Voraussetzungen des SDI-Programms basierten, des »Schutzschirm für die USA gegen atomare Bedrohung«, den Ronald Reagan bei seiner berühmten *Star-wars*-Rede im März

1985 der amerikanischen Nation versprochen hatte. Aufgrund seiner Leistungen sei Rosenblatt in der Zwischenzeit zum wissenschaftlichen Leiter der SDI-Entwicklungsgruppe in Livermore aufgestiegen. Er gelte unter Fachleuten als Genie, er habe immer wieder Lösungen gefunden und Durchbrüche geschafft, wenn das sogenannte »Krieg-der-Sterne-Projekt« zu scheitern drohte.

»Gerade in letzter Zeit«, so fuhr Ingham fort, »scheint es in Livermore erhebliche Schwierigkeiten gegeben zu haben, die Zweifel an der Verwirklichung der gesamten *Strategic Defense Initiative* aufkommen ließen... es scheint dabei um die Funktionsfähigkeit atomar aufgepumpter Laserstrahlwaffen zu gehen, die im Weltraum stationiert werden sollen...«

Wenn der »Chefdenker« Rosenblatt nicht wieder aufgefunden werde, so schloß Ingham, dann sei das gesamte SDI-Programm praktisch erledigt...

Der Präsident drehte seinen Schreibtischstuhl und blickte aus dem Fenster in den Rosengarten, in dem rote Hagebuttensträucher vor dem blauen Himmel und dem grünen Rasen leuchteten. Im Hintergrund, in mehr als hundert Metern Entfernung, waren ein paar Touristen zu erkennen, die sich vor dem schmiedeeisernen Zaun gegenseitig mit dem Weißen Haus im Hintergrund fotografierten. George Bush drehte seinen Kopf wieder zu seinem Sicherheitsberater.

»Wir wissen ja, daß es ohnehin eine Reihe von Problemen mit SDI gibt, aber was hat das für Konsequenzen, wenn das Programm in diesem Stadium scheitert? Deine Meinung, Brent?«

»Es würde das Ansehen der Regierung und der amerikanischen Technologie und Industrie schwer schädigen, sowohl zu Hause und noch mehr im Ausland – wir haben damals immerhin unsere Verbündeten, besonders die Europäer, erst mit erheblichem politischen Druck dazu gebracht, sich zumindest in Teilbereichen an dem SDI-Projekt zu beteiligen. Nicht auszudenken, wenn wir nun eingestehen müßten, daß alles ein riesiger Flop ist...«

Scowcroft schneuzte sich die Nase. »Und was mir ebenso wichtig, vielleicht noch wichtiger erscheint, George, ist die Auswirkung auf dein Treffen mit Gorbatschow im Dezember auf Malta: Reagan hat zwar immer gesagt, über SDI lassen wir nicht mit uns reden, aber wir wollten es doch als Trumpfkarte bei den Abrüstungsverhandlungen über Interkontinentalraketen ins Spiel bringen. Wir könnten auf die weitere Entwicklung von SDI oder auf Teile davon verzichten – und den Sowjets damit möglicherweise Hunderte von ihren neuesten Superwaffen abhandeln!«

»Das sehe ich genauso, Brent!« sagte George Bush. Und nach einer Weile: »Was zum Teufel ist denn nun mit diesem Rosenblatt eigentlich passiert?«

Ingham berichtete vom bisherigen Stand der Ermittlungen.

»Gibt es Hinweise auf politische Hintergründe?«

»Leider ja, Mister President«, sagte Ingham und spürte erneut ein Magendrücken. Er konnte ein vernehmliches Magenknurren nicht verhindern und räusperte sich, um das Geräusch zu übertönen.

»Es bestehen seit einiger Zeit Anzeichen einer persönlichen Krise bei Rosenblatt. Er hat aus ethisch-moralischen Gründen am Sinn seiner Arbeit zu zweifeln begonnen. Ihm werden in diesem Dossier hier sogar Kontakte zur Friedensbewegung nachgesagt. Bei einer Kundgebung für Generalsekretär Gorbatschow während dessen letztem USA-Besuch soll er gesehen worden sein. Seine Freundin gehörte einer militanten Anti-Atom-Bewegung in Kalifornien an. Und: Kollegen gegenüber hat er zunehmend gewisse sozialistische Thesen vertreten.«

Ingham blickte von seinem Rosenblatt-Dossier auf. Er beobachtete, wie der US-Präsident zunehmend beunruhigt reagierte. Er klopfte mit dem Zeigefinger auf die Schreibtischplatte, setzte seine Brille auf und ab, schob mit den Kniekehlen seinen Stuhl nach hinten, ging quer durch das Oval Office zum Kamin und legte ein paar Holzscheite in das heruntergebrannte Feuer. Schweigend beobachteten die drei Männer, wie kleine Flammen an dem Birkenholz nach oben züngelten, immer größer wurden und schließlich fauchend nach oben schossen.

»Unsere Leute haben inzwischen die Ermittlungen in der Bundesrepublik übernommen«, fuhr Ingham auf ein Zeichen seines Chefs hin fort, »es ist ihnen gelungen, eine seltsame Tonbandaufnahme von Rosenblatt sicherzustellen, die offenbar unter Alkoholeinfluß entstanden ist. Eine psychologische Analyse habe ergeben, daß Rosenblatt sich möglicherweise in den Osten absetzen wolle.«

»Mein Gott...«, sagte der Präsident und drehte sich um.

»Es kommt noch schlimmer, George«, sagte Brent Scowcroft. »Dieser Rosenblatt ist, wie gesagt, zunächst dienstlich in der Bundesrepublik gewesen. In geheimer Mission. Er sollte führende Militärs und Verteidigungspolitiker der NATO über das *Star-wars*-Programm informieren − natürlich positiv. Denn beim nächsten Manöver im Frühjahr 1991, bei dem die NATO, wie alle zwei Jahre, einen Atomkrieg in Europa, speziell auf west- und ostdeutschem Gebiet, üben wird, soll entgegen den offiziellen Erklärungen erstmalig der Einsatz atomarer Laserstrahl-Kanonen und anderer SDI-Waffen geprobt werden. Die Vorbereitungen für das Manöver haben bereits in dem unterirdischen Atomkriegs-Bunker der deutschen Bundesregierung begonnen.«

»Verstehe ich euch richtig?« fragte George Bush und blieb auf dem Rückweg vom Kamin zum Schreibtisch mitten im Raum stehen, »dieser verschwundene Mister Rosenblatt weiß nicht nur alles über SDI, von ihm ist nicht nur das Programm abhängig − er kennt auch noch die neuesten NATO-Strategien für den atomaren Verteidigungsfall...?«

Ein unangenehmes Schweigen entstand.

»Ich fürchte, das ist richtig, Mister President«, sagte Ingham schließlich.

»Mein Gott...! Was wird getan, um zu verhindern, daß er tatsächlich überläuft, oder daß er in den Osten geschleust wird?«

»Seit gestern werden in Europa alle Grenzübergänge zu allen Ländern des Warschauer Paktes verschärft überwacht. Auf allen Flughäfen werden Passagiere, die in ein Ostblock-Land reisen, besonders kontrolliert. Die Leute in Langley sind bis zu dieser

Minute sicher, daß Rosenblatt noch in der Bundesrepublik Deutschland ist – falls er noch lebt.«

»Das ist, verdammt nochmal, ziemlich wenig! Findet ihr nicht?!«

Brent Scowcroft schaltete sich ein und sagte, er habe deswegen mit dem CIA-Direktor telefoniert. »Ben Webster sagt, daß seine Leute in der Bundesrepublik und in der DDR zur Zeit völlig überlastet seien, wegen der aktuellen Ereignisse im Ostblock und in Ostdeutschland. Er will deshalb ein Spezialteam nach Deutschland schicken, das Rosenblatt suchen soll...«

»Das ist eine vernünftige Idee«, sagte der Präsident, »dieser Fall hat wegen der möglichen Konsequenzen absolute Priorität! Sag Ben das bitte!«

»... aber er hat Probleme, die richtigen Leute zu finden, Leute, die Deutsch sprechen und sich in West- und Ostdeutschland auskennen.«

»Ich glaube, ich höre nicht richtig?! Wir haben den teuersten Geheimdienst der Welt, und der hat keine Leute für so einen Fall?!« Der Präsident knallte seinen Kugelschreiber auf die Tischplatte. Ingham zuckte zusammen.

»Als ich in Langley war, hatten wir in der Europa-Division einen Deutschland-Experten«, sagte George Bush, der ehemalige CIA-Direktor, nach einer Weile wieder ruhig, »der selber jahrelang hinter dem Eisernen Vorhang gearbeitet hat, dann wurde er, glaube ich, *Chief of Station* in der Bundesrepublik, bevor er nach Langley an den Schreibtisch zurückkam. Der hieß...« Bush überlegte. »... Dilden oder so ähnlich.«

»Dillon!« sagte Ingham. »Henrik C. Dillon! Ich war in seiner Abteilung. Er wurde der Maulwurfsjäger genannt. Unter seiner Leitung sind ein halbes Dutzend Spione und Verräter im Dienst und beim Militär enttarnt worden.«

»Richtig... Dillon! Ich erinnere mich«, sagte der Präsident, »ein erstklassiger, erfahrener Mann. Ich will Ben Webster ja nicht in seinen Job reinreden, aber er soll ihn rüberschicken. Dillon soll diesen Rosenblatt finden, bevor der sich möglicherweise tatsächlich in den Ostblock absetzt!«

»Soviel ich weiß, Mister President«, sagte Ingham und räusperte sich erneut, weil es in seinem Magen wieder zu rumoren begann, »soviel ich weiß, hat sich Dillon vorzeitig pensionieren lassen... nach der Iran-Contra-Geschichte.«

»Hatte er denn damit etwas zu tun?«

»Im Gegenteil. Er war darüber so empört, daß er mit dem Dienst nichts mehr zu tun haben wollte.«

Es schien Ingham, als blicke George Bush ein wenig betroffen. Dann griff er mit der rechten Hand unter die Schreibtischplatte. Seine Sekretärin trat ein. Der Präsident bat um einen offiziellen Briefbogen. George Bush nahm den Kugelschreiber, der zur Seite gerollt war und begann, das Papier mit schnellen, kurzen Handbewegungen zu beschreiben. Als er fertig war, reichte er das Papier Donald Ingham über den Tisch.

»Geben Sie das Mister Dillon.«

Als sie aufstanden und sich verabschiedeten, sagte der Präsident der Vereinigten Staaten und frühere Geheimdienst-Chef zum Assistenten seines Sicherheitsberaters: »Sie sollten ein paar Bananen essen, Don, das hilft gegen dieses lästige Magenknurren...«

Das Gespräch hatte statt 30 mehr als 40 Minuten gedauert. Im Vorzimmer des Oval Office trafen sie den Protokollchef des Weißen Hauses. Der knetete nervös seine Hände und sagte, der Außenminister Saudi Arabiens warte seit 15 Minuten auf den Präsidenten und sei wegen der Verspätung bereits gekränkt.

Sie gingen in das Büro des Sicherheitsberaters. Während Brent Scowcroft den CIA-Chef Ben Webster telefonisch von dem Gespräch beim Präsidenten informierte und aus dessen Sorge und Verärgerung über den Rosenblatt-Fall keinen Hehl machte, überflog Donald Ingham das Schreiben, das ihm George Bush gegeben hatte. Unter dem Amtssiegel mit dem amerikanischen Adler und dem Aufdruck »White House – The President« las er:

Lieber Mister Dillon,
gerne erinnere ich mich an unsere gemeinsame Zeit in Langley.
Soeben erst habe ich mit großem Bedauern gehört, daß Sie in

der Zwischenzeit den Dienst dort quittiert haben. Dennoch bitte ich Sie persönlich um einen Gefallen, weil ich überzeugt bin, daß Sie der am besten geeignete Mann sind. Bitte übernehmen Sie im Interesse unseres Landes den Fall, den Ihnen Mister Donald Ingham, der Mitarbeiter des Nationalen Sicherheitsberaters, in meinem Auftrag erläutern wird. Ich bin Ihnen sehr dankbar.

Herzlich, Ihr George Bush

Eine Stunde später schreckte Donald Ingham in seinem Büro hoch. Er hatte die Beine hochgelegt, die Lehne seines Schreibtischstuhls in Liegeposition gestellt und war mit halboffenem Mund eingeschlafen. Als das Telefon klingelte, rutschten seine Füße von der Schreibtischplatte und stießen den gefüllten Papierkorb um. Ingham fluchte. Am Apparat war der Leiter der Hauptabteilung *Special Operations* (SO) der CIA in Langley.

Der teilte ihm mit, seine Abteilung habe auf Anweisung des Direktors ab sofort die Leitung der Ermittlungen »in der Sache Rosenblatt« übernommen. Und: er habe gerade mit Henrik C. Dillon telefoniert. »Er wollte mich gar nicht ausreden lassen. ›Es reicht, wenn ihr meine Pension regelmäßig überweist‹, hat er gesagt.« Doch schließlich habe er Dillon überreden können, ihn, Ingham, wenigstens zu einem Gespräch zu empfangen. »Sie waren früher doch mal in seiner Abteilung? Es scheint, als ob er sie nicht in schlechtester Erinnerung hat.«

Ingham notierte Dillons Adresse: Forest Creek No. 9 in Stratton Woods, einer kleinen Neubau-Waldsiedlung, kaum zwanzig Meilen entfernt, auf halbem Wege nach Rockville.

Er aß ein Sandwich und ließ sich starken Kaffee machen. Bevor er sein Büro verließ, steckte er den Brief des Präsidenten an Dillon in einen Umschlag und klebte ihn zu, nahm das Rosenblatt-Dossier und einen Aktenordner mit Hintergrundmaterial dazu, die ihm die CIA für seinen Vortrag beim Präsidenten zugeliefert hatte.

Donald Ingham lenkte seinen schwarzen 190er Mercedes zur nahegelegenen Theodor Roosevelt Bridge, überquerte den Potomac und nahm am anderen Ufer die Ausfahrt zum George Washington Memorial Parkway, der am Flußufer entlangführt. Von den Bäumen des Langley Forest waren die ersten Blätter gefallen. Hinter einem hohen Sicherheitszaun konnte man den modernen Gebäudekomplex der *Central Intelligence Agency* mit seinen von außen undurchsichtigen Rauchglasscheiben sehen. Sechs Jahre lang war Ingham tagtäglich durch das große Tor gefahren, bevor er in den Stab des Weißen Hauses berufen worden war. Jetzt nahm er den Highway 495 Richtung Norden und bog an der 39. Ausfahrt ab. Dillon, so dachte er, hatte es früher nicht weit zum Dienst gehabt.

Stratton Woods war eine dieser typischen, sauberen Vorortsiedlungen für die gehobene Angestellten-Klasse. Idyllisch mitten in einem hügligen Mischwald gelegen, in dem es jetzt herzhaft nach Herbstlaub roch. Eine Stichstraße führte zu einem großen Kreisel mit einer kleinen Kirche und einem kleinen Einkaufszentrum. Von hier aus gingen U-förmige Straßenzüge ab. Die Häuser waren nachgemachte Klassiker aus einem Fertighausprospekt: Tudorstil mit Fachwerkgiebel, weiß verputzte Fassaden, rote Backstein-Schornsteine, Sprossenfenster mit Klappläden. Das Haus No. 9 lag am oberen Ende der Straße Forest Creek. Das Grundstück war von einer welkenden Weißdornhecke umgeben. Die Klingel war abgeschaltet. Die Gartenpforte stand offen.

Ingham ging um das Haus herum. Das überraschend große Grundstück fiel zum Wald hin ab. Am unteren Ende sah er einen Mann mit grauem Vollbart und nacktem, behaartem Oberkörper, der, obwohl es schon kühl geworden war, bis zum Bauch mitten in einem Seerosenteich stand. Unbeweglich wie eine Statue. Mit einem Käscher in den Händen.

Auf den ersten Blick hätte er Henrik C. Dillon nicht wiedererkannt, den »Maulwurfsjäger«, der wie kein anderer einen Instinkt für Verräter und ihre Motive hatte, und der sich selber und seine Ideale verraten gesehen hatte, als die Machenschaften der CIA und der Reagan-Administration im Nahen Osten und in Mittelamerika aufgedeckt wurden.

Nach dem Iran-Contra-Skandal hatte Henrik C. Dillon die CIA im Zorn verlassen: Mit 52, zwei Jahre nach dem frühestmöglichen Zeitpunkt, war er in Pension gegangen und hatte beim Abschied gesagt, er wolle nie wieder etwas mit der *Firma* zu tun haben.

Der Mann im Teich tauchte den Käscher ganz vorsichtig ins Wasser, starrte eine Weile mit weit vorgebeugtem Oberkörper nach unten und zog das Fangnetz mit einem plötzlichen Ruck wieder hoch, so daß ein paar Seerosenblätter zur Seite schwappten. Im Netz zappelte und spritzte etwas. Dillon watete mit seiner Beute an Land. Er hatte nasse Boxershorts, Gummisandalen und Gartenhandschuhe an.

»Petri Heil!« sagte Ingham und ging über den Rasen zum Teich hinunter. »Züchten Sie jetzt Karpfen oder Forellen?«

Dillon drehte sich überrascht um.

»Nein, Schlangen«, sagte er, als er Ingham erkannte. Der halbnackte Mann im Wasser, der mit seinem Käscher aussah wie eine Karikatur des Meeresgottes Neptun, grinste breit und holte ein zappelndes, daumendickes, graugeflecktes Reptil aus dem Netz. Ingham erschrak. »Die ist ganz harmlos, jedenfalls für Menschen«, sagte Dillon, »aber sie frißt meine Jungfische auf. Ich bin schon seit ein paar Wochen hinter dem Biest her.«

Er steckte die wütend züngelnde Schlange in einen Jutesack und sagte, er werde sie ein paar Meilen entfernt im Wald wieder aussetzen.

Ingham wartete im Wohnzimmer, einem großen Raum mit hellem Teppichboden, Sitzgruppe vor dem Kamin und offener Pantryküche, bis Dillon geduscht und sich umgezogen hatte. Auf dem Glastisch lag eine farbige Broschüre mit dem Titel »Treffpunkt Gartenteich – Alles über Pflanzen und Tiere«. Aufgeschlagen war die Seite »Die Ringelnatter«.

Henrik C. Dillon genoß den harten, warmen Strahl der Massagebrause. Sein Körper war gut in Form, einen kleinen Bauchansatz hatte er mit einer Vollkorndiät und durch Gymnastik abgespeckt. Seit ein paar Tagen hatten auch die Kopfschmerzen endlich aufgehört. Die seien wohl psychosomatisch bedingt, hatten ein Neurologe und ein Psychotherapeut in Rockville nach gründlicher Untersuchung übereinstimmend gesagt – kein Wunder, wenn ein Mann nach mehr als zwanzig Ehejahren von seiner Frau verlassen würde. Und wenn er gerade seinen Beruf aufgegeben habe. Und wenn er sich nun in durchschwitzten Nächten fragte, was das Ganze denn überhaupt für einen Sinn habe...

Freunde, richtige Freunde, hatte einer mit einer beruflichen Vergangenheit wie Dillon natürlich nicht. So hatte er zu trinken angefangen – und das Verhältnis mit Joan, der nicht mehr ganz frischen Boutiquenbesitzerin aus der eleganten Einkaufspassage in der M-Street in Georgetown. Joan kannte er noch aus den siebziger Jahren, als sie ein bekanntes Callgirl gewesen war, das der *Firma* hin und wieder ein paar Tips über ihre Kunden aus den Ostblock-Botschaften gegeben hatte.

Wie aus heiterem Himmel war das mit seiner Frau nicht gerade passiert: Sie hatte ihm oft genug gesagt, daß er seit seiner Pensionierung unerträglich geworden sei. Er solle sich doch endlich um eine neue Arbeit kümmern, schließlich sei er doch noch im besten Alter.

»Ich habe doch nichts Vernünftiges gelernt«, hatte er wütend gebrüllt, »ich war noch nicht mal ein richtiger Spion, bloß ein Angestellter des Geheimdienstes, ein unterbezahlter Maulwurfsjäger...«

Ja, ja, er werde sich schon irgendwann um einen Job kümmern – vielleicht als Detektiv in einem Supermarkt, hatte er bitter hinzugefügt. Aber er war dann doch völlig überrascht gewesen, als er drei Tage nach ihrem letzten Ehekrach nach Hause zurückkam und seine Frau nicht mehr da war. Ihre Schränke waren leer, und etwa die Hälfte der Möbel fehlte. Und als er sich volllaufen ließ und dann Trost bei Joan suchen wollte, da hatte Joan gesagt, sie sei, verdammt nochmal, nicht von der Heilsarmee und ihre Wohnung sei keine Herberge für verlassene Ehemänner. Er solle wieder anrufen, wenn er besserer Laune sei.

Noch nicht einmal fünf Monate war das alles jetzt her. In der ersten Zeit hatte Dillon sich im Garten ausgetobt, hatte gegraben und gepflanzt, den verschlammten Teich in Ordnung gebracht, stunden- und tagelang am Ufer gesessen, Fische und Frösche, Libellen, Molche und Schnecken beobachtet. Und irgendwann war ihm die Erkenntnis gekommen, daß er viele Fehler gemacht hatte. Einer davon war die Kündigung in der *Firma* gewesen.

Als dann heute mittag das Telefon ging und Langley dran war und ihm der Besuch von Ingham angekündigt wurde, da wußte er, daß sie ihn wieder brauchten. Henrik C. Dillon stand vor dem Spiegel, sah sich ins Gesicht und erkannte, trotz des wildwachsenden Bartes, daß sich sein Spiegelbild freute. Er suchte Rasierschaum, Pinsel und Messer, seifte sich ein und schabte sorgfältig den Bart ab. Die Haut brannte höllisch, als er sie mit Aftershave einrieb. Zufrieden befand der CIA-Frührentner, daß er ohne den grauschwarzen Bart wie Mitte Vierzig aussah. Oder jünger – wenn die Falten um die hellbraunen Augen und um die Mundwinkel nicht gewesen wären. Er suchte ein Paar khakifarbene Designer-Jeans, Größe 50, die er lange nicht getragen hatte – tatsächlich, sie paßten wieder! –, und zog ein Polohemd an. Dann ging Henrik C. Dillon mit federndem Schritt ins Wohnzimmer hinunter.

Ingham war verunsichert, weil Dillon schon so lange auf sich warten ließ. Jetzt hätte er ihn beinahe zum zweitenmal nicht wiedererkannt.

»Verdammt, Henrik, Sie sehen ja ohne Bart zehn Jahre jünger aus«, sagte er. Dillon grinste, fast ein bißchen verlegen, wie es Ingham schien, machte zwei Martini, hatte aber keine Oliven im Haus. Er fragte, wie es in der Firma in Langley gehe und erkundigte sich nach diesem und jenem Kollegen. Als er hörte, daß Ingham seit Beginn der Amtszeit von George Bush für das Weiße Haus arbeite, gratulierte er herzlich und meinte, er habe schon damals, als sie noch gemeinsam in der Deutschland-Abteilung gewesen seien, geglaubt, daß dieser Donald Ingham einmal Karriere machen werde. Ob er sich noch an den verrückten Fall des Überläufers aus dem Ostberliner Staatssicherheitsdienst erinnere, der nach drei Wochen wieder zurück in die DDR geflüchtet sei? Und was er von der aktuellen Entwicklung in der DDR halte? Wie lange könne das Honecker-Regime wohl noch durchhalten, bei dieser Flüchtlingswelle und bei den wachsenden Protesten im Lande? Und wie das überhaupt mit Deutschland und in Europa weitergehen solle?

»Warum sind Sie in Langley eingestiegen?« fragte der Ältere.

»Weil mich einer dieser CIA-Anwerber dazu überredet hat, als ich mein Jurastudium in Stanford beendet und keine Lust hatte, mich ein Leben lang mit Paragraphen herumzuschlagen. Es war das Übliche: ein bißchen Abenteuerlust, ein bißchen Patriotismus, überwiegend Neugier.«

Dillon schien mit der Antwort unzufrieden. Er begann, über sich zu reden.

»Ich war ein glühender Patriot, einer von diesen Idioten, die ihrem Land unbedingt dienen wollen. Erinnern Sie sich an den Satz von John F. Kennedy ›Fragt nicht immer, was euer Land für euch tun kann – fragt euch, was ihr für euer Land tun könnt‹? Ich wollte etwas für mein Land tun, und der Geheimdienst, der Kampf gegen die unsichtbaren Feinde unserer Gesellschaft entsprach meinen Ideen und Neigungen ... Ja, ich habe tatsächlich geglaubt, daß wir die Fahne der Freiheit, der Demokratie, der Menschenrechte in die Welt tragen müßten, daß wir Amerikaner das auserwählte Volk seien, daß wir als Weltpolizisten das Recht haben, uns überall einzumischen. Wir von der CIA – kämpften wir nicht an vorderster, dunkler Front? War die Drecksarbeit, die wir machten, nicht ganz im Sinne einer höheren Gerechtigkeit, um nicht zu sagen: Des lieben Gottes ...« Dillon redete sich in Rage.

Ingham sah beunruhigt, daß er wieder zur Flasche greifen wollte, um nachzuschenken, aber Dillon brach die Bewegung ab und redete weiter.

»Und dann kam Vietnam und unser Versagen im Iran und der schmutzige Krieg gegen die Sandinistas in Nicaragua und der Bombenangriff auf Libyen und schließlich die Iran-Contra-Affäre ... Mein Patriotismus wurde immer dünner, bis er sich ganz aufzulösen schien.«

Dillon machte eine Pause, holte tief Luft und sagte: »Weiß der liebe Gott oder der Teufel warum, manchmal glaube ich aber noch immer an unsere alten amerikanischen Freiheitsideale: an unsere Geschichte, an unser Land, an unser ›Vaterland‹, wie die Deutschen sagen...«

Draußen ging die Sonne hinter den hohen Kiefern unter, und der Sensor an der Hauswand schaltete automatisch das Außenlicht ein. Im Halbdunkel konnten sie ihre Gesichter kaum noch sehen. Schließlich unterbrach Ingham Dillons Monolog und fragte, ob man ihm bereits am Telefon gesagt habe, was er eigentlich von ihm wolle.

»Keine Ahnung«, sagte Dillon, »vielleicht sollen Sie mir mitteilen, daß meine Rente erhöht wird.«

»Das könnte möglich sein«, sagte Ingham, »aber vielleicht könnten Sie den alten Ärger verdrängen und vorher Ihrem Land wieder mal einen Dienst erweisen...«

»Nein«, sagte Dillon abrupt, »ich arbeite nie wieder für die CIA! Und dabei bleibt es!«

»Nicht für die *Firma*«, sagte Ingham schnell, »sondern direkt für das Weiße Haus – für den Präsidenten persönlich, wenn Sie so wollen.«

Er holte den Umschlag aus seinem Pilotenköfferchen und reichte ihn über den Tisch. Ingham schaltete eine Lampe ein und blinzelte erstaunt, als er das Siegel sah. Er holte einen Dosenöffner vom Tresen der Pantryküche und schlitzte damit den Umschlag umständlich auf. Er las den kurzen Brief. Ingham beobachtete, wie sich ein ungläubiger Ausdruck auf seinem Gesicht abzeichnete, der schließlich in ein Grinsen überging, das an den Mundwinkeln begann und an den Augenwinkeln auslief.

»Gute Arbeit von der Dokumentenabteilung«, sagte Dillon, »macht einen ziemlich echten Eindruck!«

»Der Brief ist echt! Ich war dabei, als der Präsident ihn heute morgen geschrieben hat. Der Sicherheitsberater auch!«

Dillon grinste noch ein bißchen breiter.

Ingham fragte, ob er mal telefonieren könne. Er schaltete den Lautsprecher des Telefons ein, wählte die Nummer des Weißen Hauses und ließ sich von der Zentrale mit der Sekretärin von

Brent Scowcroft verbinden. Erst als er es dringend machte, stellte sie zum Chef durch, der gerade eine Besprechung hatte.

Ingham erklärte, er sei gerade bei Henrik C. Dillon zu Hause, und es gebe gewisse Probleme wegen des Präsidenten-Briefes. Schließlich sprach Scowcroft selber mit Dillon und erklärte ihm, daß alles seine Richtigkeit habe. Dillon war verblüfft. So etwas sei ihm noch nicht passiert, sagte er. »Ein Brief vom Präsidenten...«

Er faltete das Schreiben und legte es in die Gartenteich-Broschüre zwischen die Seiten über die Ringelnatter und machte zum zweitenmal zwei Martinis ohne Oliven. Nach einer längeren Pause stieß er unvermittelt mit Ingham an. »Dann erzähl mal, was ihr für Sorgen habt, Don...«

Donald Ingham berichtete von dem verschwundenen SDI-Wissenschaftler Peter Rosenblatt, sprach von dem Verdacht, der Mann könne in den Osten überlaufen oder sogar ein vom Osten eingesetzter Agent sein. Er breitete Fotos von Rosenblatt auf dem Glastisch aus. Die Bilder zeigten den Forscher als Studenten in einem Labor des Massachusetts Institute of Technology in Boston, an einem Computer und vor einer Maschine, die wie ein gigantischer Schiffsdiesel aussah. *Rosenblatt vor der Nova-Laser-Versuchsanlage in Livermore* stand auf der Rückseite. Das letzte Foto zeigte den jungen Mann auf dem unterirdischen Atomwaffen-Versuchsgelände in der Wüste von Nevada, wo sich armdicke Meßkabel wie Riesenspaghetti auf einem Teller schlängelten. Er hielt irgendein Meßinstrument in der Hand und blickte ernst, wie auf den anderen Bildern auch.

Dillon betrachtete ihn mit dem Interesse eines Schmetterlingssammlers, der ein besonderes Exemplar vor sich hat.

»Sieht sympathisch aus, der junge Mann«, sagte er, »scheint einer dieser introvertierten Wissenschaftler-Typen zu sein.«

Ingham nickte und berichtete von den ersten Ermittlungen der westdeutschen Kriminalpolizei und der CIA-Residenten in der Bundesrepublik: von der leeren Motorjacht mit den Blutspuren in Niedersachsen, von der Vernehmung seiner neuen Freundin, einer Fernsehjournalistin.

»Ist die Dame überprüft worden, ob die möglicherweise für die andere Seite arbeitet?« warf Dillon ein.

Dafür gebe es nach den ihm vorliegenden Berichten bisher keine Anhaltspunkte, antwortete Ingham. Er erzählte von der merkwürdigen Tonbandaufnahme mit Rosenblatts Stimme. Das Band sei inzwischen von CIA-Experten in Frankfurt ausgewertet und von Psychologen begutachtet worden. »Rosenblatt«, so zitierte Ingham aus den Berichten, »ist möglicherweise psychisch erkrankt. Es scheint, als ob seine moralisch-geistigen Koordinaten durcheinander geraten sind. Besonders beunruhige eine etwas wirre Sequenz auf dem Tonband: wo die Guten einen Krieg anfangen, um das Böse auf der Welt endgültig zu besiegen und dadurch selbst zu den Bösen würden.

Ingham überschlug einen Teil und kam zum Resümee der Analyse: »Auf dem Tonband ist offenbar unter dem Einfluß von Alkohol und in einer besonderen Atmosphäre Rosenblatts Seelenlage deutlich geworden. Er hat unterdrückte Gedanken ausgesprochen, wenn auch in einer verschwommenen, bildnishaften Form...«

»Psychologen-Quatsch«, warf Dillon ein.

»... falls der Vermißte noch lebt und nicht Suizid begangen hat oder einem Verbrechen zum Opfer gefallen ist, sondern, was naheliegender sei, an Bord des Boots durch Blutspuren und andere ausgelegte Hinweise einen Selbstmord beziehungsweise ein Gewaltverbrechen vorgetäuscht hat, um seine Flucht zu tarnen«, fuhr Ingham fort, »so spricht manches dafür, daß er sich in den Osten absetzen wolle.«

Ingham zitierte den Schlußsatz des Berichtes: »Es wird von hier aus dringend empfohlen, zu überprüfen, ob Rosenblatt möglicherweise nicht schon längere Zeit für den Gegner gearbeitet hat, ob er ein Maulwurf gewesen ist.«

Dillon stellte sein Glas hart auf den Tisch.

Er stand auf und ging zu seiner Bücherwand, die von gebundenen Bänden, von ungeordneten Aktenordnern und gehefteten Papieren überquoll. Nach einer Weile fand er, was er suchte.

»Es gab«, sagte er, ohne aufzublicken, »Ende der vierziger,

Anfang der fünfziger Jahre in Los Alamos einen Nuklearwissen-
schaftler, der bei der Entwicklung der H-Bombe mit Oppenheimer und Teller zusammengearbeitet hat. Der Mann hat das gesamte Entwicklungsprogramm an die Sowjetunion verraten. Er
wurde überführt, verurteilt und später, wie üblich, ausgetauscht.
Er soll heute in Ostdeutschland leben. Der Mann heißt Klaus
Fuchs. Klaus Fuchs, der Atomspion.«

»Ich sehe, Mister Dillon, Sie haben bereits mit der Arbeit
begonnen«, sagte Ingham erleichtert. »Sie sollten so schnell wie
möglich in die Bundesrepublik fliegen. Morgen vormittag geht
eine Direktmaschine der Lufthansa von Washington nach Frankfurt.«

Dillon schüttelte den Kopf. »Nicht so hastig, junger Kollege.
Möglicherweise bin ich bereit, diesen Job zu übernehmen, vorausgesetzt, ich leite den Fall. Ich bin verantwortlich, und die
Leute in Langley und unsere ehemaligen CIA-Kollegen in Bonn
und Hamburg tun, was ich sage. Und noch etwas: ich halte, was
ich bei meinem Abschied in Langley gesagt habe: ich arbeite nie
wieder für die CIA. Ich lege Wert darauf, daß meine Ermittlungen direkt an den Sicherheitsberater und damit an den Präsidenten gegeben werden. Sie können als Mitarbeiter des Sicherheitsberaters mein Partner sein.«

Ingham überlegte kurz und sagte, das gehe in Ordnung.

»Und ich bekomme ein Honorar«, sagte Dillon. »Schließlich
bin ich als Pensionär eine Art freier Mitarbeiter der Regierung
und muß demnächst eine teure Scheidung finanzieren.«

»Das muß ich klären, aber es wird kaum Schwierigkeiten geben«, sagte Ingham und fügte etwas von »üblichen Spesen«
hinzu.

»Okay, wenn das alles klar ist, fliege ich morgen früh mit der
ersten Maschine nach Kalifornien und dann von San Francisco
aus nach Frankfurt und Hamburg«, sagte Dillon. »Ich möchte
erstmal herauskriegen, was dieser Rosenblatt für ein Kerl ist und
was er da in Livermore eigentlich gemacht hat.«

5

Dienstag, 3. Oktober 1989

Henrik C. Dillon lenkte den roten Pontiac Firebird am Ufer der San Francisco Bay entlang. Als ein Lokalsender »Heitere Musik nach dem Frühstück« brachte, drehte er das Autoradio lauter und summte die Melodien aus dem Musical *Hello Dolly* mit. Es war gut, daß niemand zuhörte, denn er traf selten den richtigen Ton. Seine Depressionen waren auf dem Flug von Washington nach San Francisco endgültig verflogen: endlich hatte er wieder einen Job, endlich war er kein Frührentner mehr, sondern ein Mann, dessen Fähigkeiten gefragt waren. Er hatte sich bei der Autovermietung den auffälligen Sportwagen aufschwatzen lassen, obwohl es deswegen sicher Rückfragen bei der Spesenprüfung geben würde. Mit seinem sandfarbenen Harris-Tweedjakket, das er sich vor einigen Jahren bei Brooks Brothers, dem feinen Herrenausstatter in New York, geleistet hatte, dem weißen Polohemd und der großen, tropfenförmigen Sonnenbrille wirkte er auf die elegante Blondine im grünen Jaguar so, wie er sich fühlte: wie ein erfolgreicher, unternehmungslustiger Mann in den besten Jahren. Die Frau hinter dem Volant aus Walnußholz drehte sich um, lächelte und flirtete über den Rand ihrer Sonnenbrille hinweg mit ihm, als sich die beiden Fahrzeuge auf dem Freeway 101 bei vorschriftsmäßiger Geschwindigkeit von kaum mehr als 55 Meilen ein paarmal gegenseitig überholten. Dillon fuhr sich mit der Linken durch seine Haare, die bei offenem Schiebedach heftig um seine Stirn flatterten, grinste zum Jaguar hinüber und winkte lässig, während er den Firebird mit einer Hand über den holprigen Asphalt der fünf Meilen langen San Mateo Bridge lenkte, die die Bucht von San Francisco überquert. Die Frau im Jaguar winkte zurück. Ein Edelstein blitzte an ihrer Hand.

Auf der linken Seite, am oberen Ende der Bay, lag die schönste Stadt der USA unter einem anmutigen Frühnebelschleier. Nur die obersten Stockwerke der Hochhäuser des City Centers ragten heraus und weiter im Norden die roten Pylone der Golden Gate Bridge. Am gegenüberliegenden Ufer tauchte Oakland aus dem Morgendunst auf. Der Himmel über der Bucht und das Wasser waren schon tiefblau. Vom Pazifik her trieb eine salzige Brise eine Herde weißer Schaumkronen vor sich her auf die blaugrünen Hügel am Ufer zu.

Welch eine Landschaft! Was mögen die Glücksritter und Goldgräber empfunden haben, als sie vor mehr als hundert Jahren nach monatelangen Trecks mit Pferd und Wagen oder per Schiff um Kap Hoorn herum endlich dieses gelobte Land vor sich sahen? Seit er als junger Mann zum erstenmal in San Francisco gewesen war, hatte er sich bei jedem Besuch in der Stadt diese Frage gestellt.

Am Ende der fünf Meilen langen Bay-Brücke, bei Hayward, mußte er auf die Interstate 238 South nach rechts abbiegen, um auf den Highway 580 zu kommen. Die blonde Frau im grünen Jaguar bog nach links in Richtung Oakland ab. Einen Augenblick lang wollte er ihr folgen. Doch dann drehte er das Lederlenkrad nach Osten. Dillon streckte seine Rechte aus dem geöffneten Schiebedach. Auch die Frau im Jaguar winkte. Noch einmal blitzte der Diamantring an ihrer Hand.

Die Landschaft, die der vierspurige Highway jetzt durchschnitt, wurde trockener. Die Farbe der Berge und der Weiden zwischen den flachen Siedlungen ging von dem satten Grün der Küste in ein fahles Gelb über.

Noch ein paar Meilen lang dachte Dillon an die Frau im grünen Jaguar, dann kehrten die Gedanken zurück, die ihn seit seinem Gespräch mit Donald Ingham beschäftigten.

Nein, er hatte sein eigenes Versprechen nicht gebrochen, nach dem er nie wieder für die CIA arbeiten wollte, nicht er war rückfällig geworden: *Sie* hatten ihn zurückgeholt wie einen älteren Footballspieler, ohne dessen Erfahrung die Mannschaft noch nicht klar kam. So wie die *New York Jets*, die ohne ihren Spielführer Joe Namath ein Match nach dem anderen verloren hatten und die erst wieder siegten, nachdem sie den alternden Star um sein Comeback angefleht hatten. Und schließlich hatte ihn nicht irgendein Abteilungsleiter der »Firma« in Langley um einen Dienst für die Nation gebeten, sondern der Präsident der Vereinigten Staaten selbst. Schriftlich sogar. Am Abend zuvor war Henrik C. Dillon am Ende einer Flasche Châteauneuf du Pape sicher gewesen, daß er keine Skrupel sich selbst gegenüber zu haben brauchte. Dennoch verbrachte er eine unruhige Nacht. Im Pyjama ging er noch stundenlang durchs Haus, durch den herbstlich kühlen Garten und um den Fischteich herum, versuchte noch nach Mitternacht vergeblich seine Frau in Philadelphia anzurufen und konnte sich erst allmählich auf den Fall dieses irgendwo in Deutschland verschwundenen jungen Atomwaffenforschers konzentrieren. Dabei frischte er seine Erinnerungen an jene Zeit auf, als er für die CIA in Hamburg und in Westberlin gewesen war und schließlich als Chief of Station in der Bonner US-Botschaft die Geschäfte des US-Geheimdienstes in der Bundesrepublik und in der DDR geleitet hatte.

Zehn Jahre war das her. Er war damals mit großer Skepsis und mit den typisch amerikanischen Vorurteilen, die aus den Nazifilmen Hollywoods stammten, in das neue Deutschland gekommen. Er hatte eine stabile Demokratie, eine erfolgreiche Wirtschaft, saubere Städte und einige Freunde gefunden. Die Zeit in Deutschland – das war seine beste Zeit gewesen. Er hatte Dutzende von neuen Agenten geworben und in die DDR eingeschleust, ein halbes Dutzend »Maulwürfe« in der US-Army, im diplomatischen Corps und in Dienststellen der Bundesrepublik enttarnt. Das hatte ihm den Ruf des »Maulwurfjägers« eingebracht. Er hatte Freunde gefunden, Johannes Fredersdorf zum Beispiel, seinen Partner beim Bundesnachrichtendienst in Pullach. Ob der noch im Dienst war?

Vor dem Einschlafen hatte Dillon noch vorbeugend zwei Anecin-Tabletten genommen und war mit erstaunlich frischem Kopf vom Klingeln an der Haustür wach geworden. Ein Kurier hatte ihm – »Im Auftrag von Mister Ingham vom Weißen Haus« – einen dicken braunen Umschlag übergeben. Ein 74 Seiten langes Dossier und einige Fotos mit den bisherigen Ermittlungen über

den in Deutschland verschwundenen SDI-Forscher Peter Rosenblatt. Während des viereinhalbstündigen Fluges von Washington
nach San Francisco hatte er das von der CIA, vom Pentagon und
vom Energie-Ministerium gemeinsam zusammengestellte Material mehrmals durchgesehen.

Rosenblatts Lebenslauf kannte er inzwischen auswendig:

1953 in Hamburg geboren. Einziger Sohn eines jüdischen Ehe-
paares, das Auschwitz überlebt hatte und nach dem Krieg in
seine Heimatstadt Hamburg zurückgekehrt war. Vater Buchhändler, Mutter Malerin. Eltern zogen – offenbar aus politischen
Gründen – nach Ostberlin und wanderten 1958 in die USA aus.
Mit neunzehn Studium am berühmten Massachusetts Institute of
Technology in Boston. War ein Jahr lang als Austauschschüler in
der Bundesrepublik, spricht seither und durch seine inzwischen
gestorbenen Eltern perfekt deutsch.

Nach seiner Rückkehr ans MIT in Boston mit zwanzig erste
Versuche mit Laserstrahlen für biomedizinische Zwecke; dort
von einem Scout der konservativen »Hertz Foundation« entdeckt und mit Stipendium nach Livermore geschickt, ursprünglich um weitere medizinische Forschungen mit den größten und
schnellsten Computern der Welt durchführen zu können. Professor Bernhard Tabor, einer der Gründerväter und Schirmherren
des Lawrence Livermore National Laboratory, der »Vater der
Wasserstoffbombe«, ein politischer Falke, Kommunistenhasser
und Lobbyist der Rüstungsindustrie, erkannte, daß Rosenblatts
medizinische Laserstrahlforschungen sich auch militärisch ver-
wenden ließen. Rosenblatt widersetzte sich zunächst. Doch dann
gelang ihm die erste Berechnung eines sogenannten »nuklear-
aufgepumpten Röntgenlasers« von unerhörter Reichweite und
Durchschlagskraft. Erste unterirdische Versuche in Nevada waren erfolgreich.

Professor Tabor meldete die Erfolge überschwenglich nach
Washington und entwickelte aus der Rosenblatt-Arbeit das gi-
gantische Konzept von SDI, der weltraumgestützten »Strategic
Defence Initiative«. Ziel: Die USA durch einen Laser-Schutz-
schild praktisch unverwundbar zu machen. Aufgrund der Rosen-

blatt-Forschungen und der Tabor-Berichte hielt Präsident Ronald Reagan im März 1984 seine berühmte »Star-wars-Rede«. Doch obwohl der sogenannte »Krieg der Sterne« wissenschaftlich, technisch und politisch umstritten blieb, beharrte die Regierung in Washington bei allen Abrüstungsverhandlungen mit den Sowjets auf ihrem »Verteidigungskonzept für das nächste Jahrtausend«.

Der introvertierte Rosenblatt war in der hermetisch abgeschlossenen Welt von Livermore zum Helden wider Willen geworden. Doch er begann bei internen Diskussionen mit seinen Kollegen an seiner Arbeit zu zweifeln: SDI verschiebe das »Gleichgewicht des Schreckens« zugunsten der Amerikaner – und es sei, entgegen den offiziellen Erklärungen, nicht nur ein Verteidigungskonzept. Aus der Deckung eines SDI-Schutzschildes heraus könnten natürlich aggressive Militärs und Politiker auch Angriffe starten. Ein Krieg mit »kleineren« Atomwaffen außerhalb der USA könnte deshalb riskiert und gewonnen werden. Um den moralisch zweifelnden Rosenblatt zu stabilisieren und ihm die Bedeutung seiner Arbeit für die Sicherheit der freien Welt vor Augen zu führen, so las Dillon am Ende des Dossiers, habe man ihn vor einigen Wochen mit einem Geheimauftrag in die Bundesrepublik geschickt: Der junge Wissenschaftler sollte, zusammen mit Repräsentanten des Pentagon, vor ausgewählten NATO-Generälen, Verteidigungspolitikern der Allianz und Vertretern der europäischen Rüstungsindustrie über den Stand der Star-wars-Technologie informieren. Und: in einem geheimen unterirdischen Bunker der deutschen Bundesregierung in der Nähe von Bonn sollte das nächste, alle zwei Jahre in Mitteleuropa stattfindende Wintex-Atomkriegsmanöver geplant werden. Rosenblatts Aufgabe war es dabei, noch neue, in Livermore entwickelte Computer mit dreidimensionalen Bildschirmen vorzuführen und zum erstenmal Laserstrahlwaffen und Teile des übrigen SDI-Programms in das Manöver einzubauen – entgegen den offiziellen Erklärungen, daß der Entwicklungsstand des SDI-Programms für derartige Versuche noch lange nicht reif sei. Deshalb war Rosenblatt in die Bundesrepublik geflogen. Er habe für die

Zeit der Dienstreise eine neue Identität erhalten. In einer Fuß-
note wurde vermerkt, daß ihm auf eigenen Wunsch von der Paßabteilung des Außenministeriums Papiere auf den Namen William Berrigan aus Boston ausgestellt worden seien.

Rosenblatts letzte Sicherheitsüberprüfung für die höchste Ge-
heimhaltungsklasse, die »Top Security Clearance«, habe erst vor
vier Monaten stattgefunden und keinerlei Bedenken ergeben.
Seine geheime Mission, so stand schließlich in dem 74-Seiten-
Papier, habe er mit Genehmigung der zuständigen Dienststellen in
Livermore und Washington mit einem privaten Aufenthalt in
Hamburg und Niedersachsen verbinden wollen.

Es war ein ziemlich oberflächliches Dossier, offenbar eilig zusammengestellt, ohne Tiefgang, ohne Wertungen oder Schlußfol-
gerungen. Was Dillon staunen, sogar erschrecken ließ, war die
Erkenntnis, daß die Arbeit eines einzelnen, obendrein noch so
jungen Mannes so viel Einfluß auf die Militärs, auf die Regierung in Washington, auf die Sicherheit der USA, auf das Schicksal von Millionen Menschen, möglicherweise sogar auf das
Schicksal der ganzen Erdbevölkerung haben sollte.

Auf den letzten Seiten des Dossiers waren 16 Kontaktperso-
nen von Rosenblatt mit kurzen Beschreibungen angegeben. Kollegen, Nachbarn, Freunde und eine ehemalige Freundin. Dillon
hatte fünf Leute angestrichen, die er in Livermore unbedingt
sprechen wollte. Deren Namen hatte er Donald Ingham noch vor
seinem Abflug nach San Francisco vom Washington National
Airport aus durchtelefoniert, mit der Bitte, noch heute Termine
für ihn bei ihnen zu arrangieren. Henrik C. Dillon war sich immer sicherer geworden, daß sein Abstecher nach Livermore äußerst wichtig für die Suche nach dem verschwundenen Wissenschaftler war – obwohl Ingham gemeint hatte, er solle keine Zeit
verschwenden und sofort nach Frankfurt und weiter nach Hamburg fliegen. Nur in Livermore konnte er herausfinden, was diesen Mann beschäftigte und bewegte.

Er trat das Gaspedal des roten Sportwagens durch, um ein
paar schwere Trucks zu überholen, deren chromglänzende Aus-
puffrohre wie Schornsteine über die Fahrerkabinen hinausragten

und ölige Abgaswolken ausstießen. Hinter einer Anhöhe breitete sich unvermittelt ein langgestrecktes, breites Tal aus. Dillon fuhr langsam, um während der Fahrt auf die Karte sehen zu können, die er auf dem Beifahrersitz ausgebreitet hatte. Das mußte das Livermore Valley sein!

Hinter dem Schild »Hacienda Business Park«, dem ein Golfplatz und ausgedehnte Viehweiden folgten, erreichte er nach einer Stunde das Ausfahrtsschild »Central Livermore«. Er fuhr über die North Livermore Avenue in die Stadt hinein, vorbei an sauberen, einstöckigen Fertighäusern im alten Westernstil mit Schindeldächern, Veranden und Holzsprossenfenstern, an Tankstellen und Einkaufszentren, bis er zu einem kleinen Platz mit Bäumen, blühendem Oleander, kurzgeschnittenem Rasen und einer haushoch sprudelnden Wasserfontäne in der Mitte kam. Henrik C. Dillon parkte seinen Wagen gegenüber dem Gebäude des *Livermore Herald*. Die Stadt schien um diese Zeit menschenleer. Es war kurz vor zehn Uhr vormittags, Westküstenzeit. Er hatte noch eine Stunde Zeit bis zu seiner ersten Verabredung.

Dillon fuhr wieder aus Livermore heraus in die Hügel und Berge der Umgebung. Er umkreiste die Stadt wie ein Habicht seine Beute, fuhr an Viehfarmen und an Weinbergen vorüber, erreichte die Diablo Mountains, die Teufelsberge, parkte auf einem Feldweg und breitete auf der Kühlerhaube seines Wagens eine Karte von Livermore und Umgebung aus. Von hier aus hatte man einen phantastischen Blick auf das Livermore Valley. Grünes, gelbes und braunes Farmland breitete sich rings um den Ort wie eine Patchworkdecke aus. An den südlichen Ausläufern der Hügel wurde der berühmte kalifornische Wein angebaut, meistens Chablis. Der Highway 580 durchschnitt das Tal und teilte das kleinere neue Wohngebiet von dem größeren, bis zu zweihundert Jahre alten Ortskern ab.

Auf einer gegenüberliegenden Hügelkette hockten Hunderte von modernen Windmühlen, die mit ihren vom Herbstwind in Schwung gehaltenen Rotoren wie ein Schwarm startbereiter Insekten aussahen. Ein Großversuch alternativer Energiegewinnung, der sich seltsam deplaziert ausnahm, wenn man wußte, was ein paar Meilen weiter, unten im Tal, in dem unnatürlich exakt aus der Landschaft herausgeschnittenen, eine Quadratmeile großen Gelände geschah: zwischen der South Vasco Road und der Greenville Road lag, wie Dillon nach einem Blick auf die Karte feststellte, das »Lawrence Livermore National Laboratory«, der Arbeitsplatz von 8200 Menschen, davon mehr als 3000 hochqualifizierten Wissenschaftlern und Technikern, handverlesene und hochbezahlte Physiker, Chemiker und Ingenieure von den besten Universitäten der USA. Ringsherum weideten Kühe und Schafe. Mit bloßen Augen konnte Dillon aus drei bis vier Meilen Entfernung ein Gewirr von flachen Gebäuden und Straßen ausmachen, das von einem fünfstöckigen Bau überragt wurde. Friedliche Zirruswolken wanderten über das riesige Forschungsinstitut, in dem die modernsten Waffen und Massenvernichtungsmittel in der Geschichte der Menschheit entwickelt werden.

Dillon fuhr wieder in den Ort zurück. Er kaufte gegenüber vom Schnellrestaurant *Wienerschnitzel*, in dem es keine Wiener Schnitzel, sondern nur Hamburger und Sandwiches gibt, den *Livermore Herald* und ließ sich den Weg zum Lawrence Livermore National Laboratory erklären. »Ganz einfach, Sir«, sagte die mütterlich-rundliche Frau hinter dem Tresen der Anzeigenannahme, »Sie fahren die First Street rechts hinunter bis zur Kreuzung, gegenüber sehen Sie die Greyhound Station; dort müssen Sie nach rechts in die South Livermore Avenue abbiegen und an der nächsten Straßengabelung halblinks in die East Avenue fahren. Dann immer geradeaus bis zum Ortsende. Nach etwa vier Meilen sehen Sie links das Laboratory. Sie können es nicht verfehlen.«

Es war schon von weitem zu sehen; hohe Zäune, dahinter das scheinbar planlose Durcheinander von barackenähnlichen Wellblechbauten und Fabrikgebäuden, das er schon vom »Teufelsberg« aus gesehen hatte. Auf dem großen Schild am Haupteingang stand: »Lawrence Livermore National Laboratory – Operated by the University of California for the Department of Energy.« Offiziell, so hatte Dillon in seinem Dossier gelesen, gehört das Lawrence Livermore National Laboratory wie die renommierten Bildungsstätten von Berkley und Stanford und wie das Atomforschungszentrum Los Alamos zum »Konzern« der Universitäten Kaliforniens – das soll die wissenschaftliche Bedeutung des Labors in den Vordergrund stellen. Das gewaltige Budget von einer Milliarde Dollar im Jahr wird vom Energieministerium in Washington bezahlt. Aus dem Pentagon, dem eigentlichen Nutznießer des Atomwaffenforschungslabors, wird kein einziger Dollar nach Livermore überwiesen – und der Verteidigungshaushalt der USA wird durch das Zig-Milliarden Dollar teure SDI-Forschungsprogramm mit keinem Cent belastet.

Dillon hatte keine Probleme, das Schnellrestaurant in der ersten Werksstraße vorne links zu finden. Es liegt bereits hinter dem Zaun, aber noch vor dem Haupteingang, ebenso wie die »Central Bank« und ein paar kleinere Verwaltungsgebäude, in denen Besucher empfangen werden, die keine spezielle Sicherheitsüberprüfung nachweisen können.

Das Selbstbedienungslokal war mit bunten Ballons, Girlanden und Luftschlangen für irgendeine Party dekoriert. Eine Gruppe von jungen Leuten in Jeans und kurzärmeligen Hemden amüsierte sich lautstark an zwei zusammengeschobenen Tischen. Gegenüber dem Eingang saß ein Mann an einem der grauen Plastiktische auf einem orangefarbenen Plastikstuhl und nuckelte an einem Plastikstrohhalm, der in einem Plastikbecher mit einem pinkfarbenen Milchmixgetränk steckte. Der Mann hatte ein Gesicht wie ein Halbmond: ein schmaler, länglicher Kopf mit vorspringender Stirn, einer nach innen gewölbten, dünnen Nase und einem ausgeprägten Kinn.

»Willkommen in Livermore, Mister Dillon.«

Der Mann schob seinen Becher zur Seite und erhob sich hastig. Er hatte große, gelbliche Zähne und einen säuerlichen Mundgeruch, den Dillon sofort bemerkte, weil er sich bei der Begrüßung so weit vorbeugte, als wolle er ihm einen Freundschaftskuß auf die Wange drücken.

»Ich bin Dr. Jason Blunt, der stellvertretende Leiter der Sicherheitsabteilung des LLNL«, sagte er. »Mister Ingham vom

Büro des Sicherheitsberaters des Präsidenten hat sie avisiert. Besuch aus Washington ist uns immer eine Ehre – auch wenn ich mir gewünscht hätte, daß der Anlaß ein erfreulicherer sein würde.«

Blunt ließ endlich seine Hand los, setzte sich wieder und deckte Dillon mit einem Wortschwall ein: Rosenblatt in Deutschland verunglückt? Oder gar ermordet? Sogar, daß er ein Überläufer sei, werde nicht ausgeschlossen? Blunt seufzte nach jeder Frage tief. Welch ungeheuerlicher Verdacht gegen den in Livermore als absolut integer bekannten und stillen Forscher!

Dillon lehnte eine Einladung »zu einem späten Frühstück oder einem frühen Lunch« ab und sagte, er sei in Eile. Er habe nur einen Tag Zeit und eine Menge zu tun. Daraufhin beeilte sich Blunt mit der Erklärung: Es sei für ihn und für den Sicherheitsdienst des Forschungslabors und für Rosenblatts Kollegen, überhaupt für alle, die ihn kennen, absolut unvorstellbar, daß der ungewöhnlich begabte Wissenschaftler ein Verräter sei – und wenn doch, so hätte er einen unübersehbaren und in Geld gar nicht auszudrückenden Schaden für das Institut, für die amerikanische Waffentechnologie und für die Sicherheit der Nation angerichtet...

Dillon unterbrach den Monolog. Ob er wohl etwas über die Arbeit und Bedeutung des »Lawrence Livermore National Laboratory«, speziell über SDI und über die Entwicklung von Laserstrahlwaffen erfahren könne, über das Spezialgebiet von Mister Peter Rosenblatt also.

»Es gibt da einen...« Dillon blätterte in seinem Rosenblatt-Dossier, »... einen Dr. Kent Fredriksen.«

»Dr. Fredriksen ist als Leiter der O-Gruppe Rosenblatts direkter Vorgesetzter. Ich habe bereits mit ihm gesprochen. Er steht ihnen zu jeder Auskunft zur Verfügung, selbstverständlich auch über sonst streng geheime Projekte«, sagte Blunt eifrig. Er habe nach Rücksprachen mit Washington bereits einen Besucherausweis für ihn vorbereitet, der natürlich auch für jene Bereiche gelte, die sonst nur ausgewählte Mitarbeiter... Ob er wohl freundlicherweise zwei Paßfotos...

Blunt schleuste Dillon durch die Sicherheitskontrollen am Haupteingang. Sie gingen über die Werkstraßen, auf denen ihnen eilige Herren mit Anzügen und Krawatten und andere in weißen Kitteln entgegenkamen, aber auch junge Männer auf Rennrädern und in bunten Jogginganzügen. »Das sind einige unserer Wissenschaftler, Physiker, Chemiker, Computer-Spezialisten. *Nuclear-designer*, wie wir sagen«, erklärte Blunt. »Die meisten von ihnen wohnen gelegentlich auch auf dem Gelände. Sie haben jedenfalls Schlaf- und Waschgelegenheiten bei ihren Büros. Die sind besessen von ihrer Arbeit, sie sitzen oft nächtelang an den Bildschirmen und an den Versuchsanlagen. Und tagsüber treiben sie ein bißchen Ausgleichssport.«

Eine Gruppe von Männern in braun-grün-gefleckten Kampfanzügen schlenderte vorüber. An ihren Gürteln baumelten Messer und schwere Revolver. »Die gehören zu einer neuen Schutztruppe zur Bekämpfung von besonders militanten Atomwaffengegnern«, sagte Blunt. »Wir hatten erst vor zwei Wochen eine Großdemonstration von mehr als 7000 Anhängern der Friedensbewegung. Ein paar Dutzend dieser Chaoten haben den Stacheldrahtzaun zerschnitten und sind in das Gelände eingedrungen. Sie waren schon ganz in der Nähe der Gebäude, in denen gerade die neuen Sprengköpfe für die MX-Interkontinentalraketen konstruiert werden. Nicht auszudenken, was das für einen Wirbel gegeben hätte, wenn sie das Gebäude besetzt hätten. So etwas darf sich nicht wiederholen!« Von einem gleich hinter dem Stacheldrahtzaun liegenden Schießstand hörten sie kurz darauf erst einzelne Schüsse, dann Schnellfeuerserien.

»Die Sicherheitstruppe trainiert«, sagte Blunt.

Das Büro von Dr. Kent Fredrikson lag im vierten Stockwerk des Verwaltungsgebäudes. Ein karger Raum mit kühlschrankgroßem Safe und Computerterminal. Aus einem Laserstrahldrucker quoll Endlospapier mit Zahlenkolonnen und Formeln. An der Wand rechts neben der Tür hing eine farbige Computerskizze mit der Überschrift »Zukünftige Laserstrahlwaffen-Technologie«.

»Darf ich?« fragte Dillon und ging, ohne eine Antwort abzuwarten, hinüber, um das Bild aus der Nähe zu betrachten. Es zeigte eine Laser-Bodenstation irgendwo auf einer Insel im Pazifik. Dünne rote Strahlen schossen zu einer Gruppe von Spiegelreflektoren in den Weltraum hinauf. Im All kreiste eine Solarenergiestation und ein Satellit mit Röntgenlaserkanonen. Über allem schwebte ein zylinderförmiges Riesending, auf dem »Laser battle station« stand. Hinter der Erdkrümmung und aus dem blauen Meer schossen Raketen hervor, wurden von den Strahlen erfaßt und zerstört, die von der Bodenstation zu den Reflektorspiegeln und von dort auf die feindlichen Geschosse gelenkt worden waren.

»Das ist eine längst überholte Planungsskizze, etwa vier Jahre alt«, sagte Fredrikson, »damals haben wir damit die Abgeordneten des Verteidigungsausschusses beeindruckt, die das Geld für weitere Forschungen herausrücken sollten. Inzwischen sind wir viel weiter – dank Peter Rosenblatt. Er hat mit seinen Leuten eine Laserwaffenstation konstruiert und berechnet, die nur noch so groß ist wie dieser Schreibtisch hier. Sie soll im All stationiert werden und könnte innerhalb von Sekunden sämtliche sowjetischen Raketenabschußbasen zu Lande, zu Wasser und in der Luft vernichten – vorausgesetzt, Aufklärungssatelliten und andere Informationsquellen haben zuvor die ebenfalls im All stationierte Battle Station mit den genauen Zielkoordinaten gespeist. Aber auch dieses Problem ist natürlich zu lösen.«

»Natürlich«, wiederholte Dillon halblaut und betrachtete ein messerscharfes Luftfoto des »Lawrence Livermore National Laboratory«. Das Bild hing schief.

»Wir sind hier«, sagte Fredrikson und zeigte auf ein deutlich erkennbares Hochhaus. »Hier, in diesem kreuzförmigen Gebäude, ist die Nova untergebracht, die größte und natürlich modernste Laserversuchsanlage der Welt.«

Durch das Fenster des Büros konnte Dillon Parkplätze, Straßen und Werkshallen überblicken. Etwa fünfhundert Meter entfernt sah er das flache, kreuzförmige Dach der Laserwaffen-Anlage. Es sah aus wie eine beliebige Werkshalle. Das ganze Gelände wirkte auf ihn wie eine Mischung aus irgendeiner Fabrik in Detroit oder Philadelphia und einem Militärcamp – obwohl keine Army-Uniformen zu sehen waren, sondern nur ab und zu blauuniformierte

Werkschützer aus Blunts Sicherheitsabteilung. Hin und wieder fuhren unten ein paar Fahrzeuge mit Sirenen und Lautsprechern auf den Dächern im Schrittempo vorüber.

Kent Fredrikson setzte sich wieder. Er war ein erstaunlich unbeschwerter Mann, mit tiefen Lachfältchen an den Augenwinkeln. Sein sorgsam gestutzter roter Wikingerbart erinnerte an seine skandinavische Abstammung. Er trug ein kariertes Holzfällerhemd. Seine zu langen Jeans hatte er über den »Nike«-Sportschuhen hochgekrempelt. Der Chefphysiker war 42, wirkte aber zehn Jahre jünger.

»Peter Rosenblatt war...« begann er und korrigierte sich sofort: »Peter Rosenblatt ist der Begabteste von uns allen, ein unglaubliches wissenschaftliches Talent. Er hätte vor mir Abteilungsleiter der O-Group werden können, aber er haßt den Verwaltungskram – und ich kann eben ein bißchen organisieren.« Fredrikson grinste jungenhaft.

Warum ist dieser Mann so fröhlich? dachte Dillon. Ein Mann, der sich tagtäglich mit der Planung von Krieg und millionenfachem Tod am Himmel und auf Erden beschäftigt? Wie hält er das aus? Hat er Kinder? Wissen die, was ihr Daddy tut? Kann er ruhig schlafen?

Fredrikson schien seine Gedanken zu ahnen. »Natürlich ist das, was wir hier tun, kein Job wie jeder andere: die Erfindung und Konstruktion von immer neuen, kleineren, noch wirksameren Atomwaffen, das Nuklearwaffen-Design, wie wir sagen«, sagte er. »Man kann diese Arbeit nicht machen, wenn man nicht von ihrer Richtigkeit und ihrer moralischen Berechtigung überzeugt ist. Wir schaffen Waffen zur Verteidigung unserer Werte von Freiheit und Demokratie, nicht zum Angriff...« Er blickte demonstrativ auf einen Wandspruch neben der »Krieg-im-Weltall-Skizze«, den Dillon bislang übersehen hatte. Da stand: »Wir wollen das Weltall zum Schauplatz des Friedens und der Entwicklung der Menschheit machen – denn wenn wir das nicht tun, könnten andere das All als Ausgangsbasis für ihre Aggressionen nutzen. Lyndon B. Johnson, 1963 in der Universität von Maryland.«

»Und das gilt noch immer?«

»Zugegeben, einige von uns haben Schwierigkeiten, moralische Bauchschmerzen, wenn sie an die möglichen Auswirkungen ihrer Tätigkeit im Falle eines Krieges denken – besonders, seit die Sowjetunion sogar im Weißen Haus in Washington nicht mehr als das Reich des Bösen gilt.« Fredrikson lächelte schief. »Einige haben den Job aufgegeben, weil sie von der Vorstellung bis in den Schlaf verfolgt wurden, daß die von ihnen, von uns allen hier entwickelten Atom- und Weltraumwaffen im Ernstfall Millionen von Menschen, Frauen und Kindern, Tod oder grausames Siechtum bringen könnten. Das hat übrigens nach Tschernobyl dramatisch zugenommen.«

»Hatte auch Rosenblatt solche... solche Bauchschmerzen, wie Sie sagen?« Dillon hatte die Seite mit den Fotos des verschwundenen Wissenschaftlers in seinem Dossier aufgeschlagen. Mit seinen sorgfältig gescheitelten Haaren und den offenen, etwas erschrockenen runden Augen sah Rosenblatt aus wie ein Konfirmand.

»Das weiß ich nicht. Wir waren nicht so eng befreundet, daß wir unsere privaten Überlegungen ausgetauscht hätten.«

Blunt räusperte sich. Dillon hatte ihn fast vergessen.

»Es gibt eine Gruppe von Wissenschaftlern, etwa zwanzig Leute, die unregelmäßig an einer Art Seminar über ethische und religiöse Fragen ihrer Arbeit teilnehmen. Wir haben da eine Liste mit den Namen der Teilnehmer. Rosenblatt ist auch dabei.«

Dillon fragte, wer diese Seminare leite.

»Der Bischof von Oakland persönlich.«

»Ist Rosenblatt nicht Jude?«

»Er ist jüdischer Herkunft«, sagte Fredrikson, »so wie ich christlicher Herkunft bin. Aber wir praktizieren unseren Glauben beide nicht. Soviel ich weiß, ist er Agnostiker wie ich auch.«

»Aber daß er an diesen Seminaren teilgenommen hat, spricht dafür, daß auch er moralische Skrupel an seiner Arbeit hier hatte.« Dillon beobachtete vor dem Fenster ein paar dunkle Vögel, die mit ausgebreiteten Schwingen über dem Gelände kreisten. Vermutlich Bussarde.

»Möglich«, sagte Fredrikson, drehte seinen Stuhl zur Seite und folgte seinem Blick.

»Ich weiß, daß Rosenblatt in letzter Zeit solche Bedenken und Selbstzweifel hatte«, sagte Blunt. »Nach Informationen unserer Sicherheitsabteilung hat er sich zunehmend kritisch über seine und unsere Arbeit geäußert.« Er zögerte. »Seine frühere Freundin, zu der er bis zuletzt noch Kontakt hatte, eine gewisse Lea Ginsburg, gehört zur kalifornischen Friedensbewegung. Sie war bei der vorhin von mir erwähnten großen Demonstration dabei. Sie trug ein Plakat, auf dem etwas über in Livermore geplante Vernichtungskriege und Völkermorde stand.« Blunt schüttelte angewidert den Kopf. »Nachdem wir vor zwei Tagen zum erstenmal von dem Verschwinden Rosenblatts in der Bundesrepublik Deutschland gehört haben, konnten wir in Erfahrung bringen, daß die Beziehung zwischen Rosenblatt und dieser Miss Ginsburg sozusagen aus politischen Gründen gescheitert ist. Sie hat ihm in einem Lokal in Gegenwart von Freunden vorgeworfen, daß er vom ehemaligen Pazifisten zum Schöpfer von Massenmordwaffen geworden sei. Rosenblatt ist nach unseren Informationen daraufhin wortlos aufgestanden und fortgegangen.«

»Wann war das?«

»Vor sechs bis sieben Wochen.«

In seinen Notizen unterstrich Dillon den Namen »Lea Ginsburg«.

»Sie konnten sicher auch in Erfahrung bringen, wo sich Miss Ginsburg zur Zeit aufhält, Mr. Blunt?«

»Selbstverständlich. In ihrer Wohnung. Etwa eine Meile von hier. Sie wohnt in einer Siedlung zwischen den Laboratories und der Stadt.« Blunt zog ein rotes Notizbuch aus der Tasche und blätterte darin. »Charlotte Street 528. Am Big Trees Park.«

Dillon notierte sich die Adresse. Er nickte, als Fredrikson fragte, ob er Rosenblatts Arbeitsplatz sehen wolle.

Als sie aus dem Verwaltungsgebäude mit den dunklen Rauchglasscheiben traten, wurden sie vom dunstigen, hellen Sonnenlicht geblendet. Fredrikson führte sie in einer der Werkshallen in einen gekachelten Raum, der an eine Schwimmhalle von olympischen Ausmaßen erinnerte, aus der man das Wasser abgelassen hatte. In der Mitte war eine Art Riesenrohr montiert. Es sah aus wie ein gewaltiges Pipeline-Stück; blau lackiert, mit Meßinstrumenten, Schaltpulten und Monitoren bestückt, auf denen Linien, Punkte, Kurven und Kreise flackerten, zuckten und blitzten. »Sieht für den Laien wohl aus wie eine Dieselmaschine eines Riesentankers«, sagte Fredrikson. »Das ist die größte Laserversuchsanlage der Welt. Kostet 200 Millionen Dollar. Hier hat Rosenblatt seine Versuche gemacht. Genauer gesagt: hier wurden seine Ideen, seine Formeln und Computerberechnungen ausprobiert.«

Dillon zuckte zusammen, als über ihren Köpfen ein Lautsprecher losquäkte. »Achtung! Achtung!« sagte eine Computerstimme, »Begeben Sie sich sofort in die Sicherheitsbereiche. In zwei Minuten beginnt die automatische Ladephase.«

Fredrikson zog Dillon am Jackenärmel in einen abgetrennten Raum hinter eine große, dicke Panzerglasscheibe.

Eine Gruppe von jungen Wissenschaftlern und Technikern starrte auf Schaltpulte und Monitore. Die Computerstimme begann den Countdown: »... vier... drei... zwei... eins... Feuer!«

Dillon fühlte sich an einen Raketenstart erinnert. Doch statt eines gewaltigen Knalls und Rauschens und eines Feuerschweifes war nichts zu sehen und fast nichts zu hören – nur ein trockenes, echoloses Knistern und Knacken drang in den schallisolierten Beobachtungsraum.

»Was war das?«

»Ein paar Versuchsschüsse mit dem Nova-Laser. Wenn der Laser abgefeuert wird, entsteht blitzartig eine Energie von mehr als zehn Millionen Watt.«

Die Männer neben ihnen beugten sich über Meßskalen und über einen Computerbildschirm, wie Herzspezialisten, die ein Elektrokardiogramm auswerten. Fredrikson kaute eine Weile schweigend auf einem Bleistift herum. Dann gingen sie in sein Büro zurück.

»Würden Sie freundlicherweise versuchen, einem technischen

Idioten wie mir die Bedeutung von Rosenblatts Arbeit hier zu erklären?« fragte Dillon.

Fredrikson nahm den Bleistift aus dem Mund und zog an seinem Schreibtisch mehrere Metallschubladen auf. Er fingerte umständlich eine Zigarette aus einer zerknautschten Schachtel, fand keine Streichhölzer. Blunt, der sich in eine Ecke gesetzt und die halbgeschlossenen Augen auf die kalkweiße Decke gerichtet hatte, kramte umständlich ein altes Army-Sturmfeuerzeug aus seiner Hosentasche und drehte mit dem Daumen an dem Zündrädchen, bis der Benzindocht Feuer fing. An der linkischen Art, mit der Fredrikson die Zigarette zum Mund führte, war unschwer zu erkennen, daß er nur selten rauchte. Er verschluckte sich bei einem versehentlichen Lungenzug und mußte husten.

»Okay. Ich will versuchen, eine lange Geschichte kurz zu machen, Mister Dillon«, sagte er mit gerötetem Gesicht. »Peter Rosenblatt ist, wie ich angedeutet habe, vor etwa sechs Jahren am Computer die Berechnung einer Art Wunderwaffe gelungen, die wir. »Super Excalibur« nennen, nach dem sagenhaften Schwert. Dabei wird die Energie einer Atombombenexplosion in einem einzigen Röntgenlaserstrahl konzentriert. Diese Waffe von bisher unvorstellbarer Energie, Reichweite und Zielgenauigkeit hat Peter allein erfunden. Es ist im Prinzip sozusagen die millionenfache Hochrechnung einer Idee, die er schon als Student am Massachusetts Institute of Technology in Boston gehabt hatte. Damals wollte er mikroskopisch kleine Laser für die Biomedizin und für die Gehirnchirurgie entwickeln.

Rosenblatt wurde ein Stipendium für Livermore angeboten, damit er hier an den größten und schnellsten Computern der Welt seine Forschungen vorantreiben konnte. Als er ein paar Wochen bei uns war, hat Professor Tabor, der Gründer dieses Instituts, sich näher mit Rosenblatts Arbeiten in unserer eher bescheidenen biomedizinischen Abteilung beschäftigt. Tabor überzeugte Rosenblatt in langen Gesprächen, daß er seine Fähigkeiten und Forschungen in den Dienst unseres Landes und seiner Verteidigung stellen müsse. Rosenblatt begann auf militär-technischem Gebiet zu arbeiten. Er kam in meine O-Gruppe, und wie Sie inzwischen wissen, ist es unser Job, immer neue und bessere Atomsprengköpfe und derlei Zeugs zu entwickeln.«

»Erwarten Sie nicht, daß ich Beifall klatsche«, sagte Dillon in einer kleinen Pause, doch Fredrikson fuhr fort.

»Um vage Vorstellung von der Bedeutung von Rosenblatts Arbeit zu bekommen, sollten Sie vielleicht folgendes wissen: Wellenlängen werden in Ångström gemessen. Licht hat eine Wellenlänge von 5320 Ångström. Röntgenstrahlen haben nur 100 Ångström und bis zu 10 000mal mehr Energie als das sichtbare Licht. Röntgenstrahlen können bekanntlich im Gegensatz zum normalen Licht zum Beispiel menschliches Fleisch durchdringen. Eines der Ziele von Peter Rosenblatt war es, die kürzest denkbare Wellenlänge überhaupt zu erzeugen – um so phänomenaler würden Energie, Durchschlagskraft und Reichweite dieses Laserstrahls sein. Sein Ziel war eine Wellenlänge von nur einem Ångström. Ein solcher Superlaser, eben der schon erwähnte Super-Excalibur, könnte nicht elektronisch oder chemisch gezündet werden, sondern nur durch eine Atombombenexplosion. Peter Rosenblatt schien mit seinen Berechnungen für eine solche Laserbombe, um es einmal laienhaft auszudrücken, bereits nahe am Ziel zu sein. Das Ergebnis wäre eine Waffe von bisher nicht gekannter Wirkung, von unvorstellbarer Reichweite und Durchschlagskraft, eine Superwaffe von entscheidender Bedeutung für den sogenannten ›Krieg der Sterne‹, also für SDI: Auf der Erde stationierte, atomar gezündete Röntgenlaser könnten jeden Satelliten, jede Rakete im All vernichten, und im All stationierte Laser könnten jeden Punkt auf der Erde treffen und vernichten, was immer sich dort befindet. Oder es könnten Reflektoren, riesige Spiegel, im Orbit installiert werden, die Laserstrahlen, die von der Erde auf sie abgeschossen werden, auf jedes beliebige Ziel auf der Erde lenken würden.«

Das Telefon summte. Fredrikson nahm den Hörer und sagte, er sei in einer Besprechung und möchte nicht gestört werden. Dann wandte er sich wieder Dillon zu.

»Das zweite Meisterstück von Peter Rosenblatt und seinen

Leuten war die Entwicklung eines Computer- und Software-Systems für das sogenannte ›Battle Management‹, für die Kommunikation zwischen den im Weltraum stationierten Waffensystemen und den Führungsstäben im Pentagon, im Weißen Haus oder in irgendwelchen Bunkern. Er und sein Team, etwa vierzig Wissenschaftler, haben in jahrelanger Arbeit das technische Gehirn der Militärmaschine des nächsten Jahrtausends konstruiert.«

Der auf den Fotos so konfirmandenhaft wirkende Rosenblatt war also eine Art Frankenstein der modernen Waffentechnologie, dachte Dillon. Er konnte dem Vortrag von Fredrikson nicht ganz folgen, mochte das aber nicht zugeben. Er hörte etwas von amerikanischen Anti-Raketen im All, die sowjetische Interkontinentalwaffen schon während der Startphase außer Gefecht setzen sollten, Voraussetzung dafür sei wiederum ein vom Rosenblatt-Team mitentwickeltes »Boost Surveillance and Tracking System«, ein im Weltraum stationiertes Überwachungs- und Verfolgungssystem, mit dem Raketenstarts an jedem Punkt der Erde geortet werden können. Die Arbeit an all diesen Waffen- und Computersystemen, so sagte Fredrikson, müsse ohne Rosenblatt stark eingeschränkt werden oder werde in wichtigen Teilen zum Stillstand kommen.

Dillon versuchte Fredriksons fachchinesischen Redestrom zu unterbrechen. »Hatte Rosenblatt in letzter Zeit irgendwelche besonderen Probleme bei seiner Arbeit, mit seinen Kollegen oder Vorgesetzten?«

Dillon bemerkte, wie Blunt und Fredrikson ein paar Blicke austauschten. Keiner wollte als erster antworten.

»Ich glaube, wir sollten es Mr. Dillon erklären«, sagte Fredrikson schließlich. Blunt schien sich heraushalten zu wollen. Fredrikson schob seinen Drehstuhl zurück, stand auf, begann im Zimmer auf und ab zu gehen, stellte sich zwischendurch mit verschränkten Armen ans Fenster und blickte über das Forschungsgelände, das von der nun tiefstehenden Nachmittagssonne in rötliches Licht getaucht wurde.

»Es hat hier einen sehr heftigen, sehr grundsätzlichen Streit gegeben, eine Auseinandersetzung, die unsere O-Gruppe und darüber hinaus fast alle Physiker und Wissenschaftler hier in Livermore in zwei Lager gespalten hat... Rosenblatt und Professor Tabor sind die dominierenden Figuren dieser beiden Lager.«

Fredrikson unterbrach seine unruhige Wanderung durch das Büro und blieb vor einem kleinen Portraitfoto von Tabor stehen. Es stand neben dem Bild des Energieministers und des amerikanischen Präsidenten auf seinem Schreibtisch. Er drehte es zu Dillon hin um. Dillon kannte Tabor von Zeitungsbildern und aus dem Fernsehen: der »Vater der H-Bombe«, der zusammen mit Robert Oppenheimer und anderen in Los Alamos die ersten Atombomben gebaut hatte, die auf Hiroshima und Nagasaki abgeworfen worden waren und die zynischerweise auf die niedlichen Namen »Little Boy« und »Fat Man« getauft worden waren.

Tabor, nun fast achtzig Jahre alt, galt immer noch als einer der zähesten Falken unter den politisch engagierten US-Wissenschaftlern und als Kommunistenhasser – trotz Gorbatschow – und als Lobbyist großer Rüstungskonzerne.

»Professor Tabor«, fuhr Fredrikson fort, »wurde zunächst der Mentor, der Ziehvater von Rosenblatt. Er animierte ihn dazu, seine biomedizinischen Laserentwicklungen in größtmöglichem Maßstab hochzurechnen – um den komplizierten Prozeß sehr simpel auszudrücken. Unter anderem gelang es Rosenblatt, die Zustände in einem Atomkern zu berechnen, die zur Aussendung von Röntgenstrahlen mit einer bis dahin nicht für möglich gehaltenen Intensität...«

Er bemerkte erst jetzt den ermüdeten Ausdruck in Dillons Gesicht und verkürzte seine Erklärungen abrupt. »Aufgrund von Rosenblatts Atom-Röntgenlaser-Berechnungen wurde im März 1984 ein unterirdischer Test im Versuchsgelände von Nevada gemacht. Mit überwältigendem Erfolg. Professor Tabor war vor Begeisterung ganz aus dem Häuschen. Bei einem Abteilungsleitergespräch sagte er, dies sei der Beginn des Jahres 2000 in Livermore. Die Zukunft gehöre den Laserwaffen, es werde Laserpistolen, Laserpanzerkanonen und Laserraketen geben. Tabor begeisterte sich wie ein Kind für die neuen Möglichkeiten. Er ließ immer neue Schaubilder und Trickfilme anfertigen, Weltraum-stationen, aus denen Laserstrahlen auf feindliche Raketen herab-zuckten und sie in glühende Feuerbälle verwandelten. Wir ka-men uns manchmal vor wie in einem Science-Fiction-Film.«

Fredrikson steckte sich wieder eine Zigarette an.

»Professor Tabor ist im Frühjahr 1984 mit Rosenblatts Unter-lagen und mit seinen Filmen und Schaubildern nach Washington gereist – Sie wissen, daß er mit Ronald Reagan seit dessen Zeit als Gouverneur von Kalifornien befreundet ist. Tabor hat den Präsidenten mit seinem Enthusiasmus für das neue Wunderwaf-fensystem angesteckt. Er animierte Reagan zu dessen inzwischen berühmter Star-wars-Rede, durch die der Begriff SDI, Strategic Defence Initiative, populär wurde. Nach Reagans Rede folgte der weltweite politische Rummel um SDI. Die Sowjets drohten mit dem Abbruch aller Abrüstungsverhandlungen, falls wir SDI weiterentwickelten...«

»Und Rosenblatt? Wie reagierte Rosenblatt auf diesen politi-schen Wirbel um seine Arbeit?«

»Rosenblatt war entsetzt. Entsetzt und so außer sich vor Zorn, wie ich ihn noch nie erlebt hatte. Tabor habe den Entwick-lungsstand der Laserwaffen viel zu übertrieben dargestellt. Er habe dem Präsidenten gegenüber behauptet, die Laserwaffen seien bereits in der ›Ingenieurphase‹, in der konstruktiven, tech-nischen Entwicklung also. Diese völlig voreilige Darstellung habe bei Freund und Feind überzogene Hoffnungen beziehungs-weise Ängste ausgelöst. Der sonst so zurückhaltende Rosenblatt nannte Tabor bei einem internen Gespräch über SDI sogar einen wissenschaftlichen Schwindler und politischen Hochstapler...«

Blunt unterbrach Fredrikson. »... dadurch hat dieser junge Mann nicht nur seine eigene Arbeit diskreditiert, sondern das Renommé des Instituts und aller seiner Kollegen. Er hat sogar leichtfertig die Existenz des Lawrence Livermore National Labo-ratory mit seinen fast 9000 Mitarbeitern gefährdet – wenn die Sache an die Öffentlichkeit gekommen wäre, dann hätten Regie-rung und Senat sicherlich einige Milliarden Dollar aus unseren künftigen Etats gestrichen... Es gab damals Überlegungen, Rosenblatt fristlos zu feuern. Tabor wollte ihn sogar wegen Rufschädigung verklagen – aber es gelang uns, den Alten davon abzubringen und dadurch eine öffentliche Auseinandersetzung über SDI zu vermeiden.«

»Es gab dabei nur ein Problem«, sagte Fredrikson, »das Problem war – Rosenblatt hatte recht...!«

Die Computerstimme, die das Ende der heutigen Versuchsreihe mit dem Nova-Laser verkündete, drang aus der Halle und durch das halbgeöffnete Fenster zu ihnen herein. Fredrikson schien plötzlich zu bemerken, daß das Luftfoto des Lawrence Livermore National Laboratory schief an der Wand hing. Er wollte es gerade zurechtrücken, als Dillon fragte, welche Auswirkungen eigentlich die diversen internationalen Rüstungskontrollverhandlungen auf die Arbeit hier in Livermore hätten. Im selben Moment entglitt das auf Hartpappe aufgeklebte Foto den Händen des Atomwaffenforschers und fiel zu Boden. Fredrikson hob es seufzend auf, grinste und sagte: »Sie sehen ja, was passiert, wenn bei uns jemand das Wort ›Abrüstungsverhandlungen‹ auch nur in den Mund nimmt, Mister Dillon – dann bricht hier alles zusammen.«

Ob er sich im Büro von Rosenblatt umsehen könne, fragte Dillon. Selbstverständlich, sagte Fredrikson. Er habe Rosenblatts Zimmer sofort verschließen und versiegeln lassen, nachdem er vor zwei Tagen zum erstenmal von dessen Verschwinden gehört hätte, sagte Blunt. Fredrikson nahm ein paar Unterlagen mit und ging voran.

Die drei Männer durchquerten einen Raum, der die Behaglichkeit einer Kühlhalle ausstrahlte: mit bläulichem Neonlicht, weißen Fußbodenkacheln und kühlgestellter Belüftungsanlage. Mittendrin futuristisch anmutende Sitzmöbel vor bunten, halbrunden Türmen. Vor aquariumartigen Glasboxen waren Batterien von Geräten aneinandergereiht, die wie Waschmaschinen aussahen. »Das ist unser Cray-Computer-Zentrum, das größte und leistungsfähigste der Welt«, sagte Fredrikson. »Hier wird in Sekunden errechnet, wofür Mathematiker und Physiker der Generationen vor uns noch Jahre gebraucht haben.«

Im Vergleich zu der sterilen Atmosphäre der Computeranlage erschien das benachbarte Gebäude der SDI-Forscher wie ein Studentenwohnheim. In einem Aufenthaltsraum waren Cola- und Kaffeeautomaten, Eiswürfel- und Popcornmaschinen aufgestellt. Vergilbte Poster von Palmeninseln hingen an der Wand. Leere Pappbecher und Pappteller lagen in überquellenden Abfallbehältern.

Mittendrin beugten sich zwei junge Männer, Mitte bis Ende Zwanzig, über einen abgestoßenen Flipperautomaten und dirigierten die blanke Stahlkugel durch grellbunt bemalte Hindernisse, die aufblitzten und quäkende, nervende Töne von sich gaben, wenn die Kugel sie berührte. Am Kopfende zeigte eine Leuchttabelle immer neue Ziffern an. Der eine der beiden Spieler riß plötzlich die Arme hoch wie ein Fußballspieler, der ein Tor erzielt hatte. Der andere schlug ihm kräftig auf die Schulter, forderte lautstark Revanche und holte zwei Pappbecher mit Cola aus dem Automaten. Dillon kamen die beiden ziemlich infantil vor.

Fredrikson rief »Hi, Jonathan« und »Hi, Peter« und sagte zu Dillon: »Das sind Dr. Galoun und Dr. de Clerk. Sie gehören zu einem Team, das zur Zeit an einer Modernisierung und Verkleinerung der Atomsprengköpfe für die in Europa stationierten Hawk-Raketen arbeitet, natürlich verbunden mit einer erheblichen Vergrößerung der Explosivkraft.«

Eine Etage darüber lagen die Arbeitsräume der SDI-Gruppe von Peter Rosenblatt. Die Büros waren nicht größer als Gefängniszellen und alle ähnlich eingerichtet: Arbeitsplatten unter den Fenstern, Computertische an der rechten Wand, ein Waschbecken links neben der Tür, in einer Nische, nur selten durch einen Vorhang abgeteilt Schlafpritschen mit Bücherregalen darüber. »Die Jungs übernachten gelegentlich hier, wenn sie viel Arbeit haben, wenn sie irgendwelche Berechnungen nicht länger aufschieben wollen oder können, die meisten sind ohnehin computersüchtig.« An den Wänden auf dem Flur standen gestapelte Cola- und Fantakisten, auch hier gab es einen Popcornautomaten. Rosenblatts Zimmer war abgeschlossen und versiegelt. Sie warteten davor. Blunt kam von der anderen Seite des Ganges und schloß auf. Rosenblatts Zimmer sah ähnlich aus wie die anderen, nur aufgeräumter. Hinter dem Fenster waren am Horizont die Diablo Mountains zu sehen. Als Wandschmuck über dem Computerterminal, wo Dillon in den anderen Zimmern irgendwelche Fachgrafiken, Fotos von Angehörigen oder Freundinnen, Urlaubspostkarten, seltener mal ein vollbusiges Nacktmodell aus dem »Playboy« gesehen hatte, hing ein großes, traumhaft wirkendes Poster. Es zeigte eine Treppe mit geschwungener Balustrade und grünem Tor. Auf der Treppe lag ein rassiger, weißer Hund zu Füßen einer herbschönen Frau mit hochgesteckten Haaren. Unter grünen Bäumen und blühenden Rosen saßen festlich gekleidete Menschen mit merkwürdig ernsten Gesichtern und blickten aneinander vorbei. Rechts spielten junge Männer Geige und Querflöte. Ein verspieltes Bild, offenbar aus der Jugendstilepoche, am Arbeitsplatz eines Computer-Wissenschaftlers, der an der Entwicklung von Atomwaffen für den Weltraum arbeitet – das hatte Dillon nicht erwartet.

Er beugte sich vor, um die aufgedruckte Unterschrift zu entziffern. »Heinrich Vogeler. Frühlingsabend auf dem Barkenhof« stand da auf deutsch. War nicht Rosenblatt, so erinnerte er sich an seine Unterlagen, als Austauschschüler in Deutschland gewesen?

Dillon stöberte nur oberflächlich auf dem Schreibtisch und auf den Arbeitsplatten herum, öffnete und schloß Schränke und Schubladen. Er sei natürlich kein Computerfachmann und kein Wissenschaftler, sagte er, deshalb müßten später Fachleute die Unterlagen untersuchen und bewerten. Hinter einer Lamellenschranktür entdeckte er einen Safe. Ein älteres Modell von der Größe eines Kühlschrankes, mit Zahlenkombinationsschloß. »Es wird gleich ein Fachmann hier sein und das Ding öffnen«, sagte Blunt, »ich dachte mir, daß Sie einen Blick hineinwerfen möchten. Übrigens habe ich auch den engsten Mitarbeiter von Rosenblatt, den Physiker Dr. Neven, aus dem Urlaub in Santa Barbara holen lassen, weil er sich mit seiner Arbeit am besten auskennt.«

»Sehr umsichtig, Mister Blunt«, sagte Dillon.

Eine halbe Stunde später hatte ein Mann mit einer Art Stethoskop und einem Meßgerät die Zahlenkombination des alten Panzerschranks herausgefunden. Er öffnete die Safetür, kurz nachdem Dr. Neven eingetroffen war: ein schmaler, sommersprossiger Mann Anfang Dreißig mit einem gelegentlich zuckenden, linken Augenlid, wie Dillon auffiel. Fredrikson informierte Neven über das rätselhafte Verschwinden seines Partners Rosenblatt in Deutschland. Neven schien völlig überrascht.

»Ich dachte, er sei schon seit ein paar Tagen zurück. Wir wollten in drei Tagen mit einer Überarbeitung der Excalibur-Experimente beginnen. Da waren einige Fehler.«

Sein Augenlid flackerte. »Wir haben sehr eng und sehr vertraulich zusammengearbeitet«, sagte Neven. Ja, er sei sicher, daß er sich in Rosenblatts Arbeit am besten auskenne. Nein, privat befreundet seien sie nicht. Nein, ganz ausgeschlossen, daß Rosenblatt ein Verräter sei.

Der Safe ging mit leichtem Knarzen auf. Er war innen beleuchtet. Die vier Männer steckten ihre Köpfe zusammen und blickten hinein. In etwa einem Dutzend Kästchen aus durchsichtigem grünen Acrylglas mit aufgesteckten Buchstaben- und Zahlenkombinationen waren blaue und silberne Disketten eingeordnet. Neven drängte sich vor und griff gezielt eine Kassette und öffnete sie, während Dillon einen großen weißen Umschlag mit deutschen Briefmarken an sich nahm. Er war an Rosenblatt adressiert. Absender war ein »Architekturbüro Werner Westhoff«. In dem Umschlag lag ein auf deutsch geschriebener Brief, eine gedruckte Einladung sowie das »Stern-TV-Magazin«, die Fernsehbeilage der Illustrierten »Stern«, wie Dillon aus seiner Zeit in Deutschland wußte. Dillon überflog das Schreiben: Danach war dieser Architekt Westhoff ein alter Freund von Rosenblatt, er bedankte sich für einen Brief, in dem Rosenblatt offenbar seinen Besuch in der Bundesrepublik angekündigt hatte und lud ihn auf eine Wochenendparty zur Einweihung seines neuen Hauses in der Nähe von Bremen ein. »Dort wird dich eine große Überraschung erwarten – was, wird noch nicht verraten«, schrieb Westhoff, »aber vielleicht kommst du darauf, wenn du die beigefügte Zeitschrift siehst.«

Dillon blätterte das Magazin durch und schaute erst zuletzt auf das Titelbild: eine attraktive Frau mit wallenden roten Haaren, »Ines van Holten – eine Frau mit vielen Fragen« lautete die Schlagzeile, und darunter stand: »Interview mit der neuen Star-Moderatorin.«

Ines van Holten? Dillon überlegte, wo er den Namen schon einmal gehört hatte. Er blätterte in dem Rosenblatt-Dossier, das er während des Nachmittags herumgetragen hatte. In dem zusammenfassenden Bericht über die Ermittlungen der deutschen Kriminalpolizei fand er den Namen wieder: Ines van Holten, die Frau, die mit Rosenblatt diese mysteriöse Bootstour gemacht hatte, bevor er verschwunden war...

Dr. Neven holte eine Diskettenkassette aus dem Safe und stellte sie auf den Tisch. Seine Finger glitten hastig über die einzelnen Fächer. Dillon sah, daß einige der Speicher-Schlitze leer waren – vier oder fünf hintereinander. Nevens nervöses Augenlid flackerte jetzt unablässig.

»Was ist, Dr. Neven?« fragte Blunt. Auch Fredrikson und Dillon sahen ihn an.

»Es sieht, es sieht so aus, als ob die Sicherheitskopien fehlen!«

»Was für Sicherheitskopien?« fragte Dillon.

»Die Sicherheitskopien des Excalibur-Lasers und des Battle-Command-Programms.«

»Die zur Zeit wichtigsten und geheimsten Daten überhaupt in Livermore«, sagte Fredrikson. Auch er war blaß geworden.

»Wir haben die Daten gemeinsam abgespeichert«, sagte Dr. Neven, »und ich habe selber gesehen, wie Peter die Disketten beschriftet und in seinen Safe gelegt hat.«

»Mein Gott«, sagte Blunt und ließ sich auf einen Stuhl fallen, als sei ihm schwindlig geworden.

»Was bedeutet das?« fragte Dillon.

Die drei anderen schwiegen. Schließlich sagte Fredrikson: »Das bedeutet, die Disketten mit allen Daten für die wichtigsten Teile des gesamten SDI-Programms sind verschwunden.«

»Heißt das: das gesamte SDI-Programm, alle bisherigen Programme dafür, haben sich sozusagen in Luft aufgelöst?«

»Das nicht gerade«, sagte Fredrikson, »alle Originaldaten, die in diesem Institut erarbeitet wurden, sind auch in der zentralen Cray-Rechenanlage gespeichert. Natürlich auch sämtliche bisherigen Forschungen, Berechnungen und Entwicklungen Rosenblatts. Aber seine Arbeiten sind ja nicht abgeschlossen. Und, wenn ich das richtig sehe, Dr. Neven, dann kann momentan niemand die Programme fortschreiben und weiterentwickeln, jedenfalls nicht ohne monate- oder gar jahrelange Verzögerung. Und zweitens bedeutet das: jemand besitzt alle Forschungsdaten für SDI, die zur Zeit wichtigsten militärtechnischen Geheimnisse der USA. Nach menschlichem Ermessen kann das nur einer sein – Rosenblatt selbst.«

Es war still im Raum. Durch das gekippte Fenster war das Gurren einer Taube zu hören.

Dillon blickte die drei Männer der Reihe nach an. Fredrikson, Blunt und Neven.

»Wenn ich den Ausdruck Ihrer Gesichter richtig deute«, sagte er schließlich, »dann halten Sie nun für wahrscheinlich, was Ihnen eben noch unmöglich vorgekommen war: daß Ihr Kollege Peter Rosenblatt ein Verräter ist, daß er sich vielleicht gerade in diesen Minuten mit seiner gesamten auf Disketten gespeicherten Arbeit in den Ostblock absetzen will?«

Das Summen des Telefons zerriß die Stille. Beinahe erleichtert über die Unterbrechung nahm Fredrikson den Hörer ab und meldete sich. Er nickte ein paarmal. Dann hielt er den Hörer in Dillons Richtung.

»Professor Tabor. Er möchte Sie sprechen, Mister Dillon.«

Schon zwei Tage lang dauerte die Suchaktion nach Peter Rosenblatt. Wieder waren seit Sonnenaufgang Boote der Wasserschutzpolizei Cuxhaven und der Dorf-Feuerwehren auf dem Fluß unterwegs. Wieder befragten Polizisten die Anwohner an beiden Ufern der Oste und in den benachbarten Ortschaften. Ein Dutzend vager Hinweise hatte bisher zu keiner brauchbaren Spur geführt. Nun suchten Taucher der US-Navy aus Bremerhaven mit modernstem technischem Gerät unterhalb der kleinen

Hebebrücke, die in der Ortschaft Oberndorf die Oste überquert. In dem trüben, schlammigen Wasser setzten die amerikanischen Froschmänner ein Echolot und ein »Side-Scan-Sonar« ein, einen torpedoförmigen Tauchkörper, der seitlich Schallwellen ausstrahlt, die von unter Wasser schwimmenden oder liegenden Gegenständen reflektiert werden. Die Schatten dieser Gegenstände werden an Land auf einem Bildschirm aufgezeichnet. Auch ein paar US-Kampfschwimmer waren im Einsatz. Einer von ihnen hatte ein weißes Totenkopfsymbol mit der Aufschrift »Dead from below« auf dem Rücken seines schwarzen Schutzanzuges. Seine Kameraden schleppten Scheinwerfer und Suchsonden in das kalte Wasser. Vier Leute standen am Ufer und hielten die Leinen fest, an denen die Unterwasserschwimmer gesichert waren, weil die Strömung des ablaufenden Wassers zu dieser Zeit besonders stark war. Von einem großen Schlauchboot aus brüllte ein Sergeant Befehle.

Kurz nach zwölf Uhr mittags, die Uhr der alten Backsteinkirche hatte gerade geschlagen, tauchte einer der Froschmänner an einem Betonpfeiler aus den gurgelnden Fluten auf und winkte heftig mit beiden Armen. Auf dem Aufzeichnungsgerät des »Side Scan Sonars« waren Umrisse zu erkennen. Offenbar ein Körper, der im Schlamm feststeckte. »Könnte ein Mensch sein«, sagte der Sergeant. Drei seiner Männer, die am Ufer Pause machten und dünnen, aber heißen Kaffee aus Thermoskannen tranken, zogen sich eilig wieder an, schnallten die Sauerstoffgeräte um, nahmen ihre Suchscheinwerfer und wateten zum drittenmal an diesem Tag mit ihren Schwimmflossen zu einer flachen Uferstelle, an der bis vor dem Brückenbau eine alte Seilzugfähre festgemacht hatte. Einer rutschte auf dem Schlick aus, fiel lang hin und fluchte laut »Damned fuckin shit!«, bevor er sich wieder aufrappelte, seine Taucherbrille überzog und im Fluß untertauchte.

Krähen und Möwen waren in der Luft. Die Vögel kreisten krächzend über die abgeernteten Felder in der Nähe. Ein paar Möwen verwechselten die Boote der Taucher mit Fischerkähnen und hofften vergeblich auf Beute. Als zwei Phantomdüsenjäger, die an einem Manöver teilnahmen, im Tiefflug über die flache Landschaft donnerten, flatterten die Vögel kreischend davon. Die Leute zogen die Köpfe ein, hielten sich die Ohren zu und schimpften. Auch Manfred Lohmer und Bernhard Greenberg. Der deutsche Kriminalhauptkommissar aus Cuxhaven und der Detektiv der US-Army standen nebeneinander am Brückengeländer und beobachteten den Einsatz der US-Taucher. Aus der Ferne wehte mit dem Herbstwind der Geruch von Kartoffelfeuern herüber. In der Stromleitung an der schmalen Uferstraße zappelte ein bunter Kinderdrachen.

Manchmal, besonders im Herbst, spürte Lohmer Anflüge von Schwermut, ein anhaltendes Ziehen in der Brust. Der Herbst, das war die Jahreszeit, die für sensible Leute eine leise, aber eindringliche Vorahnung mitbrachte, daß einmal alles zu Ende sein würde. Dieses beklemmende Gefühl beschlich ihn, als er zusah, wie die Männer mit ihren schwarzen Schutzanzügen, mit Sauerstoffflaschen und Brillen im braunen Wasser des Flusses verschwanden, um eine Leiche zu suchen. Die amerikanischen Taucher wirkten in dieser friedlichen Flußlandschaft wie Wesen von einem anderen Stern. An beiden Seiten des Ufers hatten sich Neugierige eingefunden. Leute aus dem Dorf standen auf dem Deich vor der Kirche. Bauern, die von der Feldarbeit gekommen waren, hatten ihre Trecker vor der Brückenauffahrt abgestellt. Männer der Freiwilligen Feuerwehren aus den umliegenden Orten, darunter auch Taucher, die selber schon Betrunkene und Kinder aus dem Wasser gefischt hatten, sahen neugierig zu, wie die Amerikaner arbeiteten. Die brachten jetzt ein großes Netz, an dem Gewichte hingen, ins Wasser, gestikulierten und redeten dabei viel.

»Sie wollen jetzt die Leiche hochholen«, sagte Greenberg zu Lohmer. Von der Brückenauffahrt kam ein junger Polizist angerannt.

»Hauptkommissar Lohmer!« rief er atemlos. »Telefon für Sie! In unserem Einsatzwagen! Es ist wichtig!«

Lohmer folgte dem Wachtmeister zu einem Polizeibus, der sonst bei Verkehrskontrollen eingesetzt wird. Auf dem Klapptisch im hinteren Teil lag der Telefonhörer. Am Apparat war ein Apotheker aus Stade, der sagte, er habe gerade erst die schon zwei Tage alte Zeitung mit der Portraitzeichnung und dem Bericht über diesen Amerikaner gesehen, der von der Kriminalpolizei gesucht werde.

»Der Mann war vorgestern nacht bei mir!«

»Nachts?« fragte Lohmer.

»Ja, gegen 23 Uhr. Wir hatten Notdienst. Der Mann war verletzt. Er blutete im Gesicht.«

Der Apotheker erzählte, er habe für den Verletzten die verschlossene Ladentür geöffnet und ihn in die Apotheke geholt. Er habe ihm das Blut vom Gesicht gewaschen und die Wunde auf dem Nasenrücken und einige Kratzer zwischen den Augen und an der Stirn mit Jod bepinselt und verpflastert. Nein, er habe nicht den geringsten Zweifel, daß sein später Kunde der vermißte Amerikaner sei. Der habe nach der Behandlung eine Zwanzig-Dollar-Note auf den Tresen gelegt und sei dann schnell weggegangen, fast weggelaufen.

Ob ihm sonst noch irgend etwas an dem Mann aufgefallen sei, fragte Lohmer.

»Daß er unrasiert war. Seine Kleidung, Hemd und heller Bluson, war mit Blut verschmiert.«

Ob er irgend etwas gesagt habe? Woher die Verletzung stamme? Wohin er gehen oder fahren wolle?

»Nur, daß er sich verletzt habe. Nichts Näheres. Er war sehr wortkarg. Ich habe ihm geraten, sofort ins Krankenhaus zu gehen und sich untersuchen zu lassen. Möglicherweise hatte er eine Gehirnerschütterung.«

Ob die Verletzung von einer Schlägerei oder einem Überfall stammen könnte, erkundigte sich Lohmer und ärgerte sich über die dumme Frage.

»Das kann ich natürlich nicht sagen«, sagte der Apotheker, »ich bin da kein Experte. Aber möglich erscheint mir das schon.« Lohmer notierte Namen, Adresse und Telefonnummer, bedankte sich und sagte, er werde sich wieder melden. Dann ging er schnell zum Fluß zurück.

Greenberg kam ihm von der Brücke entgegen. Er sah enttäuscht aus und schüttelte den Kopf. »Wieder nichts!« sagte er. »Es war nicht Rosenblatt. Es war gar keine Leiche. Nur ein ertrunkenes Schaf.«

»Sag deinen Leuten, sie sollen mit der Suche aufhören«, sagte Lohmer. Dann erzählte er Greenberg von dem Anruf des Apothekers. Greenberg raste in sein Büro nach Bremerhaven zurück und rief das Pentagon in Washington an. Kaum eine Stunde später landete die Meldung, daß der SDI-Wissenschaftler Peter Rosenblatt lebend in Norddeutschland gesehen worden war, auf dem Schreibtisch von Donald Ingham im Old Executive Building. Ingham verständigte den Sicherheitsberater des Präsidenten. Dann versuchte er, Henrik C. Dillon in Livermore zu erreichen.

6

Das Büro von Professor Tabor lag in der obersten Etage des Verwaltungsgebäudes. Es war nach drei Seiten hin verglast, so daß man über das Gelände der »Lawrence Livermore Laboratories« auf die Stadt, das Tal und die Diablo Mountains blicken konnte. Tabor war ein kleiner Mann mit einem übergroßen Kopf zwischen schmalen, nach vorn geneigten Schultern. An seinen Wangen und am Hals hatten sich zahlreiche braune Altersflecken verbreitet. Sein Kopf mit der grauen Lockenfrisur erinnerte Dillon an eine Beethoven-Büste. Er saß hinter einem Schreibtisch mit polierter Palisanderplatte. Der schwarze Drehsessel dahinter war so hoch gestellt, daß seine herabbaumelnden kurzen Beine nicht bis auf den grünen Velourteppichboden reichten.

Die Wand hinter ihm war mit farbigen Großfotos von Versuchsanlagen, Raketen und Atombombenexplosionen dekoriert. Als sich Tabor mühsam erhob und eine knochige Hand über den Schreibtisch reichte, war sein Kopf sekundenlang von dem Pilz einer H-Bombenexplosion irgendwo im Pazifik eingerahmt. Dillon betrachtete das totenkopfähnliche Gesicht. Es war mit dünner, durchsichtiger Haut bespannt.

»Was ich gerade erfahren habe, ist für mich die schlimmste Nachricht seit langem – und wir haben in letzter Zeit hier in Livermore einige schlechte Nachrichten verkraften müssen...« sagte er, »... dabei war Peter Rosenblatt wie ein Sohn für mich, wie ein eigener Sohn.«

Tabors Stimme klang zuerst metallisch kalt, dann plötzlich überraschend warmherzig. Er fingerte eine Art Lippenstift aus seiner Jackentasche, steckte ihn nacheinander in beide Nasenlöcher, inhaltierte tief und geräuschvoll. »Eine chronische Nasenhöhlengeschichte. Hätte längst operiert werden müssen, aber ich habe keine Zeit für so was.«

Tabor zeichnete noch drei oder vier Briefe ab und blickte immer wieder auf ein kleines Farbfernsehgerät, das auf den populären Nachrichtensender CNN eingestellt war. Das Programm wurde alle halbe Stunde aktualisiert. Gerade zeigten sie wieder die Bilder jubelnder, vor Freude weinender Männer und Frauen aus Ostdeutschland, die in Ungarn die Grenze nach Österreich überquerten. Die Menschen riefen: »Wir sind frei! Endlich im Westen!« Es folgten Bilder von viertausend Leuten, die zusammengepfercht hinter dem Zaun der bundesdeutschen Botschaft in Prag hockten und auf ihre Ausreise warteten, während Sonderzüge mit anderen, jubelnden DDR-Flüchtlingen bereits auf westdeutschen Bahnhöfen eintrafen.

Professor Bernhard Tabor blickte vom Fernsehgerät zu Dillon hinüber, als nehme er ihn jetzt erst richtig wahr.

»Sind das nicht bewegende Bilder? Menschen, die aus dem Kommunismus in die Freiheit fliehen... Es gibt keine eindringlichere Bestätigung unserer westlichen Politik, nicht wahr, Mister Dillon? Ich bin schon ein wenig stolz darauf, daß die Ungarn als erste den Eisernen Vorhang zerrissen haben – Sie wissen, daß ich aus Ungarn stamme, Mister Dillon?«

Dillon nickte, ohne etwas zu sagen.

»Ich bin in den dreißiger Jahren als ungarischer Jude vor den Nazis aus meiner Heimat geflüchtet, und heute flüchten Deutsche vor den Kommunisten über Ungarn in die westliche Freiheit. Manchmal wiederholt sich die Geschichte auf etwas eigenartige Weise.«

Der alte Mann starrte wieder auf den Bildschirm, bis dort das Thema gewechselt und ein Report aus der kolumbianischen Drogenmetropole Medellin gebracht wurde. Tabor wandte sich seinem Besucher zu und fragte ohne Umschweife:

»Halten Sie es für möglich, Mister Dillon, daß Rosenblatt in den Osten überlaufen will – oder daß er sogar ein von den Sowjets oder von den Ostdeutschen geschickter Spion ist?«

Dillon zuckte ein wenig zusammen.

»Diese Frage wollte ich eigentlich Ihnen stellen, Professor«, sagte er und versuchte, in Tabors Augen zu sehen, über die sich dunkle Brauen wölbten.

»Es hat heftige Auseinandersetzungen zwischen Ihnen gegeben. Rosenblatt hat Sie einen Schwindler und Hochstapler genannt, Professor.«

Tabor wich seinem Blick aus. Er drückte beide Daumen auf
seine geschlossenen Augen und massierte sie, als habe er Kopfschmerzen.

»So, das wissen Sie also bereits. Dann wird man Ihnen auch
gesagt haben, daß es mir nur um eine möglichst positive Bewertung unserer... seiner Forschungen und Entwicklungen gegangen ist. Ich habe inzwischen oft darüber nachgedacht, ob ich
dem Präsidenten seinerzeit zu große Versprechungen gemacht
habe. Nach dem heutigen Stand der Dinge will ich das nicht ganz
ausschließen. Bin ich deswegen ein Hochstapler und Schwindler?
Das einzige, was ich mir selber vorwerfe, ist mein vielleicht übergroßer Optimismus.«

»Darf ich Sie, Professor«, sagte Dillon betont respektvoll,
»um Ihre fachliche und menschliche Beurteilung von Mister Rosenblatt bitten?«

»Ein hochbegabter Wissenschaftler, der talentierteste, den ich je
getroffen habe«, sagte Tabor, ohne zu zögern, »vielleicht ein wenig
zu sensibel für unsere Tätigkeit hier. Er hat sich zu viele Gedanken
über den Sinn unserer Arbeit gemacht. Sie wissen vielleicht, daß er
ursprünglich medizintechnische Forschung betrieben hat...«

Dillon nickte.

»Wir hatten vor einiger Zeit, drei, vier Monate ist das vielleicht her, ein grundsätzlicheres Streitgespräch. Er hat da gesessen, wo Sie jetzt sitzen, und ich habe im Zorn gesagt, daß er die
Ehre nicht zu schätzen wisse, hier im Lawrence Livermore National Laboratory arbeiten zu können und damit seinem amerikanischen Vaterland dienen zu dürfen. – Ja, ich weiß, meine
Worte mögen sich heute vielleicht altmodisch anhören...«

Dillon war weniger erstaunt über Tabors konservative Ansichten als vielmehr darüber, daß er den deutschen Ausdruck »Vaterland« gebrauchte.

»Rosenblatt hat mir damals geantwortet: Wenn wir in Israel
oder in der Sowjetunion, in Rotchina oder in Nazi-Deutschland

geboren und aufgewachsen wären, hätten wir Wissenschaftler genauso für dieses jeweilige Vaterland gearbeitet. Wir seien Fachidioten, gefährliche Fachidioten. Für uns sei die Politik und die Weltanschauung austauschbar. Er zitierte sogar Karl Marx. ›Das Sein bestimmt das Bewußtsein!‹ Das hätte mich vielleicht aufhorchen lassen sollen...«

Tabor zog in seinem Schreibtisch ein paar Schubladen auf und stöberte mit beiden Händen darin herum. Schließlich fand er das Papier, das er gesucht hatte.

»Hier sind ein paar Äußerungen von Rosenblatt aus der letzten Zeit, die nun vermutlich eine neue Brisanz bekommen werden.« Er klemmte sich mit vor Erregung zitternder Hand eine schmale Lesebrille auf die Nase.

»Folgendes hat Rosenblatt nach einem internen Bericht unserer Sicherheitsabteilung vor acht Wochen bei einer politischen Diskussion im Kreis von Kollegen gesagt: Falls das Ziel des SDI-Programms erreicht werde – also die USA durch einen Schutzschild von Laserwaffen praktisch unverwundbar zu machen –, dann verschiebe sich selbstverständlich das ›Gleichgewicht des Schreckens‹ zugunsten der USA. Dadurch werde die bisherige friedenssichernde Stabilität zwischen Ost und West zerstört. Und deshalb sei SDI nicht nur ein Verteidigungskonzept, wie wir und die Regierung in Washington öffentlich behaupteten, sondern aus der sicheren Deckung eines Weltraum-Schutzschildes heraus könnten natürlich aggressive Militärs und Politiker einen atomaren Angriffskrieg beginnen. Außerdem sei unter einem SDI-Schutzschild ein Krieg mit kleineren Atomwaffen bei regionalen Konflikten außerhalb der USA plötzlich denkbar. Dadurch steige das Risiko solcher regional begrenzter Kriege mit Atomwaffeneinsatz enorm, vor allem in Europa, ganz besonders in den vor Atomwaffen starrenden beiden Teilen Deutschlands. Deswegen, so hat Rosenblatt tatsächlich gesagt, sei eine Weiterarbeit an dem SDI-Projekt gleichbedeutend mit der Vorbereitung eines Krieges... Unglaublich!«

Tabor schüttelte den Kopf. »Das genau waren die Worte des wichtigsten SDI-Forschers in diesem wissenschaftlich und politisch hochsensiblen Unternehmen hier. Damit hat er Unruhe in dieses Institut getragen und jüngere, politisch nicht gefestigte Kollegen verunsichert!«

»Das hat Rosenblatt gesagt?« fragte Dillon.

Tabor ließ das Papier sinken, setzte die Lesebrille ab und blickte zornig zu Dillon hinüber.

»Wörtlich hat er das nach diesem zuverlässigen Bericht unserer Sicherheitsabteilung gesagt. Es hat mich damals schon sehr schockiert, daß solche Meinungen hier in unserem Institut geäußert werden. Damit hat er nicht nur unsere Regierung, sondern sich selbst und mich und die Arbeit seiner Freunde und Kollegen hier in Livermore aufs schlimmste diffamiert!«

»Und? Hat er recht oder nicht?«

Dillon versuchte möglichst naiv dreinzuschauen.

»Es ist unverantwortlich, so etwas zu verbreiten, denn es unterstellt aggressive, ja menschheitsgefährdende Absichten unserer Militärs und unserer Politiker. Es stellt die Ethik unserer Arbeit in Frage!«

»Ist Rosenblatt nach diesen Äußerungen zur Rede gestellt worden oder disziplinarisch bestraft worden?«

»Zur Rede gestellt schon. Aber bestrafen? Nein, das konnten wir nicht, leider nicht... Wir brauchten ihn eben. Er ist der wichtigste Mann für das gesamte SDI-Programm, das Laien als ›Krieg der Sterne‹ bezeichnen. Rosenblatt ist unter seinen jungen Kollegen ein Vorbild, eine Ausnahmeerscheinung, eine Art ›Star‹, um die modische Sprache zu gebrauchen... Er wurde natürlich nicht zur Rechenschaft gezogen, sondern in gewisser Weise sogar noch belohnt. Man hat ihn – übrigens gegen meine Empfehlung, wie ich jetzt betonen möchte – in die Bundesrepublik Deutschland geschickt. Dort sollte er hohe NATO-Generäle und führende Politiker unserer europäischen Verbündeten über den gegenwärtigen Stand der SDI-Forschungen und eventuelle erste Einsatzmöglichkeiten bei militärischen Übungen in den nächsten Jahren informieren. Er sollte sogar an den Vorbereitungen dieses sogenannten Wintex-Manövers, einem Atomkriegsmanöver in Mitteleuropa, teilnehmen...«

»Davon habe ich gehört«, sagte Dillon.

»So? Ich dachte, das wäre streng geheim und nur im Pentagon und im Weißen Haus bekannt?« Tabor schüttelte unwillig den Kopf.

»Ich bin unter anderem auch Geheimnisträger von Beruf, Professor«, sagte Dillon und grinste schief.

»Dann wissen Sie sicher auch, daß bei dem nächsten Wintex-Manöver im Frühjahr 92 eine brandneue Entwicklung eingesetzt werden soll: eine ebenfalls von Rosenblatt entwickelte Laserstrahl-Version unseres bodengestützten Flugabwehrsystems ›Patriot‹. Damit können Raketen und Marschflugkörper rechtzeitig erfaßt und abgeschossen werden. Rosenblatt sollte führende Militärs und Verteidigungspolitiker unserer europäischen NATO-Verbündeten über dieses Laserstrahl-System informieren, das in den neunziger Jahren einsatzbereit sein könnte. Das war wohl der wichtigste Grund, warum man ihn jetzt nach Bonn geschickt hatte.«

»Was ist das Besondere dabei?«

»Nun ja, vereinfacht gesagt: Es hat bei einer Reichweite von einigen hundert Kilometern die gleiche Wirkung wie weltraumgestützte Laserstrahl-Raketen-Abwehrsysteme: Es macht einen Verteidiger in einem regionalen Bereich beinahe unverwundbar gegen feindliche Luftangriffe aller Art. Eine Art Wunderwaffe also vor allem für unsere Alliierten in Mitteleuropa, auf die noch immer sowjetische SS 10- und SS 20-Raketen gerichtet sind. Natürlich haben wir uns von Rosenblatts Auftritt bei dem Wintex-Manöver eine weitere politische und finanzielle Unterstützung für das gesamte SDI-Programm durch die Europäer und speziell durch die reichen Deutschen erhofft. Und im übrigen sind natürlich auch unsere israelischen Freunde brennend an den Laser-Patriots interessiert. Israel wird bekanntlich durch die Raketen des Irak und Syriens bedroht.«

Eine Sekretärin steckte den Kopf zur Tür herein und fragte Tabor, wie lange das Gespräch noch dauern werde, draußen warte schon weiterer Besuch.

Dillon beeilte sich zu fragen: »Was bedeutet es Ihrer Meinung nach, Professor Tabor, wenn Rosenblatt die komplette Entwicklung dieser Laserstrahl-Patriots an die Sowjets verraten würde?«

Der alte Atomwaffenforscher legte seinen Kopf in den Nacken und starrte an die Decke, als suche er Hilfe von oben ob solcher Naivität.

»Das bedeutet, daß unsere jahrelange Arbeit hier umsonst war, daß die Sowjets frühzeitig in der Lage wären, neue Angriffsraketen zu entwickeln, die unsere erst im Computer entwickelten Abwehrsysteme ausmanövrieren könnten, bevor die überhaupt produktionsreif sind...«

Dillon war erleichtert, als das Telefon klingelte und der mit immer mehr technischen Details gespickte Monolog Tabors unterbrochen wurde. Das Gespräch dauerte lange. Als Tabor mit dem Seufzer »Nur schlechte Nachrichten heute« den Hörer auflegte, räusperte sich Dillon und wechselte das Thema.

»Darf ich Sie fragen, was Sie jemandem antworten würden, der das Atomwaffen-Forschungszentrum in Livermore als ›Institut für Massenmörder‹ bezeichnet, wie das bei der letzten großen Demonstration draußen vor den Werkstoren passiert sein soll?«

Tabor fuchtelte mit seiner blitzenden Brille herum wie mit einer Waffe.

»Meinen Sie die Frage ernst, Mister Dillon...? – Mit diesen Menschen kann man sich doch nicht ernsthaft auseinandersetzen. Diese Leute verachte und verabscheue ich! Das sind verblendete sogenannte Linksintellektuelle, von kommunistischen Ideen infiziert, ohne jeden Patriotismus. Nichtstuer! Unruhestifter! Wegen dieser Leute mußte unsere Nation die schmachvolle Niederlage in Vietnam hinnehmen. Diese Leute und ihre Sympathisanten in der Presse haben nichts als Schande über unser Land gebracht. Sie haben den Patrioten Nixon aus dem Weißen Haus gejagt. Sie haben dasselbe mit Ronald Reagan und George Bush vorgehabt, nur weil sie alles versucht haben, unsere Geiseln im Nahen Osten zu befreien und die kommunistischen Sandinisten in Nicaragua davonzujagen...«

Dillon erschrak, als sich das blasse Gesicht von Professor Tabor immer mehr rötete, seine Augen schmal und gefährlich wurden. Gleich tritt ihm Schaum vor den Mund, dachte er.

»Wir, die wissenschaftliche Elite unserer Nation, müssen zusammen mit der Mehrheit des amerikanischen Volkes unsere Ideale verteidigen. Wir müssen jederzeit in der Lage sein, unsere Feinde innen und außen zu besiegen – auch mit Waffengewalt, wenn es notwendig sein sollte, und zwar mit den jeweils besten, modernsten, intelligentesten, auch mit den furchtbarsten Waffen. Wir müssen unsere Feinde zum Frieden zwingen!«

Tabor schnupfte seine Nase. Dillon glaubte, daß sein Zorn verraucht, sein Monolog beendet sein würde. Doch der Professor atmete nur tief und asthmatisch.

»Wir wissen, daß die Kommunisten noch immer die Welt erobern wollen, daß sie anderen Völkern ihre Ideologie aufgezwungen haben und aufzwingen werden, wenn sie die Möglichkeit dazu bekommen... Der Kampf gegen den Kommunismus ist ein Hauptantrieb meiner Arbeit hier in Livermore, und dabei wird es bleiben! Solange ich lebe! Und falls sich bewahrheitet, daß Rosenblatt tatsächlich von Westdeutschland aus in den Osten überlaufen sollte, mit allen seinen Erkenntnissen, mit seiner Arbeit, die er hier leisten durfte, daß er unser Land und unsere Ideale verraten will – dann ist er mein Feind, dann werde ich ihn hassen wie alle Verräter, wie diesen Klaus Fuchs, der damals in Los Alamos mit uns gearbeitet hat und der ein kommunistischer Agent gewesen ist!«

Der alte Mann schneuzte sich wieder. Es hörte sich an wie das Trompetensignal eines gereizten Elefanten. Die Tür öffnete sich. Seine Vorzimmerdame steckte erneut ihren altrosa gefärbten Haarschopf durch die Tür, erinnerte ihren Chef an seine Verabredung und legte ihm einen Brief vor. Dillon beobachtete Tabor dabei. Er war in vielen Ländern an ungewöhnlichen Orten gewesen und hatte viele ungewöhnliche Menschen getroffen: in den Geheimdienstzentralen der westlichen Welt, in geheimer Mission in Warschau und in Ostberlin und sogar in Moskau, auf den Kriegsschauplätzen in Vietnam, im Nahen Osten und in Mittelamerika – nirgendwo hatte ihn solch ein Gefühl von Kälte und Ohnmacht und unterschwelliger Angst ergriffen wie hier in Livermore. Hier arbeiteten sympathische junge und engagierte Leute, Wissenschaftler, Ausnahmetalente, Landsleute, Amerikaner wie er selbst, an der Vernichtung der Erde, nun auch aus dem Weltall – und alles für einen guten Zweck: für die Verteidigung und für die Verbreitung der amerikanischen Art zu leben, für Kapitalismus, für Demokratie und individuelle Freiheit, für die amerikanischen Ideale. Die Wissenschaftler von Livermore und von Los Alamos, so dachte Dillon, und ihre Kollegen irgendwo in der Sowjetunion, liefern ihren Generälen und Politikern die Mittel zur Vernichtung des jeweils andersdenkenden Teils der hochtechnisierten Weltbevölkerung in die Hand. Dillon betrachtete den grauen Professor plötzlich wie ein fremdartiges Wesen.

»Ist Ihnen nicht gut, Mister Dillon?« fragte Tabor, nachdem er den Brief unterschrieben hatte und ächzend aufgestanden war.

»Nein, alles in Ordnung«, sagte Dillon.

Tabor steckte sein großes, kariertes Taschentuch weg und streckte Dillon zum Abschied seine Hand über den Schreibtisch.

Die Sonne war hinter den Hügeln des Livermore Valley untergegangen, als Dillon das Gelände des Forschungszentrums verließ und in den roten Pontiac Firebird stieg. Er lenkte den Wagen über die schnurgerade East Avenue in Richtung Livermore-Center. Auf halber Strecke hielt er an, suchte seine Notizen heraus und erkundigte sich bei einer mit Einkaufstüten beladenen Hausfrau nach dem »Big Trees Park« und der Charlotte Street.

Dillon fand die Wohnung von Lea Ginsburg ohne Schwierigkeiten. Sie lag im Erdgeschoß eines dieser grauverputzen dreistöckigen Siedlungshäuser, die aussehen wie eine große Streichholzschachtel mit einem Dach drauf und überall auf der Welt zu finden sind. Er hatte Glück. Lea Ginsburg war zu Hause. Und sie hatte auf jemanden gewartet.

»Sie sind ein wenig früh, George«, sagte sie zu Dillons Verblüffung, nachdem sie ihre Wohnungstür geöffnet hatte. »Christine hat mir gesagt, Sie würden frühestens gegen sieben hier sein können, wegen der Rush hour in San Francisco.«

Einen Moment lang wollte Dillon das Mißverständnis sofort aufklären, doch dann trat er mit einem freundlichen »Hallo«

durch die Tür, die Lea Ginsburg aufhielt. Sie war eine mädchenhafte Frau, klein, zierlich, mit langem offenem Haar und einem anscheinend ebenso offenen Wesen. Sie trug enge, schwarzweiß gestreifte Hosen, die ihre schlanke Figur hautnah betonten. Sie war nicht geschminkt und hatte einen natürlichen frischen Teint. Er schätzte sie auf Ende Zwanzig.

»Ich bin gerade mit dem Hund spazieren gewesen«, sagte sie und kraulte ein Hündchen, das auf ihrem Arm saß. Es sah wie eine strubbelige Katze aus, ein Yorkshireterrier-Mischling, den sie »Baffi« nannte.

»Mögen Sie ein Glas Wein aus der Gegend, George«, rief sie aus der Küche, nachdem sie ihrem Besucher einen Platz in einem Sessel in dem überraschend konventionell mit Sitzgruppe und dunkler Bücherschrankwand eingerichteten Wohnzimmer angeboten hatte. Bevor Dillon antworten konnte, stellte sie ein Wasserglas mit Rotwein auf den kleinen Glastisch. »Ehrlich gesagt, am Telefon klang Ihre Stimme viel jünger.« Sie hob ihr Glas und trank einen Schluck.

Dillon räusperte sich und bemühte sich um sein charmantestes, noch immer jungenhaftes Lächeln.

»Ich hoffe, Sie mögen diese Verwechslungskomödien in den Familienserien im Fernsehen.« Er sei nicht George aus San Francisco, sondern Henrik aus Washington, und er wisse nicht, in welcher Angelegenheit sie diesen George erwarte, und es gehe ihn selbstverständlich auch nichts an. Dillon machte keine Pause, als ihre ohnehin schon großen braunen Augen vor Erstaunen immer größer wurden. Er erklärte ihr mit anhaltendem Lächeln, daß er sozusagen im Auftrag der amerikanischen Regierung hier sei. Er bat herzlich um Verständnis, daß er das kleine Mißverständnis ausgenutzt habe, aber – ehrlich gesagt – habe er befürchtet, daß sie ihn gar nicht erst hereingelassen hätte, wenn er gesagt hätte, daß er gekommen sei, um mit ihr über ihren Freund, beziehungsweise ihren früheren Freund Peter Rosenblatt zu reden. Dillon atmete nach diesem langen Satz tief aus. Zu seiner Verblüffung reagierte Lea Ginsburg nicht empört. Sie trank einfach noch einen Schluck Wein und fragte dann nicht

etwa nach seinem Ausweis oder nach seiner genauen Dienststelle, sondern ob etwas mit Peter passiert sei. Dillon erklärte ihr
alles so kurz wie möglich.

»Peter ist verschwunden? Auf einem Boot? In Deutschland?«
Sie sah ihn ungläubig an. Dillon nickte.

»Man hat mir erzählt, daß Sie eine überzeugte Pazifistin und
Atomwaffengegnerin sind und daß deswegen Ihr Verhältnis zu
Peter Rosenblatt zerbrochen ist.«

Sie bestätigte das, ohne lange drum herum zu reden, erzählte
ungefragt, sie hätten sich vor Jahren an der Universität in Boston
kennengelernt. »Wir verliebten uns, weil, wie man so sagt, sich
Gegensätze anziehen: Peter ist ruhig und sachlich, wie Physiker
nun mal sind. Ich studierte Literatur und Theaterwissenschaften.
Von seiner Arbeit habe ich damals nur so viel verstanden, daß er
irgendwelche Computerprogramme für Laseroperationstechni-
ken in der Gehirn- und Gefäßchirurgie entwickeln wollte. Das
fand ich wichtig und human. Aber ich habe nicht verstehen können, daß er sich damals mit einem hohen Gehalt nach Livermore
locken ließ. Ich war empört, als ich erfuhr, daß hier immer neue,
immer furchtbarere Atomwaffen entwickelt werden. Obwohl ich
das wußte, bin ich von Boston nach Kalifornien mitgekommen.
Ich habe in Stanford studiert. Wir konnten uns nahe sein – aber
geistig entfernten wir uns immer mehr voneinander: Er konstruierte Kriegsgerät, und ich engagierte mich in der Friedensbewegung. ›Das ist doch Wahnsinn, was ihr da in der heutigen Zeit
macht‹, habe ich zu ihm gesagt. ›Warum nutzt du deine Talente
nicht für die Friedensforschung? Oder für die Medizin? Oder für
die Umwelt?‹ – Und ich war entsetzt, als er plötzlich die abge-
standenen Argumente der Kalten Krieger wiederholte: Man
müsse mit den modernsten Waffen unser Land verteidigen und
den Frieden sichern. Sogar das dumme Zeug der Manager aus
der Rüstungsindustrie hat er widergekaut: Durch ständige Neu-
entwicklungen müßten die vielen hunderttausend Arbeitsplätze
gesichert werden. Wissen Sie, was ich darüber denke…?« Sie
blickte Dillon in die Augen: »Unsere Regierung in Washington,
für die Sie arbeiten, Mister…?«

»Dillon«, sagte Dillon.

»...unsere angeblich so christliche und humanistische Regierung in Washington schafft wohl die Todesstrafe auch nur deshalb nicht ab, damit die Henker ihre Arbeitsplätze behalten?!«

Die junge Frau schwieg eine Zeitlang. Dann zeigte sie aus dem halbgeöffneten Fenster in die Richtung, in der das Lawrence Livermore National Laboratory liegen mußte.

»Manchmal kam es mir tatsächlich so vor, als hätten sie Peter da drüben einer Art Gehirnwäsche unterzogen.«

»Haben Sie Schluß gemacht oder er?« fragte Dillon.

»Ich. Es ist mir schwergefallen – und ich habe mindestens so unter der Trennung gelitten wie er.«

Dillon trank wieder einen Schluck Wein und betrachtete anerkennend das Flaschenetikett, auf dem »Wente Brothers-Livermore Valley« stand. Ob sie von Rosenblatts Reise in die Bundesrepublik gewußt habe? Ja, sie hätten sich zwei Tage vor seinem Abflug noch gesehen. »Wir waren in dem kleinen französischen Restaurant ›Lyon‹ in Livermore.«

»Hatten Sie den Eindruck, daß es eine Art Abschiedsessen für immer war – von ihm aus gesehen?«

Lea Ginsburg sah Dillon erstaunt an.

»Ja, nachher hatte ich genau diesen Eindruck. Jedenfalls...« Sie zögerte. »Jedenfalls hat er mich nachher auf der Straße plötzlich umarmt und geküßt. Er hat mich lange angesehen und hat gesagt, er sei stolz auf mich und meine Haltung. Er war sehr ernst dabei.«

Sie blickte ihn an, als habe sie plötzlich Angst.

Dillon fragte übergangslos, ob sie Bilder von Rosenblatt habe. Sie holte ein altes, perlmuttbesetztes Kistchen von der Größe einer Zigarrenschachtel aus dem Wohnzimmerschrank, offenbar ein Erbstück. Wortlos kramte sie einige Fotos heraus. Bilder mit sich ähnelnden Motiven: »Lea und Peter in glücklichen Stunden«, bei Wochenendausflügen, bei Reisen und Partys. Sie lachte meist in die Kamera, er blickte gewöhnlich ernst drein.

»Das hier ist mein Lieblingsbild von Peter.«

Sie hielt ein postkartengroßes, nicht ganz scharfes Farbbild hoch. Ein Porträt von Rosenblatt. Er lächelte darauf über den Rand seiner Brillengläser in die Kamera. Seine dunkelblonden Haare wurden vom Wind zerzaust. Im Hintergrund waren die Bäume und Gebäude einer breiten Allee zu sehen. »Das Bild ist etwa zwei Jahre alt. Es wurde bei Peters erster Reise nach Deutschland gemacht. In Westberlin.«

Dillon setzte seine Lesebrille auf die Nasenspitze und betrachtete das Bild aus der Nähe.

»Haben Sie eine Lupe, Miß Ginsburg«, fragte er plötzlich und konnte die Erregung in seiner Stimme nicht unterdrücken.

»Warum? Was ist los?«

»Hat Rosenblatt Ihnen gesagt, dieses Bild sei in Westberlin aufgenommen worden?«

»Ja. Ist es denn wichtig, wo es gemacht worden ist?«

»In gewisser Weise schon«, antwortete Dillon, »soviel ich weiß, ist es Rosenblatt und seinen Kollegen strengstens untersagt, in kommunistische Länder zu reisen. Er ist ja wohl einer unserer wichtigsten militärtechnologischen Geheimnisträger.«

Sie reichte ihm ein Vergrößerungsglas.

»Das stimmt. Von so einem Reiseverbot hat er mir erzählt. Ich hatte mal eine günstige Gelegenheit, eine Studienreise nach Moskau und Leningrad zu machen. Ich bin damals nicht gefahren, weil er nicht mitkommen konnte.«

»Hat er Ihnen erzählt, daß er einmal in Ostdeutschland gewesen ist, in der Deutschen Demokratischen Republik?«

Sie zögerte und goß umständlich Wein nach. Er hatte den Eindruck, daß ihre Hand dabei zitterte.

»Nein, er hat mir allerdings erzählt, daß er gerne nach Ostberlin gefahren wäre, wenn für ihn nicht dieses Verbot gegolten hätte.«

Dillon legte die Lupe auf das Foto.

»Ihr Freund war in Ostberlin, Miß Ginsburg!«

Sie sah ihn ungläubig an, als wittere sie eine Falle.

»Woher wollen Sie das wissen?«

»Das sehe ich auf diesem Bild.«

Er reichte ihr das Vergrößerungsglas, schob das Foto über den Tisch und fuhr vorsichtig mit dem Nagel des kleinen Fingers darauf herum.

»Hier im Hintergrund sieht man noch klein das Brandenburger Tor. Das Brandenburger Tor steht von Westberlin aus gesehen kurz hinter der Mauer. Obendrauf ist die Quadriga, ein vierspänniger antiker Triumphwagen, der nach Osten rollt. Darüber weht die schwarz-rot-goldene Flagge mit dem Hammer-und-Zirkel-Symbol der DDR... Sehen Sie genau hin, Miß Ginsburg: Oben rechts hinter dem Kopf von Rosenblatt ist deutlich zu erkennen, daß die Pferde der Quadriga auf die Kamera zu galoppieren!«

Lea Ginsburg starrte durch die Lupe und nickte schließlich.

»Und? Was bedeutet das?«

»Das bedeutet: Als dieses Foto gemacht wurde, hat Rosenblatt auf der Ostseite der Mauer und des Brandenburger Tores gestanden. Auf der Straße ›Unter den Linden‹, nehme ich an. Ich habe einige Zeit in Berlin gearbeitet und kenne mich ein bißchen aus. – Er war also trotz des Reiseverbots in Ostberlin, in der Hauptstadt der kommunistischen DDR!«

Während die Frau durch das Vergrößerungsglas auf das ihr vertraute Bild starrte, griff Dillon nach seinem Weinglas, nippte daran und räusperte sich, als habe er sich verschluckt, bevor er sagte:

»Könnten Sie sich vorstellen, Miß Ginsburg, daß Ihr politisch angeblich so rechtsstehender früherer Freund bereits seit Jahren Spion eines östlichen Geheimdienstes ist?«

Er beobachtete, wie sich rote Flecken auf ihrem Gesicht abzeichneten. Sie blickte ihn an, als sei er verrückt geworden. Dann schien es, als lächelten ihre Augen für den Bruchteil einer Sekunde. Aber nachher war er sich dessen nicht mehr sicher.

Es klingelte. Sie stand erleichtert auf und öffnete die Tür. Ein Mann trat ein. Der erwartete George. Ein blasser, dünner Mann um die Dreißig mit dem Symbol der Friedensbewegung am Kragen seiner Jeansjacke. George schüttelte Dillon die Hand und sagte freundlich, er wolle gemeinsam mit Lea die nächste Protestdemonstration gegen die Atomwaffen-Schmiede in Livermore organisieren. Man rechne mit einigen tausend Teilnehmern aus ganz Kalifornien. Zum ersten Mal sei auch eine kleine Abordnung aus Hiroshima dabei.

Henrik C. Dillon wünschte den beiden viel Erfolg und verabschiedete sich schnell.

Lea Ginsburg vermißte das Bild von Rosenblatt in Ostberlin erst, als er längst gegangen war.

In seinem Zimmer im *Holiday Inn* wählte Dillon die Privatnummer von Donald Ingham in Washington, obwohl es dort bereits nach Mitternacht war.

»Schlechte Nachrichten aus Livermore, Don«, sagte er und berichtete von den aus Rosenblatts Safe verschwundenen Disketten, von seinem Gespräch mit Tabor und von dem Foto, das Rosenblatt auf der anderen Seite der Mauer in Ostberlin zeigte.

»Mein Gott. Also ist Rosenblatt ein Maulwurf?« fragte Ingham.

»Alles ist jetzt möglich...«

Dillon sagte, er wolle von San Francisco aus über London nach Hamburg fliegen. Ingham solle den Flug buchen und für ihn ein Treffen mit einigen Kollegen von der CIA in der Bundesrepublik arrangieren. Sie sollten in Hamburg und Ostberlin Arbeitsmöglichkeiten für ihn schaffen. »Ich brauche ein Büro, nicht im Konsulat, sondern am besten in einer unserer Tarnfirmen oder in einer Wohnung.« Dillon blickte auf seine Notizen.

»Dann interessiert mich besonders eine gewisse...«

Er holte die deutsche Zeitschrift hervor, die in Rosenblatts Safe gelegen hatte.

»...eine gewisse Ines van Holten, eine Fernsehmoderatorin. Ich möchte sie in Hamburg sehen.«

Ingham sagte, er werde alles arrangieren und morgen früh sofort Brent Scowcroft über Dillons Recherchen in Livermore informieren, vielleicht sogar den Präsidenten selbst, denn der bereite sich auf sein nächstes Treffen mit Michail Gorbatschow vor. Der sowjetische Präsident werde übrigens in den nächsten Tagen die DDR besuchen. Der sozialistische deutsche Staat wolle mit großem Pomp den 40. Jahrestag seiner Gründung feiern. »Das habe ich vorhin noch in den Spätnachrichten gehört«, sagte Dillon.

Bevor er ins Bett ging, trank er einen Whisky aus der Minibar. Dann legte er das Bild von Rosenblatt in Ostberlin auf den Nachttisch.

Er war kaum eingeschlafen, als Ingham ihn noch einmal anrief.

»Ich weiß nicht, ob ich eine gute oder eine schlechte Nachricht für Sie habe...«, sagte der Mann in Washington.

»Machen Sie jedenfalls kurz«, antwortete Dillon schläfrig.

»Rosenblatt lebt!« sagte Ingham. Gerade habe er die Information bekommen, nach der der Wissenschaftler, offenbar verletzt, in einer Apotheke in einer kleinen Stadt in Niedersachsen aufgetaucht, aber sofort wieder verschwunden sei.

In der Nacht vor seinem Flug nach Deutschland schlief Henrik C. Dillon sehr unruhig.

2.

Die Tage der Fallensteller

7

Mittwoch, 4. Oktober 1989

Generalmajor Wladimir Boychenko liefen dicke Tränen über das Gesicht. So sehr mußte er lachen. Er prustete und rang nach Luft, wischte sich über die vom Zigarrenqualm chronisch geröteten Augen, schlug sich erst mit beiden Händen auf die Schenkel und dann auf den Tisch, so daß das bereits erschlaffte »Radeberger Pilsner« in seinem halbleeren Glas noch einmal aufschäumte. Major Oleg Tasarow und Leutnant Alexander Wolkow wurden von den Lachsalven angesteckt, obwohl sie die Geschichte, die Boychenko erzählte, ebenso auswendig kannten wie die Dienstanweisung der Moskauer Zentrale, nach der sich Angehörige des KGB im Auslandseinsatz unbedingt unauffällig zu benehmen hatten. Aber dem Ranghöchsten in ihrer Runde schien es nichts auszumachen, daß sich alle nach ihm umdrehten: die Pärchen, die in einer Musikpause gerade die Tanzfläche verließen, die stark geschminkten Frauen an der spiegelnden Theke, sogar die Barmixer.

Die drei Männer saßen in der *Sinus-Bar* des Ostberliner *Palast-Hotels* und amüsierten sich prächtig. Für den flüchtigen Beobachter sahen sie in ihren gutsitzenden Anzügen mit weißen Einstecktüchern und mit ihren Schweizer Armbanduhren wie westliche Geschäftsleute aus, die auf Kosten ihrer Firma einen guten Abschluß feierten – wenn nicht Boychenko lauthals Russisch geredet hätte.

Der Generalmajor, ein Koloß von Mann mit kahlrasiertem Schädel und dröhnender Stimme, war selbst in der halbdunklen Nische nicht zu übersehen. Wie immer amüsierte er sich am meisten über seine eigenen Geschichten. Aber nach einer Flasche finnischen Wodkas und einem halben Dutzend deutscher Biere fanden auch die Zuhörer Boychenkos Geschichten wieder so komisch, als hörten sie sie zum allerersten Mal. Die Geschichte zum Beispiel, warum es der KGB seit Jahren aufgegeben hatte, westliche Geschäftsleute und Diplomaten mit Hilfe von leichten Mädchen und heimlich aufgenommenen Sexfotos zur Spionage zu erpressen.

»Das hat«, so erzählte Boychenko genüßlich, »mit der roten Elvira zu tun, einer strammen Genossin vom Staatssicherheitsdienst der DDR, die in ihrer besten Zeit den heißesten Hintern von ganz Ostberlin hatte – was ich übrigens persönlich bezeugen kann...« Donnerndes Gelächter. Elvira habe sich vor einigen Jahren auftragsgemäß an einen verheirateten britischen Vizekonsul herangemacht. Und bereits kurze Zeit später sei es zu jener Situation gekommen, in der Elvira mit hochgezogenem Faltenrock weit vornübergebeugt vor einem Nachttisch gestanden habe und der Vertreter des britischen Königreiches mit heruntergelassener Hose dicht hinter ihr. Diese und die folgenden Szenen seien selbstverständlich von einer versteckten Kamera dokumentiert worden. In aller Schärfe. Und in Farbe. »Und wißt ihr, was der Gentleman gesagt hat, als unsere Leute ihm zwei Wochen später die Fotos unter die Nase hielten?« Natürlich wußten sie es, aber keiner sagte etwas. Boychenko schüttelte sich wieder vor Lachen. ... ob er von jedem Bild zwei Abzüge haben könnte!? Einen für sich und einen für seine Frau, denn die sei gerade mit einem jüngeren Liebhaber durchgebrannt – was unsere zuständigen Kollegen in London natürlich nicht rechtzeitig an die Zentrale gemeldet hatten.

Oleg Tasarow konnte das Bierglas gerade noch auffangen, das Generalmajor Boychenko vom Tisch fegte, als er nach seinem letzten Lachanfall zu ruckartig ein riesiges Taschentuch aus seiner Hosentasche zerrte, um sich die Lachtränen aus den Augen und den Schweiß von der Stirn zu wischen.

»Es ist wirklich schön, euch wiederzusehen, nach all den Jahren seit Nowosibirsk«, sagte er und griff nach der neuen Wodkaflasche, die der Kellner auf einem blinkenden Tablett servierte. »Es war eine anstrengende, aber schöne Zeit in Nowosibirsk. Und wir haben es alle weit gebracht – jedenfalls bis nach Berlin, Hauptstadt der Deutschen Demokratischen Republik. Trinken wir auf den Großen Vorsitzenden, dessen bevorstehendem Besuch wir diesen schönen Abend verdanken.«

»Nasdrowje, Genosse Gorbatschow!«

Oleg Tasarow war es peinlich, als sich die Gäste an den Nachbartischen beim Stichwort »Gorbatschow« wieder zu ihnen umdrehten. Die drei anderen waren schon ziemlich betrunken, aber er selber hatte den Inhalt seiner Gläser unauffällig in einen Blumenkübel gegossen. Denn so schön auch für ihn das Wiedersehen mit den drei Kameraden aus der Zentrale in Moskau war, die mit ihm vor fast zwanzig Jahren zur selben Zeit die KGB-Schule 311, einen grauen, vierstöckigen Bau am Krasney Prospekt von Nowosibirsk, besucht hatten – er mußte nüchtern bleiben. Die drei befreundeten Kollegen vom KGB in Moskau sollten morgen als Kontrolleure alle Sicherheitsvorkehrungen für den in drei Tagen beginnenden Besuch von Präsident Michail Gorbatschow in Berlin überprüfen. Tasarow wunderte sich, daß auch Boychenko diese gewöhnliche Arbeit machte, denn er war einer der Abteilungsleiter im Direktorat Auslandsaufklärung, zuständig für die Bundesrepublik Deutschland.

Oleg Tasarow selbst war seit zwei Jahren mit einem Spezialauftrag in Ostberlin stationiert, er arbeitete unabhängig von der KGB-Zentrale in Karlshorst. Es wäre ihm unangenehm gewesen, wenn ihn ein Bekannter mit den drei Landsleuten gesehen hätte. Er sah immer wieder auf seine Uhr, eine Rolex-Kopie, denn er hatte heute nacht noch eine wichtige Verabredung. Erleichtert bemerkte er, wie der Türsteher der *Sinus Bar* von Tisch zu Tisch ging, kurz etwas fragte und langsam näherkam. Das konnte die Nachricht sein, auf die er wartete. Der grobschlächtige Mann in dem zu engsitzenden dunkelblauen Anzug beugte sich über ihren Tisch.

»Entschuldigen Sie, ist einer der Herren Doktor Olaf Wagner?«

»Das bin ich«, sagte Oleg Tasarow in vorzüglichem Deutsch mit einem leichten Berliner Akzent.

»Ein dringendes Telefongespräch für Sie, Doktor Wagner«, sagte der Türsteher. Tasarow entschuldigte sich bei seinen Kollegen, sagte, die Pflicht rufe, und stand auf. Generalmajor Boychenko drückte ihm einen wodkafeuchten Bruderkuß auf die

Wange und sagte laut, er solle nur gehen, selbstverständlich werde die Firma die Rechnung übernehmen. Und zu Tasarows Erstaunen flüsterte er ihm ins Ohr, so, daß die anderen nichts verstehen konnten: »Bis bald in Moskau, Oleg...«

Als er an der langen Bar vorüberging, drehten sich die auf den Hockern sitzenden Frauen nach ihm um: Oleg Tasarow sah aus wie einer jener sportlich gepflegten, erfolgreichen Mittvierziger, die im Mercedes, BMW oder Porsche aus Westberlin oder aus der Bundesrepublik geschäftlich nach Ostberlin kamen und nach einem Essen und nach einem Drink mit Geschäftsfreunden noch ein paar hundert Westmark für eine Nacht mit einer flotten DDR-Bürgerin locker hatten. Sein zweireihiger Anzug saß wie maßgeschneidert auf seinen durchtrainierten Schultern. Er war früher Mittelgewichtsmeister in seinem Fallschirmjägerregiment gewesen und trainierte noch immer, um ein wenig in Form zu bleiben. Aus jener Zeit stammt auch die Einbuchtung in seinem Nasenrücken, Folge eines Nasenbeinbruches bei seiner einzigen K.-o.-Niederlage gegen den späteren Armeemeister. Tasarow lächelte einer langhaarigen Blondine in einem gerafften Minikleid zu, die auf einem Barhocker saß und ihre langen Beine noch weiter vorstreckte, als er vorüberging. Er tätschelte flüchtig ihr Knie. Draußen vor der Eingangstür zur Diskothek reichte ihm der Portier den Telefonhörer, der auf einem Tischchen lag. Er erkannte die Frauenstimme sofort, obwohl sie aufgeregt, fast hysterisch klang. Er sagte, er werde in etwa zehn Minuten da sein. Dann gab er dem Türsteher zwei Westmark Trinkgeld.

Draußen war es kalt und windig. Leichter Nieselregen ging über Ostberlin nieder. Es roch nach dem typischen Gemisch von verbrannter Braunkohle und Zweitaktabgasen, wie immer zu dieser Jahreszeit.

Oleg Tasarow knöpfte seinen alten Lodenmantel zu, den er auf einer Dienstreise nach München gekauft hatte, schlug den Kragen hoch und winkte ein graues Moskowitsch-Taxi heran, das vor der kreisförmigen Hotelauffahrt wartete. Der Wagen fuhr über die Straße »Unter den Linden«. Tasarow sah Dutzende von

Mannschaftswagen der Volkspolizei. Auf einigen waren hinten die Planen zurückgeschlagen. Im Licht der Straßenlaternen waren junge Frauen und Männer mit verschreckten Gesichtern zu erkennen. Sie wurden von bewaffneten Vopos bewacht. »Es hat wieder Ärger gegeben«, sagte der Taxifahrer, »die nehmen alle fest, bis zur 40-Jahr-Feier Erich und Gorbi ganz allein sind.«

Tasarow bat den Fahrer, das Radio und die Nachrichten einzuschalten. Nach einer Reihe von Erfolgsmeldungen über die wirtschaftliche Lage in der DDR und der Nachricht, daß der sowjetische Generalsekretär Michail Gorbatschow in zwei Tagen planmäßig zu seinem Staatsbesuch auf dem Flughafen Schönefeld eintreffen werde, kam die Nachricht, auf die Tasarow gewartet hatte: »Erneut haben antisozialistische Kräfte und konterrevolutionäre Banden in Leipzig und Berlin gewalttätige Auseinandersetzungen mit der Volkspolizei und den Sicherheitsorganen provoziert. Es kam zu zahlreichen Festnahmen. Die Lage ist wieder unter Kontrolle. Sicherheit und Ordnung sind nicht gefährdet...«

Auf den breiten Straßen der Ostberliner Innenstadt war um diese Zeit kaum Verkehr. Das Taxi überholte einen graugrünen Vopo-Mannschaftswagen bulgarischer Bauart. Seine Rücklichter zogen rote Reflexe über den naßglänzenden Asphalt. Am Marx-Engels-Platz wendete der Wagen plötzlich vorschriftswidrig, so scharf, daß er umzukippen drohte. Dann fuhr er in Richtung Prenzlauer Berg zurück. Tasarow konnte erkennen, daß auf der Ladefläche dichtgedrängt etwa ein Dutzend junger Leute zwischen einem Dutzend uniformierter Vopos hockten. Gemeinsam schwankten die Insassen bei dem Wendemanöver zur Seite und klammerten sich aneinander. Tasarow sah ein blondes Mädchen mit Jeansjacke, höchstens sechzehn Jahre alt, ganz hinten an der Ladeklappe sitzen. Das Mädchen schrie und klammerte sich voller Angst an einen neben ihr sitzenden älteren Mann. Der Gefangenentransport verschwand im Halbdunkel der spärlich beleuchteten Straßen.

Auch das Taxi drehte, fuhr in die entgegengesetzte Richtung und hielt schließlich auf einem Parkplatz an der Leipziger Straße, vor einem der zehnstöckigen, gleichförmigen Wohn- und Büro-hochhäuser in dem modernen Ostberliner Renommierviertel, nur ein paar hundert Meter von der Mauer entfernt. Tasarow zahlte zur Freude des Fahrers mit Westmark. Er ging an einem Exquisit-Damenmodengeschäft vorbei in den Hauseingang. Es war eines dieser Fertigteilgebäude, an dessen unordentlichen Briefkasten- und Klingelschildern zu sehen war, daß hier ständiges Kommen und Gehen, Ein- und Ausziehen herrschte. Die Wände waren türkis, das Treppengeländer orangefarben gestrichen. Die Farbe platzte ab. Ausschnitte von Visitenkarten und Briefköpfen meist ausländischer Unternehmen dienten als Namensschilder. Die blechernen Briefkästen waren verbeult.

Hier residierten zu unangemessen hohen Mieten Vertreter internationaler Firmen, Pressekorrespondenten und Diplomaten. Im Fahrstuhl ekelte sich Tasarow wie immer vor dem kalten Qualm und dem überquellenden Aschenbecher. Er fuhr ruckelnd und quietschend in den sechsten Stock und öffnete die Wohnungstür mit dem großen Schild DR. OLAF WAGNER. Klein stand darunter: »East-West-Management-Consultant«.

Er schloß die Tür hinter sich und knipste das Licht in der kleinen, mit weißen Einbaumöbeln überraschend elegant eingerichteten Appartementwohnung an und schaltete das Radio ein. Der Westberliner RIAS brachte während der »Musik bis zum frühen Morgen« Nachrichten: »In diesen Minuten sind wieder mehr als 6000 DDR-Flüchtlinge, die sich in die Prager Botschaft der Bundesrepublik geflüchtet hatten, auf dem Weg in den Westen. Sie reisen mit Sonderzügen der Deutschen Reichsbahn durch das Gebiet der DDR. Dabei ist es während der Durchfahrt der Züge auf dem Dresdener Hauptbahnhof zu dramatischen Szenen gekommen, als zahlreiche DDR-Bürger versuchten, auf die langsam fahrenden Züge aufzuspringen. Die Volkspolizei ging mit Schlagstöcken brutal gegen die Menschen vor. Anschließend kam es zu Demonstrationen und Straßenschlachten in der Stadt. Dabei wurden Barrikaden gebaut und mehrere Kraftfahrzeuge, darunter Einsatzwagen der Volkspolizei, in Brand gesetzt...«

Es klopfte laut. Erst zweimal, und nach einer Pause noch dreimal. Oleg Tasarow blickte durch den Türspion. Er öffnete. Eine grazile kleine Frau stand vor der Tür. Sie atmete schnell. Als sie zu hastig hereinkommen wollte, blieb ihr linker Schuhabsatz in den Löchern des Hartgummi-Fußabtreters hängen. Sie schlüpfte schnell aus ihren Schuhen, und huschte barfuß in die Wohnung. Ihre Strümpfe hatten hinten eine Laufmasche. Ihr Kopftuch war tief ins Gesicht gezogen, der Mantelkragen hochgeschlagen.

»Nora?! Was ist los…? Werden Sie verfolgt?«

Tasarow war besorgt.

»Nein. Keine Angst«, sagte sie. »Mein Trabbi steht ein paar Blocks weiter weg. Ich bin hergelaufen und habe oben im Treppenhaus kurz gewartet. Niemand ist mir gefolgt.«

Im Flur nahm sie das Kopftuch ab, mit dem sie die auffallend kurzgeschnittene dunkle Bubikopffrisur verdeckt hatte, die wie ein Helm an ihrem schmalen Kopf anlag. Tasarow bemerkte eine blaue Ader, die an ihrer linken Schläfe klopfte.

Er half ihr aus dem hellen Staubmantel, der mit dunklen Schmutzflecken übersät war, ebenso wie ihr cremefarbenes, enganliegendes Kostüm. Es betonte ihre kleine, aber gutproportionierte Figur und konnte ebensogut von Coco Chanel wie aus einem der westlichen Schnittmusterhefte stammen, nach deren Vorlagen modisch interessierte Frauen in der DDR ihre Kleider selber schneiderten. Letzteres, so dachte Tasarow, war weitaus wahrscheinlicher, denn Dr. Nora Sommer, gelernte Historikerin und offiziell Mitarbeiterin im Stab des Politbüromitgliedes Egon Krenz, verdiente vielleicht tausend Mark im Monat. Das konnte nicht für modische Extravaganzen reichen. Und auch er zahlte ihr nur hin und wieder ein paar hundert Mark, mehr ein Taschengeld als ein richtiges Informantenhonorar.

»Mein Gott, wie sehe ich aus, Oleg?« sagte sie, als sie in den wandhohen Flurspiegel neben der Garderobe blickte.

Die dunklen Lidschatten, mit denen sie ihre großen braunen Augen noch mehr betonte, waren verwischt. Der dunkle Lippenstift mit den sonst so präzisen Konturstrichen war verschmiert. Es schien, als habe sie geweint.

»Was ist passiert, Nora?«

Tasarow legte seinen Arm um ihre Schultern.

»Sie haben Paul festgenommen. Und weggefahren. Zusammen mit anderen Demonstranten. Ich weiß nicht, wohin.«

»Paul? Ausgerechnet Paul?«

Tasarow dachte an Dr. Paul Sommer, den schüchternen Dozenten für Literatur und Geschichte an der Karl-Marx-Universität, einem überzeugten Kommunisten, der als Sohn deutscher Emigranten im Moskauer *Hotel Lux* geboren worden war und der wegen seiner Herkunft und Haltung in Ostberliner Intellektuellenkreisen dem »kommunistischen Adel« zugeordnet wurde. Paul und Nora waren seit sechs Jahren verheiratet. Die junge Frau ging ins Badezimmer, wusch sich das Gesicht und ließ sich dann erschöpft auf das graue Cordsofa im Wohnraum fallen. Sie begann zu erzählen, als müsse sie sich von einem Alptraum befreien.

»Paul und ich waren zusammen in der Gethsemanekirche, zu diesem Bittgottesdienst. Aus Neugier. Zum ersten Mal. Wir wollten sehen, was da los ist. Da waren fast 2000 Menschen, die sangen und beteten und diskutierten über einen wirklich demokratischen Sozialismus. Sie forderten mehr Freiheit und Demokratie, Glasnost und Perestroika und beschlossen, dafür beim Gorbatschow-Besuch in zwei Tagen auf dem Alexanderplatz zu demonstrieren. Es war eine gute, warmherzige Atmosphäre, in der Christen und Kommunisten miteinander redeten.«

Das Sprechen erleichterte sie offenbar. Sie trank den heißen Kaffee, den er auf den Tisch stellte.

»Als die Veranstaltung zu Ende war, es war gegen zehn, wollten wir alle die Kirche verlassen – doch inzwischen war draußen die ganze Gegend abgesperrt. Überall Vopos und Stasi. In der Stargarder Straße, in der Dimitroffstraße, in der Schönhauser Allee. Auch die Brücke über die Bahnlinie war von Vopos besetzt. Es gab keine Fluchtmöglichkeit. In fast jedem Fenster brannten Kerzen – jede ein Zeichen des Widerstandes gegen die Staatsmacht. Wir saßen in der Falle. Plötzlich, auf ein Kommando durch ein Megaphon, das ich gar nicht verstanden habe, rückten die Vopos vor und prügelten auf uns ein. Ich wußte nicht, wie mir geschah...«

Nora Sommer schob einen Ärmel ihres Jacketts hoch. Tasarow

sah eine dunkelrot unterlaufene große Schwellung auf der Innenseite des Unterarmes.

»Sie haben weitergeprügelt, obwohl ich mich nicht gewehrt habe. Ich habe nur zum Schutz vor den Schlägen die Arme über den Kopf gelegt. Neben mir haben sie auf den Treppenstufen zur Kirche eine schwangere junge Frau zusammengeschlagen. Es war furchtbar, widerlich, unmenschlich. Nie hätte ich für möglich gehalten, daß in unserem sozialistischen Staat so mit Menschen umgegangen wird. Das war vielleicht sehr naiv, Oleg, ich weiß, aber es ist wahr.«

»Aber der Staat kann sich doch nicht alles gefallen lassen, kann doch nicht tatenlos zusehen, wie seine Gegner von Tag zu Tag mehr werden und seine Macht immer mehr verfällt?!«

Nora Sommer sah ihn erstaunt an, als verstehe er nicht, was los war.

»Wer ist der Staat, Oleg?« fragte sie und gab selber die Antwort: »Wir sind der Staat! Wir Bürger! Wir, das Volk! Und nicht diese verdammten alten Männer aus Wandlitz!«

Sie hatte zum ersten Mal die Worte »Wir sind das Volk« gebraucht, den Kampfruf der Demonstranten von Leipzig und Berlin. »Was mir heute abend klargeworden ist, was sie mir eingeprügelt haben, das ist eine Erkenntnis, die ich seit heute morgen schon schriftlich habe: Die Kluft zwischen der Regierung und der Partei, zwischen den Machthabern und dem Volk der DDR ist riesengroß geworden, und sie wird von Tag zu Tag größer. Und sie scheint mir schon jetzt nicht mehr überbrückbar zu sein!«

Die junge Frau stand auf, holte ihren Mantel aus der Flurgarderobe und öffnete den Reißverschluß am Kragen. Sie öffnete die darin zusammengerollte Kapuze. Zwei eng beschriebene Papierbögen fielen auf den Boden. Oleg Tasarow hob sie auf.

»EK-Bericht« stand in Schreibmaschinenschrift darüber. Und: »Institut für Jugendforschung Leipzig.« Und dann: »Repräsentative Meinungsumfrage, durchgeführt in der letzten Septemberwoche 1989 zur Politik von Regierung und Partei in der DDR.«

Tasarow blickte seine Besucherin fragend an.

»Das ist der eigentliche Grund, warum ich Sie heute nachmittag schon um ein dringendes Gespräch gebeten habe, Oleg«, sagte Nora Sommer.

»Was darin steht, halte ich für enorm wichtig, Sie müssen es sofort nach Moskau weitergeben. Bevor Gorbatschow nach Ostberlin kommt! Er muß wissen, wie die Bevölkerung in der DDR wirklich denkt, wie ihre wahre Einstellung zur stalinistischen Politik unserer Regierung ist – sonst fällt er vielleicht auf das offiziell inszenierte Schauspiel der jubelnden Massen vor der Regierungstribüne beim Aufmarsch zur 40-Jahr-Feier der DDR herein. Sie werden wie immer Kulissen vor der Wirklichkeit aufrichten. Lesen Sie, wie es wirklich im Lande aussieht.«

Der Bericht bestand aus Statistiken, aus Fragen, Antworten und Prozentangaben. Am Schluß war ein Begleitschreiben angeklammert, unterzeichnet von Professor Multner, dem Leiter des Leipziger Instituts für Jugendforschung, adressiert an den »Genossen Egon Krenz, Mitglied des Politbüros der Sozialistischen Einheitspartei Deutschlands«. Oleg Tasarow begann zu lesen.

»Lieber Genosse Krenz, das Ergebnis der letzten Umfrage unseres Instituts aus dem Zeitraum Mitte bis Ende September 1989 ist so dramatisch und folgenschwer, daß ich es Ihnen heute per Kurier habe zustellen lassen. Ich halte Eile wirklich für geboten. Lassen Sie mich zusammenfassen: Nach unserer repräsentativen Umfrage über die politische Stimmung im Lande sind 82 Prozent aller DDR-Bürger über 16 Jahren nicht mehr mit der Politik der Partei und der Regierung und speziell des Generalsekretärs einverstanden. 74 Prozent fordern und wünschen eine Demokratisierung wie in der Sowjetunion, also Glasnost und Perestroika. Ebenso viele (78 Prozent) fordern Erleichterungen im Reiseverkehr. Dreiviertel unserer Bevölkerung (74 Prozent) hat Verständnis für die Flüchtlinge, die über Ungarn, Polen und die Tschechoslowakei unser Land verlassen haben beziehungsweise noch immer tagtäglich verlassen. Noch halten 60 Prozent der Befragten unseren ›real existierenden Sozialismus‹ für verbesserungsfähig, doch im Vergleich zu vorhergehenden Untersuchungen mehren sich radikale Tendenzen. So wünscht eine offenbar seit Jahren ständig wachsende Minderheit von inzwischen bereits 34 Prozent angesichts der bestehenden Verhältnisse einen Zusammenschluß der DDR mit der BRD.

Sie wissen, lieber Genosse Krenz, daß wir auch diese letzte Umfrage ohne offizielle Genehmigung durchgeführt haben. Auf die Gefahr hin, daß dies persönliche Konsequenzen für mich und für das Institut haben wird, halte ich die Situation für so ernst, daß ich einverstanden bin, wenn Sie es für notwendig halten sollten, das Ergebnis der Umfrage im Politbüro oder dem Generalsekretär persönlich vorzutragen... Zu einem detaillierten Gespräch, in dem auch Dinge besprochen werden müßten, die ich hier nicht schriftlich festhalten möchte, stehe ich jederzeit zu Ihrer Verfügung. Mit solidarischen Grüßen...«

Tasarow las den Brief zweimal, dann legte er das gelbliche Kopierpapier auf den Tisch.

»Das ist unglaublich«, sagte er. »Und dieser Bericht und diese Umfrage sind Ihrer Meinung nach seriös?«

»Absolut seriös«, sagte Nora Sommer, »Sie müssen dazu wissen, daß Krenz und Professor Multner befreundet sind, und daß Multner seine Interviewer seit einiger Zeit ausschickt, nicht nur, um die offiziell gewünschte, sondern auch um die wirkliche Meinung der Menschen in unserem Staat zu erforschen. Die gewünschten, um nicht zu sagen, die bestellten Ergebnisse gehen direkt an das Politbüro-Führungstrio, an Honecker, Mittag und Mielke. Die echten und daher vertraulichen Informationen über die Stimmung im Volk bekommt nur Krenz. Deshalb steht über diesem Papier ›EK-Bericht‹ – ›EK‹ wie ›Egon Krenz‹.«

»Ausgerechnet Krenz, der die Wahlen gefälscht haben soll?«

»Wie gesagt, Krenz und Multner sind befreundet. Und Krenz ist schon seit zwei, drei Jahren nicht mehr der sogenannte Kronprinz von Honecker – seit er allmählich auf die Gorbatschowlinie eingeschwenkt ist. Es gibt außer Krenz noch zwei, drei Leute, dazu gehört auch das Politbüromitglied Schabowski, die eine Art ›weichen‹ Umsturz wollen, die nur auf eine Gelegenheit warten, um Honecker zu entmachten – ohne daß der dabei das Gesicht verliert, natürlich. ›Rücktritt aus gesundheitlichen Gründen‹ würde das dann heißen. Die Gelegenheit scheint jetzt günstig, weil Honecker noch immer nicht die Folgen seiner schweren Operation überwunden hat. Er steht ständig unter Schmerz- oder Beruhigungsmitteln. Er wirkt manchmal wie ferngesteuert.«

Die junge Frau trank ihren Kaffee und sagte, sie habe den Bericht heute abend heimlich kopiert und – wie er sich denken könne – unter großem Risiko aus dem Gebäude des Zentralkomitees am Werderschen Markt herausgeschmuggelt – weil Gorbatschow endlich über die wahre Stimmung des Volkes der DDR informiert sein muß, bevor er nach Berlin kommt.

»Wir sitzen hier alle auf einem Pulverfaß, Oleg, und die Lunte brennt von zwei Seiten: Der Flüchtlingsstrom über die Botschaften und die Unruhe und die Demonstrationen innerhalb der DDR nehmen von Tag zu Tag zu. Es wird zur Explosion kommen, wenn die alten Stalinisten Honecker, Mittag und Mielke nicht einsehen, daß es keinen anderen Weg als eine innere Liberalisierung gibt. Die Menschen wollen Reformen wie in der Sowjetunion, wie in Polen und Ungarn. Sie fordern Meinungs- und Pressefreiheit, und sie wollen endlich reisen können, wohin sie wollen. Sie hassen die Mauer da drüben, die ihr Leben klein und eng macht. Und die 40-Jahr-Feier der DDR – und Gorbatschows Besuch vor allem – werden Signale setzen. Die Menschen werden entweder endlich Hoffnung bekommen, oder ihre bisher meist stumme Verzweiflung wird sich in Zorn und Wut entladen. Sogar einen gewalttätigen Aufstand halte ich nicht mehr für ausgeschlossen – nach dem, was ich heute abend selber erlebt habe. Und wenn es dazu kommt, werde ich bei den Revolutionären sein, bei den Revolutionären, die einen besseren, einen demokratischen, einen menschlichen Sozialismus wollen. Einen richtigen Sozialismus eben, und nicht dieses Unterdrückungssystem, das die alten Männer im Politbüro als Sozialismus ausgeben...«

Nora zitterte vor Erregung. Tasarow machte sich Notizen.

»Ich weiß sehr zu schätzen, was Sie für mich... was Sie für

den Sozialismus und für die Sowjetunion tun, Nora«, sagte er und hob den Kopf. »Das ist nicht ungefährlich für Sie... Ich werde diese Meinungsumfrage und einen Bericht über die Situation in der DDR vor dem Besuch von Generalsekretär Gorbatschow noch heute nacht nach Moskau übermitteln lassen. Wir dürfen keine Zeit verlieren.«

Er versprach auch, sich gleich am Morgen um ihren festgenommenen Mann Paul zu kümmern. Nora Sommer schlug die Hände vors Gesicht. Ihre schmalen Schultern zuckten wieder.

»Sie haben mir nicht einmal gesagt, wo er hingebracht worden ist! Ich habe nur noch gesehen, daß auch er geschlagen worden ist, wie all die anderen, die mit uns aus der Gethsemanekirche gekommen sind.«

Er ging um den Tisch herum, setzte sich neben sie und drückte sie sanft an sich. Sie beruhigte sich nach einer Weile.

»Ich werde dafür sorgen, daß sie Paul entlassen, daß sie sich bei euch beiden entschuldigen werden«, sagte Tasarow. »Sie sollten morgen früh gleich erklären, Nora, daß Sie in Ihrer Eigenschaft als informelle Mitarbeiterin des Staatssicherheitsdienstes, ohne Auftrag, aber aus eigener Initiative, diese konterrevolutionäre Versammlung in der Gethsemanekirche ausgekundschaftet haben. Ihr Mann Paul hat Sie zur besseren Tarnung begleitet. Fertigen Sie einen allgemein gehaltenen Bericht über die Versammlung in der Kirche an und geben Sie ihn mir so schnell wie möglich. Ich werde dafür sorgen, daß sich ein KGB-Offizier persönlich nach Paul erkundigt und seine sofortige Freilassung erwirkt... Und noch eins, Nora: Unser Kontakt muß nach wie vor geheim bleiben, absolut geheim. Das ist jetzt noch wichtiger als bisher. Jetzt, da wir uns gemeinsam so viel vorgenommen haben.«

»Natürlich. Ich verstehe.« Sie nickte und stand auf und wollte gehen, als ihr einfiel, was sie über den turbulenten Ereignissen des Abends vergessen hatte. Sie trat ein paar Schritte zurück und setzte sich wieder.

»Ich weiß nicht, ob es für Sie interessant ist, Oleg: Ich war gestern zufällig in der Normannenstraße, in der Hauptverwaltung Aufklärung. Ich kenne dort jemanden, der eng mit Markus Wolf zusammenarbeitet. Bei ihm habe ich mitbekommen, daß ein in den USA operierender Informant eine Art Notruf geschickt hat. Der Mann will dringend nach Ostberlin kommen. Sie waren deswegen alle ganz aufgeregt.«

»Wissen Sie Näheres über den Mann?« Tasarow setzte sich kerzengerade hin – ein Spürhund, der eine neue Witterung aufnimmt.

»Nicht viel. Es scheint sich um eine wichtige Quelle zu handeln. Um einen Militärwissenschaftler, der irgend etwas mit SDI zu tun hat...«

Tasarow rutschte ganz nach vorn auf die Kante seines Sessels: »Mit SDI...?«

»Ja, das habe ich mitbekommen. Sein Quellenname stand auf einem Zettel. Ich konnte einen Blick darauf werfen...«

Tasarow griff zu einem Blatt Papier. »Wie ist der Deckname?«

»Excalibur.«

»Komischer Name«, sagte Tasarow. »Wie schreibt man das?«

Er ließ sich den Namen buchstabieren und schrieb ihn säuberlich auf denselben Zettel, auf dem er während des Gespräches seine Notizen gemacht hatte.

Als Nora Sommer gegangen war, hörte er noch einmal das Tonband ab, dessen Mikrophon in der obersten Reihe des Bücherbords verborgen war. Dann tippte er einen Bericht mit der Überschrift »Die wirkliche Lage in der DDR vor dem Besuch des Staatspräsidenten und Generalsekretärs Michail Gorbatschow«. Darin war auch von »explosiver Situation« und von »einer Lunte, die von zwei Seiten brennt« die Rede. Anschließend holte er aus dem Tiefkühlfach des Kühlschrankes in der Küche eine in Aluminiumfolie verpackte Armbanduhr, die zwischen Koteletts und Eiskrem in einer Verpackung für Suppengemüse gelegen hatte. Mit der als Armbanduhr getarnten Geheimkamera fotografierte er die vier Seiten der Meinungsumfrage, das Begleitschreiben an Krenz und seinen eigenen Bericht. Dann legte er Kamera und Filme in das eiskalte Versteck zurück.

Um halb drei Uhr nachts fuhr Oleg Tasarow mit seinem VW-

Golf mit DDR-Kennzeichen zum »Haus der sowjetischen Wissenschaft und Kultur« in der Friedrichstraße, ein paar Häuser neben dem »Grand Hotel«. Der übermüdete Offizier, der in den Büros des KGB im vierten Stockwerk Nachtdienst hatte, grüßte ihn mürrisch und fragte, ob das wirklich jetzt sein müsse. Doch als Oleg energisch wurde, verschlüsselte er das Material und übermittelte es sofort an die Zentrale am Dserschinski-Platz. Währenddessen schrieb Tasarow mit der Hand eine Meldung über einen angeblich für die DDR in den USA arbeitenden Informanten mit dem Quellennamen »Excalibur«, der offenbar von seiner geheimen Mission im Westen in den Ostblock zurückkehren wolle. Er bat um sofortige Nachricht, falls über diesen Mann in der Zentrale etwas bekannt sei. Dann ließ er auch diese Meldung auf dem gleichen Weg nach Moskau absetzen. Er ging erst nach Hause, als Moskau den störungsfreien Empfang der Sendung bestätigt hatte.

Bei seiner Rückfahrt war die Stadt wie ausgestorben. Kein Mensch, keine Fahrzeuge waren zu sehen. Als er von der Friedrichstraße in die Leipziger Straße abbog, sah er den Widerschein der Scheinwerfer am Grenzübergang Friedrichstraße, den die Amerikaner »Checkpoint Charlie« nannten.

Oleg Tasarow war zufrieden. Er hatte nach längerer Zeit wieder gute Arbeit geleistet. Die Informationen von Nora Sommer waren das beste Material, das er in diesem Jahr nach Moskau geliefert hatte – Material von politischer Brisanz genau zum richtigen Zeitpunkt. Anatoli Morzowa von der Deutschland-Abteilung im dritten Stockwerk der KGB-Zentrale würde noch morgen vormittag Gorbatschow über die wirkliche Lage in der DDR informieren. Vielleicht würde dabei sogar sein Name erwähnt werden. Und alles hatte er Nora zu verdanken...

Oleg Tasarow hatte Nora Sommer vor drei Jahren für den KGB angeworben, nachdem ihm ihr Engagement und ihr Scharfsinn bei einer kulturellen deutsch-sowjetischen Diskussion aufgefallen war. Zwei Jahre lang schien sich das nicht zu lohnen. Doch seit einiger Zeit entwickelte sich die vielseitig engagierte Frau zur erstklassigen Informantin. Sie hatte Karriere gemacht, war Mitarbeiterin des kommenden starken Mannes Egon Krenz geworden und diente ihm sogar als Kontaktperson zum Ministerium für Staatssicherheit in der Normannenstraße.

Die hübsche Dr. Nora Sommer war für Oleg Tasarow, den KGB-Agenten im besonderen Einsatz, ein wirklicher Glücksfall. Und diese Geschichte mit dem in den USA eingesetzten MfS-Spion mit dem merkwürdigen Decknamen »Excalibur« – so sagte ihm sein Instinkt – das könnte ein ähnlicher Fall werden, wie die Sache mit Herbert Malnitz vor sechs Jahren. Malnitz, Quellenname »Kanzleirat«, war als Agent der Hauptabteilung Aufklärung des MfS in den Westen geschleust worden und im Laufe von zwölf Jahren als Referent bis in die Führungsetage des Brüsseler NATO-Hauptquartiers aufgestiegen. Jahrelang hatte er wertvollstes Material über NATO-Rüstung und NATO-Strategien geliefert – bis sich die Schlinge um ihn zuzog. Tasarow war damals, als Sowjetdiplomat getarnt, in den Westen gegangen und hatte Malnitz vor den Augen der nichtsahnenden Amerikaner ausgerechnet über den »Checkpoint Charlie« nach Ostberlin in Sicherheit gebracht. Das Bravourstück hatte ihm ein persönliches Lob von KGB-Vizechef Lew Woroschnikow, eine Auszeichnung, eine Prämie von einigen tausend Rubeln und Sonderurlaub am Schwarzen Meer eingebracht.

Diesem spektakulären Erfolg verdankte Oleg Tasarow seine besondere Rolle in Ostberlin: Er konnte von der Potsdamer KGB-Zentrale in der DDR unabhängig arbeiten, er war direkt der Moskauer Zentrale unterstellt. Er verfügte, da er unter der Legende eines westlichen Geschäfsmannes lebte, über ein großzügiges Spesenkonto und konnte einen entsprechenden Lebensstil pflegen. Sogar seine zahlreichen Frauengeschichten paßten in dieses Bild und wurden in Moskau akzeptiert – bis ihn seine Affäre mit Helga M., der geschiedenen Frau eines Mitgliedes des Zentralkomitees der SED, beinahe Kopf und Kragen gekostet hätte.

Für ihn war es nur eine unter vielen Affären in der Hauptstadt des sozialistischen Deuschland gewesen, bei denen sogar hin und wieder einige Informationen abfielen. Doch die Dame war ernsthaft engagiert. Und als er ihr klarmachte, daß ihre Beziehung nicht von Dauer sein werde, hatte sie es eingerichtet, daß sie schwanger wurde. Schlimmer noch: Sie war dahinter gekommen, daß er kein westlicher Geschäftsmann war, sondern in Wahrheit für den KGB arbeitete. Sie wollte ihn erpressen – zur Heirat. Als er sich weigerte, drohte sie damit, einige Unterlagen, die sie aus seiner Wohnung gestohlen hatte, an die britische oder amerikanische Botschaft zu schicken.

Er beichtete seinen Vorgesetzten die Affäre und die drohenden Folgen. Der Leiter des zuständigen Direktorats für Westeuropa, Lew Woroschnikow, war wütend gewesen. Erst drohte er ihm mit sofortiger unehrenhafter Entlassung aus dem Dienst und Streichung sämtlicher Pensionsansprüche, dann mit Versetzung auf einen Außenposten in Rumänien, nach Siebenbürgen, wo seine Deutschkenntnisse wenigstens noch von einigem Nutzen gewesen wären.

In dieser Lage hatte Tasarow zum ersten Mal seit vielen Jahren wieder Generalmajor Wladimir Boychenko, seinen Lehrer und Förderer von der KGB-Schule in Nowosibirsk getroffen – in einer Kantine der KGB-Zentrale in Moskau. Er verdankte Boychenko viel. Er hatte ihm auch diesmal aus der Klemme geholfen. »Wir werden dafür sorgen, daß dein Problem gelöst wird«, hatte Boychenko gesagt.

Ein paar Tage später war eine gewisse Helga M. auf dem Majakowskiring im alten Villenvorort Berlin-Pankow Opfer eines Verkehrsunfalls geworden. Ein grauer Audi mit Kölner Kennzeichen hatte sie auf einem Fußgängerüberweg mit hoher Geschwindigkeit angefahren. Sie war auf der Stelle tot. Der Fahrer flüchtete. Er wurde merkwürdigerweise auch nicht bei den angeblich sofort verschärften Kontrollen an allen Grenzübergängen nach Westberlin und in die Bundesrepublik erwischt.

Oleg Tasarow hatte damals nicht gewagt, ein paar naheliegende Fragen über den Vorfall zu stellen, der seine Schwierigkeiten so plötzlich behoben hatte. Drei Jahre war das jetzt her.

Die Versetzung auf einen Außenposten in Rumänien, daran

hatte die Moskauer Zentrale allerdings keinen Zweifel gelassen, drohe ihm beim nächsten geringsten Ärger. Früher hätte er bei Nora Sommer längst einen Annäherungsversuch gemacht, seit sie ihm gegenüber angedeutet hatte, daß ihre Ehe mit Paul nicht mehr besonders glücklich sei. Aber nach dem Vorfall mit Helga M. wollte Tasarow kein Risiko mehr eingehen.

Er kam übermüdet in die Leipziger Straße zurück. Immer noch waren die Straßen leer. Nur eine große Kehrmaschine kam ihm entgegen, spritzte Wasser vor sich her und fegte mit einem rotierenden Besen immer an der Bordsteinkante entlang. Ein sauberes Land, dachte Oleg Tasarow.

Es war fast vier Uhr morgens. Noch 48 Stunden bis zur planmäßigen Landung von Generalsekretär Michail Gorbatschow in Berlin.

8

Freitag, 6. Oktober 1989
Oleg Tasarow wurde von einem nervtötenden Quietschen aus dem Schlaf gerissen. Dann krachte es. Durch das leicht geöffnete Fenster seines Schlafzimmers hörte er Schreie und Flüche. Kurz darauf ertönte eine Polizeisirene. Als er mit müden Augen durch einen Vorhangspalt auf die Straße hinunterblickte, sah er, daß ein westdeutscher Mercedes mitten auf der Leipziger Straße einen Trabant gerammt und gegen eine Radfahrerin geschleudert hatte. Zwei Vopos redeten auf den entweder betrunkenen oder verletzten Mann ein, der sich mit beiden Händen auf der Motorhaube des Mercedes stützte, als müsse er sich gleich übergeben. Vor ihm im Rinnstein lag eine zusammengekrümmte Frau. Sie blutete, aber er konnte aus der Entfernung keine Verletzungen erkennen. Aber es schien, als lebe sie noch. Ihr Fahrrad war total demoliert.

Der KGB-Major zog sich hastig an und brühte einen tiefschwarzen Express-Pulverkaffee auf. Als er das Haus verließ, hoben gerade zwei Sanitäter die verletzte Radfahrerin in einen Ambulanzwagen.

Heftiger Regen setzte ein. Er verdünnte die Blutlache und spülte eine rosafarbene Flüssigkeit den Bordstein entlang, an dem Tasarows Golf geparkt war. Tasarow fuhr an diesem Morgen vorsichtiger als sonst. Die Scheibenwischer schafften die Wassermassen kaum, die gegen die Frontscheibe klatschten, und auf dem kurzen Fußweg von seinem Parkplatz am »Grand Hotel« bis zum sowjetischen Kulturhaus wurde er völlig durchnäßt. Oben, in der abgeschlossenen Etage des KGB, erwartete man ihn. Der diensttuende Nachrichtenführer begrüßte ihn herzlich und schlug ihm anerkennend auf die Schulter.

»Wir haben vor ein paar Minuten Glückwünsche aus Moskau für Sie empfangen, Genosse Tasarow. Die Zentrale ist mit Ihren neuen Informationen über die innere Lage in der DDR und mit der Analyse sehr zufrieden.«

Tasarow fühlte sich wie ein Schuljunge, der gelobt wurde.

»Und Sie sollen wegen ihrer Anfrage in einer Sache...« Der Mann von der Nachrichtenübermittlung blätterte ein halbes Dutzend an diesem Morgen bereits dechifferter Meldungen durch, »...wegen einer Sache ›Excalibur‹ mit der nächsten Maschine nach Moskau fliegen – und auch in einer privaten Angelegenheit.«

Der Mann veränderte plötzlich das Tremolo seiner Stimme von Dur in Moll und griff zu einem Blatt Papier.

»Leider, Genosse Tasarow, ist diese private Nachricht nicht erfreulich für Sie. Hier heißt es, Ihre Mutter sei in Moskau ernstlich erkrankt. Sie bittet dringend um Ihren Besuch.«

Nein, Einzelheiten wisse er nicht, aber es sei vermutlich sehr ernst, denn sonst hätte man dies nicht auf dem Dienstweg von der Zentrale nach Ostberlin gesendet.

Oleg Tasarow hatte seit Wochen schon damit gerechnet. Jetzt bemühte er sich, keine Regung zu zeigen, als er die Mitteilung aus Moskau las: »Mutter von Tasarow lebensgefährlich erkrankt. Sie bittet dringend um Besuch ihres Sohnes in ihrer Wohnung in Orchowo-Borrissowo. Tasarow kann bevorstehende Dienstreise in Zentrale mit Privatbesuch verbinden. Soll die nächste Maschine nehmen.«

Der Nachrichtenmann hatte eine Beileidsmiene aufgesetzt.

»Wir haben für Sie einen Platz bei der Aeroflot gebucht, Genosse Tasarow«, sagte er. »Ihre Maschine geht um 11 Uhr ab Schönefeld.«

An diesem Freitag, den 6. Oktober waren in zwei verschiedenen Teilen der Welt zwei Männer, die noch nichts voneinander ahnten, in derselben Sache unterwegs: Henrik C. Dillon, der frühere CIA-Agent und Sonderbeauftragte des Sicherheitsberaters des amerikanischen Präsidenten, bestieg bei strahlendem Morgensonnenschein in San Francisco den Pan-Am-Jumbo, der ihn über New York nach Hamburg bringen sollte. Planmäßige Ankunft – wegen des zehnstündigen Zeitunterschiedes – am nächsten Morgen um 9.20 Uhr, Ortszeit Hamburg.

KGB-Agent Oleg Tasarow startete mit einer »Iljuschin« der sowjetischen Aeroflot bei herbstlichem Regenwetter um 11 Uhr in Berlin-Schönefeld. Planmäßige Ankunft auf dem Moskauer Flughafen Scheremetjewo: 15.25 Uhr.

Als Tasarow zum Ostberliner Flughafen hinausfuhr, sah er überall in den Straßen Jubelplakate in Schwarz-Rot-Gold mit dem Hammer-und-Sichel-Symbol zum bevorstehenden Staatsjubiläum. »40 Jahre DDR — 40 Jahre Frieden und Fortschritt im Zeichen des Sozialismus«, stand auf einem regennassen Transparent, das die Straße überspannte. An einer Hauswand arbeiteten drei Maler auf einem Gerüst an den letzten Buchstaben der Parole: »DDR = 40 Jahre erfolgreicher sozialistischer Kampf Seite an Seite mit dem sowjetischen Brudervolk!«

Die Maschine der Aeroflot nach Moskau hatte nur zwanzig Minuten Verspätung. Nach dem Start entdeckte Tasarow zu seiner Überraschung Generalmajor Boychenko unter den Passagieren. Er saß vier Reihen vor ihm, drehte sich wie beiläufig um und nickte ihm zu, bevor er sich wieder in die zwei Tage alte Ausgabe der »Iswestija« vertiefte.

Tasarow versuchte während des Fluges zu schlafen. Er schloß die Augen, aber trotz seiner Müdigkeit nach der durcharbeiteten Nacht gelang ihm das nicht. Die überraschende Verabredung in der Zentrale beschäftigte ihn dabei weniger, er machte sich vielmehr Sorgen um seine Mutter. Er sah sie vor sich: eine zugleich strenge und gütige Frau, großgewachsen, erst im hohen Alter ein wenig gebeugt. Ihre scheinbar endlos langen Haare, die seines Wissens nie gekürzt worden waren, trug sie zu einem Dutt geknotet. Noch bis vor ein paar Jahren waren diese Haare honigblond gewesen, wie die ihrer norddeutschen Vorfahren. Auch ihr ein wenig zu breites Gesicht mit den wasserblauen Augen und dem ausgeprägten, vorgestreckten Kinn erinnerten ihn an alte Bilder nordischer Frauen.

Olga Tasarow war in einem niedersächsischen Dorf geboren. Ihr Mädchenname, das wußte er, war Gehrhoff. Vor sechs Jahren war sie wegen eines Tumors in der linken Brust operiert worden. Die Ärzte hatten gehofft, daß sich noch keine Metastasen gebildet hatten, aber die Angst war geblieben. Im nächsten Monat würde seine Mutter 64 Jahre alt werden. Manchmal machte er sich Vorwürfe, daß er ihr nicht jene Liebe und Fürsorge zurückgegeben hatte, mit der sie ihn ganz alleine aufgezogen hatte.

Als er vierzehn oder fünfzehn war, hatte sie ihm zum ersten Mal aus ihrem Leben erzählt und von dem seines russischen Vaters. Es war an einem Sonntag im Frühjahr gewesen, auf einem Ausflug nach Peredelkino, dem Dorf der Dichter. Zögernd, sehr langsam hatte seine Mutter gesprochen, als müsse sie jedes Wort, jeden Satz zuvor sorgfältig bedenken. Sie hatte eine warme Stimme. Sie sprach russisch fast ohne Akzent, aber wenn sie allein waren, redete sie stets deutsch mit ihm. »Es ist gut, wenn du das lernst. Vielleicht kannst du es eines Tages brauchen.« Und es hatte ihm ja tatsächlich genutzt, bei seiner Arbeit für den KGB in der DDR.

Auf deutsch hatte seine Mutter ihm erzählt, daß ihre Eltern, seine Großeltern, einen Bauernhof westlich der Elbe in Niedersachsen gehabt hätten. Der sei in den letzten Kriegstagen, im März 1945, von einer Fliegerbombe zerstört worden – ein britisches Bombergeschwader war unterwegs nach Hamburg, einige Bomben wurden versehentlich zu früh ausgeklinkt. Alle ihre Angehörigen seien umgekommen. Sie habe als einzige ihrer Familie überlebt, weil sie in ein Schullandheim an der mecklenburgischen Ostseeküste evakuiert gewesen sei. Hier erlebte sie den Einmarsch der siegreichen Roten Armee.

Nach dem Krieg gehörte Mecklenburg zur »Sowjetischen Zone«. Mit 20 habe sie einen jungen russischen Besatzungssoldaten kennen und lieben gelernt, den Panzergrenadier Anatoli Tasarow. Auch der war allein. Seine gesamte Familie sei im »Großen Vaterländischen Krieg« gegen die Hitler-Wehrmacht umgekommen. Sie verliebten sich ineinander. Sie wurde schwanger. Sie wollten heiraten. Doch kurz zuvor, so hatte ihm seine Mutter weiter erzählt, sei sein Vater bei einem Manöver mit seinem Panzer auf eine vergessene Mine aus dem Weltkrieg gefahren und sofort getötet worden. Als er, Oleg, geboren wurde, sei sein Vater bereits zwei Monate lang tot gewesen. Mit einer Sondergenehmigung hätten sie beide, Mutter und Sohn, den Namen des verstorbenen Vaters tragen dürfen.

Oleg Tasarow wollte diese Geschichte glauben, deshalb hatte er nie Fragen gestellt – obwohl er, als er älter wurde und von den Geschehnissen im Nachkriegsdeutschland mehr erfuhr, an der Geschichte seiner Mutter gezweifelt hatte. Ob es nicht vielleicht auch ganz anders gewesen sein konnte, hatte er sich gefragt: Ein hübsches, deutsches Mädchen wurde von einem russischen Soldaten geschwängert, vielleicht sogar vergewaltigt, und der Kerl hatte sich aus dem Staub gemacht, bevor sich neun Monate später die Folgen einstellten? Dagegen sprach, so beruhigte sich Oleg Tasarow, die Tatsache, daß seine deutsche Mutter überzeugte Kommunistin geworden war, daß sie in Moskau studiert hatte, dort geblieben war und als Lehrerin Deutsch und Geschichte unterrichtet hatte. Ihr Leben lang.

Er erinnerte sich noch an die dunkle Einzimmerwohnung in der »Nemezkaja Sloboda«, der alten deutschen Vorstadt von Moskau, in der er seine Jungenjahre verbracht hatte. Mit seinen deutschen und russischen Freunden hatte er in den brüchigen, niedrigen Backsteinhäusern gespielt und auf den Baustellen der feuchten, nach Kies und Zement riechenden Neubauten. In dem schon damals schmutzigen Flüßchen Jaussa hatten sie Neunaugen gefangen, häßliche Fische, die wie Aale aussahen, aber die man nicht essen konnte.

Später, als er vierzehn war, bezogen sie eine Zweizimmerwohnung mit Bad und eigener Toilette in einem der gesichtslosen, massigen Ausländerwohnblöcke am Kutosowski-Prospekt. Dort lebte seine Mutter noch, als er sich zur Armee meldete und dann die Fallschirmjägerschule von Rjazan besuchte, in der sie an detailgetreu nachgebildeten Abschußbasen der NATO lernten, wie man Raketen vom Typ *Hawk, Sergeant* und *Titan* außer Gefecht setzt. Und wiederum später, als er in der KGB-Schule 311 in Nowosibirsk die Geheimnisse der Spionage studierte, bekam seine Mutter, inzwischen eine mehrfach ausgezeichnete Lehrerin, in einem der gigantischen Neubaugebiete im Umfeld von Moskau eine kleine Wohnung zugewiesen. Seit acht Jahren lebte sie nun bereits in Orecho-Borossowo. Seit sechs Jahren war sie pensioniert. Vor vier Jahren war sie an Krebs erkrankt.

Merkwürdigerweise, so dachte Oleg Tasarow, während die Maschine nach drei Stunden zum Landeanflug auf Moskau ansetzte, war seine Mutter nicht wie die meisten anderen deutschen Kommunisten zusammen mit der »Gruppe Ulbricht« in den von sowjetischen Truppen besetzten Teil Deutschlands zurückgegangen, um beim Aufbau des ersten sozialistischen Staates auf deutschem Boden mitzuhelfen. Auch später war sie nur zwei- oder dreimal kurz in der DDR gewesen, zu irgendwelchen Lehrerkongressen. Und sie hatte nicht ein einziges Mal den Versuch gemacht, den Westen Deutschlands zu besuchen, die Heimat ihrer Vorfahren – obwohl sie als linientreue Pädagogin durchaus Gelegenheit dazu gehabt hätte. Nein, sie wollte das Land der Faschisten und Naziverbrecher nie wiedersehen, hatte sie auf seine Fragen geantwortet, sehr schroff, sehr kurz angebunden.

Als die ersten Moskauer Neubauvororte mit ihren tristen Wohnsilos unter der Maschine auftauchten, fiel Oleg Tasarow ein, daß er nicht einmal ein Foto seines Vaters gesehen hatte – seine Mutter hatte ihm auch nie gesagt, wo sein Vater begraben lag. Ob es überhaupt ein Grab gibt? Er nahm sich vor, mit ihr darüber zu sprechen – falls ihr Zustand das erlauben sollte.

Die Maschine landete pünktlich. Hinter der Paßkontrolle warf Tasarow zwei Kopekenstücke in ein Münztelefon und wählte die Nummer seiner Mutter, die vor ein paar Monaten ein Telefon bekommen hatte, das vor sieben Jahren beantragt worden war. Eine fremde Frauenstimme meldete sich und sagte erfreut und warmherzig: »Oleg...? Sind Sie Olgas Sohn Oleg? Wie schön, daß Sie gekommen sind.« Die Frau sagte, ihr Name sei Janina, sie sei Krankenschwester und kümmere sich im Auftrag des Lehrerkollektivs von Olgas alter Schule um sie. Dann senkte sie ihre Stimme und sagte, es stehe ernst um sie. Sehr ernst. Sie erhalte viele Schmerz- und Schlafmittel. Sie schlafe gerade. Ja, sobald sie aufwache, werde sie ihr ausrichten, daß er aus Berlin gekommen sei und sie am Nachmittag besuchen werde.

Tasarow wischte sich über die Augen, als er den Hörer auf-legte. Es war ein überraschend klarer und milder Herbsttag in Moskau. Die Bäume hatten nur noch wenige Blätter. Als er am Gepäckband auf sein abgestoßenes Köfferchen wartete, stellte sich plötzlich Boychenko neben ihn.

»Wie ich in Berlin gehört habe, sind wir in derselben Sache unterwegs, Oleg. Wenn du Lust hast, können wir zusammen in die Zentrale zu Woroschnikow fahren. Mein Wagen ist noch draußen geparkt.«

Tasarow nahm die Einladung an. Unterwegs erzählte Boy-chenko, er sei völlig überraschend von Berlin nach Moskau zu-rückgerufen worden. Es gehe um irgendeinen amerikanischen Überläufer. Näheres wisse er noch nicht. Er habe beiläufig von dieser Sache gehört, sagte Tasarow wortkarg.

Hintereinander betraten Boychenko und Tasarow den kleinen Konferenzraum im alten Teil der KGB-Zentrale Lubljanka an der Dscherschinski-Straße. Über der gepolsterten Tür leuchtete bereits ein kleines rotes Lämpchen – ein Zeichen, daß nicht ge-stört werden sollte. Oleg Tasarow hatte Lew Woroschnikow, zuständig für Wissenschafts- und Wirtschaftsspionage im Be-reich der NATO-Staaten, fast drei Jahre lang nicht gesehen. Seit-her, so erzählte man, sei der KGB-Vizedirektor Woroschnikow, der seinen Aufstieg noch dem legendären Geheimdienstchef Andropow verdankte, ein paarmal am Magen operiert worden. Offenbar psychosomatische Folge beruflicher Schwierigkeiten, denn Woroschnikow, so erzählte man sich auch, sollte große Probleme mit Gorbatschows Glasnost- und Perestroika-Politik haben.

Der Alte murmelte undeutlich eine Begrüßung, fragte uninter-essiert, ob sie einen guten Flug gehabt hätten und deutete, ohne ihre Antwort abzuwarten, auf einen der acht abgeschabten brau-nen Ledersessel, die um einen messingbeschlagenen Tisch herum standen. Tiefe Falten durchfurchten sein Gesicht. Seine Augen blickten grau und kurzsichtig, als nehme er nichts richtig wahr. Er drehte seinen Kopf zu einem der Sessel, in dem ein Mann saß, der nervös mit seinen Händen spielte.

»Das ist Dr. Herbert Wehrenfeld von der Hauptabteilung Aufklärung des Ministeriums für Staatssicherheit der Deutschen Demokratischen Republik.« Woroschnikow hielt sich nicht mit Vorreden auf.

»Vielleicht kennt ihr unseren deutschen Kollegen bereits. Er will uns dringend über eine besondere Angelegenheit informieren und bittet um unsere Hilfe.«

Wehrenfeld war ein grauhaariger Mann mit glatt nach hinten gekämmtem Haar ohne Scheitel. Seine scharfkantige randlose Brille warf kleine Blitze, als er sich zur Begrüßung kurz erhob. Oleg Tasarow erinnerte sich, daß er ihn bei einer deutsch-sowjetischen Konferenz in Ostberlin gesehen hatte.

Der Deutsche war etwa Anfang Fünfzig. Erst schien es, als habe er seinen Mund ständig zusammengekniffen, aber als er zu reden begann, zeigte sich, daß seine Lippen schmal wie Striche waren. Der Deutsche sprach sehr gut Russisch. Hastig, als fürchte er den Faden zu verlieren, berichtete er von einem Fall, den er die »Angelegenheit Excalibur« nannte, wobei er erklärte, daß dies bekanntlich das Schwert aus der Artussage sei. Diesen Decknamen habe sein Ministerium für Staatssicherheit einem jungen Mann, einem ehemaligen DDR-Bürger, gegeben, der vor beinahe zwei Jahrzehnten eine Verpflichtungserklärung als »Informeller Mitarbeiter« unterschrieben hätte – als Gegenleistung dafür, daß er und seine jüdischen Eltern aus der DDR in die USA auswandern durften.

»Das war eine großzügige Geste unserer Behörden, denn dieser damals 18 Jahre junge Mann, sein richtiger Name ist übrigens Peter Rosenblatt, hatte immerhin in der Deutschen Demokratischen Republik eine lange und teure Schulausbildung genossen, und er schien schon damals auf technisch-wissenschaftlichem Gebiet außergewöhnlich begabt zu sein. Dennoch haben wir bei der Ausreise in die USA für ihn und seine Eltern keinerlei finanzielle Gegenleistung gefordert – natürlich auch mit Rücksicht auf das Schicksal der alten jüdischen Berliner Familie, von der zahlreiche Mitglieder in Konzentrationslagern der Faschisten ermordet worden sind.«

Woroschnikow las in einigen Papieren und machte mit einem braunen Filzstift Randnotizen. Es schien so, als kenne er die Geschichte bereits. Boychenko und Tasarow lehnten sich in ihre Ledersessel zurück und hörten mit zunehmender Ungeduld zu. An der graugestrichenen Stirnseite des Raumes hing eine etwa zwei Quadratmeter große Weltkarte mit den üblichen verschiedenfarbigen Markierungsnadeln: rote bezeichneten die Standorte von KGB-Büros im Ausland; grüne die Tarnfirmen des sowjetischen Geheimdienstes; blaue konspirative Wohnungen; gelbe einzelne Agenten. Die Gebiete der DDR und der Bundesrepublik Deutschland und beide Teile Berlins, so bemerkte Oleg Tasarow, waren von Nadelköpfen beinahe vollständig zugedeckt. Drei schalldichte, offenbar längere Zeit nicht geputzte alte Doppelfenster gingen zum Marksa Prospekt hinaus. Hinter den ineinander verschachtelten Dächern der Moskauer Innenstadt waren bei klarem Herbstlicht die goldglänzenden Turmspitzen der Basiliuskathedrale und die nördlichen Kremltürme zu sehen. Es muß wirklich ein verblüffender Anblick gewesen sein, als dieser verrückte westdeutsche Junge mit seinem einmotorigen Flugzeug zur Landung auf dem Roten Platz eingeschwebt ist, dachte Tasarow.

Dr. Wehrenfeld wippte stärker mit den Knien, als mache ihn die nachlassende Konzentration seiner Zuhörer noch nervöser.

»Der junge Herr Rosenblatt hat, wie es unschwer vorauszusehen war, in den Vereinigten Staaten eine erstaunliche Karriere gemacht. Er entpuppte sich tatsächlich als ein ganz außergewöhnliches wissenschaftliches Talent. Er besuchte die besten Universitäten, erhielt großzügige Stipendien und arbeitet seit etwa sechs oder sieben Jahren im sogenannten »Lawrence Livermore Laboratory« in Kalifornien, dem bedeutendsten amerikanischen Institut zur Entwicklung neuer atomarer Vernichtungswaffen. Alle Sicherheitsüberprüfungen hat er problemlos überstanden. Zu unserer Verblüffung konnten wir Meldungen in amerikanischen Fachorganen entnehmen, daß Rosenblatt als einer der führenden Köpfe bei der Entwicklung des sogenannten SDI-Programms gilt...«

Wehrenfeld nippte an einem Glas Mineralwasser, das eine Sekretärin eingeschenkt hatte.

»Leider hat dieser frühere DDR-Bürger sich nicht an seine Verpflichtung gehalten. Er hat niemals von sich aus versucht, Kontakt zu uns aufzunehmen, geschweige denn irgendwelche Informationen zu liefern. Nicht ein einziges Mal, seit er in den USA lebt. Sie können sich vorstellen, meine Herren, daß wir versucht haben, diesen Rosenblatt durch unsere Residenten in den USA an seine Verpflichtungserklärung für das MfS zu erinnern – bis zu der noch nicht ernstgemeinten Drohung, daß wir eine Kopie seiner Verpflichtungserklärung den amerikanischen Diensten zuspielen würden, was selbstverständlich das Ende seiner Karriere und einen riesigen Skandal bedeuten würde. Doch Rosenblatt schien völlig unbeeindruckt. Er reagierte einfach nicht. Als einer unserer Leute ihn beschattete und in einem günstigen Moment auf dem Flughafen von San Francisco zur Rede stellte, sagte er: Falls wir das für richtig hielten, sollten wir seine Karriere zerstören und damit die Chance, daß er sich eines Tages von sich aus bei uns melden würde. Zu einem Zeitpunkt, den er ganz allein bestimmen werde. Jedenfalls werde er sich niemals erpressen lassen...«

»Und nun sollen wir Ihnen helfen, diesen Mann zu seinen vaterländischen Pflichten zu zwingen«, sagte Boychenko ungeduldig, »oder worauf wollen Sie hinaus, Dr. Wehrenfeld?«

»Nein. Ganz im Gegenteil, Genossen!« Wehrenfeld rückte nun auf seinem Sessel ganz nach vorn.

»Völlig überraschend hat sich dieser Peter Rosenblatt vor einigen Tagen bei uns gemeldet – genauer gesagt, bei einer Berliner Kontakt-Telefonnummer. Ich habe die Tonbandaufzeichnung seines Anrufes mehrmals abgehört. Rosenblatt schien sehr aufgeregt und durcheinander zu sein. Er sagte, er rufe aus der Bundesrepublik Deutschland an, aus einem Ort in der Nähe von Hamburg. Er werde verfolgt, und er wolle so schnell wie möglich in den Osten gebracht werden – allerdings nicht von uns. Wir sollten dafür sorgen, daß sich sowjetische Dienste um ihn kümmern. Er bat ausdrücklich um Hilfe durch den KGB. Er werde sich wieder melden. Dann hat er aufgelegt. Das ist jetzt...« Der Deutsche schob seine blütenweiße Manschette hoch und blickte angestrengt auf seine Uhr. »Das ist jetzt genau 38 Stunden her...«

Tasarow lehnte eine der kubanischen Zigarillos ab, die Woroschnikow gönnerhaft herumreichte. Boychenko und Wehrenfeld griffen zu und ließen sich Feuer geben. Sie pafften dicke Rauchwolken in den Raum. Bald lagen die Spitzen der Kremltürme hinter dichtem Qualm.

Woroschnikow nuckelte an seinem Zigarillo, während er sprach. »Dr. Wehrenfeld und unser Freund Markus Wolf vom Staatssicherheitsdienst der DDR sind zu der Erkenntnis gekommen, daß Ihr Mann, dieser Rosenblatt, Kontakt zu uns sucht, weil nur die Sowjetunion mit seinen Kenntnissen über amerikanische Atomwaffen- und Weltraumforschung etwas anfangen kann. Möglicherweise gehört er auch zu diesen Idealisten, die unseren großen Vorsitzenden und seine Friedenspolitik vergöttern, und will uns möglicherweise deshalb helfen.«

Es war für Tasarow nicht auszumachen, ob der alte Kalte Krieger Woroschnikow das Lob für Gorbatschow ernst oder ironisch meinte.

»Wie auch immer: klar ist, daß dieser Rosenblatt militärisch, wissenschaftlich und politsich von unschätzbarem Wert für uns sein kann, wenn er tatsächlich zurückkehren will. Deshalb müssen wir alles daran setzen, um seinen Wunsch zu erfüllen. Wir müssen ihn aus der Bundesrepublik Deutschland sicher nach Ostberlin und dann nach Moskau holen. Und dafür gibt es keinen besseren Mann als...«

Woroschnikow spuckte ein Stückchen Tabak aus und verzog zum ersten Mal das Gesicht zu einem mißlungenen Lächeln.

»...als unseren vielseitig begabten Freund Oleg Tasarow, der ja auf diesem Gebiet einschlägige Erfahrungen hat. Wir alle, die wir hier in der Zentrale über die ›Angelegenheit Excalibur‹ diskutiert haben, konnten uns natürlich gut daran erinnern, auf welch genial einfache Weise er damals Herbert Malnitz sicher nach Hause geholt hat. Natürlich werden wir uns diesmal etwas anderes einfallen lassen müssen. Deshalb werden Oleg Tasarow und Generalmajor Boychenko gemeinsam mit ein paar deutschen Kollegen in Berlin einen Plan ausarbeiten. Jedenfalls wird Tasarow derjenige sein, der in die Bundesrepublik überwechselt, um Kontakt zu diesem Rosenblatt aufzunehmen, und zwar so schnell wie möglich – sobald er sich wieder meldet!«

Oleg Tasarow sagte nichts. Erst als Woroschnikow ihn anblickte, weil er noch immer schwieg, sagte er, und es kam ihm wie eine faule Ausrede vor: »Meine Mutter liegt im Sterben... Hier in Moskau.«

»Ich weiß, Oleg«, sagte Woroschnikow. »Deshalb haben wir diese Besprechung auch hier in Moskau stattfinden lassen und nicht in Berlin – damit Sie bis morgen früh Zeit haben, Ihre Mutter noch einmal zu sehen. Wir sind keine Unmenschen. – Um 8.30 Uhr geht dann Ihr Flugzeug zurück nach Schönefeld.«

Als sie den Konferenzraum verlassen wollten, hielt Woroschnikow Tasarow zurück. »Tut mir leid, Oleg. Es geht nicht anders. Wir brauchen Sie jetzt«, sagte er überraschend warmherzig. »Wir haben uns erkundigt. Die Ärzte sagen, Ihre Mutter wird nicht mehr aus dem Koma erwachen. Sie wird ganz friedlich sterben, und sie wird nicht mehr merken, ob Sie bei ihr sind oder nicht...«

Tasarow wendete sich ab. Auf dem Flur überholte er Boychenko und Wehrenfeld. »Wir treffen uns morgen auf dem Flughafen«, sagte er und ging eilig eine Treppe hinunter zur Toilette. Er konnte seine Tränen zurückhalten, bis er die Tür einer der nach Urin und scharfen Reinigungsmitteln stinkenden Kabinen hinter sich zugezogen hatte.

Als er die KGB-Zentrale verließ, war es draußen bereits dunkel. Tasarow ging die paar Schritte bis zur Metro-Station an der Straße des 25. Oktober. Er zahlte 5 Kopeken und nahm die Bahn Richtung Osten. Die Waggons waren überfüllt von Moskauern mit müden Gesichtern, die von der Arbeit in der Stadt in die neuen Vororte hinausfuhren. Bis nach Orecho-Borissowo mußte Tasarow zweimal umsteigen. Die Fahrt dauerte 40 Minuten.

Orecho-Borissowo war eine jener einförmigen Satellitenstädte, die Moskau einkreisten: Mehr als 200 000 Menschen wohnten in zehn- bis fünfzehnstöckigen Wohnblocks, die aus Fertigbauteilen zusammengefügt waren. Hellblaue, lindgrüne und orangefarbene Fassaden sollten die trostlose Einheitsarchitektur beleben, wirkten aber so grell und phantasielos wie zu dick aufgetragene Schminke. Immerhin – zwischen den Parkplätzen, auf denen die meisten Autos mit silberfarbenen Schutzfolien überzogen waren, und den Häusern waren inzwischen Hunderte von Bäumen gepflanzt. Oleg Tasarow fand den »Mikro Rayon«, den Gebäudekomplex, in dem seine Mutter lebte, ohne fragen zu müssen. Er konnte sich an das Milizrevier und den großen bungalowartigen Schul- und Kindergartenkomplex gegenüber erinnern. Es gab Geschäfte, ein paar Gaststätten, sogar ein Kino und eine Kirche in der Nähe. Der Fahrstuhl funktionierte wieder einmal nicht, und so mußte er bis in den siebten Stock zu Fuß gehen. Er atmete schwer, als er an der gelbgestrichenen Tür mit der Nummer 512 klingelte. Erst beim dritten Mal hörte er Schritte.

Eine Frau um die Fünfzig öffnete. Sie hatte ein rosiges, von blauen Äderchen gesprenkeltes Gesicht. Sie wirkte warmherzig und vertrauenerweckend.

»Ich bin Schwester Janina«, sagte sie, blickte ihn prüfend an und umarmte ihn plötzlich. Ihr blütenweißer, frisch gestärkter Kittel knisterte. Als sie sich von ihm löste, sah er, daß ihre Augen gerötet waren. Sie hatte geweint.

»Oleg«, sagte er. »Ich bin Oleg Tasarow.«

Sie wollte etwas sagen, stockte aber und nahm statt dessen seine Hand. Wie einen kleinen Jungen führte sie ihn über den engen, halbdunklen Flur in die Eineinhalbzimmerwohnung mit Küche und Bad. Der Parkettboden unter den einfachen Teppichen knarrte. Sie hielt seine Hand noch fester, als sie vor dem Bett seiner Mutter standen, das aus der Schlafkammer ins Wohnzimmer gestellt worden war. Ihr schmaler Kopf und ihr zerbrechlicher Oberkörper ruhten auf einem hochgestellten Kissen. Ihre kleinen Hände hielten einen großen bräunlichen Umschlag, der auf der hellen Steppdecke lag. Der milde Schein einer Steh-lampe mit Pergamentpapierschirm fiel auf ihr Gesicht. Olga Tasarow hatte ihre weit geöffneten Augen einem beleuchteten kleinen Aquarium zugewandt, das auf der anderen Seite des Bet-tes stand. Ein paar bunte Fischchen schwammen aufgeregt zwi-schen Steinen und Wasserpflanzen herum. Ein handgroßer, gold-rotglänzender Schleierschwanz glotzte durch das grünliche Glas. Ihre Augen sahen nichts mehr. Olga Tasarow war tot.

»Ihre Mutter hat noch vor ein paar Tagen mit den Fischen gesprochen. Stundenlang. Auf deutsch. Ich habe deshalb nichts verstanden.«

Die Frau im weißen Kittel schwieg eine Weile. Auf dem Flur wurden Türen geschlagen. Der Fahrstuhl quietschte und rum-pelte laut. »Molly!« Oleg Tasarow fiel der Name des Fisches ein, den er vor sechs Jahren seiner Mutter auf dem »Ptitschij Ry-nok«, dem Moskauer Tiermarkt, gekauft hatte. Bevor er in die DDR ging, wollte sie unbedingt ein Tier gegen die Einsamkeit haben. Ein Hund war ihr zu anstrengend, ein Kanarienvogel zu unruhig. Sie wünschte sich ein Aquarium. »Molly« hatte sie den größten Fisch, den Schleierschwanz, genannt, weil er so mollig und gemütlich aussah.

»Ihre Mutter hat einfach aufgehört zu atmen«, sagte die Kran-kenschwester schließlich. »Vor vier Stunden... Kurz nachdem Sie vom Flughafen aus angerufen haben... Vielleicht hätte ich es ihr nicht sagen sollen, daß Sie schon in Moskau gelandet sind... Aber sie war gerade aus dem Koma erwacht, und ich hatte ge-hofft, sie würde so lange wachbleiben, bis Sie hier sind...«

Oleg Tasarow und die Krankenschwester standen lange Zeit reglos nebeneinander. Dann kniete er vor dem Bett nieder und drückte seiner Mutter mit einer zärtlichen Geste die Augen zu. Mit dem rechten Arm umfaßte er ihren Oberkörper, mit der linken hielt er ihren Kopf, der sich schon kühl anfühlte.

Oleg Tasarow hätte gern geweint, aber es kamen ihm keine Tränen.

Als es klingelte, wußte er nicht, wie lange er so gekniet hatte. Er hörte Stimmen auf dem Flur, die der Krankenschwester und die eines Mannes. Er erhob sich, bevor es an der Wohnzimmertür klopfte. Der Besucher war der Arzt, der seine Mutter operiert und bis zuletzt behandelt hatte. Er sprach sein Mitgefühl aus und erklärte nach kurzer Untersuchung, daß sie den Umständen entsprechend einen angenehmen Tod gehabt habe – angenehmer, als wenn sie noch wochenlang mit Morphium und anderen Medikamenten dahingedämmert wäre.

Erst als der Arzt gegangen war, fiel Oleg Tasarow wieder der braune Umschlag auf der Bettdecke auf. Er nahm ihn in die Hand. »Für meinen Sohn Oleg«, stand in dünner blauer Tintenschrift darauf. »Bitte erst nach meinem Tod öffnen!«

»Sie hat diesen Brief schon vor einigen Monaten geschrieben, als es ihr noch besser ging«, sagte die Krankenschwester. Sie werde ihm jetzt noch einen Tee machen. Er wolle sicherlich eine Weile allein sein. Er nickte. Sie schrieb ihm eine Telefonnummer auf einen Zettel. Er könne sie jederzeit anrufen. Sie würde sofort kommen, wenn er sie brauche. Sie wohne nur ein paar Häuser weiter. Er sagte, er sei ihr sehr dankbar. Für alles, was sie für seine Mutter getan habe.

Es war gegen Mitternacht. Vom Balkon aus waren nur noch ein paar einzelne erleuchtete Fenster in der riesigen Wohnmaschine von Orecho-Borissowo zu sehen. Die Umrisse der dunklen Hochhäuser hoben sich scharfkantig gegen den helleren Himmel ab.

Oleg Tasarow vermied es, die Tote anzusehen. Die Stille bedrückte ihn. Er schaltete das alte Radio auf der Nußbaumkommode ein. Radio Moskau brachte Nachrichten. »Präsident Michail Gorbatschow ist vor wenigen Stunden zu einem offiziellen Staatsbesuch in die Deutsche Demokratische Republik abgereist. Er wird morgen vormittag Generalsekretär Erich Honecker zu einem Gespräch unter vier Augen treffen und in den nächsten Tagen an den Feierlichkeiten zum 40jährigen Bestehen des ersten sozialistischen deutschen Staates teilnehmen ...« Ob man Gorbatschow seinen Bericht über die wirkliche Lage in der DDR vorgelegt hatte?

Er fütterte die Fische. Er schob einen dunkelbraunen Sessel mit

Holzarmlehnen unter die Stehlampe neben das Bett und trank den heißen Tee. Er schlitzte den großen, braunen Umschlag mit einem Brotmesser auf, so ungeschickt, daß der Inhalt auf den Boden fiel. Oleg Tasarow hockte sich auf den zerschlissenen nachgemachten Orientteppich. Mit unsicheren Händen hob er wieder auf, was heruntergefallen war: einen mehrere Seiten langen Brief mit der akkuraten deutschen Schrift seiner Mutter; ein vergilbtes Foto mit Büttenrand; eine alte Bildpostkarte mit dem Motiv »Dorf am Fluß mit Kirche«. Die Unterschrift »Schöne Grüße aus Birkholz« war verblaßt und nur schwer zu entziffern.

Den Brief hatte seine Mutter auf deutsch geschrieben. Während er zu lesen begann, blickte er doch zu der Toten hinüber, immer verwunderter, manchmal so, als sehe er sie plötzlich mit ganz anderen Augen.

Der Brief trug das Datum des 14. September 1989.

»Mein geliebter Sohn Oleg!

Jetzt, da ich fühle, daß ich bald sterben werde, möchte ich auf diesem Wege mein Gewissen erleichtern, denn ich habe es zu meinen Lebzeiten nicht über mich gebracht, Dir in die Augen zu sehen und Dir die Wahrheit zu sagen. Ich bete zum Herrn, daß Du mir verzeihen mögest und daß er mir verzeihen wird, wenn ich nun bald vor ihn trete...«

Diese Sätze hatte seine Mutter mit einer kratzenden alten Tintenfeder geschrieben. Die Buchstaben standen aufrecht. Der nächste Satz war größer geschrieben und sehr zittrig:

»Alles, was ich Dir über Deinen Vater und über seinen Tod erzählt habe, stimmt nicht. Es war alles ganz anders und viel schrecklicher, mein Sohn...«

Oleg Tasarow las lange, Wort für Wort, Zeile für Zeile, Seite für Seite und wieder Wort für Wort. Als er endlich verstanden hatte, betrachtete er das kleine Foto, das er vor sich auf das Bett gelegt hatte, nur eine Armlänge von der Toten entfernt. Es zeigte seine Mutter als junges Mädchen mit Kopftuch, Arbeitskittel und grober Schürze bekleidet – trotzdem war zu erkennen, daß sie ein hübsches Mädchen gewesen sein mußte. Sie lachte auf dem Bild verschämt einen schmalen, jungen Mann an, der einen

Kopf größer war als sie. Sein Kopf war kahlrasiert. Er trug schmutziges Arbeitszeug und hohe Stiefel. Sein Gesichtsausdruck war stolz, aber verschlossen. Im Hintergrund sah man Obstbäume und den Giebel eines stattlichen deutschen Bauernhauses mit einem großen Misthaufen davor. Der kahlgeschorene junge Mann hatte eine Mistforke in der Hand. Auf der linken Seite seiner Jacke, über dem Herzen, war ein großes »R« zu erkennen. Oleg Tasarow hatte Männer mit ähnlichen Anzügen und mit dem gelben Judenstern und einem »J« auf der Brust auf Fotos aus deutschen Konzentrationslagern gesehen. Nach einer Weile verstand er, was das große »R« bedeutet: »R« – wie Russe. Vorsichtig drehte er das Bild um. Auf der Rückseite stand in der Handschrift seiner Mutter: »Dies ist dein Vater Anatoli Tasarow 1945 in Birkholz – drei Wochen, bevor man ihn hingerichtet hat.«

Als Oleg Tasarow den Brief und das Foto in den Umschlag zurücksteckte, war er wie betäubt. Sein Herzschlag dröhnte in seinem Kopf. Sein Kopf sank nach vorn auf die Bettdecke. Seine Stirn berührte das Briefpapier, das auf den Händen seiner Mutter lag.

Endlich konnte er weinen.

Es begann leise und unterdrückt und mündete in ein verzweifeltes, haltloses Schreien. Er stand auf, taumelte, warf den Sessel dabei um, schlug mit der Faust auf den Tisch, daß das Wasser aus dem Aquarium schwappte, hämmerte mit beiden Fäusten gegen Wände und Türen, bis die Haut an seinen Händen aufplatzte und blutete. Er hörte nicht die Stimmen der Nachbarn, die von außen gegen die Wohnungstür pochten und »Ruhe« riefen, »Ruhe oder wir holen die Miliz«. Oleg Tasarow beruhigte sich nicht – er brach irgendwann erschöpft zusammen und rollte sich am Boden zusammen. Als er wieder zu sich kam, zog er sich aus, ging ins Badezimmer und duschte eiskalt. Noch immer nackt, setzte er sich an das Fußende des Bettes und betrachtete das Gesicht der Frau, die seine Mutter gewesen war.

Oleg Tasarow wußte jetzt, daß er in Westdeutschland eine Mission zu erfüllen hatte. Der KGB-Offizier betete. Zum ersten Mal seit seiner Kindheit.

Gegen sieben Uhr morgens fiel die Dämmerung durch die Fenster. Das Telefon klingelte. Boychenko meldete sich. Er fragte, als er Tasarows gebrochen klingende Stimme hörte, ob alles in Ordnung sei? Aber er gab dann, ohne die Antwort abzuwarten, Flugnummer und Abflugtermin der Mittagsmaschine von Moskau nach Berlin-Schönefeld durch. Er werde Tasarows Ticket mitbringen und einige neue Informationen über diesen Amerikaner Peter Rosenblatt, der sich inzwischen zum zweiten Mal aus der Bundesrepublik Deutschland gemeldet habe.

Er müsse am Vormittag noch ein paar Dinge wegen der Beisetzung seiner Mutter erledigen, sagte Oleg Tasarow, aber er werde rechtzeitig am Flughafen sein.

9

Sonnabend, 7. Oktober 1989

Zwanzig Minuten vor der Landung in Hamburg pochte eine Stewardeß gegen die Tür der Bordtoilette. Henrik C. Dillon reagierte nicht. Er hatte sich nach dem langen Flug von San Francisco gerade mit seinem Batteriegerät rasiert und seine Zähne geputzt. Er träufelte noch Augentropfen in seine von der dauernden Zugluft aus den Düsen der Air-Condition-Anlage geröteten Pupillen. Erst dann öffnete er das WC und hangelte sich, von den mißbilligenden Blicken der Flugbegleiterin verfolgt, in der bereits stark nach vorn geneigten Maschine zum Fensterplatz 18 F zurück.

Beim Landeanflug blickte er auf die herbstliche norddeutsche Tiefebene hinunter. Die Felder waren abgeerntet. Laubbäume schimmerten gelbbunt im weichen Licht der Frühsonne. Silbrig glänzende Flußläufe durchzogen das flache Land. Die Pan-Am-Maschine überquerte die Elbe in der Höhe von Blankenese. Ein hochbeladener Containerfrachter und ein Passagierschiff begegneten sich auf dem breiten Strom. Am Ufer leuchteten weiße Villen. Am Strand waren ein paar Spaziergänger mit ihren Hunden zu erkennen.

Blankenese. Da unten, in Hamburgs idyllischem Elbvorort, hatte damals Trixi gewohnt, in einer kleinen Dachgeschoßwohnung mit Elbblick. Trixi, seine romantische, unbeschwerte, schnell vergängliche große Liebe während der Zeit, als er für den CIA in Hamburg stationiert gewesen war. Bis vor ein paar Jahren hatten sie noch Weihnachts- und Geburtstagskarten ausgetauscht. Zuletzt war eine vornehme Vermählungsanzeige gekommen. Sie hatte einen der reichsten Immobilienmakler der Stadt geheiratet, dem zu seiner Privatsammlung von edlen Sportwagen und Pferden noch eine kapriziöse Frau gefehlt hatte. Dillon nahm sich vor, Trixi anzurufen, falls er Zeit dazu finden sollte. Vielleicht konnte sie ihm sogar helfen, denn es war möglich, daß sie diese Ines van Holten kannte, die sicherlich auch zu der überschaubaren Hamburger Schickeria gehörte.

Ob diese attraktive Rothaarige mit dem lasziven Blick eine kommunistische Agentin war? Vielleicht sogar die Führungsoffizierin von Peter Rosenblatt?

Dillon betrachtete noch einmal ihr Foto auf dem Titelbild des TV-Magazins, bevor er es sorgfältig in sein Handköfferchen aus Aluminium legte, in dem – für Laien unsichtbar – Kleinstkamera, Tonbandgerät und Mikrophon eingebaut waren, und dazu eine kleinkalibrige, aber wirkungsvolle Waffe, die durch einen am Handgriff verborgenen Knopf abzufeuern war. Sie bestand überwiegend aus einem Spezialkunststoff, den die Kontrollgeräte an den Flughäfen nicht erkennen konnten.

Die Maschine aus London landete mit einer Stunde Verspätung in Hamburg.

Die beiden Herren am Ausgang im Tiefgeschoß des verwinkelten Flughafengebäudes traten unruhig auf der Stelle. Als die Passagiere endlich die Gepäckkontrolle passierten, hielt einer der beiden betont unauffällig in Brusthöhe ein kleines Schild vor seinen dunkelblauen Trenchcoat: »Mr. Dilon from San Francisco please« stand darauf, was Henrik C. Dillon für eine etwas ungewöhnliche geheimdienstliche Kontaktaufnahme hielt, abgesehen davon, daß sein Name falsch geschrieben war.

Die Herren stellten sich als Dr. Ricardo Evans vom Hamburger US-Generalkonsulat und Patrick O'Hara von der Botschaft in Bonn vor – beides seit Jahren in der Bundesrepublik stationierte CIA-Leute, wie Dillon von Donald Ingham wußte. Der pockennarbige, mexikanisch aussehende Evans war der »CoS« in Hamburg, der »Chief of Station«. Die beiden begrüßten ihn herzlich und mit spürbarem Respekt.

Evans steuerte seinen Ford Mercury vom Flughafen in Richtung Stadtmitte.

Der Wagen hielt vor einem modernen Apartmenthaus in der Blumenstraße, einer feinen Wohnstraße mit zumeist geschmackvoll renovierten Jugendstilvillen nahe der Außenalster.

Die konspirative Wohnung des CIA lag im obersten Stockwerk und war wie die anderen Wohnungen und Büros des Hauses mit einer wirksamen Alarmanlage gesichert, von der äußerlich nur ein kleiner roter Leuchtpunkt zu sehen war. »GBS International« stand an der Tür – »General Business Service«.

Das CIA-Apartment glich einer großzügigen Hotelsuite: Bad, Kitchenette, großer Wohn-Arbeitsraum, Designermöbel aus Chrom und weißem Lack, beigefarbene Ledersessel, ein grauer, schallschluckender Auslegeteppich, ein kleinerer Schlafraum mit weißen Schrankwänden.

»Das Apartment steht zu Ihrer Verfügung, Sir, solange Sie es brauchen«, sagte Evans.

»Sehr schön«, sagte Dillon. »Wo sind die technischen Einrichtungen?«

Evans zeigte ihm die verborgenen Mikrophone und Kameras, auch die im Badezimmer. Die könne er natürlich abschalten, wenn er das Apartment privat nutzte. Evans grinste vertraulich.

Hinter der Schrankwand im Schlafzimmer führte eine verborgene Tür in ein kleineres Einraum-Apartment, das vom Treppenhaus aus einen separaten Eingang hatte. Hier standen die Videorecorder, Monitore und Tonbandgeräte zur Überwachung des großen Apartments.

»Für spezielle Vernehmungen«, sagte Evans und klappte einen mittelgroßen Aluminiumkoffer auf, »haben wir auch diesen tragbaren Lügendetektor.«

Man wolle ihn nach der anstrengenden Reise erst einmal allein lassen, aber selbstverständlich werde man ihm helfen, wo und wie man nur könne, sagte der CIA-Resident, nachdem er die kleine Führung beendet hatte. Er gab Dillon einen Schlüssel für Haus und Wohnung und einen mit einem BMW-Emblem.

»Der Wagen steht in der Tiefgarage auf Platz acht«

»Sehr schön«, sagte Dillon noch einmal und bat Evans um einen kurzen Lagebericht.

Der sagte, es gebe leider nichts Neues. Rosenblatt sei vor genau – er blickte auf seine Uhr – vor genau 27 Stunden nachts in einer kleinen Stadt namens Stade gesehen worden, etwa 60 Kilometer von Hamburg entfernt, in Richtung Cuxhaven.

»Seither ist er wieder untergetaucht.«

Evans breitete eine Karte von Norddeutschland auf den Schreibtisch, auf der alle Orte markiert waren, die bisher eine Rolle gespielt hatten. Er legte eine Liste mit Namen, Adressen und Telefonnummern dazu. Dillon entdeckte darauf den Namen Ines van Holten ebenso wie die Adresse des Apothekers, der den offenbar verletzten Rosenblatt nachts verarztet hatte.

Dillon erkundigte sich nach dem deutschen Kriminalkommissar Manfred Lohmer aus Cuxhaven, der mit den Ermittlungen begonnen hatte. Er brauche dringend einen ortskundigen deutschen Helfer.

»Dieser Lohmer wäre vermutlich richtig«, sagte Evans, »der hat, wie Sie vermutlich wissen, das leere Boot entdeckt, das Rosenblatt gechartert hat, ganz in der Nähe seines eigenen Hauses übrigens, am Ufer des Flusses Oste, der von Westen her in die Elbe mündet. Hier genau ist die Fundstelle!«

Er zeigte auf ein Kreuz auf der Karte.

»Lohmer ist offenbar ein sehr guter und ehrgeiziger Mann, aber leider ist er nicht gut auf uns Amerikaner zu sprechen, seit wir ihm den Fall weggenommen haben.«

Dillon strich Lohmers Telefonnummern auf der Liste an.

Als Evans und O'Hara gegangen waren, duschte er heiß und kalt, zog sich frische Sachen über und telefonierte fast eine Stunde lang.

Seine frühere Freundin Trixi war vor Freude außer sich, als sie seine Stimme hörte und erfuhr, daß er wieder in Hamburg sei.

In der Redaktion des privaten Fernsehsenders RTA erfuhr er, daß Ines van Holten erst am frühen Abend zur Vorbereitung ihrer Talkshow erwartet werde. Allerdings wollte sie dann erfahrungsgemäß nicht gestört werden.

In der Polizeistation Cuxhaven teilte ihm ein gewisser Polizeirat Kohlschmidt sehr devot und bedauernd mit, sein Kollege Lohmer habe bedauerlicherweise zwei freie Tage genommen, aber soviel er wisse, sei er wohl zu Hause zu erreichen.

Lohmer war am Telefon kurz angebunden, als Dillon sagte, er

sei gerade aus den USA gekommen und rufe wegen der Sache Rosenblatt an, und fragte, ob er Zeit für ein Gespräch darüber habe. Nein, leider nicht, sagte Lohmer, er müsse Wichtiges an seinem Haus erledigen, und außerdem wolle er an seinem freien Tag endlich mal wieder Tennis spielen, bei dem schönen Herbstwetter vielleicht zum letzten Mal in dieser Saison im Freien.

»Okay«, sagte Dillon spontan, »ich nehme die Herausforderung an! Wie lange brauche ich mit dem Wagen bis zu Ihnen?« Lohmer war so verblüfft, daß er dem Amerikaner den Weg und einige Abkürzungen erklärte. Er werde gegen drei Uhr nachmittags da sein, sagte Dillon und legte auf.

Er kaufte in einem Sportgeschäft Tennisschuhe und -kleidung sowie einen der neuen Schläger und ließ sich eine Quittung für die Spesenabrechnung geben. Dann fuhr er, wie es ihm Lohmer erklärt hatte, mit dem blauen BMW 525i durch den Elbtunnel und über die Bundesstraße 73 den Wegweisern in Richtung Cuxhaven nach. Bei der Ortschaft Hemmor bog er auf die Kreisstraße ab und erkundigte sich an einer Tankstelle nach der Straße »Am Ostestrich«. Er fand das von Lohmer beschriebene Haus »mit Strohdach, rotem Backstein und grünen Fensterläden« nach einigem Suchen. Auf dem Dach hockte ein Mann auf einer kurzen Leiter und stopfte geschnittenes Reet in ein paar Löcher, die offenbar die Vögel verursacht hatten.

»Ist dies das Haus von Kriminalkommisar Manfred Lohmer«, fragte Dillon den Dachdecker.

»Das ist es«, sagte der Mann und kletterte vom Dach herunter.

»Ich bin Lohmer, und Sie sind vermutlich der Landsmann von John McEnroe?«

»Woran erkennt die deutsche Kriminalpolizei das?« fragte Dillon und bemühte sich um ein besonders einnehmendes Lächeln.

»Naja, mit Andre Agassi haben Sie jedenfalls noch weniger Ähnlichkeit«, sagte Lohmer und reichte ihm die Hand.

Er fand den Amerikaner auf Anhieb sympathisch, viel sympathischer jedenfalls als die beiden smarten CIA-Typen, die er in

Kohlschmidts Büro kennengelernt hatte. Und dieser Eindruck verstärkte sich auf dem idyllisch unter hohen Eichen gelegenen Tennisplatz des Dorfclubs.

»Wir Amerikaner spielen immer um irgend etwas, sonst macht es keinen Spaß«, sagte Dillon, nachdem sie beim Einschlagen festgestellt hatten, daß sie etwa gleich stark zu sein schienen.

»Gut«, sagte Lohmer, »machen Sie einen Vorschlag.«

»Wir spielen zwei Sätze. Wenn ich verliere, bekommen Sie meinen nagelneuen Schläger. Wenn Sie verlieren, dann vergessen Sie Ihren Ärger über meine Kollegen und über uns Amerikaner und helfen mir im Fall Rosenblatt... Einverstanden?«

Lohmer verbarg seine Verblüffung. Dann schüttelte er Dillons ausgestreckte Hand.

Sie spielten allein auf der kleinen Tennisanlage. Der Amerikaner war fast zwanzig Jahre älter als Lohmer und hatte gerade einen anstrengenden Flug hinter sich, aber er machte seine mangelnde Schnelligkeit durch ausgezeichnetes Stellungsspiel wett. Seine überrissene Vorhand war nicht hart, aber sehr präzise. Lohmer mußte viel laufen. Und Dillons anfangs noch unsicherer Aufschlag wurde immer besser. Es wurde ein spannendes, faires Spiel, daß beiden Spaß machte. Dillon gewann den ersten Satz ganz knapp mit 7:6 im Tie-Break. Im zweiten Satz führte Lohmer bereits 4:2 und dachte schon, daß der Amerikaner einen dritten Satz konditionell kaum durchhalten würde, doch der überwand seine Schwächephase, spielte den angreifenden Lohmer mit überraschenden Stops und sicheren Passierschlägen immer wieder aus und hatte beim Stand von 5:4 und 40:15 zwei Matchbälle. Den ersten schlug er ins Netz. Der zweite, eine unterschnittene Rückhand, landete mit klatschendem Geräusch genau auf der Seitenlinie. Bei dem Versuch, den flach und schnell abspringenden Ball doch noch mit einem langen Schritt zu erreichen, stolperte Lohmer, stürzte und blieb auf dem roten Sandboden liegen. Dillon lief um den Netzpfosten herum und half ihm wieder hoch.

»Glückwunsch«, sagte der Deutsche und klopfte sich den Sand von Hemd und Hose, »Sie haben sehr gut gespielt.«

»Danke«, sagte der Amerikaner, »dann sind wir jetzt also Partner, Mister Lohmer. Gemeinsam werden wir Rosenblatt finden.«

Beim Essen in einem kleinen Ausflugslokal sagte Dillon, das US-Generalkonsulat in Hamburg werde Lohmers vorgesetzte Dienststellen offiziell um seine Mitarbeit bitten, falls das nötig sei, um Amtshilfe sozusagen. Das wäre nützlich, sagte der Deutsche.

»Als Vertrauensvorschuß«, wie Dillon grinsend sagte, gab er Lohmer Adresse und Telefonnummer der CIA-Tarnwohnung in der Blumenstraße.

Er wolle möglichst schnell Kontakt zu dieser Ines van Holten aufnehmen, sagte Dillon. Noch heute! Lohmer sagte, er könne das sicher arrangieren. Und er erzählte von seinem ersten Treffen mit der Fernsehmoderatorin, auch davon, daß sie gerade in Scheidung lebe und deshalb Wert darauf lege, daß ihr Verhältnis zu Rosenblatt nicht bekannt werde. Eine gute Möglichkeit, um sie ein wenig unter Druck zu setzen, dachte Dillon.

Es war ein gewisser Nervenkitzel, auch professionelle Neugierde, was die Fernsehjournalistin veranlaßte, sich auf die merkwürdige Einladung einzulassen: Wir können Sie nicht zwingen, hatte dieser Provinz-Kommissar Lohmer einigermaßen charmant am Telefon gesagt, aber ein Kollege vom amerikanischen Geheimdienst und ich würden uns freuen, wenn Sie Zeit zu einem ausführlichen Gespräch hätten. Es haben sich neue, vielleicht auch für Sie interessante Gesichtspunkte im Fall Rosenblatt ergeben.

Ein paar Minuten nach 19 Uhr stand sie vor dem angegebenen Haus in der Blumenstraße und drückte den Klingelknopf neben dem Schild »GBS International«. Lohmer und Dillon begrüßten sie freundlich, beinahe galant. Sie war überrascht über die geschmackvoll eingerichtete Wohnung. Jedenfalls machte der Amerikaner, dieser Dillon, kein Geheimnis daraus, daß dieses Apartment das war, was sie vermutet hatte, eine konspirative Wohnung des amerikanischen Geheimdienstes. Er holte eine Flasche Wein und Mineralwasser aus dem Barschrank im Bücherregal. Der CIA-Mann und der deutsche Kommissar prosteten ihr zu.

Sie war eine jener Persönlichkeiten, die das Klima in einem Raum veränderten, wenn sie durch die Tür traten, dachte Dillon. Und das Verhalten der anderen Menschen. Sie war kleiner, als sie ihm auf den Fotos erschienen war, knapp 1,70 Meter, schätzte er, sie versuchte, durch extrem hohe Pumps ein wenig größer zu erscheinen. Sie trug hautenge schwarze Hosen, die zwischen Knöcheln und Waden endeten und einen weiten, sehr bunten Pullover aus Rohseide, kaum Schmuck, nur eine flache, vermutlich sehr teure Herrenarmbanduhr. Sie war kaum geschminkt und hatte ihre roten Haare so hochgebunden, daß sie wie eine Fontäne herunterfielen. Lohmer roch wieder das erotisierende Parfüm, das ihm schon bei ihrer ersten Begegnung in die Nase gestiegen war. Sie schien angespannt, aber sehr kontrolliert.

»Ich freue mich sehr, Sie sozusagen live zu sehen, Mrs. van Holten...« sagte Dillon, nachdem er entschieden hatte, ihr doch keinen Handkuß zu geben.

»Sie sind also Mister Dillon«, unterbrach sie ihn, als moderiere sie ihre Talkshow und wolle einen Gast vorstellen. Dabei musterten ihre graugrünen Augen ihn mit fast zoologischem Interesse.

»Sie waren Agent des mehr berüchtigten als berühmten CIA und Sie sind nun im Sonderauftrag des Sicherheitsberaters von Präsident Bush hier. Richtig...?«

Dillon war verblüfft und er ärgerte sich, daß sie das merkte.

»Sie sind erstaunlich gut informiert, Mrs. van Holten, wirklich erstaunlich.«

»Machen Sie sich keine Sorgen, Mister Dillon, ich habe nur gute journalistische Kontakte nach Bonn und nach Washington, und nachdem Kommissar Lohmer mich zu diesem Gespräch gebeten hat, habe ich ein bißchen in der Welt herumtelefoniert. Ich mußte doch sichergehen, daß ich nicht in die Hände von Gangstern oder Hochstaplern falle, nicht wahr?«

Dillon fragte sich, wer zum Teufel in Washington oder Bonn so herumschwätzte, und es fielen ihm auf Anhieb mindestens ein

Dutzend Leute aus den Pressestäben des Weißen Hauses und der Botschaft ein, die sich einer attraktiven, intelligenten Frau gegenüber mit ein paar Insidertips wichtig machen wollten.

»Wie gesagt ich freue mich, Sie zu sehen«, nahm Dillon seinen verlorengegangenen Gesprächsfaden wieder auf, »es sind nämlich noch nicht einmal 48 Stunden vergangen, seit ich sehr eindrucksvolle Fotos von Ihnen in einem deutschen Magazin gesehen habe – das in einem Panzerschrank in dem geheimsten amerikanischen Atomwaffenlabor in Kalifornien gelegen hat.«

Sie lächelte professionell, um ihre Verblüffung zu verbergen, und erkundigte sich nach seinem vorzüglichen, ein wenig altmodisch geschliffenen Deutsch. Er erzählte, daß er fast zehn Jahre lang in Deutschland gewesen sei, für die Firma, die sie bereits genannt habe. Und er lächelte noch immer ein wenig mühsam, als er ihr sehr offen seine bisherigen Ermittlungen über Peter Rosenblatt schilderte und ansatzlos sagte: »Nach alledem werden Sie verstehen, daß wir Peter Rosenblatt für einen potentiellen oder für einen tatsächlichen Verräter halten müssen, der ein nicht hoch genug einzuschätzendes Sicherheitsrisiko für die Vereinigten Staaten bedeutet – nicht nur für die Rüstungs- und Militärtechnik, sondern auch für die amerikanische Politik.« Er sage ihr dies sehr offen, weil er ihr klarmachen möchte, wie wichtig der Fall sei. «Entweder ist Ihr Freund Rosenblatt ein fehlgeleiteter Idealist und Pazifist oder ein langfristig auf die amerikanische Rüstungswissenschaft angesetzter Agent eines kommunistischen Staates...«

Dillon machte eine Pause, stand auf und blickte aus dem großen Fenster auf die Fassaden der Jugendstilhäuser auf der anderen Straßenseite.

»Sie werden es mir, wenn Sie meine berufliche Aufgabe berücksichtigen, nicht übelnehmen, Mrs. van Holten, wenn ich nach alledem auch bei Ihnen das Schlimmste in Betracht ziehen muß...«

Lohmer wunderte sich über die geschwollene Sprache seines amerikanischen Partners. Sie schien ihm eine gewisse Unsicherheit zu verraten.

Auch Ines van Holten sah ihn erstaunt an, während sie einige nicht vorhandene Fussel von ihrer Hose wischte. Dillon fuhr im gleichen Ton fort: »... und Sie werden es mir nachsehen, daß ich es für nicht völlig ausgeschlossen halte, daß Sie nicht nur eine offenbar exzellente Fernsehjournalistin, sondern auch eine Berufskollegin von mir sind. Eine Agentin des KGB oder des ostdeutschen Ministeriums für Staatssicherheit! Möglicherweise sogar die Führungsoffizierin des Spiones Peter Rosenblatt!?«

Sie lachte. Und Lohmer konnte nicht einschätzen, ob dieses Lachen echt oder aufgesetzt war. Plötzlich stand sie auf und machte einen Schritt in Richtung Tür. »Es scheint mir, als wäre ich hier in einen dieser realitätsfremden amerikanischen Agentenfilme geraten, Mister Dillon. Aber Sie haben sich die falsche Besetzung ausgesucht. Ich passe nicht in Ihr Drehbuch!« Sie war schon in dem kleinen Flur.

Dillon blieb in der Mitte des Raumes stehen. Er hob seine Stimme nur leicht.

»Ich kann mir auch vorstellen, daß Sie ein Interesse daran haben, Mrs. van Holten, einen jedenfalls für mich naheliegenden Verdacht bereits im Keim zu ersticken, bevor er irgendwie an die Öffentlichkeit gelangen könnte, denn...«, Dillon grinste jetzt süffisant, »... das können Sie doch noch besser beurteilen als ich, was das für ein gefundenes Fressen für die Skandalblätter wäre: Fernsehstar Ines van Holten unter Spionageverdacht!«

Er sah sie mit zusammengekniffenen Augen an wie ein Jäger seine Beute. »... mal ganz davon abgesehen, daß Sie, wegen Ihrer bevorstehenden Scheidung, Ihr Verhältnis zu Rosenblatt, nun ...äh... diskret behandelt wissen wollen, wie ich höre.«

Die Fernsehmoderatorin drehte sich vollends um. Ihre Augen waren geweitet. Ihre Stimme klang kalt wie bei ihrer Talkshow, wenn sie jemanden, den sie nicht leiden konnte, ins Kreuzverhör nahm.

»Sie sind auf Ihre feine Art ein Gangster, Mister Dillon! Sie haben mich in eine Falle gelockt! Es war ein Fehler, hier herzukommen!« Sie sah auch Lohmer wütend an, der schweigend zugehört hatte.

»Ich hätte wissen müssen, mit welchen dreckigen Tricks die

CIA arbeitet... Ich nehme an, daß in diesem Raum alles aufgenommen wird, was ich sage oder tue.«

»Selbstverständlich«, sagte Dillon kühl. »Es ist immer gut, wenn man es mit Profis zu tun hat, die wissen, wie international gearbeitet wird...«

Lohmer fragte sich, wie lange der Amerikaner noch diesen Plauderton mit der beißenden Ironie durchhalten würde, und das Lächeln, das zwischen seinen Augen und seinem Mund hin- und herwechselte.

»Eigentlich dachte ich, Sie wollen sich mit mir über Peter Rosenblatt unterhalten«, sagte Ines van Holten wieder ein wenig ruhiger. »Darauf war ich gespannt, denn er ist in letzter Zeit für mich genauso zu einem Rätsel geworden wie für Sie und an der Lösung dieses Rätsels habe ich natürlich ein Interesse.«

»Genau, das ist noch immer meine Absicht«, sagte Dillon, nun ebenfalls versöhnlicher, »dieses Vorwort hatte nur den Sinn, Ihnen die Bedeutung unserer bevorstehenden Unterhaltung klarzumachen und Sie um Ihr Einverständnis zu einem in Deutschland etwas ungewöhnlichen Gesprächsverfahren zu bitten, daß wir bei unserer Arbeit in den USA schätzen gelernt haben.«

»Sie reden in Rätseln, Mister CIA.«

»Wären Sie, auch in Ihrem eigenen Interesse, damit einverstanden, Mrs. van Holten, wenn wir Sie während der Befragung an einen Polygraphen anschließen, um Ihre Aussagen später besser einschätzen zu können...«

»An einen was?«

»An einen Lügendetektor«, sagte Lohmer, als müsse er dolmetschen.

Ohne ihre Antwort abzuwarten, ging Dillon ins Nachbarapartment hinüber und holte O'Hara, der mit dem in einem Aluminiumkoffer eingebauten Gerät auf seinen Auftritt gewartet hatte. Er war Spezialist für besondere Vernehmungstechniken. Er hatte in den letzten Jahren über zwei Dutzend Überläufer und Verräter, nicht besonders glaubwürdige Zeitgenossen also, mit dem Lügendetektor vernommen. O'Hara erklärte Ines van Holten die Funktion des Gerätes und sagte, vor den Gerichten auch in den USA sei der Polygraph als Beweismittel noch immer umstritten, aber FBI und CIA hätten damit gute Erfahrungen gemacht, oft, sehr oft seien auch Verdächtige damit entlastet worden.

»Ich bin also verdächtig?«

»Wie vorhin schon gesagt, gewissermaßen nicht ganz unverdächtig.« Dillon lächelte wieder charmant.

»Ich bin einverstanden. Weil ich von Natur aus und von Berufs wegen neugierig bin«, sagte die Journalistin nach einer Weile und zog ein kleines Kassettengerät aus ihrer Handtasche, »aber unter der Voraussetzung, daß ich mein eigenes Tonbandgerät weiterhin mitlaufen lassen kann. Und vor allem: daß ich eine Abschrift dieses Gespräches und auch die Auswertung des Lügendetektors bekomme.«

Dillon versprach es.

»Sie müssen das Protokoll ohnehin unterzeichnen.«

»Dann schließen Sie das Ding an.«

Der amerikanische Spezialagent und der deutsche Kommissar atmeten erleichtert auf.

O'Hara klappte eifrig den Koffer mit dem Polygraphen der US-Firma Lafayette, Modell 76058, auf und erklärte nüchtern wie ein Arzt, der eine Operationstechnik erläutert, damit würden auf vier Kanälen vier Parameter gemessen: die Atmung, der elektrische Widerstand der Haut, der Blutdruck und der Puls. Diese vier Körperfunktionen würden während der gesamten Gesprächsdauer auf einem Lochstreifen als sogenanntes Polygramm registriert und später parallel zu der Tonbandaufnahme ausgewertet. Um als Vergleichswerte ihre normalen Reaktionen zu haben, müßte vorher ein Gespräch geführt werden, das mit dem eigentlichen Thema nichts zu tun habe, aber auch dabei müßten einige kritische und intime Fragen sein, um ihre Emotionskurve aufzeichnen zu können. Auch dabei werde er ein Tonbandgerät laufen lassen. Mit einem solchen Lügendetektor könne selbstverständlich nicht jede Unwahrheit bei der Aussage erkannt werden, jedoch sei der Gesamteindruck sehr hilfreich für ihre Bewertung. Was O'Hara und Dillon lieber für sich behielten, war, daß der psychologische Effekt eines Polygraphen weitaus wichtiger ist als der tatsächliche Beweiswert. Denn an einen Lügendetektor angeschlossene Menschen zwingen sich gewöhnlich mehr als bei einer normalen Vernehmung dazu, die Wahrheit zu sagen – aus Angst, das Gerät könne sie möglicherweise doch bei einer Unwahrheit ertappen.

Der Fernsehjournalistin war dieser Effekt sofort klar. Sie nahm sich vor, bei einer ihrer nächsten Sendungen als aufsehenerregenden Gag einen ihr besonders unliebsamen Politiker vor laufenden Kameras an einen solchen Lügendetektor anzuschließen und die Beurteilung seiner Ehrlichkeit oder Unehrlichkeit am Ende der Talkshow von einem Spezialisten verkünden zu lassen.

O'Hara machte sich an die Arbeit. Er schloß ein Dutzend Saugnäpfe an ihrem Körper an, von denen dünne Kabel zum Polygraphen führten. Ines van Holten kam es vor, als werde ein EKG beim Internisten gemacht. O'Hara bestritt auch nach seinem vorgegebenen Muster das Vorgespräch. Er fragte nach ihren ersten Kindheitserinnerungen, nach Elternhaus, Schulzeit und erster Liebe, ob sie häufiger lüge, wenn ja, ob sie ein schlechtes Gewissen dabei habe, ob sie schon einmal gestohlen habe, ob sie nach eigener Einschätzung außergewöhnlich ehrgeizig sei, seit wann sie ihren Mann betrüge und – um die Befragte besonders zu provozieren und den Ausschlag auf dem Polygramm zu beobachten – nach ihren bevorzugten sexuellen Praktiken.

Ines van Holten antwortete gleichbleibend gelassen. Zur letzten Frage – die beiden männlichen Zuhörer hatten instinktiv aufgehorcht – erklärte sie kühl, das gehe sie überhaupt nichts an und habe nicht das geringste mit dieser Sache zu tun. Auf dem Lochstreifen verstärkten sich die Ausschläge nur leicht – Zeichen einer zwar spürbaren, aber unerheblichen Emotion. Das zeigte den Experten später, daß die Testperson entweder über eine besonders ausgeglichene Gemütsverfassung verfügte oder daß sie es gewohnt war, ihre Gefühle zu kontrollieren. Lohmer knabberte beim Zuhören Salzstangen und nippte an einem Sodawasser. Dillon blätterte in seinen Notizen und in dem in Washington zusammengestellten Rosenblatt-Dossier und trank starken schwarzen Kaffee gegen seine Müdigkeit. Immerhin hatte er drei Tage mit wenig Schlaf hinter sich. Er spürte den anstrengenden Flug und die zehn Stunden Zeitunterschied in den Knochen.

O'Haras Testgespräch dauerte kaum eine halbe Stunde. Dann übernahm Dillon die eigentliche Vernehmung. Er bat Ines van Holten, sich möglichst genau zu erinnern. Besonders interessant sei alles, was die Psyche, die innere Verfassung Rosenblatts erklären könne. Die Fernsehmoderatorin erzählte präzise, anschaulich, manchmal stimmungsvoll, als plaudere sie mit Freunden am Kamin. Nur einmal ärgerte sie sich über sich selbst. Auf die Feststellung »Es gibt Indizien, daß Sie sich entgegen ihren bisherigen Aussagen auch nach Rosenblatts scheinbar spurlosem Verschwinden von dem Boot auf dem Fluß noch mit ihm getroffen haben« zögerte sie einige Sekunden lang. Sie mußte zweimal schlucken, weil ihr Mund plötzlich trocken geworden war – sie sah sich und Rosenblatt wie in einer bläulichen Blitzaufnahme nackt im Spiegel über ihrem französischen Bett in ihrem Schlafzimmer. Sie hatten sich stürmisch geliebt. Und nachher fragte er, ob sie ihm ihren Wagen leihen könnte. Sie gab ihm die Schlüssel für ihr Saab Cabriolet. Er hatte sich angezogen und war sofort gegangen. Er war, so erschien es ihr in der Erinnerung, vor ihren Fragen geflüchtet. »Ich melde mich wieder. Ich bin in zwei Tagen wieder da«, hatte er gesagt. Das war gestern gewesen. Sie dachte jetzt: Hoffentlich wird mein Haus nicht überwacht, hoffentlich fragen sie nicht nach meinem Wagen...!

Der Polygraph registrierte an dieser Stelle »verstärkte Hautsekretion und leichte Erhöhung der Pulsfrequenz« – doch es hätte auch Zorn über die unterstellte Lüge sein können. Ines van Holten antwortete mit betont ruhiger Stimme auf das Tonband. »Nein, ich habe ihn nicht gesehen, aber wenn Sie mir sowieso nicht glauben wollen, dann können wir dieses Spiel auch abbrechen...« Die Interviewer beschwichtigten sie.

Morgens gegen zwei Uhr war die Vernehmung endlich beendet. Alle waren hundemüde.

Gegen Mittag klingelte ein Kurier des US-Generalkonsulats an einer Wohnung mit den Initialen I. v. H. in der Isestraße. Ines van

Holten quittierte, noch im Morgenmantel, den Empfang des Päckchens mit der Tonband-Abschrift des Vernehmungsprotokolls. Mehrere Stenotypistinnen hatten offenbar während der Nacht daran gearbeitet. Sie suchte nach einer Zigarette und nach einem Feuerzeug, fand beides im Bad und begann zu lesen, erst die letzten Seiten, und dann von Anfang an.

Der Gesamteindruck war, so hatten die Analytiker des CIA in ihrem Kommentar vermerkt, daß »die befragte Person im Laufe ihrer Erzählung zunehmend erleichtert schien, als ob sie sich etwas vom Herzen reden könnte«. Sie bewerteten das Polygramm als »insgesamt positiv«: die befragte Person habe überwiegend die Wahrheit gesagt – nur an einer, allerdings an einer besonders gravierenden Stelle, habe sie zweifelsfrei gelogen.

Ines van Holten markierte einige Passagen des Protokolls mit gelbem Leuchtstift. Das Protokoll trug die Überschrift: »In der Sache Peter Rosenblatt – Vernehmung der Ines van Holten am 6. und 7. Oktober 1989 in Hamburg durch den Sonderbeauftragten des Sicherheitsberaters Henrik C. Dillon unter Anwesenheit von Patrick O'Hara, CIA Bonn, und des deutschen Kriminalbeamten Manfred Lohmer.«

Es war in drei Abschnitte unterteilt:

A. »Vorgeschichte der Beziehung der Ines van Holten zu Peter Rosenblatt«

B. »Ereignisse nach Rosenblatts Ankunft in der Bundesrepublik Deutschland«

C. »Aussage zu Rosenblatts Verschwinden und Hinweise auf seine Motive«

Die Abschrift war 72 Seiten lang. Am Rand waren die Ziffern des Tonbandzählwerkes angegeben, hin und wieder auch Anmerkungen zu den Reaktionen des Lügendetektors. Dillon hatte ihm besonders aufschlußreiche Passagen angestrichen.

»...muß ich etwa 19 Jahre alt gewesen sein, als ich Peter Rosenblatt zum ersten Mal gesehen habe. Das war Mitte der siebziger Jahre bei einer Wochenendparty unserer Schüler- und Studentenclique in der Nähe von Bremen: in einem alten Fachwerk-Anwesen in dem bekannten Künstlerdorf Worpswede. Wir waren etwa zwanzig bis dreißig junge Leute, darunter auch ein paar amerikanische Austauschschüler, die ein Jahr lang ein Bremer Gymnasium besuchten und bei den Familien von deutschen Mitschülern lebten. Einer von ihnen war ein schmächtiger und – anders als die anderen Amerikaner – auffallend schüchterner Junge namens Peter Rosenblatt, ein Freund von Werner Westhoff, dem Sohn des bekannten norddeutschen Bauunternehmers. Rosenblatt fiel mir auf, weil er selten lachte, nie tanzte und weil er einer der wenigen war, die damals bei mir keinen Annäherungsversuch gemacht haben. Ich erkundigte mich bei Westhoff nach ihm, denn irgendwie war er mir sympathisch, dabei sah er nicht besonders gut aus oder so.

Westhoff erzählte mir unter anderem, daß dieser schüchterne Rosenblatt der Sohn jüdischer Eltern sei, die vor den Nazis aus Deutschland geflüchtet seien. Das machte mich noch neugieriger, weil wir damals in unserer Abiturklasse an einem Projekt arbeiteten, das »Unsere Heimat während der Zeit des Nationalsozialismus« oder so ähnlich hieß. Dazu gehörte es, daß wir unsere Vergangenheit vor unserer eigenen Tür erforschten. Wir gingen in die Zeitungsarchive, sprachen mit alten Leuten, mit ein paar überlebenden Juden und versuchten auch, alte Nazis zur Rede zu stellen. Dabei wurden wir oft beschimpft und rausgeschmissen. Es war eine spannende Arbeit, die mich zugleich fasziniert und natürlich sehr mitgenommen hat. Ich habe damals in unserer Schülerzeitung darüber geschrieben. Kurzum: das war mein Anlaß, um mit diesem jungen Rosenblatt ins Gespräch zu kommen. Er war zuerst sehr zugeknöpft und scheu und sagte, er müsse sich das überlegen, ob er über die Geschichte seiner Familie reden wolle. Als wir uns dann ein paarmal gesehen und miteinander geredet hatten, sagte er in seinem sehr guten Deutsch: »Okay, ich will mit dir darüber reden.« Ich weiß noch, daß das an einem dieser für mich unvergeßlichen Abende im Barkenhof in Worpswede gewesen ist. Sie als Amerikaner werden das nicht wissen, aber vielleicht Kommissar Lohmer: der Barkenhof ist ein heute wieder ziemlich bekanntes Bauwerk, in dem um die Jahrhundertwerke der Jugendstilkünstler Heinrich Vogeler gelebt hat, zeitweise auch der Dichter Rainer Maria Rilke und viele andere berühmte Künstler. Später war es Sitz einer Kommune und dann ein Heim für Arbeiterwaisenkinder. Bis zu seiner Renovierung war das Anwesen vergessen und ziemlich heruntergekommen. Wir schlichen uns dort hinein, feierten Partys und veranstalteten kleine private Jazzkonzerte. Das Haus, der Park und die Stimmung – alles war romantisch und unvergeßlich. Und die Gespräche mit Peter Rosenblatt. An einem dieser Abende, als unten in der kleinen Halle Jazz gespielt wurde, saßen wir beide unter dem Dach in einer Kammer. Eine Kerze brannte. Peter erzählte mir vom Schicksal seiner Familie. Ich sah dabei sein Gesicht im flackernden Licht: es wirkte versteinert, wie eine Maske, die reden konnte. Ich kann mich noch an das meiste erinnern: Sein Großvater hieß Isaak und war Viehhändler, der den Bauern zwischen Elbe und Weser Schlachtvieh für den Hamburger Markt abgekauft hatte und ein reicher Mann geworden war. Sein Vater hatte eine Buchhandlung in Hamburg. Seine Mutter war die Tochter eines Arztes und einer Bildhauerin. Ihre Plastiken im Stil von Käthe Kollwitz galten während der Nazizeit als »entartete Kunst«. Kurz nach der Reichskristallnacht gelang Peters gesamter Familie die Flucht aus Deutschland. Sie gingen in Bremerhaven an Bord eines Überseedampfers und kamen bis Hongkong oder Shanghai. Dort überlebten sie den Krieg. Anfang der fünfziger Jahre kamen die Rosenblatts zurück nach Deutschland. Peters Großeltern starben bald darauf. Das Geschäft seiner Eltern war inzwischen natürlich in deutsche Hände übergegangen. Die Rosenblatts bekamen eine geringe Entschädigung und zogen zu Verwandten nach Berlin, die ebenfalls vor den Nazis geflüchtet und ebenfalls zurückgekommen waren. Peter wurde in Hamburg geboren, ging in Berlin zur Schule und wuchs dort auf...«

Frage: »In West- oder Ostberlin?«

»Ach ja?! – Das scheint wohl jetzt wichtig zu sein...? Es war in Ostberlin! Seine Eltern seien aus politischer Überzeugung in den neuen sozialistischen und antifaschistischen Staat gegangen, wie übrigens viele vertriebene Juden und Intellektuelle. Denn sein Vater, so hatte Peter mir damals im Barkenhof erzählt, sei während der Kriegszeit ein überzeugter Kommunist geworden – wie ein halbes Jahrhundert zuvor der Künstler Heinrich Vogeler. Jedenfalls ist Peter in Ostberlin zur Schule gegangen, bis zu seinem achtzehnten Lebensjahr, glaube ich. Dann wanderten seine Eltern in die USA aus...«

Frage: »Vom kommunistischen Teil Deutschlands in die USA ausgewandert? Das muß sehr schwierig gewesen sein? Hat er erzählt, wie das damals möglich gewesen ist?«

»Ja. Seine Mutter war erkrankt, an Krebs, ich glaube an Knochenmarkkrebs. Sie konnte nur in einer Spezialklinik in den USA operiert werden, und die Rosenblatts hatten wohlhabende oder sogar reiche Verwandte in New York, die die teure Operation bezahlen wollten; deshalb, also aus humanitären Gründen, sei die Auswanderung von den Behörden der DDR gestattet worden, hat Peter gesagt.«

Frage: »Wissen Sie, ob seine Eltern oder ob jemand dem Staat, also der DDR, Geld für die Ausreisegenehmigung bezahlt hat, ob sie praktisch freigekauft worden sind?«

Antwort: »Nein.«

Frage: »Die Familie Rosenblatt ist damals also nicht freigekauft worden. Oder wissen Sie das nicht?«

Antwort: »Ich weiß es nicht.«

»Bitte schildern Sie Ihr damaliges Verhältnis zu Rosenblatt weiter!«

»Wir sind Freunde geworden. Gute Freunde. Sehr gute Freunde. Falls das wichtig ist: wir haben uns ineinander verliebt – auf eine sehr innige, sehr unschuldige und unvergeßliche Weise. Es war eine romantische Teenagerliebe... Es ist weiter nichts passiert... Peter mußte dann nach Amerika zurück. Zum Abschied hat er mir auf dem Bremer Hauptbahnhof – er ist mit dem Zug zum Flughafen Frankfurt gefahren – ein kleines Silberkettchen mit einer Perle geschenkt. Von seinem letzten Geld. Ich habe dieses Kettchen bis heute aufgehoben. Danach haben wir uns noch zwei, drei Jahre lang geschrieben. Dann wurden die Briefe wie üblich seltener, und schließlich haben wir den Kontakt verloren. Wie das so ist.«

Frage: »Das war also vor etwa fünfzehn Jahren. Richtig? Wann haben Sie wieder von ihm gehört. Oder wann und wie kam der Kontakt wieder zustande?«

Antwort: »Jetzt erst. Vor sieben Wochen etwa. Völlig überraschend. Aus heiterem Himmel, wie man so sagt. Werner Westhoff, der inzwischen ein recht erfolgreicher und vermögender Architekt ist, hatte viele alte Freunde zu einer großen Party eingeladen. Es gab einen dreifachen Anlaß: seinen Geburtstag, den Geburtstag seines kleinen Sohnes und die Einweihung seines fast zweihundert Jahre alten Reetdachhauses, das er gekauft und im alten Stil renoviert hatte.«

An dieser Stelle hatte Dillon die Einladung und einen Brief von Westhoff an Rosenblatt hervorgeholt, dazu das Stern-TV-Magazin mit ihrem Foto auf dem Titelbild. Und er hatte erklärt, dies habe er am Arbeitsplatz von Rosenblatt in dem Atomwaffen-Forschungszentrum Livermore in Kalifornien gefunden. In einem Panzerschrank.

»Ja, das ist die Einladung. Mit einer Radierung des Westhoffschen Hauses im Stil der alten Worpsweder Maler. So eine habe ich auch bekommen... Eine der Überraschungen, die sich Westhoff für diesen Abend ausgedacht hatte, war, daß er Peter Rosenblatt und mich eingeladen, aber keinem von uns vorher ein Sterbenswörtchen gesagt hatte, daß der andere kommen würde. Er hat uns heimlich beobachtet und sich wie ein Schneekönig gefreut, als wir uns in dem Partygewühl plötzlich gegenüberstanden. Wir haben uns ein paar Sekunden angestarrt, fassungslos, total überrascht und verblüfft, und dann sind wir uns in die Arme gefallen, als wären nicht fünfzehn Jahre, sondern fünfzehn Tage seit unserer Trennung vergangen... Es war eine wunderbare Überraschung. Uns standen beiden Tränen in den Augen. Westhoff hat uns ebenfalls umarmt und hat sich gefreut und hat gelacht... Wir hatten dann natürlich eine Menge zu erzählen und verlebten ein paar wunderschöne Tage hauptsächlich in Worpswede. Wir haben uns in einem kleinen Hotel einquartiert und – falls das wichtig sein sollte – zum ersten Mal miteinander geschlafen, wir waren verliebt wie früher, es war, als habe jemand einen Film zurückgespult.«

Als sie das las, mußte Ines van Holten lächeln. Sie erinnerte sich an die Nacht im »Hotel Kastanienhof«, wie sie nachher ineinander verschlungen und erschöpft im Bett gelegen hatten und wie Peter ungewöhnlich locker gesagt hatte: »Das war etwas für das Guinness-Buch der Rekorde – ein Liebesakt mit einem fünfzehn Jahre langen Vorspiel ...«

Sie las weiter.

»Es waren sehr schöne Herbsttage. Wir haben Spaziergänge gemacht und Ausstellungen besucht. Peter war ganz begeistert von einer Kunstausstellung über das Lebenswerk von Heinrich Vogeler, die »Von Worpswede nach Moskau« oder so ähnlich hieß. Er hat sich besonders dafür interessiert, warum Vogeler damals nach dem Ersten Weltkrieg Kommunist geworden ist, warum er nach der Oktoberrevolution aus politischer Überzeugung in die Sowjetunion gegangen ist. Er hat sich mit den Leuten, die die Ausstellung organisiert haben, ausführlich darüber unterhalten, und wir haben später bei einem Essen im von Vogeler entworfenen Worpsweder Bahnhof lange darüber diskutiert.«

Frage: »Hatten Sie den Eindruck, daß er Verständnis für diesen ungewöhnlichen Wechsel von West nach Ost hatte?«

Antwort: »Wenn Sie mich so fragen: Ja. Mehr als das! Ich merkte, daß er Vogeler zunehmend bewunderte, je mehr er von ihm erfuhr. Er hat sich übrigens alle Bücher über Heinrich Vogeler gekauft, die er bekommen konnte. Das war ein Thema, das ihn sehr beschäftigt hat: wie dieser idealistische, romantische Jugendstilmensch sein luxuriöses Leben hier im Stich gelassen hat, um einer politischen Idee zu folgen. – Wenn ich das jetzt so überlege, erschien mir Peters Interesse fast schon fanatisch. Ich habe ihn darauf hingewiesen, daß Vogeler an der marxistischen Idee vom »besseren Menschen«, an der Idee des Sozialismus buchstäblich zugrunde gegangen ist. Er starb in armseligen Verhältnissen irgendwo in Sibirien oder in Kirgisien, glaube ich –

dabei hätte er im Westen als Künstler sicherlich glänzend leben können. Aber Peter schien das sogar besonders bewundernswert zu finden: daß jemand seine Existenz, seine eigene Entwicklung zugunsten der angeblich menschheitsbeglückenden Idee vom Kommunismus-Sozialismus aufgegeben hatte. Ich habe mir das damals nur mit dem Schicksal seiner Familie erklären können!«

Am Rande dieser Passage stand im Vernehmungsprotokoll eine Anmerkung von Dillon: »In Rosenblatts Arbeitszimmer in Livermore hing ein Bild von Heinrich Vogeler, ›Abend im Barkenhof‹ oder so ähnlich.« Sie hatte sofort das berühmte Bild mit Vogeler und seinen musizierenden Freunden auf der Treppe zum Barkenhof vor Augen. Woher hatte Peter das? Möglich, daß Westhoff ihm eines der Ausstellungsposter geschickt hatte.

Frage: »Hat Rosenblatt sich Ihnen gegenüber irgendwie politisch geäußert? Über sein Verhältnis zur Sowjetunion zum Beispiel? Zu den Abrüstungsverhandlungen, zu irgendwelchen militärischen Dingen?«

Antwort: »Komisch, daß Sie mich das fragen! Es hat tatsächlich einen Vorfall gegeben, an den ich mich sehr genau erinnere ...«

Sie schilderte an dieser Stelle einen Zwischenfall während der Party bei Westhoff:

»... ein halbes Dutzend Eltern hatte sich mit ihren Kindern in den großen Garten auf den Rasen gesetzt und einem Kasperltheater zugesehen. Westhoff und seine Frau, eine Lehrerin übrigens, ließen hinter der Bühne die Puppen tanzen und sprachen selbsterfundene Texte dazu. Ein Hamburger Musikprofessor spielte Akkordeon. Plötzlich kam ein pfeifendes, heulendes, donnerndes Geräusch rasend schnell näher, wurde schriller und immer ohrenbetäubender. Zwei amerikanische Phantom- oder Tornado-Düsenjäger rasten im Tiefstflug über die fröhliche Geburtstagsgesellschaft hinweg, rasierten dabei fast die Schornsteine und die Baumwipfel in der Nähe ab.

Die Kinder liefen schreiend in alle Richtungen davon, weinten und hielten sich die Ohren zu und waren kaum wieder zu beruhigen. Die Eltern und die anderen Partybesucher waren empört

und schimpften und fluchten auf die Piloten und die ganze Tief-
fliegerei. Daraus entwickelte sich eine längere politische Debatte
über den Sinn dieser Tiefflüge während der Ost-West-Entspan-
nung. Für welchen Ernstfall die denn eigentlich noch übten? Ob
man mit diesem nervtötenden Blödsinn nicht endlich aufhören
und, statt das Geld in die Rüstung zu stecken, damit etwas Sinn-
volles tun solle. Es wurde über den Wahnsinn Rüstung geredet,
während in der dritten Welt Kinder sterben und so weiter und so
weiter ...

Zu meiner Überraschung war Peter Rosenblatt einer der enga-
giertesten Diskussionsteilnehmer, er sprach sich rigoros, beinahe
hitzig für eine großangelegte Abrüstung aus. Er lobte die Politik
Gorbatschows, der mit großem politischen und persönlichen Risiko einen Abrüstungsschritt nach dem anderen gehe – während
die Amerikaner weiter aufrüsten – vor allem auf deutschem Boden immer neue Atomraketen stationierten. Er schien darüber
sehr gut Bescheid zu wissen. Das erstaunte mich natürlich. Ich
war auch über seine bedingungslos pazifistische Haltung überrascht, genauer gesagt, erfreut. Und ich staunte über seine Sach-
kenntnis. Er nannte zum Beispiel die genauen Typenbezeichnun-
gen der beiden Tiefflieger. Er wußte auch, welche Raketen sie
unter den Tragflächen mitführten. Er wußte sogar den Namen
des Manövers, an dem die Jagdbomber teilnahmen ...«

Frage: »Hat er etwas von einem »Wintex«-Manöver gesagt?«
Antwort: »Richtig. Das hat er gesagt. Am nächsten Tag habe
ich darüber in der Zeitung gelesen. Da stand, daß ein Luftmanö-
ver im Bereich des NATO-Abschnittes Nord begonnen habe. Es
sollte noch vier Tage dauern und gehörte zu einer vorbereiten-
den, strategischen Großübung für das im kommenden Frühjahr
geplante Manöver »Wintex 1990«. Ich kann mich so genau
daran erinnern, weil ich Peter Rosenblatt diesen Zeitungsbericht
beim Frühstück vorgelesen habe.«

Frage: »Bitte sagen Sie uns jetzt, was Ihnen Rosenblatt über
seine berufliche Entwicklung und über seine gegenwärtige Tätigkeit in den USA gesagt hat. Ich nehme an, Sie werden ihn danach
gefragt haben?«

Antwort: »Natürlich habe ich ihn danach gefragt. Er entwikkele medizinisch-technische Computerprogramme für eine Softwarefirma im Silicon Valley in Kalifornien, hat er gesagt. Er habe dort eine führende Position.«

Frage: »Hat Rosenblatt Ihnen von früheren Dienstreisen für seine Firma in die Bundesrepublik, nach Berlin oder in die DDR erzählt?«

Antwort: »Ja. Er sei schon zwei- oder dreimal hiergewesen, in der Bundesrepublik und in Berlin... Und ich habe ihn natürlich gefragt, warum er sich nicht schon mal früher gemeldet habe. Er sagte, er habe daran gedacht, dann aber Angst vor einer großen Enttäuschung bekommen: daß ich längst verheiratet sei, Kinder hätte und so weiter...«

Frage: »Hat er Ihnen gesagt, ob er auch schon einmal in Ostberlin oder in der DDR oder in der Sowjetunion oder in sonst einem Ostblockland gewesen ist?«

Antwort: »Nein. Es hat mich aber auch nicht interessiert. Das war kein Thema zwischen uns.«

Sie las den letzten Abschnitt »C«, der auf Seite 58 begann: »Aussage zu Rosenblatts Verschwinden und Hinweise auf mögliche Motive«.

Sie hatte zunächst von einem gemeinsamen, sie beide sehr bewegenden Tag in Hamburg erzählt. Sie hatte mit Peter Rosenblatt die Spuren seiner Familie, besonders die seiner Eltern in Hamburg, gesucht. Sie hatten am Eppendorfer Baum, ganz in der Nähe der Isestraße, in der sie wohnte, anhand der vergilbten Fotos, die er mitgebracht hatte, ein bestimmtes Haus entdeckt: das Haus, in dem bis 1938 das Buchgeschäft seines Vaters gewesen war. Heute war ein eleganter Modesalon darin. Sie hatten im selben Haus sogar die frühere Wohnung der Rosenblatts im dritten Stockwerk gefunden. Eine ängstliche alte Dame hatte ihnen aufgemacht, weil sie Ines van Holten aus dem Fernsehen kannte und diese erklärt hatte, daß ihr Freund, dieser junge Amerikaner, hier die ersten Jahre seiner Kindheit verbracht hatte und sie ganz herzlich darum bitten würde, für ein paar Minuten eintreten zu dürfen. Peter Rosenblatt hatte lange vor dem weißen Jugendstilkachelofen in dem großen Wohnzimmer gestanden und gesagt, daß seine Eltern von diesem Ofen erzählt hätten. Die alte Dame war sehr ängstlich geworden und hatte gefragt, ob sie die Wohnung wiederhaben wollten, und ob sie dann ins Altersheim müsse? Sie hatten sie beruhigt, und Peter hatte ihr nachher noch einen Blumenstrauß gebracht.

Am nächsten Morgen sei Rosenblatt nach Bonn geflogen, zu einer internationalen Konferenz von Computerexperten oder so ähnlich, und erst nach drei Tagen sehr niedergeschlagen nach Hamburg zurückgekommen.

Frage: »Hat er etwas von dieser Konferenz erzählt?«

Antwort: »Nein, keine Einzelheiten. Er wußte natürlich, daß ich keine Ahnung von diesen technischen Dingen habe, aber wie gesagt: ich hatte den Eindruck, daß er deprimiert war, er hat sich sogar betrunken, was sonst wirklich nicht seine Art ist. Deshalb habe ich nachgefragt. Er ist ausgewichen und hat dann wieder, wie bei diesem Tieffliegerzwischenfall, über den »Wahnsinn der Rüstung« und über verrückte Militärs und Politiker gesprochen.«

Frage: »Wann war das?«

Antwort: »Das muß Ende September gewesen sein. Gleich danach haben wir dann diese Bootstour gemacht...«

Wieder fand sich eine handschriftliche Anmerkung, die Ines van Holten nur mühsam entziffern konnte. »Ist das identisch mit Zeitpunkt und Dauer der Vorbereitungskonferenz für »Wintex 90« bei Bonn? Dringend überprüfen!«

Das stand am Ende der Protokoll-Abschrift. Ines van Holten überlegte, ob sie Peter belastet oder ob sie ihm geholfen hatte. Sie wußte darauf keine Antwort.

Henrik C. Dillon war an diesem Morgen bereits mit der 7-Uhr-Maschine von Hamburg nach Köln-Bonn geflogen. Ein CIA-Resident und enger Mitarbeiter des Militärattachés der US-Botschaft holte ihn ab. Sein Chef, George McNelly, so bedauerte er, habe leider nicht persönlich kommen können. McNelly sei wieder einmal bei einer NATO-Konferenz. Es gehe, wie seit Wochen schon, um die Organisation des nächsten »Wintex«-Manövers. Das sei gegenwärtig wegen der Abrüstungsgespräche und wegen der aktuellen politischen Entwicklung in der DDR und im Ostblock ein politisch und militärisch besonders heißes Eisen. Da es zwischen den USA und den europäischen Alliierten umstritten sei, wäre es noch hermetischer vor der Öffentlichkeit abgeschirmt als sonst. Die Konferenz finde im geheimen Atomkriegsbunker der deutschen Bundesregierung statt. Aber er werde ihn auf direkte Anweisung aus Washington sofort dorthin und zu McNelly bringen.

Der Bonner CIA-Mann fuhr den BMW mit amerikanischem Nummernschild über Bad Neuenahr in die idyllisch zwischen Weinbergen im Ahrtal gelegene Gemeinde Dernau. Oberhalb der Ortschaft kamen ihnen grüne Jeeps des deutschen Bundesgrenzschutzes entgegen. Wachmänner in blauen Uniformen mit Schäferhunden patroullierten am Rande der Straße. Nach einer Serpentine hielt der Wagen vor einem Betonklotz mit einem großen Stahlportal, das in den felsigen Berg führte. Sie stiegen aus und wurden gründlich kontrolliert. Ringsherum waren Stacheldrahtrollen ausgelegt. Eisengitter ließen nur einen schmalen Durchgang frei. Nach der Kontrolle und mehreren Telefongesprächen durften sie endlich auf ein Klingelzeichen hin eine kleine Eisentür in dem großen Portal passieren. Dahinter schoben sie ihre Ausweise durch einen Schlitz in einem Glaskasten. Wieder wurde telefoniert. Endlich holte sie ein blaß und übernächtigt aussehender Mann ab. Er bat sie, auf einen schmalen Elektrokarren zu steigen, der wie ein Golfwagen aussah. Sie rumpelten zehn Minuten durch schmale, hohe Betontunnel und erreichten schließlich eine Art Halle, in die mehrere Gänge mündeten. Dillon fühlte sich beklommen. Ihr Begleiter brachte sie in einen tennisplatzgroßen Saal. Offenbar das Lagezentrum des Regierungsbunkers. An den Wänden waren Karten, Bildschirme und Projektionsleinwände zu sehen. Auf langen Tischen lagen Karten und Papiere. Ein sommersprossiger Mann, mittelgroß, etwa Mitte Vierzig, mit kurzgeschnittenen, rötlichen Haaren, löste sich aus einer Gruppe von amerikanischen, britischen und deutschen Militärs. »Ich bin George McNelly«, sagte er, »Sie müssen Henrik C. Dillon sein.« Und als ein deutscher General näher trat, stellte er Dillon ein wenig zu laut als »Sonderbeauftragten des Sicherheitsberaters unseres Präsidenten« vor. Der Deutsche schüttelte ihm respektvoll die Hand.

McNelly zog Dillon in eine Ecke und holte von irgendwoher zwei Pappbecher mit dünnem Kaffee. »Sie sind also wegen Rosenblatt gekommen?« fragte er. »Ist er nun ein Ostagent oder nicht?« Als Dillon ausweichend antwortete, sagte er: »Sehr unerfreulich, die ganze Geschichte, wirklich sehr unerfreulich!«

Dillon sagte, er habe nicht viel Zeit, er müsse in drei Stunden auf dem Flughafen Köln-Bonn schon wieder die Maschine nach Hamburg erreichen, und er bitte ihn daher, möglichst konzentriert über Rosenblatts Besuch Ende August hier in diesem unterirdischen Kriegsbunker zu berichten. McNelly ging unruhig auf und ab, während er erzählte. Ab und zu blickte er dabei in einen kleinen blauen Notizblock.

»Ich habe Peter Rosenblatt zum ersten Mal in unserer Botschaft in Bonn-Bad Godesberg am 28. August gegen 16 Uhr Ortszeit kennengelernt. Er war wohl von einem privaten Aufenthalt in Norddeutschland angereist. Ich hatte natürlich von seiner Tätigkeit in Livermore und der Bedeutung seiner Forschungsarbeit für das SDI-Programm gehört.«

McNelly sagte aus, er habe Rosenblatt beim Vorgespräch in der Bonner US-Botschaft in aller Offenheit klargemacht, was von ihm bei der Konferenz zum Manöver »Wintex 90« im Bunker der deutschen Bundesregierung erwartet werde. Dort würden die neuesten Strategien der NATO für einen Atomkrieg diskutiert. Er, Rosenblatt, solle in seiner Eigenschaft als führender SDI-Forscher den Verbündeten die atomare Laserstrahl-Weltraumwaffen-Technologie als »in absehbarer Zeit einsatzbereit« darstellen. Durch diese »vielleicht ein wenig optimistische Darstellung« sollte die politische, militärische und finanzielle Unterstützung der hinsichtlich SDI immer skeptischer gewordenen europäischen Alliierten wieder gefestigt beziehungsweise neu gewonnen werden.

Rosenblatt sei von ihm persönlich hierher in das Lagezentrum des Atomkriegbunkers gebracht worden. Damals waren, ähnlich wie jetzt, Projektoren, Fernsehgeräte, Landkarten, Weltraumkarten und neueste Computer-Simulatoren mit dreidimensionalem Bild aufgebaut, auf dem realistisch Kriegsszenarien in Mittel- und Osteuropa dargestellt wurden. Zunächst hielt der NATO-Oberbefehlshaber einen Vortrag über die Planungen für das nächste »Wintex«-Manöver. Danach gingen die Strategen von folgendem Szenario für einen dritten Weltkrieg aus: Ähnlich wie vor dem Mauerbau 1961 in Berlin und wie jetzt im Herbst 1989 wieder flüchten täglich Zehntausende von Menschen aus der DDR und aus anderen Ostblockländern. Sie suchen zunächst, genau wie in diesen Herbsttagen, Zuflucht in deutschen und amerikanischen Botschaften in den Ostblockstaaten. Dort seien sie unter menschenunwürdigen, immer schlimmer werdenden Umständen gefangen. Diplomatische Lösungsversuche scheitern. Schließlich nach mehreren Wochen oder Monaten schicken die Amerikaner als führende NATO-Macht, gestützt auf eine UNO-Resolution, einen von Militärfahrzeugen und Soldaten eskortier-ten Konvoi von Armeebussen zu den Flüchtlingen in die Ost-blockländer, die die Länder des freien Westens immer wieder über Rundfunk und Fernsehen zur Hilfe aufrufen. Auf Anwei-sung Gorbatschows dürften einige tausend Flüchtlinge aus den Botschaften ausreisen. Doch die Flüchtlingsfahrzeuge werden von eigenmächtigen Befehlshabern der Warschauer-Pakt-Trup-pen gewaltsam gestoppt.

Auf beiden Seiten steht das militärische Prestige auf dem Spiel. Ultimaten zur Freilassung der Flüchtlinge werden gestellt – dann schickt die NATO unter amerikanischem Kommando eine Art Befreiungstrupp in Marsch. Der wird an den Grenzübergängen zur DDR und zur Tschechoslowakei von sowjetischen Panzer-verbänden gestoppt. Schüsse fallen. Es kommt zu kleineren Ge-fechten. Die bewaffnete Auseinandersetzung eskaliert, gerät außer Kontrolle. Der Krieg bricht aus. Sowjetgeneräle, die nicht mehr auf das Kommando aus Moskau hören, dringen mit ihren Panzerverbänden nach Westen vor. Am dritten Tag setzen die

Westmächte wegen der konventionellen Überlegenheit der vor-
rückenden Verbände des Warschauer Paktes Atomwaffen ein...
Die Sowjetgeneräle schießen zurück. Am zweiten Tag liegt die
Hälfte der Bundesrepublik und beinahe die gesamte DDR in
Schutt und Asche. Radioaktive Wolken verseuchen ganz Mittel-
europa...

»Wissen Sie, Mister Dillon«, sagte McNelly, als er dessen ent-
setztes Gesicht sah, »wir Militärs können uns nicht immer an
den tatsächlichen politischen Gegebenheiten orientieren. Schon
gar nicht in Zeiten internationaler Entspannung – wie sollten wir
denn sonst auch nur halbwegs realistische Manöver durchführen...?«

Das Szenario für diesen angenommenen Kriegsfall sei hier im
unterirdischen Kriegsbunker mit großer Präzision und Detail-
treue ausgemalt worden. Es habe nach zwei Tagen mehr als
200 000 Tote auf beiden Seiten gegeben und natürlich Millionen
von Verletzten und atomar Verseuchten. Peter Rosenblatt sei
dabei Zeuge gewesen.

»Soweit ich das beobachten konnte, war er völlig fassungslos.
Wahrscheinlich hatte er keinerlei Manövererfahrung. Wenn Sie
mich heute fragen, nachher sind wir ja stets klüger, man hätte
solch einen militärisch unerfahrenen Wissenschaftler nicht mit
dieser Aufgabe betrauen dürfen. Aber das nur unter uns, Mister
Dillon.

Rosenblatt sollte jedenfalls zur Halbzeit des Manövers, also
am dritten Tag, seinen Vortrag über SDI halten. Sein Thema war,
darzustellen, wie Laserstrahlkanonen, Kampf-Satelliten und
weltraumgestützte Raketen-Abwehrsysteme den vorgegebenen
Kriegsverlauf in Zukunft entscheidend zugunsten der westlichen
Allianz beeinflussen könnten. Das hätte er mit Hilfe von vor-
gefertigten Filmen und Schaubildern des Pentagon noch einigermaßen ordentlich gemacht. Aber anschließend wurde er von ab-
gesandten Militärs und Wissenschaftlern der Verbündeten ins
Kreuzverhör genommen.

Dabei geschah dann das Unglaubliche: Rosenblatt gab sich
keinerlei Mühe, den wirklichen und nicht besonders vielverspre-

chenden Stand des SDI-Projekts zu beschönigen. Im Gegenteil: er stand vorne auf dem Podium und machte plötzlich klar, daß es im Gegensatz zu öffentlichen Darstellungen amerikanischer Politiker noch Jahre oder Jahrzehnte dauern werde, bis SDI einsatzbereit wäre – falls das überhaupt jemals der Fall sein könne. Er erklärte, daß die letzten unterirdischen Versuche mit atomaren Röntgenlaser-Waffen in Nevada fehlgeschlagen seien, daß sich die Zweifel bei den Rüstungsforschern häuften.

Sie können sich die Unruhe und Empörung unter unseren Freunden vorstellen, Mr. Dillon. Etwa fünfzig Militärexperten aus allen NATO-Mitgliedsstaaten wurden Zeugen dieses Desasters. Unsere Verbündeten fühlten sich von uns an der Nase herumgeführt. Sie sprachen schon von Milliarden-Fehlinvestitionen und politischer Erpressung ihrer Regierungen durch die USA. Ich wäre am liebsten in den Boden versunken vor Scham, doch der ist hier ja« – McNelly bemühte sich lächelnd um einen Scherz – »aus ziemlich dickem Beton, wie Sie sehen, Mister Dillon.«

Dillon hatte in seinen Notizen geblättert und endlich gefunden, was er sich nach seinem Gespräch bei Professor Tabor in Livermore aufgeschrieben hatte.

»Sagen Sie, Mr. McNelly, hat Rosenblatt bei seinem Vortrag nichts von dem auf Lasertechnik umgerüsteten, bodengestützten ›Patriot‹-Raketenabwehrsystem erzählt, einem Produkt seiner SDI-Forschungen, das in einigen Jahren hier in Europa gegen sowjetische Raketen installiert werden soll und das bei dem Wintex-Manöver schon theoretisch eingesetzt werden sollte?«

McNelly blickte ihn überrascht an. »Die normalen ›Patriots‹ kennt inzwischen natürlich jeder Sergeant der US-Army – aber von Laserstrahlvarianten habe ich nie etwas gehört. Und Rosenblatt hat vor den NATO-Militärs kein Sterbenswörtchen darüber gesagt. – Das schwöre ich!«

Professor Tabor, so las Dillon in seinen Notizen, hatte dies als wichtigsten Teil von Rosenblatts Mission bezeichnet: die NATO-Verbündeten zum ersten Mal über das neue Laserstrahl-Raketenabwehrsystem zu informieren...

Nach der Konferenz sei es zum großen Krach zwischen ihm und Rosenblatt gekommen, fuhr McNelly fort. Er habe dabei kein Blatt vor den Mund genommen: Rosenblatt habe sich nicht an die abgesprochene »positive SDI-Darstellung« gehalten. Es grenze an »Hochverrat«, was er angerichtet habe.

»Ich habe ihm klargemacht, daß ich natürlich unverzüglich Washington und das Pentagon über seinen Auftritt informieren müsse, und seine Chefs in Livermore. Und daß das wohl das Ende seiner Karriere bedeutet.«

Noch am selben Tag sei in der Botschaft die Anweisung eingegangen, Rosenblatt solle unverzüglich in die Vereinigten Staaten zurückkehren. Doch Rosenblatt sei nicht am Flughafen zum Rückflug in die USA erschienen...

Die Fortsetzung kannte Dillon von Ines van Holten und aus den Recherchen der CIA und der deutschen Kripo: Statt nach New York oder Washington war Rosenblatt nach Hamburg geflogen. Zu Ines van Holten. Die machte kurz darauf den Vorschlag, eine Bootstour auf der Oste zu unternehmen.

Nach ihrem Gespräch gingen Dillon und McNelly noch eine Weile in den Lagerraum. Männer in Uniformen der verschiedenen NATO-Staaten standen in Gruppen herum, diskutierten, beugten sich über Karten und starrten angestrengt auf Bildschirme, auf denen farbige Computerbilder die Lage auf verschiedenen Kriegschauplätzen in Mitteleuropa simulierten. Unbeachtet flimmerte auf einem Metalltisch ein normales Fernsehgerät. Die Nachrichtensendung begann gerade. Dillon drehte den Ton an. Wieder wurden Bilder von Übersiedlern aus der DDR gezeigt. Als Michael Gorbatschow auf dem Bildschirm erschien, drehten sich auch einige der kriegspielenden Militärs um. Gorbatschow wurde von einem älteren, grauhaarigen Herrn am Fuße einer Gangway umarmt.

»Der sowjetische Staatspräsident ist vor wenigen Augenblicken auf dem Ostberliner Flughafen Schönefeld gelandet. Er wurde von DDR-Ministerpräsident Willy Stoph begrüßt. Gorbatschow wird an den Feierlichkeiten zum 40. Jahrestag der DDR teilnehmen. Wegen der dramatischen politischen Situation wird seine Rede vor der Volkskammer mit besonderer Spannung erwartet...«

Die Kamera schwenkte über eine Gruppe von Zuschauern und Passagieren auf dem Ostberliner Flughafen. Einige riefen zaghaft »Gorbi!«, andere schwenkten schwarz-rot-goldene Papierfähnchen mit dem Hammer- und Zirkel-Symbol der DDR. Ein paar Sekunden lang war auch ein gerade mit einer normalen Linienmaschine aus Moskau gekommener Passagier zu sehen, der kurz in die Hände klatschte, als Gorbatschow an ihm vorüberging. Henrik C. Dillon ahnte nicht, daß er diesen Mann schon bald näher kennenlernen würde: den KGB-Offizier Oleg Tasarow...

Dillon war froh, als er den Atomkriegsbunker im Weinberg an der Ahr verlassen konnte. Das Tageslicht blendete ihn. Tief atmete er die frische Luft ein. Er fragte sich, wie die dort unten kriegführenden Männer das tage- und wochenlang dauernde Manöver physisch und psychisch aushielten?

Sie fuhren auf der gleichen Strecke zum Flughafen Köln-Wahn zurück, auf der sie gekommen waren. Die Herbstsonne schien milchig auf die Berge, an deren Hängen die Weinbauern mit der Ernte begonnen hatten.

IO

Montag, 9. Oktober 1989
Hauptkommissar Manfred Lohmer blickte von einem Obduktionsbericht auf, als seine Zimmertür aufgerissen wurde.

»Der Herr Kriminalrat möchte Sie sprechen. Punkt 16 Uhr. In seinem Büro, bitte sehr!«

Lohmer ärgerte sich noch über den barschen Befehlston der Sekretärin des Chefs, als die die Tür längst wieder zugeworfen hatte. Wahrscheinlich wollte Kohlschmidt zum siebten oder neunten Mal wissen, ob der Fall mit dem Selbstmord des Arztsohnes endlich zu den Akten gelegt werden könne. Lohmer hatte versprochen, die Rauschgiftaffäre aus den kleinstädtischen Prominentenkreisen nicht an die große Glocke zu hängen – es sei denn, die Lokalpresse käme von selbst dahinter. Dann könne er natürlich nicht länger schweigen.

»Noch eine Frage wegen dieser furchtbaren Geschichte, Herr Kollege«, begann Kohlschmidt tatsächlich, »ist die Leiche des Jungen endlich freigegeben? Die Eltern haben mich gerade angerufen, wegen der Beerdigung.«

»Der Obduzent ist heute mit der Arbeit fertig«, sagte Lohmer.

»Gut. Dann haben wir hoffentlich diese Sache endlich vom Tisch... Aber eigentlich wollte ich Ihnen gratulieren, Kollege Lohmer!«

Kohlschmidt lächelte gönnerhaft. Er stand auf, kam um seinen Tisch herum und klopfte ihm auf die Schultern.

»Ihre neuen amerikanischen Freunde scheinen ja wirklich einflußreich zu sein. Vorhin hat mich der Staatssekretär aus dem Innenministerium in Hannover angerufen. Sie sind auf Bitten der Amerikaner ab sofort freigestellt. Sie sollen unseren Freunden bei der Aufklärung dieses mysteriösen Wissenschaftlers... dieses mysteriösen Verschwindens dieses amerikanischen Wissenschaftlers von diesem Boot helfen. Sie wissen schon... Wie hieß der doch noch? Perikan oder so ähnlich...«

»Berrigan war sein Deckname«, sagte Lohmer, »richtig heißt er Rosenblatt. Peter Rosenblatt.«

»Und er ist immer noch spurlos verschwunden? Keine Leiche? Keine Anhaltspunkte, wo er ist?«

»Nicht ganz spurlos. Er ist in der Zwischenzeit gesehen worden. Lebend natürlich.«

»Ich will mich ja nicht einmischen: aber warum gibt es eigentlich immer noch keine Fahndungsmeldung?«

»Die Amerikaner wollen das auf keinen Fall... Sie wollen die Sache so lange wie möglich geheimhalten. Aus politischen Gründen, wie ich vermute.«

»Aber es hat doch bereits diese Suchmeldung und die Phantomzeichnung in unseren Zeitungen gegeben.«

»Nur in den Lokalblättern. Deswegen waren die Amis schon sauer, aber diese Meldung habe ich herausgegeben, bevor die hier mit ihren CIA-Leuten aufgekreuzt sind.«

Das Telefon auf Kohlschmidts Schreibtisch klingelte. »Ja, Hauptkommissar Lohmer ist gerade bei mir«, sagte Kohlschmidt. »Die Kriminalwache für Sie.«

Lohmer nahm den Hörer, stützte sich mit dem Ellenbogen auf, bat um ein Blatt Papier und einen Kugelschreiber und kritzelte hastig Notizen darauf.

»Unglaublich! Was für ein Glück«, sagte er. »Treiben Sie schnell Hilbert über Funktelefon auf. Der muß da gerade in der Nähe sein, soviel ich weiß. Und stellen Sie ihn sofort zu mir durch!« Lohmer drehte sich um und wollte aus dem Zimmer gehen.

»Wie gesagt, Sie sind ab sofort freigestellt und mir keine Rechenschaft schuldig – aber würden Sie mir vielleicht kollegialerweise sagen...?« Kohlschmidt blickte ihn vorwurfsvoll an.

»Dieser Amerikaner... dieser Rosenblatt ist gerade gesehen worden. Keine zwanzig Kilometer von hier. Zum zweiten Mal hat ihn jemand anhand der Zeichnung in den Zeitungen erkannt. Er hat sich vor zehn Minuten in einem Blumengeschäft nach dem alten jüdischen Friedhof in der Wingst erkundigt. Sehr merkwürdig... Sie wissen doch: dieser halbverfallene Friedhof in der Nähe des Wasserwerks. Wo wir im Frühjahr diese Haken-kreuzschmierereien hatten! Da will er offenbar hin. Er hat jeden-falls in dem Blumenladen ein großes Gebinde bestellt und will es in etwa einer halben Stunde abholen... Der Mann scheint wirk-lich keine Ahnung zu haben, daß sein Bild in den Zeitungen war. Der läuft hier herum, als sei das die selbstverständlichste Sache der Welt.«

Lohmer rannte in sein Zimmer und wählte die Nummer der CIA-Wohnung in der Blumenstraße. Er fragte nach Henrik C. Dillon. Eine Männerstimme antwortete, Mister Dillon sei nicht da, werde aber aus Bonn zurückerwartet. Kurz darauf stellte die Kriminalwache ein Gespräch mit Hilbert durch. Der junge Kri-minalbeamte war wegen Nachermittlungen in einer Brandstif-tung auf einem Bauernhof gewesen und nicht weit von dem Waldgebiet Wingst entfernt. Lohmer beschrieb Hilbert den Weg zum alten jüdischen Friedhof in der Nähe des Wasserwerks.

»Ich war da schon mal, wegen dieser Hakenkreuzsache«, sagte Hilbert.

»Na prima. Lassen Sie Ihren Wagen stehen und legen Sie sich auf die Lauer. Es müßte bald ein Mann mit einem Kranz oder einem Blumengebinde auftauchen. Sie wissen doch: dieser ver-schwundene Amerikaner, dessen Bild in der Zeitung war. Aber bitte, Hilbert – keine Heldentaten! Der Mann soll auf keinen Fall festgenommen, sondern nur observiert werden. Ist das klar? Ma-chen Sie sich unsichtbar für ihn. Falls er mit einem Wagen unter-wegs ist – unauffällig hinterher. Und rufen Sie mich so bald wie möglich wieder an. Ich warte!«

Es begann zu dämmern. Dünner Regen fiel schon den ganzen Tag. Hilberts Golf sank im Morast des aufgeweichten Weges tief ein. Er kam an hohen Maisfeldern vorüber, die wohl wegen des schlechten Wetters noch nicht abgeerntet waren. Er stellte den Wagen in der Nähe eines Bauernhofes ab, vor dem weiße Weih-nachtsgänse herumliefen. Ein Truthahn gackerte.

Es gab keinen Wegweiser, aber ein Durchfahrtsverbotsschild: »Nur für forstwirtschaftliche Nutzfahrzeuge.« Unter hohen

Eichen und Buchen führte ein schlammiger Weg zu dem alten Friedhof. Der Mischwald ging in dunklen Tannenwald über. Dann – im Zwielicht kaum zu sehen – eine hohe Eisenpforte zwischen zwei Baumstämmen. Hilbert stieß gegen eine leere Bierbüchse. Es schepperte laut. Eine Taube flog auf. Es gab zwar diese Pforte, aber keinen Zaun, sondern nur einen alten, meterhohen Erdwall, aus dem die Wurzeln der hohen Bäume wie knochige Finger ragten. Hinter dem Wall nahm er Deckung. Von hier aus konnte er den Friedhof mit den drei Dutzend alten, halbverfallenen Grabsteinen und den Trampelpfad, der vom Waldrand zum Friedhof führte, überblicken. Hilbert wartete und rauchte. Er zittere vor Kälte. Seine Windjacke war nicht wasserdicht. Bald war er bis auf die Haut durchnäßt. Von der einsamen Straße her konnte er das Motorengeräusch hören, wenn ein Wagen vorüberkam. Der dritte Wagen hielt. Der Motor wurde abgestellt, eine Tür geöffnet und zugeschlagen. Dann hörte er schmatzende Schritte auf dem matschigen Pfad. Wie vorhin er selber, stieß auch der Mann, auf den er gewartet hatte, gegen die vor der Friedhofspforte liegende Bierdose.

Hilbert hatte aus dem als Zivilwagen getarnten Dienst-Golf ein Fernglas mitgenommen. Die Sicht war nicht sehr gut. Regentropfen rannen über die Frontlinse des Fernglases und ließen die Konturen verschwimmen. Doch Hilbert erkannte den Amerikaner sofort. Der Polizeizeichner hatte ihn wirklich gut getroffen: ein Mann Mitte Dreißig, mittelblondes Haar, das in nassen Strähnen in die Stirn hing, ovales Gesicht, jetzt mit einem Pflaster zwischen Nasenwurzel und Augenbrauen. Offenbar gab sich dieser Mann keinerlei Mühe, sich irgendwie zu verstecken. Er blieb am Rande des Friedhofes stehen und legte einen Blumenstrauß auf einen Holzstapel. Er putzte seine Brille und zog den Kragen seines dünnen Mantels noch fester zusammen. Dann ging er durch die Reihen der Grabsteine, von denen viele am Boden lagen. Hin und wieder bückte er sich, versuchte wohl Inschriften zu entziffern. Endlich blieb er vor einem umgeworfenen Grabstein stehen, nur etwa dreißig Meter von Hilberts Versteck entfernt.

Der Amerikaner wischte erst mit der Hand und dann mit Papiertaschentüchern über die Oberfläche des großen, liegenden Steines. Dann zupfte er minutenlang Unkraut. Und versuchte schließlich, den schweren Grabstein aufzurichten. Vergeblich. Schließlich holte er die Blumen vom Holzstapel und legte sie mit ungelenken Bewegungen auf den nun sauberen Stein. Dann stellte er sich vor dem Grab auf und zog hastig, als habe er es vorher vergessen, eine Art Käppi aus der Tasche seines dunklen, dünnen Mantels. Das setzte er sich auf den nassen Kopf. Der Mann legte die Hände übereinander und begann hin und her zu wippen. Seine braunen Straßenschuhe gruben sich dabei tief in den aufgeweichten Waldboden. Immer stärker pendelte sein Oberkörper vor und zurück. Manchmal schien es, als bewege er sich in einem Rhythmus mit den hohen, schlanken Stämmen der Kiefern, die im böigen Wind schwankten.

Hilbert dachte zunächst, der Mann wolle sich durch diese merkwürdige Übung ein wenig aufwärmen. Dann konnte er durch das Fernglas erkennen, daß er seine Lippen bewegte. Seine Augen waren geschlossen. Ab und zu, wenn der Wind in den Wipfeln eine Pause machte und es sekundenlang still war, hörte Hilbert fremdartige Laute. Er vermutete, daß es Hebräisch war. Der Mann betete. Oder er meditierte an diesem mystischen Ort, der dem Polizisten immer unheimlicher wurde. Er hoffte von Minute zu Minute mehr, daß der Amerikaner endlich wieder gehen würde.

»Etwa 35 Minuten lang«, so vermerkte Hilbert später in seinem Observations-Bericht, habe dieser Rosenblatt betend vor dem verwitterten Grab auf dem Friedhof verbracht. Durch das Fernglas konnte der Kriminalbeamte nicht erkennen, ob es Regentropfen oder Tränen waren, die dem Amerikaner dabei über das Gesicht liefen.

Peter Rosenblatt spürte nicht den Regen, nicht die Kälte und nicht den Wind. Als er mit den Fingerspitzen die in den Stein gemeißelten hebräischen Buchstaben ertastet hatte, sich aufrichtete, die Augen schloß und zu beten begann, was er viele Jahre lang nicht mehr getan hatte, da tauchte aus seiner Erinnerung wie aus einem trüben Wasserspiegel langsam und immer deutlicher das Bild seines Großvaters Isaak auf, der hier begraben lag. Er hatte ihn nie gesehen, aber sein Bild hatte sich ihm eingeprägt: das leicht vergilbte Foto eines würdigen, vollbärtigen Mannes mit Zylinder, Gehrock und Krückstock vor einem großen norddeutschen Gutshaus. Seine Mutter hatte das Bild auf ihrem Nachttisch stehen gehabt, in ihrer Wohnung im Ostberliner Stadtteil Prenzlauer Berg, in dem er aufgewachsen war, und später im Schlafzimmer ihres hölzernen Reihenhauses im New Yorker Vorort Queens.

Dreimal in jedem Jahr hatte ihm seine Mutter von seinem Großvater Isaak erzählt, am Pessahfest, an Großvaters Geburtstag und an seinem Todestag. Er mußte sich hinsetzen und zuhören, wenn sie von Isaak Rosenblatt sprach, dem gütigen, strengen und gerechten Mann, der im Ersten Weltkrieg für das Deutsche Reich und den deutschen Kaiser in Frankreich und in Galizien gekämpft hatte. Isaak Rosenblatt hatte es aus armseligen Verhältnissen zum wohlhabenden und geachteten Viehhändler gebracht. Bis die Nazis kamen. Bis in der Nacht zum 9. November 1938 in Deutschland die Synagogen brannten und die Schaufenster der jüdischen Geschäfte in Scherben gingen, bis auch schwere Steine in das altdeutsch möblierte Wohnzimmer der Rosenblatts flogen und draußen Nazihorden »Juda verrecke« brüllten. Sein Großvater, so hatte seine Mutter ihm erzählt, sei nur ein paar Monate später vor Gram und Schande gestorben.

Peter Rosenblatt nahm die Brille ab und wischte sich den Regen aus dem Gesicht. Er betrachtete das frische Blumengebinde auf dem verwitterten Grabstein des verwilderten Friedhofes, den hohen Erdwall und die dunklen Tannen dahinter. Erst jetzt fiel ihm ein, daß streng orthodoxe Juden keine Blumen auf Gräber legen – aber er hatte sich noch nie besonders um die religiösen Bräuche gekümmert. Durch die Baumwipfel fiel noch fahles Licht. Vorübergehend hatte er das unbehagliche Gefühl, er werde beobachtet. Er schloß dennoch die Augen und setzte sein Gebet fort. Sein Oberkörper nahm wieder den wippenden Rhythmus auf.

Seine Gedanken gingen wieder zurück. Zu seiner Jugendzeit in

Ostberlin. Zur Auswanderung seiner Familie in die USA, vor der er eine »Verpflichtungserklärung« für das Ministerium für Staatssicherheit der DDR unterschreiben mußte. Zu seiner Studienzeit in Boston und zu seinem Wechsel in das Atomwaffen-Forschungslabor in Livermore. Zu seinem Triumph als Wissenschaftler, als die von ihm am Computer berechneten unterirdischen Laserstrahlexperimente in der Wüste von Nevada erfolgreich waren. Und zu seinen immer stärker werdenden Zweifeln an dem Sinn seiner Arbeit.

Zu diesen Zweifeln war seine wachsende Abneigung gegen die amerikanische Großmacht-Politik gekommen und eine gleichzeitige Bewunderung für Gorbatschow: endlich ein Politiker, der glaubwürdig von Friedenswillen erfüllt schien.

Seine Reise nach Bonn zum Wintex-Manöver war ein letzter, noch immer anhaltender Schock: So also würde es im Ernstfall aussehen, den sie in Livermore tagtäglich an ihren Bildschirmen und in ihren Labors vorbereiteten: Hunderttausende von Toten schon in den ersten Kriegstagen; Millionen Menschen, die über Jahre und qualvoll starben. Eine Welt, die nicht mehr bewohnbar sein würde. »Die Lebenden werden die Toten beneiden.« Dieser Satz war ihm während der ganzen Zeit im unterirdischen Kriegs-bunker durch den Kopf gegangen. Seine Offenheit vor den NATO-Militärs über SDI war ein Reflex gewesen. Seine Empörung und seine Ohnmacht waren aus ihm herausgebrochen. Unkontrolliert, unbeherrscht hatte er die Wahrheit gesagt. Nur die Wahrheit.

Nachher, nach der heftigen Auseinandersetzung mit diesem McNelly vom Pentagon, war er erleichtert gewesen. Und der Befehl, er solle sofort in die USA zurückkehren, um dort zur Rechenschaft gezogen zu werden, gab den Ausschlag. Es war der letzte Anstoß. Nun gab es kein Zurück mehr. Er mußte die Fronten wechseln ...

Eine Idee hatte von ihm Besitz ergriffen, die Idee, seine Erkenntnisse, seine gesamte militärisch-wissenschaftliche Arbeit auch der anderen Seite, dem Ostblock, der Sowjetunion Gorbatschows, zur Verfügung stellen, um das Gleichgewicht des Schrekkens wiederherzustellen und damit den Frieden zu sichern. Er spürte noch in der Kälte, wie diese Idee in ihm brannte.

Er hatte sich an die Telefonnummer in Ostberlin erinnert.

Es war vor drei Jahren gewesen, im Sommer 1986, als ihn nach einem internationalen Kongreß zum Thema »Die Lasertechnik in Medizin und Forschung« in San Francisco zwei Männer angesprochen hatten: zwei Agenten des Staatssicherheitsdienstes der DDR oder des KGB, Deutsche jedenfalls. Sie luden ihn zum Essen ein und erinnerten ihn sehr freundlich an seine Verpflichtungserklärung, die er als Achtzehnjähriger vor der Ausreise seiner Familie in die USA unterschrieben hatte.

»Entweder Sie stehen zu Ihrem Wort und helfen uns, oder wir könnten uns genötigt sehen, Ihre Karriere und Ihre wissenschaftliche Glaubwürdigkeit zu ruinieren, wann immer wir das für geboten halten«, hatte einer der beiden gesagt und ihm einen Zettel mit einer Telefonnummer zugesteckt. Er sollte sich dort melden, wenn er Kontakt aufzunehmen wünsche. Sein Codewort sei »Excalibur«.

Damals hatte er überlegt, ob er sich dem Sicherheitsapparat in Livermore und damit der US-Spionageabwehr offenbaren sollte. Aber er hatte nichts unternommen – und die östlichen Geheimdienste hatten sich nicht wieder gemeldet. Erst bei seinem Besuch in Westberlin vor zwei Jahren waren sie wieder aufgetaucht: Entweder er komme zu einem kurzen Besuch mit nach Ostberlin, oder sie würden ihn sofort an die CIA verraten. Er war mit ihnen gefahren. Danach waren sie sehr verständnisvoll gewesen. Sie hatten ihn nicht zum Verrat gedrängt. Ihm nur gesagt, daß von Leuten wie ihm der Friede in der Welt abhänge, denn wenn es den USA gelänge, die Sowjetunion tatsächlich »totzurüsten«, sie in einen immer teureren, gigantischen Rüstungswettlauf zu verwickeln, dann bestehe große Gefahr für den Weltfrieden. Er hatte wenig dazu gesagt, nur zugehört. Am Abend dieses Tages hatten sie ihn wieder nach Westberlin zurückgebracht und ihm noch einmal dieselbe Ostberliner Kontakt-Telefonnummer gegeben – falls er sie vergessen oder verloren habe. Er solle anrufen, falls er einmal Hilfe brauche...

Rosenblatt hatte die Telefonnummer mit einem selbsterdachten Buchstabencode chiffriert und unter seine Einlagesohle geschrieben, daß es aussah, als habe der Orthopäde etwas notiert. Vorgestern hatte er von einem Postamt in Hamburg diese Telefonnummer angerufen. Zum ersten Mal. Es dauerte eine Stunde, bis die Verbindung endlich zustande kam. Eine staatliche Exportfirma der DDR hatte sich gemeldet. Er wollte schon wieder auflegen, als er doch noch das Stichwort »Excalibur« erwähnte. Er war sofort weiterverbunden worden. Eine Männerstimme hatte ihn gefragt, von wo aus er anrufe, und worum es sich bei »Excalibur« genau handelte. Er war auf die ihm albern erscheinende konspirative Sprache eingegangen: »Excalibur« sei aus den Vereinigten Staaten kommend in Hamburg eingetroffen und warte auf seine Weiterbeförderung in die Deutsche Demokratische Republik und in die Sowjetunion. Es sei dringend. Der Mann am anderen Ende sagte, er solle sich wieder melden – aber dabei nur öffentliche Fernsprecher benutzen. Sollte er sich wieder melden? Heute abend noch?

Der Regen tropfte von den Bäumen in seinen Mantelkragen. Die Ledersohlen seiner Schuhe waren längst durchweicht. Doch es machte ihm nichts aus. Peter Rosenblatt spürte nicht, wie er vor Kälte zitterte.

Das Wiedersehen mit Ines van Holten! Sie hatte seine Pläne durcheinander gebracht, zumindest verzögert. Er hatte sich verliebt, so wie vor 15 Jahren, als wäre die Zeit stehengeblieben. Und ihr schien es ebenfalls so gegangen zu sein. Daß sie prominent und überall bekannt war, störte ihn allerdings. Er fühlte sich unbehaglich, wenn Leute in Restaurants oder auf der Straße zu ihnen herüberstarrten. Oder wenn sie sogar um Autogramme baten.

Es war ihr Vorschlag gewesen, für ein paar Tage in die Einsamkeit zu flüchten, eine kleine Motorjacht zu mieten und eine Bootstour auf dem Fluß zu machen. Und dann hatte sie doch ein tragbares Telefon mit an Bord gebracht und war zu dieser Sondersendung ihrer Talkshow ins Fernsehstudio zurückgerufen worden. Allein auf der Motorjacht, war ihm die Idee gekommen, sein Verschwinden vorzutäuschen, um erst einmal Zeit zu gewinnen.

Erst hatte er sogar einen Abschiedsbrief geschrieben, um einen Selbstmord vorzutäuschen, das Papier dann aber doch zerrissen und ins Wasser geworfen. Dann war er in der Dunkelheit mit dem Kopf gegen das scharfkantige, eiserne Absperrgitter eines Bootsanlegers gelaufen und hatte sich eine blutende Wunde zwischen den Augenbrauen zugezogen. Er hatte das ausgenutzt, um Blutspuren auf dem Boot zu verteilen. Es sollte nach einem Verbrechen oder einem Unglück aussehen.

Ein paar Tage lang hatte er sich als »Berrigan« in kleinen Landhotels und Pensionen versteckt. Er wollte den endgültigen Abschied von Ines van Holten hinauszögern – und ein Versprechen einlösen, das er seinem Vater am Sterbebett gegeben hatte: Eines Tages das Grab seines Großvaters Isaak in Norddeutschland zu suchen und dafür zu sorgen, daß es in Ehren gehalten und gepflegt wird.

Es war nicht einfach gewesen, den fast vergessenen alten jüdischen Friedhof im Wald zwischen Hamburg und Cuxhaven zu finden. Er hatte dem Blumengeschäft im nächsten Dorf reichlich Geld im voraus gegeben: zum Pessahfest und zu Yom Kippur, zum Geburtstag und zum Sterbetag von Isaak Rosenblatt sollte das Grab immer geschmückt sein...

Rosenblatt erschrak. Es hatte im Gehölz geknackt. Waren da Schritte? Er starrte angestrengt in das Halbdunkel, doch niemand war zu sehen. Wahrscheinlich war es ein Tier gewesen, ein großer Vogel oder ein Hase. Er spürte das Klopfen seiner Halsschlagader. Doch er beruhigte sich wieder und setzte sein Gebet fort. Es begann noch heftiger zu regnen. Nachdem er beinahe eine Stunde vor dem Grab gestanden hatte, fühlte Rosenblatt, daß ihm schwindelig wurde. Als er die Augen wieder öffnete, war er überrascht, wie dunkel es bereits geworden war. Er legte die rechte Hand über die Augen und massierte seine Schläfen.

Auch Hilbert fröstelte es. Ein merkwürdiger Mann, dieser Rosenblatt, dachte er. Es hatte ausgesehen, als ob er während seines Gebets häufiger gelächelt hätte. Jetzt schien er endlich gehen zu wollen.

Hilbert setzte sein Fernglas ab. Dabei fiel es zu Boden. Bei dem Versuch, es aufzuheben, knickte er um, so steif waren seine Glieder vom langen, unbeweglichen Hocken. Ein Ast knackte. Erschrocken duckte er sich hinter den Erdwall.

Als er seinen Kopf wieder vorsichtig hob, sah er, wie sich der Amerikaner umdrehte und erst langsam, dann mit immer schnelleren Schritten den Friedhof verließ. Hatte er gemerkt, daß er beobachtet wurde? Rosenblatt öffnete die alte Eisenpforte und eilte über den Sandboden am Waldrand entlang zur Straße, an der er den Wagen geparkt hatte.

Hilbert hatte Mühe, ihm zu folgen. Er mußte ständig Deckung hinter Baumstämmen und Büschen suchen. Er beobachtete, wie der Amerikaner seinen nassen Mantel auszog, bevor er einstieg. In ein graues Saab Cabrio. Hilbert merkte sich das Hamburger Kennzeichen.

Mit seinem Golf folgte er, ohne die Scheinwerfer einzuschalten, dem Saab in mehr als hundert Metern Abstand auf schmalen Landstraßen bis zur Bundesstraße 73. »Hamburg 74 km« stand auf einem Richtungsschild. Der Saab fuhr schnell und überholte trotz des starken Gegenverkehrs immer wieder riskant. Hilbert konnte ihm schon bald nicht mehr folgen. In der Gegend von Stade verlor er das Cabrio vollends aus den Augen. Er verfluchte den langsamen Dieselmotor seines Dienstwagens und bog auf einen Parkplatz ab. Über Funktelefon berichtete er Lohmer, was er beobachtet hatte und gab die Nummer des Hamburger Wagens durch. Lohmer ließ durch die Verkehrspolizei sofort den Halter feststellen. Es war eine Halterin. Der graue Sportwagen war auf Ines van Holten, Fernsehjournalistin, zugelassen.

Wieder rief der Kriminalhauptkommissar die Nummer des US-Geheimdienstes in der Hamburger Blumenstraße an. Diesmal hatte er Glück. Dillon war gerade aus Bonn zurück.

»Jesus Christ«, rief er, nachdem er Lohmer zugehört hatte, »wir scheinen ja tatsächlich ein verdammtes Glück zu haben.« Und er sagte noch, daß es genau richtig gewesen sei, Rosenblatt erst einmal laufen zu lassen. »Falls er sich endgültig als Verräter entpuppt, wollen wir natürlich auch an seine Kontaktleute, an seine Hintermänner, an seinen Führungsoffizier kommen. Wenn schon, denn schon...«

Trotz der Dunkelheit und des anhaltenden Regens fuhr Kriminalhauptkommissar Lohmer noch an diesem Abend zum alten jüdischen Friedhof. Er wollte herausfinden, was der Amerikaner an diesem gottverlassenen Ort gesucht haben mochte. Als er ankam, hatte der Regen aufgehört. Ein steifer Westwind, der Ausläufer eines atlantischen Tiefs, pfiff noch durch die hohen Baumwipfel. Selbst für einen Leiter der Mordkommission war die Atmosphäre ein wenig unheimlich. Obwohl er mit einer Taschenlampe leuchtete, trat er ein paarmal in tiefe Pfützen.

Auf dem Friedhof war es nicht schwer, das Grab zu finden, das Rosenblatt besucht hatte. Es gab nur eines mit einem frischen Blumengebinde. Im Schein der Lampe konnte Lohmer auf dem umgestürzten Stein die lateinischen Lettern mit dem Namen des Verstorbenen entziffern: »Isaak Rosenblatt«. Er ging durch die Pfützen zurück und holte seine kleine, automatische Kamera aus dem Wagen. Die Entfernung stellte er auf »Nahaufnahme« ein und fotografierte mit dem eingebauten Blitzlicht die hebräische Inschrift. Später ließ er sich den Text übersetzen: »Hier ruht der Mann, der all seine Tage in Gottesfurcht gelebt hat. Der Händler Isaak Rosenblatt, Sohn Uris, geboren im Januar 1868, unerwartet verschieden am dritten Tag des Pessahfestes im Mai 1939. Möge seine Seele ewigen Frieden finden.«

Der Jude Isaak Rosenblatt war also ein halbes Jahr nach der sogenannten Reichskristallnacht im November 1938 gestorben. Als er die Inschriften der übrigen, meist noch mehr verfallenen Gedenksteine ableuchtete, stellte er fest, daß dieses Grab das jüngste auf diesem von der Welt vergessenen Friedhof war. Oder das letzte. Je nachdem. Ein Ende in Auschwitz oder Theresienstadt ist Isaak Rosenblatt erspart geblieben, dachte Lohmer. Als er nach zwei Stunden in sein Cuxhavener Büro zurückkam, wählte er die Geheimnummer der CIA-Wohnung in der Hamburger Blumenstraße. Henrik C. Dillon meldete sich.

Peter Rosenblatt brauchte eine Stunde über die Bundesstraße 73 und durch den Elbtunnel bis nach Hamburg. Er parkte das Cabrio an der Ecke Klosterallee und Isestraße. Die Wohnung von Ines van Holten war nur ein paar Häuser entfernt. Sie öffnete auf ihr verabredetes Klingelzeichen. Sie hatte einen Bademantel und hochhackige Pumps an: Ihr Haar war noch feucht und duftete frisch schamponiert. Er wollte etwas sagen, aber ihre Lippen verschlossen seinen Mund.

»Sag nichts. Nicht jetzt!« sagte sie dann.

Sie ließ die Jalousien herunter und zog ihn zu dem breiten weißen Ledersofa. Schon auf halbem Wege schmiegte sie sich an ihn, warf ihren Bademantel ab, drängte ihren nackten, warmen Körper an ihn und küßte ihn ins Ohr. Sie öffnete seine Hose und griff ihm zwischen die Schenkel. Er wollte mit ihr reden, doch ihre Erregung steckte ihn an. Er hob sie hoch, wollte sie zum Sofa tragen, stolperte über seine Hose, die auf seine Füße gerutscht war und riß sie mit sich auf den weichen Teppich. Selbst beim Sturz ließ sie sein Glied nicht aus ihrer Hand. Es tat weh. Er schrie auf. Sie streichelte und liebkoste es zum Trost. Dann kitzelte sie ihn. Sie lachten und rollten über den Boden wie ausgelassene Kinder, bis sie unter ihm lag. Sie versuchte, mit ihren Zehen die Boxershorts von seinen Hüften zu streifen, was nicht sofort gelang. Seine Erektion störte dabei. Er kniete sich über sie und drang in sie ein. Sie stöhnte und schrie unter seinen erst langsamen, dann heftiger werdenden Bewegungen. Sie kam schnell, erst sanft, dann immer wilder und zuckender. Er legte seine Hand über ihren Mund. Ihre Lustschreie drangen wie durch einen Schalldämpfer zu ihm. Er kam kurz nach ihr. Es war ein warmes, süßes Gefühl, das seinen ganzen Körper durchströmte, von den Zehenspitzen bis zu den Haaren. Bunte Blitze zuckten hinter seinen geschlossenen Augenlidern.

Sein Körper entspannte sich auf ihrem. Minutenlang lagen sie reglos aufeinander und lauschten auf ihren Atem.

Draußen fuhr eine U-Bahn vorüber. Sie hörten die Sirene eines Rettungswagens. Sie küßte ihn auf seine geschlossenen Augen.

»Wer bist du eigentlich, Peter Rosenblatt. Ich kenne dich überhaupt nicht.«

»Darüber möchte ich jetzt nicht sprechen«, sagte er, ohne die Augen zu öffnen, und grinste müde. Sie kitzelte ihn sanft.

»Wer bist du?«

»Ich weiß nicht... Ich weiß es wirklich nicht... Wahrscheinlich jemand auf der Suche...«

»Auf der Suche nach was...«

»Nach dem Sinn von allem. Nach Glück und Frieden. Wenigstens nach Zufriedenheit. Wie alle... Möchtest du noch ein paar Klischees hören?«

»Wo möchtest du am liebsten sein?«

»Am anderen Ufer. Immer am anderen Ufer...«

»Warum schwimmst du nicht hinüber?«

»...weil ich auch dort nicht Glück und Frieden finden werde.«

»Warum nicht?«

»Weil es dann wieder am anderen Ufer sein würde...«

»Ich dachte, du wärst Physiker oder Computer-Wissenschaftler – du bist ja ein Philosoph?«

«Nicht ich, Konfuzius! – Konfuzius hat gesagt: Das Glück liegt immer am anderen Ufer...«

»Eine traurige Weisheit«, sagte sie.

Sie schwiegen.

»Was fühlst du jetzt?« fragte sie und pustete ihm ins Gesicht.

»Nichts. Angenehmes Nichts.«

»Nichts...? Ist das alles?«

Er nickte.

Sie setzte sich auf ihn. Noch immer hielt er seine Augen geschlossen. Wie ein Blinder betastete er ihren nackten Körper mit suchenden Fingerspitzen.

»Fühlst du immer noch nichts?« fragte sie.

»Doch. Ich fühle jemanden, der mich liebt.«

»Liebst du mich auch?«

»Ja... In diesem Moment.«

»Und wenn dieser Moment vorüber ist?«

»Vielleicht ist es ein sehr langer Moment...«

»Momente sind kurz.«

»Momente sind relativ kurz. Im Vergleich zur Existenz des Universums ist die Geschichte unserer Erde nur ein kurzer Moment.«

»Aha. Du also bist der Erfinder der Relativitätstheorie. Bisher habe ich geglaubt, das sei ein gewisser Einstein gewesen.«

»Einstein? Wer ist Einstein...?«

Sie kitzelte ihn. Er öffnete endlich die Augen und küßte sie. Sie wandte den Kopf ab und hielt ihn mit ausgestreckten Armen auf Abstand.

»Wer ist dieser nackte Mann hier auf meinem Teppich? Wer ist Peter Rosenblatt, verdammt noch mal? Gestehe endlich!« Sie schüttelte ihn.

»Ich weiß es nicht! Ich weiß es wirklich nicht! – Ich wüßte es wirklich selber gern!«

Er wand sich unter ihren Zärtlichkeiten.

Als er aufstehen wollte, hielt sie ihn zurück, drückte seine Arme mit ihren Händen auf den Boden und bewegte ihr Becken sanft und rhythmisch über seinem Unterkörper, wie bei einem langsamen Tanz. Sie streichelte sein wieder steif werdendes Glied mit kreisenden Bewegungen ihrer Scham, bis er sich aufbäumte und wieder in sie eindrang.

Nachher sah er ihr Profil neben sich, ihre etwas zu kleine, aber wohlgeformte Nase, die ausgeprägten Wangenpartien, die weichen vollen Lippen, die geschlossenen Augen mit den schwungvollen Brauen. Im Hintergrund lief noch immer tonlos das Fernsehgerät.

»Siehst du sogar das Nachmittagsprogramm?« fragte er.

»Nicht immer, wie du gerade erlebt hast... Und auch nur die Wiederholungen meiner eigenen Sendungen.«

Sie griff nach der Fernbedienung und schaltete den Ton ein. Ihre Stimme kam jetzt gleichzeitig aus ihrem Mund neben seinem Ohr und aus dem Lautsprecher. Er tastete nach seiner Brille, die am Boden unter dem Lacktisch lag, setzte sie auf und stützte sich seitlich auf den Ellenbogen. Auf dem kaum zwei Meter entfernten Bildschirm bedankte sich die neben ihm liegende Moderatorin gerade bei ihren Talkshowgästen und blickte in die Kamera. »Ich hoffe, es hat Ihnen gefallen. Und ich freue mich darauf, Sie bei der nächsten Sendung wieder begrüßen zu dürfen. Ihre Ines van Holten...«

»Diese Sendung hat mir wirklich ganz ausgezeichnet gefallen.« Er rappelte sich auf, suchte seine Sachen zusammen und fragte: »Wann wird unsere Live-Sendung denn wiederholt?«

»Wann immer du möchtest.«

Sie stand auf und ging auf Zehenspitzen, mit komisch-herausfordernd wiegenden Hüften über den langen Flur ins Badezimmer. Als sie angezogen zurückkam, war er nackt auf dem Ledersofa eingeschlafen. Sie hielt seine Nase zu, bis er wach wurde.

»Ich muß dringend mit Ihnen reden, Mr. Rosenblatt.«

Sie blickte ernst, und er wußte nicht, ob es ein gespielter Ernst war, als sie fragte: »Stimmt es übrigens, daß Sie ein Spion sind, Mr. Rosenblatt...?«

Erst jetzt erzählte sie ihm von ihrer Vernehmung durch die Amerikaner, von dem Lügendetektortest, von den Vermutungen und Verdächtigungen. Sie sprach kühl, manchmal betonte sie die Worte auf der letzten Silbe und die letzten Worte der Sätze, als stehe sie vor der Kamera und mache eine professionelle Ansage. Er setzte sich kerzengerade auf, als wollte er etwas sagen, schwieg jedoch und ging, als sie fertig war und ihn fragend ansah, schnell ins Badezimmer. Sie hörte, wie er das Wasser einließ. Sie folgte ihm und setzte sich auf den Rand der runden Badewanne.

Während er sich noch immer wortlos einseifte und duschte, sah sie ihm zu. Erst beim Abtrocknen begann er zu reden. Während er sein Haar föhnte und kämmte und sich anzog, während sie Kaffee in der Partyküche machte, während sie tranken und sich gegenübersaßen und sie ihn ab und zu ungläubig betrachtete, als sehe sie ihn zum ersten Mal, gestand er ihr alles, was er ihr bisher verschwiegen hatte: die Wahrheit über seine Arbeit in Livermore, seine wachsenden Zweifel, seine Verzweiflung, seine Überzeugung, er müsse die Seiten wechseln, um dem Frieden zu dienen. Er erzählte von der Verpflichtungserklärung für den Staatssicherheitsdienst der DDR, die er als junger Mann vor der Ausreise in die USA unterschrieben hatte, und von den Kontaktversuchen der Stasi-Agenten in Kalifornien und bei seinem letzten Besuch in Westberlin. Er sagte ihr schließlich sogar, daß er schon Kontakt zu Ostberlin aufgenommen hatte und jetzt darauf wartete, in den Osten geschleust zu werden. Vorher – und das hörte sich in diesem Zusammenhang merkwürdig an – habe er noch das Grab seines Großvaters auf einem verlassenen alten jüdischen Friedhof in Niedersachsen aufsuchen müssen. Das sei seine Pflicht und Schuldigkeit gewesen.

Er redete fast eine Stunde lang. Und sie unterbrach ihn, entgegen ihrer Gewohnheit, kein einziges Mal. Sie hatte ihn lange ungläubig angesehen, bis sie begriff, daß er die Wahrheit sagte. Nichts als die Wahrheit.

Er sagte, er müsse jetzt gehen. Er werde sich wieder melden.

»Bist du sicher?«

»Ganz sicher.«

»Wann?«

»Ich weiß noch nicht. Bald. In ein paar Tagen.«

»Paß auf dich auf«, sagte sie.

Er gab ihr die Wagenschlüssel zurück und erklärte ihr, wo er den Saab geparkt hatte. Sie drückte ihn an sich, streichelte sein Gesicht und strich seine Haare aus der Stirn.

»Ich glaube, ich habe mich wieder in dich verliebt. Wie damals. Trotz allem, was du mir gerade gebeichtet hast – vielleicht auch gerade deswegen...«

Es war kurz vor 19 Uhr, als Peter Rosenblatt die Wohnung in der Isestraße verließ.

Nach seinem Telefongespräch mit Lohmer rief Henrik C. Dillon ein Taxi und ließ sich zur Isestraße fahren. Es war kurz nach 19 Uhr, als er vor der Tür der Dachgeschoßwohnung von Ines van Holten stand.

Sie hatte sich gerade angezogen und sich schnell zurechtgemacht. Sie mußte in den Sender. Vor dem großen antiken Spiegel in der Diele überprüfte sie noch einmal ihr Make-up und fuhr sich mit beiden Händen durch die roten Haare, die sie der Einfachheit halber lang und offen trug. Gerade wollte sie die Wohnung verlassen, als es klingelte. Sie nahm an, daß Peter Rosenblatt etwas vergessen hatte oder daß er ihr noch etwas sagen wollte. Doch an der Gegensprechanlage meldete sich niemand. Sie warf einen Blick durch den Türspion. Sie erschrak. Draußen stand dieser Amerikaner. Der Mann vom CIA. Sie versuchte ihre Gedanken zu ordnen, sah sich nach Dingen um, die Rosenblatts Anwesenheit verraten könnten, fand aber keine. Sie öffnete die Wohnungstür erst nach dem dritten, anhaltenden Klingeln.

Henrik C. Dillon strahlte sie an. Er sagte, ganz offensichtlich schwindelnd, er sei gerade in der Nähe gewesen und wollte sie bei dieser Gelegenheit um die Rückgabe des Vernehmungsprotokolls bitten. Ob sie es gelesen und abgezeichnet habe? Das hatte sie tatsächlich vergessen. Ines bat ihn herein, zog ihren Mantel wieder aus. Sie signierte, so wie Dillon es sagte, jede Seite mit ihrem Kürzel und unterzeichnete am Ende mit ihrem vollem Namen.

Dillon sah sich indessen in der Wohnung um: ein großer L-förmiger Raum mit Pantryküche und verglasten Türen, die zu einer kleinen Loggia führten. Wandhohe Bücherregale, Wände, Ledersessel, alles in weiß. Moderne Graphiken hingen an den Wänden. Der Fernseher lief im Hintergrund ohne Ton. Die Nachrichtensendung »Heute« begann gerade.

Panzerkettenfahrzeuge mit graublauen Raketen rollten in Zweierreihen über den Bildschirm. Im Hintergrund ein haushohes rotes Transparent mit dem Hammer-und-Zirkel-Emblem im Ährenkranz und der Aufschrift »40 Jahre DDR«. Auf einer überfüllten Ehrentribüne salutierten und klatschten die Mitglieder des Politbüros der Sozialistischen Einheitspartei und die Staatsgäste aus dem Ostblock. Die Kamera holte ein paar Gesichter in Großaufnahme ins Bild: Erich Honecker mit der Hand am grauen Hut, DDR-Ministerpräsident Willi Stoph, der potentielle Honecker-Nachfolger Egon Krenz und schließlich, aber besonders lange im Bild: Michael Gorbatschow, der sowjetische Staatspräsident.

Ines van Holten schob ihr Vernehmungsprotokoll zur Seite,

sprang auf und drehte den Ton an: »...bei den offiziellen Feierlichkeiten zum 40. Staatsjubiläum der DDR mahnte der sowjetische Partei- und Staatschef in Ost-Berlin demokratische Reformen an. Wörtlich sagte Gorbatschow: »Wer zu spät kommt, den bestraft das Leben...« Der Nachrichtensprecher berichtete, während in Ostberlin offizieller Jubel organisiert werde, sei es in zahlreichen Städten der DDR erneut zu Demonstrationen gegen die Staatsführung gekommen. Die führende Bürgerbewegung »Neues Forum« und andere Widerstandsgruppen hätten zu Kundgebungen aufgerufen. Mehr als eintausend Menschen seien vom Staatssicherheitsdienst und von der Volkspolizei vorübergehend festgenommen worden. In dem Ort Schwante, Kreis Oranienburg, sei eine neue Partei ins Leben gerufen worden, die »Sozialdemokratische Partei« in der DDR, SDP...

»Wer hätte das noch vor ein paar Wochen gedacht, was jetzt dort drüben alles geschieht«, sagte Ines van Holten und schaltete das Gerät aus.

»Was halten Sie von diesen Protesten und den neuen Bürgerbewegungen? Werden sie Erfolg haben? Wird es eine Revolution geben?« fragte Dillon ein wenig lauernd.

»Ich weiß es nicht. Ich habe Freunde drüben, die zur Opposition gehören. Sie wollen wohl keine Revolution, also keinen totalen Umsturz, doch sie wollen endlich die alte Garde von Politikern weghaben, Honecker und Co., die Altstalinisten. Was sie wollen, ist eine Art Dritter Weg, einen demokratischen Sozialismus.«

»Ein Dritter Weg. Der hat doch noch nirgendwo zu einem brauchbaren Ergebnis geführt«, sagte Dillon.

»Aber versuchen wollen sie es. Eine Mischung aus Sozialismus, Demokratie und gemäßigter Marktwirtschaft – so ähnlich sehen wohl die Utopien der jungen Leute in der DDR aus, die heute in den illegalen Widerstandsgruppen mitarbeiten.« Sie reichte ihm die Tonband-Abschrift ihrer Vernehmung.

»Ich bekomme doch wie versprochen eine Kopie?! Und vergessen Sie nicht, mir auch das Ergebnis dieser Lügendetektorauswertung zu geben. Das interessiert mich sehr. Vielleicht kann ich mit so einem Ding mal was in meiner Fernseh-Talkshow machen?«

»Sobald ich die schriftliche Auswertung bekomme. Man hat mir jedoch bereits vorab das Ergebnis telefonisch mitgeteilt...«

Sie blickte ihn neugierig an.

»Danach kann ich Ihnen nur gratulieren, Mrs. van Holten. Es gibt keinerlei Hinweise darauf, daß Sie nicht die Wahrheit gesagt haben. Keinerlei Auffälligkeiten bei der Messung von Puls, Blutdruck, Hautfeuchtigkeit und was da sonst noch alles gemessen wird. Ich verstehe ja, offen gesagt, auch nicht allzu viel davon...« Nach einer kurzen Pause erhob er sich umständlich aus dem modernen, unbequemen Ledersessel und seufzte unüberhörbar, bevor er hinzufügte: »... aber vielleicht liegt das ja auch daran, daß wir gestern nicht die richtigen Fragen gestellt haben, Mrs. van Holten?«

Sie sah ihn erstaunt an.

»Warum haben Sie zum Beispiel gerade ein Taxi bestellt? Ist Ihr Wagen kaputt?« fragte Dillon scheinbar beiläufig und wartete ihre Antwort nicht ab.

»Was fahren Sie übrigens für einen Wagen...?«

»Einen Saab.«

»Einen grauen Saab Cabrio...?«

»Richtig.«

Dillon starrte sie an. Ihrem Gesicht war keine Nervosität anzumerken.

»... mit dem Kennzeichen HH-MT 2149?«

»Ja.«

»Ich möchte Ihnen noch einmal gratulieren, Mrs. van Holten. Gestern haben Sie uns und den Lügendetektor doch hereingelegt! Oder sagten Sie nicht, Sie hätten Ihren amerikanischen Freund nicht mehr gesehen und nichts mehr von ihm gehört, seit er von diesem Boot verschwunden ist...«

Sie nickte. Ihr linkes Augenlid, so schien es ihm zumindest, zuckte ein wenig.

»Und wie erklären Sie sich, daß Ihr angeblich verschwundener Freund Peter Rosenblatt noch vor etwa zwei Stunden gesehen worden ist? In Ihrem Wagen! In der Nähe eines alten jüdischen Friedhofes in einem Waldgebiet zwischen Hamburg und Cuxhaven?!«

Sie versuchte etwas zu sagen, aber Dillon ließ sie nicht zu Wort kommen. »Sollen wir gemeinsam hier auf Mister Rosenblatt warten? Oder können Sie mir verraten, wo Ihr Wagen ist. Jetzt. In diesem Moment!«

Sie stand auf, öffnete umständlich die Tür zur Loggia und beugte sich über das weißgestrichene Geländer. Als sie sich wieder zu ihm umdrehte, lächelte sie – ganz offensichtlich sehr erleichtert.

»Da drüben an der Ecke Klosterallee steht mein Wagen! Auf der anderen Straßenseite, unter dem Kastanienbaum vor dem Antiquitätengeschäft! Da steht er seit gestern abend.«

Dillon erkannte das Modell und entzifferte trotz der großen Entfernung das Nummernschild.

»Und der Schlüssel? Wo ist der Schlüssel?«

»Hier, an meinem Schlüsselbund.«

»Und der Zweitschlüssel?«

»Sie können Fragen stellen, Mister Dillon. Der Zweitschlüssel...? Also, im Moment kann ich Ihnen das wirklich nicht sagen. Oder wissen Sie immer, wo Sie Ihre Reserveschlüssel haben?«

Natürlich, so fügte sie noch hinzu, um ihn zu ärgern, natürlich könne er sich auch in der Wohnung umsehen, wenn er das wolle. Auch im Schlafzimmer, wenn er das für nötig halte, sagte sie, nun wieder selbstsicher lächelnd.

Dillon sah ein, daß er diese Runde verloren hatte. Er verabschiedete sich schnell. Unten auf der Straße legte er seine Hand im Vorübergehen auf das Blech der Motorhaube des Saab. Es schien ihm noch warm zu sein, aber er konnte sich da täuschen. Vielleicht hatte Rosenblatt den Wagen erst vor kurzer Zeit hier abgestellt. Vielleicht war er noch ganz in der Nähe? Vielleicht hatte er sogar gesehen, wie er, Dillon, das Wohnhaus seiner Freundin betreten und wieder verlassen hat. Möglich, daß er ihn sogar jetzt, in diesem Moment, beobachtete. Dillon merkte, wie er wütend wurde. Als er die Isestraße entlang zur Einkaufsstraße Eppendorfer Baum ging, versteckte er sich in seinem hochgeschlagenen Mantelkragen. Er trat gegen einen Pappbecher, der am Boden lag. Er drehte sich um und glaubte einen Mann in einem Hauseingang verschwinden zu sehen. Er lief schnell hin, noch brannte Licht, noch war die Tür nicht wieder zugeschlagen. Als er in der Diele stand, hörte er keine Schritte mehr, auch sonst keine Geräusche.

»Wahrscheinlich kriege ich schon Halluzinationen«, dachte Dillon. Falls dieser Rosenblatt wieder auftauchen sollte, gleich wann und wo – noch einmal würde er nicht wieder spurlos untertauchen – das schwor er sich.

Zwei Stunden später traf Dillon sich mit Herbert Borchert, dem Chef des Hamburger Verfassungsschutzes. Er schilderte den Fall Rosenblatt, ohne auf Details und sicherheitspolitische Konsequenzen einzugehen, und machte kein Geheimnis aus seinem Verdacht, daß die prominente Fernsehjournalistin Ines van Holten eine Ostagentin sei, möglicherweise die Führungsoffizierin des SDI-Wissenschaftlers. Borchert bat einen Mitarbeiter, im Computer nachzusehen. Ines van Holten war wegen einiger kritischer Berichte über den Verfassungsschutz registriert, und weil sie vor Jahren ein Interview mit einem Terroristen der »Roten Armee Fraktion« im Hamburger Untersuchungsgefängnis gemacht hatte, wie einige andere Journalisten auch. Dillon beharrte auf seinem Verdacht. Er bat den Hamburger Geheimdienstchef noch einmal nachdrücklich um Hilfe. Borchert stimmte schließlich zu. Ausnahmsweise gingen die Deutschen sehr unbürokratisch vor. Noch an diesem Abend – während Ines van Holten im Fernsehstudio war und dort bereits observiert wurde – kletterten zwei Männer durch die Dachluke eines Hauses in der Isestraße und liefen gebückt gegen einen stärker aufkommenden Wind an, etwa hundert Meter weit, bis zu dem Haus, in dem die Fernsehjournalistin wohnte. Einer der beiden Spezialisten schraubte das gewölbte Kunststoffoberlicht auf und hangelte sich in den Flur. Während sein Kollege oben auf dem Dach wartete und ein dritter Mann unten vor der Haustür

Schmiere stand, installierte der Eindringling knopfgroße Wanzen in allen Räumen, sogar im WC. Das Telefon wurde angezapft und ein nur fingernagelgroßer Peilsender unter den Kofferraum ihres Wagens geklebt.

Einen ersten Erfolg hatten die Lauscher mitten in der Nacht: nach einer Schulfreundin, einem Klatschreporter und einem Fernsehkollegen von der Redaktion »Zeitgeschehen« des NDR meldete sich eine Stimme mit leichtem amerikanischem Akzent. »Ich möchte dir Gute Nacht sagen«, sagte der Mann, »ich bin gut angekommen.«

»Paß auf dich auf«, antwortete die diesmal nicht metallisch-harte, sondern zärtlich-weiche Stimme der Fernsehmoderatorin. »Paß auf dich auf. Der Amerikaner war wieder bei mir. Er hat Verdacht geschöpft, wenn auch einen falschen; er glaubt, daß ich mit dir unter einer Decke stecke...«

»Dabei war es doch auf dem Teppich«, sagte der Mann und lachte.

»Im Ernst Peter, ich glaube, er glaubt, daß ich mit deinem Verschwinden zu tun habe. Vielleicht denkt er, ich sei eine KGB-Agentin oder so etwas...«

Er antwortete nicht. Und sie sagte nach einer Pause: »Ich habe übrigens das Gefühl, mit meinem Telefon stimmt neuerdings etwas nicht...«

»Okay, ich habe verstanden. Ich lege auf«, sagte der Mann.

»Halt«, sagte die Frau, »ich will dir noch etwas sagen, was die ruhig mithören können: Ich... ich liebe dich...«

Der Hörer wurde aufgelegt.

»Scheiße«, sagte der Techniker, der das Gespräch mithörte und mitschnitt, »beinahe hätte es gereicht, aber es war zu kurz, es war nicht möglich, das Gespräch zurückzuverfolgen.«

Rosenblatt hatte aus einer Telefonzelle angerufen, nur dreihundert Meter von dem Versteck entfernt, in dem er sich nun schon seit mehr als einer Woche verborgen hielt. Er hatte sich bisher völlig sicher gefühlt. Jetzt wußte er, daß die Amerikaner hinter ihm her waren, wahrscheinlich der CIA. Er würde noch vorsichtiger sein müssen. Und er verfluchte diese Geheimdienstleute in Ostberlin, die er schon zum zweiten Mal unter der Geheimnummer angerufen hatte und die noch immer keine Nachricht für ihn hatten. Nur so viel hatte er den verschlüsselten Andeutungen am Telefon entnommen: Sie würden Spezialisten zu ihm schicken, denn seine Einschleusung nach Ostberlin müsse sorgfältig vorbereitet und durchgeführt werden. Er solle Ruhe bewahren, sich versteckt halten und auf die eingeleiteten Maßnahmen vertrauen. Und sich erneut zu einem bestimmten Zeitpunkt melden. Peter Rosenblatt verstand dieses Hinhalten nicht. Er wurde nervös. Andererseits war er auch froh über jede Minute, die er noch bei Ines sein konnte.

11

Dienstag, 10. Oktober 1989
Generalmajor Boychenko kickte eine leere Zigarettenschachtel
Marke »Cabinet« mit dem linken Fuß vor sich her, während er
neben Oleg Tasarow über die Karl-Liebknecht-Straße in Richtung Brandenburger Tor ging. Es waren kaum Spaziergänger
unterwegs, und die wenigen Trabbis und Wartburgs wirkten wie
vergessene Spielzeugautos auf dem autobahnbreiten Ostberliner
Boulevard. Große Teile der Innenstadt waren wegen der Feiern
zum 40. Jahrestages der DDR von der Volkspolizei gesperrt.
Boychenko hatte die Hände in die Taschen seines langen braunen
Ledermantels versenkt.

»Hast du früher Fußball gespielt, Oleg?«
»Ja. In der Mannschaft meines Fallschirmjägerregiments, aber
nicht besonders gut.«
»Ich war Stürmer in der Jugendmannschaft von Torpedo
Moskau, Spezialist für Strafstöße. Kennst du die Situation beim
Elfmeterschießen? Das ist ein Duell Mann gegen Mann, Schütze
gegen Torwart, eine Frage der Nerven und der Taktik...«
Wenn die Zigarettenschachtel zufällig vor seine Füße geriet,
trat auch Oleg Tasarow dagegen, wenn auch nicht so spielfreu-
dig wie Boychenko, eher lustlos. Die beiden KGB-Offiziere beobachteten bei ihrem Spaziergang den Abmarsch der Volksarmee-
Soldaten, der Blauhemden der »Freien Deutschen Jugend«, der
Zivilisten mit ihren schwarz-rot-goldenen Papierfähnchen, die
im verquasten Amtsdeutsch der DDR »Winkelemente« genannt
wurden. Sie hatten alle an der Militärparade zum Auftakt der
40-Jahr-Feier der DDR in Berlin auf dem großen Platz vor dem
»Palast der Republik« teilgenommen. Die meisten waren dazu
von ihren Parteiorganisationen und Betrieben abkommandiert
worden. »Gorbi, Gorbi!« riefen einige FDJler auf dem Heimweg
mit nachlassendem Enthusiasmus.
»Besonders spannend ist es, wenn du gegen einen Torwart

antreten mußt, der dich kennt: der weiß, daß du normalerweise in die linke Ecke schießt – du weißt, daß er das weiß, also überlegst du, ob du nicht diesmal lieber in die rechte Ecke zielst – er sieht dir an, daß du darüber nachdenkst – weil du das merkst, findest du es besser, ihn zu überlisten und dahin zu schießen wo er es nicht vermutet: in dieselbe Ecke wie immer – er weiß, daß du das denkst, du denkst, daß er das weiß, undsoweiter undsoweiter ...

Genauso ist es bei unserem Spiel, Oleg, bei den Geheimdiensten in Ost und West. Wir kennen uns nach vierzigjährigem Kalten Krieg so gut, daß wir im Osten und die im Westen glauben, alles bedacht zu haben, auf alles vorbereitet zu sein, was der Gegner vorhat. Aber es gibt immer wieder mal Überraschungen. Wenn die ahnen oder wissen, daß wir eine Aktion planen, wie jetzt mit diesem Amerikaner, der aus der Bundesrepublik um Hilfe ruft, dann erinnern sie sich natürlich daran, wie wir früher Agenten oder Überläufer in den Osten geholt haben, wie du damals diesen Malnitz, zum Beispiel. Also werden sie darauf vorbereitet sein. Also müssen wir uns etwas anderes einfallen lassen. Und das wiederum wissen sie und überlegen, was wir diesmal tun werden, und bereiten sich darauf vor. Aber Oleg – beim Fußball werden noch immer mehr Elfmeter ins Tor geschossen als gehalten. Und was diesen Fall »Excalibur« angeht: wir sind in diesem Spiel die Schützen. Wir sind am Ball, Oleg. Genauer gesagt – du!«

Sie hatten die Brücke über die Spree erreicht, an der die Karl-Liebknecht-Straße aufhört und die Straße »Unter den Linden« beginnt. Immer mehr Demonstranten kamen ihnen entgegen, Fahnen und Spruchbänder schwenkend, und riefen, was auf ihren Transparenten stand: »Freiheit! Freiheit« – »Stasi raus« – »Wir sind das Volk«.

Sie warteten am Brückengeländer, bis die Gruppe an ihnen vorüber war. Boychenko machte wieder ein paar kleine, schnelle Schritte auf die Zigarettenschachtel zu und schoß sie, diesmal mit dem rechten Fuß, unter dem eisernen Brückengeländer hindurch. Als die Schachtel noch in der Luft war, kam ein Lastkahn unter der Brücke hervor. Statt im Wasser landete die Schachtel auf einer Ladung Braunkohle, die der Kahn transportierte.

»Es gibt auch immer wieder Überraschungen, die man vorher nicht einkalkuliert hat«, sagte Tasarow, »beim Fußball und im richtigen Leben.«

Trotzdem oder gerade deswegen gefiel ihm der Plan, den Boychenko nach seinem Gleichnis vom Elfmeterschießen entwickelte, mehr und mehr. Boychenkos Konzept würde ihm alle Möglichkeiten offen lassen, auch eine noch größere Überraschung. Mit Blaulicht, aber ohne Sirenen, jagte eine Kavalkade von Fahrzeugen der Volkspolizei und des Staatssicherheitsdienstes über die Straße. Die Gruppe der Demonstranten rannte in alle Richtungen auseinander.

Als Boychenko und Tasarow den abgesperrten »Pariser Platz« erreicht hatten und zum 500 Meter entfernten Brandenburger Tor hinüberblickten, da sagte Tasarow zu. Er werde den »Fall Excalibur« übernehmen. Es sei zwar alles viel komplizierter als damals bei Malnitz, aber sie würden die amerikanische CIA und den westdeutschen Bundesnachrichtendienst überlisten. Er, Tasarow, würde diesen amerikanischen Militärwissenschaftler, diese »Quelle Excalibur«, sicher nach Ostberlin holen.

»Ich freue mich, daß du einverstanden bist, Oleg«, sagte Boychenko, als sie sich verabschiedeten wie zwei Männer, die nett miteinander geplaudert hatten. Sie standen vor dem alten Zeughaus an der Straße Unter den Linden, in dem das »Museum für Deutsche Geschichte« untergebracht ist. Über dem Eingang warb ein Plakat für die Ausstellung »40 Jahre Sozialistisches Vaterland DDR«. Boychenko gab Tasarow einen Bruderkuß, bevor sich ihre Wege trennten.

Sie wußten nicht, das es für immer sein würde.

Nein, nicht daß er Angst gehabt hätte in dieser Nacht bevor er in den Westen ging. Angst nicht. Aber doch ein Zittern in der Magengegend, wie früher vor Prüfungen in der Schule, wie vor seinem Boxkampf gegen den Armeemeister oder vor dem Abschlußexamen auf der KGB-Schule Nowosibirsk. In seiner Wohnung in der Leipziger Straße kaum einen Kilometer von der Mauer entfernt, holte Oleg Tasarow den Steckschlüssel für den Panzerschrank aus seinem Versteck im Eisfach des Kühlschrankes und drehte ihn mit einiger Kraftanstrengung im Schloß herum. Dann stellte er die sechsstellige Zahlenkombination ein.

Tasarow hatte das Radio auf den Westberliner RIAS eingestellt. »...nach den offiziellen Feierlichkeiten zum 40. Jahrestag der DDR ist es im Ostberliner Prenzlauer Berg erneut zu schweren Zwischenfällen gekommen. Nach Zeugenaussagen hat die Staatspolizei die Gethsemanekirche umstellt, in die sich mehr als 2.000 Menschen geflüchtet haben, die gegen die Unterdrückung der Menschenrechte in der DDR demonstriert hatten. Es soll bereits zu zahlreichen Festnahmen gekommen sein. Bisher ist die Volkspolizei nicht in die Kirche eingedrungen...«

Tasarow hoffte, daß Nora Sommers Mann Paul diesmal nicht dabei war. Noch einmal würde er ihn nicht so ohne weiteres aus dem Polizeigewahrsam in der Immanuelkirchstraße holen können wie in der vergangenen Woche. Auch der Einfluß des KGB in der DDR hatte seine Grenzen. Er holte die noch nicht entwickelten Filme seiner Kleinstbildkamera, die er in den vergangenen Tagen und Nächten belichtet hatte, aus dem obersten Fach des grauen altmodischen Panzerschrankes. Darauf waren Dutzende von Fernschreiben der KGB-Zentrale Moskau, die neuen Strukturpläne des KGB für die DDR, Polen, Ungarn und die Tschechoslowakei, die Decknamen von zwei Dutzend KGB-Agenten in der Bundesrepublik, in den USA, in Großbritannien und in Südafrika, Protokolle von Besprechungen des Geheimdienstes zur aktuellen Lage in der DDR und im Ostblock. Und mehrere Dutzend Berichte von Dr. Nora Sommer über Sitzungen des Politbüros der SED und über die Machtkämpfe hinter den Kulissen. Darunter auch Belege dafür, daß Egon Krenz, der in Ungnade gefallene frühere »Kronprinz« von Erich Honecker, zusammen mit einigen Vertrauten eine Art Umsturz plante. Honecker und mit ihm die alte stalinistische Führungsgarde der SED sollte abgelöst werden und die DDR auf einen Gorbatschow-Kurs geführt werden: mehr Demokratie, mehr Marktwirtschaft im deutschen Sozialismus.

Auf einem der Filme war auch ein Bild, das die Stasi-Informantin mit seiner Kamera heimlich in der Hauptabteilung Aufklärung im sechsten Stockwerk des Ministeriums für Staatssicherheit der DDR in der Normannenstraße abfotografiert hatte: Es zeige, so hatte sie gesagt, den amerikanischen SDI-Wissenschaftler, der in den Ostblock überlaufen wolle, vor wenigen Tagen mit einer auffallend attraktiven rotblonden Frau in Hamburg. Der junge Mann und seine Begleiterin saßen in einem Café oder Restaurant und hielten Händchen. Im Hintergrund waren weiße Ausflugsschiffe zu sehen. Offenbar war das Bild in Hamburg gemacht worden, irgendwo an der Alster. Wer diese Frau sei, ging aus den Unterlagen nicht hervor. Das mußte unbedingt noch festgestellt werden.

Tasarow bugsierte das Mikrofilmmaterial mit einer Pinzette in ein Dutzend als Vitaminkapseln getarnte kleine Behälter, legte diese in ein Röhrchen und das in ein Plastiktäschchen mit Zahnbürste, Kamm und Rasierapparat. Das Material wäre für westliche Geheimdienste von unschätzbarem Wert. Dann verschloß er den Panzerschrank wieder sorgfältig. Erst nach getaner Arbeit begann seine Hand zu zittern. Schweißtropfen perlten auf seiner Stirn, obwohl in der Wohnung wieder einmal nicht richtig geheizt worden war. Oleg Tasarow duschte heiß und kalt, bevor er sich hinlegte.

Am nächsten Tag sollte alles nach Plan gehen. Nach Boychenkos Plan. Jedenfalls sollte es so aussehen.

Der alte Wecker klingelte um 6 Uhr. Oleg Tasarow zog sich seine Uniform an, die Uniform eines Majors der Fallschirmjägertruppe, und darüber einen zivilen, dunkelblauen Plastikmantel. Er ging zu Fuß über die Leipziger Straße und die Friedrichstraße direkt auf die im Morgengrauen noch beleuchtete Mauer zu. Tasarow fror ein wenig. Der Himmel war bedeckt, aber es regnete nicht.

Vor den Sperranlagen wartete er und beobachtete die amerikanischen und britischen Fahrzeuge, die im Schrittempo von West nach Ost durch den Grenzübergang rollten. In umgekehrter Richtung war kein Verkehr. Der graue Bus aus dem dreißig Kilometer südlich von Berlin liegenden Stützpunkt Wünsdorf mit dem Hammer-und-

Sichel-Emblem und einem Kennzeichen der sowjetischen Armee kam, wie mit Boychenko verabredet war, pünktlich um 8 Uhr.

Oleg Tasarow zog den Mantel aus, knüllte ihn zusammen und steckte ihn in seine Aktenmappe, in die er das Plastiktäschchen mit seinen Toilettensachen verstaut hatte – und das Röhrchen mit den Vitaminkapseln. Dann stieg er in den Bus, in dem mit müden Gesichtern 42 Soldaten eines Schützenpanzerregimentes der Roten Armee saßen. Ihr Vorgesetzter, ein junger Leutnant, öffnete die Tür, sprang heraus, stand stramm, legte die Hand an die Mütze und grüßte.

»Das ist der Genosse Major, der bei unserer Fahrt durch Westberlin für unsere Sicherheit sorgen wird«, sagte er zu seinen Männern.

Jeder wußte, daß der Neuankömmling vom KGB war und seine eigentliche Aufgabe darin bestand, zu verhindern, daß einer von ihnen im Westen abhaute, wie das in letzter Zeit ein paarmal bei den offiziellen Ausflugsfahrten von Sowjetsoldaten nach Westberlin vorgekommen war. Mit diesen Sightseeing-Touren demonstrierten die Sowjets offiziell ihr im Viermächte-Status vereinbartes Aufenthaltsrecht im Westen der geteilten Stadt.

Täglich rollten deshalb Busse mit in der DDR stationierten Sowjetsoldaten durch die Mauer. Ihr erstes Ziel: das sowjetische Ehrenmal an der Straße des 17. Juni zwischen Brandenburger Tor und Siegessäule. Nach einem kurzen Aufenthalt fuhr der Bus gewöhnlich weiter zum Schloß Bellevue, dem Sitz des Bundespräsidenten in Berlin, dann über die Otto-Suhr-Allee zum Schloß Charlottenburg.

Kurz nach 9 Uhr hielt der Bus vor dem von zwei mit Schwert und Schild bewaffneten steinernen Kriegern bewachten Schloß. Zwei Stunden lang schlenderten die Soldaten der Roten Armee durch den prächtig restaurierten ehemaligen Sitz des Preußenkönigs. Wie die Touristen aus aller Welt besichtigten sie die Kunst- und Gemäldeausstellungen. Mit einigem Abstand ging Major Tasarow hinter seinen Schützlingen her. Die Abfahrt war für 10.30 Uhr befohlen. Ein paar Minuten vorher setzte sich Tasarow in einem unbeobachteten Moment von der Truppe ab.

Es schien alles ganz einfach. Er zog seinen Zivilmantel über und ging schnell über eine breite Treppe in den ersten Stock. Niemand war hier oben. Er fand die Tür zur Abstellkammer nach ein paar Minuten. Wie Boychenko gesagt hatte, steckte der Schlüssel von außen. Tasarow öffnete die Tür, zog sie wieder hinter sich zu und schloß von innen ab. Durch eine staubige Gardine beobachtete er eine Viertelstunde später, wie seine Kameraden auf dem Vorhof des Schlosses aufgeregt umherliefen. Der junge Leutnant teilte sie in Dreier-Gruppen ein, offenbar sollten sie nach ihm suchen. Nach einer Stunde hörte er draußen auf dem Flur Schritte und russische Stimmen. Jemand faßte an die Türklinke und drückte sie herunter. »Abgeschlossen«, sagte eine Stimme, »sollen wir jemanden holen, der aufmacht?«

Tasarow überlegte, was er tun sollte, wenn sie die Tür mit Gewalt öffnen würden. Mehr im Reflex berührte seine Hand den Griff der Makarow-Dienstpistole, die an seinem Uniformgürtel hing.

»Nein, hier kann er nicht sein, und der Leutnant hat gesagt, wir sollen Aufsehen vermeiden«, sagte eine andere Stimme. Die Schritte entfernten sich wieder. Unten vor dem Kuppelbau, unter dem Reiterstandbild des Großen Kurfürsten, schien der Leutnant mit seinen Leuten eine Lagebesprechung abzuhalten. Es war möglich, daß er schon über Funk mit seinem Wünsdorfer Hauptquartier gesprochen hatte, um sich Verhaltensmaßregeln geben zu lassen. Noch einmal schwärmten sie aus. Nach zwei Stunden gaben seine Kameraden auf. Erleichtert sah er, wie sie in den Bus stiegen. Er zählte 42 Mann. Kein anderer war zurückgeblieben. Der Bus fuhr davon.

Oleg Tasarow verließ den Abstellraum, in dem es nach Bohnerwachs und Möbelpolitur roch, und ging über die langen Flure, bis er endlich den Aufenthaltsraum der Museumswärter fand. Ein älterer Mann saß an einem Tisch und biß gerade in seine Frühstücksstulle. »Guten Appetit«, sagte Tasarow freundlich und zog seinen Plastikmantel aus, daß seine Uniform zu sehen war. »Ich bin Offizier der sowjetischen Armee und bitte um politisches Asyl. Bitte rufen Sie sofort die Polizei!« Der Alte verschluckte

sich, hustete und starrte ihn ungläubig an, als sei er ein Schloßge-
spenst.

»Sind Sie sicher, daß Sie hierbleiben wollen«, fragte er und als
Tasarow seine Forderung wiederholte, wählte er endlich die Not-
rufnummer 110. Es dauerte eine halbe Stunde, bis aus der
nächsten Polizeiwache endlich zwei Beamte erschienen.

Sie salutierten. Sie hätten die für diesen Fall zuständige britische Militärpolizei alarmiert, sagten sie zu Tasarow, denn er
befinde sich hier im britischen Sektor Berlins. Die Männer der
Berliner Schutzpolizei bestaunten den Mann in der Majorsuni-
form der Roten Armee unverhohlen, der inzwischen mit drei
Museumswärtern Kaffee trank und perfekt Deutsch sprach.

Endlich erschienen drei britische Militärpolizisten. Sie waren
aufgeregt und wurden noch nervöser, als Tasarow durchblik-
ken ließ, daß er KGB-Offizier sei. Sie telefonierten Verstärkung
herbei. Tasarow mußte seine Uniform aus und eine zu große
Hose und einen Pullover anziehen, die ihm jemand besorgt
hatte.

Als ihm seine Pistole und seine Aktenmappe abgenommen
werden sollten, weigerte er sich. Die Briten eskortierten ihn über
die langen Flure des Schlosses zu einem Hinterausgang. Direkt
vor der Tür stand ein VW-Bus. Tasarow mußte sich auf den
Boden legen, so daß er während der Fahrt zur britischen Militär-
kommandantur nicht gesehen werden konnte – für den Fall, daß
die Sowjets das Schloßgelände observierten, wie ihm erklärt
wurde. Tasarow wurde kurz von einem Mann des britischen
Geheimdienstes MI5 vernommen. Er stellte sich mit Namen und
Dienstrang vor und wies sich mit seinen Personalpapieren aus.
Er verlangte, dem amerikanischen Geheimdienst CIA oder dem
deutschen Bundesnachrichtendienst überstellt zu werden. Erst
am frühen Abend gaben die Briten ihre Bemühungen auf, ihn
zum Bleiben zu überreden.

Amerikanische Militärpolizisten holten ihn ab. Er wurde noch
in der Nacht zum Flughafen Tempelhof gebracht und mit einem
zweistrahligen Ambulanzflugzeug der Air Force von Westberlin
nach Frankfurt geflogen. Auch im früheren Gebäude des groß-

deutschen IG-Farben-Konzerns, in dem jetzt der CIA residiert, weigerte er sich auszupacken. Er wolle nur reden, wenn er gemeinsam vom amerikanisch CIA und dem westdeutschen BND vernommen werde. Als Gegenleistung für seine Informationen über den KGB in der DDR, über Ostagenten im Westen und über aktuelle Ereignisse erwarte er von den Amerikanern Geld, viel Geld – und von den Deutschen neue Papiere mit deutschem Namen und Hilfe bei der Gründung einer neuen Existenz. Er begründete das damit, daß er gut Deutsch spreche und in Westdeutschland ein neues Leben beginnen wolle. Am nächsten Tag waren Amerikaner und Deutsche einverstanden. Oleg Tasarow wurde nach München und weiter an den Tegernsee gebracht. Dort hatte der Bundesnachrichtendienst von einem Diplomaten eine Villa gemietet, der einige Jahre lang in Afrika Dienst tat. Tasarow bezog im ersten Stock ein Zimmer mit Blick auf den See, auf den Ort Rottach-Egern und auf den Wallberg, auf dessen Gipfel während dieser goldenen Oktobertage eine Seilbahn Tausende von Nachsaison-Touristen schaufelte.

Die Vernehmungen fanden unten im Kaminzimmer statt oder auf der Gartenterrasse des Anwesens, das am Ende einer Sackgasse lag. Die Zufahrt und die Umgebung wurde von Geheimdienstlern und von Polizisten in Zivil unauffällig bewacht. Gemeinsam begannen je zwei CIA- und BND-Leute, alle vier Experten für den sowjetischen Geheimdienst, mit der Vernehmung des Überläufers. Sie fingen mit Tasarows Kindheit und Jugend an, seinem ersten Kontakt mit dem KGB in Litauen und seiner Ausbildung in der KGB-Schule in Nowosibirsk, über die sie bereits so gut informiert waren, daß sie Tasarows Angaben leicht überprüfen und als richtig einstufen konnten. Seine Glaubwürdigkeit und die Bedeutung seiner Aussagen stieg von Tag zu Tag. Er erschien den West-Geheimdienstlern so bedeutsam, daß sie allein für die erste Gesprächsrunde mit dem Überläufer zwei bis drei Wochen einplanten.

Die deutschen Vernehmungsspezialisten nannten sich Dieter und Erich, waren beide um die Vierzig und sehr gut über die aktuellen Vorgänge in der DDR unterrichtet. Die beiden Amerikaner waren zwei humorvolle Typen, der eine groß und schwer, der andere dünn und nicht mal 1,70 Meter groß. Sie stellten sich als Tom und Cliff vor. Tasarow nannte sie vom dritten Tag an »David« und »Goliath«, was sie grinsend akzeptierten. Das sei besser als »Dick und Doof«, sagte der massige Cliff in breitem Deutsch mit texanischem Akzent.

Am zweiten Tag gab Oleg Tasarow ihnen als Beweis für die Qualität seiner Lieferung und als eine Art Kostprobe einen der Kleinstfilme, den er aus einer der Vitaminkapseln geholt hatte. Er wurde in einem Speziallabor im BND-Hauptquartier in Pullach bei München entwickelt und vergrößert. Ein Kurier brachte am nächsten Tag das Material zurück in die Villa am See. Die vier beugten sich darüber, lasen die beigefügten Übersetzungen und staunten in Tasarows Gegenwart: Auf den Vergrößerungen waren Dokumente zu sehen, die belegten, daß die Sowjets entgegen den Abmachungen im sogenannten ABM-Vertrag eine riesige Radaranlage im äußersten Osten Sibiriens, gegenüber von Alaska, noch weiter ausbauten.

Von nun an, so fühlte Tasarow, behandelten sie ihn geradezu mit Ehrfurcht.

Er wunderte sich immer wieder – alles ging tatsächlich nach Boychenkos Plan... Bis er dessen Drehbuch nach seiner eigenen Vorstellung umzuschreiben begann. Er redete über Geld und über seine Forderungen. Er verlangte für seine Arbeit eine Million Dollar, zahlbar in Raten nach Fortgang seiner Vernehmung auf ein Züricher Bankkonto, dazu eine lebenslange Rente von 2.000 Dollar monatlich und deutsche Papiere, Pässe, Führerschein, einen wasserdichten neuen Lebenslauf. Als er sich in den alten Ohrensessel im Kaminzimmer zurücklehnte und die vier musterte, blies der dicke Cliff seine rosigen Backen auf, atmete hörbar ein und aus und hustete nervös hinter vorgehaltener Faust.

Der Mister Major habe den Kapitalismus aber schnell kapiert, sagte er dann. Eine Million Dollar plus Pension? Jesus Christ! Das sei ein hübsches Sümmchen. Da müsse er aber schon ein

paar sehr deutliche Andeutungen machen, was er dafür zu verkaufen habe. Tasarow sagte, er können ihnen sagen, wie sich die
politische Lage in der DDR in der allernächsten Zeit entwickeln
werde... Das müssen unsere Freunde vom BND einschätzen,
was ihnen das wert ist, sagte der dünne John. Und er habe ein
Dutzend Namen von Agenten des KGB und des Staatssicherheitsdienstes mitgebracht, sagte Tasarow.

»Decknamen? – oder richtige Namen und Funktionen mit
allen Details?«

»Alle Angaben.«

»Interessant, auch einiges wert, aber vermutlich keine Million
Dollar«, sagte der dicke Cliff.

Das war der Moment, in dem Oleg Tasarow zum ersten Mal
»einen führenden amerikanischen SDI-Forscher« erwähnte, der
bereits in der Bundesrepublik sei und der sich in den nächsten
Tagen, vielleicht schon in den nächsten Stunden, in die DDR
oder in die Sowjetunion absetzen werde. Falls sie das noch verhindern wollten, sei Eile geboten.

An dieser Stelle wurden die beiden lässigen CIA-Leute sehr
unruhig, blieben aber immer noch skeptisch. »Er will bluffen«,
sagte der dünne John.

»Vielleicht sollten sie sich mal ein wenig in Washington oder
in Kalifornien erkundigen«, sagte Tasarow. Er habe Zeit – im
Gegensatz zu ihnen.

Von da an ging alles sehr schnell: John und Cliff informierten
die CIA-Zentrale in Langley über die Andeutungen des Russen.
Der Hinweis landete mit dem Stempel *Top Secret* und *Very ur-
gent!* in mehreren Abteilungen gleichzeitig: in der Abteilung für
Militärspionage des CIA, beim Geheimdienst des Pentagon, der
Abteilung für deutsche Angelegenheiten, weil der angebliche
Überläufer sich angeblich schon in der Bundesrepublik aufhalten
sollte: im Geheimdienst des Energieministeriums, dem die SDI-
Forschungen unterstanden, und im Stab von Brent Scowcroft,
dem Sicherheitsberater des Präsidenten, und dort auf dem
Schreibtisch von Donald Ingham, dem Deutschland-Spezialisten.

Überall schrillten die Alarmglocken. Ingham ließ sich nach

einigem Hin und Her direkt mit der Villa am Tegernsee und dort mit »Cliff« verbinden und informierte dann Henrik C. Dillon in Hamburg. Der flog mit der nächsten Maschine nach München und saß am 15. Oktober, nachmittags 17.30 Uhr, dem aus Ostberlin geflüchteten KGB-Überläufer Major Oleg Tasarow gegenüber. Dillon hatte den beiden CIA-Leuten und den Deutschen gesagt, er wolle den Russen unter vier Augen sprechen. Der Mann machte einen guten Eindruck auf ihn, auch die Auskünfte der vier Vernehmungsexperten vom CIA und BND waren positiv gewesen, ebenso wie die ersten Tests mit dem Lügendetektor. Dillon redete deshalb nicht lange herum.

»Sie haben recht, Oleg«, sagte er nach der zweiten Tasse Kaffee, »wir haben keine Zeit zu verlieren. Ihre Hinweise über einen SDI-Forscher, der sich in den Osten absetzen will, entsprechen der Realität. Leider! Der Mann heißt Rosenblatt, Peter Rosenblatt.«

»Sein Quellenname beim Staatssicherheitsdienst der DDR ist jedenfalls ›Excalibur‹«, sagte Tasarow.

»Excalibur? Komischer Deckname«, sagte Dillon. »Aber egal. Wir müssen ihn aufhalten – um jeden Preis. Ich habe mit Washington gesprochen. Ihre Forderungen werden erfüllt. Sie erhalten eine Million Dollar auf ein Schweizer Konto plus Pension, plus neue Identität und die deutsche Staatsbürgerschaft von unseren deutschen Freunden – all das allerdings unter einer wichtigen Voraussetzung...«

Dillon machte eine Pause, um Tasarows Reaktion zu beobachten, aber der zeigte keinerlei Regung.

»...unter der Voraussetzung, daß Sie uns nicht nur Informationen über diese Sache geben, sondern daß Sie ab sofort in diesem Fall für uns arbeiten und daß Sie uns diesen Rosenblatt, diesen ›Excalibur‹, persönlich übergeben, und daß Sie genau das tun, was ich Ihnen jetzt erklären werde...«

Dillon bat Tasarow zu einem Spaziergang in den großen Garten des Anwesens, der von einigen Außenleuchten erhellt wurde. Sicher ist sicher, dachte er, denn vermutlich hatten die Deutschen das Haus mit Abhörgeräten verwanzt. Und für dieses Gespräch sollte es keine Mithörer geben, nicht einmal welche von einem befreundeten Dienst. Sie hätten einen wunderschönen Blick auf den nachtdunklen See gehabt, über dessen windstilles Wasser sich vom anderen Ufer lange Lichtreflexe zogen. Doch die beiden Männer waren zu sehr in ihr Gespräch vertieft, um die Aussicht zu genießen. Der Amerikaner und der Russe sprachen deutsch. Von weit her, vermutlich von einem der Luxushotels am See, klang Tanzmusik herüber.

»Wir sind beide Profis, Mr. Tasarow«, sagte Dillon, »und ich möchte, daß Sie mir sagen, wenn Sie Einwände oder bessere Vorschläge haben.«

Dann erklärte er seinen Plan: »Nach unseren bisherigen Vermutungen, die nach unseren jüngsten Recherchen erhärtet und durch Ihre Informationen nun leider zur Gewißheit geworden sind, gibt es keinen Zweifel, daß der führende Atomphysiker und SDI-Technologe Peter Rosenblatt sich mitsamt seinen Forschungsunterlagen in den Ostblock absetzen will. Aus welchen Gründen auch immer. Unsere Aufgabe ist es, das zu verhindern. Wir wissen auch: Rosenblatt hat bereits Kontakt zum Ministerium für Staatssicherheit der DDR und zum KGB. Wir wissen ebenfalls: Er wartet auf Hilfe, auf Spezialisten der anderen Seite, die ihn aus der Bundesrepublik zunächst einmal in die Deutsche Demokratische Republik schleusen sollen. Wir wissen noch, daß, aus welchen Gründen auch immer, diese Hilfe auf sich warten läßt, und daß Rosenblatt in seinem Unterschlupf immer ungeduldiger wird... Und da ist es eine großartige Fügung – oder ein Zufall oder wie Sie es nennen wollen, Mr. Tasarow, daß in dieser Situation ein leibhaftiger KGB-Offizier zu uns übergelaufen ist. Meine Idee ist: Sie werden der Mann sein, der sich an Rosenblatt heranmacht. Sie werden sich ihm gegenüber als KGB-Offizier zu erkennen geben und so tun, als ob Sie noch immer für den Geheimdienst der UDSSR arbeiteten. Das dürfte Ihnen ja wohl nicht schwerfallen. Sie werden Rosenblatt, so wie er es wünscht, zunächst nach West-Berlin bringen. Sie werden ihm vor allem, und das ist Ihre vordringliche Aufgabe, so bald wie möglich sein Forschungsmaterial – es handelt sich dabei um Computer-disketten und um Magnetbänder – abnehmen. Sie werden ihm klarmachen, dieses Material müsse so schnell wie möglich sicher nach Moskau gebracht werden – und Sie werden alles uns übergeben. Die SDI-Daten werden wieder dort landen, wo sie hingehören, in den Vereinigten Staaten. Wir werden den abtrünnigen Bürger der USA mit Ihrer Hilfe festnehmen und zur Rechenschaft ziehen – oder noch besser: ihn wieder dazu bringen, seine Arbeit im Interesse unseres Landes und des Friedens fortzusetzen.«

Dillon schwieg lange. Tasarow ebenfalls. Sie gingen in die Villa zurück.

»Wir wissen noch nicht, welche Rolle eine gewisse Ines van Holten, eine prominente Fernsehjournalistin, dabei spielt«, fuhr Dillon dann fort. »Ist sie nur eine ehemalige Jugendfreundin und jetzige Geliebte, oder ist sie eine Agentin? Können Sie dazu etwas sagen, Oleg...?«

Oleg Tasarow sagte, er habe den Namen dieser Frau schon gehört, und als Dillon ihn neugierig ansah, fügte er hinzu: »...allerdings wirklich nur im westdeutschen Fernsehen.« Dillon konnte über den müden Scherz nicht einmal lächeln.

»...und ich habe ein Foto von ihr gesehen, ein Foto von ihr und diesem Rosenblatt.«

Tasarow zog ein Plastikröhrchen mit kyrillischer Beschriftung aus der Tasche.

»Was ist das?« frage Dillon.

»Das sind Vitaminkapseln, sehr selten und teuer bei uns in der Sowjetunion, aber die hier sind vermutlich die teuersten überhaupt...« Er öffnete den Plastikverschluß und schüttelte den Inhalt in seine linke Hand. Mit der Rechten sortierte er elf Kapseln von der Größe eines kleinen Fingernagels aus. »Da sind Filme drin. Sie sollten sie sofort entwickeln lassen. Sie werden interessante Unterlagen darauf finden, unter anderm die Reproduktion eines Fotos, das Ihren Landsmann Rosenblatt zusammen mit einer attraktiven rotblonden Dame in einem Café oder Restaurant zeigt. Das Bild ist vermutlich vor einigen Tagen erst von

Agenten des Staatssicherheitsdienstes in Hamburg aufgenommen worden. Und ich bin sicher, daß die Dame die von Ihnen erwähnte Fernsehjournalistin ist.«

Dillon nahm die Vitaminkapseln an sich und übergab sie »Cliff«. Auch diese Filme wurden beim BND in Pullach entwickelt, vergrößert und schon nach wenigen Stunden zurückgebracht. Auf einem der Bilder war tatsächlich Rosenblatt mit Ines van Holten zu sehen. Dillon hätte die beiden auch ohne die große Lupe erkannt, mit der er die grobkörnige Farbvergrößerung wie ein Insektensammler betrachtete.

»Frau van Holten lebt in Hamburg. Wir haben sie bereits vernommen und wissen inzwischen, daß sie uns belogen hat. Dieses Foto ist ein weiterer Beweis. Entgegen ihren Behauptungen hat sie nach seinem Verschwinden noch immer Kontakt zu Rosenblatt. Ich habe mir deshalb gedacht, es wird das beste sein, Sie machen sich an diese, wie Sie sehen, sehr reizvolle Dame heran. Sie müssen Ihr Vertrauen gewinnen und über sie Kontakt zu Rosenblatt bekommen.«

So etwas habe er in der DDR schon öfter gemacht, sagte Tasarow. Er kenne sich mit der Mentalität von deutschen Frauen aus. Dabei grinste er.

»Sehr schön. Wir beide werden heute nacht noch mit einer Chartermaschine nach Hamburg fliegen«, sagte Dillon vor dem inzwischen flackernden Kamin im großen Wohnzimmer der Villa.

»Unsere Dienststellen holen gerade eine Sondererlaubnis für eine Nachtlandung auf dem Flughafen Hamburg-Fuhlsbüttel ein.«

Oleg Tasarow hatte dem Plan mit wachsender Spannung zugehört. Als Dillon fertig war, staunte er, ohne es sich anmerken zu lassen. Er staunte über die Umsicht seines alten Genossen und Kampfgefährten Generalmajor Wladimir Boychenko. Er mußte an dessen Beispiel mit dem Torwart und dem Elfmeterschützen denken. Tatsächlich! Boychenko hatte richtig vorausgesehen, wie seine amerikanischen Gegenspieler reagieren würden...

»Einverstanden, Mr. Dillon«, sagte er, nachdem er scheinbar gezögert hatte. »Ihr Plan ist überzeugend. Ich werde tun, was Sie vorgeschlagen haben – wenn Sie meine Bedingungen erfüllen. Dazu gehören außer dem, was ich schon genannt habe, nur noch ein paar Kleinigkeiten. Erstens: Ich brauche meine Papiere wieder, die mir Ihre Leute abgenommen haben: die Marke und den KGB-Ausweis – schließlich soll ich ja als KGB-Mann auftreten – und meine Dienstpistole, die Makarow. So fühle ich mich sicherer. Sie müssen mir ohnehin vertrauen, ob mit oder ohne Waffe«, fügte er hinzu.

»Zweitens: Ich habe einen Mitarbeiter in Ost-Berlin, der bei nächster Gelegenheit ebenfalls in den freien Westen kommen will. Sie sollten ihm nach seiner Flucht ebenso helfen wie mir – keine Angst, es wird längst nicht so teuer werden.«

Dillon sagte, das sollte kein Problem sein. Im Gegenteil, man freue sich immer, wenn Profis die Seite in die richtige Richtung wechselten – also von Ost nach West natürlich.

»Und dann ist da drittens noch eine familiäre Angelegenheit, die ich geklärt haben möchte«, sagte Oleg Tasarow und zögerte. Dillon drängte ihn zum Reden. Sie hätten keine Zeit mehr zu verlieren.

Stockend erklärte der Russe, es sei eine vielleicht ungewöhnliche Bitte ...

»Ist nicht unser ganzes Geschäft ungewöhnlich?« fragte Dillon.

»... ich brauche aus privaten Gründen Informationen über ein Verbrechen, das in den letzten Kriegstagen des Jahres 1945 in Deutschland geschehen ist. Es handelt sich um den Tod eines Kriegsgefangenen, eines jungen russischen Zwangsarbeiters in Nazi-Deutschland. Ich muß alles über die näheren Umstände und besonders die Namen der an dem Verbrechen beteiligten Deutschen wissen.«

Dillon war nun doch erstaunt und fragte nach dem Sinn des Ganzen.

Der Russe antwortete, darüber könne er zur Zeit noch nicht sprechen. Es sei eine Familienangelegenheit und habe mit dem Fall des amerikanischen Überläufers absolut nichts zu tun. Dillon blieb skeptisch, versprach dann aber, sich darum zu kümmern. Er stellte ein paar Fragen und machte sich Notizen.

»Wie ist dieser Russe umgekommen?«

»Sie haben ihn öffentlich hingerichtet. Aufgehängt, an einem Baum.«

»Warum?«

»Weil er ein deutsches Mädchen geliebt hat. Darauf stand bei den Nazis die Todesstrafe.«

»Wo ist das passiert?«

»In einem Dorf in Niedersachsen. Es heißt Birkholz.«

»In Niedersachsen? Komischer Zufall! In Niedersachsen ist auch Rosenblatt verschwunden, und dort ist er vor zwei Tagen zum letzten Mal gesehen worden.«

Dillon sah Tasarow zweifelnd an. Doch schließlich sagte er, es werde vermutlich kein Problem sein, die Einzelheiten dieses Nazi-Verbrechens zu recherchieren. Es gebe gute deutsche und amerikanische Archive, und er kenne einen Kriminalkommissar aus Cuxhaven, der sicherlich auf dem Dienstweg nachfragen könne.

»Wie ist der Name des Ermordeten?«

»Tasarow«, antwortete der Russe, »Anatoli Tasarow...«

3.
Tasarows Thema

12

Montag, 16. Oktober 1989

Ines van Holten rauchte wieder. Zwei Tage lang hatte sie aufgehört. Nun saß sie am großen U-förmigen Konferenztisch in der Redaktion des Fernsehsenders RTA und steckte sich eine neue Zigarette an der Glut der alten an. Sie hustete hinter ihrer vorgehaltenen Hand mit den manikürten Fingernägeln. Trotz ihres wie immer perfekten Make-ups wirkte sie übermüdet. Sie wollte sich auf ihre Talkshow »Thema Nr. 1« für die kommende Woche vorbereiten. Mit den Kollegen des Ressorts Politik sah sie sich deshalb das noch ungeschnittene aktuelle Material für die nächste Nachrichtensendung an.

»In Leipzig ist es an diesem Montagabend zur bisher größten Massendemonstration seit dem Aufstand vom 17. Juni 1953 in der DDR gekommen. Mehr als hunderttausend Menschen sind aus Protest gegen das Honecker-Regime auf die Straße gegangen«, sagte ein Reporter zu den verwackelten Bildern auf einem der Monitore. »Mit dem Ruf ›Wir sind das Volk‹ marschierten die Demonstranten nach dem schon traditionellen Montagsgottesdienst von der Nikolaikirche aus über den Ring. Trotz massiven Einsatzes von Volkspolizei und Kräften des Staatssicherheitsdienstes protestierten sie gegen die Verhaftungen ihrer Gesinnungsfreunde in den vergangenen Tagen, gegen das Verbot der Bürgerbewegung ›Neues Forum‹ und gegen die immer rigider werdenden Unterdrückungsmaßnahmen des Ostberliner Regimes. Die Größe der Kundgebungen und die Heftigkeit der Auseinandersetzungen haben erheblich zugenommen, seit der sowjetische Staatschef Michail Gorbatschow die DDR wieder verlassen hat, denn danach scheint klar zu sein, daß die alte Führungsgarde im Politbüro um Erich Honecker trotz der Liberalisierung in den Nachbarländern Polen und Ungarn und trotz der anhaltenden Flüchtlingswelle auch weiterhin ihren orthodox stalinistischen Kurs beibehalten wird...«

»Das nehmen wir. Aber der Text holpert noch zu sehr. Kürzere Sätze. Mehr Präzision bei der Aussage. Das muß noch umgeschrieben werden«, entschied Georg Burger, der Nachrichtenchef, und ließ den nächsten Film über neue Unruhen in den von Israel besetzten Gebieten im Westjordanland einspielen. Auf einem der Bildschirme im Hintergrund liefen bereits die »Tagesthemen«, moderiert von Hans-Joachim Friedrichs.

Friedrichs kündigte einen Bericht des ARD-Korrespondenten in der DDR, Horst Hano, an. Auch hier waren verwackelte, unscharfe Bilder von Menschen mit brennenden Kerzen in den Händen, von Rangeleien zwischen Demonstranten und Polizei vor der Tür der Ostberliner Gethsemanekirche zu sehen.

»Ebenso wie in Leipzig ist auch in Ostberlin eine Kirche zum Zentrum des Widerstandes gegen die Staatsgewalt der DDR geworden, die Gethsemanekirche im Bezirk Prenzlauer Berg...« sagte der Korrespondent gerade, als plötzlich einer der Stasileute auf die Kamera zugerannt kam und seine Hand vor das Objektiv hielt. Doch der Kameramann drehte weiter. Durch die gespreizten Finger der Stasihand hindurch war im Hintergrund zu sehen, wie auf junge Frauen und Männer eingeschlagen wurde, wie Menschen an den Haaren gezogen, zu einem Lastwagen gezerrt und auf die Laderampe geschoben wurden.

»Toll. Die haben bessere Bilder als wir«, sagte der Nachrichtenchef.

Das flache Designer-Telefon vor seinem Platz summte. Burger nahm ab und hörte unwillig zu. Er wollte auflegen, entschied sich jedoch anders, hielt die Muschel mit einer Hand zu und rief zu Ines van Holten hinüber: »Da ist wohl einer von deinen Fans am Apparat. Er hat sich von der Zentrale nicht abwimmeln lassen. Es geht um einen gemeinsamen Freund, sagt er. Scheint einen ungarischen oder russischen Akzent zu haben. Willst Du übernehmen...?«

Ines van Holten drückte ihre erst halb gerauchte Zigarette in einem Aschenbecher aus. Sie verbrannte sich dabei die Fingerkuppe. »Ich glaube, den Mann kenne ich«, log sie, »gib ihn mal her.«

Oleg Tasarow war zusammen mit Henrik C. Dillon von München nach Hamburg geflogen. Er hatte sich von Dillon verabschiedet und gesagt, von nun an arbeite er erst einmal auf eigene Faust. »Ich werde Sie auf dem laufenden halten, doch erst, wenn ich es für richtig halte, können Sie und Ihre Leute eingreifen.«

»Das verstehe ich«, sagte Dillon. »Es ist gut zu wissen, daß wir es mit einem Profi zu tun haben.«

Tasarow stand in einer Telefonzelle im Hamburger Hauptbahnhof und hatte die Tür so weit geöffnet, daß die Lautsprecherdurchsagen und die Geräusche von ankommenden und abfahrenden Zügen am anderen Ende der Leitung zu hören sein würden.

»Frau van Holten?« fragte er, nachdem sie sich gemeldet hatte. »Ich bin gerade auf dem Hamburger Hauptbahnhof angekommen. Aus Berlin.«

»Wer sind Sie«, fragte sie.

»Mein Name ist nicht wichtig«, sagte er. »Wichtig ist, daß ich ein Freund Ihres amerikanischen Freundes bin. Ich bin gekommen, um ihm aus seiner mißlichen Lage zu helfen – Sie verstehen, was ich meine...?«

Tasarow bemühte sich, mit deutlich rollendem russischen »r« zu reden.

»Nein.«

»Doch. Ich glaube schon... Können wir offen sprechen, Frau van Holten...?«

»Nein. Einen Moment. Bleiben Sie am Apparat!«

Sie ließ das Gespräch aus dem Nachrichtenraum in ihr kleines Redaktionszimmer stellen und lief mit wehendem Rock über den Flur. Als sie sich wieder meldete, fragte Tasarow, wann und wo sie sich treffen könnten. Es sei dringend. Sehr dringend. Ines van Holten spürte einen Druck im Magen. Sie wußte nicht, ob sie sich auf dieses Spiel einlassen sollte. Aber dann siegte ihre Neugier. Und sie dachte natürlich auch an Peter Rosenblatt. Sie schlug die Bar des *Intercontinental Hotels* an der Außenalster als Treffpunkt vor.

»Das ist nicht weit vom Hauptbahnhof. Sie können zu Fuß gehen.«

Im *Interconti* kannte man sie von ihren Talkshows, dort würde sie sich sicher fühlen. Doch bevor sie sich auf den Weg machte, bat sie ihren Kollegen Georg Burger um Hilfe – immerhin: sie hatte offenbar ein Rendezvous mit dem gefürchteten KGB. Burger erklärte sie, sie sei mit einem interessanten, aber dubiosen Informanten für eine Reportage verabredet und fühle sich wohler, wenn ein Freund in der Nähe sei. Burger hatte seinen Spätdienst beendet. Er traf sogar noch vor ihr im *Interconti* ein.

Der Mann mit dem russischen Akzent kam, kurz nachdem Ines van Holten an der Bar einen Wodka Tonic bestellt hatte. Zu ihrer Verblüffung sah er aus wie ein Italiener: Ende Dreißig, schlank und sportlich, dunkelhaarig, dunkle Augen. Er war sportlich-elegant gekleidet. Der Mann blickte sich suchend um, entdeckte sie, begrüßte sie zu ihrer Verblüffung nach Schickeria-Manier mit Küßchen links und rechts auf die Wange. Es war ihr unangenehm. Einige Leute in der Halle drehten sich zu ihnen um. Über die Schulter des Fremden hinweg sah sie Burgers anzügliches Grinsen. Nachdem er sich gesetzt hatte, entschuldigte er sich leise für die Vertraulichkeit und sagte, er habe sie als Tarnung für sinnvoll gehalten, falls sie beobachtet würden. Er schlug vor, die Hotelbar zu verlassen. Sie wollte zögernd aufstehen. Er drückte sie sanft zurück. Er müsse vorher noch einmal zur Toilette, sagte er. Beunruhigt sah Ines van Holten, wie ihr Redaktionskollege dem Russen folgte. Was macht Burger für einen Unsinn, dachte sie? Was soll das?

Tasarow stand vor einem der Porzellanbecken und beobachtete aus den Augenwinkeln den mittelgroßen Mann mit den grauen Schläfen, der neben ihn getreten war. Der bemühte sich angestrengt, aber vergeblich, ein paar Tropfen Wasser zu lassen. Sie waren alleine. Ein Amateur, dachte Tasarow, ein blutiger Amateur. Von Observation hat der jedenfalls keine Ahnung. Er knöpfte seinen Hosenschlitz zu, wandte sich zur Seite und schlug aus der Drehbewegung heraus mit der rechten Handkante zu. Er traf den Kehlkopf seines Nachbarn. Burger klappte mit hervorquellenden Augen röchelnd vornüber. Tasarow fing ihn auf, bevor sein Kopf in das Pinkelbecken fiel. Er schleifte den schlaffen Körper in eine der Toilettenzellen, überzeugte sich, daß der Mann noch lebte und legte ihn quer über das Klobecken.

»Falls Sie mich hören können: Grüßen Sie Dillon«, sagte Tasarow. »Sagen Sie ihm, daß er sich in Zukunft an unsere Abmachungen halten soll...«

Dann zog er die Tür hinter sich zu und hängte ein Schild von der Nachbarzelle an die Klinke. Darauf stand: »Vorübergehend außer Betrieb.«

Nach kaum zwei Minuten stand er wieder vor Ines van Holten. »Kommen Sie«, sagte er, »jemand hat uns beschattet.«

Sie gingen die paar Schritte vom Hoteleingang zur Alster hinunter. Der Spazierweg am Wasser entlang war zu dieser späten Stunde dunkel und menschenleer. Tasarow legte seinen Arm um ihre Schulter. »Damit wir aussehen wie ein Liebespaar«, erklärte er sachlich. Es paßte ihr nicht, aber sie ließ es zu. Er drehte sich immer wieder um, bis er sicher war, daß niemand mehr hinter ihnen her war.

»Ihnen ist jemand gefolgt, als Sie zur Toilette gingen?« fragte sie. »Haben Sie das bemerkt?«

Er nickte.

»Das war ein Kollege von mir«, sagte sie und erklärte, daß sie ihn um Schutz gebeten habe. »Das erleichtert mich«, sagte Tasarow, »ich habe geglaubt, das sei ein CIA-Mann.«

Sie erschrak, als er erzählte, was er mit seinem Verfolger angestellt hatte. Burger tat ihr leid, obwohl ihr Begleiter sie beruhigte und sagte, dem Mann auf der Toilette sei nur vorübergehend ein wenig unwohl. Er werde sich schnell wieder erholen.

Kein Zweifel, dachte Ines van Holten, ich habe es mit einem Profi zu tun.

Sie fragte trotzdem – um das folgende Schweigen zu überbrücken und obwohl es ihr sogleich albern vorkam –, ob er sich irgendwie als KGB-Mann ausweisen könne.

Er lachte und sagte: »Agenten laufen doch nicht mit Dienstausweisen und Pistolen herum, oder wie stellen Sie sich das vor, Frau van Holten?«

Doch dann zeigte er ihr auf einem beleuchteten Bootsanleger einen Ausweis mit seinem Foto, mit kyrillischen und lateinischen Buchstaben. Mit seinem Zeigefinger deutete er auf die Worte *Komitet Gossudarstwennoi Besopasnostil* – »KGB«. Er schob seinen Blouson nach hinten und zeigte seine Schußwaffe. »Eine Makarow, meine Dienstpistole«, sagte er freundlich. Normalerweise sei es natürlich idiotisch, damit herumzulaufen. Aber Papiere und Waffe habe er zu diesem ersten Treffen mitgebracht, weil er ihre Skepsis erwartet hätte.

»Was würden Sie tun, wenn ich jetzt um Hilfe rufen würde, so laut ich kann?«

»Das ist kein besonders guter Scherz«, sagte er. »Sie würden nur einmal rufen, und niemand würde es vermutlich hören.« Sein Mund lächelte. Seine Augen blickten kalt.

Sie fröstelte. Sie war erleichtert, als sie wieder den heller beleuchteten Harvestehuder Weg erreichten. Ein paar Autos kamen ihnen entgegen. Sie wurden von den Scheinwerfern erfaßt und geblendet. Er hatte noch immer seinen Arm um ihre Schulter gelegt. Tasarow kam zum Thema.

Sein Auftrag sei es, Rosenblatt nach Ostberlin zu bringen, so wie der es wünsche. Er müsse aber ihren Freund treffen. Möglichst bald.

»Zwei Dinge sollte er wissen, damit er sicher ist, daß er es mit dem richtigen Mann zu tun hat: Nennen Sie ihm das Kennwort ›Excalibur‹. Und...«, Tasarow zog einen verschlossenen kleinen Umschlag aus der Innentasche seines Blousons, »...und geben Sie ihm das hier.«

In dem Umschlag war eine Kopie der Verpflichtungserklärung für das Ostberliner Ministerium für Staatssicherheit, die der junge Rosenblatt bei der Ausreise seiner Familie aus der DDR unterschrieben hatte. Vor fast zwanzig Jahren. Boychenko hatte das Dokument besorgt.

Ines van Holten versprach, Rosenblatt sofort von der Ankunft des Herrn... – »Wagner, Alexander Wagner. Jedenfalls lauten meine deutschen Papiere auf diesen Namen«, sagte Oleg Tasarow – von der Ankunft eines gewissen Herrn Wagner in Hamburg zu verständigen.

»Seien Sie vorsichtig, wenn Sie Kontakt zu ihm aufnehmen«, sagte er. »Vielleicht werden Sie observiert, und sicher wird Ihr Telefon abgehört.«

Tasarow sagte, er werde sie als »Wagner« anrufen und dabei so tun, als sei er als Gast zu ihrer nächsten Talkshow eingeladen. Dann könnten sie sich verabreden und gemeinsam zu Rosenblatt fahren. »Wenn ich am Telefon sage, um sechs Uhr, meine ich neun, wenn ich sieben Uhr sage, meine ich zehn. Immer drei Stunden später. Wenn ich sage, wir treffen uns am Kiosk am Flughafen, meine ich die Post am Hauptbahnhof, und umgekehrt – merken Sie sich das genau! Und noch etwas: Kommen Sie auf keinen Fall mit Ihrem eigenen Wagen. Nehmen Sie einen Mietwagen oder leihen Sie sich ein Fahrzeug von Freunden.«

Ob er eigentlich alleine gekommen sei, fragte sie, bevor sie auseinandergingen.

»Ja«, sagte er. »Alleine. Ich arbeite im feindlichen Ausland lieber alleine. Das ist sicherer. Zu zweit macht man doppelt so viele Fehler.«

Sie trafen sich am nächsten Nachmittag um drei vor der Post auf dem Hamburger Hauptbahnhof. Ines van Holten hatte einen Wagen gemietet. Doch zu ihrer Verblüffung zog er sie zu einem der Bahnsteige und stieg mit ihr in die nächste S-Bahn. Sie fuhren zwei Stationen weit. Stiegen schnell als letzte aus. Warteten. Dann fuhr er mit ihr wieder zurück zum Hauptbahnhof.

»Falls uns jemand gefolgt sein sollte, hätten wir ihn abgeschüttelt«, sagte er.

Sie lenkte den gemieteten roten BMW auf die Autobahn über die Elbbrücken nach Süden, Richtung Hannover. An der Abfahrt Egestorf bog sie ab. Sie kamen durch herbstlich-idyllische Heideorte. Hinter einer Dorfkirche bog sie auf einen betonierten Feldweg ab, an dem »Nur für Anwohner und landwirtschaftliche Nutzfahrzeuge« stand. Nach zwei Kilometern erreichten sie einen

Mischwald, fuhren hindurch und kamen zu einem Tal zwischen Hochmoor und hügliger Heide. Verstreut an einem Bach entlang standen ein halbes Dutzend alter Bauernkaten, zumeist von Städtern gekauft und umgebaut und als Ferien- und Wochenendsitz genutzt. Schmale Zufahrtswege führten zu den einzelnen, weit auseinander liegenden Häusern, die zu dieser Jahreszeit meist unbewohnt waren. Die Gegend erinnerte Tasarow an Orte außerhalb Moskaus, an Peredelkino zum Beispiel, das Künstlerdorf. Eines der Anwesen, ein kleines, stilvoll restauriertes Fachwerkhaus mit alten Backsteinen, Strohdach und hölzernen Pferdeköpfen am Giebel, gehörte dem Architekten Werner Westhoff, dem alten Freund von Ines van Holten. Es war eines seiner drei Landhäuser, die er vor Jahren billig gekauft und geschmackvoll renoviert hatte, und die er irgendwann einmal teuer verkaufen wollte. Westhoff war gerade für sechs bis acht Wochen in Südamerika. Als Ines ihm vor seiner Abreise erzählt hatte, daß sie an einem unterhaltsamen Buch über ihre Talkshows im Fernsehen arbeiten wolle, hatte er ihr den Schlüssel gegeben. »Da kannst du in Ruhe schreiben und ein bißchen auf das Haus aufpassen«, hatte er gesagt. Westhoff hatte das Haus schon häufiger Freunden überlassen, und für die Einheimischen im nächsten Dorf und für die anderen Hausbesitzer im Tal, meist Leute aus Hamburg oder Bremen, war es nichts Besonderes, Fremde auf dem Westhoffschen Anwesen ein- und ausgehen zu sehen.

Das Haus lag an einer Tannenschonung, davor erstreckte sich eine Wiese und ein Obstgarten. Von der Giebelseite aus konnte man das kleine Tal und den sandigen Weg überblicken, der von der brüchigen Asphaltstraße heraufführte. Ankommende Fahrzeuge waren schon von weitem auszumachen. Es war der ideale Unterschlupf für einen Mann auf der Flucht.

Peter Rosenblatt war schon vier Tage lang hier. Er war spazierengegangen, hatte Holz gehackt, gelesen und immer wieder gegen einen Schachcomputer gespielt und meist verloren, den er in dem barocken Eichenschrank in der Diele zwischen Spielkarten und einem Mensch-ärgere-Dich-nicht-Spiel gefunden hatte. Es war langweilig und einsam. Nachts, besonders bei stürmischem Wind, schreckten ihn knackende Geräusche in der alten Balkenkonstruktion aus dem Schlaf.

Zweimal war Ines hier gewesen, aber nicht über Nacht. Sie hatten am frühen Abend den offenen Kamin eingeheizt und sich im flackernden roten Feuerschein auf dem dicken Schafwollteppich geliebt. Heute würde sie wieder kommen. Sie würde jemanden mitbringen, hatte sie am Telefon gesagt. Einen Russen. Einen Agenten des KGB. Endlich. Endlich hatten sie sich gerührt, dachte er. Endlich ging das Warten zu Ende – aber gleichzeitig spürte er, daß ihm der Abschied schwerfallen würde, viel schwerer als geglaubt.

Rosenblatt stand hinter einem der Giebelfenster, als der rote BMW aus östlicher Richtung in das Tal fuhr, blinkte und langsam den Kiesweg heraufkam. Er erschrak, weil es ein ihm unbekanntes Fahrzeug war. Durch das Fernglas, das neben dem Fenster hing, erkannte er jedoch Ines. Sie hatte die Sichtblende gegen die tiefstehende, blanke Scheibe der Herbstsonne heruntergeklappt. Sie winkte mit einer Hand aus dem geöffneten Schiebedach heraus und hupte, dreimal kurz und einmal lang. Ihr verabredetes Zeichen.

Ines van Holten stellte den Wagen unter der Remise neben einem alten Heuwagen ab. Tasarow half ihr, ein halbes Dutzend schwerer Einkaufstüten aus dem Kofferraum zu heben.

Auf dem Weg zum Haus rutschte er ein paarmal auf dem unebenen Kopfsteinpflaster zwischen Gehöft und Scheune aus, das von aufgeplatzten Kastanien übersät war. Er blickte zu Boden, um nicht noch einmal zu stolpern, deshalb sah er den Mann erst spät, der in der niedrigen Eingangstür stand und ihn beobachtete.

Rosenblatt hatte die Hände tief in die Taschen einer zu großen, hellen Cordhose versenkt. Er trug einen grauen, grobgestrickten Pullover. Seine dunkelblonden Haare waren zerzaust. Ein Drei-Tage-Bart sproß in seinem Gesicht, das von Wind und frischem Landwetter eine rosige Farbe angenommen hatte. Er wäre als junger Gutsbesitzer durchgegangen – nur die kleine blitzende Intellektuellenbrille paßte nicht ganz zu dieser Vorstellung.

Tasarow hatte sich Rosenblatt anders vorgestellt. Ein bißchen größer, ein wenig älter, irgendwie wissenschaftlicher, würdiger. Auch verzweifelter wegen seiner Situation, vielleicht sogar verwirrt. Aber der Mann, der von seinem etwas erhöhten Standpunkt auf ihn herabblickte, wirkte gelassen, selbstsicher. Vielleicht war das gespielt. Aber: Sah so einer aus, der auf der Flucht war? Einer, dessen Gehirnzellen sich Atombomben und Laserstrahlwaffen, den »Krieg der Sterne«, den Krieg der übernächsten Generation ausgedacht hatten? Er hatte kein Monster erwartet, keinen Dr. Frankenstein, auch keinen jungen Einstein, aber dieser Rosenblatt wirkte geradezu verblüffend normal, noch ein wenig jünger als auf dem Observierungsfoto des Staatssicherheitsdienstes, das er in der Tasche hatte.

Tasarow stellte die Einkaufstüten mit den Flaschen vorsichtig auf dem Kopfsteinpflaster ab und ging auf den Mann in der Tür zu. Noch im Gehen streckte er seine Hand aus und bemühte sich um ein vertrauenerweckendes Lächeln. Und um ein Englisch mit nasaler britischer Betonung.

»Mr. Peter Rosenblatt, I presume...« sagte er mit der Begrüßungsfloskel, mit der der britische Afrikaforscher Stanley nach monatelanger Suche seinen im Urwald verschollenen Kollegen Livingstone begrüßt hatte.

Auch Rosenblatt betrachtete den Russen mit wachsendem Erstaunen: Das also sollte sein Retter sein? Der Mann vom gefürchteten sowjetischen Geheimdienst KGB, der ihn über die Grenzen, durch alle Hindernisse von West nach Ost bringen sollte, vorbei an Geheimdiensten, an CIA und Bundesnachrichtendienst, an Grenzkontrollen und Polizeiposten, vielleicht sogar über Mauer und Todesstreifen? Rosenblatt hatte keinen James Bond erwartet, auch keinen übergewichtigen Kerl mit bösem Bulldoggengesicht, wie Ostagenten in amerikanischen Filmen dargestellt werden, aber es überraschte ihn doch, wie sympathisch, gewöhnlich und geradezu westlich modern der Mann aus dem Osten wirkte. Auf den ersten Blick sah er wie ein Südländer aus, Franzose oder Italiener. Ein Filialleiter einer Bank in einem Vorort von Rom vielleicht, der abends in den Bars den Playboy spielte. Oder wie ein Autoverkäufer. Er mußte etwa im gleichen Alter sein wie er: Ende Dreißig, Anfang Vierzig also. Er trug einen dunkelroten weiten Blouson und helle Jeans. Legere Typen wie der liefen auch auf der Madison Avenue in New York herum oder in San Francisco. Und dann sprach dieser Russe auch noch ein nachgemachtes Oxford-Englisch...

Rosenblatt bemühte sich, seine Überraschung nicht zu zeigen, als er die ausgestreckte Hand des Russen ergriff.

»Yes, I am Peter. What is your name, Sir?« fragte Rosenblatt, ebenfalls ein wenig grinsend.

»Ines hat mir erzählt, Sie sprechen sehr gut Deutsch«, sagte er, als der Russe mit der Antwort zögerte.

»Ich habe Ihre Frage schon verstanden«, sagte Tasarow ebenfalls auf deutsch, »trotzdem macht mir die Antwort einige Schwierigkeiten... Der deutsche Paß, mit dem ich zur Zeit herumlaufe, lautet auf den Namen Alexander Wagner. Dabei sollten wir es erstmal lassen. Nennen Sie mich Alex, wenn Sie wollen.«

Ines van Holten umarmte Peter Rosenblatt. Er drückte sie fest an sich und blickte dabei über ihre Schulter hinweg den Russen an.

»Ich kann zwei, drei Tage hier draußen bleiben«, sagte sie. »Ich werde mich hier auf die nächste Sendung vorbereiten... Ich mache uns erstmal einen Kaffee. Ihr habt sicher viel zu bereden.«

Doch sie plauderten zunächst nur über Belangloses. Über das schöne Haus, die antiken Möbel aus Norddeutschland und aus Skandinavien, über die Landschaft, das Wetter. Die Männer holten gemeinsam frisch gehacktes Kaminholz herein. Sie redeten über Moskau und Kalifornien, und sie vermieden die Themen Rüstung und Geheimdienst und ihre Situation. Ines erzählte von ihren Fernsehsendungen.

Es wirkte geradezu störend, als Rosenblatt nach dem frühen Abendessen, das sie gemeinsam in der rustikalen Küche zubereitet hatten – Pellkartoffeln mit Butter, Speck und Heringen –, unvermittelt fragte: »Wie lange wird es dauern, Alex? Ich meine, bis wir von hier aufbrechen werden...«

»Schwer zu sagen. Mindestens noch drei oder vier Tage. Vielleicht auch eine Woche oder sogar länger.«

Rosenblatts Gesichtsausdruck war nicht anzusehen, ob ihn die Antwort erschreckt oder erleichtert hatte.

»Warum so lange?« fragte er.

»Es wird nicht einfach sein, Sie aus der Bundesrepublik auszuschleusen. Alles muß genau geplant werden. Wir dürfen kein Risiko eingehen. An allen Grenzstationen, allen Flughäfen, allen Häfen in Nord- und Ostsee wird sicherlich nach Ihnen gefahndet. Überall haben nach unseren Informationen die Amerikaner Posten aufgestellt. Zivile Fahnder, die mit Ihren Fotos ausgerüstet sind. Sie haben alle Löcher im Eisernen Vorhang gestopft – jedenfalls alle, die sie kennen. Ihre Flucht soll um jeden Preis verhindert werden.«

Was er tun werde, was denn geplant sei, wollte Rosenblatt wissen.

»Zum Beispiel werde ich Paßbilder von Ihnen machen. Vorher werden wir Ihr Aussehen ein wenig verändern. Neue Frisur, andere Haarfarbe, neue Brille. Gut, daß Sie sich bereits einen Bart wachsen lassen. Ihre neuen Papiere werden vermutlich übermorgen fertig sein. Sie bekommen einen deutschen Paß...« Tasarow zog einen Zettel aus seiner Hosentasche. »Auf den Namen Erich Schröder...«

»Das heißt, Sie wollen mich einfach mit einem gefälschten Ausweis über die Grenze schmuggeln?«

»Zugegeben, das wäre nicht sehr originell, aber wenn uns nicht noch etwas Besseres einfällt.«

»Wo?«

»Auch das muß noch festgestellt werden: Wo es am günstigsten wäre. In Finnland. In der Tschechoslowakei. In Österreich. Ungarn vielleicht. Oder doch mitten in Berlin. Oder wir benutzen einen Tunnel...«

»Was für einen Tunnel?«

»Es gibt einen Tunnel unter dem Todesstreifen im Thüringer Wald. Noch ein wenig Geduld. Ganz wichtig ist, daß Sie ruhig bleiben, daß Sie die Nerven behalten.«

Tasarow lenkte wieder vom Thema ab. Er erzählte von der Stimmung in der DDR und von den Demonstrationen in Ostberlin, die er miterlebt hatte. Zur Überraschung von Ines van Holten und Peter Rosenblatt beschönigte er nichts. Er verurteilte sogar den brutalen Einsatz der Volkspolizei und des Staatssicherheitsdienstes in Ostberlin, Leipzig und anderswo.

»Wir sind in der Sowjetunion mit Glasnost und Perestroika schon viel weiter auf dem Weg zu einer sozialistischen Demokratie«, sagte er. Es werde wohl ganz unvermeidlich, wie in der Sowjetunion, in Polen, Ungarn und auch im sozialistischen Teil Deutschlands einen grundlegenden Umschwung geben. »Vielleicht sogar einen Umsturz. Jedenfalls wird sich viel verändern in nächster Zeit.«

Das gab Anlaß für ein Gespräch über die politischen Veränderungen in Europa und in der Welt. Rosenblatt ereiferte sich für Gorbatschow und seine Abrüstungspolitik.

»Das ist wahr«, sagte Tasarow, »Gorbatschow ist ein guter Mann. Gut für den Frieden. Gut für die Menschen in West und in Ost. Wahr ist aber auch: wir in der Sowjetunion könnten uns gar keine Aufrüstung mehr leisten, selbst wenn wir wollten. Es fehlt zur Zeit an fast allem in unserem Land. Es ist Erntezeit, und es gibt kaum Kartoffeln in den Moskauer Geschäften, sogar auf dem Lande sind die Lebensmittel knapp!«

»Wahr ist genauso«, sagte Rosenblatt, «daß wir Amerikaner, daß die Amerikaner sich umgekehrt keine Abrüstung leisten können. Denn die Wirtschaft der USA hängt ganz entscheidend von immer neuen Wachstumsraten in der Rüstungsindustrie ab, sonst fallen Gewinne und Steuereinnahmen in Milliardenhöhe aus, sonst gibt es weitere Millionen von Arbeitslosen, sonst geht der Staat pleite – er ist schon seit Jahren am Rande des Bankrotts. Wir haben ein Haushaltsdefizit von vielen hundert Milliarden Dollar, das hat sich bloß noch nicht in der Welt herumgesprochen.«

Ines van Holten saß mit angezogenen Knien auf dem Sofa und betrachtete neugierig die beiden Männer, über deren Gesichter der Widerschein des Kaminfeuers flackerte. Sie löste ihre roten Haare und schüttelte sich, daß die langen Strähnen wie Flammen um ihren Kopf züngelten.

»Also, was lernen wir daraus, meine sehr verehrten Zuhörer

draußen im Lande an den Bildschirmen?« sagte sie mit schwerer Zunge. »Wir lernen daraus: Kommunismus ist schlecht! Und Kapitalismus ist auch schlecht...!«

Ihr Lächeln ging in ein hübsches Grinsen über. Sie stand auf und holte eine dritte Flasche Chardonnay aus der Küche. Tasarow öffnete sie.

»Es fällt mir nicht leicht, euch Deutsche zu loben«, sagte der Russe, «aber was ihr hier in der Bundesrepublik macht, ist vielleicht gar nicht so schlecht, diese sogenannte Soziale Marktwirtschaft. Ein bißchen weniger Markt und ein bißchen mehr Soziales wäre allerdings noch besser...«

»Wie wird das denn in der DDR weitergehen? Wie lange bleiben Honecker und die Stalinisten noch an der Macht?«

Ines van Holten prostete den Männer zu.

»Nicht mehr lange. Nur noch ein paar Wochen. Ich will euch ein Geheimnis verraten: Honecker wird aus Gesundheitsgründen zurücktreten, und dieser Egon Krenz wird an die Macht kommen. Vielleicht schon in ein paar Tagen...«, sagte Tasarow.

»Und dann?«

»Dann wird es ein bißchen liberaler werden, aber die Leute in der DDR werden damit nicht zufrieden sein, die haben auf den Straßen gemerkt, daß das Regime vor ihnen zittert. Die wollen jetzt mehr.«

»Was wollen die Leute?« fragte Rosenblatt, legte zwei Scheite ins Feuer und stocherte in der Glut, bis das Holz Feuer fing.

»Einige wollen den sogenannten Dritten Weg«, sagte Tasarow, »vor allem die Intelligenz, die Künstler, Schriftsteller und viele Pfarrer, sie wollen Sozialismus *und* Demokratie. Aber die noch schweigende Mehrheit des Volkes will mehr, die will die Vereinigung mit der Bundesrepublik, die will ein neues großes Deutschland.«

»Aber dafür gibt es doch bei all den Unruhen und Demonstrationen noch keine Anzeichen«, sagte Ines. »Ich habe Kontakt zu Intellektuellen aus der DDR, zu Leuten, die in den Westen abgehauen sind, und zu solchen, die noch drüben sind. Einige davon waren in meiner Talkshow.«

»Die Intellektuellen machen immer denselben Fehler, in der

französischen wie in der russischen Revolution und heute wieder«, sagte Tasarow und blickte zu Rosenblatt, der dem Dialog mit verschlossener Mine folgte. »Sie halten sich für das Volk, wenigstens für die geistigen Anführer des Volkes. Es gibt ein russischen Sprichwort, das heißt ›Die Wahrheit macht nicht satt‹. Das Volk will satt werden, und das Volk hat ein Recht darauf, satt zu werden, jedenfalls das hungrige Volk in den sowjetischen Republiken. Und das Volk in der DDR will denselben Wohlstand wie die Leute hier in der Bundesrepublik. Sie leiden zwar keinen Hunger, aber sie wollen eben nicht mehr Trabant und Wartburg fahren, sondern Volkswagen und Mercedes... Und sie wollen natürlich, daß diese Mauer endlich niedergerissen wird, damit sie reisen können, wohin sie wollen, und damit sie reden können, was sie wollen. Sie haben verdammt viel gegen meine Berufskollegen vom Staatssicherheitsdienst drüben. Wir haben jetzt Herbst 1989 – in einem Jahr wird sich die politische Situation in Europa, oder wie der Genosse Gorbatschow sagt, im ›europäischen Haus‹, total verändert haben.«

»Sie sind ein komischer KGB-Mann«, sagte Ines van Holten mit immer erstaunter werdendem Gesichtsausdruck. »Jedenfalls habe ich mir einen sowjetischen Geheimdienstoffizier ein bißchen strammer sozialistisch vorgestellt. Wenn Sie wirklich überzeugt von dem sind, was Sie sagen – woher wissen Sie das alles so genau...«

»Darüber darf ich nicht reden. Ich bin beim Geheimdienst...« Tasarow hob sein Glas.

Rosenblatt hatte mit wachsendem Unbehagen zugehört.

Er wunderte sich über die Ansichten des Russen. Der Amerikaner, ein Mann auf dem Weg von West nach Ost, hätte gern Zuversichtlicheres aus der Sowjetunion gehört. Tasarow bemerkte das offenbar und wechselte das Thema. Sie redeten über Patriotismus und Vaterlandsliebe und fanden alle drei, daß dies überholte Begriffe einer zu Ende gehenden Zeit seien. Hoffentlich. Rosenblatt erzählte, er habe in den letzten Tagen in der kleinen Bibliothek des Hauses einen kleinen Band mit Aphorismen gefunden und darin geblättert. »Ein Gedanke hat sich mir eingeprägt – vielleicht weil er genau zu meiner Situation paßt. Er stammt von Georg Christoph Lichtenberg, einem deutschen Schriftsteller des 18. Jahrhunderts und lautet: ›Ich möchte etwas darum geben, genau zu wissen, für wen eigentlich die Taten getan wurden, von denen man öffentlich sagt, sie wären für das Vaterland getan worden...‹«

Sie schwiegen eine Weile nachdenklich und starrten in das brennende und zischende Holz.

»Erzählen Sie doch ein bißchen von sich, Peter«, sagte Tasarow schließlich.

Erstaunt stellten die beiden Männer nach einer weiteren Stunde fest, daß sie zwar aus völlig verschiedenen Welten stammten, geographisch, beruflich, gesellschaftlich, daß sie jedoch einiges gemeinsam hatten. Beide zweifelten an den Doktrinen der Gesellschaftssysteme, in denen sie lebten. Beide hatten Familiengeschichten, die ihre Wurzeln in Deutschland hatten. Im Deutschland der Nazizeit.

Der eine war deutsch-jüdischer, der andere deutsch-russischer Herkunft. Rosenblatt erzählte von seinem Vater, dem jüdischen Buchhändler aus Hamburg – aber nicht, daß mehr als zwanzig seiner Verwandten in den Gaskammern von Auschwitz und Treblinka ermordet worden waren. Tasarow erzählte von seinem Vater, der Kriegsgefangener in Deutschland gewesen sei, zufälligerweise hier in Niedersachsen, ganz in der Nähe übrigens, hier habe er seine Mutter, eine deutsche Bauerntochter, kennengelernt – aber er verschwieg, daß sein Vater von den Nazis hingerichtet worden war.

Ines van Holten hörte gegen ihre Gewohnheit schweigend zu. Sie beobachtete die beiden Männer, während sie miteinander redeten. Und einmal blitzte in ihrem vom Alkohol beschwingten Kopf ein frivoler Gedanke auf: Ich möchte mit beiden schlafen, mit beiden gleichzeitig. Sie beschloß, langsamer zu trinken.

Oleg Tasarow wunderte sich darüber, wie wohl er sich fühlte. Er kannte die beiden doch erst wenige Stunden: Den Erfinder von furchtbaren Massenvernichtungswaffen, ein geradezu klassischer Repräsentant des imperialistischen amerikanischen Systems, gleichzeitig ein intellektueller Zweifler, ein Weltverbesserer zwischen den Fronten des zu Ende gehenden Kalten Krieges; und diese deutsche Frau, gutaussehend, fast schön, Fernsehjournalistin, Propagandistin des kapitalistischen Systems – so hätte man sie noch unlängst in Moskau bezeichnet. Und dann er selbst, ein Kundschafter des Volkes und des Kommunismus, wie man die eigenen Agenten und Spione zu Hause nannte, einer, der ein doppeltes Spiel trieb, der noch nicht einmal wußte, für welche Seite er sich entscheiden sollte – oder für keine!

Nach wenigen Stunden und nach ein paar Flaschen Wein war beinahe körperlich spürbar eine vertraute, freundschaftliche Atmosphäre zwischen ihnen, so, als würden sie sich schon lange kennen, als hätten sie gemeinsam ein paar schöne Herbsttage auf dem Lande vor sich. Und sonst nichts. Es schien ihnen schon selbstverständlich, als Ines van Holten vorschlug, »Alex« solle eines der drei Gästezimmer unter dem Dach beziehen. Sie sei ein wenig angetrunken und könne ihn ohnehin nicht mehr nach Hamburg fahren. Erst einmal für die kommende Nacht – er könne aber auch so lange bleiben, bis er und Peter endgültig aufbrechen müßten. Und er könne selbstverständlich auch in den nächsten Tagen mit ihrem Mietwagen nach Hamburg fahren – falls er einen Führerschein habe. Er habe Papiere wie jeder anständige deutsche Bürger, sagte Tasarow.

Er nahm das Angebot an, als er merkte, daß Rosenblatt nichts dagegen hatte, daß er sich sogar zu freuen schien.

Tasarow fragte sich nachher, ob es richtig gewesen war, aber aus einer Anwandlung heraus schlug er vor, daß sie sich doch besser duzen sollten. »Ich heiße nicht Alex. Mein richtiger Name ist Oleg«, sagte er und hob sein Glas. Peter und Ines stießen mit ihm auf gutes Gelingen an. Jeder meinte damit etwas anderes.

Vor dem Schlafengehen spazierten sie im Schein einer Taschenlampe zu dritt um das Haus und das Grundstück herum. Gegen Abend war ein böiger Sturm aufgekommen, flaute aber bereits wieder ab. Es war kalt, beinahe frostig. Nur wenige dünne Wolken waren am Himmel. Hinter den Tannen tauchte ein halber Mond auf. Von den anderen Häusern im Tal waren nur wenige Lichter zu sehen. Ab und zu bellte irgendwo ein Hofhund.

Kaum 100 Kilometer weiter nördlich trafen sich am gleichen Abend Henrik C. Dillon und Hauptkommissar Manfred Lohmer. Der Amerikaner und der Deutsche saßen in einem Restaurant am Rande der Altstadt von Stade, auf halbem Wege zwischen Hamburg und Cuxhaven. Denn, so hatte Dillon nach seinem Gespräch mit Oleg Tasarow festgestellt, das von dem KGB-Überläufer erwähnte Dorf Birkholz, in dem sein Vater Anatoli hingerichtet worden war, lag im südlichen Kreis Cuxhaven, noch in Lohmers Revier also. Dillon bat Lohmer nach einer vorzüglichen Scholle mit Speck nach Finkenwerder Art, etwas über den fast 45 Jahre zurückliegenden Fall herauszufinden: über die Hinrichtung eines russischen Zwangsarbeiters auf einem niedersächsischen Bauernhof.

»Eine furchtbare Geschichte. Furchtbar, diese braune deutsche Vergangenheit«, sagte Lohmer, »dieser Alptraum wird noch unsere Kinder und Kindeskinder verfolgen.« Er habe gelesen, daß es einige tausend solcher Hinrichtungen von Zwangsarbeitern im damaligen Reich gegeben habe.

»Der Fall in Birkholz ist ein paar Wochen vor Kriegsende passiert«, sagte Dillon, als sie Kaffee bestellt hatten, und blickte auf seinen Notizzettel. »Am 13. März 1945. Der ermordete Mann hieß Anatoli Tasarow.«

Er erkundige sich übrigens aus rein privaten Gründen nach diesem Fall – ein Freund von ihm sei sehr daran interessiert. Er wäre sehr dankbar wenn ... Lohmer unterbrach ihn.

»Merkwürdig. Vor drei oder vier Jahren sind in genau dieser Sache von einem politisch engagierten jungen Staatsanwalt Nachermittlungen angestellt worden, die haben jedoch, soweit ich mich erinnere, zu keinem juristisch greifbaren Ergebnis geführt. Das Verfahren gegen einige noch lebende alte Nazis ist damals endgültig eingestellt worden.«

Er werde versuchen, an die alten Akten zu kommen. Das dürfte nicht schwer sein.

»Im übrigen war da kürzlich ein Artikel in unserer Zeitung über einen Heimatforscher, ich glaube einen Lehrer, der sich mit dem größten Durchgangslager für Zwangsarbeiter beschäftigt. Das Lager hieß Sandbostel. Das liegt in der Nähe von Bremervörde, nicht weit von Birkholz entfernt...«

»Könnten Sie den Namen dieses Heimatforschers herausfinden?« fragte Dillon. »Mein Freund möchte ihn sicher kennenlernen.«

»Auch das wird kein Problem sein«, sagte Lohmer.

Zwei Tage lang erschien ihnen das Haus am Rande der Heide tatsächlich wie eine Art Feriendomizil. Sie warteten. Auf Instruktionen vom KGB, sagte Tasarow. In Wirklichkeit auf Nachrichten von Dillon. Der sonst wenig häuslichen Ines machte es Spaß, die beiden Männer zu bekochen und auch sonst die Hausfrau zu spielen. Im Hintergrund lief leise das Radio. Am Abend des dritten Tages sprang Tasarow mitten bei einem Schachspiel mit Rosenblatt, das nicht gut für ihn stand, plötzlich auf und drehte den Ton lauter. Ein Sprecher raschelte offenbar nervös mit Papier und sagte dann: »... wie soeben aus Ostberlin gemeldet wird, ist das Politbüro der SED überraschend zu einer Sondersitzung zusammengetreten. Nach bisher noch nicht bestätigten Meldungen wird damit gerechnet, daß SED-Generalsekretär Erich Honecker noch heute seinen Rücktritt von allen Partei- und Staatsämtern bekanntgeben wird... Honeckers Nachfolger als Partei- und Staatschef dürfte Egon Krenz werden, der frühere Kronprinz, der in letzter Zeit in Ungnade gefallen war.«

Tatsächlich, so dachte Tasarow, die Informationen von Nora Sommer hatten sich wieder einmal bewahrheitet. Tasarow hoffte, daß auch Henrik C. Dillon die Nachrichten hören würde, stimmten sie doch mit den Prognosen überein, die er den Amerikanern bei seinen Vernehmungen am Tegernsee gegeben hatte. Er spielte unkonzentriert weiter, verlor noch einen Turm und gab dann auf. Rosenblatt hatte wieder einmal gewonnen.

»Was bedeuten diese Nachrichten?« fragte Rosenblatt.

»Nicht allzu viel«, sagte Tasarow, »vielleicht eine ganz vorsichtige Demokratisierung in der DDR. Dieser Krenz gilt als Pragmatiker. Er weiß, daß er den Flüchtlingsstrom stoppen muß, wenn die SED an der Macht bleiben will. Vielleicht schafft er einige Reiseerleichterungen für die Bevölkerung, denn unter dem Gefühl, eingesperrt zu sein, leiden die Menschen am meisten. Es wird eine spannende Zeit werden.«

Der amerikanische SDI-Wissenschaftler und der sowjetische Agent gingen am nächsten Vormittag in der näheren Umgebung des Hauses spazieren. Es herrschte stilles Herbstwetter. Die Sonne schien selten, aber es war milder geworden und regnete nicht. Sie gingen am Waldrand auf schmalen holprigen Sandwegen um das langgestreckte Tal herum. Auf den Feldern im Tal pflügten Bauern mit ihren Treckern den Boden und säten Winterweizen. Einer brachte scharfriechende Gülle von der Schweinemast auf einem Acker aus, obwohl das um diese Jahreszeit verboten war. Auf den sanft abfallenden Hängen stand der letzte Futtermais, die Maisblätter waren schon graubraun vertrocknet und raschelten im Wind.

Die beiden Männer setzten sich auf eine kleine bemooste Lichtung, den bunten Mischwald im Rücken und das Tal vor Augen. Ohne daß Tasarow gefragt hätte, erzählte Rosenblatt von Livermore. Von seiner Arbeit, von seinen Kollegen, von den Computern und den unterirdischen Versuchen in Nevada. Von SDI, von den Plänen für einen »Schutzschirm im Weltraum«, der die USA unangreifbar machen sollte und das Gleichgewicht der Kräfte so verlagern würde, daß nach seiner Meinung die Kriegsgefahr dramatisch steigen würde. Er berichtete auch von der Faszination, die er jahrelang bei seiner Arbeit gespürt hatte, von den Herausforderungen, von seinen wissenschaftlichen Erfolgen und Niederlagen, von seiner Verzweiflung, als er erkannt hatte, daß er »zum Werkzeug der Rüstungsindustrie« geworden sei. Er erzählte von seinen Auseinandersetzungen mit Professor Tabor.

»Tabor war dein Chef? Der Tabor, der die Bombe für Hiroshima mitgebaut hat, der sogenannte Vater der H-Bombe«, fragte Tasarow. Rosenblatt nickte. Er holte ein Stück Papier aus der Tasche der grauen Windjacke, die aus dem Kleiderschrank des Westhoff-Hauses stammte.

»Ines hat vorgestern Zeitungen aus Hamburg mitgebracht, auch das neueste amerikanische ›Newsweek-Magazin‹«, sagte er. »Das habe ich darin gefunden.« Er reichte Tasarow einen kleinen Artikel. Die Überschrift lautete »Turmoil in the Lab«. Was das heiße, fragte der Russe. »Etwa ›Aufruhr im Laboratorium‹«, übersetzte Rosenblatt. Eine Geschichte aus Livermore, die der Wahrheit ziemlich nahe käme. »Da steht, daß Tabor den Stand und die Möglichkeiten von SDI im Weißen Haus weit übertrieben habe, um immer neue Milliarden für unsere Forschung und für die Rüstungsindustrie herauszuschlagen. Und daß es Streit zwischen ihm und einem gewissen Dr. Peter Rosenblatt gegeben habe, einem Livermore-Forscher, der als Erfinder der atomaren Laserstrahlkanone und als Schlüsselfigur für das SDI-Projekt gilt. Und da steht auch, ich hätte nach dem Krach mit Tabor um einen längeren Urlaub gebeten, und es sei nicht auszuschließen, daß ich meine Arbeit in Livermore nicht fortsetzen würde...«

»Sehr geschickt«, sagte Tasarow, »eine Mischung aus Wahrheit und Fälschung also. Das werden vermutlich eure Dienste lanciert haben. Damit wäre jedenfalls für die Fachwelt und für die Öffentlichkeit dein Verschwinden aus Livermore erst einmal ganz plausibel erklärt.«

Gegen Mittag des dritten Tages verließ Oleg Tasarow ihr komfortables Versteck. Er hatte von einer Telefonzelle im übernächsten Ort aus mit Dillon telefoniert und den beiden anderen gesagt, er müsse nach Hamburg. Dabei machte er eine Andeutung, aus der Peter und Ines entnehmen sollten, er habe eine Verabredung mit einem KGB-Residenten im sowjetischen Generalkonsulat.

»Es geht jetzt offenbar um konkrete Ideen für deine Flucht, Peter. Wir konnten am Telefon natürlich nicht offen sprechen, aber soweit ich das verstanden habe, gibt es Nachrichten aus Karlshorst, von der KGB-Zentrale in der DDR.« Er werde am Abend zurück sein, sagte er, als er sich verabschiedete.

Tasarow fuhr mit dem roten BMW-Leihwagen auf die Autobahn Richtung Hamburg. An der Tankstelle Stillhorn kaufte er einen Stadtplan und fand nach einiger Mühe die am Kopfende der Außenalster gelegene Blumenstraße. Pünktlich um 8 Uhr abends an diesem Mittwoch, dem 18. Oktober, drückte er auf den Klingelknopf mit dem Firmennamen, den ihm Dillon genannt hatte: »GBS International« – »General Business Service International«.

Dillon empfing ihn an der Tür der CIA-Wohnung, klopfte ihm jovial auf die Schulter und zog ihn in den Flur.

»Komm schnell herein, Oleg. Sie bringen gerade Neuigkeiten aus der DDR...«

Er ging eilig über den langen Flur in das großzügige Wohn-Arbeitszimmer und drehte den Ton des Fernsehgerätes lauter. Tasarow hörte noch, wie der Nachrichtensprecher aufgeregt sagte: »...nach einer Sondersitzung des SED-Zentralkomitees in Ostberlin ist heute der Rücktritt von Erich Honecker von allen Partei- und Staatsämtern bekanntgegeben worden – aus gesundheitlichen Gründen, wie es offiziell heißt.«

Es gebe jedoch keinen Zweifel, daß die Ausreise von inzwischen mehr als hunderttausend DDR-Bürgern und die anhaltenden Proteste in der DDR gegen das SED-Regime den Rücktritt Honeckers und seiner engsten Gefolgsleute Günter Mittag und Joachim Herrmann erzwungen hätten.

»Zu Honeckers Nachfolger als Generalsekretär des ZK ist einstimmig das jüngste Politbüro-Mitglied, der frühere FDJ-Führer Egon Krenz ernannt worden...«

Dillon kam um den Tisch herum und schlug Tasarow krachend auf die Schulter, daß der ein Stückchen tiefer in den Ledersessel rutschte.

»Herzlichen Glückwunsch, mein Junge! Damit sind deine Informationen und Prognosen aus Ostberlin schnell bestätigt worden. Meine Kollegen in Washington werden sehr beeindruckt von deinen Insiderkenntnissen aus dem Politbüro sein! Möchtest du Whisky oder Wodka?«

»Ich bleibe erst einmal bei Wodka, noch habe ich mich nicht umgestellt.«

Während Tasarow mit Dillon anstieß, mußte er an Nora Sommer denken, an die Mitarbeiterin von Egon Krenz, die seine beste Informationsquelle in Ostberlin geworden war. Sie würde jetzt wohl Karriere machen – als Funktionärin ebenso wie als Agentin des KGB.

Dillon schaltete das Fernsehgerät aus. »Wie ist es gelaufen, Oleg?« fragte er.

Er habe Rosenblatt gefunden und – das könne er jetzt schon sagen – dessen Vertrauen und das seiner Freundin gewonnen, dieser Ines van Holten. Es laufe alles nach Plan.

»Sehr schön. Ich gratuliere noch einmal!« Dillon fragte nach dem Aufenthaltsort des geflüchteten SDI-Wissenschaftlers.

»Wir haben eine Abmachung: ich arbeite allein«, sagte Tasarow entschieden, »und es wäre gut, wenn Sie nachher niemanden auf mich ansetzen würden.«

Dillon ging nicht darauf ein. »Was ist, wenn Rosenblatt Verdacht schöpft und flieht?« fragte er. »Er ist uns schließlich schon einmal entwischt.«

»Das ist unser gemeinsames Risiko, Mr. Dillon«, sagte Tasarow kühl.

»Wissen Sie schon, wo er seine Disketten und Magnetbänder hat?«

»Nein, noch nicht, aber das werde ich als nächstes herausfinden.«

»Sehr gut. Es ist erst einmal das wichtigste, daß dieses Material sichergestellt wird. Es darf auf keinen Fall in Ostberlin oder Moskau landen.«

»Ich weiß«, sagte Tasarow.

Dann fragte er nach den Details über die Hinrichtung des russischen Zwangsarbeiters Anatoli Tasarow in dem Dorf Birkholz.

Dillon öffnete den hinter einem Wandbild nicht besonders einfallsreich versteckten kleinen Safe, holte einen weißen Umschlag heraus und reichte ihn dem Russen.

»Ich fürchte, es wird keine angenehme Lektüre für Sie, Oleg.«

Tasarow schwieg.

»Warum wollen Sie das alles so genau wissen? Warum wollen Sie sich damit belasten, ausgerechnet jetzt?«

»Ich brauche Gewißheit!« sagte der Russe.

»Sonst nichts...?« fragte der Amerikaner.

»Sonst nichts«, sagte Tasarow leise.

Dillon wies ihn auf den Namen und die Adresse des alten Pastors von Birkholz hin, die ihm Lohmer noch nachträglich durchtelefoniert hatte.

»Ich habe die Angaben auf den Umschlag geschrieben. Der Mann hat sich mit der Geschichte, mit dem Schicksal der russischen und polnischen Zwangsarbeiter während der Nazizeit in Norddeutschland beschäftigt. Er wollte sogar ein Buch darüber schreiben. Vermutlich kann er Ihnen weitere Informationen geben.«

Tasarow las: »Johannes Bärwald, früher Pastor der evangelisch-lutherischen Gemeinde von Birkholz; Birkholz, An der Kirche Nr. 7.«

Er bedankte sich für die Unterlagen und sagte, er werde sich in zwei bis drei Tagen wieder melden.

»Aber«, sagte Dillon, »lassen Sie sich durch diese privaten Geschichten nicht von der Arbeit abhalten! Denken Sie an unsere Abmachung, Oleg: Wir brauchen Rosenblatt und seine SDI-Disketten. Entweder er hat das Material noch bei sich, oder er hat es irgendwo versteckt. Vielleicht bei seiner Freundin?«

»Ich werde mich darum kümmern.«

13

Dienstag, 24. Oktober 1989
Vier Tage lang trug Tasarow den kleinen weißen Umschlag mit sich herum. Er fühlte ihn in seiner Jackentasche, aber er öffnete ihn nicht. Es war eine Art Willenstest – noch war es nicht soweit.

Er war weiter im Haus an der Heide mit Rosenblatt und Ines van Holten zusammen. »Ich warte auf Nachrichten aus Moskau«, hatte er den beiden erklärt und Abend für Abend vor seinem Weltempfänger gesessen und zu verschiedenen Zeiten und auf wechselnden Kurzwellenfrequenzen monotone Stimmen abgehört, die Zahlen- und Buchstabenkolonnen verlasen: verschlüsselte Signale und Nachrichten für Agenten des KGB und des Staatssicherheitdienstes in der Bundesrepublik. Eine bewährte Nachrichtenübermittlung, die seit Beginn des Kalten Krieges noch immer funktionierte. Am fünften Tag sagte Tasarow, er habe endlich eine für ihn bestimmte Nachricht empfangen und dechiffriert. Er müsse nach Hamburg und dort einen Kontaktmann treffen. Offenbar gebe es endlich Neuigkeiten in der Sache »Excalibur«.

Er fuhr mit dem Leihwagen auf die Autobahn Richtung Bremen. Nach vierzig Kilometern bog er ab und hielt auf einem Rastplatz an der Landstraße. Er setzte sich auf eine Bank an einen groben Holztisch, die windgeschützt vor hohen Büschen stand. Auf einer Karte von Norddeutschland hatte Tasarow den Ortsnamen »Birkholz« mit einem roten Filzstift eingekreist.

Er holte die alte Postkarte von Birkholz aus seiner Brieftasche, die er seit seiner Reise nach Moskau bei sich trug, und dann den Umschlag, den ihm Dillon mitgegeben hatte. Er schlitzte das Kuvert mit seinem Taschenmesser auf. Mehrere Papiere fielen heraus. Ein alter Zeitungsausschnitt blieb obenauf liegen. Die Überschrift lautete: »Ehrlosem Mädchen wurden die Haare abgeschnitten.«

Vorsichtig nahm er das vergilbte Papier in die Hände. Zweimal, dreimal las er den Text, an dessen Rand jemand mit Bleistift »Zeitung für den Gau Elbe-Weser« und das Datum »13. März 1945« geschrieben hatte:

»In unserem Kreis ist ein bedauerlicher Fall festzustellen, daß ein deutsches Mädchen allen Warnungen und Aufklärungen zum Trotz sich mit einem Russen eingelassen hat. Die Strafe für die Ehrlose folgte auf dem Fuße. Auf Anordnung und in Anwesenheit des Kreisleiters der NSDAP wurde die rassenschänderische O. G. am gestrigen Dienstagnachmittag in aller Öffentlichkeit in Birkholz ihres Haarschopfes beraubt... Wenn seit jeher unseren germanischen Vorfahren das langwallende Haar als Symbol des freien Menschen galt, so ist jetzt im nationalsozialistischen Reich diesem Symbol der persönlichen Freiheit wieder mehr denn je Wert und Geltung verschafft worden. So geschah es auch in diesem Falle...«

Der Bericht endete: »Der 19jährige Russe, der sich an dem deutschen Mädchen vergriff, wird seiner gerechten Strafe zugeführt werden...«

Erst allmählich verstand Oleg Tasarow, was er gelesen hatte: Das kahlgeschorene deutsche Mädchen, das von den Nazis seines blonden germanischen Haarschopfes beraubte deutsche Mädchen O. G. war Olga Gehrhoff – seine Mutter Olga Tasarow, geborene Gehrhoff.

Er nahm das zweite Schriftstück, einen Brief, datiert »Bremerhaven, den 23.4.1945«. Die Anschrift und der Text lautete:

An den Herrn Generalstaatsanwalt in Celle
    Betrifft: Sonderbehandlung des russischen Zwangsarbeiters
    Anatoli Tasarow
    Nach fernmündlicher Mitteilung der Geheimen Staatspolizei des Kreises Elbmündung wurde heute der hier eingesessene Russe Anatoli Tasarow, geb. 12.11.1926, wegen Geschlechtsverkehrs mit einer Deutschen erhängt... Die Bekanntgabe der Verfügung des Herrn Reichsführers SS war dem Tasarow am gestri-

gen Nachmittag eröffnet worden. Tasarow ist heute um 7.30 Uhr im Gefängnis von der Gestapo abgeholt worden. Die Hinrichtung fand in Gegenwart von ca. 400 polnischen und russischen Zwangsarbeitern und von großen Teilen der einheimischen Bevölkerung auf dem Hof des Landwirtes Alwin Gehrhoff in Birkholz statt, der die Anzeige gegen Tasarow erstattet hat und dessen Tochter Olga das Opfer der blutschänderischen geschlechtlichen Beziehung gewesen ist... Bei der Hinrichtung kam es zu keinen besonderen Vorkommnissen. Kosten sind der Reichsjustizverwaltung nicht erwachsen.

gez. Wilhelm Eberlein, Ortsgruppenleiter Birkholz

Schließlich fand Oleg Tasarow in dem Umschlag ein drittes Schriftstück. Auf einem Briefbogen der »Kriminalpolizei-Außenstelle Cuxhaven« stand mit der Hand geschrieben:

Lieber Henrik C. Dillon,

hier sind einige Dokumente und Angaben zu dem Sie interessierenden Fall der Hinrichtung des russischen Zwangsarbeiters Anatoli Tasarow im Jahre 1945 in dem Dorf Birkholz. Aus den alten Ermittlungsakten habe ich noch folgende Hinweise für Sie beziehungsweise für Ihren Bekannten entnommen: Der junge Russe war im Alter von 18 Jahren als Kriegsgefangener im Jahre 1943 zusammen mit einigen tausend Landsleuten in das Deutsche Reich deportiert worden. Die Transportzüge kamen auf dem Bahnhof der Stadt Bremervörde an. Von dort aus mußten die Gefangenen etwa zehn bis fünfzehn Kilometer weit bis in das berüchtigte, nahe dem Dorf Sandbostel gelegene zentrale Kriegsgefangenenlager für Norddeutschland, »Stalag 10 B« marschieren. Dort sollen in sechs Kriegsjahren von 1939 bis 1945 mehr als eine Million Menschen für kürzere oder längere Zeit untergebracht und weiter zur Zwangsarbeit in Fabriken und auf Bauernhöfe geschickt worden sein. Oder sie mußten in den nahegelegenen Mooren arbeiten, Sümpfe entwässern und Torf stechen. Es gibt keine genauen Unterlagen, doch es wird geschätzt, daß im Lager Sandbostel etwa 50.000 Menschen aus 23 Ländern, die meisten davon aus der Sowjetunion, umgekommen sind. Viele starben an Unterernährung oder an Typhus.

Der von ihnen erwähnte Anatoli Tasarow soll etwa eineinhalb Jahre im Lager Sandbostel gewesen sein, bevor er im Winter 1944/45 zur Arbeit auf den Hof des Bauern Alwin Gehrhoff nach Birkholz abkommandiert worden ist. Dort hat sich der junge Russe offenbar in die Tochter des Bauern verliebt. (Die Initiative dabei soll nach Aussagen von alten Dorfbewohnern, darunter auch des früheren Pastors, von dem Mädchen ausgegangen sein.) Als das Mädchen schwanger war, hat ihr Vater, der erwähnte Landwirt Gehrhoff, persönlich den jungen Kriegsgefangenen bei der Gestapo wegen »Blutschande« angezeigt – was praktisch gleichbedeutend mit einem Todesurteil war. Der junge Mann ist dann auch kurz darauf in einem Routineverfahren zum Tode verurteilt und sofort hingerichtet worden. Er wurde an einem Baum auf dem Gehöft des Gehrhoff-Bauern öffentlich aufgehängt. Die Bewohner des Dorfes und mehr als vierhundert polnische und russische Zwangsarbeiter aus der näheren Umgebung wurden zusammengetrieben und mußten der Hinrichtung beiwohnen. (Siehe beiliegendes Dokument.)

Über das Schicksal des Mädchens, der Landwirtstochter Olga Gehrhoff, ist nach der Aktenlage nur wenig bekannt. Sie soll sich der damals in solchen Fällen routinemäßig angeordneten »Zwangsabtreibung« durch eine rechtzeitige Flucht in die nach Kriegsende entstehende »sowjetische Besatzungszone« entzogen haben.

Der Landwirt Gehrhoff und der damalige Gestapochef Eberlein sollen übrigens beide noch leben. Ihnen wurde im Zuge des Versuchs der von mir bei unserem Gespräch erwähnten Wiederaufnahme eines staatsanwaltschaftlichen Ermittlungsverfahrens vor sechs Jahren laut gerichtsärztlichem Gutachten Verhandlungsunfähigkeit bescheinigt. Daraufhin ist das Verfahren eingestellt worden.

Ich hoffe, Ihnen mit diesen Auskünften geholfen zu haben. Bitte lassen Sie mich dazu noch etwas Persönliches sagen: Ich schäme mich als jüngerer Deutscher, der diese furchtbare Zeit

Gottseidank nicht erlebt hat, daß so etwas in diesem Lande, in unserer unmittelbaren Nachbarschaft, geschehen konnte – und auch dafür, daß dieses und ungezählte ähnliche Verbrechen bis heute nicht durch ordentliche Gerichtsverfahren gegen die Täter gesühnt worden sind.

Bitte sagen Sie das auch Ihrem Bekannten, der sich für den Fall Tasarow interessiert.

Mit freundlichen Grüßen

Manfred Lohmer, Hauptkommissar

Oleg Tasarow stützte seine Ellenbogen auf den Holztisch. Er verbarg sein Gesicht in seinen Händen. Seine Schultern zuckten. Endlich kann ich weinen, dachte er. Endlich. Aber die Tränen wollten nicht kommen.

Er wußte nicht, wie lange er so dagesessen hatte. Er schreckte erst auf, als der Tankwagen einer Molkerei mit quietschenden Bremsen ein paar Meter entfernt anhielt. Der Fahrer kletterte heraus, das Pausenbrot schon in der Hand. Er kam langsam näher und fragte kauend, ob ihm nicht gut sei, ob er helfen könne? Oleg Tasarow schüttelte wortlos den Kopf, steckte die Papiere in den Umschlag zurück und stand auf.

Auf seinem Weg nach Birkholz, so fiel ihm ein, war er an einem Hinweisschild vorübergekommen. »Sandbostel« hatte darauf gestanden. Er wendete den Wagen. Vor Bremervörde erkundigte er sich an einer Tankstelle nach dem Weg.

»Wollen Sie zum Ausländerfriedhof?« fragte der Tankwart und musterte ihn. »Sind Sie Italiener? Oder Franzose? Da liegen nämlich viele Italiener und Franzosen, aber noch mehr Polen und Russen natürlich! Fahren Sie über die B 71 Richtung Selsingen, da kommt dann ein Schild.«

»Sandbostel 6 km« stand darauf.

Sandbostel.

Ein gepflegtes Dorf mit sauberen Asphaltstraßen, die zu der hier noch schmalen Oste hin abfallen. Schwere Bauernhäuser unter Eichen und Kastanien. Saubere Einfamilienhäuser mit kniehohen Jägerzäunen, über die sich dichte Stauden von bunten

Herbstblumen lehnten. Am Gasthof *Zum grünen Jäger* sah er ein grünes Schild mit der Aufschrift »Kriegsgräberstätte«.

Es war eine gepflegte Anlage mit kurzgeschnittenem Rasen und grobbehauenen Steinkreuzen, mit Rhododendronbüschen und flachen, immergrünen Pflanzen auf den Massengräbern. Oleg Tasarow war allein auf dem Friedhof. Er fand einen Lageplan mit dem Hinweis »14 Sammelgräber mit insgesamt 6–7000 sowjetischen Militärpersonen«. – »2782 Einzelgräber von Opfern nationalsozialistischer Gewaltmaßnahmen«.

Tasarow blieb vor einer Steinplatte am Kopfende der Friedhofsanlage stehen. »41 unbekannte Tote ruhen hier...« Ob sein Vater einer von diesen 41 Unbekannten war? Oder einer von den »6–7000 sowjetischen Militärpersonen«?

Aus dem Wald kam ihm ein kleiner, grauer Mann entgegen, betrachtete ihn aus den Augenwinkeln, ging gebeugt an ihm vorüber, blieb stehen, drehte sich um, musterte ihn erneut. Diesmal interessierter.

»Die Zahlen an der Tafel da vorne stimmen alle nicht«, sagte er schließlich, »es waren viel mehr. Zehnmal soviel wahrscheinlich. Niemand weiß das genau. Hier im Wald liegen überall die Leichen, nicht nur auf dem Friedhof. Der wäre viel zu klein. Sie haben in den letzten Kriegstagen überall im Wald Gräben ausgehoben, die Toten übereinandergestapelt und verscharrt.«

»Wo war das KZ Sandbostel?« fragte Tasarow.

»Das war kein richtiges KZ, sondern ein Kriegsgefangenenlager. Aber ein großer Unterschied war das nicht – nur Verbrennungsöfen hat es hier allerdings nicht gegeben. – Zum Lager müssen Sie ins Dorf zurück und über den Fluß, nach zwei Kilometern links kommen Sie zum ›Gewerbegebiet‹. Das ist es. Da war das Lager.«

Der Mann hatte eine prallgefüllte Plastiktüte in der Hand.

»Steinpilze und Maronen«, sagte er. »Die wachsen am Friedhof besonders gut.«

Ein Trecker mit Anhänger, vollbeladen mit Runkelrüben, rollte vor Tasarow mühsam die Anhöhe hinter der Ostebrücke hinauf. »Gewerbegebiet Immenhain« stand auf dem Schild, das zu dem ehemals größten Kriegsgefangenenlager im Deutschen Reich wies. Ein halbes Dutzend Firmennamen standen darunter. Links und rechts vom Eingang sah er Steinbaracken und Zäune.

»Immen«, so wußte Oleg Tasarow von deutschen Freunden aus Mecklenburg, waren Bienen.

Er stellte den Wagen ab und ging zu Fuß auf die Lagereinfahrt zu. Die Sonne kam nicht durch die hohen Wolken. Eigentlich war es gar kein Wetter. Keine Sonne. Kein Regen. Kein Wind. Die Landschaft war in milchige Stille getaucht.

Plötzlich hörte er Hundegebell. Zwei Schäferhunde tauchten aus einem Gehölz am Lagereingang auf und stürmten auf ihn los. Tasarow wollte sich umdrehen und davonlaufen.

»Bleiben Sie stehen!« rief eine Stimme hinter ihm. »Ganz ruhig stehenbleiben!«

Er drehte sich um und sah einen hageren Mann, etwa Mitte sechzig, auf sich zukommen. Er hatte ein rosiges Gesicht und kaum noch Haare auf dem Kopf. Er hielt die zwei Schäferhunde jetzt fest an einer Doppelleine.

Tasarow schloß die Augen. Ein KZ-Wärter! dachte er. Ein alter deutscher KZ-Wärter, der mit zwei scharfen deutschen Schäferhunden Patrouille geht...!

»Keine Angst«, sagte der Mann mit beruhigender Stimme. »Die tun nichts. Die sind ganz lieb.« Er tätschelte den größeren der beiden Hunde am Hals. »Kann ich etwas für Sie tun?« fragte er freundlich, »wollen Sie vielleicht zu einer bestimmten Firma?«

»Nein, ich will zum KZ... zum früheren Kriegsgefangenenlager Sandbostel.«

»Da sind Sie hier richtig«, sagte der Alte. »Leider sind Sie hier richtig.«

»Leider...?«

»...weil es ein Schande ist, ein unvorstellbares Verbrechen, was hier passiert ist: Hier sind Menschen, die sich nichts zuschulden haben kommen lassen, als für ihr jeweiliges Vaterland gegen die verdammten Nazis zu kämpfen, unmenschlich gequält worden. Zehntausende wurden hier sogar zu Tode gepeinigt bei

Brot und Wasser und schwerer Arbeit. Gestorben sind sie bei den Typhusepidemien wie die Fliegen...« Der Mann mit den Hunden holte hörbar Luft. »Ein Gewerbegebiet haben sie gleich nach dem Krieg darauf gemacht, das muß man sich mal vorstellen, diese Gedankenlosigkeit! Und es gibt keine Politiker und keine ehrenwerten Bürger, die auf die Barrikaden gehen, die verlangen, daß hier endlich ein Denkmal errichtet wird oder noch besser ein Dokumentationszentrum, in dem unsere Kinder und Kindeskinder sehen können, was hier passiert ist. Es ist eine Schande, man muß sich wirklich dafür schämen. Als Deutscher.«

Der Alte spuckte auf den Boden.

Tasarow sah ihn mit halboffenem Mund an. »Ich... ich habe Sie mit Ihren Schäferhunden für so eine Art alten Nazi gehalten.«

»Nee, da liegen Sie bei mir ganz falsch. Ich bin Sozi, schon immer gewesen. Ich wohne unten im Dorf, und die beiden Schäferhunde habe ich nur, um mir die Rechten hier in der Gegend vom Leibe zu halten. Für die bin ich ein Kommunist. Und ein Kommunist – das ist in dieser Gegend viel schlimmer als ein Nazi.«

Der Deutsche führte ihn über die breite Lagerstraße, vorüber an Baracken aus Holz und Stein, mit blinden und kaputten Fensterscheiben. Unkraut, Büsche und Bäume wucherten überall. Am Ende kamen sie zu einer kleinen, gepflegten Holzhütte mit einem Türmchen. »Lagerkapelle der evangelisch-lutherischen Gemeinde« stand daran. Die Türen waren verschlossen. Ein Mädchen ritt auf einem Schimmel vorbei.

»Da drüben in der Baracke war früher die Lagerküche, da ist jetzt ein Reiterhof. Da hat es kurz vor Kriegsschluß einen Aufstand der Gefangenen gegeben. Aber der ist blutig niedergeschlagen worden. Franzosen und Russen waren daran beteiligt. Den Russen ist es hier am schlimmsten ergangen. Die Russen – das waren die Untermenschen, deren Namen wurden nicht mal festgehalten, deswegen gibt es auf den Friedhof am Wald auch nur anonyme Massengräber.«

Die Schäferhunde schnupperten zutraulich an Tasarows Hose. Der Alte redete sich weiter in heiligen Zorn.

»Zehn- bis zwanzigtausend Leute waren hier in den Baracken untergebracht – das Lager war natürlich viel, viel größer, als heute noch zu erkennen ist. Von 1939 bis 1945 sind hier insgesamt mindestens eine Million Kriegsgefangene durchgegangen. Es gibt Leute, die sagen: mehr als zwei Millionen. Die mußten Moore trockenlegen, Steine klopfen, Torf stechen bis zum Umfallen. ›Sandbostel‹ war für die Russen wohl genauso ein Schreckenswort wie für die Deutschen Workuta in Sibirien. Ganz Norddeutschland ist von Sandbostel aus mit Arbeitskräften versorgt worden, Fabriken, Werften und natürlich die Bauernhöfe. Wer Glück hatte, wurde von diesem Stammlager ›Stalag 10 B‹ irgendwohin abkommandiert, dann hatte er jedenfalls das Schlimmste überstanden.«

Nicht alle. Für manche kam das Schlimmste erst noch, dachte Oleg Tasarow.

Der Alte schneuzte sich in ein blaues Taschentuch. Es klang in der Stille wie ein Fanfarenstoß.

»Was ich Sie noch fragen wollte«, sagte er nach einer Pause. »Sie sprechen zwar wirklich sehr gut Deutsch. Aber was sind Sie für ein Landsmann, wenn ich fragen darf? Franzose? Es waren schon viele Franzosen hier, deren Väter hier gewesen sind.«

»Ich bin Russe!« sagte Oleg Tasarow. »Mein Vater war in Sandbostel.«

Der Alte öffnete den Mund, als wolle er etwas sagen. Dann wandte er sich schnell ab. Es sah aus, als ob ihn seine Schäferhunde wegzerrten.

Oleg Tasarow ging allein durch das Lager, ging langsam, wie in Trance, an den Baracken vorbei, blickte gegen blinde Fensterscheiben voller Spinnenweben, sah in dunkle, feuchte Räume, in denen Reste von rostigen Bettgestellen standen. Es roch nach Moder.

Oleg Tasarow drehte sich um, ging schneller, begann zu laufen. Schneller. Immer schneller. Er stolperte. Rappelte sich wieder auf. Lief weiter. Weiter. Auf der breiten Lagerstraße rannte er beinahe vor einen Lastwagen, der aus einer Hofausfahrt kam und Fertigfenster transportierte. Der Fahrer bremste scharf und fluchte laut aus dem geöffneten Seitenfenster hinter ihm her.

Erschöpft, schwitzend, atemlos erreichte er den Lagerausgang und seinen Wagen, der davor geparkt war. Er riß die Tür des roten BMW auf.

Mit durchdrehenden Reifen schoß der Wagen davon.

Oleg Tasarow wußte nicht, wie lange er gefahren war. Im Autoradio hatte er beruhigende klassische Musik eingestellt. Ganz langsam erst wich der Druck von seiner Brust. Seine Hände fühlten sich kalt an. Er kam durch eine lange, von hohen Bäumen gesäumte Landstraße, deren noch belaubte Kronen einen Tunnel formten. Als die Allee zu Ende war und sich links und rechts abgeerntete Felder bis zum Horizont erstreckten, sah er am Straßenrand ein gelbes Schild mit dem Namen des Ortes, der ihn seit seinem Besuch in Moskau nicht mehr aus dem Sinn gegangen war – »Birkholz«.

Es war ein langgestrecktes Straßendorf mit wuchtigen alten Fachwerkhäusern, dazwischen neue Bungalows mit großen Aluminiumfenstern. Matsch und Mist war auf die asphaltierte Straße gekleckert.

Tasarow überlegte, wo er anfangen sollte. Er hielt schließlich vor der gedrungenen, aus kopfgroßen Findlingen gemauerten Dorfkirche. Rechts davor, oben auf einem kleinen Rasenhügel, stand ein steinernes Ehrenmal. »Für unsere Gefallenen aus dem Ersten und Zweiten Weltkrieg« entzifferte er. An einer Eiche warb ein Plakat für einen Auftritt der Rockband »Extrabreit«. Der würzige Geruch von verbranntem Laub lag in der Luft. In einem gläsernen Schaukasten neben dem Kirchenportal wurde zum Erntedankfest eingeladen und um Spenden für die Hungernden in der afrikanischen Sahelzone gebeten. Orgelklänge kamen aus der geöffneten Tür, keine schwere Kirchenmusik, sondern leichte, fast heitere Klänge. Tasarow hörte minutenlang zu. Als er die Kirche betrat, brach die Musik gerade ab. Plötzlich war es still in dem wuchtigen, weißgekalkten Kirchenschiff. Schritte knarrten auf der Holztreppe, die zur Orgel hinaufführte. Ein rundlicher Mann mit altem Gesicht und jungen Augen kam langsam herunter, grüßte freundlich und hob dabei die Hand, als wolle er ihn segnen.

»Schade, daß Sie gerade aufhören«, sagte Tasarow, »ich bin

wegen der Musik hereingekommen. War das nicht Johann Sebastian Bach?«

»Ich freue mich, daß man das noch heraushört.«

Der Mann auf der Treppe lächelte verschmitzt.

»Es hat Ihnen gefallen? Das Wetter ist zur Zeit recht günstig,
da spüre ich das Rheuma in meinen Fingern nicht so sehr, das
wollte ich ausnutzen und ein wenig musizieren. Und der Herr hat
mir also einen Zuhörer gesandt...«

Als Tasarow ihn fragend ansah, sagte er: »Wissen Sie, ich war
Pfarrer in dieser Gemeinde und bin schon ein paar Jährchen
pensioniert.«

Er drehte sich um und ging, so schien es Tasarow jedenfalls,
nun ziemlich behende die Treppe zur Orgel hinauf. Während
erneut Orgeltöne erklangen, zwängte sich Tasarow auf eine der
schmalen Holzbänke. Er versuchte zu vergessen, warum er gekommen war, konzentrierte sich auf die Musik und beobachtete,
wie sich ein paar Sonnenstrahlen buntschillernd in den alten
Bleiglasfenstern hinter dem Altar brachen. Als die Orgelklänge
verebbten, applaudierte er. Der Orgelspieler kam wieder herunter.

»Was sind Sie für ein Landsmann, wenn ich fragen darf?
Täuscht es mich, oder hörte ich einen leichten slawischen Akzent?«

»Sie haben ein gutes Gehör«, sagte Tasarow. »Ich bin Russe,
halb Russe, halb Deutscher, genauer gesagt. Mein Vater war
Russe, meine Mutter Deutsche.«

Der Alte rückte die verkratzte Hornbrille auf seinem scharfen
Nasenrücken zurecht, fuhr sich mit der flachen Hand über seinen blanken Schädel und über den Haarkranz und betrachtete
den Fremden noch neugieriger als zuvor.

»Russe...? Deutschrusse sind Sie also! Ich habe lange keinen
Russen mehr in dieser Gegend gesehen, seit dem Krieg nicht
mehr. Was führt Sie zu uns, wenn ich fragen darf?«

»Ich bin Historiker«, sagte Tasarow, »mein Spezialgebiet ist,
bei meiner Herkunft vielleicht nicht verwunderlich, die jüngere
deutsch-russische Geschichte. Ich war Gastdozent an der Ostber-

liner Humboldt-Universität. Jetzt hat mich das Sowjetische Kulturinstitut mit einem Forschungsauftrag in die Bundesrepublik entsandt.« Er hatte sich diese Legende gut überlegt.

»Interessant. Wirklich sehr interessant«, sagte der alte Pastor.

»Darf ich Sie zu einer Tasse Kaffee in meine Wohnung bitten? Mein Name ist übrigens Bärwald. Johannes Bärwald.«

Sie überquerten den menschenleeren kleinen Kirchplatz mit dem bemoosten Kopfsteinpflaster. Der alte Pastor öffnete die holzgeschnitzte Tür zu dem efeubewachsenen Pfarrhaus und bat seinen Gast in ein mit Plüschsesseln und überladenen Bücherborden möbliertes Zimmer, das stark überheizt war. Nach ein paar Minuten kam er mit einer Kaffeekanne aus der Küche und schenkte mit zittrigen Händen ein. Dann ließ er sich stöhnend in das durchgesessene Polster des Sofas fallen.

»Was führt Sie also in unser weltvergessenes Dorf, mein Freund?«

»Der Zufall. Vielleicht auch eine Art Vorsehung, aber ich bin, offen gesagt, nicht sehr gläubig, deswegen lassen wir es beim Zufall. Ich komme gerade aus Sandbostel, und Birkholz lag an meinem Weg...«

»Aus Sandbostel?! Das habe ich mir schon gedacht, daß Sie wegen Sandbostel hier sind – von dort kamen auch die letzten Russen, die ich gesehen habe, nach Birkholz. Fast ein halbes Jahrhundert ist das jetzt her, aber die Geschichte läßt uns nicht ruhen, nicht wahr? Furchtbare Zeiten waren das damals. Manchmal träume ich noch von diesem Kriegsgefangenenlager, von den Zuständen dort. Furchtbar war das. Eine schlimme Zeit...«

»Sie waren in Sandbostel?« fragte Tasarow erstaunt.

»Ich werde es nie vergessen. Ich war als junger Vikar zur Lagergemeinde abkommandiert. Es war eine Art Strafversetzung, weil ich damals zu offen gegen die Nazis geredet habe. Ich sollte mich im Gefangenenlager bewähren. Ich hatte Glück – oder Gott war mit mir. Jedenfalls war nach ein paar Monaten der Krieg zu Ende. Aber diese Monate haben mein Leben geprägt bis heute, junger Mann. Es war schrecklich, was damals Menschen Menschen angetan haben, und es war schwer, sehr schwer, zu erfahren, wie wenig Gottes Wort gegen die Unmenschlichkeit auszurichten vermag. In Auschwitz, in Workuta und in Sandbostel. Später, viel später, habe ich versucht aufzuschreiben, was ich damals gesehen und gehört hatte, was mir andere erzählt hatten über das Leben und Sterben im Lager. Es sollte ein Buch werden, aber ich habe es dann doch für mich behalten. Vielleicht war ich auch schon zu alt und wollte meinen Frieden nicht zerstören. Ich muß hier leben, verstehen Sie... Denn trotz allem ist das meine Heimat, mein Vaterland. Mein Vaterland – das ist Auschwitz und Sandbostel, das sind Johann Sebastian Bach und Albert Schweitzer, das ist dieses Dorf und diese Kirche. Trotz allem.«

Der Alte öffnete umständlich eine Flasche Korn und schenkte sich und seinem Besucher zwei kleine Gläser randvoll.

»Wir haben etwas gemeinsam, Herr Pastor«, sagte Tasarow, »Sie wollten ein Buch über jene Zeit schreiben, und ich arbeite an einer Dokumentation über sowjetische Kriegsgefangene, die als Zwangsarbeiter in das ehemalige Deutsche Reich verschleppt worden sind. Vielleicht können Sie mir ein wenig helfen. Mich interessieren besonders Einzelschicksale. Zum Beispiel...«

Er zögerte einen Moment, bevor er den Satz fortsetzte. »...zum Beispiel soll hier in Birkholz noch in den letzten Kriegstagen ein junger Russe öffentlich hingerichtet worden sein, weil er ein deutsches Mädchen geliebt hat. Wissen Sie davon?«

»Ich... ich weiß... ich habe davon gehört.« Der alte Pastor stand hastig auf und ging ein paar Schritte quer durchs Zimmer. »Ich war sogar dabei«, sagte er dann. »Ich stand bei der Exekution mitten unter den Leuten, vier-, fünfhundert waren es vielleicht. Die meisten waren Kriegsgefangene, Russen und Polen. Ich habe gebetet. Ich habe für den jungen Menschen gebetet, als sie ihm die Schlinge um den Hals legten. Gebetet... Ich habe nicht geschrien. Ich habe mich nicht zwischen die Henker und ihr Opfer geworfen. Ich war kein Held. Ich habe gezittert vor Angst.«

Der alte Pastor verschwand im Nebenzimmer. Tasarow hörte, wie er sich die Nase putzte, wie er Schubladen aufzog und zumachte. Schließlich kam er mit einem Stapel vergilbter Papiere zurück. Er blätterte lange darin, fand ab und zu, was er suchte, las daraus vor und erzählte, was ihm dazu noch an Einzelheiten einfiel. Es war im wesentlichen die Geschichte, die Oleg Tasarow schon kannte, aus dem Brief seiner Mutter und aus den Unterlagen dieses Cuxhavener Kriminalbeamten, die ihm Dillon gegeben hatte. Die Geschichte von der Liebe einer jungen Deutschen und eines jungen Russen, die mit dem Tode bestraft worden war; die Geschichte von Anatoli Tasarow und Olga Gehrhoff; die Geschichte seiner Eltern und die Geschichte von Alwin Gehrhoff, seinem Großvater, der seine eigene Tochter an die Nazis verraten hatte. Der alte Pastor erzählte auch von den Menschen im Dorf, die versuchten, diese Geschichte zu verdrängen und zu vergessen.

»Es gibt nicht einmal ein Grab oder einen Gedenkstein für den jungen Mann. Die Gemeinde und der Kirchenvorstand haben das verhindert. Sie wollten mir sogar verbieten, jedes Jahr im Sonntagsgottesdienst nach dem Tag der Hinrichtung für den ermordeten Russen zu beten.« »Was ist dieser Herr Gehrhoff heute für ein Mann?« fragte Tasarow.

Der alte Pastor erzählte.

Der 84 Jahre alte Alwin Gehrhoff sei nach dem Krieg der größte Bauer in der Gegend geworden. Er habe mehr als 120 Hektar Land zusammengekauft, alle hätten Respekt, manche gar Angst vor ihm. Er gelte als jähzornig. Er sei nach dem Krieg erst Mitglied der NPD gewesen und wäre jetzt bei den »Republikanern«. Er sei jedenfalls noch immer Nazi – wie früher.

»Seine älteste Tochter, die Olga, die Freundin des Russen, ist gleich nach dem Krieg aus Birkholz verschwunden. Manche sagen, sie sei von dem jungen Russen schwanger gewesen. Sie habe ihren Vater verflucht und sei aus Verzweiflung nach Rußland gegangen, in die Heimat des Vaters ihres Kindes.«

Olgas ältere Schwester, die Lisbeth, habe damals die Hinrichtung mitansehen müssen. Sie sei schreiend davongelaufen und habe wohl einen schweren Schock erlitten. »Seitdem ist das arme Kind taubstumm und nicht mehr ganz richtig im Kopf.«

Lisbeth lebe mit ihrem Vater allein in dem großen Gutshaus am Rande des Dorfes.

Der alte Pastor machte eine Pause und schenkte Schnaps nach.

Die mächtige Kastanie auf dem Gehrhoffschen Anwesen werde noch immer der »Russenbaum« genannt, weil an einem Ast dieses Baumes der junge Russe aufgehängt worden sei.

»Alwin Gehrhoff ist übrigens sehr fromm«, sagte der alte Pastor. »Jedenfalls versäumt er kaum einen Gottesdienst – nur an den Sonntagen nach dem Tag der Hinrichtung ist er noch nie gekommen...«

»Und Gehrhoff ist bis heute nicht zur Rechenschaft gezogen worden?«

»Nein, von unseren irdischen Richtern jedenfalls nicht. Es hat keinen Prozeß gegeben, das meinten Sie wohl. Vor einigen Jahren ist zwar einmal ein Verfahren gegen ihn eingeleitet worden und gegen einen gewissen Eberlein, den damaligen Chef der Gestapo in dieser Gegend, aber durch gute Beziehungen sind die Ermittlungen bereits im Keim erstickt und eingestellt worden.«

Es war dunkel geworden. Die beiden Männer konnten sich nur noch schemenhaft erkennen. Der alte Pastor suchte mit einer Hand am Boden umständlich nach dem Schalter einer Stehlampe und atmete dabei asthmatisch.

»Glauben Sie, daß dieser Herr Gehrhoff mit mir über den Vorfall von damals reden würde?« fragte Tasarow.

»Niemals. Nein, niemals. Schon gar nicht mit einem Russen. Er würde Ihnen wahrscheinlich seinen scharfen Hund auf den Hals hetzen...«

Endlich ging im Zimmer das Licht an.

Der alte Dorfgeistliche sah seinen Besucher jetzt unverwandt an.

»Warum starren Sie mich so an«, fragte Tasarow, dem unter dem Blick des Alten unbehaglich wurde.

»Ich frage mich gerade, wann und wo ich Sie schon einmal gesehen habe? Oder ob ich jemanden kannte, der eine große Ähnlichkeit mit Ihnen hatte. Es kann auch nur eine Einbildung sein – ich hoffe, daß es nur eine Einbildung ist. Jedenfalls...

jedenfalls haben Sie eine gewisse Ähnlichkeit mit diesem Russen, dessen Gesicht ich nie vergessen werde... Er war sehr tapfer, als sie ihn gefesselt auf das äußerste Ende eines Leiterwagens stellten, ihm die Schlinge um den Hals legten und seine Augen mit einem schwarzen Tuch verbanden. Er hat nicht geschrien, als der Leiterwagen unter seinen Füßen weggezogen wurde. Jetzt fällt mir sein Namen wieder ein: Tasarow hieß er. Anatoli Tasarow.«

Oleg Tasarow bedankte sich für den Kaffee und für das Gespräch, stand eilig auf, zog seine Jacke an und ging über den schmalen Flur zur Tür. Der Alte folgte ihm mit schlurfenden Schritten und begann dabei erneut zu reden.

»Ich spreche nicht gern darüber, weil mich die Leute sonst für noch verrückter halten, als das einige ohnehin schon tun, aber ich bilde mir ein, daß ich mit zunehmendem Alter die Menschen durchschaue, daß ich in ihre Seelen blicken kann. Und was ich sehe, macht mir oft angst... auch Sie machen mir angst, mein Freund, denn ich glaube jetzt zu wissen, warum Sie gekommen sind...«

14

Oleg Tasarow fand in dieser Nacht im Haus in der Heide keine Ruhe. Das Bett im Gästezimmer war durchgelegen und unbequem und ächzte unter seinen Bewegungen. Durch die Wände hörte er, wie Peter und Ines miteinander schliefen, leise und heimlich zunächst, dann immer lauter, bis zu einem zweistimmigen, unterdrückten Schrei, dem ein langes Stöhnen folgte.

Im Halbschlaf nahm Tasarow Geräusche wahr, die von draußen in das dunkle Zimmer drangen. Rufe oder Schreie in einem monotonen Rhythmus: ein langer, hohltönender Laut, dann zwei, drei kurze, klagende Klänge. Aus nicht zu weiter Ferne antwortete jedesmal ein Echo.

Er stand auf, ohne Licht zu machen, ging unsicher zu dem niedrigen Fenster, öffnete es, bückte sich und blickte nach draußen. Dichter Dunst stand auf der gegenüberliegenden Weide, einen Meter hoch vielleicht, so daß die Beine und die unteren Körperhälften der Kühe unsichtbar waren, die reglos zu ihm herüberglotzten. Es sah aus, als ob die Tiere in einem wattigen Moor versanken.

Die Schreie dauerten an. Sie erinnerten ihn an Kriegsrufe der Indianer kurz vor einem Überfall, die er in manchen Filmen als Junge im Vorstadtkino gehört hatte. Er klatschte in die Hände. Es sollte kurz und trocken knallen wie ein Schuß. Aber die Nachteule – er vermutete, daß es eine Nachteule war – ließ sich nicht verscheuchen, obwohl sie ganz in der Nähe sitzen mußte, wahrscheinlich drüben in den Tannen, die sich schwarz und scharf vor dem bereits heller werdenden Himmel abhoben.

Plötzlich hörte er Krächzen, Keuchen, Kratzen aus dem Unterholz. Dann Schreie. Todesschreie. Schließlich ein quiekendes Wimmern, das leiser wurde und endlich verstummte.

Die Stille rauschte in seinen Ohren.

Tasarow schloß das Fenster, legte sich wieder hin, fand aber keinen Schlaf mehr.

Nach einem flüchtigen Frühstück ging er am Morgen nach draußen und suchte in der Nähe der Tannen, bis er am Boden vor einem blattlosen Brombeergestrüpp einen blutigen Rest entdeckte. Vielleicht war es ein Maulwurf gewesen oder eine Ratte, die die Eule zerfetzt hatte? Jedenfalls hoffte er, daß es nicht der junge Hase war, den er am Tag zuvor beobachtet hatte, wie er Klee fraß und sich possierlich die Pfoten leckte.

Als er an diesem dunstigen Herbstmorgen das Haus am Rande der Heide verließ, wußte Oleg Tasarow, daß es kein Zurück mehr gab – in der kommenden Nacht würde er selber töten.

Für Peter Rosenblatt und Ines van Holten ließ er einen Zettel auf dem Eßtisch in der Diele zurück. »Noch keine Neuigkeiten. Bin am Abend zurück«, hatte er darauf geschrieben.

Er fuhr nach Hamburg. Tagsüber irrte er scheinbar ziellos umher, um sich die Zeit zu vertreiben. Er bummelte durch Geschäfte in der Mönckebergstraße und unten am Hafen entlang. In einem Spielzeuggeschäft kaufte er ein Springseil mit rotlackierten Holzgriffen, nachdem er seine Reißfestigkeit geprüft hatte, indem er die beiden Griffe festhielt und den rechten Fuß, so stark er konnte, gegen das Seil stemmte. Es hielt. Die junge Verkäuferin beobachtete ihn dabei erstaunt.

In einem Geschäft für Yachtausrüstungen in der Nähe der St.-Pauli-Landungsbrücken kaufte er ein zehn Meter langes, fingerdickes orangefarbenes Tau. Ein Verkäufer erklärte ihm, wie man fachmännisch eine reißfeste Schlinge knüpft. Schließlich kaufte er noch eine teure Halogentaschenlampe und eine billige Plastiktasche, packte Springseil, Tau und Taschenlampe hinein und legte alles in den Kofferraum des roten BMW. Seine Ausrüstung war vollständig – bereits am Tag zuvor hatte er das Magazin seiner Makarow gefüllt und die geladene Waffe unter dem Reserverad versteckt.

Oleg Tasarow hatte noch Zeit, viel Zeit. In einem chinesischen

Restaurant auf der Reeperbahn aß er appetitlos »Gebratenes Rindfleisch nach Szechuan Art«. Dann ging er in ein gegen-überliegendes Nonstop-Kino und sah sich zusammen mit einem halben Dutzend Männer uninteressiert ein paar Sexfilme an. Als er herauskam, flackerten die ersten Neonlichter über Discos, Sex-Shops und Striptealokalen, obwohl es noch hell war. Er bummelte die Reeperbahn hinunter bis zur Davidswache. Ein paar Mädchen in Miniröcken kamen aus den schützenden Haus-eingängen und sprachen ihn an. Eine große Rothaarige erinnerte ihn an Ines. Zwischen hohen Schaftstiefeln und kurzem Lederminirock zeigte sie herausfordernd ein Stück Oberschenkel. Als er stehenblieb, kam sie sofort näher und sagte, sie heiße Elvira. Während sie ihren Preis nannte, trat sie dicht an ihn heran und fuhr ihm mit der Hand zwischen die Beine.

Er ließ sich in ihr schmuddeliges, rotbeleuchtetes Zimmer lok-ken, in dem die Vorhänge zugezogen waren. Sie zog sich schnell aus und legte sich breitbeinig auf das Bett. Dabei hielt sie ihm ein Präservativ hin und verlangte einen Hunderter im voraus. Als er zögerte, drängte sie zur Eile. Tasarow legte einen Hundertmark-schein auf den Tisch und ging wortlos. Die rothaarige Elvira rief etwas hinter ihm her, was er im Treppenhaus nicht mehr ver-stand.

Draußen war es jetzt dunkel.

Er ließ sich in dem dichter werdenden Strom der Passanten treiben. Am Hans-Albers-Platz ging er in eine Kneipe, in der ein Fernsehgerät flimmerte, und bestellte ein Bier und einen Wodka.

Neben ihm auf einem Thekenhocker saß ein betrunkener Mann, offenbar ein Flüchtling aus der DDR.

»Keiner kümmert sich um einen. Keiner redet mit einem«, jammerte er. »Der letzte Dreck ist man. Scheißland und Scheiß-leute sind das hier!«

Der bullige Wirt nahm die rechte Hand vom Zapfhahn, ballte eine Faust und schlug krachend auf die Theke. »Ich hab mir dein Geseiere jetzt lange genug angehört. Wenn du das nochmal sagst, fliegst du raus!«

»Scheißkerl!«

»Jetzt reicht's«, sagte der Wirt. »Hau ab in deinen Wohncontainer oder wo du herkommst. Jammerlappen wie dich können wir hier sowieso nicht gebrauchen!« Er kam drohend um die Theke herum. Der Mann legte schnell einen Schein in eine Bierlache auf der Theke und wankte zum Ausgang. Der Wirt steckte den Zwanziger ein, ohne Wechselgeld herauszugeben.

»Arme Schweine, diese Zonis«, sagte eine ältere Nutte zu einer jüngeren Kollegin und blickte dem Mann nach. Der Wirt schimpfte noch immer und zapfte Bier. Als der Gong der »Tagesschau« ertönte, drehte er den Ton des Fernsehapparates lauter.

Tasarow blickte auf den Bildschirm. Ein Nachrichtensprecher sagte: »Die Volkskammer der DDR hat heute in einer offenen Abstimmung den vor einer Woche zum SED-Generalssekretär ernannten Egon Krenz auch zum neuen Staatsratsvorsitzenden und zum Vorsitzenden des Nationalen Verteidigungsrates gewählt. Krenz kündigte in seiner ersten Rede einen gesellschaftlichen Dialog, vorsichtige Kurskorrekturen und einen neuen Arbeitsstil für Staatsrat und Volkskammer an. Hier einige Ausschnitte...«

Auf dem Fernsehgerät über der Theke erschien formatfüllend ein Mann mit auffallend dunkel umrandeten Augen und großem Gebiß. Krenz sagte: »Jeder hat in den letzten Monaten gespürt, daß wir eine Verschärfung von Widersprüchen bei der Verwirklichung des Programms unserer Partei und der Beschlüsse des 11. Parteitages erleben mußten. Die Probleme in der Volkswirtschaft haben zugenommen. Es häuften sich ungelöste Fragen bei der bedarfs- und qualitätsgerechten Versorgung der Bevölkerung. Ungereimtheiten bei der Durchsetzung des Leistungsprinzips nahmen zu. Lohnpolitik, Subventionen und soziale Leistungen werden lebhaft diskutiert...«

Der Mann auf dem Bildschirm holte schwer Atem.

»Mehr als hunderttausend Menschen sind aus unserem Land weggegangen. Ihren Weggang empfinden wir als großen Aderlaß. Jeder von uns kann die Tränen vieler Mütter und Väter nachempfinden... Wir haben manchen politischen und ökonomischen Verlust dadurch erlitten. Diese Wunde wird noch lange schmerzen...« Krenz beendete seine Ansprache mit den Worten: »Es wird in unserer Deutschen Demokratischen Republik keinen anderen Sozialismus geben als den, den wir gemeinsam mit allen schaffen und verteidigen. Alles liegt in unserer Hand, alles liegt in der Einheit und Geschlossenheit unserer Partei...«

Der Wirt spülte weiter Gläser, während er sagte, er sei vor sechzehn Jahren selber aus der DDR gekommen und habe sich hier im Westen alles hart erarbeiten müssen. Er blies eine Schnapsfahne über den Tresen, als er Tasarow noch ein Bier hinstellte.

»Der Krenz, der war zu meiner Zeit drüben FDJ-Führer. Der is genausone Pfeife wie Honecker, nur ein bißchen jünger. Ändern wird der jedenfalls so gut wie nix, auch wenn der jetzt die Backen aufbläst...«

Tasarow trank sein Bier aus und zahlte.

Gleich vor der Kneipe war eine Telefonzelle. Er warf ein Markstück ein und wählte eine Nummer in Birkholz. Es dauerte lange, bis am anderen Ende der Hörer abgenommen wurde. Dann hörte er unverständliche, seltsam grunzende Laute. Der Hörer wurde auf eine Tischplatte gelegt. Schritte entfernten sich. Im Hintergrund rief jemand unwillig. »Ich komme ja! Ich komm ja schon, Lisbeth.«

Dann meldete sich eine knarzige Altmännerstimme. »Ja. Wer ist da?«

»Guten Tag, Herr Schröder«, sagte Tasarow.

»Hier ist kein Schröder. Hier ist Gehrhoff.«

»Ist da nicht Schröder in Birkholz?«

»Nein, verdammich noch mal, hier ist Gehrhoff. Alwin Gehrhoff. Ich kenne auch keinen Schröder in Birkholz...«

Der Hörer wurde aufgelegt. Gehrhoff war also zu Hause.

Tasarow ging in das Parkhaus am Millerntor, in dem er den Wagen abgestellt hatte. Während er auf die Autobahn und durch den Elbtunnel in Richtung Süden fuhr, schaltete er das Radio von einem Sender zum anderen, um sich abzulenken. Unterwegs hörte er Nachrichten und Kommentare über den Machtwechsel in der DDR. Er fuhr von der Autobahn herunter und weiter über einsame Landstraßen.

Es begann zu regnen. Vom Mondlicht beschienene Wolkenberge türmten sich am Himmel. Er sah einen Blitz und hörte Donnergrollen. Ein Herbstgewitter kündigte sich an. Es war schon nach 10 Uhr abends, als er die ersten Häuser von Birkholz vor sich sah. Hinter einigen Fenstern an der Dorfstraße flackerte das bläuliche Licht von Farbfernsehgeräten.

Tasarow fuhr durch das Dorf hindurch, bis er an seiner rechten Seite gegen den Nachthimmel die Konturen der hohen Baumgruppe ausmachte, unter denen nach der Beschreibung des alten Pastors der Gutshof des Großbauern Alwin Gehrhoff liegen mußte.

Ein paar hundert Meter dahinter hielt er an und machte das Licht aus. Als sich seine Augen an die Dunkelheit gewöhnt hatten, fuhr er, ohne die Scheinwerfer einzuschalten, bis zu der Allee zurück, die zum Gehrhoffschen Gehöft führte. Er stellte den Wagen genau davor ab, so daß die Einfahrt blockiert war. Aus dem Kofferraum holte er die Plastiktasche und warf sie über seine linke Schulter. Dann entfernte er die Abdeckung des Reserverades und holte seine Waffe heraus. Er steckte die Makarow in das Holster, das am Gürtel links über seiner Hüfte hing. Der geriffelte Griff fühlte sich kalt und feucht an.

Schließlich öffnete er die Motorhaube und stellte sie auf. Falls jemand zufällig vorüberkam, sollte es aussehen, als habe er im Motorraum einen Schaden gesucht. Er zog seinen Parka über und warf die Plastiktasche über seine Schulter, so daß sie von vorne nicht zu sehen war.

Über den Wipfeln der Alleebäume blitzte es. Das Gewitter kam näher. Aber es hatte aufgehört zu regnen. Unter den Bäumen war es stockdunkel, als er sich auf den gut hundert Meter langen Weg zu dem Haus machte. Knorrige Eichen standen rechts und links. Von der Straße aus waren im Gutshaus zwei erleuchtete Fenster zu sehen. Tasarow leuchtete mit der Taschenlampe kurz auf ein altes Holzschild mit zwei geschnitzten

Pferdeköpfen und der verwitterten Inschrift »Gestüt Gehr-hoff«.

Hatte seine Mutter ihm nicht früher erzählt, daß sie als kleines Mädchen die Pferde des Gestüts gefüttert und ihr Vater vor dem Krieg sogar eigene Rennpferde gehabt hätte?

Hatte die kleine Olga Gehrhoff hier auf diesem Weg unter den Eichen gespielt, mit Mädchen und Jungen aus dem Dorf und mit ihrer damals noch gesunden Schwester Elisabeth? Und sein Va-ter? Anatoli Tasarow, 18 Jahre alt, Kriegsgefangener? Was hatte der gedacht, was empfunden, als er im Krieg, viele tausend Kilo-meter von seiner Heimat entfernt, zum ersten Mal diesen Weg entlang gegangen war, erschöpft, mit abgerissener Kleidung und dem großen »R« auf der Brust. »R« – wie Russe. Wurde er von Wachen vorwärtsgestoßen? War er gefesselt?

Grober Kies knirschte unter Tasarows Schritten. Als er die halbe Strecke zurückgelegt hatte, begann der Hund zu kläffen. Immer lauter.

An mehreren Stellen gingen gleichzeitig Außenlampen an. Der Hof und der letzte Teil der Zufahrt wurden in grellweißes Licht getaucht. Das Licht fiel auch auf die haushohe alte Kastanie, die mitten auf dem gepflasterten Platz zwischen dem Wohnhaus, der Scheune und dem Schuppen stand. Der »Russenbaum«.

Der hohe Giebel des Wohngebäudes war durch weiße Spros-senfenster aufgelockert, das Dach war mit roten Ziegeln gedeckt.

»Das Haus hatte ein dickes Strohdach«, hatte ihm seine Mut-ter erzählt – aber sonst stimmte ihre Beschreibung noch genau. Er erkannte den Hauseingang mit den beiden mächtigen Rund-säulen und den breiten Treppenstufen. Da, vor dem Schuppen, neben der Jauchegrube, da mußte Anatoli Tasarow mit der Mist-forke in der Hand gestanden haben, als das Foto gemacht wor-den war, das seine Mutter bis zu ihrem Tode aufbewahrt hatte. Und dort, gegenüber dem Wohnhaus, das mußte die massiv ge-mauerte Scheune sein, auf deren Heuboden seine Mutter in ihrer Kindheit bei schlechtem Wetter gespielt hatte.

Hatte sie sich da oben auch heimlich mit ihrem Geliebten getroffen, mit Anatoli, dem Russen? Hatten sich die beiden dort im Heu geliebt? War er, Oleg Tasarow, in dieser Scheune gezeugt worden?

Gegen die rote Backsteinwand des Wohnhauses hob sich jetzt deutlich ein großer schwarzer Hund ab. Das Tier, halb Schäferhund, halb Dobermann, fletschte die Zähne, riß an seiner Kette, bellte, jaulte und tobte vor der Hütte wütend hin und her.

Oleg Tasarow blieb stehen. Er zog die Makarow aus dem Holster und entsicherte sie. Seine Hand zitterte. Er wischte sich mit dem Handrücken kalten Schweiß von der Stirn. Dann ging er weiter, jetzt mitten auf dem Weg.

Alwin Gehrhoff war während seiner Lieblingssendung vor dem Fernsehgerät eingeschlafen – kurz nachdem Bobby und Pamela Ewing sich auf dem Ball der Ölbarone in Dallas wieder einmal vor allen Leuten verkracht hatten. Er lag auf der Couch unter der handkolorierten Luftaufnahme seines Anwesens, die in einem Goldrahmen an der grüntapezierten Wand hing. Er lag da wie tot. Sein grobknochiges Gesicht erschien im flimmernden Fernsehlicht leichenblaß. Von der Wurzel seiner scharfkantigen Nase zog sich eine V-förmige Falte über die Stirn bis zu den ausgeprägten Geheimratsecken im grauweißen Haar. Buschige Brauen wölbten sich über seinen Augen. Als draußen der Hund bellte, zuckten die Augenlider. Sein Mund öffnete sich. Alwin Gehrhoff schnarchte ein paarmal pfeifend durch sein Gebiß, bevor er wach wurde. Die Füße mit den karierten Filzpantoffeln rutschten von der Sofakante. Es dauerte eine Weile, bis er merkte, daß das Hundegebell nicht aus dem Fernsehgerät kam.

»Ruhig Astor, ganz ruhig«, murmelte er vor sich hin.

Noch beim Aufstehen stopfte er sein rotkariertes Flanellhemd in die zu weite blaue Hose und klemmte einen Hosenträger wieder fest. Dann schlurfte er zur Diele. Er schob das Scherengitter vor dem Waffenschrank zur Seite und nahm eine Drillings-Flinte heraus, wie er das seit dem Überfall auf den Hof seines nächsten Nachbarn Alfred Wilkens vor drei Jahren immer tat, wenn Astor nach Einbruch der Dunkelheit anschlug.

Alwin Gehrhoff schaltete die Hofbeleuchtung ein und schob

die Gardine vor dem Glasausschnitt der Eingangstür ein Stückchen zur Seite. Er hatte noch gute Augen – nur zum Lesen
brauchte er eine Brille. Er erkannte eine Gestalt, die mitten auf
dem Zufahrtsweg langsam näher kam. Ein Mann. Der Mann
blieb unter der großen Kastanie stehen, legte die Hand zum
Schutz gegen das blendende Halogenlicht über die Augen,
blickte zu dem an seiner Kette reißenden Astor und dann zum
Hauseingang herüber.

Gehrhoff holte ein Fernglas und spähte damit nach draußen.
Er stellte die Schärfe nach, als er den Kopf des Mannes fixiert
hatte. Der Mann war etwa Anfang Vierzig, groß und kräftig. Er
trug einen graugrünen Parka und dunkle Hosen. Dunkle Haar-
strähnen hingen ihm in die Stirn. Es war niemand aus dem Dorf.
Alwin Gehrhoff kannte den Mann nicht.

Der Fremde schien etwas zu rufen, was er nicht verstehen
konnte, denn, anders als mit seinen Augen, stand es mit seinem
Gehör nicht mehr zum besten. Vorsichtig öffnete Alwin Gehrhoff deshalb die Eingangstür.

»Hallo!« schrie Oleg Tasarow gegen das Hundegebell an.
»Hallo! Ist da jemand?«

Alwin Gehrhoff entsicherte seine Jagdflinte, die mit grobem
Schrot geladen war. Er klemmte den Holzschaft unter den Arm
und richtete den Drillingslauf gegen den Fremden. Dann trat er
ein paar Schritte nach draußen, bis auch er vom Lichtschein
erfaßt wurde.

»Ja! Hier...! Was wollen Sie denn...?«

Der Fremde war jetzt nur noch etwa zehn Meter entfernt.

»Entschuldigen Sie die späte Störung«, sagte er. »Kann ich bei
Ihnen mal telefonieren? Ich habe eine Autopanne. Mein Wagen ist
vor Ihrer Einfahrt liegengeblieben. Scheint was am Motor zu sein.«

Tasarow erkannte erst spät den Lauf des Gewehrs. Dennoch
ging er langsam weiter, während er redete.

»Bleiben Sie stehen! Sofort stehenbleiben!« schrie der Alte und
nahm das Gewehr in Anschlag.

»Entschuldigen Sie, wenn ich Sie erschreckt habe.«

Tasarow verharrte mitten im Schritt. Der Alte hielt ihn mit dem Gewehr in Schach, während er ein paar Schritte seitlich zur Hundehütte ging. Er ließ den Wachhund von der Kette. Der wollte sich sofort mit fletschenden Zähnen auf den Ankömmling stürzen.

»Sitz, Astor! Bei Fuß! Sitz!« rief der Alte scharf.

Der Hund parierte aufs Wort. Mit hechelnder Zunge blieb er neben dem Alten auf dem Kopfsteinpflaster sitzen. Alwin Gehrhoff ließ seinen Gewehrlauf sinken und musterte den Fremden von oben bis unten.

»Was ist los? Was haben Sie?«

»Eine Autopanne.«

»Und was wollen Sie hier?«

»Telefonieren«, sagte Tasarow. »Ich dachte, ich könnte vielleicht von Ihrem Telefon aus ein Taxi rufen? Kann man im Dorf irgendwo übernachten, bis der Wagen repariert ist?

»Glaub' schon. In Jaacks Gasthof an der Kirche. Die könnten Sie hier mit dem Wagen abholen.«

Die beiden Männer zuckten zusammen, als ein greller Blitz am Himmel aufflammte und ein krachender Donner über ihre Köpfe rollte. Kräftige Windböen trieben jetzt starke Regenschauer vor sich her. Wasser klatschte in ihre Gesichter. Der alte Gehrhoff schüttelte sich.

»Ich ruf mal bei Jaack an. Warten Sie unter der Kastanie. Da ist es trocken.« Seinem Hund rief er zu: »Paß auf, Astor! Paß auf!«

Tasarow drehte sich um und ging unter die noch dichte Krone der Kastanie. Der Hund folgte ihm knurrend, blieb zwei, drei Meter vor ihm sitzen und ließ ihn nicht aus den Augen.

Der alte Gehrhoff ging mit der Flinte unterm Arm zum Haus zurück. Die Tür schlug gegen eine an der Wand befestigte Klingel, als er in die Eingangsdiele trat. Gleich neben der Tür stand ein raumhoher barocker Bauernschrank auf schachbrettartig verlegten schwarz-weißen Fliesen.

»So'n Sauwetter«, sagte der Alte halblaut vor sich hin. Er ärgerte sich, weil er mit den Hausschuhen nach draußen gegangen war, die jetzt klitschnaß waren. Das Telefon stand mitten in der Diele, vor der Wand, auf einem Tischchen mit gestickter Decke. Alwin Gehrhoff zog seine Pantoffeln aus und ging auf Socken in das Wohnzimmer, um seine Lesebrille zu holen. Dann blätterte er im Telefonbuch. Endlich fand er die Nummer des Dorfgasthauses.

Oleg Tasarow wartete unter der Kastanie, die sie in Birkholz den »Russenbaum« nannten. Er versuchte sein Zittern und seine Erregung zu unterdrücken.

An diesem Baum, an dem dicken, weit in Richtung Wohnhaus vorragenden Ast über ihm, hatte sein Vater gehangen. An einem kalten Frühlingsmorgen des Jahres 1945. Ein paar Tage vor Ende des Krieges. Auf einen Leiterwagen hatten sie ihn gestellt, bevor ihm russische oder polnische Mitgefangene, die von der Gestapo in Schach gehalten wurden, die Schlinge um den Hals legen und die Augen verbinden mußten. Das letzte, was Anatoli Tasarow wohl gesehen hatte, war dieser mächtige niedersächsische Bauernhof gewesen: das Wohnhaus, die Scheune, die Schuppen, die Weiden und Äcker hinter den Gebäuden, die deutschen Eichen an der Einfahrt. Und die Gesichter der Zuschauer. Vierhundert Menschen waren zur Hinrichtungsstätte beordert worden, der zugleich der Tatort war, an dem ein deutsches Mädchen und ein junger Russe »Blutschande« begangen hatten.

Wo war seine Mutter an diesem Morgen gewesen? Hatte sie hinter einem der Fenster im Wohnhaus gestanden? Oder war sie irgendwo eingesperrt worden? Hatte man sie mit kahlgeschorenem Kopf der Menge vorgeführt? War sie gezwungen worden, bei der Hinrichtung ihres Geliebten dabei zu sein? Sie hatte nichts darüber in ihrem letzten Brief geschrieben. Wahrscheinlich hatte sie sich zu sehr geschämt...

Wo war ihr Vater an jenem Morgen gewesen, der Mann, der sie und ihren Freund verraten hatte, der eigentliche Mörder? Hatte Alwin Gehrhoff ganz vorne in der Menge gestanden und das Schauspiel genossen, als der Gestapochef Eberlein oben auf dem Leiterwagen das Ritual der öffentlichen Hinrichtung leitete?

Der Regen wurde noch stärker. Dicke Tropfen peitschten sein Gesicht, prallten auf das Pflaster und zerplatzten im Gegenlicht der Hofbeleuchtung. Es donnerte, jetzt ganz nah.

Oleg Tasarow sprach mit ruhiger Stimme auf den Hofhund ein. Wenn er einen Fuß anhob oder sich auffällig bewegte, fletschte Astor die Zähne und hob sein Hinterteil, als wolle er sich auf ihn stürzen. Erst als er reglos stehenblieb, beruhigte sich der scharfe Hund.

Tasarow führte seine herunterhängende rechte Hand langsam, ganz langsam, Zentimeter um Zentimeter, nach oben. Die Hand fuhr unter den geöffneten Parka nach hinten, umfaßte vorsichtig den Griff der Makarow-Pistole und zog sie zeitlupenhaft langsam aus dem Holster. Der Hund knurrte, noch mühsam beherrscht. Als er die Hand mit der Waffe ein wenig zu ruckartig nach vorne bewegte, riß das Tier das Maul auf und schnellte blitzschnell nach vorn.

Tasarow schoß, ohne zu zögern. Die Kugel traf in die weit geöffnete Schnauze. Das Tier krümmte sich im mitten im Sprung zusammen, drehte sich in der Luft und schlug vor seinen Füßen auf das Kopfsteinpflaster auf. Er wand sich am Boden und spuckte Blut. Tasarow machte einen Schritt zur Seite und schoß ein zweites Mal. Zwischen die Augen. Das Tier zuckte noch einmal. Dann rührte er sich nicht mehr.

Es blitzte und donnerte wieder, als Oleg Tasarow die Makarow ins Holster zurücksteckte. Er nahm die Tragetasche von seiner Schulter, holte im Schein der Hofbeleuchtung das Springseil mit den roten Holzgriffen heraus, stopfte es in seine Jackentasche und rannte gebückt auf den Hauseingang zu.

War das ein Schuß gewesen...?

Einen Moment lang ließ Alwin Gehrhoff den Telefonhörer sinken. Aber dann sah er durch die Scheiben der Haustür den Widerschein eines Blitzes und hörte einen gewaltigen Donnerschlag. Er hob den Hörer wieder ans Ohr und wählte auf der alten Drehscheibe die letzte Ziffer der Nummer von Jaacks Gasthof. Am anderen Ende meldete sich Hannes, der Sohn des Gastwirts Jaack, der gerade seine Bundeswehrdienstzeit hinter sich hatte und nun in der Gastwirtschaft und Fremdenpension seiner Eltern mithalf.

Tasarow drückte die Klinke herunter und öffnete die Haustür so vorsichtig, daß die Klingel nicht anschlug. Lautlos schlüpfte er ins Haus und drückte sich hinter den Barockschrank.

»Hannes, bist du das? Hier ist Alwin Gehrhoff«, sagte der Alte gerade. Er erzählte von dem Fremden, der eine Autopanne habe und draußen auf seinem Hof stände und ein Bett für die Nacht brauche. Ob er ihn wohl mit seinem Wagen abholen könne? Ja, ein Sauwetter sei das draußen. Nein, ins Haus werde er den Mann nicht lassen. Du weißt doch – der Überfall bei Wilkens damals... Ach so, sie hätten einen Kegelclub, der gerade die letzte Runde spielte und dann die Rechnung verlangt hätte? Gut, er werde dem Mann Bescheid sagen. Der solle dann eben in seinem Wagen etwa eine halbe Stunde warten, bis er abgeholt werden würde.

»Grüß deinen Vater, Hannes«, sagte Alwin Gehrhoff, bevor er auflegte.

Es waren seine letzten Worte.

Eigentlich hatte Oleg Tasarow den alten Nazi noch zur Rede stellen und von ihm selbst hören wollen, warum er damals den jungen Kriegsgefangenen Anatoli Tasarow, den Geliebten seiner Tochter Olga, an die Nazis und damit an die Henker ausgeliefert hatte. Er wollte ihm vom Schicksal seiner Tochter Olga im fernen Rußland erzählen, wollte ihm schließlich ins Gesicht schreien: »Ich bin Oleg Tasarow! Der Sohn des gehenkten Russen, den du auf dem Gewissen hast! Der Sohn deiner Tochter Olga! Dein Enkel!«

Und er wollte dem Alten sagen, warum er nach einem halben Jahrhundert nach Birkholz gekommen sei: um endlich Gerechtigkeit zu üben, um an Alwin Gehrhoff, der ungestraft 79 Jahre alt geworden sei, ein Urteil zu vollstrecken, das längst hätte gesprochen werden müssen!

Auge um Auge. Zahn um Zahn...

Aber nun, nach dem Telefongespräch, hatte er keine Zeit

mehr. Er würde noch viel zu tun haben in der nächsten halben Stunde. Und es war ihm recht, daß er jetzt alles schnell hinter sich bringen mußte.

Von seinem Versteck hinter dem Schrank aus taxierte Oleg Tasarow die noch immer kräftige, nach vorn gebeugte Figur des Mannes, der sein Großvater war. Alwin Gehrhoff war gut 1,80 Meter groß, etwa 80 Kilo schwer.

Tasarow nahm die roten Holzgriffe des Springseils so fest in beide Hände, daß die Haut über seinen Gelenken spannte. Er wußte, was er zu tun hatte – rein technisch gesehen war es genau die Situation, die er vor zwanzig Jahren bei seinem Fallschirm-jägerregiment in den Wäldern von Rakow immer wieder trainiert hatte.

Die angenommene Situation bei der Übung damals: Fall-schirmjäger-Elitetruppe ist nachts hinter feindlichen Linien abge-sprungen. Aufgabe: Unschädlichmachen eines Atomraketende-pots der NATO. Zuerst: Lautlos die bewaffnete Wachmannschaft außer Gefecht setzen.

Ablauf der Übung: Fallschirmjäger der Roten Armee schleicht sich lautlos an wachhabenden NATO-Soldaten an; wirft ah-nungslosem Feind von hinten ein fingerdickes Tau über den Kopf; dreht sich mit den Tauenden in den Händen blitzschnell um die eigene Achse, bis er Rücken an Rücken mit dem Feind steht und sich das Tau zu einer todbringenden Schlinge über-kreuzt. Fallschirmjäger bückt sich ruckartig weit nach vorn und wirft sich den Feind wie einen schweren Sack auf den Rücken. Schlinge zieht sich um dessen Hals zu. – Durch die Hebelwir-kung wird der Hals des Feindes stranguliert, sein Kehlkopf ge-brochen. Der Feind mußte tot sein, bevor er auch nur einen Laut von sich geben kann, um seine Kameraden zu warnen.

Immer wieder hatten sie dieses schnelle, lautlose Töten an puppenartigen, mannsgroßen, mit schwerem Sand gefüllten Säk-ken geübt. Die Sandsäcke hatten nicht gezappelt...

Aber der alte Gehrhoff trat und schlug wild um sich, nachdem Tasarow das Springseil zugezogen und sich sein Opfer auf den

Rücken geworfen hatte. Seine Füße traten gegen den alten Ei-chenschrank, trafen den kleinen Tisch. Der fiel polternd um. Das Telefon schepperte über den Fliesenboden. Gurgelnde Laute ka-men aus der Kehle des alten Mannes. Es knackte furchtbar, als der Hals brach. Noch immer zappelte der Alte. Doch seine Bewe-gungen wurden schwächer.

Tasarow ließ den Toten seitlich zu Boden gleiten.

Er zitterte am ganzen Körper. Er setzte sich auf den Fliesenbo-den und starrte in das Gesicht von Alwin Gehrhoff. Die Augen waren weit vorgetreten. Die Zunge hing ihm aus dem Mund. Im Wohnzimmer lief noch immer der Fernsehapparat. Am Ende der Spätnachrichten gaben sie den Wetterbericht durch: » ... ein at-lantischer Tiefausläufer wird heute nacht mit heftigen Herbstge-wittern Norddeutschland überqueren. Es wird kühler. In der kommenden Nacht besteht die Gefahr von Bodenfrost...«

Tasarow stand auf und zog den Stecker des Fernsehgerätes aus der Wand. Im Haus blieb es still. Hatte der alte Pastor nicht gesagt, Gehrhoffs älteste Tochter Lisbeth sei taubstumm?

Auf dem dunklen, schweren Büffet mit den Butzenscheiben im Wohnzimmer entdeckte er ein Foto im blank geputzten Silber-rahmen: Alwin Gehrhoff, offenbar als junger Familienvater, feingemacht im dunklen Ausgehanzug, daneben eine etwas fül-lige Frau mit blondem Dutt und hellem Kleid, offenbar seine Ehefrau, davor zwei kleine Mädchen – die Töchter Elisabeth und Olga. Die kleinere war seine Mutter. Im Hintergrund konnte man die Dorfkirche von Birkholz erkennen.

Tasarow schaltete das Licht aus, erst im Wohnzimmer, dann die Außenbeleuchtung. Seine Augen gewöhnten sich an die Dun-kelheit. Er faßte den Toten unter den Armen und schleifte ihn aus der Diele, die Treppen des Hauseinganges hinunter und über das Kopfsteinpflaster. Seine Plastiktasche lag noch neben dem er-schossenen Hund. Er holte das lange, orangefarbene Tau mit der Schlinge heraus. In immer größer werdenden Abständen erhell-ten noch Blitze des abziehenden Gewitters die Umgebung. Nach zehn Minuten hatte er seine Arbeit beendet.

Er keuchte noch vor Anstrengung, als er in das Wohnhaus

zurückging. Er hatte das Springseil mit den rotlackierten Holzgriffen vergessen. Er würde es noch einmal brauchen...

Oleg Tasarow lief die lange Eichenallee hinunter. Er schlug die noch immer offene Motorhaube wieder zu. Der Motor sprang an, obwohl er sehr naß geworden war. Seit er gekommen war, so stellte er nach einem Blick auf die Digitaluhr im BMW fest, war gerade eine halbe Stunde vergangen. Es war jetzt kurz nach elf. Er schaltete das Standlicht ein und wartete.

Nach ein paar Minuten kam ein Wagen mit aufgeblendeten Scheinwerfern aus Richtung Birkholz. Das Fahrzeug blinkte und wollte in die Zufahrt zum Gehrhoffschen Gehöft abbiegen. Tasarow stieg schnell aus und winkte. Der Wagen hielt. Am Steuer saß ein junger Mann, der Sohn des Gastwirtes Jaack, der den Fremden abholen wollte, von dem der alte Gehrhoff am Telefon erzählt hatte. Tasarow gab ihm einen Zwanzig-Mark-Schein und sagte, er brauche das Zimmer nicht mehr. Der Motor seines Wagens sei wieder angesprungen. Der junge Mann steckte den Geldschein ein, bedankte sich und fuhr ins Dorf zurück.

Bevor er in die entgegengesetzte Richtung abbog, holte Tasarow aus der Tasche seiner Jacke einen Zettel, auf dem er sich eine Adresse und den Namen »Eberlein« notiert hatte.

Im Morgengrauen weckten wilde Schreie die Anwohner der Dorfstraße von Birkholz, so schrille, unartikulierte, vibrierende Laute, daß Fensterscheiben und Gläser klirrten. Schreie, die alle, die sie gehört hatten, niemals vergessen würden.

Es habe sich angehört, so gab später die Frau des Drogisten zu Protokoll, »als ob mitten im Dorf ein ganzer Wurf von Ferkeln abgestochen worden wäre«. Und der Dorfschmied und Schlosser dachte, jemand habe um diese Zeit schon eine Kreissäge angeworfen und war deshalb ziemlich wütend, als er wach wurde.

Es war erst kurz nach 5 Uhr und die Sonne noch nicht an dem vom nächtlichen Gewitter blankgeputzten Himmel aufgegangen, als die Leute in Birkholz Rolläden hochzogen, Klappläden öffneten und Vorhänge zur Seite schoben, um zu sehen, was, um Gottes Willen, denn da los sei.

Entsetzt erblickten sie eine gekrümmte Frauengestalt mit wehendem grauem Haar und flatterndem Bademantel auf nackten Füßen die Dorfstraße hinunter in Richtung Kirche rennen. Manchmal hielt die Frau an, beugte Oberkörper und Kopf fast bis auf den Boden vor und würgte, als ob sie sich übergeben müsse. Dann taumelte sie weiter, warf mitten im stolpernden Lauf den Kopf in den Nacken und stieß diese furchtbaren, langgezogenen Schreie aus.

»Erst habe ich die Lisbeth gar nicht erkannt, in diesem Zustand und ohne ihre dicke Brille. Sie sah aus, als sei der Leibhaftige hinter ihr her«, sagte die Frau des Bäckers. Man habe ja auch nicht geahnt, daß sie derartige Schreie überhaupt über die Lippen bringen könne, schließlich habe sie seit vielen, vielen Jahren keinen richtigen Ton mehr von sich gegeben. Aber der Schock, so meinte der Lehrer, habe wohl an diesem Morgen ihre Zunge gelöst.

So von den Blicken der Birkholzer Bürger verfolgt, erreichte Lisbeth Gehrhoff die Dorfkirche. Sie schlug und trat gegen die verschlossene Eichentür, bis die Haut an ihren Händen aufplatzte und Blut über ihre nackten Unterarme lief. Als die Kirchentür verschlossen blieb, taumelte sie über den Kirchplatz zum efeubewachsenen Pfarrhaus hinüber und hämmerte gegen die Tür. Der alte Pastor Bärwald öffnete ihr, ebenso verschreckt wie die anderen Dorfbewohner. Er zog sie dann herein, legte den Arm um ihre Schultern und versuchte sie zu beruhigen.

Allmählich hörte Lisbeth Gehrhoff auf, diese gottserbärmlichen Schreie auszustoßen. Und nachdem sie lange zitternd und wimmernd in den Armen des alten Pastors gelegen hatte, der immer wieder fragte: »Lisbeth, was ist denn? Was ist denn los, Lisbeth? Was ist passiert?« – da sprach die Taubstumme die ersten Worte, seit sie in Schweigen verfallen war.

»Baum! Baum! Russenbaum!« rief sie und schluchzte, und sagte dann immer deutlicher: »Vadder tot... Vadder aufgehängt. Tot! Aufgehängt! A Russenbaum!«

Bärwald flößte ihr einen Magenlikör ein, holte einen alten Trainingsanzug, Strümpfe, Männerschuhe und einen Mantel, half ihr in die Sachen und führte sie aus dem Haus, vor dem sich inzwischen einige Dutzend Männer und Frauen eingefunden hatten, darunter auch der Bürgermeister Gerhard Kerstenbrock.

»Es muß etwas mit Alwin passiert sein«, sagte der Pastor zu den Leuten. Er legte seinen Arm wieder um Lisbeth Gehrhoff, die nun nicht mehr schrie, sondern mit glasigen Augen durch die Menge hindurchsah. Arm in Arm gingen sie voran. Die beiden führten eine immer länger werdende Prozession vom Dorf über die kleine Anhöhe mit den stoppligen Maisfeldern zu dem zwei Kilometer außerhalb des Dorfes liegenden Gehrhoffschen Gehöft an. Es war kalt. Die gerade aufgehende Sonne wärmte noch nicht. Atemwölkchen kamen beim Ausatmen aus den Mündern der Bürger von Birkholz.

Als sie von der asphaltierten Kreisstraße rechts in die Eichenallee abbogen, sahen sie schon von weitem, was geschehen war: Eine Gestalt baumelte am großen Ast des »Russenbaums« – wie vor fünfundvierzig Jahren. Beim Näherkommen erkannten sie den alten Alwin Gehrhoff. Er hing an einem orangefarbenen Tau an der alten Kastanie. Unter ihm auf dem Kopfsteinpflaster lag sein toter Hund Astor.

Für die meisten Dorfbewohner schien sofort klar, was geschehen war: Alwin Gehrhoff hatte wohl aus unerklärlichen Gründen nach so langer Zeit noch das Gewissen geschlagen – er mußte sich selbst aufgehängt haben, nachdem er zuvor seinen treuen Hund erschossen hatte. Die Frommen sprachen von einem Gottesurteil.

Der alte Pastor Bärwald behielt für sich, was er wußte. Er erzählte niemanden etwas von dem netten Russen, der in der Kirche gewesen war und Orgelmusik von Bach gehört hatte. Er berief sich gegenüber seinem Gewissen auf seine seelsorgerische Schweigepflicht.

Von der Polizeinotrufzentrale wurde Hauptkommissar Manfred Lohmer von dem noch für Birkholz zuständigen Kriminalkommissariat Cuxhaven zum Tatort geschickt. Lohmer hatte seine Leute von der Abteilung »Tötung und Brand« mitgebracht. Jan

Feldhusen, der Spezialist für Spurensicherung, entdeckte zwei Kugeln: eine im Körper des toten Hofhundes und eine in der Scheunenwand. Sie stammten, so stellten nach eingehenden Untersuchungen die Schußwaffensachverständigen des Landeskriminalamtes Hannover fest, aus einer Standard-Pistole der sowjetischen Armee vom Typ Makarow, Kaliber 9 mm – nachdem man zunächst geglaubt hatte, die Projektile wären aus einer fast baugleichen deutschen Polizeiwaffe vom Typ Walther PPK abgefeuert worden.

Bei der Obduktion fanden die Pathologen heraus, daß der Hals des Toten Strangulationsmerkmale von einem Seil aufwies, das viel dünner gewesen sein mußte als das, an dem er von der Kastanie gebaumelt hatte. »Der Tote ist also«, so schrieb Lohmer in seinem Bericht, »von einem unbekannten Täter oder von mehreren Tätern erst stranguliert und dann aufgehängt worden.« Todesursache sei ein glatter Bruch des Genicks.

Lohmer selbst hatte auf dem Telefontisch in der Diele des Gehrhoff-Hauses die Kopie jenes amtlichen Briefes aus dem Jahr 1945 gefunden, in dem der Vollzug der Hinrichtung des jungen russischen Zwangsarbeiters Anatoli Tasarow gemeldet worden war. Es war die Kopie, so stellte Lohmer zu seinem Entsetzen fest, die er selber Henrik C. Dillon, dem Sonderbeauftragten der US-Regierung für den Fall Rosenblatt, übergeben hatte.

Am Morgen des übernächsten Tages wurde noch eine Leiche in seinem Revier gefunden: Ein 82 Jahre alter Insasse eines ländlichen Altenheimes lag tot in einem Gebüsch. Mit den selben Würgemalen am Hals wie Alwin Gehrhoff. Sein Name: Wilhelm Eberlein, früher NSDAP-Ortsgruppenleiter in Birkholz. In seiner Tasche fand man einen vergilbten Zeitungsartikel mit der Überschrift »Ehrlosem Mädchen wurden die Haare abgeschnitten«.

Drei Tage lang wartete Dillon noch darauf, daß Tasarow, trotz allem, was geschehen war, wieder Kontakt zu ihm aufnehmen würde. Vergeblich. Das letzte, was er von dem KGB-Mann hörte, war dessen Stimme auf einem Tonband. Denn am dritten Tag nach dem Mord klingelte das Telefon in dem idyllisch gelegenen

297

Heidehaus des Architekten Westhoff. Das Gespräch wurde abgehört und aufgezeichnet. Denn auf Bitten der Amerikaner hatte das Bundeskriminalamt Wiesbaden inzwischen eine Art Rasterfahndung nach möglichen Bezugspersonen von Peter Rosenblatt in der Bundesrepublik durchgeführt. Dabei war man auch auf Rosenblatts Jugendfreund Werner Westhoff gestoßen. Dessen Telefone in seinem Büro, in seiner Wohnung in Bremen und in seinen Häusern auf dem Lande wurden angezapft. An dem Apparat im Haus am Nordrand der Heide konnte zunächst die Stimme von Ines van Holten identifiziert werden. Daraufhin wurde das Haus weiträumig umstellt und beobachtet. Peter Rosenblatt wurde gesehen, als er vor dem Haus Holz hackte. Doch Dillon wartete weiter. Er hoffte, daß Oleg Tasarow zu Rosenblatt und dessen Freundin zurückkehren würde. Doch der Russe meldete sich nur noch einmal. Am Telefon.

Dillon erhielt das Tonband und die Abschrift des Gesprächs. In das Protokoll fügte er die offen gelassenen Namen der Gesprächsteilnehmer handschriftlich ein.

Frauenstimme (Ines van Holten): »Haus Westhoff... Wer ist da?«

Männerstimme (Oleg Tasarow): »Ines, hier ist Oleg...«

van Holten: »Oleg! Endlich. Wo bist du? Wo bleibst du? Wir warten schon seit drei Tagen auf dich! Peter ist schon ganz verzweifelt. Wir dachten schon, dir ist etwas passiert.«

Tasarow: »Es ist etwas passiert. Mir ist etwas passiert. Ich kann nicht mehr kommen.«

van Holten: »Waaas... Du kannst uns doch nicht alleine hier sitzen lassen... Was sollen wir denn machen... Einen Moment! Peter steht neben mir. Er will dich sprechen...«

Männerstimme (Peter Rosenblatt): »Was zum Teufel ist los, Oleg...?«

Tasarow: »Peter, es tut mir leid. Ich habe Probleme. Große Probleme! Ich kann dir nicht mehr helfen...«

Rosenblatt: »Bist du verrückt? Was ist los? Du kannst uns doch jetzt nicht im Stich lassen!«

Tasarow: »Peter, jetzt hör mir gut zu. Bitte, hör zu, was ich dir sage! Wir haben nicht viel Zeit, denn ich nehme an, daß euer Telefon inzwischen abgehört wird...«

Mit Entsetzen las Dillon in dem Protokoll, daß Tasarow seinem neuen Freund Rosenblatt knapp und präzise die Wahrheit erzählt hatte: Er, Tasarow, arbeite nicht mehr für den sowjetischen Geheimdienst. Er sei als Überläufer nach Westberlin und in die Bundesrepublik gekommen. Die Amerikaner hätten ihn »umgedreht«. Er habe sich also nicht im Auftrag der KGB, sondern für den amerikanischen CIA an ihn, Rosenblatt, herangemacht. Sein Job sei es gewesen, nur so zu tun, als ob er ihm helfen wolle, in den Ostblock zu kommen, in Wirklichkeit sollte er seine Flucht verhindern und ihm sein Forschungsmaterial aus Livermore abnehmen. Er, Tasarow, stecke nun in großen privaten Schwierigkeiten, die mit Rosenblatts Fall überhaupt nichts zu tun hätten.

Rosenblatt: »Was für Schwierigkeiten?«
Tasarow (nach längerem Zögern): »... ich habe zwei Menschen umgebracht. Zwei alte Nazis. Die beiden hatten meinen Vater auf dem Gewissen. Ich mußte es tun. Es war wie ein Zwang. Ich weiß, das alles klingt jetzt für dich ziemlich verrückt – aber glaube mir, Peter: ich sage jetzt die Wahrheit! Ich weiß nicht, was ich machen werde... Ich weiß nur, daß du sofort aus dem Haus dort verschwinden mußt. Ruf die Nummer in Ostberlin an, die ich dir gegeben habe, der Anschluß ist abhörsicher. Verlange die Frau, von der ich dir erzählt habe, meine frühere Mitarbeiterin, die Akademikerin... verstehst du! Sag jetzt nicht den Namen! Sie wird dir weiterhelfen. Vor allem: Bring dein Material gut in Sicherheit...«

Tasarow hatte das Gespräch beendet: »Du und Ines, ihr müßt jetzt aus dem Haus abhauen. Sofort, verstehst du?! Ich wünsche euch Glück... Viel Glück. Es tut mir leid...«

Dillon schlug wütend mit der Faust auf das Papier, als er an dieser Stelle der Gesprächsabschrift angekommen war.

Das Gespräch hatte elf Minuten und vierzehn Sekunden gedauert. Zeit genug, um es zurückzuverfolgen. Es war von einer Telefonzelle am Hamburger Millerntor geführt worden. Doch als die Polizei zur Stelle war, war der Russe natürlich längst verschwunden.

Das von Dillon kunstvoll gewebte Netz, in dem sich Rosenblatt verfangen sollte, war gerissen. Nun sollte der Fisch eben, wie Dillon meinte, »ganz schnell mit der Harpune erlegt werden, bevor er wieder untertaucht«: Eineinhalb Stunden nach dem aufgezeichneten Telefongespräch bekamen die deutschen und amerikanischen Geheimdienstler, die Rosenblatts Versteck in der Heide weiträumig umstellt hatten, den Auftrag, sofort zum Haus vorzurücken und die beiden Bewohner, einen Mann und eine Frau, festzunehmen. Dillon fuhr in Hamburg los.

Im Haus brannte noch das Licht und das Kaminfeuer. Aber es war niemand mehr da. Als Dillon eintraf, war das Feuer im Kamin fast erloschen. Das Holz glühte nur noch ein wenig. Im Schlafzimmer roch er noch das schwere Parfüm, das ihm bereits in der Hamburger Wohnung von Ines van Holten in die Nase gestiegen war.

Noch in derselben Nacht teilte ihm ein Beamter des Hamburger Verfassungsschutzes das Ergebnis der gemeinsamen Ermittlungen seines Dienstes und der Polizei von Niedersachsen und Hamburg mit: Danach waren Rosenblatt und seine Freundin unbemerkt von den Männern, die das Haus observiert hatten, durch den kleinen Tannenwald gleich hinter dem Grundstück geflüchtet und über Feldwege bis zu einem zwei Kilometer entfernten Kanal gelaufen. Das Wasser hatten sie offenbar bei Nebel und Dunkelheit mit einem Ruderboot überquert. Wieder waren sie zu Fuß bis zu einem Dorf in der Nähe der Autobahn gerannt. Dort baten sie einen Tankwart, eine Taxe zu rufen.

Der Taxifahrer wurde gefunden. Er sagte aus, er habe das Paar zum Hamburger Hauptbahnhof gefahren. Während der Fahrt hätten die beiden kaum miteinander gesprochen. Die Frau und der Mann hätten jeder eine große Sporttasche bei sich gehabt. Die rothaarige Frau sei ihm übrigens irgendwie bekannt vorgekommen, aber er wisse nicht woher. Sie habe bezahlt und ihm sehr großzügig zehn Mark Trinkgeld extra gegeben. Die Fahrt habe 120 Mark gekostet. Als man dem Fahrer eine Fernsehzeitschrift vorlegte, erkannte er auf einem Bild sofort die Moderatorin Ines van Holten.

Dasselbe Foto wurde allen Beamten an den Fahrkartenschaltern des Hamburger Hauptbahnhofes vorgelegt. Doch hier verlor sich die Spur.

Dillon bedankte sich bei dem Beamten des Verfassungsschutzes für diesen Bericht. Ob jemand bei der Hausdurchsuchung einen Schnaps, möglichst einen Whisky gesehen habe, fragte er. Einer der Polizisten brachte eine Flasche Weizenkorn, die noch halb voll war. Als er allein im Zimmer war, setzte Dillon die Flasche an den Hals. Er schüttelte sich. Dann holte er weit aus und warf die fast leere Flasche gegen die gußeiserne Platte an der Rückseite der Kaminöffnung. Das Glas zersplitterte in tausend Scherben. Der Alkohol ließ das Feuer fauchend aufflammen.

Nach den beiden Morden an Alwin Gehrhoff und Wilhelm Eberlein versuchte Hauptkommissar Manfred Lohmer von seinem Büro in Cuxhaven aus tagelang immer wieder Dillon in Hamburg anzurufen. Dillon war für Lohmer nicht zu sprechen. Schließlich wurde es ihm zu bunt. Lohmer glaubte, obwohl ihm die Zusammenhänge unwahrscheinlich vorkamen, Dillon, beziehungsweise der CIA, hätte die beiden alten Männer umbringen lassen.

»Dieser verdammte Ami«, fluchte er so laut vor dem Kaffeeautomaten im Cuxhavener Polizeihaus, daß die Sekretärinnen und Kollegen in ihren Zimmern zusammenzuckten. Lohmer kochte vor Wut: »Wenn der mich braucht, kriecht er mir in den Hintern, und wenn ich ihn brauche, läßt er mich in der Scheiße sitzen!«

Noch immer zornentbrannt rief er seine Frau an und sagte, sie solle nicht mit dem Essen warten, er werde erst spät nach Hause kommen. Dann fuhr er nach Hamburg und klingelte Sturm an der konspirativen Wohnung des CIA.

Dillon machte selber auf. Lohmer hätte ihn kaum wiedererkannt. Der Amerikaner roch nach Whisky. Er schwankte und stützte sich an der Wand ab, als er über den Flur ins Wohnzimmer vorging und ein zweites Glas aus einem verspiegelten Barschränkchen holte. »Gut, daß du gekommen bist, Fred«, sagte er mit schwerer Zunge. »Ehrlich gesagt: ich wollte unsere Aussprache noch ein bißchen rausschieben. Es ist mir nämlich alles verdammt unangenehm. Und du kannst mir glauben: ich fühle mich beschissen...«

Dillon erzählte stockend, er habe sehr unerfreuliche Tage hinter sich. »Deswegen hab ich nach längerer Trockenheit wieder mal Trost beim Teufel Alkohol gesucht, wie du sicher unschwer bemerkst.«

Die beiden Männer ließen sich in die Polster der schwarzen Ledergarnitur fallen. Er ist plötzlich um Jahre gealtert, dachte Lohmer. Der Alkohol hat sein Gesicht aufgedunsen, wie oft bei starken Trinkern, die lange trocken gewesen sind. Seine Augen waren schmal und glasig-rot, von Falten und Tränensäcken umgeben. Über seine Mundwinkel hingen Falten herab wie die Lefzen eines traurigen alten Hundes.

»Ich habe, wie Sie vermutlich wissen, Mr. Dillon«, begann Lohmer förmlich und kalt, »zwei Leichen in meinem Revier gefunden. Zwei alte Nazis – wohl nicht ganz zufällig dieselben Leute, die in den Dokumenten erwähnt wurden, die ich Ihnen vor etwa einer Woche überlassen habe? Für einen angeblich guten Bekannten. Ihr guter Bekannter ist ein Killer! Ein Killer in Ihren Diensten, nehme ich an...!«

»Trink, Fred! Du kannst ruhig weiter Henrik zu mir sagen«, sagte Dillon schleppend.

Seine Hände zitterten und das Glas war so voll, daß der Whisky auf die polierte Mahagonieplatte des Couchtisches schwappte. Dillon wischte die braune Flüssigkeit mit der flachen Hand auf den Teppich.

»Wenn man gesoffen hat, Fred, und ich habe schon ein bißchen zuviel gesoffen, dann spricht es sich leichter über unbe-
queme Wahrheiten.«

Dillon machte lange Denkpausen zwischen den Satzteilen und
fuhr sich mit der Zunge über die Lippen, bevor er weiterredete.

»Ich will versuchen, dir eine unglaubliche Geschichte einigermaßen plausibel zu erklären, Fred. Dieser Killer, wie du sagst –
sagen wir lieber »der Täter«, das trifft es in diesem Fall besser.
Der Täter also, der hat natürlich nicht in meinem Auftrag zwei
Leute umgebracht. So ein Quatsch! Ich bin nicht bei der Mafia,
auch wenn mein Verein nicht gerade zimperlich ist. Der hat natürlich auch nicht im Auftrag des CIA gearbeitet – was hätte die
wohl für ein Interesse, zwei alte Nazis aufzuhängen, die ohnehin
bald an Altersschwäche gestorben wären. Nein, Fred, die ganze
Sache ist viel spannender: dein Täter ist ein KGB-Agent...!«

Der Deutsche sah den ab und zu mit den Augen kneifenden,
sein Whiskyglas beidhändig umkrampfenden Amerikaner so ungläubig an, daß der laut lachen mußte.

»Jetzt denkst du wohl, Fred, der Dillon, dieser Saukerl, ist
total besoffen, das mag schon sein, aber leider sage ich die Wahrheit und nichts als die Wahrheit.«

Dillon erzählt Lohmer von Oleg Tasarow: daß Tasarow, Sohn
einer Deutschen und eines Russen, ein ehemaliger KGB-Offizier
sei, der zu den Amerikanern übergelaufen wäre. »Ein sehr sympathischer Kerl übrigens, dieser Tasarow. Erinnerst du dich an
deine alten Akten? Er ist der Sohn dieses russischen Kriegsgefangenen, der auf dem Bauernhof exekutiert worden ist.«

Irgendwie, so sagte Dillon und schenkte wieder nach, obwohl
Lohmer eine abwehrende Handbewegung machte, irgendwie
könne er den Mann verstehen, wenn er auch diese Art von ver-
späteter Selbstjustiz nicht billige. Dillon wischte sich mit dem
Handrücken über den Mund.

»Trotzdem ist er ein Schweinehund. Ein ganz gerissener
Schweinehund. Leider. Der Tasarow hat mich nämlich gleich
zweimal reingelegt, reingelegt wie einen blutigen Amateur... Ich
werde alt, Fred. Kennst du die alte Boxer-Weisheit ›They never

come back...«.? Das gilt wohl auch für Agenten. Habe ich dir erzählt, daß ich schon pensioniert war...? Aber die in Washington haben mich wieder zurück in den Ring geholt. Ich sollte den Sowjets noch einmal zeigen, daß wir kämpfen können, daß wir Profis sind in diesem verdammten Geschäft, das eigentlich zu nichts nutze ist, wenn du mich fragst. Das ist ein Spiel für Leute, die nicht erwachsen werden können... Aber egal... Tatsache ist, Fred: sie haben mich am Boden! Im Moment jedenfalls. Und während wir hier gemütlich sitzen und trinken und reden, ist der große Ringrichter gerade dabei, mich anzuzählen. Verstehst du, was ich meine? Ich war zu selbstsicher. Ich habe mich auf meine Routine verlassen. Aber das hat nicht mehr gereicht: meine Instinkte, meine Reflexe funktionieren nach so langer Pause nicht mehr wie früher... Aber der Kampf ist noch nicht zu Ende, Fred. Noch nicht. Ich mußte über meine Lage nachdenken, und dabei ist mir einiges klargeworden: zum Beispiel, daß Tasarow von vornherein vorgehabt hat, die beiden alten Nazis umzulegen, das war seine eigentliche Mission, sein großes Thema, ein innerer Zwang – eine Leidenschaft war das für ihn. Mich hat er dafür als Komplicen mißbraucht. Und ich dich, Fred – tut mir leid, alter Junge. Tut mir wirklich leid, daß ich dich da mit reingezogen habe, verdammt nochmal...

Aber alles ist leider noch viel schlimmer: dieser nette Oleg Tasarow war vermutlich gar kein richtiger Überläufer! Der ist im Auftrag des KGB als Überläufer getarnt in den Westen gekommen. Der sollte den Rosenblatt unter unseren Augen, mit unserer Hilfe sogar, in den Osten schleusen. Das war ein besonders raffiniertes Ding – so was hatten wir bisher noch nicht...«

So etwas Ähnliches hatte Donald Ingham vor ein paar Stunden am Telefon zu Dillon gesagt: daß die Sowjets, ihm, dem alten Maulwurfsjäger, nach allen Regeln der Kunst das Fell über die Ohren gezogen hätten, und daß er, Ingham, deswegen Probleme beim Sicherheitsberater des Präsidenten bekommen habe. Und der wiederum beim Präsidenten selbst. »Der Präsident?« hatte Dillon Ingham gefragt. »Was hat George Bush dazu gesagt?« Der habe mit der Faust auf den Tisch des Oval Office gehauen und habe sich auch nicht beruhigt, als Scowcroft ihn vorsichtig daran erinnert hätte, daß es seine eigene Idee gewesen wäre, einen gewissen Henrik C. Dillon auf den Fall anzusetzen.

»Weißt du was, Donald?« hatte Dillon in den Hörer und über die Satellitenleitung nach Washington gebrüllt, »ihr könnt mich alle mal! Ich reiße mir hier den Hintern auf, und die hohen Herrschaften in der Hauptstadt ziehen über mich her!«

Dann hatte er den Hörer aufgeknallt. Eigentlich wollte er alles sofort hinschmeißen und zurückfliegen. Aber dann hatte er die Flasche Jack Daniels aufgemacht und sich allmählich wieder gefangen, mit jedem Schluck ein wenig mehr.

Drei Stunden war das jetzt her. Es tat ihm gut, mit diesem deutschen Kommissar zu reden. Der hörte zu. Der quatschte jedenfalls kein dummes Zeug.

Dillon stand auf und sah unsicher auf Lohmer herab. Dann setzte er sich wieder, das heißt: er plumpste in das Ledersofa zurück und rappelte sich erneut mühsam wieder hoch.

»Kannst du mir folgen, Fred?«

Lohmer nickte beklommen. Er wußte nicht so recht, wie er sich verhalten sollte. Seine Wut war verflogen. Dillon tat ihm leid.

Der alte US-Agent wankte aus dem Wohnraum und riß die Tür zur Toilette auf. Lohmer hörte, wie er den Klodeckel hochklappte und sich übergab.

Es dauerte lange, bis er zurückkam. Kreidebleich.

»Danke der Nachfrage«, sagte Dillon, obwohl Lohmer nichts gesagt hatte. »Es geht mir schon besser: Soll ja gut sein, wenn man sich mal richtig auskotzt.«

Lohmer schaltete mit der Fernbedienung den Fernsehapparat ein.

Es war fast Mitternacht an diesem Dienstag, dem 1. November. Nach einem Woody-Allen-Film brachte die Tagesschau letzte Nachrichten des Tages: »Der neue Generalsekretär und Staatsratsvorsitzende Egon Krenz ist bei einem eintägigen Besuch in Moskau mit dem sowjetischen Partei- und Staatschef

Michail Gorbatschow zusammengetroffen. Krenz sagte dabei, die Politik der Perestroika sei eine Quelle ständiger Anregungen für den gesellschaftlichen Fortschritt in der DDR. Zu der von Demonstranten in Berlin und Leipzig immer wieder geforderten Deutschen Einheit erklärte Krenz, dieses Thema stehe nicht auf der politischen Tagesordnung...«

Es folgten Meldungen über erneute große Demonstrationen in Leipzig, Dresden und Ostberlin. Volkspolizei und Staatssicherheitsdienst seien diesmal nicht eingeschritten – offenbar ein Zeichen für die Zurückhaltung der neuen Machthaber.

»Schalte mal um auf diesen Privatsender, in dem die van Holten ihre Talk-Show hat, die müßte heute abend sein, habe ich irgendwo gelesen«, sagte Dillon.

Nach einigen Werbespots erschien ein strohblonder Dressmantyp auf dem Bildschirm und sagte: »Das war also unsere Talkshow Thema Nr. 1. Sie wurde heute von Jörg-Peter Jansen geleitet, da unsere beliebte Moderatorin Ines van Holten leider erkrankt ist. Wir wünschen ihr von hier aus noch eine gute Besserung...«

Dillon schlürfte laut schwarzen Tee und schüttelte sich. »Tasarow hat sich abgesetzt. Rosenblatt und auch seine deutsche Freundin sind untergetaucht, wie wir gerade gehört haben. Das Spiel sieht im Moment wirklich nicht gut aus für uns. Aber noch haben wir nicht verloren!«

Allmählich kehrte seine Gesichtsfarbe zurück.

»Ich hoffe, du arbeitest trotz allem weiter mit mir zusammen, Fred...?«

Lohmer nickte. »Versuchen wirs noch einmal«, sagte er. »Ich werde mich hauptsächlich um diesen Russen kümmern. Was immer der auch für Motive gehabt hat – der hat zwei Leichen in meinem Revier zurückgelassen. Und ich brauche den Täter – alles andere wäre schlecht für meine Aufklärungsstatistik, auf die ich ein bißchen stolz bin...«

Nach Absprachen mit den Justizbehörden, den deutschen und amerikanischen Geheimdiensten und den zuständigen Polizeidienststellen erreichten Dillon und Lohmer gemeinsam, daß die wahren Hintergründe des Doppelmordes an den beiden alten Nazis verschleiert wurden. »Wegen höhergeordneter Sicherheitsinteressen«, wie es intern hieß.

»Früherer Nazi richtete sich nach 45 Jahren selbst« lautete die Überschrift einer Boulevardzeitung auf Seite 6. Darunter wurde vom Selbstmord eines 79jährigen Alwin G. aus B. berichtet, der kurz vor Kriegsende mitschuldig an der Hinrichtung eines russischen Kriegsgefangenen gewesen sei.

Der Mord an den Altersheiminsassen Wilhelm E. war zwei Tage später nur noch eine Meldung wert.

Dabei blieb es für die Öffentlichkeit. Oleg Tasarow blieb verschwunden.

4.

Vater unser, der du bist . . .

15

Samstag, 4. November 1989
Die dreistöckige Pension in einer Nebenstraße des Kurfürsten-
damms hatte schon bessere Zeiten gesehen. Vermutlich in den
zwanziger oder dreißiger Jahren. Damals hatte das Haus ein
oder zwei Etagen mehr gehabt und ein hohes, wuchtiges Dach,
wie die anderen Gebäude in der Nachbarschaft auch. Jetzt
wirkte es mit dem Flachdach über der dritten Etage in der vier-
bis fünfstöckigen Häuserzeile wie ein abgebrochener Zahn in
einem sonst noch intakten Gebiß.

Über dem Eingangsportal mit den beiden Rundsäulen leuchtete eine blaue Neonschrift, in der zwei Buchstaben kurz vor dem
Erlöschen waren: »Haus Hohenzollern«. Die dicke Frau im
schmuddeligen Küchenkittel hinter dem verglasten Empfangstre-
sen paßte zum Stil des Hauses. Ihre Fingernägel waren frisch
lackiert. Das knallrote Gläschen mit Nagellack stand noch neben
ihr auf einem alten Radio, das aussah wie ein Volksempfänger
aus Bakelit. »... die neue Regierung der DDR hat ab sofort die
Visapflicht für Reisen in die Tschechoslowakei wieder aufgehoben. Seit einigen Stunden bilden sich lange Schlangen vor den
Grenzübergängen, und schon wieder sind einige tausend DDR-
Flüchtlinge in die Botschaft der Bundesrepublik in Prag geströmt...«

Die Empfangsfrau musterte den späten Gast argwöhnisch.

»Sie wünschen?«

Der unrasierte Mann mit der kleinen runden Brille, dem abge-
nutzten kleinen Koffer und dem für diese Jahreszeit zu dünnen
Popeline-Mantel sah aus wie ein Vertreter, der einen arbeitssa-
men, aber nicht sehr erfolgreichen Tag hinter sich hatte.

»Ich habe ein paar Tage geschäftlich in Berlin zu tun und hätte
gern ein Zimmer mit Blick zur Straße«, sagte er. Ihr fiel ein
leichter Akzent auf, den sie jedoch nicht einordnen konnte. »Ein
Doppelzimmer«, fügte er hinzu, denn seine Frau würde morgen

oder übermorgen nachkommen. Sie wollten sich zusammen ein bißchen Berlin ansehen.

Er legte einen dänischen Paß auf den Namen Sören Holm, geboren 6. 8. 1951 in Ejsberg, wohnhaft in Kopenhagen, Kerkegade 5, auf die abgeschabte Holzplatte. Die Frau warf nur einen flüchtigen Blick darauf und sagte, es sei schon in Ordnung. Ein Herr aus Kopenhagen habe angerufen und das Zimmer 23 auf den Namen Holm reserviert. 90 Mark würde es pro Nacht kosten. »Ohne Frühstück! Dusche und Toilette sind auf dem Flur.« Sie bat um 300 Mark Vorauszahlung.

Der Mann mit den dänischen Papieren schob drei Hundertdollarnoten unter der Glasscheibe durch. Sie inspizierte die Scheine genau, bevor sie ihm den großen Schlüssel mit einer schweren, runden Eisenkugel und der Ziffer 23 reichte. »Die Treppe hoch. Zweiter Stock rechts. Zimmer drei.«

Rosenblatt stellte erleichtert seinen Koffer auf dem früher wohl orangefarbenen Auslegeteppich ab.

Das Zimmer war so, wie es »Hans« aus Kopenhagen bei ihrem Treff auf dem Hamburger Hauptbahnhof geschildert hatte: ein großer alter Nußbaumschrank, zwei durchgelegene Einzelbetten mit Stahlrohrgestell, ein Nachttischchen mit einem klobigen, alten Radio, ein Tisch, ein Stuhl, ein Waschbecken mit halbblindem Spiegel. Es sei ein sehr einfaches Zimmer, hatte Hans gesagt, aber sicherer als die großen Hotels in Westberlin, in denen es von Hotel-Detektiven und Agenten aller Art nur so wimmelte. Rosenblatt schaltete das Radio ein und hörte unaufmerksam den Nachrichten zu: Der neue DDR-Regierungschef Egon Krenz habe einige ältere, früher sehr einflußreiche Mitglieder des Politbüros der Sozialistischen Einheitspartei Deutschlands entlassen, darunter auch den langjährigen Chef des Ministeriums für Staatssicherheit Erich Mielke. Es folgte deutsche Schlagermusik.

Rosenblatt überlegte, was der immer dramatischer werdende politische Wechsel in der DDR für seine Situation bedeutete, aber er kam zu keinem Ergebnis. Daß die dauernden Verzögerungen seiner Flucht von West nach Ost mit den Wirren in Ostberlin zu tun haben mußten, schien ihm allerdings sicher zu sein. Er zog die grünmelierten Vorhänge zu, schob einen Stuhl vor das Waschbecken und kletterte hinauf. Wie angekündigt fand er in dem millimeterbreiten Spalt zwischen Spiegel und Wand einen zerknitterten, unbeschriebenen Zettel. Er ließ, wie Hans es angeordnet hatte, Wasser in das Becken und legte den Zettel hinein. Nach ein paar Sekunden wurde eine sechsstellige Nummer sichtbar.

»Es handelt sich um eine Ostberliner Telefonnummer«, hatte Hans gesagt. Unter dieser Nummer würde sich eine gewisse Dr. Nora Sommer, eine Mitarbeiterin von Markus Wolf melden, des Chefs der Auslands-Aufklärung des Ministeriums für Staatssicherheit. Sein Fall sei »ganz oben« angesiedelt. Er solle die Nummer aus der ersten Telefonzelle in Ostberlin anrufen, sobald er die Grenzkontrollen an der Heinrich-Heine-Straße passiert und den Boden der Hauptstadt der DDR betreten habe. Rosenblatt prägte sich die Ziffern ein. Dann zerriß er den Zettel, warf die Fetzen in die Toilette auf dem Flur und spülte ab, wie es ihm Hans geraten hatte. Er fand auch die lose Diele unter dem Teppich direkt vor dem Fenster. Darin lag, wie angekündigt, ein kleines Transistorradio mit einer bereits eingestellten speziellen Kurzwellenfrequenz, die er in den nächsten Tagen abends jeweils pünktlich 16 Minuten nach jeder vollen Stunde abhören sollte. Peter Rosenblatt holte ein flaches, in Aluminiumfolie eingewickeltes Päckchen aus dem doppelten Boden des kleinen Koffers, den ihm ebenfalls Hans gegeben hatte, und versteckte es in dem Hohlraum unter der Diele.

Das Päckchen sollte aus diesem toten Briefkasten abgeholt werden, hatte Hans gesagt. Wann und wie und durch wen, das hatte ihm der »Offizier im besonderen Einsatz« des Staatssicherheitsdienstes der DDR nicht sagen wollen.

Rosenblatt war erschöpft von der rastlosen Flucht in den letzten Tagen und von der Zugfahrt nach Berlin, die seine Nerven strapaziert hatte. In jedem Mitreisenden, in jedem Zugkontrolleur hatte er einen Verfolger gesehen. Zum ersten Mal seit Tagen fühlte er sich einigermaßen sicher. Er schlief mit dem Gedanken ein, daß Ines morgen nachkommen würde – wenn alles gutging.

Am Sonntag, den 5. November, kurz nach 15 Uhr, checkte auf dem Flughafen Hamburg-Fuhlsbüttel eine grauhaarige, elegante Dame für den PanAm-Flug nach Berlin-Tegel ein. Der Beamte an der Paßkontrolle konnte später nicht genau sagen, was ihm an dem Fluggast Sophie Holm aus Kopenhagen aufgefallen war. Es war nicht die grauhaarige Perücke, nicht das zu dick aufgetragene Make-up, auch nicht das teure Kostüm und die zu billige, breite Handtasche, die nicht zusammenpaßten – vielleicht war es die Nervosität in ihren Augen, die sie durch betonte Selbstsicherheit zu überspielen versuchte, wie eine Schauspielerin, die ihre Rolle überzog. Eine der gesuchten Terroristinnen konnte diese angebliche Frau Holm kaum sein. Vielleicht eine Hochstaplerin? Dann fiel dem aufmerksamen Beamten die als »Streng vertraulich! Nur für den Dienstgebrauch!« deklarierte Fahndungsmeldung nach der Fernsehmoderatorin Ines van Holten ein, die vor drei oder vier Tagen an alle Flughäfen und alle Grenzübergänge in Norddeutschland übermittelt worden war. Er legte den dänischen Paß mit der aufgeschlagenen Fotoseite länger als üblich auf die Glasscheibe des Kontrollgerätes und beobachtete die Frau aus den Augenwinkeln. Der Paß schien in Ordnung zu sein. Doch schließlich war er trotz der Tarnung ziemlich sicher: vor ihm stand die prominente Fernsehjournalistin, die er schon häufiger auf dem Bildschirm gesehen hatte. Es war die Art, wie sie lächelte, die seinen Verdacht erhärtete. Er ließ die angebliche Frau Holm unbehelligt in die Abflughalle gehen. Dann rief er auf der Amtsleitung die Dienststelle an, die auf der Fahndungsmeldung angegeben war.

Die Information, daß die gesuchte Ines van Holten als dänische Staatsbürgerin Sophie Holm nach Westberlin unterwegs war, erreichte sieben Minuten später den Hamburger Verfassungsschutz. Vier Minuten danach klingelte das Telefon in der CIA-Tarnfirma »GBS-International« in der Blumenstraße.

Henrik C. Dillon wollte gerade das Büro verlassen. Er war schon im Mantel, als er erfuhr, das Ines van Holten gesehen worden war. Er rief sofort auf der abhörsicheren Leitung die

CIA-Residentur in Westberlin an, gab Beschreibung und Paßdaten der angeblichen dänischen Staatsbürgerin Sophie Holm, Flugnummer und Ankunftszeit durch. Und erteilte seinen Kollegen den Auftrag: »Diese Person absolut unauffällig überwachen! Nur in dem Fall, daß sie die Grenze nach Ostberlin überschreiten will, ist sie sofort festzunehmen.« Er werde mit der nächsten Maschine in Tegel eintreffen und die Leitung der Observation selber übernehmen.

Dillon warf hastig ein paar Sachen in seinen Koffer und ließ sich nach Fuhlsbüttel hinausfahren. In Tegel wurde er von Buster Jordan in Empfang genommen, der schon länger als zehn Jahre in Westberlin stationiert war und eine Berlinerin geheiratet hatte. Jordan wurde von Kollegen und Freunden »Freckle« gerufen, denn sein Gesicht war von braunroten Sommersprossen übersät. Die beiden kannten sich noch aus der Zeit, als Dillon in Westberlin stationiert gewesen war. Die Agenten begrüßten sich unpersönlich wie Geschäftsleute. Jordan hatte seinen VW-Passat mit Autotelefon und Funkgerät im Halteverbot geparkt. Er nahm das Funktelefon aus der Halterung, während er den Wagen über die Flughafen-Autobahn Richtung Innenstadt lenkte.

Dillon bekam nur Bruchteile des Funkgesprächs mit. Jordan legte den Hörer auf. »Vier unserer Leute haben deine Kundin in den vergangenen zwei Stunden nicht aus den Augen gelassen«, sagte er zu Dillon.

»Deine Mrs. Holm sitzt immer noch im Café Möhring am Kudamm und hat gerade die zweite Tasse Kaffee bestellt... Könnte sein, daß sie auf jemand wartet. Eine unserer Kolleginnen hat sich gerade am Nebentisch plaziert.«

Jordan parkte seinen Dienstwagen wieder verbotswidrig an der Ecke Uhlandstraße. Sie stiegen aus und überquerten den Kurfürstendamm. Jordan klopfte an die Hintertür eines Mercedes-Lieferwagens, auf dem »Deli-Express« stand: »Schnelllieferung von Delikatessen aller Art.« Der Kleinlaster stand etwa vierzig Meter vom Café Möhring entfernt geparkt. Sie kletterten in das Wageninnere. Es war mit elektronischen Geräten vollgestopft. An einem Klapptischchen saßen zwei Männer. Jordan sagte kurz angebunden: »Das ist Henrik Dillon, Spezialagent aus Washington. Die Frau in dem Café ist seine Kundin.«

»Wollen Sie mal sehen, Sir?« fragte einer der beiden Männer und nahm seinen Kopf aus einer Art Gabel mit Handgriffen links und rechts. Es war ein Sichtgerät wie in einem U-Boot: aus dem Dach des Mercedes-Transporters ragte eine Art Rohr mit einem Spezial-Teleskop, dessen Sichtwinkel verstellt werden konnte. Dillon klemmte seinen Kopf in die Gabel und starrte hindurch: Er blickte einer grauhaarigen Frau, die Zeitung las, über die Schulter. Er konnte sogar die Überschrift des Artikels entziffern, in den sie offenbar gerade vertieft war: »Wieder Massendemo gegen SED-Regime auf dem Alex«. Als die Zeitungsleserin den Kopf ein wenig zur Seite drehte und die Kaffeetasse an den Mund hob, erkannte er sie.

»Das ist sie, das ist Ines van Holten«, sagte er halblaut zu Jordan.

»Wir haben von hier aus Funkkontakt zu vier unserer Leute«, erklärte er, »eine Kollegin sitzt, wie gesagt, am Nebentisch, einer wartet im Café in der Nähe der Telefonzelle, zwei sind unter den Passanten vor der Tür. Wir können sie von hier aus dirigieren.«

»Bestens. Warten wir, was passiert«, sagte Dillon und überließ den Platz wieder dem Observierungs-Spezialisten. Es war 18 Uhr. Sie warteten vierzig Minuten lang. Jordan fragte, ob er sich eine Zigarette anstecken könne. »Wir können einen Dunstabzug einschalten.«

»Nur wenn du es ohne Nikotin nicht aushältst«, sagte Dillon unwirsch. Jordan steckte die Zigaretten wieder weg, suchte an der Schalttafel die Tastatur des Radios und stellte einen Sender ein, der gerade mit hallendem Gong die »Berliner Umschau am Abend« einläutete. Der Sprecher sagte: »Wir schalten um zum Ostberliner Alexanderplatz, auf dem die bisher größte Demonstration gegen das SED-Regime zu Ende geht. Unser Reporter hat die wichtigsten Passagen der bisherigen Reden aufgezeichnet.«

Jordan und Dillon steckten sich kleine Kopfhörer in die Ohren. Die Stimme des Rundfunkreporters klang heiser und aufgeregt. »Die Menschenmenge, die immer noch vom Palast der Republik über die Karl-Liebknecht-Straße auf den Alexanderplatz drängt, ist inzwischen unübersehbar geworden. Es dürften wohl eine Million Demonstranten sein, die dem Kundgebungsaufruf des Schriftstellerverbandes und anderer Künstler-Vereinigungen gefolgt sind. Wir bringen jetzt Mitschnitte aus den Reden einiger prominenter DDR-Autoren. Zunächst Christoph Hein.«

Der Ton wurde kreischend laut. Dillon hielt den Ohrhörer ein wenig weg. »Liebe mündig gewordene Mitbürger... Die Strukturen dieser Gesellschaft müssen verändert werden, wenn sie demokratisch *und* sozialistisch werden soll – und dazu gibt es keine Alternative... Von Bürokratie, Demagogie, Bespitzelung, Machtmißbrauch, Entmündigung und auch von Verbrechen war und ist diese Gesellschaft gezeichnet... Es ist von den schmutzigen Händen zu sprechen, von Verfilzung, Korruption, von Amtsmißbrauch und vom Diebstahl von Volkseigentum... Das alles muß aufgeklärt werden, und diese Aufklärung muß auch bei den Spitzen des Staates erfolgen...«

»Mein Gott, was die sich plötzlich alles auszusprechen trauen«, flüsterte Jordan, ein alter Kenner der Szene in der DDR.

»Unglaublich, einfach unglaublich. Vor vier Wochen haben die organisierten Gruppen auf dem Alex noch Erich Honecker zugejubelt, und jetzt so etwas!«

Nun kam der auch in den USA bekannte DDR-Schriftsteller Stefan Heym mit seiner schweren, brüchigen Stimme zu Wort. Dillon erinnerte sich, daß er ein Buch von Heym gelesen hatte, es war die Geschichte eines Juden und seiner Familie, aber er konnte sich nicht mehr an den Titel erinnern. Dieser Heym sagte jetzt, immer wieder von Beifallsstürmen unterbrochen: »Liebe Freunde, Mitbürger, es ist, als habe jemand ein Fenster aufgestoßen nach all den Jahren der Stagnation, der geistigen, wirtschaftlichen, politischen, Jahren von Dumpfheit und Mief und bürokratischer Willkür, von amtlicher Blindheit und Taubheit. Welche Wandlung!... Wir haben in den letzten Wochen unsere Sprachlosigkeit überwunden und sind jetzt dabei, den aufrechten

Gang zu lernen, und das in Deutschland, wo bisher sämtliche Revolutionen danebengegangen sind, und wo die Leute immer gekuscht haben, unter dem Kaiser, unter den Nazis und später auch...«

Die beiden US-Agenten hörten nach Heym eine Frauenstimme in ihren Kopfhörern – die Schriftstellerin Christa Wolf: »Revolutionäre Bewegung befreit auch die Sprache. Was bisher so schwer auszusprechen war, geht uns auf einmal frei von den Lippen. Wir rufen uns jetzt laut zu: Demokratie jetzt oder nie...!«

»Das ist wirklich nicht zu fassen, man glaubt nicht, was man da hört, wenn man die DDR von früher kennt wie ich«, sagte Dillon und legte den Kopfhörer auf den Klapptisch.

»Gibts in dem Café was Neues?«

»Nein«, sagte der Mann am Sichtgerät. »Die Dame hat gerade die dritte Tasse Kaffee bestellt.«

Jordan faßte Dillon am Arm. »Schnell«, sagte er, »ich glaub's einfach nicht. Weißt du, wer da jetzt redet? – Unser Kollege Markus Wolf, der ehemalige Chef der Auslandsspionage der DDR.«

»Du spinnst, Freckle«, sagte Dillon und stöpselte hastig den knopfgroßen Hörer ins Ohr, »was hat der denn unter den Schriftstellern und Demonstranten zu suchen?« Jordans Antwort ging in den Pfiffen und Buhrufen und vereinzeltem Beifall in ihren Kopfhörern unter, mit dem der neue Redner empfangen wurde. Eine Baritonstimme sagte, als sei die Frage auch drüben auf dem Alexanderplatz gestellt worden: »... ich habe ein Buch geschrieben, in dem ich mich für offenes Aussprechen der Wahrheit, für Zivilcourage, für ein menschliches Umgehen auch mit Andersdenkenden ausspreche... Ich kann und will natürlich nicht verschweigen, daß ich bis zu meinem Ausscheiden vor drei Jahren 33 Jahre lang General im Ministerium für Staatssicherheit war, und ich bekenne mich zu meiner Verantwortung für diese Tätigkeit...«

Der Redner wurde jetzt von gellenden Pfiffen und Buhrufen und »Stasi raus«-Chören unterbrochen. Endlich fuhr er fort. Er pries die friedliche Revolution in seinem Lande, bei der anders

318

als in der bisherigen Geschichte der sozialistischen Länder kein Blut geflossen sei. »Man kann vor der Besonnenheit unserer Menschen nur den Hut ziehen. Sorgen wir dafür, daß die Vernunft die Oberhand behält.« Markus Wolf prangerte die alten Machthaber an und sagte: » ... die Gegner der Erneuerung müssen wir überall dort suchen, wo sich Dünkel, Arroganz, elitäres Denken und Machtanmaßung breitgemacht haben!« Nun übertönte Beifall die anhaltenden Pfiffe.

»Wahnsinn, was da passiert«, sagte Dillon. »Dieser Auftritt von dem Wolf – das ist ja gerade so, als wenn CIA-Boß William Webster zur Friedensbewegung überlaufen würde.«

Einer der beiden Überwachungsspezialisten gab ihnen ein Handzeichen und drehte sich zu ihnen um. »Jetzt hat die Frau gerade bezahlt und sich bei der Kellnerin nach einer Pension Hohenzollern in der Bleibtreustraße erkundigt. Das sind nur ein paar hundert Meter von hier. Sie wird vermutlich zu Fuß gehen. Unsere Leute draußen werden ihr abwechselnd folgen und uns über Funk auf dem laufenden halten. Wir könnten mit diesem Wagen vorfahren und uns eine gute Position in der Bleibtreustraße suchen.«

»Einverstanden. Sehr gut«, sagte Dillon. »Ich glaube, diese Dame führt uns direkt zu dem derzeit von den Vereinigten Staaten von Amerika am meisten gesuchten Mann.«

Seine Stimme klang freudig erregt. Er grinste jungenhaft zu Jordan hinüber. Dann blickte er durch die nur von innen nach außen durchsichtige kleine Seitenscheibe des Transporters:

Ohne die genaue Beschreibung ihres neuen Aussehens hätte er Ines van Holten nicht erkannt. Sie kam gerade aus dem Eingang des Cafés und ging direkt an ihnen vorüber. Sie sah mit der grauhaarigen Perücke und durch geschicktes Make-up um mindestens zehn Jahre älter aus. Dillon fiel wieder ein, was er gedacht hatte, als er ihr Foto im Arbeitszimmer von Peter Rosenblatt in Livermore zum ersten Mal gesehen hatte: Ob diese Frau wohl eine Agentin oder gar die Führungsoffizierin des Atomwaffenforschers war?

Ines van Holten alias Sophie Holm stand jetzt vor einer Telefonzelle, die noch besetzt war. Als sie dran war, suchte sie einen Zettel aus ihrer wirklich auffallend altmodischen Handtasche, warf ein paar Münzen ein und wählte. Sie sprach nur kurz und wartete offenbar darauf, weiterverbunden zu werden. Sie sah sich dabei in alle Richtungen um.

Peter Rosenblatt schreckte hoch, als das Telefon auf dem Nachttisch klingelte. Er lag angezogen auf dem Bett und war eingenickt. »Ihre Frau ist am Apparat, Herr Holm«, sagte die Frau vom Empfang. »Ich verbinde.«

Ines meldete sich. Ihre Stimme klang freudig erregt. Sie sagte, sie sei bereits seit fast zwei Stunden in Berlin und sei nun sicher, daß sie nicht verfolgt würde. Sie habe sich nach dem Weg erkundigt. Ob sie in ein paar Minuten bei ihm sein könne?

»Wo bist du«, fragte Rosenblatt.

»In einer Telefonzelle, Ecke Kurfürstendamm und Knesebeckstraße, nur ein paar Minuten von der Bleibtreustraße entfernt.«

»Mach so schnell du kannst«, sagte Rosenblatt. »Ich halte es ohne dich nicht mehr aus!«

Er wusch schnell sein verschlafenes Gesicht mit eiskaltem Wasser, rasierte sich und kämmte seine Haare. Dann öffnete er die zu warme Flasche »Pinot Grigio«, die er bei einem ruhelosen Spaziergang am Nachmittag in einem Feinkostgeschäft gekauft hatte. Er schaltete das Radio ein, hörte Wortfetzen von einer politischen Kundgebung in Ostberlin und suchte weiter nach leiser Musik. Er wartete voller Vorfreude auf die Ankunft seiner Geliebten.

In dem Observierungsfahrzeug konnten sie das Telefongespräch über ein Richtmikrophon mithören, zumindest, was die Frau in der Zelle sagte. Als sie den Hörer auflegte, war Dillons Entschluß gefaßt.

»Freckle«, sagte er zu Jordan, »wir werden jetzt diesen Maulwurf Rosenblatt in seinem Bau aufscheuchen – und seine Hintermänner. Wir wollen nicht nur Rosenblatt, sondern auch seine Freunde von drüben! Deshalb ändern wir den Plan: Deine Leute fahren mit dem Beobachtungsfahrzeug sofort zu dieser Pension in die Bleibtreustraße. Nicht nur Rosenblatt, auch der ganze Laden dort muß lückenlos überwacht werden. Rund um die Uhr. Ich will jedes Telefonat, jedes Gespräch, jede Bewegung erfahren. Sofort Alarm geben, wenn unser Mann Besuch bekommt oder wenn er das Haus verläßt! – Und wir beide fangen jetzt diese falsche grauhaarige Lady da drüben ein.«

Bevor Jordan noch etwas fragen konnte, sprang Dillon schon mit wehendem Mantel über die Straße, rannte durch eine Pfütze, daß seine Schuhe durchnäßt und seine Hosenbeine bespritzt wurden und erreichte die Telefonzelle in dem Moment, in dem die Tür von innen geöffnet wurde. Außer Atem breitete Dillon seine Arme aus und schlang sie um die Arme und den Oberkörper der Frau, die gerade ins Freie treten wollte. Er preßte sie fest an sich. Für die vorübereilenden Passanten sah es aus, als begrüße ein älterer, aber noch sehr stürmischer Liebhaber die Frau seiner Träume.

Doch was er ihr ins Ohr sagte, war alles andere als Liebesgeflüster: »Versuchen Sie nicht, eine Waffe zu ziehen oder sonst einen Unsinn zu machen, sonst breche ich Ihnen sämtliche Knochen, Lady!«

Er drehte ihr Arme und Hände auf den Rücken, und Jordan, der schwer schnaufend ein paar Sekunden später eintraf, ließ die Handschellen zuschnappen. Ines van Holten starrte die beiden Männer fassungslos an, öffnete ein paarmal den Mund und schnappte nach Luft, sagte aber kein einziges Wort. Dillon hatte noch immer seinen rechten Arm fest um sie gelegt, als er sie zu einem Ford Lincoln führte, der gerade am Bürgersteig hielt. Nur ein paar Leute hatten sich während der Aktion umgedreht, waren aber gleich weiter über den Kudamm spaziert.

Jordan befahl dem Fahrer, zum Flughafen Tempelhof zu fahren, dem Stützpunkt der US Air Force in Berlin, in dem in einem backsteinroten Nebengebäude Büros der CIA untergebracht waren.

Das Vernehmungszimmer war, sah man von der kalten Neonbeleuchtung ab, überraschend freundlich mit hellen, modernen Möbeln ausgestattet. Dillon nahm seiner Gefangenen die Handschellen, Mantel und Tasche ab. Eine Amerikanerin durchsuchte die angebliche dänische Staatsbürgerin Sophie Holm auch an den intimsten Stellen. Es wurde nichts Verdächtiges gefunden – außer einem doppelten Boden in der alten Handtasche, in dem ein Reisepaß und ein Führerschein auf den Namen Ines van Holten versteckt waren.

»Würde es Ihnen etwas ausmachen, die Perücke abzulegen und Ihr Make-up abzuwaschen, bevor wir uns unterhalten, Mrs. van Holten? Sie kommen mir dann vertrauter vor«, sagte Dillon freundlich, aber keinen Widerspruch duldend. »Oder ist das auch nicht Ihr richtiger Name? Sind Sie vielleicht vor vielen Jahren als Perspektiv-Agentin der DDR oder der Sowjetunion in den Westen eingeschleust worden. Sie werden diesen Fachausdruck doch kennen...?«

Der sommersprossige Westberliner CIA-Resident Buster Jordan quartierte sich noch an diesem Abend mit einer Kollegin in der Pension »Haus Hohenzollern« ein, im Zimmer 25, direkt neben Rosenblatt. Im Keller des Hauses zapfte ein Techniker die Leitung zum Zimmer 23 an und legte eine kurze Verbindung in den Kohlenkeller, in dem Kopfhörer und Tonband zum Mithören angeschlossen wurden. Auf der Bleibtreustraße parkten zwei unauffällige Fahrzeuge, darunter der Observierungswagen, dessen Richtmikrophone und Objektive auf das Rosenblatt-Zimmer im zweiten Stock und auf den kleinen Frühstücksraum im Erdgeschoß gerichtet waren, in dem wegen der dramatischen Ereignisse in Ostberlin pausenlos der alte Fernseher lief.

Nach dem Anruf von Ines wartete Peter Rosenblatt eine halbe Stunde lang. Eine Stunde lang. Zwei Stunden. Er wurde immer unruhiger, warf schließlich seinen Mantel über und verließ die Pension. Er ging im Schnellschritt zur Telefonzelle, von der aus sie angerufen hatte, suchte die Umgebung ab, betrat ein Café, kam wieder auf die Straße, eilte zum Kurfürstendamm, ging dort in drei nebeneinanderliegende Telefonzellen. Er suchte offenbar nach irgendwelchen Hinweisen für die Anwesenheit seiner Geliebten, fand aber anscheinend keine. Zuletzt rannte er wie gehetzt und erst allmählich vor Erschöpfung langsamer werdend über den Kurfürstendamm und wahllos durch etliche Querstraßen. Es war kalt und klar, und die Männer und Frauen, die ihm wie bei einem Stafettenlauf zu Fuß und mit verschiedenen Fahrzeugen folgten, hatten es schwer, ihn nicht aus den Augen zu verlieren.

Mit langsamen Schritten und hängenden Schultern ging Rosenblatt kurz nach 21 Uhr in seine Pension zurück. Er fragte die Frau am Empfang, ob seine Frau hiergewesen sei oder ob eine telefonische Nachricht gekommen sei. Sie schüttelte den Kopf, streckte die Hände vom Körper und pustete auf die Fingernägel, die sie wieder einmal in einer anderen Farbe lackiert hatte. Ja, er könne noch eine Kleinigkeit zu essen haben, sagte sie und rief etwas durch das Fensterchen hinter ihrem Platz, durch das man in die Küche sehen konnte. Rosenblatt wartete, bis man ihm zwei Scheiben Brot mit Wurst und Käse gemacht hatte, nahm zwei Flaschen Bier mit und ging die Treppe hinauf in sein Zimmer.

Im Keller hörte einer der beiden Männer mit dem Kopfhörer deutlich das Klappern von Messer und Gabel und das glukkernde Geräusch, wenn etwas aus einer Flasche in ein Glas gegossen wird.

Dann wählte der Mann von Zimmer 23 eine Nummer mit Hamburger Vorwahl. Auf der anderen Seite meldete sich eine Frauenstimme: »Guten Tag, dies ist der Anrufbeantworter von Ines van Holten. Leider bin ich zur Zeit nicht zu Hause. Sie können jedoch nach dem Pfeifton eine Nachricht hinterlassen . . . Ich rufe so bald wie möglich zurück . . .« Der Mann räusperte sich, schien etwas sagen zu wollen, legte dann jedoch wortlos den Hörer auf. Es blieb still in Zimmer 23. Etwa eine Stunde lang.

Peter Rosenblatt hatte sich, noch immer im Mantel, auf das quietschende Stahlrohrbett gelegt. Er fühlte Schweiß auf seiner Stirn. Ein kaltes Kribbeln kroch ihm über den Rücken zum linken Arm und zum Brustkorb. Er fühlte wieder diese nervöse Beklemmung in der Herzgegend – wie häufig, wenn er Angst hatte oder unter Streß stand. Beim ersten Mal hatte er einen Herzinfarkt befürchtet, aber nach gründlicher Untersuchung hatten ihm die Ärzte in Livermore gesagt, es sei körperlich alles in Ordnung, das beklemmende Kältegefühl sei eine psychosomatische Störung, wie sie bei vielen unter ständiger Anspannung stehenden Menschen aufträte.

Wo war Ines geblieben? Er suchte nach irgendeiner logischen Erklärung, warum sie trotz ihrer Ankündigung, sie werde in wenigen Minuten bei ihm sein, spurlos verschwunden war: War ihr etwas zugestoßen? Hatte sie einen Unfall gehabt?

Vergeblich rief er Polizei und Krankenhäuser an. Hatte man sie festgenommen? Wenn ja, warum? Waren ihr und damit ihm die westlichen Geheimdienste auf der Spur? Und warum meldete sich auch Hans aus Kopenhagen nicht mehr? Er fand keine Erklärung, sosehr er auch grübelte. Er blickte auf seine Armbanduhr und schaltete das Radio ein.

Von den ersten pfeifenden Geräuschen im Zimmer 23 wurde der Mann mit dem Kopfhörer aus einem Halbschlaf gerissen. Dann waren Nachrichten zu hören: Der Rechtsausschuß der DDR-Volkskammer hatte den Entwurf eines Reisegesetzes als unzureichend abgelehnt. Daraufhin sei die Regierung unter Ministerpräsident Willi Stoph zurückgetreten. Dann ertönte Musik, bis wieder an der Senderskala gedreht und offenbar von UKW auf Kurzwelle umgeschaltet wurde.

Um 22.15 Uhr tönte eine unnatürliche Stimme aus dem Lautsprecher. Die Stimme verlas lange Zahlen- und Buchstabenkolonnen – eine Litanei, die den Abhör-Spezialisten der CIA nur allzu bekannt war: Wie an jedem Abend leitete die Zentrale des Staatssicherheitsdienstes in der Ostberliner Normannenstraße auf einer speziellen Frequenz verschlüsselte Nachrichten und Informationen an Agenten in Westberlin und in Westdeutschland weiter, nach einer Methode, die sich seit dem Beginn des Kalten Krieges in den fünfziger Jahren kaum geändert hatte. Peter Rosenblatt saß vornübergebeugt auf der Bettkante, legte das linke Ohr an den Lautsprecher des kleinen Transistorradios, das unter der losen Diele versteckt gewesen war, und lauschte der Stimme, die die Zahlen und Buchstabenkolonnen so monoton vorlas wie die amtlichen Wasserstandsmeldungen. Für ihn, für seine Codenummer »EX-US 735 129 943« war keine Nachricht dabei?

Auch am folgenden Tag nicht.

Rosenblatt schlief kaum, begann nach jahrelanger Enthaltsamkeit wieder zu rauchen, hörte im Radio Nachrichten über die politischen Ereignisse in der DDR. Er ließ sich Speisen und Getränke aufs Zimmer bringen. Er telefonierte zur Enttäuschung der Abhörspezialisten nur einmal. Er rief in Hamburg den privaten Fernsehsender »RTA-Radio Tele Aktuell« an und fragte nach Ines van Holten. »Tut mir leid, Frau van Holten ist in Urlaub«, antwortete eine Redakteurin. Frau van Holten werde voraussichtlich in erst vierzehn Tagen wieder da sein. Nein, man wisse nicht, wo sie zu erreichen wäre – und selbstverständlich würde man das auch nicht sagen, wenn man es wissen würde. Ob man eine Nachricht notieren solle? Rosenblatt legte auf.

Am Mittag des zweiten Tages verließ er die Pension in der Bleibtreustraße zum ersten Mal. Er ging scheinbar ziellos über den Kurfürstendamm, setzte sich an einen freien Fenstertisch im gläsernen Vorbau des »Churrasco Steakhouse« und bestellte, wie einer der Observanten notierte, ein »Filet Mignon medium mit gebackener Kartoffel und Salat«.

Die Zeit reichte.

Buster Jordan verwickelte die Frau am Empfang der »Pension Hohenzollern« in ein längeres Gespräch. Währenddessen schlichen zwei Männer durch einen Hintereingang ins Haus und öffneten ohne Schwierigkeiten das altmodische Schloß der Tür mit der Nummer »3« im zweiten Stock. Sie durchsuchten das Zimmer so systematisch, wie sie es gelernt hatten. Nach etwa zwanzig Minuten entdeckten sie die lose Diele vor dem Fenster und darin das Päckchen mit den Disketten. Einer fragte über sein Handfunkgerät nach, ob er das Päckchen mitnehmen solle. Henrik C. Dillon entschied sich nach kurzer Überlegung dafür – falls es möglich sei, die Disketten gegen

gleichaussehende auszutauschen. Es gelang den Durchsuchungs-
spezialisten, die Etiketten von den fünf Disketten zu lösen und
auf fünf gleichartige, quadratische Plastikscheiben zu übertragen, die innerhalb von knapp einer Stunde besorgt werden konnten. Nach zwei Stunden war die Aktion beendet. Nach zwei
Stunden und zwanzig Minuten kam Peter Rosenblatt in sein
Zimmer zurück. Offenbar schöpfte er keinen Verdacht.

Henrik C. Dillon triumphierte, als er die Disketten in Händen
hielt. Zum ersten Mal hatte er einen wirklich greifbaren Erfolg in
diesem Fall. Er rief sofort Donald Ingham in Washington an und
erklärte ihm euphorisch den Stand der Dinge.

»Wir haben Rosenblatts Forschungsmaterial sichergestellt!«

»Großartig. Gratuliere«, sagte Ingham, und Dillon ärgerte
sich, daß er keine zufriedenstellende Antwort auf die naheliegende Frage hatte, ob das Material bereits überprüft worden
sei.

»Nein«, sagte er kleinlaut, »das können wir hier natürlich
nicht machen. Wir haben hier keine Spezialisten, die den Com-
putercode aus Livermore knacken könnten.«

»Natürlich nicht«, sagte Ingham und zuckte mit den Füßen,
die, wie immer, wenn er telefonierte, auf der Kante seines
Schreibtisches lagen, »könnt ihr natürlich auch nicht. Wie heißen doch noch gleich diese Wissenschaftler, die mit Rosenblatt
in Livermore zusammengearbeitet haben...?«

Dillon blätterte in seinen Notizen. »Dr. Fredrikson und Dr.
Neven.«

»Okay«, sagte Ingham, »ich schicke sofort einen von beiden
mit einer Air-Force-Maschine zur Rhein-Main Air Base nach
Frankfurt. Er müßte dort morgen eintreffen. Wir organisieren
von hier aus, daß in Frankfurt ein Computer bereitsteht, mit
dem das Material geprüft werden kann. Sorg du dafür, daß die
Disketten mit einem Kurier von Berlin nach Frankfurt gebracht
werden!«

Dr. Kent Fredrikson traf am 8. November um 17 Uhr in Frankfurt ein – es war etwa zur selben Zeit, als der Hauptkommissar

der Kriminalaußenstelle Cuxhaven, Manfred Lohmer, den vergessenen jüdischen Friedhof in der Wingst besuchte. Diesmal fand er das Grab von Isaak Rosenblatt ohne längeres Suchen. Lohmer hätte nicht sagen können, warum er dort hingefahren war. Vielleicht plagte ihn das Gewissen, daß viele jüngere Deutsche haben, die mit der jüdischen Geschichte in ihrem Land in Berührung kommen. Vielleicht war es der Spürsinn, der gute Hunde und gute Kriminalisten auszeichnet – als er den Friedhof verließ, war er sicher, daß es letzteres gewesen war.

Lohmer fuhr nicht mehr nach Cuxhaven ins Büro zurück, sondern in sein Haus hinter dem Deich bei Oberndorf. Er versuchte Henrik C. Dillon in Hamburg zu erreichen, um ihm zu erzählen, was er gefunden hatte. Doch in der CIA-Wohnung in Hamburg meldete sich eine barsche Männerstimme mit »General Business Service« und sagte, er müsse falsch verbunden sein, hier gebe es keinen Henrik C. Dillon aus Washington.

Na, dann eben nicht, dachte Lohmer und legte auf.

Um ein Uhr nachts wurde Dillon in seinem Berliner Hotelzimmer vom hartnäckigen Summen des Telefons aus einem unruhigen Schlaf gerissen. Am Apparat war Dr. Fredrikson aus Frankfurt.

»Tut mir leid, Mr. Dillon«, sagte er, »ich habe schlechte Nachrichten für Sie. Das auf den sichergestellten Disketten gespeicherte Material gehört zwar eindeutig zu den Forschungsarbeiten von Peter Rosenblatt in Livermore – aber es ist mehr als zwei Jahre alt. Es stammt aus einem sehr frühen Stadium seiner Untersuchungen über ein Laserstrahl-Raketenabwehrsystem im Rahmen des SDI-Programms, doch diese Versuchsserie hat in eine Sackgasse geführt und wurde abgebrochen. Sie ist nie über das Berechnungsverfahren hinausgekommen. Mit anderen Worten: Sie haben haarscharf daneben gegriffen, Mr. Dillon – oder Ihnen wurde absichtlich falsches Material zugespielt...«

Dillon fühlte, wie ihm schlecht wurde. Es blitzte vor seinen Augen. Er wollte irgend etwas in den Hörer brüllen, was den Druck von ihm nahm, aber seine Stimme versagte kläglich. Am anderen Ende der Leitung wurde ein paarmal gefragt »Hallo, hören Sie mich noch?« und »Ist etwas, Mr. Dillon...? Hallo, Mr. Dillon?«

»Danke für die Auskunft, Doktor Fredrikson...« sagte Dillon endlich mit gepreßter Stimme. Nach einigen Sekunden hatte er sich wieder gefangen. »Bleiben Sie bitte noch ein paar Tage in Deutschland, Doktor Fredrikson«, sagte er. »Ich hoffe, daß wir Sie bald noch einmal brauchen werden.«

16

Donnerstag, 9. November 1989
Am Nachmittag des fünften Tages in Berlin kam Peter Rosenblatt zum ersten Mal in den Aufenthaltsraum im Erdgeschoß der
Pension. Er sah unausgeschlafen, blaß und nervös aus – jedenfalls erschien es Buster Jordan so, der mit einer vollbusigen Kollegin aus der Westberliner CIA-Residentur an einem Ecktisch saß
und Händchen hielt. Sie streichelten sich und küßten sich ein
paarmal wie ein Liebespärchen, ließen dabei aber den Mann von
Zimmer 23 nicht aus den Augen, der eine Weile in der Mitte des
kleinen Raumes stehen blieb und zu überlegen schien, ob er
bleiben oder wieder gehen sollte.

Am Nebentisch saßen drei Männer, offenbar Handlungsrei-
sende für pharmazeutische Produkte, wie Jordan aus ihren Gesprächen entnommen hatte, vor ihren Biergläsern. Einer von ihnen stellte das Fernsehgerät in der Ecke an. Rosenblatt fragte
zögernd, ob der vierte Stuhl noch frei sei. Er setzte sich und
bestellte ein Kännchen schwarzen Tee und Mineralwasser, in dem
er zwei Kopfschmerztabletten auflöste. Er schüttelte sich, als er
die Tabletten herunterspülte. Die drei Tischnachbarn unterbrachen ihre Diskussion über die Entwicklung in der DDR kurz.
Einer wünschte »Gute Besserung«. Jordan hörte, wie Rosenblatt
etwas von einer »Erkältung« murmelte und sich dann eine der
vielen Zeitungen nahm, die neben dem Fernsehgerät lagen, das
Neue Deutschland, das Zentralorgan der ostdeutschen SED.

Rosenblatt blätterte in dem Parteiblatt und blieb am Wetterbericht hängen. Die Sonne, so las er, mußte um 7.17 Uhr hinter
der an diesem Tag über Berlin liegenden Dunstglocke aufgegangen sein. Nach der Wettervorhersage »weitet sich von Osten her
allmählich Hochdruckeinfluß nach Mitteleuropa aus«. Am
Abend und in der kommenden Nacht werde es kalt und klar
sein.

Er vertiefte sich in einen Artikel auf der ersten Seite mit der

Überschrift »Zehnte Tagung des Zentralkomitees der SED hat in Berlin begonnen.« Auf derselben Seite unten hatte das Parteiorgan den »Aufruf zum Hierbleiben« der DDR-Dichterin Christa Wolf abgedruckt. »Liebe Mitbürgerinnen, liebe Mitbürger... Wir sehen die Tausende, die täglich unser Land verlassen... Wir bitten Sie, bleiben Sie doch in Ihrer Heimat, bleiben Sie bei uns...!«

Rosenblatt faltete die Zeitung zusammen, legte sie weg und trank seinen Tee. Er bemerkte nicht, daß das Pärchen am Nebentisch jede seiner Bewegungen registrierte.

Als um 18 Uhr im Fernsehen die »Aktuelle Kamera« angekündigt wurde, stand Rosenblatt auf und stellte den Ton lauter, ohne die anderen Pensionsgäste zu fragen, die jedoch sofort ihre Gespräche unterbrachen und ebenso gespannt wie er auf den Bildschirm starrten.

Der Apparat war, wie die meisten Fernsehgeräte in Westberlin in diesen Tagen, auf das Erste Programm der DDR eingestellt. Der Nachrichtensprecher sagte, das alte Politbüro der SED sei geschlossen zurückgetreten. Der neue Generalsekretär Egon Krenz werde noch im Laufe des Abends eine Liste mit neuen Kandidaten bekanntgeben. »Wir schalten jetzt um zur Direktübertragung einer Pressekonferenz im Internationalen Pressezentrum in der Mohrenstraße. Dort nimmt der Sprecher des Politbüros, Günter Schabowski, Stellung zu aktuellen Fragen...« Deswegen müsse die beliebte Sendung »Tiere vor der Kamera« leider entfallen.

Schabowski, ein Mann Ende Fünfzig, hohe Stirn, gutmütiges Gesicht, sah abgespannt aus. Er saß auf einem Podium in einem Raum, der mit deutschen und internationalen Journalisten gefüllt war. Sie ließen ihm kaum Zeit zum Nachdenken mit ihren bohrenden Fragen: »Hat die Regierung der DDR die Lage im Lande noch im Griff?« – »Wie lange kann sich die Regierung Krenz noch halten?« – »Was sagen Sie zu den Forderungen der Demonstranten in Leipzig nach einer Wiedervereinigung der beiden deutschen Staaten?«

Schabowski beantwortete eine Stunde lang eloquent, meist um Ehrlichkeit bemüht, manchmal geschickt ausweichend, eine

Frage nach der anderen. Ja, die neuen Bürgerbewegungen, die die Volksbewegung in der DDR entscheidend vorangetrieben hätten und auf dem »Boden der Verfassung wirken«, sollten bald auch offiziell zugelassen werden. Ja, auch die SED sei nun für freie, demokratische Wahlen in der DDR. Ja, die Zahl der Partei-austritte sei enorm gestiegen. Nein, genaue Zahlen habe man noch nicht. Ja, die nicht abebbende Welle von Flüchtlingen ma-che der Regierung große Sorgen – das gebe man nun anders als früher zu. Ja, die Situation in den von DDR-Bürgern überfüllten Botschaften der Bundesrepublik Deutschland in Warschau und in Prag sei bedrückend...

Um 18.57 Uhr wurde Schabowski von einem Mitarbeiter ein Zettel zugeschoben. Beinahe beiläufig las er vor: »Mir ist soeben mitgeteilt worden... der Ministerrat der DDR hat beschlos-sen... Privatreisen nach dem Ausland können ohne Vorliegen der bisher erforderlichen Voraussetzungen beantragt werden.« Und weiter: »Um befreundete Staaten zu entlasten, habe man sich entschlossen, »die Grenzübergänge von der DDR zur Bun-desrepublik und nach Westberlin zu öffnen...«

Sekundenlang herrschte Stille. Bis allen die Sensation klar wurde.

Aufgeregt fragte ein Reporter: »Gilt das für ständige Ausreise oder für einfache Besuche?« Antwort: »Für beides.« – »Ab wann?« – »Wenn ich richtig informiert bin«, sagte Schabowski und blickte wieder hilfesuchend auf sein Papier, »dann gilt diese Regelung unmittelbar...«

Unruhe brach in der Pressekonferenz aus. Die ersten Reporter sprangen auf, um die sensationelle Meldung an ihre Redaktionen durchzutelefonieren. Ohne das Ereignis näher zu erläutern oder zu kommentieren, ging die Pressekonferenz zu Ende.

Einer der Pharma-Vertreter in der Pension »Haus Hohenzol-lern« fragte seine Kollegen: »Habt ihr das verstanden? Können jetzt alle DDR-Leute in den Westen kommen?« Alle redeten durcheinander. Keiner wußte eine klare Antwort.

Rosenblatt stand auf und ging in Richtung Tür, machte dann unerwartet neben dem Tisch von Buster Jordan und seiner Kollegin halt und fragte in fast akzentfreiem Deutsch: »Können Sie mir sagen, was das bedeutet? Brauchen DDR-Bürger zur Reise in den Westen nun einen Paß mit Visum? Oder nur einen Paß? Oder reicht jetzt ein Personalausweis?«

»Tut mir leid. Das habe ich auch nicht verstanden«, sagte Jordan überrascht.

»Können jetzt auch Westdeutsche und Ausländer ohne weiteres in die DDR reisen?«

Jordan schüttelte den Kopf. »Keine Ahnung. Das war schon sehr verwirrend, was der da gerade gesagt hat, mir kam das so vor, als ob er selber ganz verblüfft über diese Meldung gewesen ist...«

Rosenblatt nickte ihm kurz zu und verließ den Raum. Jordan hörte, wie die Treppe knarrte, als er in den zweiten Stock zu seinem Zimmer ging.

Dieselben Fragen wurden an diesem Abend überall in beiden Teilen Berlins und in beiden Teilen Deutschlands gestellt.

»Was hältst du davon?« fragte Henrik C. Dillon, als er an diesem Abend Buster Jordan zu einer kleinen Lagebesprechung über den Fall Rosenblatt traf. Die beiden hatten einen ruhigen Platz in einem kleinen französischen Restaurant am Kurfürstendamm, nur fünf Gehminuten von der Pension in der Bleibtreustraße entfernt, gefunden.

»Ich habe so ein Gefühl, als wenn sich heute oder morgen da drüben etwas tun wird. Da kommt eine Lawine ins Rutschen. Wenn das stimmt, daß die DDR-Leute ohne große Probleme in den Westen reisen können, dann bricht die Mauer zusammen...«

Es war schon kurz vor zehn, und sie waren beide hungrig. Sie hatten gerade zweimal Kalbsbries mit Morcheln bestellt, als ein Kellner an ihren Tisch kam und zu dem sommersprossigen Amerikaner sagte: »Sie werden am Telefon verlangt, Mr. Jordan.«

Einer der beiden Spezialisten, die das Telefon des Zimmers 23 in der Pension »Haus Hohenzollern« überwachten, war am Apparat. »Dieser Mann vom Zimmer 23«, sagte er hastig, »hat versucht, über das Fernamt eine Nummer in Ostberlin anzurufen

332

– aber sie kommen bis jetzt nicht durch. Und nun will er ein Taxi bestellen, aber die Taxizentrale ist dauernd besetzt. Ich nehme an, er will irgendwo hinfahren – Sie sollten besser gleich kommen.«

Jordan bedankte sich und informierte Dillon. Die beiden Agenten gaben dem Kellner ein großzügiges Trinkgeld und sagten, sie könnten leider nicht zum Essen bleiben. Dann gingen sie eilig zur Bleibtreustraße.

»Geh du mal nachsehen, was sich da tut. Ich warte im Wagen.«

Dillon setzte sich in einen etwas abseits geparkten Mercedes des Westberliner CIA. Er sah, wie sein Kollege im Eingang der Pension verschwand.

Im Flur stieß Jordan auf drei Männer, die gerade ihre Mäntel überzogen. Offenbar wollten sie gemeinsam das Haus verlassen. Zwei von ihnen waren die Pharmavertreter – der Dritte war zu seiner Überraschung Peter Rosenblatt.

»Wo soll's denn hingehen«, fragte Jordan lässig im Vorübergehen.

»Zum Brandenburger Tor. Das Schauspiel wollen wir uns doch nicht entgehen lassen«, sagte einer der Handlungsreisenden, »wenn man schon mal an so einem Tag in Berlin ist.«

»Was für ein Schauspiel?« fragte Jordan.

»Im Radio haben sie gerade gesagt, daß einige tausend Ostberliner am Grenzübergang Bornholmer Straße stehen. Die verlangen, daß die Grenzübergänge sofort aufgemacht werden. Die wollen alle nach Westberlin... Und am Brandenburger Tor sind Dutzende von Westberlinern auf die Mauer geklettert. Die Vopos haben schon Wasserwerfer eingesetzt... Das scheint da dramatisch zu werden!«

Rosenblatt sagte nichts. Er ging schnell hinter den beiden anderen her und stieg als letzter in ihren silberfarbenen Audi 100 mit Frankfurter Kennzeichen, der direkt vor der Pension geparkt war. Jordan wartete, bis der Wagen gewendet hatte und in Richtung Kurfürstendamm fuhr. Dann spurtete er zu dem Mercedes von Dillon, riß die Beifahrertür auf und sprang hinein.

»Fahr hinter dem Audi her«, rief er, »Rosenblatt ist da drin!«
Und erklärte rasch, was er gerade gehört hatte.

»Das scheinen zwei abenteuerlustige Handelsvertreter zu sein,
und wahrscheinlich hat sich Rosenblatt ihnen angeschlossen,
nachdem er gehört hat, was da los sein soll – und nachdem er
kein Taxi bekommen hat.«

Dillon holte den silbernen Audi vor einer roten Ampel an der
Ecke Kurfürstendamm und Leibnizstraße ein. Er hielt Abstand,
ließ immer zwei, drei Wagen vor. Der Fahrer des Audi schien sich
in der Stadt auszukennen. Er bog am Ende der Leibnizstraße
rechts in die Bismarckstraße ab, umrundete den großen Kreisel
am Ernst-Reuter-Platz und fuhr weiter auf den »Großen Stern«
mit der Siegessäule zu.

Es war 22 Uhr. Dillon schaltete das Radio ein und suchte eine
Station, die über die Ereignisse an der Grenze informierte. Ein
Reporter des »Senders Freies Berlin« berichtete aufgeregt aus
einem Übertragungswagen, der am Brandenburger Tor stand:
»... inzwischen haben sich auf der Westseite der Mauer mehrere
Tausend meist junge Menschen versammelt. Sie rufen immer
wieder ›Macht das Tor auf!‹. Immer wieder klettern einige auf
die Mauerkrone – sofort werden auf der anderen Seite von Ein-
heiten der Grenzpolizei die Wasserwerfer auf sie gerichtet, und
sie werden von dem gewaltigen Druck des Strahls zurück in den
Westen geschleudert...«

»Verrückt! Total verrückt«, murmelte Jordan.

Der silberne Audi umkreiste die Siegessäule einmal, als suche er
die richtige Ausfahrt, und fuhr dann die sechsspurige »Straße des
17. Juni« hinunter auf das Brandenburger Tor zu, das sich als
immer größer werdende dunkle Silhouette gegen den helleren
Nachthimmel abzeichnete. Etwa 200 Meter vor der Mauer parkte
der Audi-Fahrer seinen Wagen unter den hohen Kiefern am Tier-
garten. Dillon stellte seinen Wagen in sicherer Entfernung ab.

»Sie steigen aus«, sagte Jordan, »sie laufen auf die Mauer zu!
Komm, schnell, wir müssen hinterher!« Er holte zwei kleine
Handfunkgeräte von Zigarettenschachtelgröße aus dem Hand-
schuhfach, steckte eines in seine Tasche und gab Dillon das an-

dere. »Falls wir uns trennen müssen oder uns verlieren, halten wir damit Kontakt.«

»Verdammt«, rief Dillon beim Aussteigen, »was sind das für Leute, diese beiden anderen? Was ist, wenn das keine Pillenverkäufer sind, wie du sagst, sondern KGB-Leute oder Offiziere vom Staatssicherheitsdienst der DDR, die den Rosenblatt vor unseren Augen nach Ostberlin rüberschaffen wollen ...«

Dillon spürte, wie Schweiß auf seiner Stirn perlte. Die beiden Amerikaner folgten den drei Männern, deren Umrisse sich schemenhaft gegen das von der Ostseite der Mauer beleuchtete Brandenburger Tor abhoben. Dillon glaubte zu erkennen, daß Rosenblatt, der kleinste der drei, in der Mitte ging, und daß er sich ein paarmal umdrehte. Jetzt konnten sie vor der Mauer und auf den Aussichtsplattformen schon Hunderte, vielleicht Tausende von Menschen ausmachen. Rosenblatt und die beiden Männer aus der Pension tauchten in der Menge unter.

»Schneller«, rief Dillon. Er zog Jordan hinter sich her. Sie keuchten gegen den kalten Nachtwind an, blieben ein paarmal kurz stehen, um Atem zu holen. Dillon blickte im Laternenschein auf seine Uhr. Es war eine Stunde vor Mitternacht an diesem 9. November 1989 in Berlin.

Nachher wußten alle, die dabeigewesen waren, daß alles, was in dieser Nacht und in den folgenden Tagen und Nächten geschah, in die Geschichte eingehen würde. Das Brandenburger Tor – nach den dramatischen Ereignissen der letzten Wochen und Tage in der DDR wurde es in dieser Nacht zum magischen Anziehungspunkt für viele tausend Menschen auf beiden Seiten der Mauer und zum Symbol der deutschen Wiedervereinigung.

Napoleon war nach seinem Sieg über die Preußen 1800 durch dieses Tor marschiert und Kaiser Wilhelm I. mit seinem Heer nach dem Sieg über die Franzosen 1871. 1933 flackerte bei den Aufmärschen der Nazis tausendfacher Fackelschein gegen die Säulen. 1945 rollten die Panzer der siegreichen Roten Armee daran vorbei. 1953 wurde im Schatten des Brandenburger Tores der Aufstand des 17. Juni blutig niedergeschlagen. Am 13. August 1961 teilten Honeckers Betriebskampfgruppen Berlin in zwei Teile. Für 28 Jahre.

Bis zu dieser Nacht.

Peter Rosenblatt atmete im Laufschritt so heftig, daß die Gläser seiner Brille beschlugen.

»Mensch, ich glaube, ich spinne total«, rief einer seiner beiden Begleiter, von dem er nur wußte, daß der andere ihn Heinz nannte.

»Guck dir das an, Heinz, die klettern da auf die Mauer! Sind die völlig verrückt geworden? Mein Gott! Was ist, wenn die Vopos jetzt schießen!?«

Plötzlich erschien auf der Mauerkrone ein Schatten, und dann noch einer und noch einer. Dann standen vier junge Männer oben auf der Mauer. Sie winkten und ruderten wild mit den Armen und schrien: »Wir sind aus dem Osten, vom Prenzlauer Berg!« Sie machten ein paar Tanzschritte und sprangen dann auf die Westseite hinunter. Die Westberliner faßten die Leute aus dem Osten ungläubig an, wie Wesen von einem anderen Stern.

»Ihr seid aus dem Osten... einfach über die Mauer gesprungen... keiner hat geschossen... das gibt es doch nicht... das ist nicht wahr...« stammelten die Umstehenden.

Dann wurden die Mauerspringer vor Begeisterung fast erdrückt. Rosenblatt sah einen der jungen Ostberliner mit hellbrauner Kunstlederjacke dicht vor sich. Der weinte und lachte zugleich und rief immer wieder: »Mein Gott, ich glaub', ich werd' verrückt!« Ein paar junge Frauen stimmten ein Lied an, und bald sang ein hundertstimmiger Chor »So ein Tag, so wunderschön wie heute...«

Immer mehr junge Leute hangelten sich von der Westseite an der Mauer hoch. Sie kletterten über die zu Steigbügeln geformten Hände ihrer Freunde und dann auf deren Schultern und zogen sich schließlich nach oben. Erst Dutzende, dann Hunderte.

Rosenblatt ging ein paar Schritte zur Seite, bis ihn seine beiden Begleiter in dem Gewühl aus den Augen verloren haben mußten. Ohne lange nachzudenken, stieg er über Hände und Schultern eines bärenhaft aussehenden Hünen mit langem Bart und zottliger Mähne. Zwei junge Männer in Lederkleidung ergriffen von oben seine Hände und zogen ihn hoch. Er spürte einen kurzen Schmerz, als seine Knie über den Beton schrammten. Und dann stand er plötzlich oben auf der Mauer... Eine Punkerin mit grünroten Haaren drückte ihm eine Sektflasche in die Hand und einen nach kaltem Zigarettenqualm und Schnaps riechenden Kuß auf den Mund.

»Mensch, eh Kerl, du auch hier...« rief sie und umarmte ihn stürmisch. Rosenblatt hatte Mühe, sich zu befreien.

Jemand stellte eine tragbare Stereoanlage auf und drehte sie auf volle Lautstärke. Der hämmernde Rhythmus eines Schlagzeugs und von elektrischen Gitarren dröhnte in den Ohren.

Rosenblatt drehte sich langsam um. Über der Siegessäule im Westen der Stadt hing eine blanke Mondscheibe. Im Osten war die Siegesgöttin mit der Quadriga in Scheinwerferlicht getaucht. Neben den sechs Säulen des Brandenburger Tores bewegte sich die schwarz-rot-goldene DDR-Flagge mit Hammer und Zirkel schlaff im kalten Wind. Hinter dem Tor konnte er Laternen und Gebäude der Straße »Unter den Linden« erkennen. Auf dem Platz davor zuckten bläuliche Blitzlichter. Offenbar waren bereits Pressefotografen bei der Arbeit. Scheinwerfer von Fernsehteams strahlten in die Menschenmenge, die zum Brandenburger Tor drängte, aber noch von einer Kette graugrünuniformierter Grenzpolizisten der DDR zurückgedrängt wurde. Links und rechts vom Brandenburger Tor konnte Rosenblatt Doppelreihen von Männern in Uniformen mit umgehängten Gewehren erkennen. Im Hintergrund standen zwei Wasserwerfer bereit und ein Lastwagen mit einer Batterie riesiger Lautsprecher auf der Ladefläche. Plötzlich rollte der Lkw aus dem Dunkel ins Helle. Es rauschte. Und knackte laut. Dann dröhnte es in Richtung Westen: »Ich bitte Sie in Ihrem eigenen Interesse, verlassen Sie sofort die Mauer!« Und: »Im Interesse des Friedens bitten wir, die Ordnung im Bereich der Staatsgrenze der Deutschen Demokratischen Republik nicht zu stören!«

»Komm runter! Die schießen gleich«, rief ein Mädchen besorgt ihrem Freund zu. Doch nur ein paar Ängstliche folgten dem Befehl aus dem Osten und sprangen von der Mauer zurück in den Westen.

Rosenblatt blickte zur Westseite hinunter und erkannte in dem Gewühl die beiden Männer aus der Pension, mit denen er gekommen war. Sie winkten und riefen ihm etwas zu, was er in dem Lärm nicht verstehen konnte. Er drehte sich um, als habe er sie nicht gesehen und beugte sich auf der anderen Seite nach unten. Die Mauer war etwa drei Meter hoch, vielleicht dreieinhalb. Niemand, der abgesprungen war, schien sich verletzt zu haben. Ein paar Leute hatten sich das Knie massiert oder kurz gehumpelt, waren dann aber schnell zum Brandenburger Tor weitergerannt.

Der Atomwaffenforscher zögerte – wie ein Turmspringer vor dem letzten Schritt nach vorn. Oder wie jemand, der sich das Leben nehmen wollte? Wollte er das nicht auch? Wollte er sich durch den Sprung von der Mauer von West nach Ost nicht das Leben nehmen, sein bisheriges Leben jedenfalls? Und was für ein Leben würde er nach dem Sprung führen?

Erst jetzt wurde Rosenblatt klar, daß er sich darüber bisher kaum Gedanken gemacht hatte.

Er setzte sich auf den kalten Beton der Mauer, ließ die Beine auf der Ostseite herunterbaumeln, stützte das Kinn in beide Hände und starrte nach drüben – wie viele andere Menschen auf dem etwa einen Kilometer langen Halbrund auch, die in der gleichen Haltung wie er, mitten im Getümmel der immer dichterwerdenden Menschenmenge auf der Mauer dahockten, in Nachdenken versunken, fast in Meditation – die meisten offenbar in dem Bewußtsein, daß dies ein einmaliger, unwiederholbarer Moment in ihrem Leben war: die Nacht, in der mitten in Berlin die Mauer zwischen den feindlichen Welten in Ost und West fiel, die Todesgrenze zwischen den Systemen.

Ein paar Schritte weiter mischten Berliner aus Ost und West »Rotkäppchen-Sekt« und »Mumm« in ein paar Pappbechern zu einem gesamtdeutschen Cocktail. Ein paar Spritzer trafen Rosenblatts Kopf.

»Geht in dieser langen Nacht vom 9. zum 10. November 1989, am Brandenburger Tor der Kalte Krieg zwischen Ost und West zu Ende?« fragte ein Kommentator, dessen Stimme verzerrt aus einem Transistorradio herüberwehte.

Henrik C. Dillon stand noch immer unten vor der Westseite der Mauer und wurde immer unruhiger.

Wo war Rosenblatt? Dillon spürte das Pochen in seiner Schläfe und hörte seinen eigenen Atem. Kleine Atemwölkchen standen in der kalten Nachtluft vor seinem Gesicht. Seine Augen suchten die Menschenmenge ab. Dillon drehte sich um.

»Verdammt! Nicht, daß er uns im entscheidenden Moment noch einmal entwischt!« rief er Jordan zu, der ihm mühsam gefolgt war. Sie hatten den Mann mit der randlosen Brille und dem wehenden Popeline-Mantel im Menschengewühl aus den Augen verloren. Minutenlang. Endlose Minuten lang.

»Da oben ist er. Ich sehe ihn. Da oben ist er. Er ist auf die Mauer geklettert!«

Jordan schrie es Dillon ins Ohr. In dem allgemeinen Freudengeheul konnte man sein eigenes Wort kaum verstehen. Jordan streckte seinen Arm und seinen Zeigefinger aus und deutete nach oben. Jetzt sah Dillon den schmalen Mann mit dem leichten Mantel und den blitzenden Brillengläsern ebenfalls. Er beugte sich gerade inmitten der Menge auf der Mauer nach vorn. Dann setzte er sich und stützte seinen Kopf in beide Hände. Kein Zweifel, das war Rosenblatt!

Dillon rannte los, bahnte sich mit heftig rudernden Armen einen Weg durch die Menschenmenge. Vor ihm kletterten gerade wieder zwei, drei junge Leute auf die Mauer, mit Hilfe eines sehr kräftig aussehenden Freundes. Von oben streckten sich ihnen Hände entgegen, die sie auf die Mauerkrone hinaufzogen.

»Würden sie einem alten Amerikaner auch auf die Mauer helfen?« fragte er den Muskelmann, und als der sagte: »Kein Problem, mach schon, Mann!«, stieg Dillon mit großem Spagatschritt auf dessen Hände. Als er auf den schwankenden

Schultern stand, ergriffen ihn Hände von oben und zogen ihn hoch. Seine Knie schrammten über den Beton.

Endlich war er oben und fand das Gleichgewicht wieder. Von unten hörte er Jordans Stimme. Aber er konnte nichts verstehen. Dillon war überrascht, daß die Mauer oben breit wie ein Gehweg war, daß man nicht nur bequem stehen, sondern sogar herumlaufen und tanzen konnte. Wie die Leute rings um ihn herum. Ein Mädchen drückte ihm noch einen schmatzenden Kuß auf die Wange.

»Willkommen auf der Mauer, Alter!« Sie ließ ihn los und hakte sich wieder bei ihren bunten Punk-Freunden unter. Sie schunkelten, tanzten, stießen mit Schnapsflaschen an und sangen. »So ein Tag, so wunderschön wie heute...« und dann ein altes Kinderlied: »Auf der Mauer, auf der Mauer sitzt ne kleine Wanze...«

Noch atemlos blickte Henrik C. Dillon, der Spezialagent des Sicherheitsberaters des amerikanischen Präsidenten, zum Brandenburger Tor hinüber, das noch immer vom kalten Halogenlicht angestrahlt wurde. Aus dem Osten wehte ein intensiver Geruch von verbrannter Braunkohle herüber. Unter den Bäumen links und rechts waren die Umrisse von Hunderten von Grenzsoldaten zu erkennen. Mein Gott, dachte Dillon – wieviel Menschen haben sie erschossen, die versucht haben, über die Mauer von Ost nach West zu klettern? Achtzig? Neunzig? Mehr als hundert? Und jetzt tanzen hier Tausende wie in Trance auf der Mauer herum, und sie tun nichts dagegen?

Neben ihm tauchte eine junge Frau mit feinem Gesicht und auffallend zierlicher Nase, mit lachendem Mund und blitzenden Augen auf – sie roch sogar nach einem Parfüm, das ihn an seine Frau erinnerte, damals, als sie sich kennengelernt hatten. Die Unbekannte küßte ihn flüchtig auf die Wange, drehte sich um und verschwand mit Freunden und Freundinnen, die sie weiterzogen. Einen Moment lang wollte er ihr nachlaufen. Dann bemerkte er, daß er gefährlich nahe an der Kante der Mauer stand. Als er hinuntersah, wurde ihm schwindlig. Dillon blieb stehen, schloß die Augen – er sah sich und seine

Frau und seine Kinder in ihrem Haus, Ostern im Garten, im Sommer unter Obstbäumen, Weihnachten am Kamin...

»Deutschland, Deeeeuuuutschland über alles...!« brüllte ihm jemand ins Ohr.

Dillon zuckte zusammen, öffnete wieder die Augen. Wo war Rosenblatt? Irgendwo mitten unter diesen freudetrunkenen Deutschen mußte Rosenblatt sein. Rosenblatt, das Genie! Rosenblatt, der Verräter! Rosenblatt, der verrückt gewordene Idealist? Oder Rosenblatt, der kaltblütige Agent, der wieder in die Kälte des Ostblocks wollte, dahin zurück, woher er vor zwei Jahrzehnten gekommen war...?

Fröstelnd zog Dillon seinen Mantelkragen hoch.

Peter Rosenblatt blickte auf das Brandenburger Tor und kniff die Augen zu schmalen Schlitzen zusammen – plötzlich verschwamm alles vor seinen Augen: er sah die Einfahrt zum »Lawrence Livermore Laboratory« in Kalifornien. Die Toreinfahrt, durch die er jahrelang hindurchgefahren war, zu seinem Arbeitsplatz, zu den Cray-Computern, zum Testgebäude mit dem Excalibur-Laser, zu den Kollegen, zu Fredrikson und Neven, zu den ungelösten Aufgaben und zu den großen Erfolgen. Er sah Tabor in seinem Büro, hinter seinem großen Schreibtisch vor der Wand mit den Fotos der Atombombenversuche. Tabor, der Kalte Krieger – Tabor, der Falke – Tabor, der Kommunistenhasser. Tabor – sein Mentor, der zu seinem Feind geworden war. Was würde Tabor denken, wenn er ihn jetzt sehen würde?

Plötzlich umfaßten ihn zwei Arme. Er roch ein intensives, süßliches Parfüm. Als er sich umdrehte, lachte ihn eine junge Frau an: »Entschuldige, ich dachte, du wärst der Bernd...« sagte sie und reichte ihm trotzdem eine Flasche Wein. Rosenblatt nahm einen langen Schluck und bekleckerte sich, als er den Flaschenhals absetzte, und wischte sich mit dem Mantelärmel über den Mund. »Ist das nicht phantastisch, daß wir das miterleben dürfen?« sagte sie. Er nickte. Sie verschwand in der Menge.

Sie hatte überhaupt keine Ähnlichkeit mit Ines gehabt. Doch

Rosenblatt mußte plötzlich an sie denken. Der Gedanke an sie beunruhigte Rosenblatt. War sie abgefangen worden? Hatte man sie verhaftet? Aber warum? Ihr war nichts nachzuweisen. Was hatte sie denn getan? Oder hatte sie ihn und seine Pläne verraten? Würde er sie jemals wiedersehen, wenn er jetzt springen würde? Und Tasarow... Was war mit Oleg Tasarow geschehen? Ihm wurde schwindelig.

Seit Tagen verfolgte ihn die Angst, daß er die Telefonnummer vergessen könnte, die sechsstellige Nummer in Ostberlin. Er schloß die Augen und versuchte, die in seinem Kopf durcheinander wirbelnden Gedanken zu beruhigen. Mühsam gelang es ihm, sich die Zahlen der Telefonnummer wieder ins Gedächtnis zu holen. Er starrte auf das Brandenburger Tor mit der Siegesgöttin, deren Pferde in Richtung Osten trabten. Ob er doch noch umkehren sollte? Er schüttelte sich. Nein! Es gab kein Zurück mehr. Er konnte nicht länger warten! Er würde springen! Jetzt! Jetzt werde ich springen, dachte Peter Rosenblatt.

Zögernd stand er auf und machte ein paar Kniebeugen. Seine Gelenke waren in der Kälte steif geworden. Dann trat er einen Schritt nach vorn und blickte nach unten auf den dunklen Asphalt. Dann stieß er sich vom Rand der Mauer ab. Sein heller Mantel öffnete sich wie ein Fallschirm. Er spürte einen kalten Luftzug in seinem Gesicht. Als er auf dem Boden aufprallte, verlor er seine Brille...

Henrik C. Dillon strengte sich an, aber er hatte Rosenblatt erneut aus den Augen verloren.

Ein paar Meter neben ihm schleuderten ein paar Betrunkene Steine und leere Flaschen in Richtung der weit entfernten DDR-Grenzsoldaten. Die Flaschen zerplatzten auf dem asphaltierten Halbrund vor dem Brandenburger Tor. Die Menge grölte. Ein Militär-Lastwagen rollte langsam aus dem Dunkel hervor. Dann wurde der Lärm auf der Mauer von ohrenbetäubenden Lautsprechern übertönt.

»Achtung, Achtung! Dies ist eine Durchsage der Grenzsicherungsorgane der Deutschen Demokratischen Republik! – Achtung, Achtung. Dies ist eine Durchsage der Grenzsicherungsorgane der Deutschen Demokratischen Republik! – Bitte verlassen Sie sofort den Schutzwall... Bitte verlassen Sie im Interesse des Friedens sofort die Mauer...!«

Plötzlich wurde es still. Unheimlich still.

»Kein China!« rief jemand – das Massaker unter den Demonstranten mitten in Peking lag erst fünf Monate zurück.

»Nicht noch ein 17. Juni!« – der Ruf erinnerte an den Aufstand Ostberliner Arbeiter, der 1953 von Panzern niedergewalzt worden war.

Die ersten sprangen voller Angst von der Mauerkrone in den Westen zurück. Einer stolperte und fiel in den Osten hinunter. Mit den Füßen zuerst. Ein paar Freunde folgten ihm, rappelten sich auf, rannten im Halbdunkel und im Zickzack über das freie Vorfeld zum Brandenburger Tor. Dort unter den Säulen wurden sie von einer Gruppe in Empfang genommen, die jubelte und klatschte wie am Ziel einer Sportveranstaltung. Offenbar hatten unter dem Brandenburger Tor auch schon einige Hundert Ostberliner Schutz gesucht.

»Achtung! Achtung! Dies ist eine letzte Warnung! Verlassen Sie den Pariser Platz und das Gebiet an der Grenze der Deutschen Demokratischen Republik!« donnerte es aus den Lautsprechern.

»Laß uns abhauen, die schießen gleich«, schrie eine gellende Mädchenstimme.

In diesem Moment sprang noch einer. »Ein Verrückter«, dachte Dillon.

Sein Mantel öffnete sich wie ein Fallschirm, er drehte sich bei dem dreieinhalb Meter tiefen Sturz halb um die eigene Achse, kam mit dem Gesicht zur Mauer auf und blinzelte wie blind zurück nach oben, wo die Leute wieder grölten und klatschten. Statt schnell wegzulaufen zum Brandenburger Tor, wie die anderen auch, suchte der letzte Springer mit beiden Händen den Asphaltboden ab. Endlich fand er, was er verloren hat. Seine Brille. Eine randlose, blitzende Brille. Er setzte sie vorsichtig auf und wandte seinen Kopf schräg nach oben, zu den Leuten, die ihm von der Mauer herab etwas zuriefen. Im vollen Mondlicht erkannte Dillon den Mann – Rosenblatt.

Der hielt sich das rechte Knie, stand langsam auf, verzog das Gesicht schmerzhaft, schwankte ein wenig und rannte dann los, erst stolpernd, dann immer schneller, bis er in der Menge unter dem Brandenburger Tor untertauchte.

In dem Moment, in dem Rosenblatt dort ankam, sprang Dillon. Als er mit beiden Beinen auf dem Asphalt aufkam und den Sprung abfederte, spürte er einen scharfen Schmerz an seiner linken Taillenseite – den extra kurzen Lauf seines kleinen 38er Smith-and-Wesson-Revolvers vom Typ »Chiefs Special« hatte er sich beim Aufprall in seine Rippen gerammt. Dillon stolperte vorwärts, richtete sich auf, lief los. 100, 200 Meter weit rannte er im Zickzack wie ein Hase. Die DDR-Grenzer stellten den Wasserwerfer wieder an. Der Strahl klatschte hinter Dillon gegen den Beton. Mitten im Lauf krächzte eine Stimme aus seiner Manteltasche. »Hello! Hello Dillon! Melde dich endlich! Wo bist du? Was machst du? Kannst du mich hören? Hier ist Jordan... Sag endlich was, verdammt noch mal...!«

Keuchend erreichte Dillon die Säulen des Brandenburger Tores. Er griff schnell in seine Manteltasche und knipste das Handfunkgerät aus, das sich beim Aufprall eingeschaltet haben mußte. Jordans Stimme verstummte mit einem kläglichen Piepton. Ein paar Unbekannte, die seinen Spurt beobachtet hatten, schlugen Dillon auf die Schultern, wie einem Sieger.

Rosenblatt hatte mit einem Papiertaschentuch seine Brille geputzt. Er setzte sie gerade wieder auf, als Dillon am Brandenburger Tor ankam. Den Mann kenne ich, dachte Rosenblatt. Aber es wollte ihm nicht einfallen, wo er ihn schon einmal gesehen hatte.

»Sie kommen. Da drüben kommen sie!« rief jemand. »Sie kesseln uns ein.«

Dillon sah die Grenzsoldaten der DDR. Sie kamen von drei Seiten auf das Brandenburger Tor zu. Es waren mehrere Hundertschaften. Maschinenpistolen baumelten an ihren Schultern.

Was, dachte Dillon, wenn sie uns alle einfangen und abtrans-
portieren?

Er suchte nervös nach einer Zigarette und fand eine zer-
knautschte Packung »Pall Mall«. In der Brusttasche seines Jak-
ketts fühlte er seine Papiere, darunter auch den Diplomatenpaß.
Nicht, daß er Angst vor Repressalien gehabt hätte – aber davor,
daß sie in Washington und in Langley über ihn herziehen würden: Der alte Dillon! Springt beim Mondschein über die Berliner
Mauer und läßt sich gleich im Osten schnappen wie ein Eier-
dieb...!

Auch Rosenblatt sah, wie die DDR-Grenzer, untergehakt eine
undurchlässige Kette bildend, Schritt für Schritt auf das Brandenburger Tor zukamen. Sie bildeten eine Schlinge, die sich langsam zuzog. Die etwa 500 Männer und Frauen unter den gewaltigen Säulen drängten sich schutzsuchend aneinander. Unerwartet
blieben die uniformierten DDR-Grenzer im Abstand von 20, 30
Metern vor ihnen stehen. Plötzlich erloschen die Scheinwerfer.
Es dauerte eine Weile, bis sich die Augen an das vom Mond
aufgehellte Halbdunkel gewöhnten. Es war still. Bis irgendwo
ein Kofferradio auf volle Lautstärke gedreht wurde.

»... an den Grenzübergängen Bornholmer Straße und Invalidenstraße sind in den letzten drei Stunden Zehntausende von
Ostberlinern in den Westteil der Stadt geströmt. Auf dem Kurfürstendamm feiern die Menschen aus beiden Teilen der Stadt
mit Feuerwerksraketen und mit Sekt ein Fest des Wiedersehens
nach fast drei Jahrzehnten der Trennung... Auf der Mauer vor
dem Brandenburger Tor und auf der Ostseite der Mauer unter
dem Brandenburger Tor spielen sich in diesen Minuten unglaubliche Szenen ab...«

Die Erstarrung in der eingeschlossenen Menge löste sich. Die
Leute jubelten und klatschten wieder.

»Kneif mir, Jünter«, sagt eine Ostberlinerin neben Rosenblatt
zu ihrem Mann, der sich ein paar Tränen abwischte, »kneif mir
janz fest, Jünter! Ick jlaub sonst, ick spinne total!«

»Det is die Nacht der Anarchie«, brüllte ein Betrunkener und
schleuderte eine leere Bierflasche in Richtung der DDR-Grenzer.

Doch die blieben regungslos stehen. Es schien rings um das Brandenburger Tor tatsächlich keine Autorität mehr zu geben. Ein Skinhead kritzelte etwas auf den Asphalt. »Die Mauer ist weg!« las Rosenblatt.

Mitten unter den feiernden Deutschen lehnte er sich an die zweite der sechs Säulen des Brandenburger Tores. Mit zittrigen Fingern holte er sich eine einzelne Zigarette aus seiner Manteltasche. Er fand auch das alte Benzinfeuerzeug, das er seit seiner Studentenzeit in Boston benutzte, aber es sprühte nur Funken, der heruntergebrannte Docht fing kein Feuer mehr.

Plötzlich spürte Rosenblatt, wie jemand von hinten dicht an ihn heran trat. Er hörte das Geräusch eines Streichholzes, das über eine Zündfläche strich. Der dicht vor seiner Brille aufblitzende Feuerschein blendete ihn sekundenlang. Dann sah er eine Hand mit einem Siegelring, die ein brennendes Streichholz zu der Zigarette führte, die er zwischen seine Lippen geklemmt hatte. Das Wappen des Ringes zeigte den »American Eagle«.

»Darf ich Ihnen Feuer geben, Mr. Rosenblatt?«

Rosenblatt zuckte zusammen, als er seinen Namen hörte. Er erkannte im Widerschein seiner Zigarettenglut einen Kopf mit graublondem Haar, mit buschigen Brauen über hellblauen Augen und scharfen Falten an der Nase entlang, wie sie Leute nach einer Abmagerungskur haben, oder Magenkranke.

Kein Zweifel – es war der Mann, der gleich hinter ihm von der Mauer gesprungen und zum Brandenburger Tor gerannt war. Der Mann sah erschöpft aus, aber seine Augen waren hellwach. Es waren, so dachte Rosenblatt, die Augen eines Jägers, der seine Beute vor sich hat.

17

Freitag, 10. November 1989

»Was wollen Sie von mir?«

»Ich möchte mit Ihnen ein wenig plaudern, Mr. Rosenblatt«, sagte Dillon, »wir sitzen ja hier gemeinsam in der Falle. Wir haben ein wenig Zeit zum Reden und zum Nachdenken.«

Dillon machte eine Handbewegung zu den mit Maschinenpistolen bewaffneten DDR-Grenztruppen, die das Brandenburger Tor nach drei Seiten hin abriegelten. Die vierte Seite war die Mauer.

»Die haben uns und die anderen Leute eingekesselt, und nun scheinen sie nicht so recht zu wissen, wie es weitergehen soll«, sagte Dillon und blickte sich um.

Der Vollmond war weitergewandert und stand jetzt über dem alten Reichstagsgebäude auf der westlichen Seite der Mauer. Ein dünner Duft von Popcorn, Pommes frites und Bratwürstchen wehte vom Westen herüber. Offenbar nutzten drüben, auf der Seite der freien Marktwirtschaft, bereits die ersten Geschäftsleute die Volksfeststimmung, um ein wenig Umsatz zu machen.

»Was wollen Sie von mir? Woher kennen Sie meinen Namen?«

»Keine Panik, Mr. Rosenblatt – ich möchte Sie vielleicht noch in letzter Minute vor einer großen Dummheit bewahren...«

Obwohl er Fotos von ihm kannte, hatte sich Dillon den Atomphysiker nicht so jungenhaft vorgestellt. Mit den zerzausten blonden Haaren, der kleinen Brille im fast faltenlosen Gesicht und der schlanken Figur sah er aus wie ein Stanford-Student etwa im siebenten Semester. Und dieser Junge, dachte Dillon, ist einer der genialsten Atomwaffenkonstrukteure der USA, einer der Erfinder des »Krieg der Sterne«-Programms? Von ihm hängt der entscheidende Vorsprung der amerikanischen RüstungsTechnologie vor den Sowjets ab?

Dillon machte einen tiefen Zug und blies warmen Zigarettenrauch in die kalte Nachtluft. Er musterte Rosenblatt, sagte aber nichts, bis der wieder zu reden begann.

»Wer sind Sie?« fragte Rosenblatt noch einmal.

»Henrik C. Dillon. Nennen Sie mich Henrik, wenn Sie wollen«, sagte Dillon und wechselte mitten im Satz vom Deutschen ins Englische, »... wenn es Sie nicht stört, werde ich Peter zu Ihnen sagen, Mr. Rosenblatt. Erstens kenne ich Sie bereits ganz gut, ich weiß viel über Sie, sehr viel, und zweitens finde ich: wenn man gemeinsam Zeuge eines solch historischen Ereignisses wird wie wir beide in dieser Nacht, dann verbindet das irgendwie. Meinen Sie nicht auch?«

Rosenblatt ging nicht auf die Vertraulichkeit ein.

»Sie sind Amerikaner?« fragte er.

»Ja. Dritte Generation«, sagte Dillon.

»Wer schickt Sie? Wer ist Ihr Auftraggeber? Die CIA oder das FBI?«

Dillon kramte seine Zigarettenschachtel aus der Brusttasche und befühlte dabei den Griff seiner fünfschüssigen Smith and Wesson im Schulterhalfter. Er lockerte die Halterung ein wenig. Dann hielt er Rosenblatt eine Zigarette hin, und als der ablehnte, steckte er sich an der Glut seiner Kippe eine neue an. Er hustete.

»Was haben Sie gegen Geheimdienste? CIA oder KGB, BND oder Staatssicherheitsdienst – im Prinzip alles ehrenwerte Einrichtungen. Geheimdienste wollen Schaden von ihren jeweiligen Nationen und deren Bürgern abwenden – daß es dabei Auswüchse gibt, auf allen Seiten übrigens, darüber brauchen wir nicht reden«, sagte er und zog Rosenblatt am Hemdsärmel zur Seite. Widerstrebend setzte sich Rosenblatt auf einen Steinsockel neben Dillon.

»Die Rüstungskapazität eines potentiellen Gegners richtig einzuschätzen, seine Angriffs- und seine Verteidigungsfähigkeit – das ist zum Beispiel eine Hauptaufgabe der Geheimdienste«, sagte Dillon. »Und Verrat zu verhindern, natürlich. Und Sie sind dabei, unserem potentiellen Gegner – Entspannung, Abrüstung, Glasnost und Perestroika hin oder her – entscheidende Erkenntnisse über unsere aktuelle und zukünftige Militärtechnologie zu liefern – Ihre eigenen Erkenntnisse nämlich. Und mein Job ist es, genau das zu verhindern, Mr. Rosenblatt. Deswegen bin ich hier...«

Beide blickten eine Weile schweigend auf eine Gruppe von etwa 200 meist jungen deutschen Männern und Frauen aus Ost und West, die sich unter den Säulen des Brandenburger Tores immer wieder in die Arme fielen, Sektflaschen kreisen ließen und lachten und weinten und sangen.

»Wirklich ein wunderbares Erlebnis«, begann Dillon wieder, »vor unseren Augen wird gerade Geschichte geschrieben: Dies ist die Nacht, in der die Mauer fällt, die Todesgrenze zwischen Ost und West! Vielleicht erleben wir gerade gemeinsam das Ende des Kalten Krieges. Eine schöne Symbolik für unser Treffen, finden Sie nicht auch?«

Rosenblatt antwortete noch immer nicht.

Dillon dachte, daß die Situation eine gewisse Komik hatte. Er stellte sich vor, die Herrschaften in Washington würden Sie beide hier sitzen sehen, mitten in der Nacht, mitten in Berlin, miteinander plaudernd – ihn, den alternden Spezialagenten, und Rosenblatt, den Verräter.

»Um auf Ihre Frage zurückzukommen, Mr. Rosenblatt«, sagte Dillon, »nein, ich bin weder von der CIA noch vom FBI, das außerhalb der USA übrigens sowieso nichts zu suchen hat... Sie sind ein wichtiger Mann, Mr. Rosenblatt. Ein sehr wichtiger Mann sogar. Enorm wichtig für die nationale Sicherheit der Vereinigten Staaten von Amerika. Mein Auftraggeber ist deshalb der wichtigste Mann unseres Landes. Der Präsident selbst. Und mein Auftrag ist es, Sie daran zu hindern, in den Ostblock überzulaufen. Um jeden Preis! Und ich werde meinen Auftrag ausführen. So oder so!«

Jetzt drehte sich Rosenblatt zu ihm um, als sei sein Interesse plötzlich geweckt. Doch Dillon fuhr fort.

»... das heißt, daß es an Ihnen liegt, wie unsere Sache hier ausgeht, und daß es mehrere Möglichkeiten gibt. Zwei will ich Ihnen nennen...«

Dillon zündete sich wieder eine Zigarette an.

»Die eine ist: wir beide klettern bei der nächsten Gelegenheit gemeinsam über die Mauer da drüben zurück in den Westen. Sie werden nicht nur nicht bestraft, sondern Sie bekommen sogar ein stattliches Honorar für Ihre Einsicht und für den Schaden, den Sie unserer Politik, unserer Rüstung und unserer militärischen Forschung *nicht* zufügen. Drücke ich mich zu kompliziert aus? Jedenfalls rede ich über eine größere Summe... Sagen wir über zwei Millionen Dollar. Zwei Millionen Dollar Belohnung dafür, daß Sie nicht tun, was Sie vorhaben, Mr. Rosenblatt...!«

Rosenblatt schwieg. Er schien nicht einmal überrascht.

»Und die zweite Möglichkeit?« fragte er.

»Es fällt mir schwer, an die zweite Möglichkeit überhaupt zu denken, obwohl sie unvermeidlich wäre, falls Sie mein Angebot, über das wir im einzelnen natürlich noch reden müßten, ablehnen sollten. Die zweite Möglichkeit wäre: Ich bringe Sie um...!«

Rosenblatt machte einen Versuch aufzustehen. Doch Dillon packte ihn am Mantel, zog ihn mit einem scharfen Ruck zurück und faßte mit einer schnellen Handbewegung unter seinen Mantel. Im Mondlicht blitzte ein Stück Metall. Ein kleines Rohr. Rosenblatt sah, daß es ein Revolverlauf war. Er war auf seine Brust gerichtet.

»Falls Sie versuchen abzuhauen, oder wenn Sie sonst irgendwelche Dummheiten machen, dann werde ich schießen, Mr. Rosenblatt. Trotz einer gewissen persönlichen Sympathie, die ich für Sie empfinde, nach allem, was ich von Ihnen weiß. Aber das wäre unvermeidlich. Es gibt da nämlich eine nicht sehr feinfühlige, aber unwiderlegbare Erkenntnis in meinem Gewerbe: Tote Verräter reden nicht!«

Rosenblatt bemühte sich, gelassen zu bleiben.

»Einen CIA-Killer habe ich mir jünger vorgestellt. Sie werden doch sicher bald pensioniert, Mr. Dillon...«

»Sparen Sie sich Ihre Witzchen, junger Mann«, sagte Dillon scharf. »Ich war schon pensioniert. Das hier ist mein letzter Job, und ich werde ihn erfüllen!«

Rosenblatt schwieg in den Jubel und Trubel der singenden, tanzenden Deutschen hinein, die vor ihnen ihr ausgelassenes Wiedervereinigungstheater aufführten. Eine Zeitlang starrte er Dillon unverwandt an.

»Ich kenne Sie«, sagte er dann. »Ich habe schon viel über Sie gehört. Von Ines. Wie lange sind Sie schon hinter mir her?«

»Wochenlang. Seit die kleine leere Jacht gefunden wurde, auf der Sie eine falsche Fährte gelegt haben, um Ihre Flucht zu verschleiern. Wir wissen alles über Ihr Versteckspiel im Haus in der Heide, von Ihrem Besuch auf dem jüdischen Friedhof am Grab Ihres Großvaters...«

»Und über Ines? Wissen Sie auch alles über Ines van Holten? Wissen Sie, wo sie ist, wie es ihr geht?«

Dillon sagte nichts.

»Und Oleg Tasarow? Was haben Sie mit ihm gemacht?«

»Nicht so eilig, Mr. Rosenblatt. Alle Ihre Fragen werden beantwortet – zum richtigen Zeitpunkt. Aber dafür ist es noch zu früh. Wissen Sie, ich folge nicht nur Ihren Spuren, was schon nicht sehr einfach gewesen ist, ich versuche, auch Ihren Gedanken zu folgen – und das fällt mir noch viel schwerer.«

Dillon nahm eine Flasche »Radeberger Bier«, die ihm ein Mann hinhielt, der immerzu »Freundschaft« rief. Auch Rosenblatt trank einen Schluck.

»Ich verstehe Sie einfach nicht, Mister Rosenblatt«, fuhr Dillon fort, nachdem der Mann davongewankt war, »es ist doch Irrsinn, was Sie vorhaben. Hirnverbrannt. Völlig irrational angesichts der politischen Weltentwicklung, die sich in diesem Moment genau vor unseren Augen abspielt: Wir erleben nämlich, falls ich Sie darauf aufmerksam machen darf, gerade den Zusammenbruch des kommunistischen Machtblocks... Warum wollen Sie sich in den Osten absetzen, ausgerechnet jetzt? Was für einen Sinn hat Ihr Spiel?«

»Das ist kein Spiel.«

»Natürlich nicht... Aber bei aller Phantasie, Mr. Rosenblatt, ich kann einfach nicht verstehen, warum ein Mann mit Ihrer außerordentlichen Begabung, mit Ihren wissenschaftlichen Fähigkeiten, mit Ihren Zukunftschancen, sein Land und sein Volk verraten will, das trotz allem immer noch die freieste, demokratischste Nation auf dem Globus ist. Der Kommunismus-Sozialismus bricht vor unseren Augen zusammen, dieses Zwangssystem hier in Ostdeutschland, in dem 16 Millionen Einwohner hinter der Mauer, über die wir gerade geklettert sind, eingesperrt waren wie in ein Gefängnis, in dem Menschen erschossen oder eingekerkert wurden, nur weil sie diese Mauer und das Regime hinter sich lassen wollten. – Sehen Sie sich doch um, die Mauer fällt gerade! Der Kalte Krieg ist zu Ende. Der Westen ist der Sieger der ideologischen Auseinandersetzung. Und Sie wissen wie ich auch, warum: weil sich die Menschen nicht gleichmachen lassen. Weil die Freiheit des Individiuums sich auch nicht durch noch so gutgemeinte Ideologien auf Dauer unterdrücken läßt. Und Sie wollen gegen die Strömung schwimmen? Sie machen einen gewaltigen Fehler, Mr. Rosenblatt. Ausgerechnet jetzt wollen Sie nach drüben in die Kälte – dahin zurück, woher Sie gekommen sind!?«

Rosenblatt erhob sich langsam, schlug seine Arme gegen seinen Körper und rieb seine Handflächen aneinander.

»Ich bin bereits drüben... wir sind bereits drüben, wenn ich Sie darauf aufmerksam machen darf, Mr. Dillon.«

»Sie täuschen sich gewaltig, Rosenblatt. Sehen sie doch richtig hin. Die Grenze gibt es nicht mehr. Vielleicht hat sogar der ganze Ostblock schon aufgehört, zu existieren. Die Mauer jedenfalls ist seit etwa zwei Stunden nur noch ein besonders makabres Kuriosum der Weltgeschichte oder ein Sammlerobjekt für Kunstfreunde, die die wilde Malerei auf der Westseite lieben.«

Rosenblatt hockte sich wieder hin.

»Das hier ist noch immer die sozialistische Deutsche Demokratische Republik. Und das da drüben sind bewaffnete Grenzsoldaten dieses Staates, und wenn ich jetzt hinübergehe und um politisches Asyl bitte und denen sage, daß Sie ein amerikanischer Agent sind, dann werden Sie schon sehen, wer hier noch die Macht hat, Mr. Dillon.«

Dillon stieß ihm den Revolverlauf in den Rücken. Rosenblatt zuckte zusammen.

Neben ihnen leuchtete ein Scheinwerfer auf. Ein Japaner drückte seine Handflächen gegen den frostkalten Stein des Brandenburger Tores, und sein Begleiter drückte auf den Auslöser einer Videokamera mit einem aufgesetzten kleinen Halogenscheinwerfer.

Nach ein paar Sekunden erlosch das Licht der Amateurfilmer. »Wir sind die ersten Japaner, die die Ostseite der Mauer und das Brandenburger Tor berührt haben«, sagte einer der beiden Japaner auf Englisch zu den beiden Amerikanern, die dicht nebeneinander saßen. Er lachte und hörte auch nicht auf zu lachen, als er zu einer Gruppe von Volkspolizisten hinüberging, um sie mit der Videokamera aufzunehmen.

»Sie scheinen die Situation nicht wirklich ernst zu nehmen, Mr. Rosenblatt«, zischte Dillon wütend. »Noch ein solcher Versuch, und ich lege Sie um!«

Dillon trat seine Zigarette aus und kickte die Kippe mit einem Fußtritt über den Asphalt. Minutenlang hockten sie schweigend nebeneinander.

»Ich habe mir natürlich meine Gedanken über Sie und Ihre Motive gemacht. Falls Sie das Ergebnis interessiert, will ich es Ihnen verraten: ...«

»Es interessiert mich nicht!«

»... Entweder Sie sind ein verblendeter politischer Überzeugungstäter, ein Idealist also, und das sind die Schlimmsten, oder Sie sind ein Agent – ein ausgekochter Profi, ein Langzeitagent, der schon vor Jahrzehnten aus der DDR in die USA geschleust worden ist und der nun zurückgeholt werden soll. Falls die letzte Annahme richtig sein sollte, Mr. Rosenblatt, dann haben sich Ihre Auftraggeber einen wirklich verdammt schlechten Augenblick ausgesucht.«

Rosenblatt steckte sich eine neue Zigarette zwischen die Lippen. Dillon gab ihm wieder Feuer.

»Was haben Sie vor? Wie soll es weitergehen?« fragte Rosenblatt.

»Abwarten. Abwarten, was passiert«, sagte Dillon. »In meinem Job lernt man das Warten. Und im Moment bleibt uns sowieso nichts anderes übrig. Wir sind beide Gefangene der Situation, um es zurückhaltend auszudrücken.«

Er deutete mit der freien linken Hand zu den DDR-Grenzern

hinüber, die sich noch immer drohend rings um das Brandenburger Tor und um die hier eingeschlossenen Menschen aus Ost und
West aufgebaut hatten.

»Nur nicht nervös werden, Mr. Rosenblatt. Oder haben Sie
eine Verabredung? Wartet in Ostberlin jemand auf Sie?«

Rosenblatt antwortete nicht. Er blickte sich schweigend um.
Fünf junge Westberliner rannten gerade mit einer Berliner
Fahne durch das Brandenburger Tor und bauten sich in Sieger-
pose auf der Ostseite zum Gruppenbild auf. Ein paar Pressefotografen, die sich unter die Menge gemischt hatten, hielten
die Szene fest.

»Hört auf mit dem Scheiß! Oder wollt ihr gleich wieder bis
Polen durchmarschieren?!« rief ein Ostberliner.

Allmählich wurde es den Männern mit den Armbinden an den
Uniformärmeln, auf denen »Grenztruppen der Deutschen Demokratischen Republik« stand, wohl doch zuviel. Der Komman-
deur löste sich aus der Sperrkette, die seine Leute gebildet hatten,
und kam steifbeinig auf die Menschen unter dem Tor zu.

»Die Demonstration ist zu Ende. Wir lösen uns jetzt friedlich
auf«, sagte der Mann. Dillon und Rosenblatt hatten Mühe, seinen sächsischen Dialekt zu verstehen. Seine weiteren Worte gingen in einem schrillen Pfeifkonzert unter. Dillon und Rosenblatt
beobachteten, wie er einigen Offizieren den Befehl gab, Deut-
sche-Ost und Deutsche-West auseinanderzusortieren und in ihre
jeweiligen Himmelsrichtungen zu scheuchen. Doch niemand
rührte sich von der Stelle. Ratlos stapften die Offiziere schließlich zu ihren Leuten zurück – offenbar hatten sie strikten Befehl,
keine Gewalt anzuwenden.

Ein junger Mann mit zerrissenen Jeans und brauner Lederjacke kletterte an dem schmiedeeisernen Pfahl mit dem Schild
»Platz des Brandenburger Tores« hoch und schwenkte triumphierend die druckfrische Ausgabe der Westberliner »Bild«-Zei-
tung, die jemand von der Mauer herübergeworfen hatte. »Geschafft! Die Mauer ist offen!« lautete die Schlagzeile.

Ein paar Grenzsoldaten kamen jetzt aus der Sperrkette heraus,
mischten sich, als sei das ganz normal, unter die Leute, diskutier-

ten mit ihnen. Verblüfft hörten Dillon und Rosenblatt, wie ein junger DDR-Offizier sagte: »Ich freue mich natürlich genauso wie ihr, daß die Grenzen geöffnet werden. Das könnt ihr mir glauben!«

»Komisch. Ich dachte, ihr seid alle Kommunisten«, sagte eine Frau aus Westberlin.

»Ja und? Ich bin Kommunist, und ich werde Kommunist bleiben – ist das was Schlimmes!«

»Ne, reg dich mal nich auf. Is schon in Ordnung«, beruhigte ihn ein Mann mit Stirnband und Ohrringen und erzählte, er sei vor Jahren aus der DDR abgehauen.

»Republikflucht! Verstehst du?« sagte er und klopfte dem Uniformierten vertraulich auf die Schulterstücke.

»Wir frieren hier ein. Lassen Sie uns ein paar Schritte gehen«, sagte Dillon und schob Rosenblatt den Revolverlauf mit dem Schalldämpfer in den Rücken.

Es sah so aus, als ob die beiden Männer, der ältere und der junge, wie Freunde um das Brandenburger Tor herumspazierten.

»Ich könnte Ihr Vater sein, Mr. Rosenblatt«, sagte Dillon, »und vielleicht darf ich Ihnen ein paar väterliche Erkenntnisse mitteilen, die das Alter so mit sich bringt. Vielleicht sind sie nicht sehr originell, aber sie werden Sie möglicherweise ein wenig nachdenklich machen – denn, offen gesagt, ich hoffe noch immer, daß Sie aus eigener Einsicht mit mir in den Westen zurückkommen werden. Das wäre für uns beide das Beste. Glauben Sie mir.«

Rosenblatt schwieg.

»Eine meiner ganz persönlichen Erkenntnisse ist also, daß wir in den USA in einer ziemlich beschissenen Gesellschaft leben. Sie ist unfair, sie ist ungerecht, sie ist gewalttätig. Sie ist ein Paradies für die, die reich und gesund und weiß sind, und die Hölle für die Armen und Kranken und Farbigen. Aber, Mr. Rosenblatt, unser System ist ehrlich – ehrlich bis zur Brutalität: wir geben uns nicht dieser verlogenen kommunistischen Illusion hin, nach der alle Menschen gleich und gleich gut sind. Der Mensch ist egoistisch und freiheitsliebend wie ein Raubtier. Der Bessere wird sich

355

durchsetzen. Ein Staat muß nur einigermaßen faire Bedingungen für diesen Wettstreit festlegen, für den Leistungswettbewerb seiner Bürger. Natürlich ist unsere sogenannte Demokratie nicht vollkommen, ganz und gar nicht...«

»... aber es gibt kein besseres System, jedenfalls keins, das in der Praxis funktioniert...« Rosenblatt machte Dillons Tonfall nach. »Hören Sie auf, mich mit diesen Banalitäten zu langweilen.«

Er blieb stehen und musterte Dillon, als sehe er ihn zum ersten Mal. »Sagen Sie mir lieber, welche Rolle Leute wie Sie in unserer Demokratie spielen: Sind Sie einer dieser Wachhunde, die auf Leute gehetzt werden, die von ihrer Freiheit wirklich Gebrauch machen; die sich die Freiheit nehmen, anders zu denken, anders zu handeln, die gegen die amerikanische Machtpolitik gegenüber anderen Völkern sind, gegen das amerikanische Vormachtstreben in der Welt, das sich nicht auf die besseren Ideen beruft, sondern wie damals in der Steinzeit auf die Überzeugungskraft der größeren Keule vertraut: Wir haben die besseren Waffen, die Tarnkappenbomber, die Schlachtschiffe, die Atombomben, die Interkontinental-Raketen, und demnächst die Laserstrahlsysteme für den ›Krieg der Sterne‹ im Weltraum – das ist zufällig mein Fachgebiet, Mr. Dillon. Ich weiß, wovon ich rede. – Also Sie denken, Sie und Ihresgleichen, alle Amerikaner seien die besseren Menschen, also haben wir auch das Recht und die Pflicht, anderen Völkern vorzuschreiben, daß sie gefälligst so zu leben haben wie wir! Und daher ist die ganze Welt amerikanisches Interessengebiet? – Habe ich Sie richtig verstanden? Ist es das, was Sie mir erklären wollen, Mr. Dillon?«

Dillon sah Rosenblatt verblüfft an. Einen solchen Redeschwall hatte er von dem eher stillen jungen Mann nicht erwartet. Er räusperte sich. »Und weil Sie das zu wissen glauben, und weil Sie so ein guter Mensch sind, ein uneigennütziger Weltbürger, deshalb fühlen Sie sich verpflichtet, Ihr Land, Ihre Heimat, Ihr Volk zu verraten, Rosenblatt? Ist es das, was *Sie* mir sagen wollen?«

»Ich habe kein Land und keine Heimat. Ich bin Jude, ein deutschstämmiger Jude mit amerikanischem Paß. Ich bin Wis-

senschaftler, Physiker, Erfinder von furchtbaren neuen Waffen –
von Waffen, die die ganze Menschheit bedrohen, die das Gleichgewicht des Schreckens zerstören, das den Frieden der Welt in den
letzten Jahrzehnten erhalten hat – und ich will auf meine Weise
dafür sorgen, daß kein Staat, keine Regierung mein Wissen, meine
Erfindungen für sich mißbrauchen kann. Und das ist nur möglich,
wenn entweder keiner oder alle über mein Wissen verfügen. Jedenfalls die beiden Machtblöcke in Ost und West. Mir geht es wie
jenem Zauberlehrling, Mr. Dillon: Ich will die Geister loswerden,
die ich gerufen habe. Deshalb bin ich hier...!«

Sie waren ein paarmal im Kreis um das Brandenburger Tor
herumgegangen. Auf der Mauer im Hintergrund hatten sich inzwischen Tausende versammelt. Musik dröhnte aus Kofferradios
herüber. Die Leute tanzten auf der Mauer. Ab und zu wurde die
Musik von Sondermeldungen unterbrochen. Dillon und Rosenblatt konnten kaum etwas verstehen. Eine größere Gruppe von
Deutschen aus der DDR und aus der Bundesrepublik versperrte
ihnen den Weg. Die jungen Leute hatten einen großen Kreis gebildet. Sie legten ihre Arme auf die Schultern ihrer Nachbarn und
begannen zu tanzen, erst langsam, dann schneller, immer schneller. Aus einem Transistorradio, das ein Punker auf seinem Kopf
balancierte wie ein afrikanischer Lastenträger, kam der Rhythmus eines Sirtaki.

Rosenblatt und Dillon blieben stehen und schauten dem Treiben schweigend zu. Plötzlich wurden sie von mehreren Händen
ergriffen. Die Tanzenden zerrten sie in den Kreis hinein. Bevor
Rosenblatt sich versah, hüpfte er mit den anderen im Kreis herum,
zunächst ungelenk, dann konzentriert, bald immer rhythmischer,
gelenkiger. Als er aufblickte, sah er Dillon. Auch Dillon tanzte,
verkrampft und tapsig wie ein Bär, dann immer gelöster, schließlich locker, fast ausgelassen. Manchmal schien es Rosenblatt, als
lache Dillon ihm zu.

Kurz vor Mitternacht wurde die griechische Musik im Transistorradio von Nachrichten unterbrochen. Die Tanzenden stolper-
ten noch ein paar Schritte weiter, bis der Kreis zum Stillstand kam
und sich auflöste.

Dillon wischte sich den Schweiß von der Stirn und aus den Augen, der ihm trotz der Kälte beim Tanz ausgebrochen war – als er wieder aufblickte, stürmte die Menge vom Brandenburger Tor gerade in Richtung Osten davon. Der Kommandant der DDR-Grenzer hatte seinen Leuten den Befehl zum Rückzug gegeben. Die Soldaten hatten sich schon an beiden Seiten des Brandenburger Tores zurückgezogen und den Weg in Richtung »Unter den Linden« freigegeben.

Dillon bückte sich, um seine Schnürsenkel fester zu binden. Aus den Augenwinkeln sah er einen schnellen Schatten. Der Schatten holte mit einer Hand aus. Dillon versuchte auszuweichen. Der Schlag traf seine linke Schläfe. Es blitzte vor seinen Augen. Er spürte, wie seine Knie einknickten. Kurz bevor er auf den Asphalt fiel, wurde er aufgefangen und auf den Boden gelegt. Hände tasteten seine Kleidung und seinen Körper ab. Er fühlte, wie sein Revolver aus dem Holster gezogen wurde. Er versuchte eine abwehrende Bewegung zu machen, aber seine Glieder waren wie gelähmt. Dann hörte er Rosenblatts Stimme.

»Sorry, Mr. Dillon, aber es ging nicht anders...«

Der Spezialagent des Sicherheitsbeauftragten des amerikanischen Präsidenten verlor unter dem Brandenburger Tor das Bewußtsein.

Als er wieder zu sich kam, sah Henrik C. Dillon die Welt durch einen roten Schleier. Blut lief in sein linkes Auge. Ein erst stechender, dann dumpfer Schmerz breitete sich unter seiner Schädeldecke aus von der Stirn bis zum Hinterkopf. Dillon richtete sich stöhnend auf und setzte sich auf den Boden. Er wischte sich mit einem Taschentuch das Blut ab. Ein paar Meter weiter drückte sich ein Liebespärchen aneinander und küßte sich endlos, als gehe gleich die Welt unter. Nachher kritzelte der Junge mit Kreide etwas auf den Sockel einer Säule: »Bernd u. Helga – 10. Nov. 89, 1 Uhr nachts«.

Dillon wandte seinen Blick von den beiden ab und tastete nach dem Handfunkgerät in seiner Manteltasche. Er drückte die Call-Taste und sprach mit schleppender Stimme in das Mikrophon:

358

»Hallo Jordan! Hallo Jordan! Hörst du mich? Hier ist Dillon.« Er hörte ein Rauschen und dann ganz undeutlich eine Stimme. Er schrie lauter: »Hallo Jordan, ich bin hier unter dem Brandenburger Tor. Hörst du mich? Unter dem Brandenburger Tor! Rosenblatt ist abgehauen in Richtung Ostberlin ... Es geht mir im Moment nicht so besonders. Hörst du mich? Jordan, verdammt nochmal ...!«

Der Junge kam herüber und fragte Dillon, ob ihm schlecht geworden sei und ob er ihm irgendwie helfen könne. Dillon murmelte: »Es geht schon wieder.« Er stand mühsam auf. »Der hat wohl zuviel getrunken«, sagte das Mächen.

»Dieser Dreckskerl«, fluchte Dillon, »dieser gottverdammte Dreckskerl Rosenblatt, schlägt einen alten Profi von hinten nieder!«

In der Ferne sah er die Menschenmenge, die in Richtung »Unter den Linden« rannte und immer kleiner wurde. Am Ende glaubte er den hellen Mantel von Rosenblatt zu sehen. Mit taumelnden Schritten, noch immer vor sich hin fluchend, machte sich auch Dillon auf den Weg. An der kleinen Mauer mit dem halbhohen schmiedeeisernen Gitter, die den »Pariser Platz« begrenzt, wurde die Menge von einer Hundertschaft von Volkspolizisten aufgehalten. Nur ein paar Minuten lang. Aber es reichte für Dillon, um Anschluß zu gewinnen. Dann strömten die noch immer feiernden, jubelnden Deutschen weiter nach Ostberlin hinein, in Richtung Alexanderplatz. Ihnen voran wehten ein paar schwarz-rot-goldene Deutschland-Fahnen, ohne das Hammer-und-Zirkel-Symbol der DDR.

Dillon spürte, wie seine Kräfte nachließen. Alles drehte sich um ihn. Er blieb stehen und lehnte sich am oberen Ende der Prachtstraße »Unter den Linden« in einen Hauseingang, neben ein Luxusgeschäft, in dem Meißner Porzellan verkauft wurde. Er preßte sein Taschentuch gegen die Platzwunde an der Stirn. Wieder versuchte er, eine Funkverbindung zu Jordan zu bekommen. Es klappte wieder nicht.

So ein verdammter Mist, dachte Dillon, Krieg im Weltraum wollen sie machen, aber eine Funkverbindung über die Mauer – das funktioniert nicht.

359

Er wartete. Allmählich ließen die Kopfschmerzen nach.

Er muß zurückkommen, dachte er. Er wird hier vorbeikommen! Es gibt keinen anderen Weg! Dillon wußte nicht, wie lange er da gestanden hatte, als er tatsächlich kam. Rosenblatt kam direkt auf ihn zu. Dillon drückte sich tiefer in den Hauseingang.

Rosenblatt ging langsam an ihm vorüber, erst zurück in Richtung Brandenburger Tor, so als habe er sich verlaufen, und bog links ab in die Otto-Grotewohl-Straße. Ja, so ist es richtig, dachte Dillon. Er folgte ihm in einigem Abstand.

Vor einer Telefonzelle blieb Rosenblatt stehen, suchte etwas in seinen Taschen, öffnete schließlich die Glastür. Dillon ging schnell in einen der gegenüberliegenden, halbfertigen Neubauten hinein. Draußen verbreitete eine einzelne Neonröhre bläuliches Zwielicht. Im Treppenhaus war es dunkel. Er stolperte zwei Treppen hoch, die noch kein Geländer hatten, bis in die zweite Etage. Durch die leeren Fensteröffnungen einer Wohnung hatte er eine gute Aussicht. Nach hinten hinaus, durch das Küchenfenster, waren Wachtürme zu sehen, die Mauer, der ausgeleuchtete Todesstreifen und zwei Grenzsoldaten, die Patrouille gingen, als sei in dieser Nacht nichts geschehen. Zur Straßenseite hin konnte er die schräg gegenüberliegende Telefonzelle beobachten. Das Licht einer schwachen Glühbirne fiel auf den Mann im hellen Mantel.

Dillon sah, wie Rosenblatt zwei-, dreimal vergeblich eine Nummer wählte. Er hängte wieder auf, versuchte es erneut. Endlich schien er Anschluß zu bekommen.

Dillon atmete erleichtert auf.

Rosenblatt klemmte den Hörer zwischen Ohr und Schulter, gestikulierte mit beiden Händen, kramte einen Zettel und etwas zu schreiben aus seiner Manteltasche und machte sich Notizen. Dillon versuchte wieder, von seiner neuen Position aus eine Funkverbindung zu Jordan nach Westberlin zu bekommen. Im Gerät rauschte es wie die Brandung auf Long Island im Herbst. Diesmal klappte es. Aus der Brandungswelle tauchte Jordans Stimme auf. Dillon stellte die Frequenz nach. Endlich konnte er Jordan verstehen, und der ihn. Sie sprachen englisch und hofften, daß die Ostdeutschen und die Sowjets in dieser

Nacht andere Probleme hatten, als merkwürdige Funkgespräche an der Grenze zwischen Berlin-Ost und Berlin-West abzuhören.

»Ja, ich habe mit ihm gesprochen«, sagte Dillon. »Ja, sehr lange. Nein, es hat nicht geklappt. Er war nicht zu überzeugen. Ich konnte ihn nicht aufhalten...«

Dillon verschwieg, daß Rosenblatt ihn überrumpelt und niedergeschlagen hatte.

»... er ist jetzt in der Otto-Grotewohl-Straße. Er telefoniert gerade... macht sich Notizen... scheint sich den Weg aufzuschreiben... jetzt kommt er heraus... bleibt stehen und sieht sich um... ja, es scheint zu klappen... er nimmt den richtigen Weg... ich versuche ihm zu folgen... gehe kein Risiko ein... Okay! Muß jetzt abschalten... Bleib am Gerät, Jordan. Wenn ich mich in zehn, fünfzehn Minuten nicht wieder melde, dann ist er in die U-Bahn-Station gegangen, dann läuft alles wie geplant – sag den anderen Bescheid. Es kann losgehen!«

Dillon klappte das kleine Funkgerät zusammen, steckte es in die Manteltasche und hastete die noch feuchte, glitschige Treppe des Neubaus herunter. Es roch nach nassem Zement. Vor dem Haus trat er in eine Pfütze, die im Halbdunkel nicht zu sehen gewesen war. Wasser lief in seine Schuhe. Dillon fluchte leise. Er befühlte im Gehen die Schwellung über seinem linken Auge. Sie schmerzte noch immer.

Um diese Zeit waren nur noch wenige Menschen in dieser düsteren Gegend an der Mauer unterwegs. Ein paar Angetrunkene, die offenbar vom Brandenburger Tor zurückkamen, grölten die »Internationale«. Ein schmutziggelber Wartburg holperte langsam durch die tiefen Schlaglöcher und hustete blaue Zweitaktgase hinter sich her.

Dillon überquerte die Straße und betrat die Telefonzelle, die Rosenblatt gerade verlassen hatte. Während er eine Ostberliner Nummer wählte und während ihm eine Stimme am anderen Ende bestätigte, daß alles nach Plan laufe, und ihm den besten Weg zum Treffpunkt beschrieb, sah er dem Überläufer ohne Mitleid nach. Ab und zu streifte mattes Laternenlicht den Mann, der nach Osten ging.

Dillon sah, daß Rosenblatt auf derselben Straßenseite blieb, sich schließlich nach etwa 100 Metern nach links wandte und tatsächlich im Abgang zur U-Bahn-Station Otto-Grotewohl-Straße verschwand.

Endlich lief alles wie geplant. Rosenblatt schien sich sicher zu fühlen. Er drehte sich nicht mehr um.

18

»Hallo Sie!«

Rosenblatt blieb am geöffneten Gittertor der U-Bahn-Station stehen.

»Ja, Sie da! Ham Se 'ne Fahrkarte...?

Er hatte die in die Kachelwand eingelassene Scheibe des kleinen Fahrkarten-Schalters übersehen. Und den Mann dahinter. Er ging wieder ein paar Schritte zurück.

»Nein. Nein, noch nicht.«

»Wo soll es denn hinjehn?«

»Zum Bahnhof Schönhauser Allee im Bezirk Prenzlauer Berg.«

Rosenblatt bemühte sich, ein akzentfreies, korrektes Deutsch zu sprechen.

»Grotewohl bis Schönhauser macht zwanzig Pfennig.«

Rosenblatt griff in seine Manteltasche. Dabei fühlte er den kleinen Revolver, den er Dillon abgenommen hatte. Er kramte ein paar messingfarbene Geldstücke hervor und legte zwei auf den Drehteller.

»Wir nehmen keen Westjeld, junger Mann. Sind Se von drüben?«

Rosenblatt nickte.

»Heute nacht rüberjekommen? Einfach so rüberjekommen, mit die anderen Wessis...?«

Rosenblatt nickte wieder.

»Wat et alles jibt! Man jlaubt et einfach nich! Det is alles wie 'n Wunder heute und inner janzen letzten Zeit. Wat is bloß los mit Deutschland?« Der Mann hinter der staubigen Scheibe schüttelte den Kopf. Er hatte eine Halbglatze, die von gewelltem, grauem Haar umkränzt wurde, helle Augen und ein freundliches, bäuerliches Gesicht. Er erinnerte Rosenblatt an Bilder von seinem Großvater.

»Ick hab die janze Zeit Rundfunk jehört. Unglaublich, wat anne Grenze losjewesen sein muß heute nacht. Wir ham extra so lange jeöffnet, wegen die vielen Leute, die noch unterwegs sind, von Ost nach West und von West nach Ost. – Wo sind Se rüberjekommen? Bornholmer oder Invalidenstraße...?«

»Am Brandenburger Tor, über die Mauer.«

»Wat denn? Über die Mauer? Einfach rüberjeklettert über die Mauer...?«

Eine Treppe tiefer lief quietschend ein Zug in den Sackbahnhof Otto-Grotewohl-Straße ein. Ein paar hundert Leute drängten, noch immer aufgeregt von den Erlebnissen des Abends und der Nacht, in die gelben Waggons.

»Ich würde gern den Zug noch bekommen. Könnten Sie nicht ausnahmsweise Westgeld...? Es ist wirklich sehr wichtig, daß ich den Zug bekomme!«

»Keene Bange, junger Mann. Der Zug wartet...«, der Kassierer blickte auf seine Armbanduhr, »... noch jenau zwee Minuten.« Er kniff die Augen zusammen und musterte den Mann vor der Scheibe wie ein Wesen aus einer anderen Welt. »Wo kommen Se denn her? Aus Westberlin oder aus Westdeutschland?«

»Aus Kalifornien.«

»Wat denn? Aus Kalifornien? – Aus Kalifornien in Amerika...? Nu wollen Se mir aber veralbern, junger Mann.« Der Mann lachte, schüttelte den Kopf und sah Rosenblatt an, als erwarte er, daß er den Witz zu Ende erzählen würde.

»Ich bin Amerikaner!«

»Für'n Ami reden Se aber janz jut Deutsch.«

Rosenblatt trommelte mit den Fingerspitzen gegen die Trennscheibe. Er wollte etwas sagen, ließ es dann aber bleiben und blickte sich um – niemand schien ihm gefolgt zu sein.

»Sind Se man doch nich so nervös«, sagte der Mann und beugte seinen Kopf vertraulich nach vorn bis dicht an das Glas. Er öffnete seinen Mund und sprach so laut und deutlich, daß eine große Zahnlücke zu sehen war.

»Wissen Se wat... is mir wurscht, wo Se herkommen oder wat Se sind, jeht mir ja auch nüscht an – hier ham se 'ne Fahrkarte! Schenk ick Sie. Weil Se mir irjendwie sympathisch sind...« Er nestelte zwei Aluminiumgroschen aus seinem abgegriffenen Portemonnaie, legte die DDR-Geldstücke in die Kasse der Reichsbahn und drehte eine Fahrkarte nach draußen.

Rosenblatt bedankte sich und hastete, zwei Stufen auf einmal nehmend, die Treppe zum Bahnsteig hinunter. Der Mann hinter der Scheibe winkte ihm nach.

»Pankow« stand an der Stirnseite des Zuges.

»Zurücktreten!« Eine Lautsprecherstimme dröhnte durch den Tunnel, dann ein schrilles Hupsignal. Rosenblatt sprang noch schnell durch eine Tür im vorletzten Wagen, die sich schon automatisch schloß. Er fand noch einen freien Sitzplatz. Die U-Bahn war ziemlich voll, obwohl es mitten in der Nacht war – doch dies war ja keine Nacht wie jede andere.

Mit einem Ruck fuhr der Zug an.

Auf einem Schild an der Wand stand: Fahrgäste ohne gültigen Fahrausweis zahlen eine Nachlösegebühr gemäß Personenbeförderungsordnung (PBO). Vorhin, dachte Rosenblatt, hat mir ein Agent der amerikanischen Regierung noch zwei Millionen Dollar angeboten – und jetzt muß ich mir zwanzig Pfennig für eine Fahrkarte schenken lassen...

Warum hatte ihm der KGB oder der Staatssicherheitsdienst keine Limousine geschickt, wenigstens einen »Trabbi«, oder wie diese kleinen ostdeutschen Plastikautos genannt wurden. Aber wahrscheinlich hatten auch die Geheimdienste in dem gegenwärtigen Chaos andere Sorgen, als einen Überläufer standesgemäß in Empfang zu nehmen – jedenfalls hatte diese Dr. Nora Sommer das am Telefon unter vielen Entschuldigungen durchblicken lassen. Oder es war eine besonders raffinierte Sicherheitsmaßnahme: Wer würde schon einen amerikanischen Geheimnisträger auf dem Weg in die Sowjetunion in einer Ostberliner U-Bahn vermuten? Eine halbe Stunde werde die Fahrt dauern, hatte sie gesagt. Und von der Haltestelle »Schönhauser Allee« bis zur Gethsemanekirche müsse er nur noch fünf Minuten zu Fuß gehen. Er holte den Zettel aus der Tasche, auf dem er sich den genauen Weg notiert hatte.

Draußen vor den Fensterscheiben rasten dunkle Tunnelwände vorüber. Rosenblatt blickte sich in dem blitzsauberen Waggon um, in dem es anders als in den amerikanischen Subways keine Graffiti-Kritzeleien gab. Ihm gegenüber saß ein alter Mann, der nach kaltem Zigarrenqualm roch, und eine hochschwangere Frau mit dunklen Schatten unter müden Augen. Von Bahnhof zu Bahnhof wurde der Wagen voller. Elf Stationen weit mußte er fahren. Er entzifferte einige Schilder. »Spittelmarkt« – »Märkisches Museum« – »Alexanderplatz«.

Alexanderplatz. Das war, so wußte Rosenblatt, die City von Ostberlin. Viele Fahrgäste stiegen aus, noch mehr drängten herein. Um ihn herum machte sich eine Gruppe von Punkern breit, Jungen mit Irokesenschnitt und Mädchen mit bunten Haaren und zerrissenen Jeans. Sie kamen gerade aus Westberlin zurück. Rosenblatt schnappte ein paar Fetzen auf.

»... die tollen Autos auf dem Kudamm, Mercedes und BMW und Porsche. Wahnsinn!... Und die Schaufenster vom KaDeWe mit den tollen Klamotten... So'n Kerl hat mich mit Sekt bespritzt, der wollte mich gleich mit zu sich nehmen, der Wichser... Einer hat mir 'nen Zwanzig-Mark-Schein geschenkt... War wirklich 'ne Wahnsinnsparty im Westen... Wenn die Grenze auf bleibt, machen wir morgen wieder rüber...« Eine Dralle mit lila Haaren drängte sich an einen dünnen Jungen, der eine Plastiktüte erbeutet hatte. »Test the West« stand darauf. Sie drückte ihm einen schmatzenden Kuß auf die Backe.

Die Bahn fuhr jetzt nicht mehr unter der Erde, sondern auf Stelzen. Draußen huschten graue Fassaden von Häusern aus der Zeit der Jahrhundertwende vorüber. In vielen Wohnungen brannte noch Licht.

»Luxemburg-Platz« – »Dimitroffsstraße« – »Schönhauser Allee«.

Schönhauser Allee. Beinahe hätte Rosenblatt vergessen auszusteigen. Dann stand er auf einem Bahnhof, der über eine Hauptverkehrsstraße gebaut war. Die Zeiger einer großen Neon-Uhr standen auf »2 Uhr«. Gegenüber warb ein Reklameschild für ein

»Bekleidungshaus der Dame«. Er ging die Treppe hinunter und versuchte im Gehen seine Notizen mit der Wegbeschreibung zu entziffern, aber dann fragte er lieber einige Leute, die beisammen standen und diskutierten, nach dem Weg zur Gethsemanekirche.

»Durch den S-Bahnhof, dann rechts über die Fußgängerbrücke und über die Greifenhagener Straße, dann sehen Sie den Kirchturm schon. Da wollen wir auch hin. Da soll noch ein Gottesdienst sein«, sagte ein Mann mit Baskenmütze.

Rosenblatt folgte den Leuten in einigem Abstand, weil er nicht in ein Gespräch verwickelt werden wollte. Er versuchte Erinnerungen in sich wachzurufen, während er durch die Straßen lief: hier in dieser Gegend hatte er gelebt, bis sie nach Amerika ausgewandert waren. Als er die Kirche sah, fiel ihm ein: in den Büschen rings um die Kirche hatten sie Verstecken gespielt, Räuber und Gendarm, und Cowboy und Indianer. Und er hatte sich mit dem Sohn des Kinobesitzers geprügelt, der ihm »Judenlümmel« nachgerufen hatte. Der andere war größer und stärker gewesen, und er hatte sich nachher nicht nach Hause getraut, weil ihm ein Eckzahn fehlte und seine ohnehin schon geflickte Kleidung wieder einmal zerrissen gewesen war.

Die Gethsemanekirche stand wuchtig wie eine Burg aus Backsteinen auf einem Hügel mitten auf dem quadratischen kleinen Platz, der von alten Häusern umgeben war. Der Turm war von einem Baugerüst umgeben. Die vier Turmuhren – jede an einer Seite – hatten keine Zeiger mehr. Die Zeit, so schien es, war hier tatsächlich stehengeblieben. Nichts, fast nichts, hatte sich äußerlich verändert, seit er als junger Mann dieses Land, diese Stadt, diese Gegend verlassen hatte. Das Viertel rings um die Gethsemanekirche, vier- und fünfstöckige Häuser mit Erkern und Sprossenfenstern und dem beliebten Jugendstilzierat, stammte aus der gleichen Zeit wie die feineren Wohngegenden etwa von Hamburg. Doch alles war trostlos grau. Blatternarbige Fassaden, rostige Balkons, holpriges Kopfsteinpflaster.

Nach vierzig Jahren Sozialismus sah es aus, als sei gestern gerade erst der Zweite Weltkrieg zu Ende gegangen.

Auch hier brannte in dieser Nacht in vielen Wohnungen noch Licht. Und auf den Fensterbrettern flackerten Kerzen, Symbole des friedlichen Widerstandes gegen das SED-Regime. Hunderte von Kerzen brannten auch links und rechts auf der Treppe, die zu den Eingängen der Kirche führte. Er ging langsam hinter einem älteren Paar hinauf.

»Betreten Sie die Kirche durch den Haupteingang«, hatte diese Nora Sommer am Telefon gesagt, »gehen Sie in das Hauptschiff der Kirche. An der Wand links vom Altar sind Fotos und Berichte von einer Hilfsaktion für Rumänien ausgestellt. Warten Sie da. Ich werde dort Kontakt zu Ihnen aufnehmen. Ich weiß, wie Sie aussehen. Oleg Tasarow hat Sie beschrieben. Sie tragen doch noch den hellen Mantel und den roten Schal?«

Als er fragte, woran er sie erkennen könne, hatte sie nur gesagt: »Die Kirche wird heute die ganze Nacht über geöffnet sein. Sie sollten gegen zwei Uhr dort eintreffen.«

Es war zehn Minuten nach zwei, als Rosenblatt die Gethsemane-Kirche betrat.

In dem großen Kirchenschiff mit dem hohen Kreuzgewölbe, den beiden Emporen und der großen Orgel finden zweitausend Gläubige Platz. Rosenblatt war verblüfft: Die Kirche schien mehr als zur Hälfte gefüllt zu sein. Mitten in der Nacht! Alte und Junge, Männer und Frauen, Kinder, sogar Mütter mit ihren Babies auf den Armen waren gekommen.

Vor der ersten Reihe saßen Behinderte in ihren Rollstühlen.

Gerade schien ein Dankgottesdienst zu Ende zu gehen. Rosenblatt stellte sich rechts neben die Eingangstür an die weißgekalkte Wand. Er konnte einen noch jungen Pastor sehen, der am Ende des Mittelgangs auf einem schlichten Holzpult vor dem Altar stand. Vor ihm, auf einer breiten Treppenstufe, hockten Kinder.

Hier also, dachte Rosenblatt, hier haben die Ostberliner Demonstrationen für Freiheit und Menschenrechte begonnen.

Draußen vor der Kirche haben die Volkspolizisten auf die Dissidenten eingeprügelt, haben sie auf Lastwagen gezerrt und zu Verhören verschleppt. Hier fand das schon berühmte »Mahnfasten für die Inhaftierten« statt. Die Kirche war ein relativ sicherer Hort für die Widerstandskämpfer von der »Initiative für Frieden und Menschenrechte«, für das »Neue Forum«, für die Aktion »Demokratie jetzt« gewesen. Hierher flüchteten die von Stasi und Volkspolizisten Verfolgten, Geschlagenen und Mißhandelten. Und während draußen die uniformierte Staatsmacht bedrohlich näherrückte, sangen sie drinnen mutig und zitternd vor Angst »Großer Gott wir loben dich« und »Brüder, zur Sonne zur Freiheit«. Und riefen wie ihre Gesinnungsfreunde in Leipzig, Dresden und anderswo: »Wir sind das Volk!«

Rosenblatt hatte darüber in westdeutschen Zeitungen gelesen.

Die Stimme des Pastors hallte durch den hohen Raum. »Wir, die wir zu dieser ungewöhnlichen Stunde in dieser dramatischen Zeit zusammengekommen sind, um dem Herren zu danken für das, was er in den letzten Monaten, Tagen und Stunden getan hat, wir erheben uns nun von unseren Plätzen und sprechen gemeinsam das Vaterunser...«

Füße scharrten über den Steinboden. Die Gläubigen standen auf, falteten die Hände, senkten die Köpfe.

»Vater unser, der du bist im Himmel! Dein Name werde geheiligt. Dein Reich komme. Dein Wille geschehe, wie im Himmel, also auch auf Erden...«

Als der Gottesdienst zu Ende war, blieben die meisten Leute noch. Sie diskutierten in Gruppen über die Ereignisse des vergangenen Tages und der Nacht. Radios liefen. Nachrichten und Gerüchte füllten den Raum. Ein paar Jugendliche nahmen ihre Rucksäcke von den Schultern und rollten Schlafsäcke auf dem Dielenboden der Empore aus. Kinder, die vor Übermüdung und Aufregung nicht mehr zur Ruhe kamen, spielten vor dem Altar Fangen. Es war eine zugleich prickelnd unruhige und warmherzige Atmosphäre. Hier waren Menschen mit gleichen Gefühlen, gleichen Idealen, gleichen Zielen zusammen. Es schien ein Familientreffen zu sein, zu dem er als Fremder hinzugestoßen war.

Zögernd trat Rosenblatt aus dem halbdunklen Hintergrund hervor. Langsam ging er den breiten Mittelgang zwischen den Bänken entlang zu der Rumänien-Ausstellung; zu den Fotos, Plakaten und Zeitungsausschnitten von einer Hilfsaktion, die an der Wand vorne links neben dem Altar hingen. Minutenlang betrachtete er die schwarz-weißen Bilder und las die Bildunterschriften. Mitglieder der Gethsemane-Gemeinde waren mit mehreren Lastwagen mit Lebensmitteln und Medikamenten nach Rumänien gefahren, um dort der notleidenden Bevölkerung Hilfe zu bringen.

Rosenblatt fühlte sich unbehaglich. Er glaubte sich von Hunderten von Augen beobachtet. Ein paarmal drehte er sich um, starrte den Umstehenden ins Gesicht, blickte zu den beiden Emporen hinauf, über deren Geländer sich viele Kirchenbesucher gelehnt hatten, um das Treiben unter ihnen zu beobachten. Immer noch kamen Menschen aus der kalten Nacht in die geheizte Kirche, fielen anderen um den Hals, lachten, weinten, erzählten laut, was sie erlebt hatten.

Rosenblatt nahm seine Brille ab, putzte sie umständlich mit seinem roten Schal, rieb seine übermüdeten Augen. Als er die Brille wieder aufsetzen wollte, fühlte er zwei Arme, die ihn von hinten umfaßten und Hände, die seine Augen zuhielten. Er roch ein herbes Parfüm. Eine Frauenstimme flüsterte dicht an seinem Ohr: »Willkommen in der Deutschen Demokratischen Republik, Mr. Rosenblatt. Ich bin Nora Sommer. Drehen Sie sich um. Umarmen Sie mich, als ob wir uns lange nicht gesehen hätten!«

Rosenblatt brauchte einige Sekunden, um sich auf die überraschende Situation einzustellen.

Schließlich nahm er die Hände von seinen Augen, sah, daß die Fingernägel dunkelrot lackiert waren, drehte sich um und drückte die zu den Händen und Fingernägeln gehörende Frau an sich. Sie war einen Kopf kleiner als er und hatte eine kurzgeschnittene Ponyfrisur, deren Haare ihn an der Nase kitzelten.

»Küssen Sie mich links und rechts auf die Wangen.«

Er beugte sich vor und befolgte die Anweisung.

«Lächeln Sie!«

Er lächelte schief und blinzelte dabei über ihre Schulter.

»Haken Sie mich unter und reden Sie irgend etwas. Wir gehen über den Mittelgang zurück bis in den Vorraum.«

Ihre Schuhe klapperten neben ihm über den Steinfußboden. Falls sie beobachtet würden, wirkten sie tatsächlich wie ein Paar, das sich gerade nach längerer Trennung wieder getroffen hatte. Nora Sommer sah von der Seite zu Rosenblatt auf. Sie hatte braune Augen, die durch dünne Lidstriche betont wurden, eine etwas zu kleine, aber gutgeformte Nase und volle Lippen, die wie ihre Fingernägel zu rot geschminkt waren.

Das beigefarbene, enge Kostüm unter dem Trenchcoat betonte ihre Figur, paßte aber nicht zu ihrem burschikosen Typ, wie er fand. Nora Sommer, so schätzte Rosenblatt, war Mitte Dreißig. Keine Schönheit, aber eine reizvolle Frau.

»Willkommen in Berlin, der Hauptstadt der Deutschen Demokratischen Republik«, sagte sie noch einmal. »Willkommen im real existierenden Sozialismus.«

Sie kuschelte sich an ihn.

»Was soll das Theater«, flüsterte er, als sie in der Mitte des Kirchenschiffes waren.

»Das ist kein Theater! Wir müssen vorsichtig sein. Es gibt hier zu viele Leute, die ich kenne, und noch mehr, die mich kennen. Leute, die keinen Verdacht schöpfen sollten.«

»Hallo Karin«, sagte ein dünner Mann mit dicker Brille, der ihnen entgegenkam. »Du hast dich ja lange nicht bei uns sehen lassen.«

»Hallo Martin«, sagte sie und deutete auf Rosenblatt. »Das ist Klaus, ein Freund aus dem Westen.«

»Auch heute nacht rübergekommen?»

Rosenblatt nickte.

»Herzlich willkommen.«

Der Mittvierziger schüttelte seine Hand, bevor er weiterging.

»Wer war das?«

»Das war Martin, ein Mitbegründer der ›Initiative für Frieden und Menschenrechte‹, eine der wichtigsten Widerstandsgruppen in der DDR. Jetzt ist er beim ›Neuen Forum‹.«

»Er hat Karin zu Ihnen gesagt. Ich denke, Sie heißen Nora...?«

»Ich habe mehrere Namen. Das gehört zu meinem Beruf«, sagte sie, ohne zu lächeln.

In dem kleinen runden Vorraum zwischen dem Kirchenschiff und der Eingangstür blieb sie stehen. Mit dem Rücken zu einer Tür. Flüchtig grüßte sie ein paar vorübergehende Leute.

Als der Vorraum einen Moment lang menschenleer war, zog sie schnell einen altmodischen Schlüssel aus einer übergroßen Handtasche, die er erst jetzt bemerkte, schloß die Tür hinter sich auf, schlüpfte hindurch und zog ihn nach.

Sie standen im Dunkeln. Durch die Türritze über dem Boden fiel ein Lichtstreifen. Rosenblatt hörte, wie sie mit dem Schlüssel das Schlüsselloch suchte und hinter ihnen abschloß. Erst dann knipste sie eine nackte Glühbirne an, die von der Decke herabhing. Das Licht fiel auf eine steile Wendeltreppe. Sie drückte sich wortlos an ihm vorbei. Rosenblatt folgte ihr. Die Steinstufen waren ausgetreten. Es gab kein Geländer. Er zählte 21 Stufen, dann standen sie in einem kleinen Raum. Mit lauten Flügelschlägen flatterten zwei Tauben aus einer Luke in der Dachschräge davon. Durch sie war der Nachthimmel zu sehen. Die Bretter über ihnen waren morsch. Es war kalt und zugig und roch stokkig. In einer Ecke stand ein kaputtes Schlagzeug. Am Boden lagen alte Matratzen.

»Was machen wir hier? Finden Sie nicht, daß das ein seltsamer Begrüßungsort ist?«

»Wir haben auch seltsame Zeiten«, sagte sie. »Gefällt Ihnen unser Versteck nicht? Hier hat früher eine Punkband geprobt, mit Genehmigung des Pastors... Keine Angst, wir werden bald abgeholt, Mr. Rosenblatt.«

»Wie lange wird das dauern?«

»Vielleicht eine Stunde, vielleicht zwei.«

Rosenblatt setzte sich seufzend auf eine der Kisten, die überall herumstanden. Sie trat an die linke Wandseite der Dachkammer, schwenkte ein angeschraubtes Brett zur Seite und blickte durch ein Loch dahinter nach unten.

»Man kann von hier aus das ganze Kirchenschiff sehen«, sagte sie, während sie ihm den Rücken zukehrte.

»Entschuldigen Sie die merkwürdigen Umstände – aber bei den Geheimdiensten in Ost oder West gibt es meines Wissens keine international vereinbarte protokollarische Behandlung für Überläufer – auch nicht für so wichtige Überläufer, wie Sie es offenbar sind.«

Sie erklärte, daß das konspirative Treffen an diesem Ort ihre Idee gewesen sei, weil sie sich in der Kirche gut auskenne.

»Ein gutes Hotel kennen Sie nicht?«

»Schon – aber in unseren Luxusherbergen wimmelt es in diesen Tagen von Leuten, denen wir in unserer Situation lieber aus dem Weg gehen sollten.«

»Was für Leute?«

»Politiker, Funktionäre, Geheimdienstler, Agenten aus Ost und West, Reporter aus aller Welt, auch aus den USA. Die DDR scheint in dieser Zeit der Mittelpunkt des Weltinteresses zu sein. Es wäre wirklich nicht gut, wenn wir solchen Leuten in die Arme laufen würden. Aber keine Sorge. Sie werden später komfortabler untergebracht.«

Wenn ihn diese Frau nur nicht unablässig angelächelt hätte! Es machte ihn unsicher, denn er konnte ihr Lächeln nicht einschätzen: Wollte sie ihn damit beruhigen? Oder nahm sie ihn nicht ernst? Lächelte sie ihn an – oder aus?

»Oleg Tasarow hat mir gesagt, daß sich in Ostberlin der KGB um mich kümmern werde?«

»Daran hat sich auch nichts geändert – ich arbeite für den KGB. Ich bin eine von Olegs besten Mitarbeiterinnen. Hat er Ihnen das nicht gesagt?«

»Doch, er hat sehr lobend von Ihnen erzählt.«

»Schön. Wir müssen hier warten, bis wir abgeholt werden.«

»Sie arbeiten also für den KGB und für die Staatssicherheit der DDR gleichzeitig?«

»Überrascht Sie das?«

»Ein wenig schon... Und Sie sind also für meine Sicherheit verantwortlich?« fragte er und versuchte ein ironisches Grinsen, das ihm mißlang.

»Im Moment jedenfalls«, sagte sie, holte eine großkalibrige Pistole aus ihrer Handtasche und entsicherte sie. »Keine Sorge. Ich kann damit umgehen.«

»Okay, okay! Ich glaub's Ihnen ja.«

Rosenblatt gähnte ein paarmal hinter vorgehaltener Hand und blickte auf eine der alten Matratzen in der Ecke.

»Ich bin doch ein bißchen müde nach all der Aufregung der letzten Tage. Und ich habe kaum geschlafen. Stört es Sie, wenn ich mich ein paar Minuten hinlege? Danach bin ich dann wieder frisch.«

»Tun Sie sich keinen Zwang an, Mr. Rosenblatt. Ich werde ihren Schlaf bewachen.«

Als er sich auf der Matratze ausstreckte, polterte der kurze Revolver mit dem aufgesetzten Schalldämpfer aus seiner Manteltasche auf die Holzdielen. Ein wenig verlegen steckte er ihn wieder ein.

»Woher haben Sie denn das Ding?« fragte sie, »das sieht ja sehr gefährlich aus.«

»Das habe ich vor ein paar Stunden einem amerikanischen Spezialagenten abgenommen, der hinter mir her gewesen ist.«

Sie sah ihn ungläubig an. »Einem amerikanischen Agenten?«

Er erzählte von seinem Zusammentreffen und seiner Auseinandersetzung mit einem Amerikaner namens Dillon unter dem Brandenburger Tor. Es schien ihm, daß sie zum ersten Mal ihre Überlegenheit verlor. Ihr herablassendes Lächeln verrutschte.

Während Rosenblatt sich auf den Rücken legte und die Augen schloß und schon bald tief und ruhig atmete, stand Nora Sommer leise auf, stellte sich vor das Guckloch und blickte in die Kirche hinunter. Dort herrschte noch immer ein reges Treiben.

Nora Sommer konnte in der ersten Reihe die blonde Evelyn Dickmann erkennen. Sie hatte vor einem Monat drüben im Gemeindehaus das sogenannte Bürgertelefon bedient, hatte Berichte von Menschen gesammelt, die nach der großen Demonstration am Alexanderplatz und anschließend vor der Gethsemanekirche von Stasi-Leuten und Volkspolizisten zusammengeprügelt und verschleppt worden waren. Da war der hagere Uwe Rahn, der in der Zionskirche die sogenannte »Umweltbibliothek« mitbegründet hatte. Da war Bärbel Bohley vom »Neuen Forum« – gute Bekannte seit ihrer Studienzeit an der Humboldt-Universität. Sie wußten, daß Nora Sommer im Büro von Egon Krenz arbeitete und hatten das toleriert – weil sie ihnen oft gesagt hatte, was im SED-Politbüro gedacht, geredet, geplant wurde, weil sie von ihr häufig vor Zugriffen der »Staatsorgane« gewarnt worden waren.

Sie bewunderte diese Leute da unten, ihre Ehrlichkeit, ihre Geradlinigkeit, ihre Unbeugsamkeit. Sie hatte sich nie an ihr eigenes Doppel- und Dreifachspiel gewöhnen können. Sie war froh, daß sich ihr Leben nun bald ändern würde. Sie war jetzt 34 Jahre alt. Sie würde noch einmal ganz von vorne anfangen...

Nora Sommer hörte hinter ihrem Rücken tiefe, gleichmäßige Atemzüge. Sie setzte sich wieder und betrachtete den Mann, der langgestreckt auf der Matratze lag und fest eingeschlafen zu sein schien. Sein Gesicht wurde von der nackten Glühbirne beleuchtet, die unter der schrägen Decke des Raumes hing. Die Brille war von seiner Nase auf die Oberlippe gerutscht.

Dieser Rosenblatt mußte etwa in ihrem Alter sein, vielleicht Ende Dreißig. Er sah jünger aus, mit seinem glatten, ovalen Gesicht, den großen, ein wenig erschrockenen Augen, dem blonden Haar, das noch keine graue Strähne hatte.

Sie wußte nicht viel von ihm. Dieser Mann, so hatte ihr Oleg Tasarow nur gesagt, sollte auf seinem Gebiet ein Genie sein – ein furchtbares Genie, das immer neue, immer schrecklichere Atomwaffen erdachte und konstruierte, sogar Laserstrahlkanonen für den Weltraumkrieg.

Dabei sah dieser Mann, wenn man die westliche Kleidung und die teure Armbanduhr übersah, wie einer der Friedensfreunde aus der DDR da unten in der Kirche aus. Vielleicht war er ja auch einer. Auf seine Art. Warum sonst war er hier? Er mußte vom

Saulus zum Paulus geworden sein. Warum sonst hatte er in den USA alles aufgegeben, warum hatte er das warme, reiche Kalifornien verlassen und war in diesen kalten, ärmlichen, sozialistischen Teil der Welt gekommen?

Nora Sommer sah auf ihre Uhr. Es war Viertel vor drei. Wann würden sie endlich kommen? Es konnte doch nicht so lange dauern? Sie hatte ihnen doch den Weg und das Versteck in der Kirche ganz genau beschrieben!

Der Mann auf der Matratze schnarchte zweimal laut. Rosenblatt war erschöpft in eine Art Halbschlaf gefallen: sein Bewußtsein war nicht völlig ausgeschaltet, er wußte noch, wo er war, hörte im Hintergrund Gesänge aus der Kirche. So hatte er es häufig gemacht, wenn er in Livermore nach oft mehr als 24stündiger Arbeit total erschöpft gewesen war. Dann hatte er sich neben sein Büro in einem kleinen Erste-Hilfe-Raum auf eine Art Trage gelegt und sich zehn Minuten lang entspannt. In diesem Zustand konnte er sehr gut nachdenken.

Seine Situation kam ihm immer unwirklicher vor: Er lag in einem Verschlag in einer Kirche, hinter ihm war die Mauer zwischen Ost und West zusammengebrochen, neben ihm wachte eine bewaffnete Agentin, unter ihm sangen die friedlichen Revolutionäre der DDR – in seiner Tasche steckte ein Revolver, den er einem amerikanischen Agenten abgenommen hatte, der ihm von Washington aus nach Westberlin und über die Mauer in den Osten gefolgt war – bald würden ihn die Leute des KGB oder des Staatssicherheitsdienstes abholen, und er würde ihnen alle Geheimnisse seiner Arbeit in Livermore verraten, dazu das Versteck seiner Disketten und Magnetbänder. Und was dann? Wie würde er dann weiterleben? Und: Was war mit Ines passiert? Würde er sie wiedersehen in diesem Teil der Welt?

Rosenblatt verschluckte sich beim Schnarchen und wurde davon ganz wach. Er richtete sich auf und rückte seine Brille zurecht. Im Schein der Glühbirne sah er ein paar Meter neben sich diese ebenso zierliche wie energische Frau. Nora Sommer blickte ihn an, als wolle sie seine Gedanken lesen.

»Wie spät ist es?« fragte Rosenblatt.

»Gleich drei Uhr.«

Sie öffnete ihre Handtasche und holte zu seinem Erstaunen eine rote Thermoskanne heraus.

»Mögen Sie einen Kaffee?«

Ohne seine Antwort abzuwarten, reichte sie ihm einen mit braunem, dampfendem Kaffee gefüllten Plastikbecher.

Rosenblatt nahm einen großen Schluck und verbrühte sich dabei die Zunge.

»Vorsicht, sehr heiß«, sagte sie.

»Zu spät«, sagte er und verzog sein Gesicht.

Er richtete sich auf und sah sich genauer um.

»Wirklich, ein sehr merkwürdiger Treffpunkt – sogar ein biß-chen romantisch – wenn man Sinn für das Besondere hat jeden-falls.«

»Wie bei einem Abenteuerspiel der jungen Pioniere«, sagte sie, lächelte wieder und packte ein paar Butterbrote aus. Sie bot ihm eins an.

Er griff zu und aß mit großem Hunger. Nachher machte er ein paar Kniebeugen. Dann trat er an das Guckloch und blickte in die Kirche hinunter.

»Die Leute wollen in dieser Nacht offenbar nicht nach Hause gehen.«

»Es könnte sowieso keiner schlafen, und es ist ein gutes Ge-fühl, bei so einem historischen Ereignis mit Gleichgesinnten zu-sammen zu sein – unglaublich, daß die Mauer gefallen ist! Wer hätte das noch vor ein paar Stunden gedacht?«

»Sie scheinen sich in dem Gefühlsleben dieser Revolutionäre da unten auszukennen. Ich denke, das sind Staatsfeinde, und Sie sind vom Staatssicherheitsdienst...?«

»Staatsfeinde? Feinde der herrschenden Funktionärsclique um Erich Honecker vielleicht. Die wollen den Staat nicht abschaffen, die wollen das System verbessern. Die da unten, das sind eigent-lich gar keine Revolutionäre, wie im Westen immer gesagt und geschrieben wird. Das sind Reformer, die kämpfen für einen besseren Sozialismus. Für einen Sozialismus mit menschlichem Antlitz, wie Dubček damals im Prager Frühling gesagt hat.«

»Das hört sich an, als seien Sie eine Sympathisantin dieser Leute?«

»Sehr scharfsinnig beobachtet, Mr. Rosenblatt.«

Sie hatte wieder dieses ironische Lächeln in den Mundwinkeln.

»Ich habe sogar für diese Leute gearbeitet. Für die Opposition da unten...« Sie trat neben ihn und blickte in die Kirche hinunter. In meinem Herzen, Mr. Rosenblatt, bin ich eine von denen. Ich bin für Demokratie. Ich war immer für Demokratie, für freie Wahlen, für Reisefreiheit, für Meinungsfreiheit, für Menschlichkeit also!«

Rosenblatt sah sie erstaunt an. Nora Sommer beachtete ihn kaum und setzte ihren Monolog fort.

»... der sogenannte real existierende Sozialismus bei uns hatte mit wirklichem Sozialismus, mit der großen Idee von Karl Marx, natürlich nichts zu tun. Nicht das geringste...«

»Was war das denn?«

»Eine Diktatur von alten Männern, die einmal Sozialisten gewesen sein mögen, als sie noch jung waren, wie die Leute unter uns heute – aber das ist sehr lange her.«

»Sie meinen Honecker?«

»Den auch, den besonders, aber nicht nur ihn. Ich meine die Mielkes, Mittags, Hermanns, Hagers und Genossen – falls Sie die Namen überhaupt schon mal gehört haben – die und viele andere auf allen Ebenen, die haben die Idee und die Ideale der politisch engagierten Menschen in der DDR verraten. Honecker, der war bei den Faschisten immerhin im Gefängnis, der war einmal ein richtiger kommunistischer Widerstandskämpfer gegen die Nazis – aber was ist aus dem geworden: ein starrköpfiger, nicht mehr lernfähiger alter Greis, der sich sogar von Gorbatschow bedroht fühlt, der nur noch das glaubt, was er sich selber und was ihm seine Speichellecker einreden. Der ist von der Wirklichkeit in diesem Lande so weit entfernt wie ihre SDI-Weltraumstationen von der Mutter Erde, Mr. Rosenblatt.«

Er sagte nichts, stützte sein Kinn in seine Hände und beobachtete sie, während sie sprach. Sie argumentierte, das fiel ihm jetzt auf, genau wie Oleg Tasarow bei den Diskussionen im Haus in der Heide.

»Irgendwand fängt man an Fragen zu stellen, immer hartnäckiger Fragen zu stellen, immer verzweifelter Fragen zu stellen – und wenn die Fragen nicht beantwortet werden, wenn die Antworten immer nur Lügen sind – dann sucht man sich seine Antworten selbst. Und meistens sucht man sie auf der jeweils anderen Seite. Das ist der Anfang eines langen Lernprozesses, der manchmal zur persönlichen Unabhängigkeit führt, und manchmal auch zu ungewöhnlichen Entscheidungen. Mein Ziel, unser Ziel, war eine wirkliche sozialistische Demokratie in der sogenannten Deutschen Demokratischen Republik. Davon haben wir geträumt, davon träumen manche noch immer. Aber es wird alles ganz anders kommen, ganz anders, als diese Leute da unten glauben!« – sie machte eine Pause und zupfte an ihrem Kostüm herum, bevor sie das Thema wechselte.

»Wie war das denn bei Ihnen, Mr. Rosenblatt? War das nicht ganz ähnlich? Warum haben Sie sich mit ihrem System überworfen? Sie kommen doch aus einer Demokratie. Sie hatten alle Freiheiten, allen Wohlstand. Warum sind Sie hier? Was wollen Sie ausgerechnet jetzt hier? Jetzt, wo alles zusammenbricht?«

Sie sah ihn herausfordernd an. »Das interessiert mich wirklich, Mr. Rosenblatt!«

»So? Als was fragen Sie mich das? Als Geheimdienstlerin, als DDR-Dissidentin oder als was?

»Als Nora Sommer.«

Er überlegte, ob er antworten sollte: Er würde ihr von seinem Leben erzählen müssen, von seinen ersten medizinischen Laserstrahl-Forschungen in Boston, von den wissenschaftlichen Verlockungen, die ihn nach Livermore geführt hatten, von der anfänglichen Begeisterung, mit der er auch dort gearbeitet hatte – bis hin zu der Erkenntnis, daß er zu einem Werkzeug geworden war; zu einem nützlichen Idioten für ehrgeizige Vorgesetzte, für die Rüstungsindustrie, für die Machthaber im Weißen Haus in Washington. Er müßte von seinen wachsenden Skrupeln sprechen, von seiner Furcht, daß seine Arbeit am SDI-Projekt, die zur

Verteidigung der Vereinigten Staaten dienen sollte, bei einem nächsten Weltkrieg zur Vernichtung der Menschheit beitragen würde, von seinem Entsetzen bei seinem Besuch im Atomkriegs-Bunker bei Bonn und von dem »Wintex-Manöver« der NATO. All dies und mehr hätte er dieser Frau sagen müssen, die er nicht durchschauen konnte.

Rosenblatt schwieg.

»Ich jedenfalls lasse mir das Denken nicht verbieten«, sagte Nora Sommer in sein Schweigen hinein, »ganz gleich, für wen ich arbeite. Heute morgen habe ich in meinem Büro einen Kalenderspruch gefunden, über den es sich nachzudenken lohnt.«

Sie versuchte angestrengt, sich den Text wortgetreu in Erinnerung zu rufen und sagte dann: »Der Satz lautete: Ich möchte etwas darum geben, genau zu wissen, für wen eigentlich die Taten getan wurden, von denen man öffentlich sagt, sie wären für das Vaterland getan worden!«

Rosenblatt hatte keine Lust, sich auf eine Diskussion einzulassen.

»Reden wir lieber über Oleg«, sagte er. »Was ist mit Oleg Tasarow passiert?«

Sie war enttäuscht, daß er nicht über sich selbst sprechen wollte. »Ich weiß nichts«, sagte sie, »wir wissen nichts. Er hat sich einfach nicht mehr gemeldet.«

»Erzählen Sie mir von ihm.«

»Ich weiß, daß er ein Mann ist, der ähnlich denkt wie ich. Er ist ein glühender Anhänger von Präsident Gorbatschow und seiner Politik der Perestroika...«

»Und dann ist er in den Westen zu den Amerikanern gegangen, unter dem Vorwand, mich in den Osten zu holen. Ein verrücktes Spiel, finden Sie nicht auch? – In diesen Zeiten scheinen sich die Überläufer aus beiden Richtungen geradewegs über den Haufen zu rennen.«

»Es sind eben Zeiten des großen Wechsels!« Nora Sommer lächelte. »Wichtig ist dabei nur, daß man rechtzeitig auf die richtige Seite wechselt. Auf die richtige Seite, Mr. Rosenblatt... Ich habe das gelernt, das gehört in meinem Beruf zur Überlebenstechnik. Es ist nicht leicht, aber man gewöhnt sich daran, vielleicht wird man sogar süchtig nach diesem ständigen Risiko, der ständigen Angst, selber verraten und verkauft zu werden. Vielleicht brauchen manche Leute diesen Nervenkitzel wie andere Rauschgift.«

Sie machte eine Pause.

»Ich habe den Verrat gelernt, die Lügen, die Tricks, die man im Geheimdienstgewerbe braucht. Ich bin ein Profi. Sie, Mr. Rosenblatt, Sie sind ein Amateur...?«

Rosenblatt starrte sie an. Er fühlte ein Unbehagen aufsteigen. In seinem Magen krampfte sich Unruhe zu einem Angstgefühl zusammen. Rosenblatt konnte es sich nicht erklären, aber plötzlich stellte er eine Frage, über die er nicht nachgedacht hatte, die nicht aus seinem Kopf kam, sondern aus seinem Gefühl heraus. Er versuchte vergeblich, diese Frage zu unterdrücken. Doch er sagte plötzlich: »Welches Spiel spielen Sie eigentlich, Frau Doktor Sommer? Oder welche Rolle spielen Sie mir hier vor? Für wen arbeiten Sie? In diesem Moment? In wessen Auftrag sind Sie hier...?«

Nora Sommer schien die Frage erwartet zu haben – oder befürchtet? Sie blickte ihn unverwandt an, während ihre rechte Hand sich langsam zu der neben ihr liegenden Pistole hin bewegte.

Aus der Kirche drangen schon seit einer Weile Gitarrenklänge herauf. Jetzt füllte die Musik die Stille. Eine weittragende, klagende Männerstimme sang etwas auf Spanisch. Der Gesang begann langsam, wurde schneller, aufgeregter und schriller. Offenbar sang jemand ein Revolutionslied aus Lateinamerika, aus Kuba oder Nicaragua wahrscheinlich. In der Kirche wurde der Rhythmus mitgeklatscht. Dann brachen der Gesang und die Musik abrupt ab. Und es war still. Peter Rosenblatt und Nora Sommer hatten reglos zugehört.

Unten, am Ende der Wendeltreppe, war jetzt ein Geräusch zu hören. Etwas knarrte. Ein Schlüssel wurde im Schloß gedreht, die Tür leise geöffnet. Und wieder geschlossen. Stimmen flüsterten miteinander. Schritte kamen die Steinstufen herauf. Schritte von Männern.

Peter Rosenblatt drehte sich um. Nora Sommer nahm hastig ihre Pistole in die Hand. Die Schritte kamen näher. Dann trat ein Mann in den Schein der nackten Glühbirne. Seine Körperhaltung war gespannt, wie vor einem Sprung. Er hatte ein kantiges, fleischloses Gesicht, engstehende Augen und breite Schultern unter einem zu knapp sitzenden Jackett. Er kam breitbeinig wie ein Seemann herein und lächelte Rosenblatt schief an. Hinter ihm erschien ein zweiter Mann. Er war kleiner und schmaler, und sein Gesicht war voller Sommersprossen.

»Alles okay, Mrs. Sommer?« fragte der mit den Sommersprossen.

Rosenblatt zuckte zusammen, wie von einem Schlag getroffen – der Mann sprach Deutsch mit breitem amerikanischem Akzent...

Rosenblatt sprang auf und griff in seine Manteltasche.

»Vorsicht! Er hat einen Revolver!« schrie Nora Sommer den beiden Männern zu. Sie richtete dabei ihre Pistole auf Rosenblatt.

Der Muskelmann stürzte mit einem mächtigen Satz nach vorn. Im Sprung rammte er Rosenblatt seinen Schädel in den Bauch und stieß ihn zu Boden. Rosenblatt schrammte zwei, drei Meter über die Holzdielen, rappelte sich auf, versuchte, sich zu wehren. Er hatte keine Chance. Schläge trafen ihn an Kopf und Körper. Der Muskelmann warf ihn nach kurzem Handgemenge mit einem Catchergriff auf den Bauch, kniete sich auf seinen Rücken, drehte seine Arme brutal nach hinten. Rosenblatt schrie vor Schmerz. Der Revolver polterte aus seinem Mantel auf die Bretter. Der Mann mit den Sommersprossen stieß ihn mit dem Fuß in eine Ecke.

Rosenblatt wimmerte vor Schmerzen. Er spürte, wie ihm dünne Fesseln um die Handgelenke gelegt wurden. Die Plastikschnüre schnitten tief in die Haut ein. Er stöhnte laut.

»Sorry, Mr. Rosenblatt«, sagte der Mann, »aber das ist mein Job!«

Der Muskelmann zog Rosenblatt hoch, stellte ihn auf die Beine und putzte ihm den Staub aus der Kleidung.

Die Überrumpelung hatte nur Sekunden gedauert. Nora Sommer hatte mit der Pistole in der Hand und mit weit aufgerissenen Pupillen zugesehen. Sie zitterte.

Wieder waren Schritte auf der Treppe zu hören. Der Sommersprossige drehte sich um und rief den Schritten entgegen: »Alles okay. Wir haben ihn.«

Ein dritter Mann betrat den Raum. Er blieb genau unter der Glühbirne stehen. Sein Gesicht lag im Schatten. Rosenblatt konnte ihn nicht erkennen – aber seine Stimme.

»Gib mir den Revolver wieder, den sich Mr. Rosenblatt von mir ausgeliehen hat«, sagte die Stimme.

Der Sommersprossige reichte dem Mann im Schatten die Waffe mit dem Schalldämpfer.

Henrik C. Dillon steckte den kleinen Smith and Wesson in sein leeres Schulterholster.

19

Freitag, 10. November 1989

»Wir hatten ein paar Probleme. Tut mir leid, daß wir Sie so lange warten lassen mußten«, sagte Dillon zu Nora Sommer. Und an Rosenblatt gewandt: »Ich freue mich, Sie wiederzusehen, Mr. Rosenblatt – ich freue mich wirklich.«

Dillon hob seinen linken Arm, um das Zifferblatt seiner Armbanduhr besser sehen zu können, als wollte er feststellen, wieviel Stunden seit ihrer Auseinandersetzung am Brandenburger Tor vergangen waren.

Es war gleich fünf Uhr morgens.

Mit weit aufgerissenen Augen starrte Rosenblatt in die Runde. Er machte zwei, drei schwankende Schritte auf Dillon zu. Dann blieb er stehen. Mitten in der Bewegung. Wie von einem Schlag getroffen. Seine Knie knickten langsam ein. Sein Körper drehte sich im Fallen. Er schlug mit der rechten Schulter zuerst auf dem Boden auf, dann mit der Stirn. Staub wirbelte hoch. Rosenblatt öffnete den Mund. Er schrie. Es war ein schriller Schrei, der Schrei eines waidwunden Tieres. Der Schrei ging den anderen durch Mark und Bein.

Im selben Moment brach über ihren Köpfen ein infernalischer Lärm los. Ein Lärm wie am Tage des jüngsten Gerichts. Dröhnend, hallend, ohrenbetäubend. Dillon und Jordan, der Muskelmann Mervin und Nora Sommer hielten sich die Ohren zu und starrten entsetzt auf den Mann, der vor ihnen zusammengebrochen war. Rosenblatt lag gekrümmt am Boden. Sein Körper zitterte, seine Beine zuckten. Die Glocken der Gethsemane-Kirche läuteten zehn Minuten lang.

Rosenblatt sah Blitze vor seinen Augen, Sterne, funkensprühende Sternschnuppen. Er hörte Stimmen. Die Stimme von Dillon, von Ines, von Lea, von Tabor. Die Stimme seiner Mutter. Sie redeten durcheinander. Er konnte nicht verstehen, was sie sagten. Dann sah er Raketen, die sich in Zeitlupe aus ihren Abschußrampen lösten und mitten in Washington einschlugen. Und in Moskau? Oder in Hamburg? Oder in Berlin? Über den zerbombten Städten standen Atompilze, Laserstrahlen, Bündel von gewaltigen Laserstrahlen schossen einen Regenbogen vom Himmel. Bunte Kristalle regneten auf die Erde. Die Menschen rannten um ihr Leben – sie riefen immer wieder einen Namen. Seinen Namen. »Rooosenblaaaatt«. – Und dann hörte er Glockengeläut.

Dillon beugte sich als erster zu Rosenblatt herab. Er hob seinen Kopf an, drehte sich um und gab Mervin ein Zeichen, er solle mit anfassen. Gemeinsam hoben sie ihn auf die alte Matratze in der Ecke. Nora Sommer hatte noch immer ihre Pistole in der Hand. Die Waffe glitt ihr aus den Fingern und fiel zu Boden.

Dillon zog seinen Mantel aus, rollte ihn zusammen und bettete Rosenblatts Kopf darauf. Nach einer Weile öffnete der die Augen, blickte sich um und sah die drei Männer und Nora Sommer mit staunenden Augen an. Rosenblatt richtete sich auf und schüttelte den Kopf, als wolle er einen bösen Traum loswerden. Er versuchte etwas zu sagen, ließ es dann aber sein. Dillon gab Mervin ein Zeichen. Der Muskelmann nahm Rosenblatt die Fesseln ab. Nora Sommer reichte ihm einen Kaffee aus ihrer roten Thermoskanne. Er trank den Becher in großen Zügen leer.

Wie in der Ostberliner Gethsemanekirche, so wurden an diesem frühen Morgen des 10. November 1989 in vielen Kirchen Berlins und in ganz Deutschland die Glocken geläutet – als Zeichen des Dankes für die Öffnung der Grenzen und die bevorstehende Wiedervereinigung der lange geteilten Nation. Hunderttausende von Gläubigen besuchten spontane Gottesdienste der beiden christlichen Konfessionen.

»Herr im Himmel, deine Diener auf Erden machen ja einen höllischen Lärm«, sagte Dillon, als das Geläut endlich verstummt war, und setzte sich neben Rosenblatt auf die Matratze.

»Habe ich Sie erschreckt, Mr. Rosenblatt?«

Rosenblatt sah ihn ausdruckslos an, dann verzog er den Mund zu einem Lächeln, aber seine Augen lächelten nicht mit.

»Danke, es geht gut. Es war wohl ein kleiner Schwächeanfall. Eine Kreislaufstörung. Hatte ich in letzter Zeit in Livermore schon ein paarmal.«

»Sie sollten sich mal gründlich durchchecken lassen«, sagte Dillon.

Er klopfte Rosenblatt auf die Schulter, stand auf und ging quer durch den Raum. Unter der Luke in der Dachschräge blieb er stehen und blickte nach oben.

Der Himmel über Berlin wurde allmählich heller. Ein Taubenschwarm, der von dem Glockengeläut aufgescheucht worden war, suchte aufgeregt flatternd einen Landeplatz auf dem Kirchendach. In der Ferne flog eine Passagiermaschine mit blinkenden Positionslichtern am Ostberliner Fernsehturm vorüber. Nora Sommer bückte sich und hob ihre Pistole auf.

»Würde es Ihnen etwas ausmachen, mir die Waffe zu geben. Ich kann mir nicht helfen, aber solche Dinger in Damenhand machen mich nervös«, sagte Dillon. »Ich bin da ziemlich altmodisch.«

Er befühlte die blutunterlaufene Beule an seiner linken Schläfe und wandte sich wieder Rosenblatt zu. »Das hätte ich nicht von Ihnen gedacht, Mr. Rosenblatt, daß Sie als Mann der Wissenschaft einem alten Mann ein solches Ding verpassen würden. Von hinten! Das war unfair.«

Er sah Rosenblatt an und grinste müde.

»Sie haben sich ja bereits kennengelernt«, fuhr er in seinem Plauderton fort und blickte zwischen Rosenblatt und der einzigen Frau im Raum hin und her.

»Das ist Dr. Nora Sommer – meine neue Kollegin... Oleg Tasarow hat sie mir sehr empfohlen. Sie arbeitet bereits seit einiger Zeit für uns und hat sich schon einige Verdienste erworben – durch sie sind der Geheimdienst und die Regierung der USA neuerdings bestens über die politische Entwicklung in der DDR informiert. Sie hat Erfahrung auf verschiedensten Gebieten, ist vielseitig, intelligent, raffiniert, gutaussehend, spricht fließend deutsch und russisch – mit anderen Worten: Frau Dr. Sommer hat allerbeste Voraussetzungen für eine große Karriere in der CIA.«

Nora Sommer wurde rot wie ein Schulmädchen und ärgerte sich darüber.

Dillon grinste. Er ging wieder im Raum auf und ab und entdeckte dabei das Loch in der Bretterwand, das die Dachkammer von dem Kreuzgewölbe der Kirche trennte. Er trat näher und blickte hindurch.

In den blaugrauen Holzbänken vor dem Altar saßen noch etwa 100 Menschen, meist junge Leute, die die Nacht über in der Kirche geblieben waren. Durch den Haupteingang kamen ältere Männer und Frauen, allein oder untergehakt. Ein noch junger Pastor im Talar betrat das Pult vor dem Altar, blätterte in der Bibel und nahm einen Notizzettel heraus, auf dem er sich offenbar Stichworte für seine Predigt notiert hatte.

»... wir haben uns heute zu dieser frühen Stunde aus besonderem Anlaß und aus innerem Antrieb in diesem Gotteshaus versammelt. Spontan, mit bewegten Herzen und voller Dankbarkeit wollen wir dem Herrn danken für die Geduld, die er mit uns hatte, und für seine Fürsorge: dafür, daß er in diesem seinem Haus die Verfolgten und Gedemütigten beschützt hat vor jenen, die sie im Auftrag der Staatsmacht verfolgt und gedemütigt haben... Wir wollen aber nicht jene verdammen, die fehlgeleitet worden sind. Sie werden unsere Hilfe brauchen, um das Unrecht zu erkennen, an dem sie mitgewirkt haben... Wir danken dem Herrn für das Wunder, daß er in der hinter uns liegenden Nacht hat geschehen lassen, daß unter seinem Schutz Hunderttausende von Menschen wieder vereint worden sind mit ihren Brüdern und Schwestern, mit ihren Eltern und Verwandten und mit Freunden, die sie lange vermißt haben. Wir danken dem Herrn, daß nach mehr als 28 Jahren die qualvolle Zeit der Trennung der Menschen und der Teilung dieser Stadt friedlich vorübergegangen ist, ohne jegliches Blutvergießen. Doch wir wollen in dieser Stunde der Freude auch der Opfer gedenken, die an der Grenze, an der menschenverachtenden Mauer mitten in Berlin ihr Leben verloren haben. Und wir wollen uns nach Kräften bemühen, auch die Mauern in unseren Köpfen und in unseren Herzen einzureißen. Lasset uns beten: Vater unser, der du bist...«

Die Predigt war in dem Verschlag noch gut zu verstehen.

Dillon trat von dem Guckloch zurück und fragte Nora Sommer: »Haben die Leute vom Staatssicherheitsdienst von hier aus die Menschen in der Kirche observiert?«

Sie nickte.

Dillon schüttelte den Kopf, als widere ihn der Gedanke an wie eine Gotteslästerung.

»Wollen wir ganz offen miteinander reden, bevor wir gemeinsam diese ungemütliche Stätte hier verlassen«, sagte er und schob eine der Kisten mit dem Fuß zu Rosenblatt hinüber, der sich auf die Matratzen gehockt und sein Gesicht in beiden Händen verborgen hatte. Seine Brille lag auf seinen Knien. Dillon setzte sich neben ihn. Die anderen blieben in einigem Abstand im Halbkreis stehen. Nora Sommer in der Mitte.

»Ich verstehe, daß Sie noch immer schockiert sind. Sie werden sich fühlen wie ein Fuchs, der in die Falle gegangen ist – sagen wir lieber, wie ein Hase. Aber wir haben jetzt keine Zeit für Sentimentalitäten, Mr. Rosenblatt. Wir brauchen Ihre Entscheidung.«

Unsicher hob Rosenblatt den Kopf. Seine Augen waren gerötet. Er setzte seine Brille auf.

»Haben Sie eine Zigarette«, fragte er und ließ sich auch Feuer geben.

»Wieso brauchen Sie meine Entscheidung?«

»Das will ich Ihnen gern erklären: Wir haben Sie kurz vor Ihrem Ziel abgefangen. Verdammt kurz vor dem Ziel. Bevor Sie wichtigste militärische Geheimnisse der Vereinigten Staaten verraten konnten! Die wichtigste Frage, um ganz offen zu sein, ist für mich jedoch: Sind Ihre Forschungsunterlagen noch in Ihren Händen, die Disketten, die Magnetbänder aus Livermore mit den Berechnungen für SDI, für die Weltraumstationen, für die Laserstrahl-Raketensysteme und was Sie sich noch so alles ausgedacht haben – oder haben Sie all dieses Zeug bereits an die Sowjets geliefert, bevor Sie selber über die Mauer gesprungen sind?«

Rosenblatt antwortete nicht.

Dillon zertrat seine Zigarettenkippe auf dem Holzfußboden.

»Ich habe schon einmal gesagt: Wir haben nicht viel Zeit, Mr. Rosenblatt. Tatsache ist: Wir haben die Macht, Sie in ganz kurzer Zeit nach Westberlin zu schaffen – nennen Sie es ruhig Kidnapping und Verletzung der Hoheitsrechte eines fremden Staates. Es würde niemand erfahren, daß Sie hier waren, daß wir hier waren, und daß wir gemeinsam dieses zusammenbrechende Staatswesen verlassen haben – also wird sich das Problem der Verletzung irgendwelcher Rechte eines souveränen Staates, das Sie vorhin erwähnt haben, auch nicht stellen...«

»Ich verstehe nicht...«

Jetzt räusperte sich Jordan.

»Ich will es Ihnen erklären, wenn ich darf, Mr. Rosenblatt. Unser Freund Mervin da drüben war bei den Marines in Vietnam, bevor er zur Bewachung amerikanischer Botschaften abkommandiert worden ist. Er war damals Sanitäter und hat es gelernt, Spritzen zu setzen. Er könnte Ihnen eine Spritze verpassen – und Sie würden heute Nachmittag in unserem Gewahrsam in Westberlin aufwachen und sich vergeblich fragen, wie Sie dahin gekommen sind... Ich will Ihnen jedoch auch das verraten: Im großen Kofferraum eines Diplomatenwagens der hiesigen US-Botschaft, der draußen parkt. Wir würden die Standarte ausrollen und über den Checkpoint Charlie nach Westberlin fahren, und niemand würde es wagen, das Fahrzeug zu kontrollieren.«

Dillon nahm wieder das Wort.

»Würden Sie also jetzt meine Frage beantworten, Mr. Rosenblatt. Wo sind die Magnetbänder und Disketten mit Ihren Forschungsergebnissen aus Livermore?«

Rosenblatt putzte umständlich seine Brille. Dann sagte er so leise, daß sie genau zuhören mußten: »Die Dokumente sind in diesem Moment nicht in meinen Händen, wie Sie sehen. – Sie sind noch im Westen. Versteckt. Sehr gut aufgehoben.«

Dillon atmete durch und lehnte sich so weit zurück, daß er beinahe über die Kiste nach hinten gekippt wäre. Er lächelte breit und gab sich keine Mühe, seine Erleichterung zu verbergen.

»Das ist fabelhaft. Eine sehr gute Nachricht. Wirklich ganz fabelhaft. Unter diesen Umständen können wir doch noch miteinander ins Geschäft kommen. Natürlich nicht wir beide, wie wir hier stehen, sondern Sie und die Vereinigten Staaten von Amerika. – Ich rede von einem sehr großzügigen Geschäft, für das ich sozusagen der Handlungsbevollmächtigte der Regierung in Washington bin. Genauer gesagt: der Beauftragte des Präsidenten...«

Dillon genoß seinen Triumph. Er ging auf und ab, während er redete und wie ein Schauspieler seine Worte mit großen Gesten unterstrich.

»Es gibt also zwei Möglichkeiten. Und Sie haben die Wahl, Mr. Rosenblatt. Sie allein...«

Betont sorgfältig zündete er sich die vorletzte Zigarette aus seiner Schachtel an und blies den Qualm mit dicken Backen aus. »Entweder wir bringen Sie jetzt auf die beschriebene Weise nach Westberlin und dann in die USA zurück. Dort wird Ihnen der Prozeß wegen Spionage und Landesverrat gemacht, wegen versuchten Landesverrats, um genau zu sein. Ich bin zwar Laie, aber das würde in Ihrem besonders schweren Fall trotzdem zehn bis zwanzig Jahre hinter Gittern bedeuten. Oder...«, Dillon legte eine kurze Pause ein, »oder Sie sind mit folgendem Agreement einverstanden: Sie liefern uns Ihr gesamtes Forschungsmaterial wieder aus. Sie kommen mit uns in die USA zurück und erhalten, wie ich Ihnen schon am Brandenburger Tor gesagt habe, ein Honorar von zwei Millionen Dollar, und zwar dafür, daß durch Ihre wenn auch späte Einsicht der technologische Rüstungsvorsprung der Vereinigten Staaten von Amerika gegenüber der Sowjetunion erhalten bleibt...«

Mervin, der Muskelmann, pfiff leise durch eine Zahnlücke.

Als müsse er die Summe rechtfertigen, wandte sich Dillon an Nora Sommer. »Wir leben nun mal in einer kapitalistischen Gesellschaft, Mrs. Sommer, in der man davon ausgeht, daß alles seinen Preis hat – aber das werden Sie schnell lernen.«

Rosenblatt sagte nichts. Er schien unbeeindruckt.

Dillon begann sich Sorgen über seine Reaktion zu machen. »Nun, was halten Sie von diesem Angebot? Ach übrigens, bald hätte ich es vergessen: Mrs. van Holten läßt Sie grüßen. Sie empfiehlt Ihnen sehr, auf meinen Vorschlag einzugehen!«

Rosenblatt erwachte aus seiner Erstarrung.

»Ines? Wo ist sie?«

»Sie wartet nur ein paar Kilometer von hier entfernt auf Sie. In Westberlin. Wir haben sie zu ihrem eigenen Schutz vorübergehend in unsere Obhut genommen – nachdem sie Sie in Ihrer Pension angerufen hatte und dabei war, einen großen Fehler zu begehen – Beihilfe zum Hochverrat, oder wie man das juristisch nennen würde.«

Rosenblatt lächelte flüchtig und schwieg wieder. In der Kirche setzte die Orgel ein. Die Gemeinde sang einen Choral.

»Wissen Sie«, begann Rosenblatt schließlich, »da wäre noch etwas sehr Entscheidendes...«

»Okay, okay, reden Sie schon«, sagte Dillon ungeduldig und stellte sich, als die Orgel lauter wurde, dicht neben ihn, um ihn besser verstehen zu können.

»Ich... Ich werde nie wieder in Livermore arbeiten und weder an SDI noch an der Entwicklung von sonst irgendwelchen Waffensystemen mitwirken! Nie wieder! Ich will damit nichts mehr zu tun haben! Und: Meine alten Projekte dürfen auch nicht von anderen weitergeführt werden! Können Sie mir das zusagen, Mr. Dillon?«

Dillon dachte nach. Darüber hatte er gestern nachmittag über die abhörsichere Satellitenverbindung von Westberlin nach Washington mit Donald Ingham und Brent Scowcroft nicht gesprochen. Die beiden hatten im Büro des Sicherheitsberaters des Präsidenten zusammengesessen und mit ihm eine Verhandlungstaktik für das entscheidende Treffen mit Rosenblatt überlegt. »Egal, was er verlangt. Seien Sie großzügig«, hatte Scowcroft gesagt. »Wir wollen die Sache vom Tisch haben. So elegant wie möglich. Geld spielt also keine Rolle. Bieten Sie erst mal zwei Millionen...« Doch dummerweise hatten sie nicht an eine solche Forderung von Rosenblatt gedacht.

Dillon entschloß sich, ganz offen zu sein.

»Ehrlich gesagt, Mr. Rosenblatt, darüber habe ich mit Washington noch nicht gesprochen, aber...« Er zögerte. »...aber wenn Sie das unbedingt wollen, das heißt, wenn Sie nicht mehr in Livermore oder für unsere Atomwaffenforschung überhaupt arbeiten wollen, dann habe ich persönlich dafür Verständnis, und ich meine, eine solche Entscheidung ist nach meiner Logik ganz allein Ihre Sache. Niemand könnte Sie ja dazu zwingen, bahnbrechende wissenschaftliche Ideen zu haben. Vielleicht fällt Ihnen ja ohnehin nichts mehr ein, nach allem, was Sie durchge-macht haben...«

Dillon grinste vertraulich.

»Nein. Kein fauler Kompromiß«, sagte Rosenblatt schroff. »Teil unserer Abmachung muß sein: Ich arbeite nie mehr auf meinem bisherigen Gebiet als Atomphysiker, und meine bisheri-gen Arbeiten dürfen nicht...«

Dillon seufzte laut.

»Einverstanden. Das müssen wir wohl akzeptieren. Und sonst sind Sie mit allem einverstanden, was ich vorgeschlagen habe?«

Wieder schwieg Rosenblatt lange. Schließlich sagte er: »Ich bekomme also die von Ihnen genannte Summe und eine neue Identität. Neue Papiere, neue Legende, oder wie man das in Ihren Kreisen nennt, alles, was man braucht, um irgendwo auf der Welt ungestört ein neues Leben anfangen zu können...«

»Hört sich interessant an«, sagte Dillon, »sehr gute Idee, kann ich nachvollziehen... Neue Papiere und so weiter sind natürlich überhaupt kein Problem. Für Frau van Holten vielleicht auch? Nach meinem Eindruck würde sie mit Ihnen gehen wollen.«

Rosenblatt lächelte, zum ersten Mal.

»Gut. Ich bin sicher, das läßt sich alles arrangieren«, sagte Dillon. Er stand auf und klopfte Rosenblatt auf die Schulter. »Und nun sagen Sie mir, wo die Sachen deponiert sind.«

»Einen Moment noch. Wer garantiert, daß unsere Abmachun-gen eingehalten werden?«

»Niemand...« sagte Dillon. »Nur ich – um genau zu sein. Sie müssen mir schon einen Vertrauensvorschuß einräumen, Mr. Rosenblatt, anders geht es nicht.«

Er streckte seine Hand aus. Zögernd schlug Rosenblatt ein.

»Wo also sind Ihre Disketten und Magnetbänder?«

Rosenblatt ließ sich einen Zettel geben, holte einen Filzstift aus der Manteltasche und schrieb etwas darauf.

Dillon griff hastig danach, las, was Rosenblatt geschrieben hatte und grinste breit.

»Gutes Versteck. Wirklich ein sehr originelles Versteck! Ich werde hinfliegen und hinfahren und Ihr Lebenswerk – Ihr bisheriges Lebenswerk – selber abholen. Hoffentlich sind es diesmal die richtigen Dateien. Mit den alten Sachen, die Sie in Ihrem Westberliner Pensionszimmer versteckt hatten, haben Sie uns ja ganz schön reingelegt.«

Rosenblatt lächelte.

»Vorsicht, Mr. Dillon«, sagte er dann, »prägen Sie sich genau ein, was ich da aufgeschrieben habe. Es wird in ein paar Minuten nicht mehr zu lesen sein – Oleg Tasarow hat mir einen Stift mit dieser Tinte gegeben, die unsichtbar wird.«

»Ach ja, der gute alte KGB...«, sagte Dillon, knüllte den Zettel zusammen und warf ihn durch die Dachluke.

20

Freitag, 10. November 1989
Draußen war es inzwischen hell geworden. In der Gethsemanekirche ging der Gottesdienst zu Ende. Der junge Pastor baute
sich am Ausgang auf und schüttelte allen Gläubigen, die zu so
ungewöhnlicher Stunde in der Kirche gewesen waren, herzlich
die Hand. Auch Dillon, Rosenblatt, Jordan, Nora Sommer und
Mervin, dem Muskelmann.

Mervin hatte den Ford Lincoln mit dem Diplomaten-Kennzei-
chen gleich um die Ecke in der Stargarder Straße geparkt. Ein
paar Jugendliche bestaunten die riesige schwarze Limousine mit
den dunkel getönten Seitenscheiben. Sie staunten noch mehr, als
Mervin an beiden vorderen Kotflügeln die zusammengerollte
Stars-and-Stripes-Standarte enthüllte, bevor er seine massige
Figur hinter das Lenkrad zwängte und losfuhr.

Nora Sommer saß auf dem Beifahrersitz und erklärte den Weg
vom Ostberliner Bezirk Prenzlauer Berg zum Grenzübergang
»Checkpoint Charlie«, denn Mervin, der Fahrer und Bodyguard,
war neu an der US-Botschaft in Ostberlin. Auf der Rücksitzbank
hatten Jordan und Dillon Peter Rosenblatt in die Mitte genommen.

Sie fuhren über die Schönhauser Allee zum Alexanderplatz,
weiter über die Karl-Liebknecht-Straße und »Unter den Linden«
auf das Brandenburger Tor zu. Von weitem konnten sie sehen, daß
noch immer Tausende von Menschen auf der Mauer standen.

»Was ich Sie noch fragen wollte, Mr. Rosenblatt«, sagte Dillon.
»Was haben Sie eigentlich vor zwei Jahren hier in Ostberlin gemacht? Sie hatten als Geheimnisträger doch striktes Reiseverbot
für alle Ostblockstaaten?«

»Woher wissen Sie, daß ich hier war?«

»Ich habe ein Foto gesehen, bei Lea Ginsburg in Livermore.
Da stehen Sie auf der Ostseite des Brandenburger Tores. Dieses
Foto hier!«

Dillon holte das Bild aus seiner Jackentasche, das er bei Lea Ginsburg hatte mitgehen lassen.

»Bei Lea waren Sie also auch.«

Rosenblatt warf einen flüchtigen Blick auf das Foto und starrte dann weiter geradeaus. Die Mauer, hohe Lichtmasten, Stacheldraht, tauchte auf. Eine schwarz-rot-goldene Fahne mit dem Hammer-und-Zirkel-Symbol war zu sehen. Auf der anderen Seite der Mauer wehte eine US-Flagge schlaff im Wind. Sie näherten sich dem Checkpoint.

»Ich war zu einer militärwissenschaftlichen Tagung in Westberlin«, erzählte Rosenblatt, »zwei Agenten des DDR-Staatssicherheitsdienstes haben sich im Hotel an mich herangemacht und mich mit meiner alten Verpflichtungserklärung erpreßt – die hatte ich, wie Sie vermutlich inzwischen wissen, als junger Mann unterschreiben müssen, bevor wir damals von Ostberlin in die USA auswandern durften. Sie verlangten, daß ich mich endlich dankbar zeige und ihnen Informationen liefere. Sie zwangen mich, zu einem Gespräch mit einem Stasi-General nach Ostberlin zu kommen. Und vorher zeigten sie mir noch stolz die Hauptstadt der DDR – dabei ist dann dieses Foto entstanden.«

»Und? Haben Sie den General getroffen?«

»Ja, in einem Hotel. Es war ein erstaunlich gutes Gespräch. Dieser Geheimdienst-General war zu meiner Überraschung ein weltgewandter Gentleman, eloquent, mit vorzüglichen Manieren. Er versuchte mich bei einem Essen zu überreden, für die Auslandsaufklärung des Ministeriums für Staatssicherheit zu arbeiten. Als ich das ablehnte, hat er das sehr bedauert...«

»Das glaube ich gerne«, sagte Dillon. »Und weiter? Was ist dann passiert?«

»Nichts. Er hat sich für das Gespräch bedankt und seinen Leuten den Befehl gegeben, mich wieder nach Westberlin zurückzubringen. Das war alles...«

Dillon sah ihn ungläubig an und tippte Nora Sommer auf die Schulter.

»Was sagen Sie dazu, Nora? Haben Sie das überprüfen können?«

Die Frau auf dem Beifahrersitz drehte ihren Kopf nach hinten.

»Ja. Es stimmt, was er sagt. Das Treffen fand am 15. August 1986 zwischen 19 und 22 Uhr in einer Suite des Palast-Hotels statt.«

»Wer war dieser General?«

»Markus Wolf persönlich, damals noch stellvertretender Minister des MfS. ›Mischa‹ Wolf hat sich mit besonders interessanten Leuten gerne selbst getroffen. Das war eine seiner Eigenarten.«

»Und? Was war das Ergebnis des Treffens?«

»Es ist ergebnislos verlaufen. In den Akten steht, die ›Quelle Excalibur‹ – Herr Rosenblatt ist beim Stasi unter diesem Decknamen registriert – habe die Zusammenarbeit verweigert. Es solle kein weiterer Druck ausgeübt werden, denn es bestehe die Möglichkeit, daß ›Excalibur‹ eines Tages von sich aus Kontakt aufnehmen werde...«

»Dieser Markus Wolf scheint ein hervorragender Psychologe zu sein. Er hat Sie und Ihre Seelenverfassung genau analysiert.«

Dillon sah den Mann neben sich an.

»Wissen Sie übrigens, daß Wolf inzwischen aus seinem Amt ausgeschieden ist und sich jetzt der Opposition anschließen will? Neulich habe ich ihn im Radio bei einer Demonstration reden hören.«

Der Lincoln bog nach links in die Friedrichstraße ab und schwamm im Strom der kleinen Trabbis und Wartburgs wie ein Schlachtschiff auf den Checkpoint zu.

Hunderttausende von Ostberlinern waren an diesem Morgen unterwegs. Zu Fuß und mit ihren Autos. Überall waren aufgeregte, lachende, vor Freude weinende Menschen zu sehen. Ein paar hundert Leute marschierten noch wie die Nachhut der Revolution vom Alexanderplatz aus in Richtung Brandenburger Tor, mit dem Ruf auf den Lippen, der bei den großen Demonstrationen in Leipzig und Berlin zur Parole des Umsturzes in der DDR geworden war: »Wir sind das Volk!«... »Wir sind das Volk.!«

Nora Sommer hob die rechte Hand, um ihnen zuzuwinken, ließ sie jedoch wieder sinken.

Der schwere Lincoln kam nur langsam vorwärts. Auf den

breiten, sonst so leeren Ostberliner Straßen staute sich überall der Verkehr. Endlose Fahrzeugkolonnen schoben sich Meter um Meter in Richtung Westen vor. An allen Grenzübergängen, die noch in der Nacht und am Morgen geöffnet worden waren, bildeten begeisterte Westberliner kilometerlang Spalier, beklatschten und bejubelten jeden einzelnen Wagen aus dem Ostteil der Stadt, klopften auf die Plastikdächer, steckten den gern sogenannten »Brüdern und Schwestern« Geschenke zu. Blumen, Bargeld und Bananen. Ganz Berlin schien auf den Beinen.

Im Osten ging an einem stahlblauen Himmel eine blasse Sonnenscheibe auf. Im Westen war noch der Mond zu sehen. Es war noch immer frostig kalt und windstill. Vor dem Checkpoint Charlie wurde der schwarze Lincoln an den Schlangen wartender Fahrzeuge vorbeigewunken. Soldaten der Grenztruppe der Deutschen Demokratischen Republik salutierten stramm. Niemand kontrollierte den Wagen mit der US-Standarte. »Kiek bloß, die Amis sind ooch schon hier«, riefen die Leute. Wie an allen Übergängen hatten sich auch am Checkpoint Charlie Kamerateams postiert, um die Bilder des deutschen Wiedervereinigungsjubels in alle Welt zu übertragen. Als er die Kameras sah, drückte Dillon Rosenblatt hastig eine zerknitterte *International Herald Tribune* vom Vortag in die Hand.

»Halten Sie sich die Zeitung vors Gesicht – sonst sieht man Sie noch in den Nachrichtensendungen von CNN oder CBS in Washington oder Livermore.«

Mervin drehte das Radio lauter. Der RIAS, der »Rundfunk im amerikanischen Sektor«, berichtete wie die anderen Radiostationen in der Stadt live von der Begeisterung auf beiden Seiten der Mauer: »Auf der Mauer am Brandenburger Tor haben Tausende die ganze Nacht hindurch bis zum Sonnenaufgang die rauschendste Party des Jahrhunderts gefeiert«, sagte ein Reporter mit heiserer Stimme und hielt das Mikrophon in die Menge. Wieder war der Chor der Begeisterung zu hören: »So ein Tag, so wunderschön wie heute...« Das Lied zum Mitsingen schien an diesem 10. November die neue gesamtdeutsche Nationalhymne zu sein.

Auch die Wageninsassen des Lincoln wurden von der Volks-fest-Stimmung angesteckt. Sie winkten den Leuten zu, die stür-misch Beifall klatschten, als der Wagen mit der US-Standarte gleich hinter der Sektorengrenze ganz langsam durch die Men-schenmenge rollte.

Rosenblatts Miene blieb verschlossen. Dillon legte seinen rechten Arm um seine Schulter und drückte ihn an sich. »Jesus Christ, Rosenblatt, machen Sie doch nicht so ein Gesicht. Ist das nicht schön, wie sich die Deutschen freuen? Das könnte das Ende des Kalten Krieges sein. Die Abrüstungsverhandlungen werden bald große Fortschritte machen. Das dürfte Sie als Friedens-freund doch besonders freuen.«

Dillon schlug seinem Nachbarn auf dem Rücksitz der Staats-karosse heftig auf die Schulter. »Daß wir das zusammen erleben dürfen...?!«

Wie die meisten Deutschen hatte Lothar Damann, der Gemein-dedirektor von Hartmoor, einer Nachbargemeinde von Birk-holz, die ganze Nacht über mit seiner Frau Lotte vor dem Fern-sehgerät gesessen, um die Live-Übertragungen aus Berlin zu ver-folgen. Trotzdem war er nicht müde. Im Gegenteil. Die Bilder hatten den ehemaligen DDR-Bürger, der kurz vor dem Bau der Mauer aus Mecklenburg in die Bundesrepublik gekommen war, innerlich aufgewühlt. Lothar Damann und seine Frau Lotte hat-ten vor Freude geweint. Wie die meisten Deutschen in dieser Nacht.

Gegen vier Uhr morgens ging er auf den Hof seines kleinen Anwesens, um frische Luft zu schnappen. Wie in Berlin stand auch über Norddeutschland der Vollmond und tauchte das hüg-lige Geest-Land in bläuliches Licht.

Hervorragendes Büchsenlicht, dachte Damann. In ihm er-wachte der Jagdinstinkt. Ihm fiel wieder ein, daß er die Nacht eigentlich auf dem Hochsitz verbringen wollte, denn vor ein paar Tagen hatte er in seinem zwischen Hartmoor und Birkholz gele-genen Revier einen kapitalen Keiler mit mächtigen Hauern beob-achtet, etwa 1,80 Meter lang und 200 Kilo schwer, den größten, den er je in dieser Gegend gesehen hatte. Er mußte aus einem rund zehn Kilometer entfernten Gatterrevier ausgebrochen und in sein Revier übergewechselt sein, vermutlich, weil er die Gruppe mächtiger alter Eichen entdeckt hatte, unter denen der Boden von schmackhaften Eicheln übersät war.

Als er den Keiler gesehen hatte, war Damann auf Hasen aus gewesen. Er hatte das falsche Gewehr und die falsche Munition dabei gehabt, so daß er den Keiler laufen lassen mußte.

Es war noch mehr als zwei Stunden Zeit bis zum Sonnenaufgang.

Damann zog seine Jagdkleidung und den Mantel über und nahm die Sauer-Repetierbüchse und Munition für die Schwarzwildjagd aus dem abschließbaren Schrank im Flur. Dann fuhr er in seinem grünen Suzuki-Jeep an den wuchtigen Reetdachhäusern vorüber aus Hartmoor hinaus und weiter über die Kreisstraße in Richtung Birkholz. Auf halber Strecke zwischen den beiden Ortschaften stand der Mond über einem dunklen Mischwald mit alten Buchen, mit neugepflanzten Birken und hundertjährigen Eichen. Damann bog rechts in einen Forstweg ein, holperte mit seinem Wagen noch einen Kilometer weit durch ausgewaschene Schlaglöcher und über armdicke Baumwurzeln und stellte den Jeep am Rande seines Jagdreviers neben einem großen Holzstapel ab.

Nach einem kurzen Fußmarsch kletterte er mit dem Gewehr auf der Schulter auf seinen Hochsitz. Man konnte in dieser Nacht tatsächlich hervorragend sehen. Damann ließ seinen Blick zwischen dem Waldrand, den Weiden und den abgeernteten Maisfeldern hin- und herschweifen. Immer wieder richtete er das Fernglas auf die großen Eichen. Dort war der Keiler gewesen.

Damann hockte sich hin und wartete, das Gewehr griffbereit zwischen die Knie geklemmt. Eine Viertelstunde, eine halbe Stunde, eine Stunde lang. Es war ruhig und windstill. Allmählich machte sich bei ihm die vor dem Fernsehgerät verbrachte Nacht bemerkbar. Ab und zu sackte sein Kinn auf seine Brust. Gegen halb sechs nickte er ein.

Ein Geräusch weckte den Jäger. Aus der Richtung der 40

Meter entfernten Eichen kam wohliges, schmatzendes Grunzen. Damann riß sein Fernglas hoch, konnte jedoch minutenlang nichts sehen. Aber das Grunzen hielt an. Endlich tauchte hinter dem meterdicken Stamm des größten Baums der Kopf des Keilers auf. Mit der spitz zulaufenden Schnauze durchpflügte er auf der Suche nach Eicheln, Würmern und Insektenlarven den weichen Boden. Nur die vordere Hälfte des massigen Körpers war zu sehen. Als Damann sein Gewehr in Anschlag nahm und das Fadenkreuz im Zielfernrohr auf den Kopf justierte, machte das Wildschwein plötzlich ein paar Schritte rückwärts. Nach ein paar Minuten tauchte das Tier wieder auf. Diesmal mit dem Hinterteil zuerst. Wieder ging es in Deckung, bevor Damann schußbereit war.

Fast schien es dem Jäger, als wolle der Keiler ihn ärgern. Sein Zeigefinger zuckte nervös am Abzug. Hinter den Tannen wurde der Himmel heller und heller. Bald würde das prächtige Stück Schwarzwild im dichten Unterholz verschwinden.

Als sich der Keiler zum vierten oder fünften Mal aus der Deckung hervortraute, drückte Damann ab. Einmal. Und dann noch einmal. Die Schüsse zerrissen die Stille. Grell blitzte Mündungsfeuer auf. Dutzende von Vögel flatterten aus den Baumwipfeln. Ein langgezogener, fast menschlicher Klagelaut tönte von den Eichen herüber. Der Schrei entfernte sich schnell. Dann war es still. Der Keiler schien getroffen, aber nicht tot zu sein. Das Tier war nicht mehr zu sehen. Auch nicht durch das Fernglas.

Nach ein paar Minuten kletterte Damann vom Hochsitz herunter, nahm das Gewehr schußbereit unter den Arm und ging erst schnell und dann, je näher er den Eichen kam, immer langsamer vorwärts – mit einem angeschossenen Keiler dieser Größe ist nicht zu spaßen. Er blieb stehen. Überall war die Erde aufgewühlt. Dann sah er die rote Schweißspur. Sie führte zum Buschwerk hinüber. Der Keiler war tatsächlich angeschossen. Damann folgte der Spur. Aber am Waldrand kam er nicht weiter. Hier wucherte dichtes, dorniges Brombeergestrüpp. Der Keiler war offenbar hindurchgebrochen. Der Jäger machte einen größeren Bogen um das Gebüsch herum.

Eine Morgenbrise ging raschelnd durch das Herbstlaub in den Baumwipfeln. Plötzlich stieg Damann der Geruch in die Nase. Süßlicher, ekliger Geruch. Verwesungsgeruch. Er hielt sich die Nase zu, ging dann aber gegen den leichten Wind dem Geruch nach. Er bog das dichte Brombeerbuschwerk auseinander.

Dann sah er den Toten. Genauer gesagt: einen Körper, der mitten in dem Brombeergebüsch gegen einen bemoosten alten Baumstumpf gelehnt war – einen Körper ohne Kopf.

Damann drehte sich um, wankte ein paar Schritte zurück, blieb stehen und würgte. Taumelnd lief er bis zu seinem Hochsitz. Der Leichengeruch ging nicht aus seiner Nase. Er stützte sich mit beiden Händen gegen die Leiter des Hochsitzes und übergab sich. Dann lief der Jäger zu seinem Jeep, raste nach Hause zurück und alarmierte die Polizei.

Gut eine Stunde später, gegen acht Uhr, traf Hauptkommissar Manfred Lohmer am Tatort ein. Feldhusen von der Spurensicherung und zwei Kollegen waren schon vor ihm da. Der Arzt aus dem nächsten Kreiskrankenhaus, den die Polizei bei Leichenfunden häufig um eine erste Diagnose bat, kam zehn Minuten später. Zuletzt kam ein Fahrzeug der Feuerwehr mit einem Zinksarg in das Jagdrevier des Gemeindedirektors.

Der Verwesungsgeruch war kaum auszuhalten. Die Männer hielten sich Taschentücher vor Mund und Nase, husteten und würgten immer wieder. Der Anblick des kopflosen Körpers mit der riesigen Wunde zwischen den Schultern war auch für sie schwer zu ertragen.

»Der Mann ist schon etwa vier bis sechs Tage tot«, schätzte der Arzt. »Sieht nach Selbstmord aus, da hat sich einer auf besonders brutale Weise hingerichtet.«

Feldhusen kam mit weißem Gesicht aus dem Gebüsch gekrochen und meldete Lohmer: »Neben der linken Hand liegt eine noch halbvolle Mineralwasser-Dose. Der rechte Arm ist leicht angewinkelt. Die rechte Hand ist geöffnet. An der Handfläche und an den Fingern sind Schmauchspuren. In...« Feldhusen blickte auf seine Notizen, »... in 24 Zentimetern Entfernung von den Fingerspitzen der geöffneten rechten Hand liegt eine Pistole am Boden.«

»Danke, Jan«, sagte Lohmer, »einen Scheißjob haben wir.«

Feldhusen würgte noch einmal, bevor er weiterreden konnte.

»Wenn du mich fragst, dann hat er den Mund voll Mineralwasser genommen, sich den Lauf zwischen die Lippen gesetzt und abgedrückt. Das hat ihm den ganzen Kopf weggesprengt, wie wenn man in einen mit Wasser gefüllten Luftballon schießt. Eine üble Selbstmordart – besonders für die Nachwelt. Eine Methode von Profis, die aus irgendwelchen Gründen nicht identifiziert werden wollen, habe ich kürzlich in unserem Fachblatt *Kriminalistik* gelesen.«

»Was hast du gesagt? Was für eine Pistole ist das?« fragte Lohmer.

»Dazu habe ich noch nichts gesagt. Ich muß erst eine Plastiktüte aus dem Wagen holen, ich bring dir die Waffe gleich, wenn ich die Fotos gemacht habe. Sieht aber aus wie unsere gute alte Dienstpistole, wie eine Walther PPK.«

»Es ist aber keine – es ist eine russische Makarow«, sagte Lohmer, »die ist baugleich mit der Walther.«

»Tatsächlich, es ist eine Makarow«, sagte Feldhusen staunend, als er mit der Pistole in einer numerierten Plastiktüte aus dem Brombeergebüsch kam. »Wie hast du das aus der Entfernung gesehen?«

»Ich habs nicht gesehen, ich wußte es«, sagte Lohmer einsilbig. »Es ist dieselbe Waffe, mit der der Hofhund vom alten Gehrhoff in Birkholz erschossen wurde.«

Lohmer fragte Feldhusen, ob er irgend etwas gefunden habe, um den Toten zu identifizieren.

»Nein. Nichts. Keine Papiere, keine Visitenkarten, keine Zettel, keine Fotos, auch keinen Abschiedsbrief. Absolut nichts. Der Mann wollte nicht identifiziert werden. Der wollte nicht mal gefunden werden, sonst hätte er sich nicht zum Sterben in ein so dichtes Dornengebüsch verzogen, wo normalerweise doch kein Mensch hinkommt.«

»Ich hab schon immer gewußt, daß du unterschätzt wirst«,

sagte Lohmer und wandte sich um. »Es stimmt – Oleg Tasarow wollte spurlos vom Erdboden verschwinden ...«

»Woher kennst du seinen Namen?« rief Feldhusen ihm nach.

Lohmer antwortete nicht.

Er ging schon den schmalen Waldweg hinunter zu seinem Dienstwagen, als der Tote in den Zinksarg gelegt wurde.

Es war kurz vor neun Uhr.

Auf der Fahrt zum Kriminalkommissariat nach Cuxhaven schaltete Lohmer das Autoradio ein. Im Vormittagsmagazin brachte der Norddeutsche Rundfunk eine aktuelle Zusammenfassung der dramatischen Ereignisse der vergangenen Nacht in Berlin und an der deutsch-deutschen Grenze. Und erste Kommentare von Politikern. Unter dem Beifall begeisterter Zuhörer sprach der Regierende Bürgermeister von Berlin, Walter Momper, gerade den Satz des Tages in die Mikrophone von Rundfunk- und Fernsehreportern aus aller Welt. »Die Deutschen«, sagte Momper, »sind an diesem Tag das glücklichste Volk der Welt!«

Lohmer schaltete das Radio wieder aus.

Zwei Stunden nach der Abfahrt an der Ostberliner Gethsemane-Kirche bog die schwarze Limousine in die Toreinfahrt eines Backsteingebäudes am Tempelhofer Ufer ein, in dem eines der Westberliner CIA-Büros untergebracht ist. Die fünf Wageninsassen hörten ebenfalls die Nachrichtensendung im Autoradio: »... während Bundeskanzler Helmut Kohl bei einem Staatsbesuch in Polen von den Ereignissen in Berlin überrascht wurde und erst in Kürze eine Stellungnahme abgeben wird, erklärte Berlins Regierender Bürgermeister Walter Momper: ›Die Deutschen sind an diesem Tag das glücklichste Volk der Welt ...‹«

Mervin stellte erst das Radio, dann den Motor ab.

»Wir sind da, Mr. Rosenblatt«, sagte Henrik C. Dillon. »Willkommen im freien Westen! Sie werden schon sehnsüchtig erwartet, nehme ich an.«

Ines van Holten saß sorgfältig zurechtgemacht und mit übereinandergeschlagenen Beinen auf einem braunen Ledersofa. Sie legte die druckfrische Boulevardzeitung mit der Schlagzeile »Die

Mauer ist weg« aus der Hand, als die schallisolierte Tür des Besprechungszimmers geöffnet wurde.

»Hello, Mrs. van Holten«, rief Dillon eine Spur zu laut und grinste breit, »wir haben Besuch für Sie mitgebracht.«

Dillon ging einen Schritt zurück, Rosenblatt trat ein, machte zögernd ein paar Schritte nach vorne.

Ines van Holten sprang auf, stieß gegen ein Bein des Glastisches und verlor dabei einen ihrer hochhackigen Schuhe. Sie stolperte nach vorn und fiel Peter Rosenblatt in die Arme. Er fing sie auf und drückte sie an sich. Erst zaghaft, dann so fest, daß sie kaum noch Luft bekam.

Er wollte etwas sagen.

»Sag nichts«, sagte sie, »nicht jetzt. Hauptsache, du bist da...«

Dillon räusperte sich diskret.

»Wenn es Ihnen recht ist, dann lassen wir Sie jetzt eine Weile allein. Sie werden sich viel zu sagen haben... Ich sorge dafür, daß gleich ein kleines Frühstück serviert wird.«

Er zog die Tür hinter sich zu.

Minutenlang nahmen die versteckten Mikrophone keine Geräusche auf. Dann hörten die Männer mit den Kopfhörern im Zimmer nebenan ein unterdrücktes Schluchzen und eine Frauenstimme.

»... ich bin glücklich, daß du da bist. Ich liebe dich...«

Die Männerstimme flüsterte etwas. Kaum ein Wort war zu verstehen, obwohl die in den zahlreichen Deckenstrahlern eingebauten Mikrophone überaus empfindlich waren.

Endlich berichtete Rosenblatt seiner Geliebten mit verständlicher Stimme von seiner Abmachung mit Dillon: daß er als Gegenleistung dafür, daß er seine elektronisch gespeicherten Forschungsprojekte nicht an die Sowjets weitergegeben habe, zwei Millionen Dollar erhalten werde, daß sie beide mit neuen Identitäten irgendwo auf der Welt ein neues Leben beginnen könnten, daß er also nicht mehr nach Livermore zurückgehen werde und seine gesamten bisherigen Rüstungsprojekte, nicht nur die für SDI, von niemand anderem weiterbetrieben werden würden.

»Es ist besser so, wie es gekommen ist... Du wärst drüben doch nicht glücklich geworden... Ich glaube, es ist wirklich besser so«, sagte die Frau.

Die Männerstimme flüsterte wieder. Zu verstehen war sie erst wieder, als sie sagte: »... und was machen wir mit deinem Sohn?«

»Er kann erst einmal bei meinen Eltern bleiben«, sagte die Frauenstimme, »und dann werden wir sehen...«

»Gut. Darüber reden wir, wenn uns niemand mehr zuhört«, sagte Rosenblatt.

Von da an sprachen die beiden laut und deutlich über das vorzügliche Frühstück, das gerade gebracht worden war.

»Rosenblatt hat schnell dazugelernt«, sagte Dillon zu Jordan und nahm den Kopfhörer ab.

Nach einer halben Stunde ging er in das Besprechungszimmer hinüber und sagte zu Rosenblatt und Ines van Holten, sie würden vorübergehend in einer Villa im Grunewald untergebracht. Er selber werde gleich nach Norddeutschland fliegen, um an dem von Rosenblatt angegebenen Platz die Disketten und Magnetbänder aus Livermore sicherzustellen.

»Erst dann, und wenn es diesmal wirklich das Originalmaterial ist, wird unser Abkommen in Kraft treten, Mr. Rosenblatt! Ihr Kollege Fredrikson wartet schon in Frankfurt, um die Dateien zu prüfen.«

Dillon und Jordan flogen vom amerikanischen Militärflughafen in Berlin-Tempelhof nach Niedersachsen. Die zweimotorige Propellermaschine der Air Force setzte kurz vor drei Uhr nachmittags auf der Landepiste des Bundeswehr-Flughafens Nordholz bei Cuxhaven auf.

Ein Range Rover rollte an die Maschine heran. Lieutenant Bernhard Greenberg vom CID Bremerhaven kletterte heraus und salutierte lässig, als Dillon und Jordan in seinen Wagen stiegen.

»Wo soll's denn hingehen?« fragte er.

Dillon nannte das Ziel.

»Das Waldgebiet Wingst kenne ich, aber einen alten jüdischen Friedhof – nie davon gehört.«

Auch auf der Generalstabskarte war der Friedhof nicht eingetragen.

»Keine Angst, den werden wir schon finden. Da müssen wir eben ein paar Einheimische fragen.«

Greenberg erkundigte sich in einem Hotel und dann bei einem Arbeiter des mitten im Wald gelegenen Wasserwerkes. Der Mann stieg zu ihnen in den Wagen und dirigierte sie über eine ungepflasterte Nebenstraße und über einen Waldweg zu dem verrosteten, schief in den Angeln hängenden Gittertor.

»Dahinter sind die alten Judengräber«, sagte er, »da kümmert sich kein Mensch mehr drum.«

Dillon, Jordan und Greenberg gingen an den Reihen der umgestürzten, von Moos bewachsenen Grabmäler mit den meist hebräischen Inschriften vorüber. Schließlich fanden sie das Grab des Isaak Rosenblatt. Rings um den umgestürzten Stein herum war geharkt worden.

»Helfen Sie mir mal«, sagte Dillon zu Greenberg.

Gemeinsam schoben sie den Grabstein zur Seite. Tatsächlich. Darunter, in einer kleinen Kuhle, lag, wie Rosenblatt es aufgeschrieben hatte, eine Blumenschale und darin eine Plastiktüte.

Dillon befühlte die Tüte und öffnete sie.

Sie war leer.

Dillon wurde kreidebleich. Er griff hinein und fühlte etwas. Er drehte die Tüte um und schüttelte sie. Ein kleiner Zettel flatterte heraus. Ein Stückchen vom Rand einer Zeitungsseite. Darauf stand etwas geschrieben. Dillon entzifferte einen Namen und eine Adresse.

Er lachte. Er lachte so laut, daß Jordan und Greenberg dachten, Henrik C. Dillon sei verrückt geworden.

Nach einiger Mühe hatten sich die drei Amerikaner bei den wortkargen Einheimischen zu der Adresse auf dem Zettel durchgefragt. Sie waren eine halbe Stunde unterwegs. Als sie die schmale Straße erreichten, die am Deich entlangführt, und als ihnen die Wirtin einer kleinen Gastwirtschaft sagte, es sei von hier aus das vierte Haus und man könne auch oben auf dem Deich entlanglaufen, da sagte Dillon zu den beiden anderen, sie sollten in der Gastwirtschaft auf ihn warten. Er wolle das letzte Stück allein gehen.

Lohmer saß auf seinem Lieblingsplatz, auf der vom Sturm gefällten Stockweide am Ufer des Flusses. Er hatte seinen Kopf in die Hände gestützt und blickte auf das Wasser, das strudelnd zum Meer hin floß. Der Fluß war grau wie die Wolken, die der Herbstwind über den Himmel schob.

Aus den Augenwinkeln sah er den Spaziergänger, der auf dem Deich langsam näherkam.

Es war der Mann, auf den er seit Tagen gewartet hatte. Als er nur noch ein paar Meter hinter ihm war, stand Lohmer langsam auf und drehte sich um.

»Hallo, Mr. Dillon...«, sagte er, und dann: »...ist es vielleicht das, was Sie suchen?«

Er reichte dem Amerikaner ein Päckchen, das auf seinem Schoß gelegen hatte. Dillon öffnete es hastig. Darin war ein Dutzend tellergroßer Disketten und Magnetbänder, auf denen *Lawrence Livermore National Laboratory* stand und lange Reihen von Kürzeln und Formeln.

Dillon lächelte verlegen und erleichtert zugleich. Lohmer machte eine einladende Handbewegung.

Sie setzten sich nebeneinander auf den Weidenstamm und starrten schweigend auf das Wasser, in das die ersten Regentropfen fielen. Nach einer Weile hörten sie eine helle Stimme.

»Papa, wann kommst du, mir noch eine Geschichte erzählen...?« Lohmers kleine Tochter stand auf der Deichkrone und winkte.

»Gleich«, rief er. »Ich komme gleich – und sag Mama, wir haben Besuch bekommen!«

Als sie über den Deich zum Haus gingen, blickte Lohmer zu der Biegung des Flusses hinüber, in der das Boot aufgetaucht war.

Epilog

Drei Tage nach seiner Rückkehr aus Deutschland wurde Henrik C. Dillon ins Weiße Haus gerufen. Der nationale Sicherheitsberater Brent Scowcroft gratulierte ihm überschwenglich zum Erfolg seiner Rosenblatt-Mission. Er teilte ihm mit, daß es mit Hilfe der Überläuferin Nora Sommer gelungen sei, neun sowjetische und ostdeutsche Agenten in den USA und in Europa zu enttarnen und festzunehmen. Scowcroft sagte Dillon schließlich, der Präsident habe den Wunsch, ihn zu sehen.

Zwischen einem Gespräch mit einer Gruppe von Senatoren und einem Empfang für den westdeutschen Außenminister schüttelte George Bush dem Spezialagenten im Oval Office die Hand. Der Präsident betonte, Dillon habe durch seinen erfolgreichen Einsatz in Deutschland großen militärischen, wirtschaftlichen und politischen Schaden von seinem Land abgewendet. Er persönlich habe ihn deshalb für eine Verdienstmedaille vorgeschlagen. Dillon erhielt eine sechsstellige Sonderprämie, mit der er die Kosten seiner Scheidung bezahlen konnte. Seine Pension wurde angehoben.

In Livermore informierte Donald Ingham den Chef des Atomwaffen-Labors Professor Tabor darüber, daß Rosenblatt nicht mehr an seinen Arbeitsplatz zurückkehren werde und seine bisherigen Forschungsprojekte auch nicht von anderen weitergeführt werden dürften. Tabor war außer sich. Er sagte, der Staat beuge sich einer Erpressung. Der Vorsprung der amerikanischen Rüstungstechnologie stünde auf dem Spiel.

Am 7. Dezember 1989 ließ Tabor den Leiter der O-Gruppe, Kent Fredrikson und Rosenblatts engsten Mitarbeiter Dr. Neven in das Rechnerzentrum rufen. Tabor forderte die Wissenschaftler, entgegen der Absprache zwischen Rosenblatt und Dillon, auf, einige der im Zentralcomputer gespeicherten Rosenblatt-Dateien aufzurufen, speziell die des »Submarine-Laser-Projekts«

– eine von Rosenblatt erdachte Laserstrahlkanone mit riesiger Reichweite und bisher nicht gekannter Zielgenauigkeit, die aus mehreren hundert Metern Tiefe von U-Booten abgefeuert werden sollte.

Als Dr. Neven nach einigen Schwierigkeiten das Programm in Gang setzte, schien noch alles normal. Doch dann begann die Katastrophe: einzelne Zahlen und Buchstaben lösten sich aus Formeln, Kürzeln, Berechnungen und Graphiken heraus, tanzten wie wildgeworden über den Bildschirm, klinkten sich in andere Formeln, Kürzel und Berechnungen ein, zerstörten so den Sinn, die Logik, die Resultate des ganzen Programms. Die Zerstörung pflanzte sich über sämtliche Rosenblatt-Arbeiten fort, während alle anderen Dateien verschont wurden.

Den drei Wissenschaftlern wurde nach dem ersten Schrecken klar, wie das geschehen konnte: Rosenblatt hatte seine Dateien mit Computer-Viren geimpft. Wie auf der Lauer liegende Krankheits-Erreger wurden diese erst aktiv, wenn der komplizierte Programm-Organismus nicht mehr mit dem »Immunstoff«, mit speziellen Schlüsselinformationen, gespeist wurde, die Rosenblatt jedesmal eingegeben hatte, bevor er selber mit seinen Dateien zu arbeiten begann.

Fredrikson erinnerte sich an eine heftige Auseinandersetzung mit Rosenblatt über den Sinn ihrer Arbeit in Livermore: Wissenschaftler in der Rüstungstechnologie glichen alle Zauberlehrlingen, die die Geister nicht mehr loswurden, die sie gerufen hätten, hatte Rosenblatt gesagt.

»Es sieht so aus, als ob sich ein Zauberlehrling gerade von seinen Geistern befreit«, sagte Fredrikson, während er auf den Computer-Bildschirm starrte, der sich allmählich leerte.

Als Dillon erfuhr, was in Livermore geschehen war, sagte er bei einer Krisenkonferenz in Washington: »Wir haben geglaubt, wir hätten alles unter Kontrolle, wir Geheimdienstler, Atomwissenschaftler, Militärs, Politiker. Wir haben uns für ausgekochte Profis gehalten – jetzt hat uns einer gezeigt, was wir wirklich sind: Amateure sind wir, gottverdammte Amateure!«

Ein paar Wochen nach dem streng geheimgehaltenen Desaster von Livermore signalisierte die Regierung der USA zum ersten Mal, sie sei bei den kommenden Abrüstungsverhandlungen bereit, auch über das von den Sowjets besonders gefürchtete SDI-Projekt zu reden...

Peter Rosenblatt und Ines van Holten schienen spurlos verschwunden. Sie hatten von den US-Diensten neue Identitäten als Robert und Edith Dupont, kanadische Staatsbürger französischer Herkunft, erhalten und die entsprechenden Papiere. Für Robert Dupont waren zwei Millionen US-Dollar auf das Konto einer Bank in Toronto überwiesen und bald darauf abgehoben worden. Da Rosenblatt auch noch über seinen alten Zweit-Paß, ausgestellt auf den Namen »William Berrigan«, verfügte, ließ die CIA weltweit nach Rosenblatt, Dupont und Berrigan suchen. Ohne Erfolg. Als Dillon davon hörte, hatte er eine Idee. Anfang März 1990 bat er einen alten Freund in der Washingtoner FBI-Zentrale, der von der ganzen Sache nichts wußte, um einen »privaten Gefallen«: »Kannst du mal über Interpol nachhören, wann und wo ein dänisches Ehepaar namens Sören und Sophie Holm aufgetaucht ist?«

Die Antwort kam eine Woche später. Ein Paar dieses Namens sei in den letzten Monaten bei einer Safari in Tansania, in einem Strandhotel auf den Malediven und bei einer Bergtour in Nepal gesehen worden. Offenbar handele es sich um wohlhabende, abenteuerlustige Leute auf Weltreise. Dillon lächelte. Er würde mit niemandem darüber reden. Mit Ausnahme von Lohmer vielleicht.

Hauptkommissar Manfred Lohmer freute sich über Dillons Einladung nach Washington und nach New York. Auch er hatte einiges zu erzählen. Zum Beispiel, wie er es gegen den Widerstand der Behörden geschafft hatte, die Urne mit der Asche des Selbstmörders Oleg Tasarow auf einer norddeutschen Kriegsgräberstätte beisetzen zu lassen – in ein spezielles Grab, in dem sieben namentlich nicht genannte russische und polnische

Zwangsarbeiter lagen ... Alle sieben waren von den Nazis hinge-richtet worden.

»Es gibt Grund zu der Annahme«, so hatte die »Vereinigung der Verfolgten des Naziregimes« auf seine Anfrage hin mitgeteilt, »daß an dieser Stelle auch die sterblichen Überreste von Tasa-rows Vater Anatoli ruhen.«

Inhalt

Die schönsten Seiten des Lesens

1581

1504

1374

1027

1270

1128

Die schönsten Seiten des Lesens

1307

1068

1391

1127

1390

686